BLODMÅNE

블러드 문

JO NESBØ

BLODMÅNE

형사 해리 홀레 시리즈

요 네스뵈 장편소설 | 남명성 옮김

비채

일러두기

- 본서는 저자 및 저작권사의 공식 인정을 받은 Seán Kinsella의 영어판 번역과 노르웨이어판을 바탕으로 번역되었습니다.
- 인명을 포함한 고유명사는 노르웨이 현지 발음을 기준으로 표기하였습니다.
- 모든 주는 옮긴이주입니다.

여호와의 크고 두려운 날이 이르기 전에

해가 어두워지고 달이 핏빛같이 변하려니와.

요엘 2:31

01 박쥐

오스트레일리아에서 노르웨이인 여성이 살해당한다. 해리는 사건 수사를 위해 파견되지만, 저항의 흔적도, 범행 패턴도, 목격자도 없다. 올림픽을 앞두고 모두가 사건을 덮기 바쁜 와중에 해리만이 사건의 심연을 들여다보고, 그를 비웃듯 살인이 이어진다. 함께 수사하던 동료 경찰마저 죽고, 미끼가 되기를 자청한 해리의 연인은 실종되는데……. 얼음의 나라를 떠나 태양의 나라에서, 반항하고 부딪히고 사랑을 잃으며 마침내 형사 해리가 태어난다.

02 바퀴벌레

오슬로로 돌아온 해리는 상처와 상실을 회복하지 못한 채 짓눌려 살아간다. 어느 날, 주태국노르웨이대사가 방콕 사창가에서 시체로 발견되고, 경찰은 단골 술집 '슈뢰데르'에 틀어박혀 있던 해리를 호출한다. 동생 쇠스의 사건을 재조사하는 조건으로 태국으로 향한 해리. 좌충우돌하며 수사에 매진하는 그는 다시 풋풋하고 건방지며 아직은 세상의 선의를 믿는, 진실을 손에 넣고 싶은 청년으로 돌아간 듯하다. 그러나 늘 그랬듯 진실로 가는 길은 피투성이이다.

03 레드브레스트

1944년, 나치와 레지스탕스가 대립하던 제2차 세계대전의 동부전선에서 청년들은 낙엽처럼 쓰러져갔다. 그리고 2000년의 오슬로. 어렵게 살아남은 참전용사들이 살해된다. 경위로 승진한 해리 홀레는 희귀한 라이플의 수상한 밀매에 주목한다. 가시를 삼킨 새의 전설과 해리 앞에 나타나는 노인들, 그리고 진홍가슴새로 불리던 남자……. 연이은 죽음은 무엇을 위한 복수일까. 알코올의존증에서 간신히 빠져나온 해리는 자기 자신과 노르웨이를 지킬 수 있을까. 해리는 모두가 알고 있지만 누구도 말하지 못한 슬픈 역사와 대면한다.

04 네메시스

오슬로에서 일어난 전대미문의 은행강도 사건. 모든 것은 치밀하게 계획되었고, 범인은 창구 직원을 총으로 쏜 후 머리카락 한 올 남기지 않고 사라진다. 해리는 여기에 주목한다. 1초가 급한 상황에서 돈을 챙긴 범인이 왜 불필요한 살인을 했을까. 한편, 해리는 옛 여자친구 안나를 만난다. 안나의 집에서 시간을 보낸 다음 날, 해리의 기억은 사라졌고 안나는 죽은 채로 발견된다. 설상가상으로 모든 단서는 해리를 범인으로 지목한다. 죽음과 복수를 꿈꾸는 죄와 벌의 무간지옥이 펼쳐지고, 해리는 한 사건의 용의자가 되어 다른 사건을 수사해야 한다.

05 데빌스 스타

한여름의 오슬로. 한낮의 열기 속에서 첫 살인사건이 발생한다. 손가락이 잘린 채 발견된 여성 희생자의 눈꺼풀 속에 별 모양의 붉은 다이아몬드가 들어 있다. 얼마 후 또 다른 실종자가 보고되고, 그녀의 잘린 손가락만이 역시 별 모양의 붉은 다이아몬드 반지와 함께 배달된다. 사건을 맡은 해리는 '어떻게'가 아니라 '왜'가 중요한 사건임을 직감한다. 그는 부패 경찰 볼레르와 파트너가 되어 이 희대의 사건을 해결해야 한다.《레드브레스트》와《네메시스》를 잇는 오슬로 삼부작 완결편.

06 리디머

크리스마스 시즌을 맞아 들뜬 오슬로. 구세군이 주최한 거리 콘서트에서 구세군 장교 한 명이 총을 맞는다. 용의자도, 뚜렷한 동기도, 흉기도 없는 사건. 해리의 수사는 난항을 거듭하고, 그러는 와중에도 구세군과 관계된 사람들이 연속적으로 살해당한다. 해리는 이 비극의 씨앗이 오래전에 잉태되었음을 깨닫는데……. 해리는 상처받은 끝에 스스로 고립을 택하지만, 운명은 더 잃을 게 없을 때조차 그에게 가혹하다.

07 스노우맨

첫눈이 내리는 오슬로. 퇴근한 엄마는 정원에 선 눈사람을 보고 감탄한다. 아이는 대답한다. "우린 눈사람 안 만들었어요. 그런데 눈사람이 왜 우리 집을 보고 있어요?" 그리고 그날 밤 엄마는 사라진다. 수사에 투입된 해리 홀레는 지난 11년 동안의 데이터를 모아 여자들이 연쇄적으로 실종되었음을 확인한다. 그때 정체불명의 '스노우맨'이 보낸 편지가 그에게 도착한다. "눈사람이 사라질 때 그는 누군가를 데려갈 것이다…… 누가 눈사람을 만들었을까?"

08 레오파드

스노우맨 사건으로 손가락과 연인을 한꺼번에 잃은 해리. 경찰 일을 그만두고 홍콩의 뒷골목에서 집요하게 자신을 망가뜨리던 그에게 노르웨이의 형사 카야가 찾아온다. 연쇄살인범이 또다시 노르웨이를 충격에 빠뜨렸으며, 어디에서도 흉기는 발견되지 않았고, 사인은 그들 자신의 피로 인한 익사라는 것. 그리고 그의 아버지가 위독하다는 것. 해리는 결국 내키지 않는 발길로 오슬로로 향하지만 수사는 더디기만 하다. '스노우맨'은 해리에게 주변 인물부터 용의선상에 올려보라고 충고하고, 해리는 떨칠 수 없는 검고 우울한 그림자를 느낀다.

09 팬텀

손가락을 잃은 것으로도 모자라 얼굴 절반에 상처를 입은 해리. 아버지는 세상을 떠났고 연인 라켈과도 헤어졌다. 모든 것을 내려놓고 홍콩으로 떠난 해리를 돌아오게 한 것은 '올레그'였다. 그에게만 속마음을 털어놓던, 아들보다 더 가깝던 그 소년이 다른 소년을 죽인 혐의로 체포된 것. 그러나 해리는 이제 경찰이 아니다. 올레그의 아버지도 아니다. 오슬로는 그를 반기지 않고 사랑하던 사람들은 죽어버린 지금, 마지막 남은 소중한 것을 지키기 위해 해리는 가혹한 대가를 치른다.

10 폴리스

오슬로 국립병원의 폐쇄된 병동. 경찰들의 밤샘 경호를 받으며 한 '환자'가 누워 있다. 깨어날 기미가 보이지 않는 혼수상태의 환자. 그리고 환자가 영원히 눈 뜨지 않기를 바라는 사람들. 한편, 경찰들을 노리는 새로운 연쇄살인범이 등장한다. 자신이 수사하던 미제사건 현장에서 참혹하게 죽어가는 경찰들. 오슬로는 마침내 해리 홀레를 그리워한다. 대체 해리는 어디에 있는 것일까?

11 목마름

마침내 오랜 연인 라켈과 결혼한 해리는 눈앞의 행복에 어리둥절하기만 하다. 한편, 수년 만에 일어난 강력사건으로 오슬로는 충격에 빠진다. 피를 잃고 죽어간 여자들, 그녀들의 목에서 발견된 짐승의 것 같은 잇자국. 범인이 희생자의 피를 마셨음이 알려지면서 시민들은 공포에 질리고, 경찰을 떠나 있던 해리 홀레가 사건에 투입된다. 피를 향한 범인의 목마름만큼이나 간절한 해리의 목마름. 그는 오슬로를 구하고 자신의 행복 또한 지켜낼 수 있을까?

12 칼

경찰로 복귀한 해리 홀레. 그러나 강력반 말석에서 망가진 모습으로 뻔한 사건이나 떠맡은 그는 이제 전설의 형사가 아니다. 아내 라켈에게마저 버림받은 그는 다시 술을 마시기 시작했고, 무의미한 관계에 빠져든다. 그리고 절대 일어나서는 안 되는 사건이 일어났다. "라켈이…… 발견됐어요." 불안한 예감에 짓눌려온 해리는 이 일을 이미 알고 있는 것만 같다. 수사권을 두고 오슬로 경찰청과 크리포스가 힘겨루기하는 사이, 해리는 홀로 수사를 시작한다. 라켈에게 그토록 가까이 갈 수 있었던 사람은 누구일까. 해리는 라켈의 죽음과 어떤 관계가 있을까.

HARRY HOLE

JO NESBØ

CHARACTERS

이 책에 직접 등장하거나 인물들의 입을 통해 등장하는 주요 인물입니다. 이 목록에는 해리 홀레 시리즈 제12권《칼》까지의 내용과 반전 일부가 드러나 있습니다.

해리 홀레

옛 오슬로 경찰청 소속 형사. 최악의 연쇄살인 사건들을 해결하면서 노르웨이의 전설이 되었고, 경찰대학에서 학생들을 가르치기도 했다. 아내 라켈을 잃고 경찰을 완전히 떠났다.

라켈 페우케

해리의 아내.《레드브레스트》에서 처음으로 해리와 만났으며,《칼》에서 사망했다.

올레그 페우케

라켈의 아들. 해리에게도 아들이나 다름없는 존재이다. 잠시 방황하기도 했으나 마음을 다잡고 경찰이 되었다.

쇠스 홀레

해리 홀레의 여동생. 다운증후군을 앓고 있다.

외위스테인 에이켈란

어린 시절부터 해리의 오랜 친구. 택시기사이다.

미카엘 벨만

법무부 장관. 크리포스(노르웨이 특별수사국) 수장, 경찰청장을 거치며 영전을 거듭했지만 어두운 과거를 감추고 있다.

카트리네 브라트

오슬로 경찰청 강력반 반장. '스노우맨'사건으로 오랫동안 정신병원에 있다가 경찰로 복귀했고, 다시 해리를 돕는다. 과학수사관 비에른 홀름과 결혼했다.

비에른 홀름

과학수사관. 오랫동안 해리의 조력자였다. 카트리네 브라트의 남편. 비극적 판단과 실행의 결과로, 《칼》에서 스스로 세상을 등진다.

게르트 홀름

카트리네 브라트와 비에른 홀름의 아이. 《칼》에서 해리 홀레가 아이의 친부임이 드러난다.

트룰스 베른트센

강력반 형사. 특유의 웃음소리 때문에 '비비스'라는 별명으로 불린다. 오랫동안 미카엘 벨만의 그림자처럼 더러운 일들을 처리해온 버너(burner)였으나 해리를 돕기도 한다.

망누스 스카레

오슬로 경찰청 소속 수사관. 해리를 좋아하지 않는다.

안데르스 뷜레르

오슬로 경찰청 강력반 형사. 기자인 모나 도와 연인 사이이다.

보딜 멜링

오슬로 경찰청의 총경.

올레 빈테르

크리포스의 수사팀장.

성민 라르센

크리포스의 수사관. 한국계 노르웨이인으로, 경찰대학에서 해리의 수업을 들었으며 최고 성적으로 졸업했다.

알렉산드라 스투르드자

법의학연구소 연구원. 《칼》에서 해리를 도왔고, 그와 가까워졌다.

헬게 포르팡

법의학연구소 연구원. 알렉산드라의 후배 직원이다.

스톨레 에우네

심리학자. 오랫동안 오슬로 경찰청의 심리학 자문을 담당했고 이제 은퇴했다.

잉그리드 에우네

스톨레 에우네 박사의 아내.

에우로라 에우네

스톨레 에우네 박사의 딸.

모나 도

〈VG〉의 범죄 전문기자. 안데르스 빌레르와 연인 사이이다.

테리 보게

범죄 전문기자. 〈다그블라데〉에 기사를 싣는다.

요한 크론 주니어

오슬로의 유명 변호사. 《레드브레스트》부터 여러 번 해리와 엮였다.

스베인 핀네

성범죄자. 해리 홀레에 의해 체포되었다가 출소했으며, 노르웨이 최악의 성범죄자 중 한 명인 발렌틴 예르트센의 생물학적 아버지이다. 발렌틴은《목마름》에서, 스베인은《칼》에서 사망했다.

마르쿠스 뢰드

노르웨이의 부동산 재벌.

헬레나 뢰드

마르쿠스의 아내.

루실 오언스

왕년의 배우. 해리를 신뢰한다.

벤

해리의 단골 술집 주인.

프롤로그

“오슬로요.” 남자가 위스키 잔을 입으로 가져가며 말했다.

“그곳을 가장 좋아해요?” 루실이 물었다.

뭐라고 대답할지 생각하는 듯 남자는 앞을 멍하니 보다가 고개를 끄덕였다. 그녀는 술을 마시는 남자를 뜯어보았다. 키가 컸다. 바 스툴에 나란히 앉아 있는데도 그녀를 내려다보는 것 같았다. 일흔두 살인 그녀보다 적어도 열 살이나 스무 살은 젊어 보였다. 알코올의존자들은 나이를 가늠하기 어렵다. 남자의 얼굴과 몸은 나무로 조각한 것처럼 마르고 깔끔하고 단단했다. 피부는 창백하고 콧등에는 푸른 실핏줄이 그물처럼 퍼져 있는 데다 홍채가 바랜 데님 빛깔인 눈이 충혈된 걸 보니 무척 힘겹게 살아온 듯했다. 잔뜩 마시고 잔뜩 망가졌다. 그리고 잔뜩 사랑했던 것 같았다. ‘크리처스’의 단골이 되기까지, 한 달 동안 그의 눈 속에서는 고통이 드러났다. 얻어맞고 무리에서 쫓겨난 개처럼 늘 혼자서 바 끄트머리에 앉아 있었다. 술집 주인 벤이 어마어마한 졸작 영화 〈도시의 카우보이〉에 소품 스태프로 참여했을 때 세트장에서 얻어온 로데오 황소 기계 ‘브롱코’의 옆자리였다. 황소 기계는 로스앤젤레스가 성공한 영화가 아닌, 망한 인생과 자본이 남긴 쓰레기 더미 위에 세워진 도시라는 사실을 일깨운다. 제작된 영화의 80퍼센트 이상이 완전히 망해 돈을 날린다. 이 도시는 미국에서 노숙자 인구 비율이 가장 높고 인구밀도는 뭄바이에 맞먹는다. 극심한 교통 혼잡이 이 도시의 생명을 질식시키고 있지만, 곧 길거리 범죄와 마약, 폭력에 선수를 빼앗길지도 모른다. 하지만 태양은 빛나고 있다. 그렇다, 빌어먹을 캘리포니아의 치과 조명은 절대 꺼지지 않고 가차 없이 빛을 뿜어내면서 이 거짓 도시의 모든 싸구려 보석들을 진짜 다이아몬드처럼, 진짜 성공담처럼 반짝이게 한다. 모든 사람이 루실처럼 그걸 알았어야 했는데. 그녀는 그곳을, 무대를 경험했다. 그리고 무대 뒤의 일도.

옆에 앉은 남자는 무대 출신이 아닌 것이 분명했다. 업계 사람은 보자마자 알아볼 수 있다. 하지만 남자는 무대를 선망의 눈길로 바라보거나 기대하거나 부러워하는 사람으로조차 보이지 않았다. 그보다는 정말이지 무엇에도 신경 쓰지 않는 사람으로 보였다. 자기만의 세상이 있는 사람. 혹시 음악을 하는 사람일까? 아무도 성공한 적 없고 앞으로도 그럴 일 없는, 이곳 로럴 캐니언의 어느 지하실에서 도무지 이해할 수 없는 음악을 만드는 프랭크 자파 같은?

남자가 이곳을 여러 번 방문하면서 루실과 새로운 남자는 고갯짓과 함께 간단한 인사를 주고받기 시작했다. 진지한 술꾼들이 아침에 술집에서 마주쳤을 때 하는 식으로. 그러나 옆자리에 앉아 술을 한잔 사는 건 오늘이 처음이었다. 정확히 말하면 벤이 한도가 초과했다는 시늉을 하며 신용카드를 돌려주는 모습을 보고 남자의 술값을 대신 내준 거였지만.

"그럼 반대로 오슬로도 당신을 사랑해주나요? 그게 궁금하네요."

"별로요." 남자가 말했다. 그녀는 잿빛 기운이 도는 덥수룩한 갈색 섞인 금발을 쓸어 넘기는 가운뎃손가락이 보철 금속인 걸 알아차렸다. 낚싯바늘에 걸린 물고기처럼 입꼬리에서 귀로 이어진 J자 모양의 적갈색 흉터는 가뜩이나 잘생기지 않은 외모에 도움이 되지 않았다. 하지만 왠지 그녀의 업계 동료들과 닮은, 약간의 매력과 위험이 엿보였다. 크리스토퍼 월켄이나 닉 놀테처럼. 그리고 어깨가 넓었다. 물론 어깨 아래 몸이 너무 말라 그렇게 보이는 것일 수도 있지만.

"이런, 우리가 가장 원하는 사람들이네요." 루실이 말했다. "사랑을 되돌려주지 않는 사람들요. 우리가 **조금만** 더 노력하면 우릴 사랑해줄 것 같은 그런 사람들."

"뭘 하시죠?" 남자가 물었다.

"술 마시죠." 그녀는 위스키를 들어 보이며 말했다. "고양이도 기르고요."

"음."

"당신이 진짜로 알고 싶은 건, 아마도 내가 어떤 사람인가 하는 거겠죠. 그러니까 나는……." 그녀는 술을 한 모금 마시면서 어떤 버전의 이야기를 들려줄지 생각했다. 파티에서 들려주는 이야기와 진실 중에서. 술잔을 내려놓고 진짜를 말하기로 했다. 될 대로 되라지.

"배우예요. 큰 역할을 한 번 맡았던. 역사상 가장 잘 만들어진 〈로미오와 줄리엣〉 영화 속 줄리엣 역이었죠. 주인공 한 번이라니까 별것 아닌 것 같지만, 이 동네에서는 그런 기회를 아예 잡지도 못하는 사람이 대부분이에요. 세 번 결혼했고, 두 번은 돈 많은 제작자여서 헤어질 때 위자료를 왕창 받았어요. 대부분의 배우보다 많이. 유일하게 사랑했던 사람은 세 번째 남편이에요. 배우였고 아도니스 같은 미남자였는데, 돈도 없고 자제력이나 양심도 없었어요. 내 돈을 마지막 한 푼까지 싹싹 빨아먹고 떠났죠. 지옥에서 썩고 있기를 바라지만, 여전히 그를 사랑해요."

그녀는 남은 술을 모두 마시고 술잔을 카운터에 올려놓은 뒤 벤에게 한 잔 더 달라고 손짓했다. "난 늘 가질 수 없는 것에 빠지는 사람이라 나이 든 여자에게 매력적인 역할을 준다는 영화 프로젝트에 없는 돈을 투자했어요. 지적인 대본에 진짜 연기를 할 수 있는 배우들, 관객에게 생각할 거리를 제공할 감독까지. 간단히 말해 누구든 제정신인 사람이 보면 쫄딱 망할 게 틀림없는 프로젝트였죠. 난 그런 사람이에요. 몽상가에 루저, 전형적인 로스앤젤레스 사람."

J자 흉터의 남자가 웃었다.

"그래요, 이제 자기 비하 거리도 다 떨어졌네요. 이름이 뭐죠?"

"해리."

"말이 별로 없네요, 해리."

"흠."

"스웨덴 사람?"

"노르웨이요."

"달아나는 중이에요?"

"그렇게 보이나요?"

"그래요. 결혼반지를 끼고 있군요. 아내에게서 도망치는 거예요?"

"아내는 죽었습니다."

"이런. 그럼 슬픔으로부터 달아나는군요." 루실은 건배하듯이 술잔을 들어 올렸다. "내가 가장 사랑하는 곳을 알고 싶어요? 바로 이곳, 로럴 캐니언이에요. 지금 말고 1960년대 말의 이곳. 그때 왔더라면 좋았을 텐데요, 해리. 그때 태어나 있기나 했는지 모르겠지만."

"네, 들어본 적은 있습니다."

그녀는 바 안쪽 벽에 걸린 사진 액자들을 가리켰다.

"가수라는 가수는 모두 여기 있었죠. 크로스비, 스틸스, 내시, 또…… 마지막에 또 누구였더라?"

해리는 다시 웃었다.

"마마스 앤드 파파스. 캐럴 킹. 제임스 테일러. 그리고 조니 미첼도 있었죠." 여자의 코에 주름이 잡혔다. "외모나 목소리는 주일학교에 다니는 여학생 같았지만 앞에 말한 사람들 일부랑 사귀기도 했어요. 심지어 레너드에게도 손을 뻗쳤다니까. 레너드가 그 여자랑 한 달인가 살았을 거예요. 나야 겨우 하룻밤 빌렸을 뿐이지만."

"레너드 코헨요?"

"단 하나뿐인 남자. 사랑스럽고 다정한 남자였죠. 내게 운율을 넣어 글 쓰는 법을 아주 조금 가르쳐줬어요. 사람들은 대부분 첫 줄을 끝내주는 내용으로 시작하는 실수를 범해요. 그다음엔 억지로 운율을 맞춘, 그저 그런 문장을 붙이고요. 요령이 뭐냐면, 억지로 운을 맞춘 문장을 처음에 배치하는 거예요. 그러면 아무도 눈치 못 채거든. 〈Hey, That's No Way to Say Goodbye〉의 진부한 첫 줄 가사를 한번 보고 그걸 두 번째 줄의 아름다움과 비교해봐요. 두 문장 모두 자연스럽고 우아하죠. 우리 귀에는 그렇게 들려요. 사람들은 작가가 글에 쓰인 순서대로 생각했다고 여기거든. 사실 놀랄 일도 아니죠. 어쨌거나 사람들은 어떤 사건이 벌어진 건 과거의 결과라고 믿으니까요. 그 반대가 아니라."

"음. 그렇다면 현재는 미래에 벌어질 일의 결과다?"

"바로 그거예요, 해리! 무슨 말인지 알죠?"

"모르겠어요. 예를 들어줄 수 있나요?"

"그럼요." 그녀는 술을 마셨다. 해리가 여자의 어조에서 뭔가 눈치챈 것이 틀림없었다. 그의 눈썹이 올라가더니 재빨리 실내를 훑어봤기 때문이다.

"현재 벌어지는 일은 추진 중인 영화 프로젝트에 넣은 돈을 내가 어떻게 마련했는지 말해주는 거예요." 여자는 블라인드에 반쯤 가려진 더러운 창문을 통해 바깥의 지저분한 주차장을 바라보며 말했다. "그건 우연이 아니라 앞으로 일어날 일들의 결과죠. 지금 밖에 주차된 내 차 옆에 하얀색 카마로 한 대가 서 있거든요."

"남자 둘이 타고 있죠. 20분째 저기 서 있고요."

여자는 고개를 끄덕였다. 해리 스스로 어떤 일을 하는 사람인지, 그녀의 추측이 틀리지 않았음을 막 확인해준 셈이었다.

"오늘 아침 캐니언에 있는 내가 사는 집 밖에서 저 차를 봤어요. 놀랄 것도 없죠. 예전부터 그들이 해결사를 보내겠다고 경고했거든요. 정식 면허를 가진 자들은 아니겠죠. 내가 돈 빌린 곳이 은행이 아니니까. 무슨 뜻인지 알 거예요. 자, 내가 차로 걸어 나가면 저 신사분들이 아마도 나랑 얘기하고 싶어하겠죠. 저놈들은 아직도 경고나 위협으로 돈을 받아낼 수 있다고 생각하는 모양이네요."

"음. 그런데 왜 내게 이런 얘기를?"

"당신이 경찰이니까요."

해리는 한 번 더 눈썹을 치켜올렸다. "내가요?"

"내 아버지도 경찰이었어요. 경찰은 세상 어디에 있든 분명히 티가 나는 법이죠. 요점은 당신이 여기서 관심을 좀 두고 있어달라는 거예요. 만일 저 친구들이 언성을 높이고 위협적인 행동을 보이면 댁이 문을 열고 나와서…… 그러니까, 경찰처럼 굴면 놈들이 달아날 거예요. 자, 그럴 일은 분명히 없을 테지만, 당신이 주의 깊게 봐주면 내가 훨씬 안심될 것 같아 그래요."

해리는 잠시 여자를 바라보았다. "좋아요." 그는 아무렇지 않게 말했다.

루실은 놀랐다. 너무 쉽게 설득당하는 거 아냐? 동시에 그의 눈에서는 신뢰하게 만드는 확고한 뭔가가 보였다. 하지만 생각해보면 그녀는 과거 그녀의 아도니스도 믿었다. 그리고 감독도. 프로듀서도.

"난 이제 갈 거예요." 여자가 말했다.

해리 홀레는 술잔을 잡았다. 얼음이 녹으면서 나는, 거의 들리지 않는 달그락 소리에 귀를 기울였다. 마시지는 않았다. 그는 결국 빈털터리가 되었고, 이번 술을 최대한 오래 즐길 생각이었다. 그의 눈길은 바 안쪽에 걸린 액자에 고정되었다. 어렸을 적 좋아했던 작가 찰스 부코스키가 크리처스 밖에서 찍은 사진이었다. 벤의 말로는 1970년대에 찍었다고 했다. 새벽녘으로 보이는 시간에 부코스키는 친구와 어깨동무하고 서 있었다. 두 사람 모두 하와이안 셔츠 차림에 눈빛은 멍하고 동공은 오그라든 모습이었지만, 고된 여정 끝에 북극에 막 도착한 것처럼 승리의 미소를 띠고 있었다.

해리는 시선을 내려 벤이 돌려준 카운터 위 신용카드를 보았다.

한도 초과. 텅 빈 통장. 알거지. 임무 완료. 그의 임무는 바로 이것, 한 푼도 남지 않을 때까지 마셔대는 거였다. 남은 돈도 인생도 미래도 없다. 남은 것이라고는 모든 것을 마무리할 용기—아니면 비겁함—가 그에게 있는지 확인하는 일뿐이었다. 그가 머무는 숙소 방의 매트리스 아래에 낡은 베레타 권총이 있다. 스키드 로에서 파란 텐트를 치고 사는 노숙자에게 25달러를 주고 산 물건이다. 총알은 세 발 있다. 신용카드를 손바닥에 놓고 꽉 움켜쥐었다. 그리고 고개를 돌려 창밖을 보았다. 늙은 여자가 뽐내는 듯한 걸음걸이로 주차장으로 가고 있다. 여자는 작았다. 가냘프고 연약하지만 참새처럼 강했다. 베이지색 바지에 어울리는 짧은 재킷 차림이었다. 구식이지만 세련된 옷차림에서 어딘가 1980년대의 분위기가 느껴졌다. 매일 아침 술집에 쳐들어올 때처럼 걷고 있었다. 무대에 등장하는 것처럼. 두 명에서 여덟 명 남짓한 관객 앞에서.

"루실, 입장합니다!" 벤은 시키지도 않은 소개를 하고 그녀가 늘 마시는 독약인 위스키 사워를 만들곤 했다.

하지만 해리가 열다섯 살 때 라디움 병원에서 세상을 떠나면서 그의 심장에 첫 번째 총알구멍을 낸 어머니를 떠올리도록 만드는 건 그녀가 술집 전체를 장악하는 방식이 아니었다. 점잖고 미소를 띠고 있는 루실의 눈길이 체념한 영혼처럼 슬퍼 보였기 때문이다. 다른 손님들에게 건강에 문제는 없는지, 애정 전선은 어떤지, 가장 가깝고 친한 사람들의 최근 소식이 뭔지 물어보며 보여주는 염려하는 표정 때문이었다. 그리고 해리가 바의 끝자리에 조용히 앉아 있도록 해주는 그녀의 배려 때문이기도 했다. 입이 무거웠던 어머니는 가족의 사령탑이자 신경중추였지만 워낙 신중하고 정밀하게 조종해서 모든 결정을 내리는 사람이 아버지라고 모두가 믿게 만들었다. 언제나 안전한 품을 제공했고 늘 이해해주었고 그가 다른 누구보다 사랑했던 사람이었기에 어머니는 그의 취약한 부분이 되었다. 2학년 때 어머니가 교실 문을 부드럽게 두드렸을 때도 그랬다. 어머니는 그가 잊고 온 도시락을 들고 왔다. 어머니를 본 해리는 자기도 모르게 기분이 좋아졌지만 몇몇 친구가 킥킥대는 소리를 듣고는 성난 표정으로 복도로 나가 어머니 때문에 창피하다고, 도시락 필요 없으니 어서 가라고 말했다. 어머니는 그저 슬픈 표정으로 웃더니 도시락을 건네주고 그의 뺨을 어루만진 다음 돌아갔다. 해리는 그 이야기를 다시 꺼내지 않았다. 물론 어머니는 언제나 그랬던 것처럼 이해했다. 그날 저녁 잠자리에 들 때 그 역시 이해했다. 그가 불편하게 느꼈던 건 **어머니** 때문이 아니었다. 모두의 눈에 보였기 때문이다. 그의 사랑이. 연약한 그의 모습이. 그 뒤 오랫동안 그 일을 사과할까 생각했지만, 그래 봐야 스스로 바보처럼 느껴질 것 같았다.

자갈 깔린 주차장에 먼지구름이 일더니 순간적으로 루실을 감쌌고 그녀는 선글라스를 잡았다. 흰색 카마로의 조수석 문이 열리고 선글라스를 쓰고 빨간색 폴로 셔츠를 입은 남자가 내리는 모습이 보였다. 남자는 카마로 앞쪽으로 걸어 나와 자기 차로 향하려는 루실의 앞을 막아섰다.

해리는 두 사람이 대화를 나누겠거니 생각하며 지켜보았다. 그러나 남자는 앞으로 한 걸음 나서 루실의 팔을 움켜잡았다. 그리고 그녀를 카마로 쪽으로 끌고 가기 시작했다. 해리는 루실의 신발이 자갈에 박히며 남기는 자국을 바라보았다. 카마로의 외국 자동차 번호판이 그제야 눈에 띄었다. 그 순간 해리는 의자에서 일어섰다. 문으로 달려가 팔꿈치로 문을 열었다. 햇빛에 앞이 잘 보이지 않아 포치 앞 계단 두 개를 비틀비틀 내려갔다. 그제야 술에 취한 걸 깨달았다. 어쨌든 그들의 차가 있는 곳으로 달려갔다. 눈이 서서히 빛에 적응하기 시작했다. 주차장 밖 푸른 언덕 위쪽으로 구불거리며 이어지는 도로 건너 활기 없는 잡화점이 하나 있기는 했지만, 카마로로 끌려가는 루실과 남자 말고 다른 사람은 한 사람도 보이지 않았다.

"경찰이다! 여자를 놔줘!" 해리가 소리쳤다.

"끼어들지 마시죠." 남자가 대꾸했다.

해리는 남자가 자신과 비슷한 출신일 거라 생각했다. 이런 상황에서 정중한 말투를 쓰는 건 경찰뿐이기 때문이다. 해리는 물리적인 개입을 피할 수 없다는 것도 알았다. 근접전의 첫 번째 원칙은 간단하다. 머뭇거리지 않고 먼저 최대치로 공격하는 자가 이긴다는 것. 그래서 해리는 속도를 늦추지 않았고, 상대도 해리의 의도를 눈치챈 것이 틀림없었다. 왜냐하면 남자는 루실의 팔을 놓고 뒤쪽 어딘가로 손을 뻗었기 때문이다. 남자의 손이 다시 앞으로 돌아오기 시작했다. 남자가 손에 쥔 반짝거리는 권총을 해리는 즉시 알아보았다. 글록 17이었다. 해리를 똑바로 겨누고 있었다.

해리는 속도를 늦췄지만 여전히 앞으로 나아가고 있었다. 권총 뒤에서 겨냥하는 남자의 눈이 보였다. 도로를 지나가는 픽업트럭 소리에 남자의 목소리가 절반 정도 묻혔다.

"얼른 뛰어서 나온 곳으로 돌아가쇼, 선생. 빨리!"

하지만 해리는 계속 남자 쪽으로 걸어갔다. 그제야 오른손에 여전히 신용카드를 쥐고 있다는 사실이 머리에 떠올랐다. 결국 이렇게 끝나는 건가? 외국의 먼지 날리는 주차장에서 햇빛을 받으며, 알거지 신세에 살짝 취한 채로 어머니를 위해 할 수 없었던, 내가 아끼는 사람들에게는 단 한 번도 해주지 못했던 일을 하려고 애쓰다가?

그는 거의 눈을 감은 채 신용카드를 꽉 움켜쥐었고, 그 손이 끌 모양이 되었다.

레너드 코헨의 노래 제목이 머릿속에서 맴돌았다. 〈Hey, That's No Way to Say Goodbye〉.

젠장, 이렇게 헤어질 수야 없지.

1
금요일

8시. 오슬로에서 9월의 태양이 진 지 30분이 지났고 세 살배기 아이는 이미 자고 있어야 했다.

카트리네 브라트는 한숨을 내쉬고 휴대전화에 대고 속삭였다. "우리 아기, 잠이 안 와?"

"함무니 노래 이상해." 훌쩍거리는 아이 목소리가 대답했다. "엄마 어디 이떠?"

"엄마 일하러 가야 해. 하지만 금방 집에 갈 거야. 엄마가 노래 조금만 불러줄까?"

"어."

"그러면 눈부터 감아."

"어."

"〈블루맨〉?"

"어."

카트리네는 낮고 깊은 목소리로 울적한 노래를 부르기 시작했다. "블루맨, 블루맨, 염소야, 네 아기를 생각해."

한 소년이 자신이 좋아하는 염소 블루맨이 풀을 뜯으러 갔다가 집으로 돌아오지 않자 궁금해하며 불안에 시달리는 이야기, 염소가 곰에게 잡혀 갈기갈기 찢긴 채 산속 어딘가 죽어 있는 건 아닌지 두려움에 떠는 이야기. 그녀는 아이들이 왜 백 년이 넘도록 이런 이야기를 노래로 들으며 잠드는 걸 좋아하는지 알 수가 없었다.

그렇지만 겨우 한 소절을 불렀을 때 게르트의 숨소리가 더 규칙적이고 깊어진 걸 들을 수 있었다. 한 소절을 더 부르자 시어머니가 전화기에 대고 속삭이는 소리가 들렸다.

"이제 잠들었다."

"고맙습니다." 카트리네는 너무 오래 웅크리고 앉아 있던 참이라 손으로 땅을 짚어야 했다. "최대한 빨리 마치고 갈게요."

"얼마든지 필요한 만큼 일하고 오너라. 우리더러 여기 와달라고 말해주다니 고마워할 사람은 우리야. 잠든 모습을 보니 게르트는 정말이지 비에른을 쏙 빼닮았구나."

카트리네는 침을 꿀꺽 삼켰다. 늘 그렇듯 시어머니가 이 말을 하면 대꾸할 말이 없었다. 그녀가 비에른을 그리워하지 않아서도 아니고, 비에른의 부모님이 게르트에게서 아들의 모습을 보는 것이 기쁘지 않아서도 아니었다. 그저 그것이 사실이 아니기 때문이다.

카트리네는 눈앞에 펼쳐진 장면에 집중했다.

"강렬한 자장가네요." 옆으로 와 쭈그려 앉은 성민 라르센이 말했다. "'지금 넌 죽었을지도 모르지만'이라고요?"

"알아요, 하지만 꼭 그 노래만 듣고 싶어해요." 그녀가 말했다.

"그럼 불러줘야죠." 동료인 성민이 웃었다.

카트리네는 고개를 끄덕였다. "어릴 때 우리가 아무 보답도 안 하면서 부모에게 조건 없는 사랑을 원했다고 생각해본 적 없어요? 사실 우리는 기생충이나 마찬가지였잖아요? 하지만 그러다가 어른이 되고 상황이 완전히 바뀌죠. 태어났다는 이유만으로 무한한 사랑을 받을 수 있다는 생각은 정확히 언제 멈출 수 있는 걸까요?"

"**어머니가** 언제 사랑을 멈출 수 있느냐는 말이죠?"

"그래요."

두 사람은 숲속 땅에 누워 있는 젊은 여자의 시체를 내려다보았다. 바지와 속옷은 발목까지 내려갔지만 얇은 다운재킷 지퍼는 채워져 있었다. 별빛 가득한 하늘을 향한 여자의 얼굴이 나무들 사이에 세워둔 현장감식반 조명을 받아 새하얗게 빛났다. 번진 화장은 흘러내리다가 마르기를 여러 차례 반복한 모양이었다. 샛노랗게 염색한 금발 머리가 얼굴 한쪽에 들러붙어 있었다. 입술에는 실리콘을 잔뜩 넣었고 인조 속눈썹이 처마처럼 눈 위로 튀어나와 있었다. 눈구멍 속 푹 꺼진 눈동자는 유리알처럼 멍하니 위를, 내려다보는 사람들과 눈알 없이 텅 빈 다른 눈구멍 쪽을 향하고 있었다. 어쩌면 분해가 안 되는 온갖 합성물 때문에 시체가 썩지 않고 양호한 상태를 유지하고 있는 것일지도 모른다.

"아마도…… 수산네 안데르센이겠죠?" 성민이 말했다.

"그런 것 같아요." 카트리네가 대답했다.

두 사람은 소속이 달랐다. 카트리네는 오슬로 경찰청 강력반 소속이고 성민은 크리포스였다. 26세인 수산네 안데르센은 17일 전부터 실종 상태였고, 시체가 발견된 곳에서 도보로 20분 정도 떨어진 스쿨레루 지하철역 CCTV에 마지막으로 포착되었다. 또 다른 여성 실종자인 27세의 베르티네 베르틸센에 대한 유일한 단서는 오슬로의 다른 지역이자 하이킹으로 유명한 그레프센콜렌의 한 주차장에서 버려진 채 발견된 그녀의 자동차뿐이었다. 이 현장에서 발견된 여성의 머리카락 색깔은 CCTV 속 수산네의 머리 색과 일치했고, 베르티네의 가족과 친구들 말에 따르면 그녀는 현재 흑갈색 머리라고 했다. 또 시체의 벌거벗은 하체에는 문신이 보이지 않았는데, 베르티네의 발목에는 루이비통 로고 문신이 있다고 했다.

9월치고 비교적 서늘하고 건조한 날씨에 시체의 피부가 파란색과 보라색, 노란색, 갈색으로 변한 것으로 보아 3주 동안 야외에 버려져 있었다는 사실과도 일치하는 것 같았다. 시체에서 발생한 가스가 온갖 구멍으로 조금씩 스며 나오며 풍기는 냄새도 같은 사실을 말해주고 있었다. 카트리네는 콧구멍 아래에 머리카락처럼 가는 실 같은 것이 하얗게 피어난 것도 알아보았다. 곰팡이다. 목에 난, 흰색과 노란색이 섞인 커다란 상처에서는 구더기가 잔뜩 기어 나왔다. 워낙 자주 본 장면이라 카트리네는 별다른 반응을 보이지 않았다. 어쨌거나 해리 말에 따르면 검정파리는 리버풀 팬처럼 충성심이 높다. 시간이나 장소, 비가 오나 해가 있거나 가리지 않고 호흡을 멈춘 시신이 뿜어내는 디메틸 트리설파이드 냄새에 재빨리 달려든다. 암컷이 알을 낳은 뒤 며칠이 지나면 유충이 부화해 썩은 살을 갉아먹기 시작한다. 유충은 번데기가 되었다가 파리가 되고, 알을 낳을 시체를 찾아다니다가 한 달이 지나면 수명이 다해 죽는다. 그것이 파리의 삶이다. 우리 삶과 별로 다르지 않다고 카트리네는 생각했다. 아니, 내 인생과 별로 다르지 않다고 해야 하나.

카트리네는 주위를 둘러보았다. 하얀 작업복 차림의 과학수사과 수사관들이 나무들 사이에서 유령처럼 아무 소리도 내지 않고 움직였고, 그들이 손에 든 카메라 플래시가 번쩍일 때마다 으스스한 그림자가 나타났다 사라졌다. 숲은 넓었다. 외스트마르카*는 끝도

* 오슬로 동쪽의 삼림지대.

없이 계속되다 결국 스웨덴까지 이어진다. 조깅하던 사람이 시체를 발견했다. 아니, 목줄을 풀고 함께 뛰다 좁은 자갈길에서 벗어나 숲속으로 사라졌던 개가 발견했다. 이미 어두워지고 있던 때였다. 헤드램프를 착용한 개 주인은 소리쳐 부르며 찾다가 결국 숲속 시체 옆에서 꼬리를 흔들고 있는 개를 발견했다. 꼬리를 흔들고 있었다는 건 카트리네가 상상한 장면이지만.

"수산네 안데르센." 카트리네는 누구에게 말하는지 모른 채 중얼거렸다. 어쩌면 마침내 발견되고 신원이 확인되었다는 위로와 확신을 담아 희생자에게 말한 것일 수도 있었다.

사망 원인은 명확해 보였다. 수산네 안데르센의 가는 목에는 흡사 미소 짓는 입처럼 길게 베인 상처가 나 있었다. 파리 유충과 온갖 벌레들, 그리고 어쩌면 다른 동물들까지 몰려와 흘러나온 피를 대부분 먹어치운 것으로 보였지만, 카트리네는 주변 관목과 한 나무 밑동에 튄 핏자국을 볼 수 있었다.

"**이곳에서** 살해되었군요."

"그런 것 같네요." 성민이 대꾸했다. "강간당했을까요? 아니면 죽인 다음에 성폭행한 걸까요?"

"죽인 후죠." 카트리네가 수산네의 양손을 손전등으로 비추며 말했다. "손톱도 멀쩡하고 몸싸움 흔적이 없어요. 하지만 어떻게든 주말 안에 검시를 진행해서 무슨 얘기가 나오는지 봐야겠어요."

"그러면 부검도 할 수 있을까요?"

"그건 빨라야 월요일은 되어야 해요."

성민이 한숨을 내쉬었다. "베르티네 베르틸센도 그레프센콜렌 어딘가에서 목이 잘리고 성폭행당한 채 발견되는 건 시간문제라는 생각이 드는군요."

카트리네는 고개를 끄덕였다. 그녀는 지난 일 년 동안 성민과 더 친해졌고, 성민은 자신이 크리포스의 최고 형사 가운데 한 명이라는 사실을 증명했다. 많은 사람이 수사팀장 올레 빈테르가 물러나자마자 성민이 그 자리를 물려받을 것이며, 아마도 훨씬 더 훌륭한 팀장이 되리라 믿고 있었다. 하지만 노르웨이 최첨단 수사기관을 한국인 입양아 출신에 영국 귀족처럼 차려입는 동성애자가 이끌게 되리라는 사실에 우려를 표하는 목소리도 적지 않았다. 그가 입은 전통적인 트위드 헌팅 재킷과 스웨이드와 가죽으로 만든 컨트리 부츠는 카트리네가 입은 얇은 파타고니아 다운재킷과 고어텍스 운동화와 극명한 대조를 이루었다. 생전에 비에른은 그녀의 스타일을 '고프코어'라고 불렀는데, 알고 보니 그 말은 등산 복장으로 술집에 가는 사람들을 가리키는 국제적 용어였다. 그녀는 그걸 어린 아이의 엄마로서의 삶에 적응하는 일이라고 불렀다. 하지만 이렇게 더 차분하고 실용적으로 입게 된 건 그녀가 이제 더는 젊은 유망주 수사관이 아닌 강력반의 수장이기 때문이라는 사실도 인정하지 않을 수 없었다.

"이 사건 어떻게 생각하세요?" 성민이 말했다.

카트리네는 성민이 그녀와 같은 생각을 한다는 걸 알았다. 그리고 두 사람 모두 생각하는 바를 소리 내어 말하고 싶지 않았다. 아직은. 카트리네는 헛기침을 했다.

"우선은 이곳 현장에서 증거를 찾아내 무슨 일이 있었는지 알아내야 해요."

"같은 생각입니다."

카트리네는 앞으로도 크리포스로부터 '같은 생각'이라는 말을 자주 듣게 되기를 바랐다. 물론, 얻어낼 수 있는 모든 도움은 기꺼이 받을 생각이었다. 크리포스는 수산네가 사라진 지 정확히 일주일 뒤 베르티네 베르틸센이 놀라울 정도로 비슷한 상황에서 실종되었다는 신고가 접수되자마자 사건에 개입하겠다고 선언했다. 두 여자 모두 경찰이 만나 심문한 그 누구에게도 어디에 무슨 일로 가는지 알리지 않은 채 화요일 저녁에 외출했고, 그길로 사라졌다. 그 외에도 두 사람을 연결하는 다른 상황도 있었다. 그런 내용이 밝혀졌을 때 경찰은 수산네가 사고를 당했거나 자살했을 수도 있다는 가설을 접어두기로 했다.

"좋아요, 그럼." 카트리네가 말하고 일어섰다. "보스에게 보고해야겠군요."

카트리네는 두 다리에 감각이 돌아올 때까지 잠시 그대로 서 있었다. 휴대전화 불빛을 비추어 그들이 사건 현장으로 접근할 때 남긴 발자국을 가능한 한 그대로 되밟아 나가려고 했다. 나무들에 연결해 설치한 저지선 테이프 밖으로 나오자마자 카트리네는 보딜 멜링 총경의 이름 첫 번째 글자를 두드리기 시작했다. 총경은 벨이 세 번 울리고 전화를 받았다.

"브라트입니다. 늦은 시간에 죄송합니다만, 실종된 여성 중 한 명을 찾은 것 같습니다. 목이 베인 채 살해당했습니다. 동맥이 잘린 것 같고, 강간 혹은 성추행을 당한 것으로 보입니다. 수산네 안데르센인 것은 거의 확실합니다."

"유감이군." 멜링은 억양이라고는 섞이지 않은 목소리로 말했다. 그와 동시에 카트리네는 아무 표정 없는 보딜 멜링의 얼굴과 아무런 색채도 없는 그녀의 옷차림과 아무런 감정도 없는 몸짓을 떠올렸다. 가정생활에서도 아무런 갈등이 없고 성생활에도 재미라고는 없는 사람이 분명했다. 카트리네가 보기에 새롭게 임명된 총경에게서 반응을 끌어낼 수 있는 유일한 상황은 이제 곧 공석이 될 경찰청장 자리와 관련한 일이었다. 카트리네는 멜링이 자격이 부족하다기보다는 참을 수 없을 만큼 지루한 사람이라고 생각했다. 그녀는 방어적이고 배짱이 없었다.

"기자회견을 준비해주겠나?" 멜링이 물었다.

"그러죠. 혹시 직접……?"

"아니, 아직 피해자 신원이 확인되지 않았으니 자네가 맡아."

"그러면 크리포스와 같이 진행합니까? 현장에 그쪽 인원도 와 있습니다."

"그건 좋아. 다른 내용이 없으면 이만, 손님들이 계셔서."

잠시 대화가 끊긴 사이 카트리네는 전화기 너머에서 낮게 이야기 나누는 소리를 들었다. 서로 상냥하게 의견을 주고받는, 그러니까 누군가 상대방이 하는 말을 확인하고 자세히 설명하는 분위기였다. 사교적인 대화. 보딜 멜링은 그런 방식을 선호했다. 카트리네가 다시 그 문제를 꺼낸다면 멜링은 분명히 화를 낼 터였다. 베르티네 베르틸센이 실종되었다는 신고가 들어오고 두 여성이 같은 남자에게 살해되었을 수도 있다는 의심이 일자마자 카트리네는 의견을 냈다. 멜링은 그래봐야 달라질 것이 없다고 단언하면서 사실상 논의를 막았다. 카트리네는 포기해야 했다.

"한 가지만요." 카트리네는 잠시 말을 멈추고 숨을 들이마셨다.

상사가 선수를 쳤다.

"안 될 말이야, 브라트."

"이런 사건에 전문가는 그밖에 없습니다. 최고이기도 하고요."

"그리고 최악이기도 하지. 이제 우리 사람도 아니잖나. 다행스럽게도 말이야."

"언론에서 결국 그를 찾을 겁니다. 그리고 묻겠죠. 왜 우리가—."

"그러면 사실대로 말하면 돼. 어디로 갔는지 알 수 없다고. 게다가 그 사람 부인에게 벌어진 일도 그렇고, 불안정한 성격에다 약물 남용까지. 살인사건 수사를 제대로 해낼 수도 없을 거야."

"어디 가면 찾을 수 있을지 알 것 같습니다."

"그만, 브라트. 어려움이 닥치자마자 옛 영웅에게 기대는 건 자네가 강력반에서 현재 함께 일하는 부하들을 자기도 모르게 깎아내린다는 인상을 줄 수 있어. 자네가 이미 경찰도 아닌 폐인을 데려오고 싶다고 말하면 부하들의 자존심과 동기 부여에 어떤 영향을 줄 것 같나? 그런 걸 지도력 부족이라고 부르는 거야, 브라트."

"네." 카트리네는 꿀꺽 침을 삼켰다.

"좋아, 자네가 이해했다니 다행이군. 뭐, 다른 용건은 없나?"

카트리네는 잠시 생각에 빠졌다. 시간을 끌면 멜링이 적대감을 느끼고 이빨을 드러낼지도 모른다. 잘됐군. 카트리네는 나무들 꼭대기에 걸린 초승달을 바라보았다. 어젯밤, 그녀가 한 달쯤 전부터 사귀기 시작한 아르네라는 젊은 남자가 두 주 뒤에 '블러드문'이라고 부르는 개기 월식이 오면 함께 기념하자고 했다. 카트리네는 블러드문이 뭔지 잘 몰랐지만 아마 2년에서 3년마다 찾아오는 일인 것 같았다. 하지만 아르네가 무척 간절하게 말하는 바람에 서로 잘 알지도 못하는 상황에서 두 주 뒤의 일을 계획하는 건 무리라고는 도저히 말할 수 없었다. 카트리네는 사람들과 충돌하거나 대놓고 말하는 걸 두려워한 적이 없었다. 아마도 베르겐 출신 경찰로, 그곳 도시에서 비 오는 날보다 더 많은 적을 두었던 아버지에게 물려받은 기질 탓이리라. 하지만 그녀는 싸워야 할지, 싸운다면 때가 언제인지를 선택하는 법도 배웠다. 하지만 지금 생각해보니 미래를 함께할지 알 수 없는 남자와의 대립과 달리 이 싸움에서는 맞서야만 했다. 나중보다는 지금이 낫다.

“있습니다. 기자회견에서 누군가 질문하거나 다음번에 살해당할지 모르는 여자의 부모가 물어보면 그렇게 대답해도 되겠습니까?”

“무슨 말이야?”

“오슬로 경찰청은 이 도시에서 세 건의 연쇄살인 사건을 해결하고 범인 세 명을 체포한 사람의 조력을 거부한다고 말입니다. 일부 동료의 자존심에 영향을 줄 수 있다는 생각을 근거로 말이죠.”

전화기 너머에서 오랜 침묵이 이어졌고, 누군가와 대화하는 소리도 들리지 않았다. 한참 만에야 보딜 멜링이 헛기침을 했다.

“이봐, 자네 이 사건 때문에 과로하는 것 같군. 얼른 기자회견을 하고 주말에 잠 좀 자두라고. 그리고 이 얘기는 월요일에 하는 걸로 하지.”

전화를 끊은 카트리네는 법의학연구소에 전화했다. 원래 정해진 담당자가 아니라 알렉산드라 스투르드자의 전화번호로 직접 연락했다. 젊은 법의학 전문가인 그녀는 같이 사는 사람도, 아이도 없으며 오래 야근하는 걸 꺼리지도 않았다. 스투르드자는 당연하다는 듯 전화를 받더니 다른 직원과 함께 다음 날 시신을 검시하겠다고 대답했다.

통화를 마친 카트리네는 죽은 여자를 내려다보았다. 남자들 세상에서 자신만의 위치를 스스로 일궈냈다는 사실 때문에 자발적으로 남자들에게 의존해 사는 여자들을 향한 경멸을 감출 수 없는 것일 수도 있었다. 수산네와 베르티네가 남자들에 의지해 살았다는 것이 두 사람을 묶는 유일한 공통점은 아니었다. 그들은 같은 남자, 그들보다 나이가 서른 살이나 많은 부동산 재벌 마르쿠스 뢰드를 공유했다. 두 여자의 삶과 존재는 다른 사람, 그들이 갖지 못한 돈과 일자리를 가졌으며 그것들을 제공하는 남자들에 달려 있었다. 그 대가로 그들은 몸과 젊음, 아름다움을 제공했다. 그리고—지금까지, 그들의 관계가 드러난 바에 따르면— 그들이 선택한 '숙주'는 다른 남자들의 부러움 섞인 눈길을 즐길 수 있었다. 하지만 어린아이와 달리 수산네와 베르티네 같은 여자들은 사랑이 무조건적이지 않다는 사실을 알았다. 그들이 선택한 주인은 언젠가 그들을 버릴 것이고, 그들은 자신을 먹여 살릴 새로운 남자를 찾아내야 한다. 아니, 어떻게 보느냐에 따라 그들 스스로 먹이가 되기를 허락하는 것일 수도 있었다.

그게 사랑일까? 왜 아니겠는가? 그저, 생각하면 너무 우울한 내용이라서?

자갈 깔린 도로 쪽 나무들 사이로 구급차의 푸른 불빛이 보였다. 카트리네는 해리 홀레를 생각했다. 지난 4월 그가 살아 있다는 흔적을 포착했다. 캘리포니아의 베니스 해변 사진이 담긴 엽서였는데, 로스앤젤레스 소인이 찍혀 있었다. 바다 깊이 숨어 있는 잠수함에서 쏘는 수중음파탐지기 신호처럼 느껴졌다. 엽서의 내용은 짧았다. '돈 좀 보내.' 농담인지 아닌지 확실치 않았다. 그 이후로는 아무 소식이 없다.

완벽한 침묵.

그녀의 머릿속에서 끝까지 부르지 않았던 자장가의 마지막 구절이 흐르고 있었다.

'블루맨, 블루맨, 대답해. 익숙한 소리로 음메 하고 울어. 아직 안 돼 블루맨, 네 아이를 위해 죽을 수 있니?'

2

금요일, 가치

기자회견은 늘 그렇듯 경찰청의 퍼롤홀에서 열렸다. 벽에 걸린 시계는 10시 3분 전이었다. 〈VG〉*의 범죄 전문기자인 모나 도를 포함한 기자들이 경찰 관계자가 연단에 나타나기를 기다리고 있었다. 모나 도가 보기에 출석률이 높은 것 같았다. 금요일 저녁에 스무 명도 넘게 모이다니. 그녀는 함께 온 사진기자와 함께 이중 살인** 기사가 나가면 한 사람이 살해당했을 때보다 신문이 두 배 더 잘 팔리는 이유, 그리고 연쇄살인에 수확체감의 법칙이 적용되는지를 두고 짧게 토론한 적이 있다. 사진기자는 살인의 양이 아니라 피해자가 어떤 사람이냐가 더 중요하다고 했다. 희생자가 젊고 토박이 노르웨이인인 데다 평균보다 예쁘다면, 이를테면 전과자 마약쟁이 40대 커플이나 갱단 출신 이민자 소년 두세 명보다 더 많은 관심을 받게 된다는 것이다.

모나 도도 동의했다. 아직 실종된 여성 가운데 한 명만 살해당한 것으로 확인되지만, 현실적으로 다른 한 명도 같은 운명이 되었다

* 노르웨이의 타블로이드 신문인 〈베르덴스강〉의 약자.

** 한 명의 범인이 두 명의 피해자를 살해한 사건.

는 사실이 밝혀지는 건 시간문제였다. 게다가 두 사람 모두 노르웨이 출신에다 젊고 예뻤다. 이보다 좋을 수가 없었다. 어떻게 생각해야 할지 알 수가 없었다. 어리고 결백하고 무방비 상태인 사람에 대한 특별한 관심일 수도 있다. 하지만 혹시 사람들의 클릭을 유도하는 일반적인 요인들이 관여하는 것이라면? 이를테면 섹스나 돈, 독자들이 향유하고 싶은 삶 같은 것들.

다른 사람이 가진 걸 원한다니까 생각났다. 모나는 앞줄에 앉은 30대 남자를 바라보았다. 플란넬 셔츠에 올해 유행하는 것들로 온몸을 덮고 영화 〈프렌치 커넥션〉에서 진 해크먼이 썼던 낮은 중절모를 쓰고 있었다. 〈다그블라데〉의 테리 보게였는데, 모나는 그의 소식통이 누군지 알고 싶었다. 이 사건이 알려지기 시작한 뒤로 그는 누구보다 앞서 정보를 얻어냈다. 예를 들어 그는 수산네 안데르센과 베르티네 베르틸센이 같은 파티에 참석했었다는 사실도 제일 먼저 기사로 썼다. 두 여자 모두 뢰드를 스폰서로 두었다는 소문을 언급한 것도 보게였다. 짜증스러운 건 단지 그가 경쟁자였기 때문만은 아니다. 기자회견장에 그가 와 있다는 사실 자체가 짜증이 났다. 그녀의 생각을 듣기라도 한 것처럼 보게는 고개를 돌려 모나를 똑바로 바라보았다. 그는 활짝 웃으며 바보 같은 모자챙에 손가락을 하나 붙여 보였다.

"저 친구 당신을 좋아해." 사진기자가 말했다.

"알아요."

모나에 대한 보게의 관심은 그가 놀랍게도 범죄 전문기자로 신문사로 돌아온 때부터 시작되었다. 그녀는 하필이면 언론 윤리에 관한 세미나에서 만난 그에게 비교적 친절한 태도를 보이는 실수를 저지르고 말았다. 다른 기자들이 전염병 환자라도 되는 양 그를 피했으니, 그녀의 태도가 사뭇 매력적으로 느껴졌을 것이다. 이후 그는 '비법 전수와 조언'이라는 핑계로 모나에게 계속 연락했다. 그녀가 경쟁자의 멘티가 되는 데 관심이 있을 리 없고, 테리 보게 같은 사람과 엮이고 싶은 욕심이 있을 턱도 없었다. 어쨌든 보게를 둘러싼 소문에는 **뭔가** 있다는 걸 모두 알았기 때문이다. 하지만 쌀쌀맞게 대할수록 보게는 점점 더 진지해졌다. 전화하거나 소셜미디어를 통해 연락하고 심지어는 술집과 카페에 있을 때 불쑥 나타나기도 했다. 늘 그렇듯 그녀는 보게가 **그녀**에게 관심을 두고 있다는 걸 알기까지 시간이 조금 걸렸다. 모나는 한 번도 남자들에게 인기를 얻어본 적이 없다. 체격이 다부지고 얼굴이 넙데데한 데다 머리칼 색은 어머니 표현에 따르면 '아쉽고', 선천적 고관절 결함으로 걸음걸이가 게처럼 보였다. 그걸 보상하기 위한 시도인지 알 수는 없지만, 그녀는 웨이트트레이닝을 시작했고 체격은 더욱 다부지게 변했으며 데드리프트로 120킬로그램을 들고 전국 보디빌딩 대회에서 3등을 차지하기도 했다. 사람은, 적어도 그녀 자신은 세상에 공짜는 없다는 걸 체득했기에 진취적인 매력과 유머 감각 그리고 세상의 바비 인형 같은 여자들은 신경 쓰지 않을 억센 기질을 계발했고 그것들로 비공식적이지만 '범죄 분야의 여왕 기자'라는 자리와 안데르스를 쟁취해냈다. 그 둘 중에 안데르스가 더 소중했다. 뭐, 양쪽이 비슷하게 중요하긴 했지만. 별문제는 아니었다. 보게처럼 다른 남자들이 드러내는 관심이 익숙하지도 않고 기분 좋기는 해도 모나로서는 더 생각해볼 여지가 없었다. 그리고 보게에게도, 꼭 집어 말하지는 않았지만 말투나 몸짓으로 확실히 뜻을 전달했다고 생각했다. 하지만 그는 자신이 원하는 것만 보고 듣는 것 같았다. 그녀를 보는 휘둥그레진 그의 눈을 볼 때면 가끔은 무슨 생각을 하는지, 아니면 생각이 있기나 한 건지 알 수 없었다. 어느 날 밤에는 술집에서 마주쳤는데, 안데르스가 화장실에 간 사이 그녀에게 뭐라고 말했다. 너무 작은 목소리여서 음악에 묻혀 제대로 들리지 않았지만 그렇다고 아예 안 들리지도 않았다. "당신은 내 거야." 그녀는 못 들은 척했지만 그는 차분하고 자신만만한 태도로 음흉한 미소를 띤 채 서 있었다. 마치 이제 두 사람 사이에 무슨 비밀이라도 생긴 것처럼. 미친놈 같으니. 그녀는 공연한 말썽을 벌이고 싶지 않아 안데르스에게는 말하지 않았다. 안데르스가 문제를 제대로 해결하지 못하리라 생각하지는 않았다. 그렇지만 그녀는 아예 말도 꺼내지 않았다. 보게는 대체 무슨 생각인 걸까? 작은 연못에 등장한 새로운 '알파메일'인 그를 향한 그녀의 관심이 다른 기자들보다 늘 한발 앞서는 범죄 전문기자로서의 그의 위상에 비례해 점점 커질 거라 생각하나? 그가 한발 앞선다는 사실에는 논란의 여지가 없었다. 다른 사람이 가진 뭔가를 그녀가 원한다면, 그건 테리 보게 뒤를 따르는 무리 중 한 명으로 격이 떨어지는 대신, 무리를 이끄는 자리를 되찾고 싶다는 거였다.

"정보를 어디서 얻는 걸까요?" 그녀는 사진기자에게 속삭였다.

사진기자는 어깨를 으쓱했다. "이번에도 꾸며낸 이야기일 수도 있지."

모나는 고개를 가로저었다. "아니에요, 저 사람이 요새 쓰는 기사에는 충분한 근거가 있어요."

마르쿠스 뢰드와 그의 변호사인 요한 크론은 보게가 쓴 어떤 기사에도 이의를 제기하지 않았고, 그 정도면 충분한 근거가 되었다.

하지만 보게가 원래부터 범죄의 왕은 아니었다. 그에 관한 소문은 꾸준했고 앞으로 그럴 터였다. 지니라는 예명으로 활동하는 여자 가수 이야기가 그랬다. 기억하는 사람이 있는지 모르겠지만, 지니는 수지 콰트로와 비슷한 음악을 하는 레트로 글램 밴드에 속해 있었다. 사건은 5, 6년 전 벌어졌다. 이 소문에서 최악인 부분은, 보게가 지니에 관한 새빨간 거짓말을 만들어 기사로 낸 것이 아니라, 뒤풀이 파티에서 10대였던 그녀와 성관계를 하려고 그가 음료에 수면제를 넣었다는 대목이었다. 당시 보게는 무가지 소속 음악 기자였는데, 지니에게 푹 빠져 끝도 없이 좋은 기사를 쏟아냈지만 줄곧 거절당하고 있었다. 그럼에도 그는 그룹의 공연장과 뒤풀이 장소에 계속 찾아갔다. 소문이 사실이라면, 밤이 되었을 때 보게는 약 탄 음료를 마신 그녀를 둘러업고 밴드가 묵는 호텔에 예약해둔 자기 방으로 데려갔다. 무슨 일이 벌어지는지 눈치챈 남자 멤버들이 방으로 쳐들어갔더니 지니는 정신을 잃은 채 반쯤 벌거벗은 모습으로 테리 보게의 침대에 누워 있었다. 멤버들이 테리 보게를 흠씬 두들겨 팼고 그는 머리뼈가 깨져 병원에 두 달이나 입원했다. 지니와 밴드 멤버들은 보게가 충분한 처벌을 받았다고 생각했거나 기소당할 위험을 피하고 싶었을 것이다. 어느 쪽이든 사건에 관련된 누구도 경찰에 신고하지 않은 채 사건은 마무리되었다. 그렇지만 극찬의 평론은 그날로 끝났다. 그들이 새로운 곡을 낼 때마다 보게는 혹평에 더해 지니가 마약을 하며 불륜을 저지르고 표절을 하고 밴드 멤버들에게 돈을 제대로 주지 않고 공연 지원 보조금을 타내기 위해 거짓 신청서를 냈다는 기사를 썼다. 열 건도 넘는 기사가 언론중재위원회에 올라갔고, 그중 절반이 보게가 아무 근거 없이 지어냈다는 사실이 밝혀졌다. 그는 해고당했고 그때부터 5년 동안 노르웨이 언론계의 **기피인물**이 되었다. 그런 그가 어떻게 업계로 돌아왔는지는 불가사의였다. 불가사의까지는 아닐 수도 있다. 그는 자신이 음악 기자로서는 끝났다는 걸 알았지만 전부터 운영하던 블로그의 구독자를 점점 늘려가고 있었다. 결국 〈다그블라데〉가 젊은 기자가 실수 한 번에 업계에서 축출되는 것은 안 될 일이라며 그를 프리랜서 기자로 채용했다. 말이 프리랜서지 지금은 〈다그블라데〉의 정규직 기자보다 훨씬 많은 지면을 확보하고 있었다.

보게가 모나에게 고정했던 시선을 거둔 것은 연단 위에 경찰 관계자들이 들어와 자리를 잡았을 때였다. 두 사람은 오슬로 경찰청 소속으로, 강력반의 카트리네 브라트와 밥 덜런 스타일의 곱슬머리 남자인 제보 책임자 케지에르스키였다. 다른 두 사람은 크리포스 소속으로, 테리어 개처럼 생긴 올레 빈테르와 늘 잘 차려입고 깔끔한 머리를 유지하는 성민 라르센이었다. 그 모습을 보고 모나는 이미 양 기관이 합동으로 수사하기로 했다고 생각했다. 이 경우 경찰청 강력반이 볼보라면 크리포스는 페라리인 셈이다.

기자들 대부분은 소리를 녹음하고 사진을 찍으려고 휴대전화를 높이 들었지만 모나 도는 사진은 동료 기자에게 맡겨둔 채 손으로 받아적고 있었다.

짐작했던 것처럼 경찰은 외스트마르카의 스쿨레루 근처 등산 구역에서 시체가 발견되었으며 사망자의 신원이 실종 여성 수산네 안데르센으로 밝혀졌다는 사실 말고는 별로 알아낸 것이 없었다. 살해 가능성을 열어두고 수사하겠지만 자세한 사인이나 사건 정황, 용의자처럼 공개할 수 있는 세부내용은 없었다.

늘 그렇듯 기자들이 질문을 퍼부었고 관계자들은 카트리네 브라트를 중심으로 '노코멘트'나 '대답할 수 없다'라는 식의 대답만 늘어놓았다.

모나 도는 하품을 했다. 안데르스와 늦은 저녁을 먹으면서 주말을 즐겁게 시작하기로 했지만, 그 약속을 지키기 어렵게 되었다. 그녀는 오가는 말을 받아적었지만 이미 적었던 말을 다시 요약해 적는 것 같은 기분이 들었다. 어쩌면 테리 보게 역시 같은 느낌일 것이다. 그 역시 뭔가 받아적지도, 녹음하고 있지도 않았다. 그저 의자에 등을 기대고 앉아 의기양양한 표정에 가까운 미소를 살짝 지으며 상황을 지켜보고만 있었다. 관심 있는 사항에 대해 이미 대답을 들은 사람처럼 아무 질문도 하지 않았다. 다른 기자들도 질문이 바닥난 것 같았다. 제보 책임자 케지에르스키가 회견을 마무리하기 위해 입을 열려는 것처럼 보일 때 모나가 볼펜을 든 손을 높이 들었다.

"네, 〈VG〉?" 정보부서장은 주말이니 짧게 하는 것이 좋겠다는 표정을 짓고 있었다.

"이번 사건의 범인이 또다시 살인을 저지를 수 있는 자라면 대응할 수 있는 전문가가 있습니까? 다시 말해서 범인이 혹시—."

카트리네 브라트가 의자에 앉은 채 앞으로 몸을 숙이며 말을 끊었다. "이미 말씀드린 것처럼 이번 사망이 다른 범죄 행위와 연결될 수 있다고 말씀드릴 그 어떤 확실한 근거도 갖고 있지 않습니다. 지금까지 이 사건에 대해 밝혀진 내용을 고려할 때 강력반과 크리포스의 협력을 통한 전문성은 충분하다고 말씀드릴 수 있습니다."

모나는 브라트가 한 말 가운데에서도 '밝혀진 내용'이라는 말에 주목했다. 그 말을 할 때 브라트 옆자리에 앉은 성민 라르센은 고개를 끄덕이지도, 전문성이라는 단어에 관한 어떤 반응을 드러내지도 않았다.

기자회견은 끝났고 모나와 다른 기자들은 선선한 가을밤 속으로 나섰다.

"어떻게 생각해?" 사진기자가 물었다.

"경찰은 시체를 찾아서 행복한가 봐요." 모나가 말했다.

"**행복**?"

"네. 수산네 안데르센과 베르티네 베르틸센이 이미 여러 주 전에 죽었다는 걸 경찰은 알아요. 하지만 두 사람이 뢰드의 파티에 함께 있었다는 사실 말고는 단서가 전혀 없단 말이죠. 그러니 시체라도 한 구 나와서 뭐든 수사할 거리가 있는 상황에서 주말을 맞게 되어 경찰은 행복할 거예요."

"빌어먹을, 정말로 냉정한 여자군."

모나는 놀라 사진기자를 바라보았다. 그리고 잠시 생각했다.

"고마워요." 그녀는 말했다.

요한 크론이 토마스 헤프튀에스 가에 렉서스 UX 300e 자동차를 세울 자리를 가까스로 찾아내고 고객인 마르쿠스 뢰드가 일러준 건물 주소로 찾아간 것은 11시 15분이었다. 50세의 변호사는 오슬로 최고의 변호사 서너 명 안에 들 정도로 인정받고 있었다. 대중매체를 통해 널리 알려졌기 때문에 일반인들은 크론을 두말할 것 없이 최고의 변호사로 여겼다. 최고로 유명한 변호사인 그는 몇 명을 제외하고는 고객보다 더 큰 스타여서 고객을 방문하지 않고 오히려 고객이 그의 사무실을 찾아왔다. 대개는 근무 시간에 맞춰 로센크란츠 가에 있는 '크론 앤드 시몬센' 로펌으로 와야 했다. 가끔은 어쩔 수 없이 고객의 집으로 찾아가야 할 때도 있었다. 하지만 이곳은 뢰드의 집이 아니다. 그가 공식적으로 사는 곳은 오슬로북타에 있는 새 건물들 가운데 하나의 꼭대기에 있는 260제곱미터 넓이의 펜트하우스였다.

30분 전에 전화로 지시받은 대로 크론은 뢰드가 소유한 회사인 '바르벨 부동산'이라는 이름이 붙은 초인종을 눌렀다.

"요한?" 마르쿠스 뢰드가 숨 가쁜 목소리로 말했다. "5층이야."

출입문 꼭대기에서 윙 소리가 나자 크론은 문을 밀었다.

엘리베이터가 의심스럽게 보여서 크론은 계단을 택했다. 넓은 오크 계단과 주철 난간은 노르웨이의 유서 깊은 고급 타운하우스라기보다는 가우디를 떠올리게 했다. 5층으로 올라가니 문이 열려 있었다. 안쪽에서는 전쟁이 벌어지고 있는 것 같았는데, 집 안으로 들어가 거실 쪽에서 비치는 푸른 빛에 그쪽을 들여다보고야 무슨 상황인지 알 수 있었다. 최소한 100인치는 되어 보이는 커다란 TV 앞에 세 남자가 등을 보인 채 서 있었다. 가운데, 가장 덩치 큰 남자는 VR 고글을 쓰고 양손에 게임 컨트롤러를 들고 있었다. 20대로 젊어 보이는 다른 두 남자는 TV 화면을 통해 VR 고글을 쓴 남자가 보는 광경을 지켜보고 있었다. TV에서 벌어지는 전쟁은 안쪽에서 몰려드는 독일군 철모 모양으로 미루어보아 제1차 세계대전의 참호전 같았다. 덩치 큰 남자는 게임 컨트롤러로 독일군을 해치우고 있었다.

"좋았어!" 마지막으로 남은 독일군의 머리가 철모 안에서 터지면서 바닥에 쓰러지자 젊은 남자 한 명이 소리쳤다.

덩치 큰 남자가 VR 고글을 벗더니 크론을 향해 돌아섰다.

"일단 **약간은** 처리가 됐군." 그는 만족한 듯 씩 웃으며 말했다. 마르쿠스 뢰드는 나이를 고려하면 미남이었다. 광대가 크고 장난스러운 얼굴에 햇볕에 그은 부드러운 피부, 뒤로 빗어 넘긴 머리칼은 스무 살 청년처럼 검게 빛났다. 허리에 약간의 군살이 붙긴 했지만 워낙 키가 커서 나온 배도 위엄 있어 보였다. 하지만 가장 먼저 눈에 띄는 건 강렬한 활기가 느껴지는 눈빛이었다. 사람들 대부분이 처음에 그 활기의 매력에 빠졌다가 지쳐 쓰러지고 결국 마르쿠스 뢰드에게 기가 빨리고 만다. 상대가 스스로 생각해서 행동한다고 느끼는 사이 아마도 뢰드는 자신이 원하는 바를 취했을 것이다. 그러나 뢰드의 활력은 그의 기분처럼 늘 불안정하고 변화무쌍했다. 크론은 뢰드의 활력과 기분은 지금 그의 콧구멍 아래에 묻은 하얀 가루와 관련이 있다고 추측하고 있다. 요한 크론은 이 모든 걸 알지만 참아내고 있다. 크론에게 선지급되는 변호사 비용 가운데 절반은 크론의 전적인 관심 그리고 결과를 달성하려는 충실함과 의욕을 보장하는 비용이라고 뢰드가 고집스럽게 주장하기 때문은 아니다. 그보다는 뢰드가 크론이 꿈꾸는 최고의 고객이기 때문이다. 유명인에다 혐오스러운 이미지의 뢰드를 고객으로 선택한 크론은 역설적으로 기회주의자라기보다는 오히려 용감하고 원칙적인 사람으로 보였다. 따라서 크론은 뢰드에게 의뢰를 받을 수만 있다면 금요일 밤 호출도 기꺼이 받아들일 수 있었다.

뢰드가 신호를 보내자 두 젊은이는 어디론가 사라졌다.

"〈워 리메인스〉 게임 봤나, 요한? 못 봤어? 끝내주는 VR 게임인데, 아무나 쓸 수는 없어. 여기 있는 건 나더러 투자 좀 해달라며 가져온, 개발 중인 버전인데……." 뢰드는 TV 스크린을 향해 고갯짓하면서 유리병을 들어 크리스털 술잔 두 개에 위스키를 따랐다. "이 친구들은 기존 게임의 장점은 그대로 유지하고 싶어해. 하지만, 그걸 뭐라고 하지? 역사의 방향에 영향을 줄 수 있도록 하고 싶은 거야. 어쨌거나 우리가 원하는 건 그런 거잖아?"

"차를 가져와서요." 크론은 뢰드가 내미는 술잔을 향해 손바닥을 들어 보였다.

뢰드는 왜 술을 마다하는지 이해할 수 없다는 듯 잠시 크론을 바라보았다. 그러더니 큰 소리를 내며 재채기를 하고는 바르셀로나 가죽 의자에 앉아 술잔 두 개를 앞에 놓인 테이블에 내려놓았다.

"여긴 누구 아파트입니까?" 크론은 다른 의자에 앉으며 물었다. 그리고 질문한 걸 즉시 후회했다. 변호사로서 필요한 것 말고는 모르는 편이 가장 안전한 법일 때가 있기 때문이다.

"내 거야. 여기는 내가…… 그러니까 여가를 즐기는 곳이지."

마르쿠스 뢰드가 어깨를 으쓱하며 불량스럽게 웃는 걸 보니 나머지 얘기는 듣지 않아도 뻔했다. 크론의 고객들 가운데도 비슷한 용도의 아파트를 소유한 사람들이 있었다. 크론도 바람을 피우던 시절 유부남을 위한 비밀 아파트라는 걸 하나 살까 고민한 적이 있었다. 다행스럽게도 불륜 관계는 자신이 뭘 잃게 될지 깨달았을 때 마무리했지만.

"그러면 이제 어떻게 되는 거지?" 뢰드가 물었다.

"이제 수산네가 살해당한 사실이 밝혀졌고, 수사는 새로운 국면으로 접어들겠죠. 다시 소환당해 심문받을 준비를 해야 합니다."

"다시 말해 내게 더 시선이 모일 거라는 얘기군."

"당신이 용의자가 될 수 없다는 증거를 경찰이 사건 현장에서 찾아내지 않는다면 그렇죠. 그런 증거가 나올 희망은 항상 있으니까요."

"당신이 그렇게 말할 수도 있다고 생각했어. 하지만 이제 희망을 품고 앉아만 있을 수는 없어, 요한. 지난 이 주일 사이 바르벨 부동산이 큰 계약을 세 건이나 놓친 걸 알잖아? 더 좋은 조건을 기다린

다느니 하는 말 같지도 않은 핑계를 대면서 말이야. 나랑 여자들에 관한 〈다그블라데〉 기사 때문에 혹시라도 살인사건과 얽힐까 봐, 내가 체포되고 바르벨 부동산이 망할까 봐 그러는 거라고 차마 아무도 말 못 하는 것뿐이지. 이렇게 멍하니 앉아 공무원 녀석들, 박봉의 얼간이 경찰들이 제대로 일을 해내기만을 바라고 있다가는 내가 범인이 아니라는 증거를 놈들이 찾아내기도 전에 바르벨 부동산이 파산하겠어. 상황을 주도해야 한다고, 요한. 사람들에게 내가 결백하다는 걸 보여줘야 해. 아니면 최소한 진실이 밝혀지는 것이 내 이익에 부합한다고 내가 믿고 있다는 걸 보여주든지."

"그래서요?"

"수사할 사람을 따로 고용하면 어떻겠나. 최고 일류로 말이야. 가장 좋은 시나리오는 사람을 사서 살인범을 잡는 거야. 하지만 실패한다 해도 내가 진실을 알아내는 데 진심이라는 걸 대중에게 보여줄 수 있겠지."

요한 크론이 고개를 끄덕였다. "그러면 제가 '악마의 대변인'이 되어 억지 반대의견을 내보죠. 물론, 당신이 악마라는 말은 아닙니다."

"해봐." 뢰드는 말하고 재채기를 했다.

"우선 최고의 형사들은 이미 크리포스에서 일하고 있습니다. 그 쪽이 강력반보다 월급이 많거든요. 그리고 그들이 설사 안정적인 일자리를 버리고 우리가 제안하는 단기 임무를 맡는다 해도, 그들은 퇴직 3개월 전에 사표를 내야 하며 이번 두 여성 실종 사건에 관한 비밀 유지 의무를 지게 됩니다. 그러니 그 친구들은 우리에게 쓸모가 없습니다. 둘째, 여론이 매우 나쁠 겁니다. 재벌이 돈을 대서 수사를 한다? 스스로 피해를 보게 될 겁니다. 당신이 고용한 수사관이 당신이 결백하다는 증거를 찾아낸다면, 당연히 사람들의 의심을 사겠죠. 경찰이 똑같은 사실을 찾아냈다면 아무 일도 없을 텐데 말입니다."

"아." 뢰드는 웃으며 휴지로 코를 닦았다. "역시 돈이 좋긴 좋군. 당신은 솜씨가 좋아. 문제점을 짚어냈군. 자, 그럼 우리가 그 문제를 해결할 방법을 찾아내서 당신이 최고라는 걸 좀 보여줘."

요한 크론은 의자에 앉은 채 몸을 세웠다. "절 믿어주셔서 감사하긴 한데, 문제가 있습니다."

"문제?"

"최고를 찾아야 한다고 하셨는데 최고라고 할 수 있는 사람이 한 명 있기는 합니다. 그 사람의 과거 실적을 보면 확실히 그렇죠."

"그런데?"

"하지만 지금은 경찰이 아니에요."

"아까 거론한 내용에 따르면, 그건 장점일 수도 있잖아."

"제 말은 그 친구가 안 좋게 경찰을 그만뒀다는 겁니다."

"안 좋다니?"

"뭐부터 말해야 할지. 불성실. 근무 중 중대 과실. 술에 취한 채 근무한 알코올의존자. 폭력 사건 여러 건. 약물남용 등등. 처벌은 피했지만 동료 한 명 이상의 죽음에 책임이 있고요. 요컨대 양심적으로 말하자면 그가 잡아들인 범죄자 대부분보다 범죄를 더 많이 저지른 자죠. 게다가 같이 일하기에는 악몽 같은 자일 겁니다."

"길기도 하군. 그렇게 대책이 없는 친구라면서 굳이 얘기하는 이유는?"

"그가 최고니까요. 그리고 아까 말씀하신 두 번째 이유에 들어맞을 것 같기도 하고요. 진심으로 진실을 알아내려고 노력하는 모습을 대중에게 보여주는 것 말입니다."

"그래서?"

"그 친구가 해결한 사건들 덕분에 그는 대중적인 이미지를 가진 보기 드문 형사가 된 겁니다. 타협하지 않는, 어떤 것에도 휘둘리지 않는 진실한 이미지를 갖고 있죠. 물론 부풀려졌겠지만, 사람들은 그런 신화를 좋아합니다. 그런 이미지는 그가 돈에 매수되어 수사한다는 의심을 잠재울 수 있으니 우리 목적에도 맞습니다."

"정말이지 돈값을 톡톡히 하는군, 요한 크론." 뢰드는 씩 웃었다. "그자야말로 우리에게 필요한 사람이야!"

"문제는—."

"아니! 받아들일 때까지 금액을 계속 올려."

"—그 친구가 정확하게 어디 있는지 아무도 모른다는 겁니다."

뢰드는 위스키 잔을 들어 올렸지만 마실 생각은 하지 않은 채 얼굴을 찌푸리고 술잔을 내려다보기만 했다. "'정확하게'라는 말은 무슨 뜻인가?"

"그 친구가 몸담았던 강력반 반장인 카트리네 브라트와 공식적으로 만날 일이 가끔 있습니다. 제가 물었더니 마지막으로 어딘가 큰 도시에서 보낸 연락을 받긴 했는데, 도시의 어디에 있는지 뭘 하는지는 모른다고 하더군요. 그다지 낙관적이지 않은 것 같았습니다."

"요한! 그 친구가 최고라고 해놓고 이런 식으로 빼는 건가? 그 친구야, 느낌이 온다고! 그러니까 찾아내."

크론은 한숨을 내쉬었다. 입을 연 걸 또다시 후회하고 있었다. 잘난 체하는 맛에 마르쿠스 뢰드가 툭하면 사용하는 '네가 최고란 걸 보여줘'라는 뻔한 덫에 제 발로 기어 들어가고 만 것이다. 하지만 덫에 다리가 걸렸으니 돌아서기에는 너무 늦었다. 여기저기 연락을 해봐야 할 것이다. 그는 시차를 계산했다. 좋아, 지금 바로 연락하면 되겠군.

3

토요일

알렉산드라 스투르드자는 싱크대 위 거울 속 얼굴을 자세히 보았다. 그녀는 곧 손으로 만지게 될 것이 시체가 아니라 살아 있는 사람이라도 되는 듯이 정해진 순서에 따라 구석구석 손을 씻었다. 굳은 얼굴에는 마맛자국이 보였다. 뒤로 단단히 모아 묶은 머리는 칠흑처럼 까맸지만 이제 새치가 하나씩 등장하리라는 걸 알고 있었다. 루마니아 출신인 그녀의 어머니는 이미 30대 초반에 흰머리가 났다. 노르웨이 남자들은 그녀의 갈색 눈동자가 "번득인다"고 했다. 특히 사람들이 거의 알아챌 수 없을 정도인 그녀의 억양을 누군가 흉내 낼 때 그렇다고 했다. 아니면 그들이 그녀의 출신 국가를 들먹일 때도 그렇다고 했다. 어떤 사람에게는 루마니아 출신이라는 사실이 우습게 보이는 모양이었다. 그녀는 그런 사람들에게 자신이 티미쇼아라 출신인데, 그곳은 1884년 유럽 최초로 가로등을 설치했고 그건 오슬로보다 두 세대나 앞선 일이라고 말해주었다. 스무 살에 노르웨이에 온 그녀는 세 가지 일을 하면서 노르웨이어를 배웠고 NTNU*에서 화학을 배우면서 일을

* 노르웨이 과학기술대학교.

두 가지로 줄였다. 지금은 한 가지, 그러니까 법의학연구소에서 일하면서 DNA 분석에 관한 박사 학위 주제를 무엇으로 할지 고민하는 중이다. 가끔—그렇게 자주는 아니지만— 그녀는 자신이 남자들에게 매력적으로 보이는 까닭이 궁금했다. 얼굴이나 가끔은 냉혹하기까지 한 솔직한 성격 때문은 당연히 아닐 터였다. 지성이나 사회적 성공 때문일 리도 없었다. 남자들은 그런 것들에 매력보다는 위협을 느끼기 때문이다. 그녀는 한숨을 내쉬었다. 전에 어떤 남자가 그녀의 몸이 호랑이와 람보르기니를 합쳐놓은 것 같다고 말한 적이 있었다. 같은 말도 누가 하느냐에 따라 저급하게 들릴 수도 있고 전적으로 받아들일 수도, 심지어 황홀하게 들릴 수도 있다는 건 참으로 묘한 일이다. 그녀는 물을 잠그고 부검실로 들어갔다.

헬게는 이미 와 있었다. 그녀보다 2년 후배 검시관인 그는 눈치가 빠르고 잘 웃었다. 알렉산드라는 그 두 가지 능력이 죽은 사람을 만지며 어떻게 죽었는지 그 비밀을 알아내는 일을 하는 사람에게 자산이라고 생각했다. 헬게는 생체공학자, 알렉산드라는 화학공학자로 두 사람 모두 전체적인 임상 부검은 아니어도 법의학적 부검을 수행할 능력이 있었다. 그런데도 일부 부검의들은 검시관들을 Diener(디너)—하인—라고 부르길 고집했다. 오래전 독일 부검의들로부터 내려온 유물이었다. 헬게는 신경 쓰지 않았지만 알렉산드라는 가끔 그런 말에 영향받는다는 걸 인정하지 않을 수 없었다. 특히 오늘 같은 날, 부검의가 예비 부검에서 해야 할 모든 일을 그녀가 똑같이 잘 해냈을 때 더욱 그랬다. 헬게는 그녀가 연구소에서 가장 좋아하는 동료였다. 부르면 늘 와주었는데, 대부분의 노르웨이 사람들은 토요일이나 평일 4시 이후에는 절대로 일하려 하지 않았다. 미국인들이 대륙붕에서 석유를 찾아내지 않았더라면 이렇게 일하기 싫어하는 사람들이 어떤 수준의 생활을 하고 있을까. 알렉산드라는 가끔 궁금했다.

그녀는 부검대 위 벌거벗은 채 누운 젊은 여자의 시체 위에 매달린 전등을 켰다. 시체에서 나는 냄새는 여러 가지 요소의 영향을 받는다. 나이, 사망 원인, 약물 복용 여부, 어떤 음식을 먹었는지. 물론 부패 과정이 얼마나 진행되었는지에 따라서도 다르다. 알렉산드라는 살 썩는 냄새나 대변, 오줌의 악취는 잘 견뎠다. 심지어 시체가 분해되는 과정에서 생성되어 길게 쉭 소리를 내며 몸에서 빠져나오는 가스도 견뎌낼 수 있었다. 그녀를 괴롭히는 건 위액이었다. 토사물과 담즙 그리고 다양한 산성 물질의 냄새. 그런 면에서 볼 때 수산네 안데르센은 야외에서 3주나 지났지만 상태가 그다지 나쁘지 않았다.

"유충이 없네요?" 알렉산드라가 물었다.

"다 제거했죠." 헬게가 그들이 사용하는 식초병을 든 채 말했다.

"보관은 했죠?"

"그럼요." 헬게는 십여 마리의 구더기가 든 유리 상자를 가리켰다. 구더기의 길이를 통해 얼마나 오래 시체를 먹고 자랐는지 파악할 수 있기에, 다시 말해 언제 부화했는지 알 수 있기에 반드시 보관해야 한다. 그러면 사망 시각 파악에 도움이 된다. 시간 단위는 아니더라도 며칠 또는 몇 주 정도 지났는지 알 수 있다.

"오래 안 걸릴 거예요." 알렉산드라가 말했다. "강력반에서는 사망 원인이 혹시 보이는지 외관 검사 결과만 알고 싶은 거니까. 혈액, 소변, 체액 검사. 혹시 오늘 밤 약속 있어요? 여기……."

헬게는 그녀가 가리키는 부위의 사진을 찍었다.

"영화나 볼까 했죠."

"같이 게이 클럽에 가서 춤이나 추면 어때요?" 그녀는 서류 양식에 뭔가를 적고 다시 손으로 가리켰다. "여기도."

"춤 못 춰요."

"말도 안 되는 소리. 게이가 어떻게 춤을 못 춰요. 여기 목에 자상 보여요? 왼쪽에서 시작해 점점 깊어진 다음 오른쪽 끝에서 얕아졌네요. 오른손잡이 범인이 뒤에 서서 머리를 붙잡고 있었다는 거죠. 어떤 부검의가 해준 얘기인데, 비슷한 상처를 보고 살인사건이라고 생각했는데 알고 보니 자기가 스스로 목을 그었다는 거예요. 진짜 단호한 사람이었겠지. 어때요? 오늘 밤 게이들이랑 춤 좀 추러 갈래요?"

"내가 게이가 아니라면요?"

"그렇다면……." 알렉산드라는 뭔가 적으며 말했다. "다시는 당신이랑 어디 가고 싶지 않겠죠."

헬게는 소리 내어 웃더니 사진을 찍었다. "이유는?"

"당신이 다른 남자들 접근을 막을 거잖아요. 훌륭한 바람잡이는 게이여야 해요."

"게이인 척할 수 있어요."

"그건 안 돼요. 남자들이 테스토스테론 냄새를 맡고 물러선단 말이지. 이건 어떤 것 같아요?"

그녀는 돋보기로 수산네 안데르센의 젖꼭지 바로 아래를 들여다보았다.

헬게도 몸을 가까이 숙였다. "침이 마른 건가? 아니면 콧물인가. 어쨌든 정액은 아니네요."

"사진을 찍은 후 내가 샘플을 채취해 월요일에 연구실에서 확인해볼게요. 운이 좋으면 DNA를 찾아낼 수 있겠죠."

헬게가 사진을 찍는 동안 알렉산드라는 입과 귀, 콧구멍, 눈을 확인했다.

“여긴 왜 이렇게 된 걸까요?” 그녀는 펜라이트를 들어 텅 빈 눈구멍을 비췄다.

“동물의 짓인가?”

“아니, 아닌 것 같아요.” 알렉산드라는 눈구멍 주위를 비췄다. “눈알이 전혀 남아 있지 않은데 눈 주위에 새나 설치류의 발톱이 만든 상처가 없잖아요. 그리고 동물이 그랬다면 다른 눈알은 왜 그대로 두었겠어요? 여기 사진 찍고…….” 그녀는 눈구멍에 불빛을 비췄다. “신경섬유 가닥이 칼로 자른 것처럼 싹둑 잘렸잖아요?”

“맙소사. 누가 이런 짓을 했을까요?”

“분노에 찬 남자.” 알렉산드라는 고개를 흔들었다. “잔뜩 화가 나고 잔뜩 상처 입은 남자들. 그런 자들이 돌아다니고 있는 거예요. 오늘 밤에는 나도 집에 박혀 영화나 봐야겠네.”

“그러시죠.”

“좋아. 그러면 놈이 성적으로도 공격했는지 살펴봅시다.”

두 사람은 성기 외부와 안쪽에 확실한 상처가 보이지 않고 질 바깥쪽에도 정액의 흔적이 없다는 걸 확인하고 나서 옥상에 올라가 담배를 피우며 잠시 쉬었다. 만일 질 내부에 정액이 있었다 해도 이미 오래전에 몸속으로 흡수되었을 것이다. 월요일이 되면 부검의도 똑같은 검사를 하겠지만 그들이라고 다른 결론을 내리지는 않을 것이 분명했다.

알렉산드라는 꾸준한 흡연자는 아니었지만, 담배가 혹시라도 죽은 자의 몸속에 자리 잡고 있었을지 모를 악마를 몰아낼 수 있다는 어렴풋한 믿음을 갖고 있었다. 그녀는 담배를 빨고 오슬로 시내를 바라보았다. 그리고 창백하고 맑은 하늘 아래 은빛으로 반짝거리는 피오르 쪽으로 시선을 돌렸다. 야트막한 언덕들 너머로 가을빛이 빨갛게, 노랗게 빛나고 있었다.

"빌어먹을, 경치 좋네." 알렉산드라는 한숨을 내쉬며 말했다.

"안 좋았더라면 좋았을 것처럼 말하네요." 헬게가 그녀의 담배를 넘겨받으며 말했다.

"뭔가에 정붙이는 걸 아주 싫어하거든요."

"뭔가?"

"장소나 사람들."

"남자?"

"특히 남자가 그렇죠. 남자들은 내 자유를 빼앗아요. 아니, 남자들이 빼앗는 게 아니지. 내가 겁쟁이처럼, 마치 그렇게 프로그램된 것처럼 줘버리는 거죠. 자유가 남자보다 더 소중한데도 말이에요."

"정말요?"

그녀는 담배를 다시 빼앗아 화난 사람처럼 길게 빨아들였다. 그러고는 힘껏 연기를 내뿜으며 거칠고 귀에 거슬리는 웃음소리를 냈다.

"내가 빠지는 남자들보다는 자유가 낫지."

"전에 말했던, 그 경찰이라는 남자는요?"

"아, 그 사람." 알렉산드라는 낄낄대며 웃었다. "그래, 그 사람 좋아했죠. 하지만 엉망인 사람이었어요. 아내한테 쫓겨나서 술만 퍼마셨거든요."

"지금은 어디 있는데요?"

"아내가 죽고 이 나라를 떴어요. 끔찍한 일이죠." 알렉산드라는 갑자기 일어섰다. "좋아, 마무리하고 시체를 냉장고에 넣어야지.

난 파티에 가고 싶어요!"

두 사람은 부검실로 돌아와 마지막으로 샘플을 채취하고 양식의 빈칸들을 채우고 주변을 정리했다.

"파티 얘기가 나와서 말인데요." 알렉산드라가 말했다. "이 여자랑 다른 실종자가 갔다는 파티 알아요? 그 파티에 나도 초대받았고, 그래서 당신한테 같이 가자고 했었잖아요."

"진짜요?"

"기억 안 나요? 뢰드 이웃의 친구가 날 초대했어요. 그 사람 말이 오슬로북타 최고의 루프톱 테라스에서 파티가 열린다더라고요. 부자와 유명 인사, 파티꾼 들이 득실거린다고. 여자들은 치마를 입고 가야 좋아한다고 했고. **짧은** 치마를."

"와, 안 가실 만도 했네요."

"헛소리 마요. 당연히 가려고 했지! 그날 일이 많지만 않았어도. 그랬으면 당신도 나랑 같이 갔을 거고."

"내가요?" 헬게는 웃었다.

"당연하지." 알렉산드라는 웃었다. "난 게이의 친구니까요. 나랑 같이 가서 아름다운 사람들과 어울리면 어떨지 상상이 되죠?"

"네."

"거봐, 당신은 게이라니까요."

"네? 이유가 뭐죠?"

"솔직하게 말해봐요, 헬게. 남자랑 자본 적 있죠?"

"글쎄요……." 헬게는 시체가 누운 부검대를 밀고 냉장고로 다가가며 말했다. "있죠."

"여러 번?"

"그렇다고 내가 게이는 아니죠." 그는 문을 열고 커다란 금속 선반을 꺼내며 말했다.

“그렇지, 그냥 정황증거일 뿐이야. 진짜 증거는 자네가 스웨터를 한쪽 어깨 위와 반대쪽 겨드랑이에 걸치고 묶은 거라네, 왓슨.”

헬게는 낄낄 웃더니 보조 테이블 위에 있던 하얀색 천을 뭉쳐서 그녀에게 던지는 척했다. 알렉산드라는 부검대 뒤로 몸을 숙여 피하며 웃었다. 그렇게 몸을 숙인 채로 있던 그녀의 눈이 시체에 고정되었다.

“헬게.” 그녀가 낮은 목소리로 말했다.

“네.”

“우리가 뭔가 놓친 것 같아요.”

“네?”

알렉산드라는 수산네 안데르센의 머리로 손을 뻗더니 머리카락을 한쪽으로 빗어 넘겼다.

“그게 뭐죠?”

“꿰맨 자국. 얼마 되지 않았어요.”

헬게가 부검대를 돌아 반대편으로 왔다. “흠. 최근에 다쳐서 치료받았을까요?”

알렉산드라는 머리칼을 계속 들추며 봉합선을 따라갔다. “이건 훈련받은 의사가 꿰맨 자국이 아니에요. 이렇게 굵은 실을 쓰거나 이렇게 엉성하게 꿰매는 의사는 없어요. 그냥 급하게 마구 꿰맨 거죠. 그리고 여기. 봉합선이 머리를 한 바퀴 빙 둘렀어요.”

“이건 마치…….”

“두피를 벗겨낸 것처럼.” 알렉산드라는 냉기가 몸을 훑고 지나가는 걸 느끼며 말했다. “그런 다음 두피를 도로 덮은 거예요.”

그녀는 헬게의 울대뼈가 올라갔다가 내려오는 모양을 보았다.

"우리가……." 그는 말을 꺼냈다. "속이 어떤지 확인해볼까요?"

"아니에요." 알렉산드라는 일어서며 단호하게 말했다. 그렇지 않아도 퇴근해도 악몽이 자꾸 따라오는 판이었는데, 부검의들이 연봉을 그녀보다 20만 크로네*나 더 받는 데는 그만한 이유가 있다.

"이건 우리가 해낼 수 있는 일이 아니에요. 우리 같은 하인은 이런 일은 어른들에게 넘겨야 해요."

"좋아요. 그건 그렇고, 오늘 밤 함께 파티에 가는 것도 좋아요."

"좋았어. 하지만 보고서를 마무리하고 사진을 첨부해 강력반의 브라트에게 보내야 해요. 이런, 젠장!"

"왜요?"

"지금 생각났는데, 브라트는 보고서에서 침인지 뭔지 모르는 물질이 나왔다는 내용을 보면 DNA 분석을 빨리 해달라고 할 거예요. 결국 오늘 밤에는 놀러 못 간다는 뜻이죠."

"에이, 안 된다고 하면 되잖아요. 누구든 휴식은 필요하다고요. 선배님이라고 해도요."

알렉산드라는 양손을 허리춤에 얹고 고개를 한쪽으로 기울인 채 엄한 눈길로 헬게를 바라보았다.

"알았어요." 헬게는 한숨을 내쉬었다. "모두 쉬기만 하면 나라 꼴이 뭐가 되겠습니까?"

* 1만 크로네는 한화로 130만 원 정도이다.

4

토요일, 토끼 굴

해리 홀레는 잠에서 깼다. 어두컴컴한 방갈로 내부를 향해 대나무 블라인드 아래로 밀고 들어온 햇빛은 거친 나무 마루를 지나 커피 테이블로 사용하는 돌판 너머 주방 조리대 위까지 뻗어 있었다.

주방 조리대 위에 고양이 한 마리가 앉아 있었다. 루실이 돌보는 여러 고양이 가운데 한 마리였다. 그녀가 쓰는 본채에는 수없이 많은 고양이가 있었는데, 해리는 어느 놈이 어느 놈인지 구분할 수가 없었다. 고양이는 웃고 있는 것 같았다. 고양이는 꼬리를 천천히 흔들면서 벽을 따라 허둥지둥 달리는 생쥐를 차분하게 지켜보고 있었다. 생쥐는 이따금 멈춰 주둥이를 들고 킁킁대며 움직였다. 고양이를 향해. 눈이 멀었나? 냄새를 못 맡는 녀석인가? 해리의 마리화나를 주워 먹었나? 이 도시에서 행복을 찾는 다른 많은 사람처럼 자기만 다르고 특별하다고 생각하는 건가? 아니면, 이 **고양이**는 특별한 녀석이라 선의를 갖고 자기를 먹지 않을 거라 생각하나?

해리는 생쥐에게서 눈을 떼지 않으면서 침대 옆 탁자 위 마리화나로 손을 뻗었다. 생쥐는 고양이를 향해 똑바로 가고 있다. 고양이가 펄쩍 덤벼들더니 생쥐를 입에 물고 들어 올렸다. 생쥐는 포식

자의 아가리에 붙잡힌 채 몇 번 꿈틀대더니 축 늘어졌다. 고양이는 전리품을 바닥에 내려놓더니 한쪽으로 고개를 삐딱하게 기울이고는 먹을지 말지 결정하지 못한 것처럼 생쥐를 바라보았다.

해리는 마리화나에 불을 붙였다. 그는 마리화나가 새롭게 시작한 음주 요법과 어긋나지 않는다는 결론에 도달했다. 연기를 빨아들이고 연기가 구불구불 천장으로 올라가는 모습을 지켜보았다. 카마로 운전석에 앉은 남자가 나오는 꿈을 또 꿨다. 자동차는 멕시코의 바하칼리포르니아 주 번호판이었다. 이번에도 똑같은 꿈으로, 남자가 그들을 뒤쫓고 있었다. 그러니 해몽은 별로 어렵지 않았다. 해리가 술집 '크리처스' 밖 주차장에서 글록 17의 총구 앞에 서서 죽음을 눈앞에 두고 있던 때로부터 3주가 지났다. 죽음을 맞는 건 별문제가 아니었다. 그러니 죽음의 순간이 지난 때부터 매일 죽지 **않겠다는** 생각이 온통 머릿속을 채운 것은 정말 이상한 일이었다. 폴로 셔츠를 입은 남자가 망설인 것이 시작이었다. 어쩌면 남자는 해리가 정신병자라서 당해낼 수 있고 통제 가능한 장애물이기에 총으로 쏠 필요가 없다고 생각했을 수도 있다. 하지만 남자는 해리의 '끌 주먹'에 목을 맞고 쓰러지는 바람에 더 깊이 생각할 수 없었다. 해리는 남자의 후두를 아예 날려버렸다. 남자는 자갈 위에서 벌레처럼 몸부림치며 양손으로 목을 부여잡고 눈이 툭 튀어나온 채 필사적으로 숨을 들이쉬었다. 해리는 땅에 떨어진 글록을 집어 들고 차에 있는 남자를 보았다. 선팅한 유리창 때문에 뚜렷하진 않았지만, 얼굴 윤곽이 보였다. 남자는 하얀색 셔츠를 맨 위 단추까지 채워 입은 것 같았다. 그리고 담배인지 시가릴로*인지

* 짧고 얇은 미니 시가.

를 피우고 있었다. 남자는 꼼짝도 하지 않고 그저 차분하게, 마치 평가하면서 기억해두는 것처럼 해리를 보고 있었다. 누가 "타요!"라고 외치는 걸 듣고서야 루실이 자기 차의 시동을 걸고 조수석 문을 열어두고 있다는 걸 알아차렸다.

해리는 차에 뛰어들었고 그렇게 토끼 굴로 들어왔다.

루실이 선셋 대로 쪽으로 방향을 잡자마자 그는 돈을 누구에게 얼마나 빌렸는지부터 물었다.

첫 번째 대답인 '에스포시토 조직'이라는 이름은 해리에게 별 의미가 없었지만, 두 번째 대답인 '96만 달러'는 글록 권총이 말해준 내용을 다시 확인해주었다. 그녀가 아주 큰 곤경에 빠졌다는 것. 게다가 이제 해리도 그 곤경을 함께 겪어야 한다.

그는 어떤 상황에서도 절대 집에 돌아가서는 안 된다고 설명하고, 숨어 있을 집을 가진 사람이 주변에 없느냐고 물었다. 루실은 로스앤젤레스에 친구가 아주 많다고 대답했다. 하지만 한참 생각하더니 그들 가운데 누구도 그녀를 위해 위험을 감수하지 않을 거라고 했다. 그들은 주유소에 멈춰 섰고, 루실은 첫 번째 전남편에게 연락했다. 그는 여러 해 사용하지 않은 집을 한 채 갖고 있었다.

그렇게 두 사람은 지금 묵는 집에 오게 되었다. 다 무너져가는 집 정원에는 풀이 잔뜩 웃자랐고 손님용 방갈로가 따로 마련되어 있었다. 해리는 새로 손에 넣은 글록 17과 함께 방갈로에 자리를 잡았다. 그곳에서는 양쪽 출입문을 모두 볼 수 있고, 누가 본채에 들어서면 울리는 경보기가 설치되어 있었기 때문이다. 누구든 잠재적 침입자는 경보기 소리를 들을 수 없을 테니, 그는 밖에서 접근하면서 놈들의 뒤를 덮칠 가능성을 기대할 수 있었다. 지금까지 해리와 루실은 거의 집을 나가지 않았다. 꼭 필요한 물건을 구할 때만 잠깐 밖으로 나갔다. 술, 음식, 옷 그리고 화장품 순서였다. 루실은 본채의 1층을 사용했는데, 그곳은 일주일 만에 고양이 천지가 되고 말았다.

“이런, 이 동네에는 집 없는 고양이가 너무 많네.” 루실이 해리에게 말했다. “며칠 연속으로 현관 앞에 먹을 것을 내놓고 문을 열어 둔 다음 주방에도 먹을 것을 두면 자기도 모르는 사이에 평생 함께할 반려동물 친구들이 잔뜩 생긴다니까.”

하지만 그것만으로는 충분하지 않은 것 같았다. 사흘 전 루실은 더는 고립된 채 살 수 없다고 마음먹었기 때문이다. 그녀는 해리를 데리고 새빌 로 출신의 재단사와 로즈우드 애비뉴에 있는 나이 지긋한 미용사 그리고—그 가운데 가장 중요했다— 베벌리힐스에 있는 존 롭 구두점에 데리고 갔다. 어제 루실이 외출 준비를 하는 동안 해리는 맞춤 슈트를 찾아왔고, 몇 시간 뒤 두 사람은 의자가 손님들만큼이나 오래되어 보이는 전설적 이탈리아 레스토랑인 댄타나에 외식하러 갔다. 그곳에서 루실은 모르는 사람이 없어 보였고 저녁 내내 활짝 웃으며 시간을 보냈다.

7시였다. 해리는 연기를 빨아들이고 천장을 바라보았다. 들려서는 안 되는 소리가 들리는지 확인했다. 도헤니 가를 이른 아침부터 달리는 자동차들의 소음뿐이었다. 도헤니 가는 가장 넓은 도로는 아니지만 나란한 다른 도로들보다 신호등이 별로 없어서 인기가 많다. 그의 오슬로 아파트에서 침대에 누워 열린 창문 밖에서 도시가 깨어나던 소리에 귀 기울이던 때가 생각났다. 짜증스럽게 종을 울리고 날카로운 비명 같은 소리를 내며 브레이크를 밟던 전차조차 그리웠다. **특히** 날카로운 비명처럼 들리는 소리가 그리웠다.

하지만 이제 오슬로는 지나간 일이다. 라켈이 죽고 나서 공항에 앉아 출발 안내 전광판을 보며 아무렇게나 고른 목적지가 로스앤젤레스였다. 나쁘지 않다는 생각이 들었다. 그는 FBI에서 연쇄살인범 과정을 수료하는 일 년 동안 시카고에서 살았고, 미국 문화와 미국인의 생활 방식에 익숙하다고 생각했다. 하지만 이곳에 오고 얼마 지나지 않아 시카고와 LA는 아예 다른 행성이라는 걸 깨달았다. 루실의 영화계 친구라는 독일인 감독은 전날 밤 댄 타나에서 강한 악센트 섞인 말투로 로스앤젤레스에 관해 허세 넘치게 묘사했다.

"LAX 공항에 내리면 태양이 빛나고, 리무진이 모셔가는 곳에 도착해 수영장 옆에 누워 칵테일을 마시죠. 그렇게 잠들었다가 깨면 20년이 지나가버린 걸 알게 되는 겁니다."

그건 그 감독의 LA였다.

해리의 LA는 더럽고 바퀴벌레가 우글거리고 에어컨조차 없는 라 시에네가 모텔에서의 나흘로 시작되었다. 그 뒤에는 로럴 캐니언의 더 싸고, 역시 에어컨은 없지만 더 큰 바퀴벌레가 나오는 숙소로 이어졌다. 하지만 그는 근처에 있는 술집 크리처스를 발견하고 어느 정도 정착했다. 그곳은 술값이 싸서 술을 퍼마시다가 죽을 수 있겠다는 생각이 들었다.

하지만 글록 17의 총열을 내려다본 뒤부터 죽고 싶은 마음이 사라졌다. 술을 마시고 싶은 생각도. 적어도 죽을 정도로 퍼마시고 싶은 생각은 사라졌다. 루실을 위해 망을 보고 조심하려면 어느 정도는 정신을 차리고 있어야 했다. 그래서 그는 어릴 적부터 알고 지낸 술친구 외위스테인 에이켈란이 추천한 음주법을 시험해보기로 했다. 물론 말 같지도 않은 소리이긴 했다. '절제 관리'라고 부르는 방법인데, 술 남용자가 절제를 훈련해 술 사용자로 바뀌는 거라고 했다. 외위스테인이 처음 그 얘기를 해리에게 했을 때 두 사람은 오슬로의 한 택시 승차장에 정차한 그의 택시에 앉아 있었다. 그는 절제 관리법의 장점을 찬양하면서 얼마나 흥분했는지 운전대를 손으로 두들겨댔다.

"이제부터는 사람들과 어울릴 때만 술을 마시겠다고 맹세하는 알코올의존자를 사람들은 늘 무시하잖아, 안 그래? 불가능한 일이라고 생각하기 때문이야. 마치 중력의 법칙을 거스르는 것처럼 말도 안 된다고 생각한다고. 하지만 그거 알아? 너처럼 오래 묵은 알코올의존자도 딱 적당하게 취할 때까지만 술을 마실 수 있다니까. 나도 그렇고. 어느 정도까지 술을 마신 다음에 멈추는 걸 스스로 프로그래밍할 수 있어. 네가 할 일은 사전에 어느 수준으로 선을 그을지, 몇 잔까지 마실지 정하는 거야. 하지만 그걸 드러내 말하지 않고 그냥 노력하는 거지."

"요령을 익히려면 자주 마셔봐야 한다는 거야?"

"그래. 지금 비웃는 거야, 해리? 난 진지하다고. 성취감, 네가 할 수 있다는 느낌을 말하는 거야. 알고 나면 가능하다니까. 농담 아냐. 살아 있는 증거로 세계 최고 약물 남용자의 예를 들 수도 있어."

"음. 왠지 네가 좋아하는, 과대평가된 기타리스트 얘기가 나올 것 같은데."

"야, 키스 리처즈에게 존경심을 좀 가져봐! 자서전도 읽고. 거기 보면 네가 사용해야 할 방법이 딱 나온다니까. 살아남으려면 두 가지밖에 없어. 최고로 순수한 걸 사용하는 거야. 약에 섞인 물질이 사람을 잡는다니까. 그리고 약물과 술 모두 절제하는 거지. 넌 취하려면 술을 얼마나 마셔야 하는지 정확하게 알고 있어. 넌 고통을 잊을 때까지 마시니까. 거기서 술을 더 마신다고 해서 고통이 더 사라지냐?"

"아니라고 봐야겠지."

"바로 그거야. 술에 취하는 건 바보가 되거나 의지 약한 사람이 되는 것과는 달라. 어쨌거나 넌 멀쩡할 때는 술을 마시지 않으려고 조심하잖아. 그러니까 딱 적당히 마셨을 때 그만 마시려고는 왜 안 하느냐고. 전부 네 머릿속에 있는 거라니까, 친구!"

한도를 정하는 것 외에도 규칙은 더 있었다. 마실 때는 양을 세고, 아예 안 마시는 기간을 정해두는 것이다. 그리고 술을 입에 대기 한 시간 전에 날트렉손* 한 알을 먹는다. 갑자기 목이 탈 때 한 시간을 참았다가 마시는 것이 실제로 도움이 되었다. 그는 이제 술을 절제한 지 3주가 되었고, 아직 깨지지 않았다. 그것만으로도 대단한 일이었다.

해리는 침대에서 다리를 휙 내려 일어섰다. 맥주가 떨어졌다는 건 냉장고를 열어볼 필요도 없이 알고 있었다. 절제 관리 규칙에 따르면 하루에 최대 맥주 세 캔까지 마실 수 있다. 그 말은 큰길가에 있는 세븐일레븐에 가서 여섯 캔들이 맥주를 사와야 한다는 뜻이다. 거울을 바라보았다. 크리처스에서 달아난 뒤로 3주 만에 마른 뼈에 살이 조금 붙었다. 게다가 거의 흰색에 가까운 회색 수염도 났다. 그래서 외모에서 가장 눈에 띄는, 얼굴의 다갈색 흉터를 감출 수 있었다. 그렇다고 해서 카마로에 탔던 남자가 그를 다시 알아보지 못할 정도로 충분한지는 확실치 않았다. 해리는 창문 밖으로 정원과 본채를 살펴보면서 누더기가 다 된 청바지와 네크라인이 뜯어지기 시작하는 'Let Me Do One More – 일루미나티 하

* 알코올의존증 치료제.

티스'라고 쓰인 티셔츠를 입었다. 오래되고 무선도 아닌 이어폰을 양쪽 귀에 꽂은 해리는 슬리퍼를 신고 걸어가면서 무좀균이 오른쪽 엄지발가락에 일종의 기괴한 예술 작품을 만들어냈다는 걸 알아차렸다. 그는 별채에서 잔디와 덤불, 자카란다 나무가 뒤엉킨 정원으로 나왔다. 출입문에서 멈춰 서서 도헤니 가를 이리저리 살펴보았다. 문제는 없어 보였다. 음악을 재생했다. 일루미나티 하티스의 〈Pool Hopping〉은 지블런 카페에서 라이브로 처음 들었을 때부터 그의 근심을 덜어주었다. 하지만 포장도로를 따라 몇 미터 걸어가던 그는 자동차 한 대가 모퉁이를 돌아 따라오는 모습을 거리에 주차된 다른 차의 사이드미러를 통해 눈치챘다. 해리는 아주 살짝 고개를 돌려 확인하며 계속 걸었다. 자동차는 10미터쯤 뒤에서 같은 속도로 느리게 움직였다. 로럴 캐니언에 사는 동안 해리는 그저 걸어 다닌다는 이유로 수상한 사람 취급을 받아 두 번이나 경찰 순찰차의 검문을 받은 적이 있다. 하지만 뒤를 따라오는 차는 순찰차가 아니었다. 낡은 링컨 승용차로, 해리가 보기에는 한 명만 타고 있었다. 불도그처럼 넓은 얼굴에 이중 턱, 짧은 콧수염. 빌어먹을, 글록을 지니고 나왔어야 했는데! 하지만 해리는 밝은 대낮에 길거리에서 공격해올 리가 없다는 생각에 그냥 계속 걸었다. 조심스럽게 음악을 껐다. 산타모니카 대로에 닿기 직전에 길을 건너 세븐일레븐으로 들어섰다. 가만히 서서 기다리며 도로를 살폈다. 하지만 링컨은 어디서도 보이지 않았다. 어쩌면 집을 사려는 사람이 천천히 다니면서 도헤니 가의 집들을 살펴보고 있었던 것일지도 모른다.

그는 가게 안쪽 맥주가 있는 냉장고 쪽 통로로 걸어갔다. 문이 열리는 소리가 들렸다. 한쪽 손으로 냉장고 유리문을 붙잡은 채로 열지 않고 유리에 비친 뒤쪽 모습을 볼 수 있었다. 남자가 보였다. 싸구려 체크무늬 양복에 불도그 같은 인상에 어울리는 체격이었다. 작고 단단하고 뚱뚱한 몸. 하지만 그렇게 뚱뚱한 몸에 스피드와 힘, 위험을 감추고 있을지도 몰랐다. 해리는 박동이 빨라지는 걸 느꼈다. 뒤에 선 남자가 무기를 뽑아 들지 않은 걸 확인했다. 아직은. 그는 이어폰을 꽂은 채로 있었다. 남자가 기습할 수 있다고 생각한다면 오히려 기회가 생길 수도 있다고 보았다.

"저……."

해리는 못 들은 척했고 남자가 다가와 바로 뒤에서 멈추는 걸 보았다. 해리보다 머리 두 개는 작은 남자가 이제 손을 뻗고 있었다. 해리의 어깨를 두드리려는 것이거나 전혀 다른 행동을 하려는 것일 수 있다. 해리는 남자를 향해 반쯤 몸을 돌리면서 재빨리 팔로 남자의 목을 감고 동시에 다른 손으로는 냉장고 유리문을 열었다. 그러면서 몸을 비틀어 아래쪽에서 남자의 양발을 후려서 남자가 맥주가 든 냉장고 선반 쪽으로 쓰러지게 했다. 해리는 남자의 목을 놓고 냉장고 유리문에 무게를 실어 몸을 던져 남자의 머리가 냉장고 선반 사이에 끼이도록 만들었다. 유리병들이 쏟아지고 남자의 두 팔은 문짝과 기둥 사이 끼어버렸다. 불도그 얼굴 속 눈이 휘둥그레지고 남자가 문짝 안쪽에서 뭐라고 소리쳤다. 남자의 입김에 차가운 유리문 안쪽에 김이 서렸다. 해리는 힘을 살짝 빼서 남자의 머리가 아래쪽 선반으로 떨어지도록 두었다가 다시 힘껏 문짝을 밀어붙였다. 문짝 끄트머리가 남자의 목을 정확히 눌렀고 남자의 눈이 튀어나오기 시작했다. 남자는 비명을 멈췄다. 불거지던 눈도 멈췄다. 입 앞의 유리에도 더는 김이 차지 않았다.

해리는 서서히 문을 밀던 힘을 뺐다. 남자는 맥없이 바닥으로 쓰러졌다. 숨을 쉬지 않는 것이 분명했다. 해리는 재빨리 우선순위를 정해야 했다. 남자의 건강은 그의 건강에 좋지 않다. 자신의 건강이 우선이라고 판단한 해리는 뚱뚱한 남자의 체크무늬 양복 안주머니에 손을 넣었다. 지갑을 꺼냈다. 지갑을 열어보니 신분증에 박힌 남자의 사진이 보였다. 폴란드 출신으로 보이는 이름 위 신분증 상단에 큰 글씨로 흥미로운 내용이 적혀 있었다. '캘리포니아 보안 수사국 인가 사설 조사관.'

해리는 기절한 남자를 내려다보았다. 이건 아니다. 사채업자들은 이런 식으로 하지 않는다. 그들이 사람을 찾으려고 사설탐정을 고용할 수는 있지만, 직접 접촉하거나 완력을 쓰도록 하지는 않는다.

해리는 상품 진열대 사이 통로에 남자가 서 있다는 걸 알아차리고 움찔 고개를 숙였다. 세븐일레븐 티셔츠 차림의 남자가 해리를 향해 두 팔을 뻗고 있었다. 양손으로 리볼버를 잡고 있었다. 해리는 남자의 두 무릎이 떨리고 얼굴 근육이 걷잡을 수 없이 꿈틀거리는 모습을 보았다. 그리고 세븐일레븐 직원이 어떤 광경을 보고 있는지도 보았다. 수염이 덥수룩한 노숙자 같은 남자가 방금 공격당한 것이 분명한 양복쟁이 남자의 지갑을 손에 들고 있는 모습.

"쏘지 마세요……." 해리는 지갑을 내려놓고 양손을 위로 든 채 무릎을 꿇으며 말했다. "나 여기 단골이에요. 이자가—."

"무슨 짓 하는지 봤어!" 직원은 새된 소리로 말했다. "쏜다! 경찰이 오고 있어!"

"알았소." 해리는 쓰러진 뚱뚱한 남자를 향해 고갯짓했다. "하지만 이 사람 도와줘야 해, 알겠어?"

"움직이면 쏠 거야!"

"하지만……." 해리는 말을 시작했지만 남자가 리볼버의 공이치기를 뒤로 당기는 모습을 보고 입을 다물었다.

그 뒤로 이어진 침묵 속에서 오직 냉장고의 소음과 멀리서 들리는 사이렌 소리만 들을 수 있었다. 경찰이다. 경찰이 오면 피할 수 없이 이어질 심문과 처벌은 좋을 리가 없었다. 전혀. 해리의 체류 기간은 이미 오래전에 지나버렸고, 추방을 막을 수 있는 어떤 서류도 갖고 있지 않았다. 물론 추방당하기 전에 구치소에 갇혀야 하는 것도 당연했다.

해리는 깊게 숨을 들이마셨다. 쓰러진 남자를 바라보았다. 다른 대부분의 나라였더라면 그는 방어적으로 물러났을 것이다. 다시 말하자면 양손을 머리에 올린 채 일어나 차분하게 그곳을 빠져나갔을 것이다. 아무리 그가 폭력적인 도둑으로 여겨진다 해도 상대가 총알을 날리지 않으리라는 걸 분명히 알기 때문이다.

"쏜다고!" 남자는 곰곰이 생각하는 해리를 보고 반응이라도 하듯 재차 말하고는 양다리를 벌리고 섰다. 이제 더는 무릎이 떨리지 않았다. 사이렌 소리가 점점 더 가까워졌다.

"제발, 이 친구 돕지 않으면……." 해리가 말을 시작했지만 그의 목소리는 갑작스럽게 터져 나온 기침 소리에 묻히고 말았다.

두 사람은 바닥에 쓰러진 남자를 멍하니 보았다.

탐정 남자의 눈이 다시 툭 불거지더니 계속 기침을 뱉어내며 온몸을 떨었다.

지금까지 죽은 줄로만 알았던 사람마저 추가로 위협이 될 수도 있다는 생각에 세븐일레븐 직원의 권총이 이쪽저쪽으로 움직였다.

"죄송합니다……." 탐정 남자가 숨을 몰아쉬며 속삭이듯 말했다. "……몰래 그런 식으로 접근해서요. 해리 홀레 씨죠?"

"아." 해리는 어느 쪽이 더 나쁜 상황이 될지 생각하며 망설였다.

"내가 해리 홀레요."

"당신과 연락하고 싶어하는 분의 의뢰를 받았습니다." 남자는 신음하며 몸을 옆으로 굴리더니 바지 주머니에서 휴대전화를 꺼내 발신 버튼을 누르고 해리에게 내밀었다. "그쪽에서 우리 전화를 간절하게 기다리고 있습니다."

해리는 이미 벨이 울리고 있는 휴대전화를 받아 귀에 댔다.

"여보세요?" 이상하게 익숙한 목소리가 들렸다.

"네." 해리는 총구를 내리는 세븐일레븐 직원을 보며 대답했다. 해리가 잘못 본 것인지는 몰라도 직원 남자는 안심했다기보다는 살짝 실망한 것처럼 보였다. 아마도 미국에서 나고 자란 사람이라서 그런 것일 수도 있다.

"해리!" 전화 속 목소리가 소리쳤다. "안녕하세요? 요한 크론이에요."

해리는 눈을 깜박였다. 노르웨이어를 들어본 지가 얼마나 오래되었더라?

5

토요일, 전갈 꼬리

루실은 쉬 소리를 내 침대 위에서 고양이 한 마리를 쫓아내고는 몸을 일으켜 커튼을 열고 화장대 앞에 앉았다. 열심히 얼굴을 들여다보았다. 최근 우마 서먼의 사진을 본 적이 있는데, 이제 50이 넘은 나이임에도 마치 서른 살처럼 보였다. 루실은 한숨을 내쉬었다. 나이를 한 살 먹을 때마다 어떻게 해볼 도리가 없는 것 같았지만, 그녀는 샤넬 화장품 통을 열고 손가락을 깊게 넣어 파운데이션을 덜어내 얼굴 한가운데부터 바깥쪽으로 바르기 시작했다. 점점 더 늘어지는 피부가 주름지며 한곳으로 몰렸다. 그녀는 매일 아침 하는 질문을 스스로 던졌다. 왜? 무슨 이유로 매일 아침 거울 앞에서 적어도 30분을 앉아 여든에 가까운 외모를 일흔 정도로 보이게 하려고 애쓰는 거지? 대답도 매일 아침 같았다. 왜냐하면 그녀는―그녀가 아는 모든 배우가 그렇듯― 사랑받는 기분을 느낄 수 있다면 뭐든 할 필요가 있기 때문이다. 진짜 자기 모습이 아니라면 그러는 척하는 사람이라도 되기 위해 화장하고 옷을 차려입고 대본을 들어야 했다. 나이를 먹고 기대치를 아무리 낮춰도 도저히 고칠 수 없는 병이었다.

루실은 머스크 향수를 뿌렸다. 머스크는 너무 남자 같은 향이라 여자들에게 어울리지 않는다고 생각하는 사람들도 있지만 루실은 젊은 배우일 때부터 이 향수로 큰 성공을 거두어왔다. 그녀는 남들보다 튈 수 있었고, 사람들은 그녀를 쉽게 잊지 못했다. 그녀는 가운 허리띠를 졸라매고 계단에 자리 잡은 고양이 두 마리를 밟지 않도록 조심하며 아래층으로 내려갔다.

주방으로 가서 냉장고를 열었다. 그러자마자 고양이 한 마리가 쓰다듬어달라는 것처럼 두 다리에 몸을 비벼댔다. 말할 것도 없이 참치통조림 냄새를 맡은 것일 테지만, 약간의 애정도 포함된 행동이라는 걸 알아차리기는 어렵지 않았다. 결국 사랑받는 것보다 사랑받는 느낌이 훨씬 더 중요했다. 통조림을 하나 꺼낸 루실은 주방 카운터를 향해 돌아서다가 해리의 모습을 보고 놀라 움찔했다. 그는 등을 벽에 기대고 긴 두 다리를 앞으로 뻗은 채 주방 테이블 앞에 앉아 있었다. 잿빛 티타늄 보철 손가락을 다른 손으로 꼭 쥐고 있었다. 파란 눈을 가늘게 뜬 채. 스티브 매퀸 이후 그녀가 본 사람 중 가장 파란 눈이었다.

해리는 자세를 고쳐 앉았다.

"아침 먹을래요?" 루실은 통조림을 따며 말했다.

해리는 고개를 흔들었다. 그는 티타늄 손가락을 잡아당겼다. 하지만 그녀의 눈길을 끈 것은 보철 손가락을 당기는 손이었다. 그녀는 침을 꿀꺽 삼키고 헛기침을 했다.

"당신, 말한 적은 없지만 개를 좋아하죠?"

그는 어깨를 으쓱했다.

"개 얘기를 하니까 생각나는데, 전에 로버트 드 니로와 〈형사 매드독〉에 출연할 뻔했다는 얘기를 했던가요? 그 영화 기억해요?"

해리는 고개를 끄덕였다.

"진짜요? 본 사람 별로 못 봤는데. 어쨌든 배역은 우마 서먼에게 돌아갔죠. 그리고 그녀는 보비, 그러니까 로버트와 사귀기 시작했어요. 로버트가 보통 흑인과 만나던 걸 생각하면 대단히 이례적이었어요. 영화에서 맡았던 배역에 뭔가 있었던 것이 분명해요. 우리, 그러니까 배우들은 일에 열중하게 되면 작중인물이 되고 말거든요. 그러니까 애초 약속대로 내가 그 역을 맡았더라면 내가 로버트와 사귀었겠죠. 무슨 말인지 알죠?"

"음. 말씀하신 대로겠죠."

"그리고 나라면 그 사람을 꽉 붙잡고 늘어졌겠죠. 우마 서먼하고는 다르게 말이죠. 걔는……." 루실은 접시 위에 통조림을 거꾸로 엎었다. "그 여자가 와인스타인, 그 돼지 새끼의 성추행에 관해 앞장서서 얘기했을 때 사람들이 어떻게 '칭송'했는지 읽었어요? 내 생각 말해줄까요? 백만장자 배우인 우마 서먼이 와인스타인이 그동안 무슨 짓을 해왔는지 알면서도 나서서 고발하지 않다가 다른 힘없고 더 용감한 여자들이 그를 쓰러뜨리고 나서야 걷어차려 드는 걸 보고 칭찬해서는 안 된다고 생각해요. 오랜 세월 그렇게 재산이 넘치면서도 혹시라도 입을 열면 추가로 돈을 왕창 벌 수 있는 역할을 놓칠까 봐 젊고 희망에 찬 수많은 배우들이 와인스타인의 사무실에 혼자 걸어 들어가도록 입을 다물고 있었다면, 그런 사람에게는 채찍질하고 침을 뱉어야 마땅해요."

그녀는 말을 멈췄다.

"뭐 잘못됐어요, 해리?"

"우리, 지낼 곳을 새로 찾아야만 해요. 그들이 우리를 찾아낼 겁니다."

"왜 그렇게 생각하죠?"

"어떤 사설탐정이 24시간 만에 우리를 찾아냈어요."

"탐정요?"

"조금 전에 만났어요. 일단 돌려보냈습니다."

"왜 우릴 찾았대요?"

"어떤 부자가 노르웨이에서 살인 혐의를 받고 있는데 내게 개인적으로 수사를 부탁하려고 한다는군요."

루실은 침을 꿀꺽 삼켰다. "그래서 뭐라고 했어요?"

"거절했습니다."

"이유는?"

해리는 어깨를 으쓱했다. "뛰어다니는 일에 질려서라고 할까요."

루실은 접시를 바닥에 내려놓고 고양이들이 몰려드는 걸 지켜보았다. "당신이 날 위해 그러는 거 잘 알아요, 해리. 당신은 일단 목숨을 구해주면 그 사람을 영원히 책임져야 한다는 중국의 격언을 마음에 두고 있는 거잖아요."

해리는 일그러진 미소를 지었다. "난 당신 목숨을 구하지 않았어요, 루실. 그들은 당신이 빌린 돈을 뒤쫓고 있어요. 그 돈을 가져올 유일한 사람을 죽일 리가 없어요."

루실도 마주 웃었다. 그녀가 두려워하지 않도록 하는 말이라는 걸, 그녀에게 백만 달러가 생길 일이 없다는 걸 그들이 안다는 사실을 해리 또한 알고 있다는 걸 알기 때문이다.

그녀는 물을 채우려고 주전자를 들었지만, 문득 귀찮아져서 그냥 내려놓았다. "그러니까 뛰는 일에 지쳤군요."

"지쳤죠."

그녀는 어느 날 밤에 와인을 마시면서 그녀가 서랍에서 찾아낸

〈로미오와 줄리엣〉 VHS 테이프를 함께 보며 나눈 대화를 떠올렸다. 그날만큼은 서로 살아온 얘기를 하고 싶었지만, 해리는 별로 많이 말하지 않았다. 그저 인생이 엉망이 되어 LA로 날아왔다고, 아내가 살해당했고 동료가 자살했다고 했다. 자세한 내용은 듣지 못했다. 그리고 더 깊게 파고들어도 별 의미가 없다는 것도 알 수 있었다. 거의 아무 말도 오가지 않았던 즐거운 저녁이었다. 루실은 주방 카운터에 몸을 기대고 섰다.

"당신은 한 번도 아내 이름을 말하지 않았어요."

"라켈."

"그리고 살해당했죠. 사건은 해결됐어요?"

"어찌 보면요."

"네?"

"오랫동안 내가 유력한 용의자였어요. 하지만 결국 수사를 통해 어떤 전과자가 떠올랐습니다. 내가 전에 체포해 가둔 사람이었죠."

"그럼…… 당신 아내를 죽인 사람이 복수를 위해 그랬다는 건가요? 당신에게?"

"아내를 죽인 자는…… 내가 그자의 삶을 빼앗았다고 해두죠. 그래서 그자도 내게서 삶을 빼앗아간 겁니다." 해리는 일어섰다. "아까 말했지만 숨을 곳을 새로 찾아야 해요. 짐 싸요."

"오늘 떠난다고요?"

"사설탐정이 누군가를 찾으러 다닐 때는 그들만의 흔적을 남기게 됩니다. 그리고 우리가 어젯밤 레스토랑에 갔던 건 별로 좋은 생각이 아니었던 것 같고요."

루실이 고개를 끄덕였다. "전화를 좀 해볼게요."

"이걸 써요." 해리가 말했다. 그는 주방 카운터에 휴대전화를 올려놓았다. 누가 봐도 새로 산 것으로, 아직 포장도 뜯지 않았다.

"그러니까 그자는 당신의 삶을 빼앗았지만 목숨은 살려준 거네요. 그자는 복수에 성공한 건가요?"

"최고의 복수죠." 해리는 문으로 걸어가며 말했다.

해리는 본채 현관문을 등 뒤로 닫으며 나오다가 우뚝 멈춰 섰다. 이제 뛰어다니는 건 지긋지긋했다. 하지만 자신을 겨누는 총신을 내려다보는 일도 지겨웠다. 게다가 이번에는 총신이 두 개였다. 단총신 산탄총. 라틴계 남자가 총을 겨누고 있었다. 옆에는 권총을 든 남자도 한 명 더 있었다. 두 사람 모두 교도소에서 흔히 볼 수 있는 덩치였고 목 옆에 전갈 문신을 새기고 있었다. 키가 큰 해리는 남자들 뒤쪽으로 출입문 옆에 잘린 채 매달린 경보장치 연결선과 도헤니 가 건너편에 주차된 하얀색 카마로를 볼 수 있었다. 선팅한 운전석 유리창이 절반쯤 내려가 있어 시가릴로 연기가 새어 나오는 모습과 하얀색 셔츠를 확인할 수 있었다.

"안으로 들어갈까?" 산탄총을 든 남자가 말했다. 특유의 멕시코 억양을 섞어 말할 때마다 마치 경기를 앞둔 권투선수처럼 목을 양쪽으로 흔들었다. 그렇게 움직일 때마다 전갈이 길게 늘어났다. 해리는 전갈 문신이 전문 청부업자를 상징한다는 것, 꼬리의 마디 수가 죽인 사람을 뜻한다는 걸 알았다. 두 남자의 문신 속 전갈 꼬리는 길었다.

6

토요일, Life on Mars

"화성에도 생명이 있을까요?" 프림이 말했다.

테이블 맞은편에 앉은 여자는 무슨 말이냐고 묻는 것처럼 그를 바라보았다.

프림은 웃음을 터뜨렸다. "아뇨, **노래**요. 제목이 〈Life on Mars〉잖아요."

그는 TV를 고갯짓으로 가리켰다. TV 아래 사운드바에서 뿜어져 나온 데이비드 보위의 목소리가 넓은 다락방에 퍼졌다. 창문으로 내다보면 오슬로 중심가 서쪽과 홀멘콜렌 리지 쪽이 보였는데, 밤이 되어 마치 샹들리에처럼 반짝거리고 있었다. 하지만 지금 그의 눈은 오직 저녁식사에 초대한 손님만을 향해 있었다. "그 노래 싫어하는 사람이 많아요. 조금 이상하다고 생각하더라고요. BBC는 그 노래를 브로드웨이 뮤지컬과 살바도르 달리의 그림 중간쯤 된다고 표현했어요. 아마 그랬을 겁니다. 하지만 저는 역사상 최고의 노래라고 평한 〈데일리 텔레그래프〉와 같은 의견이에요. 생각해봐요! 단연 **최고**라고요. 모두가 데이비드 보위를 사랑해요. 사랑스러운 사람이라서가 아니라 최고였기 때문에. 그래서 사랑받지 못한 사람들이 최고가 되기 위해 누군가를 죽이려는 겁니다. 그러면 모든 게 바뀐다는 걸 알아요."

프림은 두 사람 사이 테이블에 놓인 와인 병을 잡고는 앉은 자리에서 따르지 않고 일어서서 테이블을 돌아 여자의 옆으로 갔다.

"데이비드 보위는 그냥 예명이고 진짜 이름이 존스였던 것 알아요? 저도 본명이 프림은 아니에요. 그냥 별명인데, 가족들만 그렇게 부르죠. 하지만 나중에 결혼하면 아내도 저를 프림이라고 불러주면 좋겠어요."

여자 바로 뒤에 서서 술잔을 채우면서 그는 다른 손으로 여자의 길고 부드러운 머리칼을 슬쩍 만졌다. 몇 년 전이었다면, 아니 몇 달 전만 해도 거절당할까 두려워 감히 손을 놀리지 못했을 것이다. 지금 그는 전혀 의심하지 않고, 완벽하게 스스로 통제하며 움직였다. 치아 교정은 물론 제대로 된 미용실에 다니고 어떤 옷을 입을지 조언을 얻기 시작한 것이 도움이 되었다. 하지만 그것 때문만은 아니었다. 그가 내뿜는, 여자들이 저항할 수 없는 무언가가 있었다. 그런 자신감은 그것만으로도 상황을 이끌어갈 수 있는 강력한 최음제가 되었고, 같은 방식으로 계속하는 한 매번 저절로 굴러가는 플라세보효과라 할 수 있었다.

"어쩌면 전 구닥다리인 데다 순진한가 봐요." 그는 다시 테이블 반대쪽으로 돌아가며 말했다. "하지만 결혼은 해야 한다고, 어딘가 우리 모두에게 꼭 맞는 사람이 있을 거라고 진심으로 믿어요. 얼마 전 국립극장에서 〈로미오와 줄리엣〉을 봤어요. 너무 아름다워서 울었어요. 서로 떼어놓을 수 없는 두 영혼이죠. 저기 보스를 좀 보세요."

그는 낮은 책장 위 어항을 가리켰다. 금빛과 녹색으로 반짝거리는 물고기 한 마리가 헤엄치고 있었다. "짝 리사가 있어요. 안 보이지만 안에 있습니다. 두 녀석은 하나고, 죽을 때까지 그렇겠죠. 맞아요, 하나가 죽으면 다른 녀석도 죽는다니까요. 마치 〈로미오와 줄리엣〉처럼요. 아름답지 않나요?"

프림은 자리에 앉아 여자 쪽으로 손을 내밀었다. 오늘 밤 그녀는 피곤하고 공허하고 서먹하게 느껴졌다. 하지만 그는 어떻게 그녀를 환해지게 만들 수 있는지 알았다. 그저 스위치만 켜면 되었다.

"당신 같은 여자라면 사랑에 빠질 수 있을 것 같아요." 그가 말했다.

여자의 두 눈이 즉시 반짝거렸고, 그 눈 속에서 따뜻함을 느낄 수 있었다. 그러나 동시에 약간의 죄책감도 느꼈다. 이런 식으로 여자를 조종해서가 아니라, 거짓말을 했기 때문에. 사랑에 빠질 수도 있지만, 이 사람과는 아니었다. 여자는 그가 기다리던 '그녀'가 아니었다. 그저 연습 상대이자 접근법을 시험하기 위해 올바른 말을 올바른 어조로 들려줄 대상일 뿐이었다. 시행착오. 지금 잘못하는 건 큰 문제가 되지 않는다. 모든 것이 적절히 조화를 이루고 완벽해야 하는 건 바로 '그녀'에게 자신의 사랑을 선언하는 날이었다.

행위 자체를 연습하는 데 여자를 이용하기도 했다. 이용한다는 말은 적당하지 않을 수도 있었다. 두 사람 가운데 더 적극적인 쪽은 여자였기 때문이다. 두 사람이 처음 만난 건 일반적인 서열로 볼 때 그보다 훨씬 멋진 남자들이 많은 파티에서였다. 여자를 어깨 너머로 슬쩍 보던 그는 겨우 몇 마디 나누면 그녀가 떠나버릴 거라는 사실을 깨달았다. 하지만 그는 여자의 몸매를 칭찬하고 운동하러 어디에 다니느냐고 묻는 것으로 눈에 띄었다. 그녀가 비슬레트의 SATS에 다닌다고 짧게 대답했을 때 그는 자기도 일주일에 세 번 가는데 마주치지 못한 것이 이상하다고 말하면서 혹시 요일이 다르냐고 물었다. 그녀는 무뚝뚝하게 아침에 운동한다고 말했고, 그 역시 아침에 간다면서 어느 요일에 운동하는지 물었을 때 짜증이 난 것 같았다.

"화요일하고 목요일에요." 여자는 대화를 마무리하는 것처럼 대답하고 몸에 딱 붙는 검은색 셔츠 차림으로 그들이 있는 쪽으로 어슬렁거리며 다가오는 남자에게 관심을 돌렸다.

다음 주 화요일. 그는 여자가 나오는 체육관 밖에 서 있었다. 지나는 길에 파티에서 만났다며 알은체하려는 생각이었다. 그녀는 그를 알아보지 못하고 웃으며 지나치려고 했다. 하지만 그러다 멈춰 서서 그를 보았고 길거리에 선 채로 그에게 온전히 집중했다. 그제야 알아본 것처럼 그를 살펴보았다. 파티에서 어쩌다 이런 남자를 놓쳤을까 생각하는 것이 분명했다. 대화는 그가 주도했고 그녀는 그다지 수다스럽다고는 말할 수 없었다. 적어도 말로 표현하지는 않았다. 그녀의 몸짓을 통해 파악해야 할 것은 알 수 있었다. 그녀가 입을 연 것은 그가 다시 만나자고 얘기했을 때뿐이었다.

"언제요? 어디서요?" 그녀가 말했다.

그가 날짜와 시간을 말하자 그녀는 대답 대신 고개를 끄덕였다. 간단했다.

그녀는 약속한 대로 왔다. 그는 긴장했다. 많은 일이 잘못될 수 있었다. 그러나 앞장서서 나선 건 그녀였다. 그녀는 다행스럽게도 말을 많이 하지 않고 그의 옷 단추를 풀었다.

그는 이렇게 될 줄 알았다. 아직 사랑하는 '그녀'와 뭔가 약속한 사이는 아니지만, 이런 관계는 부정不貞일 수도 있지 않은가? 적어도 사랑을 배신하는 짓인데. 하지만 이건 '그녀'를 위한, 사랑의 제단에 바치는 희생이었다. 그는 최대한 많이 연습해야 했으므로 할 일을 했다. 그래야만 중요한 날이 왔을 때 '그녀'가 요구하는 것들을 충족시킬 수 있을 터였다.

하지만 지금 테이블 맞은편에 앉은 여자는 그의 목적에 유용했다.

섹스가 즐겁지 않았다는 뜻이 아니다. 그렇지만 그걸 반복해봐야 소용없었다. 그리고 솔직히 말하자면 그녀의 냄새나 맛이 마음에 들지 않았다. 그걸 꼭 말로 해야 하나? 말한다면 헤어지게 될까? 그는 아무 말 없이 자신의 접시를 내려다보았다. 다시 고개를 들었더니 그녀는 한쪽으로 고개를 살짝 기울이고, 여전히 의미를 알 수 없는 미소를 띤 채 그의 혼잣말이 멋진 볼거리라도 되는 양 보고 있었다. 그는 갑자기 갇힌 사람처럼 느껴졌다. 자기 집에 갇힌 죄인. 그냥 일어나 가버릴 수가 없었기 때문이다. 달리 갈 곳이 없었기 때문이다. 게다가 여자에게 떠나달라고 요구할 수도 없지 않은가? 지금 당장 여자는 어디로도 갈 생각이 없는 것 같았고, 부자연스러울 정도로 강렬한 그녀의 눈빛에 그는 눈이 부시고 앞을 제대로 볼 수조차 없었다. 갑자기 이 모든 상황이 뭔가 뒤틀리고 혼란스럽다는 생각이 들었다. 여자는 한마디도 하지 않은 채 상황을 통제하고 있었다. 여자가 진짜로 원하는 건 뭐지?

"뭘……." 그는 입을 열었다. 목청을 가다듬었다. "정말로 원하는 게 뭐죠?"

여자는 대답 없이 그저 고개를 더 기울였다. 그 모습이 푸르스름한 치아를 빛내며 아름다운 입으로 침묵의 웃음을 뿜어내는 것 같았다. 그 순간 프림은 그때까지 보지 못했던 뭔가를 포착했다. 여자의 입이 포식자를 닮았다는 걸. 그는 깜짝 놀랐다. 이건 고양이와 생쥐의 대결이었다. 생쥐는 여자가 아니라 그였다.

이런 이상한 생각은 어디서 비롯된 걸까?

알 수 없는 곳. 아니, 그의 모든 정신 나간 생각이 비롯된 곳.

겁에 질렸지만 드러내서는 안 된다는 걸 알았다. 그는 차분하게 숨 쉬려 애썼다. 그는 가야 했다. **그녀**도 떠나야 했다.

"오늘 좋았어요." 그는 냅킨을 접어 접시에 내려놓으며 말했다. "언젠가 다음에 또 한번 자리를 마련하죠."

요한 크론이 아내 알리세와 함께 막 식탁에 앉는데 전화가 울렸다. 그는 아직 해리 홀레가 그들의 후한 제안을 거절했다는 비보를 마르쿠스 뢰드에게 전하지 않았다. 정확히 말하자면 해리는 크론이 보수 금액을 언급하기도 전에 거절했다. 크론이 보수가 얼마나 큰지 말하고 코펜하겐을 거쳐 오슬로로 들어오는 오전 9시 55분 비즈니스 클래스 좌석을 예약해두었다고 말했지만 그의 마음은 변하지 않았다.

걸려온 전화번호를 보니 해리의 옛 휴대전화였다. 전에도 연락해봤지만 '연결이 되지 않습니다'라는 메시지만 흘러나오던 번호. 어쩌면 거절은 그저 협상 전략일 뿐이었는지도 모른다. 그건 문제가 되지 않았다. 뢰드는 그에게 금액을 높일 수 있는 전권을 주었기 때문이다.

크론은 아내에게 미안한 표정을 지어 보이며 식탁에서 일어나 거실로 걸어갔다. "다시 연락했군요, 해리." 그는 기분 좋은 목소리로 말했다.

홀레의 목소리는 쉬어 있었다. "96만 달러."

"네?"

"내가 만일 사건을 해결하면 96만 달러를 받아야겠소."

"96만……?"

"그렇소."

"그게 무슨—."

"내가 그 정도로 가치 있지 않다는 거 알아요. 하지만 당신 고객이 부자인 데다 당신이 말하는 것처럼 결백하다면 그에게 진실의 가치는 그 정도 될 겁니다. 그러니까 내 말은, 일단 무료로 수사하고 실비 처리만 청구하는 대신, 사건을 해결했을 때만 대가를 받겠다는 겁니다."

"하지만—."

"그리 큰돈도 아니지. 하지만, 크론, 앞으로 5분 안에 대답을 들어야 해요. 영어로 당신 이메일을 이용해 서명이 담긴 메일을 보내야 합니다. 알겠어요?"

"네, 하지만 젠장. 해리, 그건—."

"여기 지금 당장 결정해야 하는 사람들이 있어요. 그래서 내 머리에 총을 겨누고 있지."

"하지만 20만 달러 정도면—."

"미안하지만 내가 말한 금액 아니면 끝이오, 크론."

크론은 한숨을 내쉬었다. "그건 정신 나간 금액이에요, 해리. 하지만 좋습니다. 고객에게 연락할게요. 다시 전화하겠소."

"5분." 해리는 쉰 목소리로 대답했다. 옆에서 말하는 다른 목소리가 들렸다.

"4분 30초라는군." 해리가 말했다.

"어떻게든 고객과 연락해보죠." 크론이 말했다.

해리는 휴대전화를 식탁에 내려놓고 산탄총을 든 남자를 바라보았다. 총은 여전히 그를 겨누고 있었다. 다른 남자는 다른 휴대전화에 대고 스페인어로 말하고 있었다.

"다 잘될 거예요." 해리 옆에 앉은 루실이 속삭였다.

해리는 그녀의 손을 토닥였다. "그건 내가 할 말이죠."

"아니, 내가 할 말이에요. 이런 일에 당신이 말려들도록 한 게 나잖아요. 그건 그렇고, 말이 안 되죠? 잘될 리 없잖아요."

"잘되는 게 뭔지에 달렸죠." 해리가 말했다.

루실은 살짝 웃었다. "그래도 어제 마지막 저녁을 멋지게 보냈으니 다행이죠. 있잖아요, 댄 타나에 있던 사람들 모두 우리가 커플인 줄 알았다니까."

"그런 것 같아요?"

"아, 당신이 나랑 팔짱을 끼고 들어설 때 모두의 표정을 보고 알았죠. 그 사람들, 루실 오언스가 금발에 훨씬 나이 어린 남자랑 왔다고 생각하더라고요. 모두 영화배우가 되기를 꿈꾸던 사람들이죠. 그 순간 당신이 내 코트를 받아주고 내 뺨에 입을 맞췄잖아요. 고마워요, 해리."

해리는 자신은 결혼반지를 빼는 걸 포함해서 모두 그녀가 시킨 대로 했을 뿐이라고 말할까 생각했지만 그만두었다.

"도스 미누토스(2분)." 휴대전화를 든 남자가 말했다. 해리는 자기 손을 잡은 루실의 손에 힘이 잔뜩 들어가는 걸 느꼈다.

"차에 계시는 보스께서는 뭐라고 하시나?" 해리가 물었다.

산탄총을 든 남자는 대답하지 않았다.

"그 사람도 당신처럼 사람을 많이 죽였나?"

남자는 짧게 웃었다. "그분이 얼마나 죽였는지는 아무도 몰라. 내가 아는 건 돈 안 내면 너희가 그분의 목록에 추가된다는 거지.

그분은 일을 직접 처리하시는 걸 좋아하거든. 진짜로 **좋아하신다니까**."

해리는 고개를 끄덕였다. "그가 돈을 꿔준 사람인가, 아니면 그냥 남의 채권을 사들인 건가?"

"우린 돈을 빌려주지 않아. 회수만 하지. 그리고 보스가 최고야. 척 보면 빚쟁이를 알아내지." 남자는 잠시 머뭇거리더니 살짝 몸을 앞으로 숙이고 목소리를 낮췄다. "요령을 물어보니까 눈빛과 움직이는 모습을 보면 알 수 있대. 그리고 가장 확실한 건 몸에서 나는 냄새라는군. 버스에 타보면 알아. 빚에 짓눌린 사람 옆자리에는 아무도 앉지 않거든. 보스 말로는 너도 빚을 지고 있다던데? 엘 루비오(금발)."

"내가?"

"보스가 그 술집에서 빚쟁이 여자를 찾고 있었는데, 어느 날 그곳에 앉은 널 본 거야."

"틀렸어, 난 빚이 없어."

"보스는 절대 틀리지 않아. 넌 누군가에게 뭔가 빚졌어. 보스는 그렇게 우리 아버지도 찾아냈지."

"당신 아버지?"

남자는 끄덕였다. 해리는 남자를 바라보았다. 침을 꿀꺽 삼켰다. 차에 앉은 남자를 상상했다. 해리가 제안을 설명하는 동안 해리의 전화기는 식탁 위에 스피커폰 상태로 올려져 있었지만 상대방 남자는 한마디도 하지 않았다.

"운 미누토(1분)." 휴대전화를 든 남자가 권총 안전장치를 풀며 말했다.

"하늘에 계신 우리 아버지……." 루실이 중얼거렸다.

"아니, 실제로 만들어지지도 않은 영화에 어떻게 그렇게 많은 돈을 쓸 수 있었어요?" 해리가 물었다.

루실은 처음에는 놀라 그를 바라보았다. 그러다가 혹시 그들이 문턱을 넘어가기 전에 어딘가 다른 곳에 정신을 쓰게 해주려는 건가 하는 생각이 들었다.

"사실 이 도시에서 가장 많이 들을 수 있는 질문이긴 해요."

"싱코 세군도스(5초)."

해리는 휴대전화를 노려보았다. "그러면 가장 많이 하는 대답은 뭐죠?"

"운이 안 좋았고 대본이 허접했다고 하죠."

"음. 내가 살아온 인생 같네요."

휴대전화 화면이 밝아졌다. 크론의 번호였다. 해리는 통화 버튼을 눌렀다.

"말해요. 빨리, 결론만."

"뢰드가 오케이했습니다."

"이메일 주소를 보낼 겁니다." 해리는 보스에게 보고하는 남자에게 휴대전화를 건네주었다. 남자는 항공 잠바 속 어깨 총집에 권총을 돌려놓고 휴대전화 두 개를 맞붙였다. 해리는 작게 윙윙거리는 두 사람 대화를 들었다. 통화가 끝나고 남자는 휴대전화를 해리에게 돌려주었다. 크론은 전화를 끊은 상태였다. 남자는 자신의 휴대전화를 귀에 대고 듣고 있었다. 그리고 전화를 끊었다.

"운이 좋군, 엘 루비오. 열흘 주겠다. 지금부터." 남자는 손목시계를 가리켰다. "열흘이 지나면 여자를 죽일 거야." 남자는 루실을 가리켰다. "그리고 널 잡으러 가지. 여자는 이제 우리가 데리고 갈 텐데, 여자를 찾으려 해서는 안 돼. 누구에게든 이 얘기를 하면 넌 죽는다. 네 얘기를 들은 사람도 죽어. 여기서는 그런 식으로 해. 멕시코에서도 그렇게 하고. 네가 가는 곳에서도 그렇게 할 거야. 우리 손이 미치지 않는 곳은 없어."

"좋아." 해리는 침을 꿀꺽 삼켰다. "내가 더 알아두어야 할 건 없나?"

남자는 전갈 문신을 문지르더니 웃었다. "우린 널 총으로 죽이지 않을 거야. 등가죽을 벗겨서 태양 아래 그냥 두는 거지. 바싹 타서 목말라 죽을 때까지 몇 시간도 걸리지 않아. 진짜야, 더 오래 걸리지 않는다는 것에 고마워하게 될 거다."

해리는 노르웨이의 9월 햇빛이 어떤지 알려주고 싶었지만 참았다. 시계는 이미 돌아가고 있었다. 열흘이 문제가 아니라 예약된 비행기 시간부터 맞춰야 했다. 시계를 확인했다. 한 시간 반. 토요일에다 공항까지 그리 멀지 않은 곳이었지만 이곳은 로스앤젤레스다. 그는 이미 출발선부터 뒤처지고 있었다. 그것도 절망적일 정도로.

그는 마지막으로 루실을 바라보았다. 어머니가 오래 살았더라면 그녀처럼 보였을 것이다.

해리 홀레는 몸을 숙여 루실의 이마에 입을 맞추고 몸을 일으켜 현관문을 향해 걸어갔다.

7
일요일

해리는 1970 볼보 아마존의 조수석에 앉아 있었다. 비에른 홀름이 옆자리에 앉았고 두 사람은 카세트테이프 플레이어에서 불규칙한 속도로 흘러나오는 행크 윌리엄스의 노래를 따라 부르고 있었다. 두 사람이 노래를 멈출 때마다 뒷자리에서 아기가 부드럽게 칭얼거리는 소리가 들렸다. 갑자기 차가 흔들리기 시작했다. 차는 주차장에 서 있었고, 이상했다.

해리는 눈을 뜨고는 자신의 어깨를 부드럽게 흔드는 승무원을 바라보았다.

"곧 착륙합니다, 손님." 입을 마스크로 가린 여성 승무원이 말했다. "좌석벨트 매주세요."

승무원은 앞에 놓인 빈 술잔을 치우고 테이블을 옆으로 돌려 팔걸이 속으로 밀어 넣었다. 비즈니스 클래스였다. 마지막 순간, 그는 슈트만 입은 채 모든 걸 버리고 가기로 했다. 손가방 하나 없이. 해리는 하품을 하고 창밖을 내다보았다. 아래로 숲이 지나갔다. 호수들. 그러고는 도시가 보였다. 도시가 이어졌다. 오슬로. 그러더니 다시 숲이 시작되었다. LAX 공항에서 비행기가 이륙하기 전에 잠깐 했던 통화를 생각했다. 여러 살인사건에서 늘 함께 일했던 심리학자 스톨레 에우네였다. 아예 다르게 변해버린 그의 목소리를 생각했다. 그는 해리에게 지난 몇 달 동안 여러 번 연락을 시도했다고 말했다. 해리는 휴대전화를 꺼두었다고 말했다. 스톨레는 별로 중요한 일은 아니고 그저 자신이 병에 걸렸다는 걸 알리고 싶었다고 했다. 췌장암이었다.

LA발 비행기는 계획대로라면 13시간이 걸릴 예정이었다. 해리는 시계를 확인했다. 그런 다음 노르웨이 시간으로 바꾸었다. 일요일 오전 8시 55분. 일요일은 금주하는 날이지만 자신이 LA에 있다고 생각하면 토요일이 아직 5분 남아 있었다. 그는 승무원 콜 버튼을 찾아 천장을 쳐다보다가 비즈니스석 콜 버튼은 리모컨에 붙어 있다는 사실을 떠올렸다. 리모컨은 화면 옆에 끼워져 있었다. 버튼을 누르자 그의 머리 위쪽에 불이 켜지면서 수중음파탐지기 같은 소리가 울렸다.

10초도 되지 않아 승무원이 왔다. "네, 손님?"

그러나 그 10초는 해리가 토요일 LA에서 얼마나 술을 마셨는지 생각하는 데 충분했다. 한도 초과. 젠장.

"미안합니다." 그는 웃으려 애쓰며 말했다. "됐어요."

면세점 위스키 판매대 앞에 서 있던 해리에게 크론이 준비해둔 차량이 도착장 밖에서 기다리고 있다는 소식을 담은 문자메시지가 날아왔다. 해리는 '오케이'라고 답하고 휴대전화를 꺼낸 참에 연락처의 K를 눌러보았다.

라켈은 가끔 해리가 워낙 친구나 동료, 아는 사람이 적어 한 사람당 알파벳 머리글자 한 개면 족하다며 농담하곤 했다.

"카트리네 브라트입니다." 그녀의 목소리는 피곤하고 졸렸다.
"어, 나야 해리."
"해리? 진짜요?" 목소리를 들으니 침대에 누웠다가 일어나 앉은 모양이었다. "전화번호가 미국 번호라고 떠서, 전—."
"지금 노르웨이야. 막 도착했어. 잠을 깨웠나?"
"아뇨. 아, 뭐 그렇죠. 이중 살인일 가능성이 있어서 요즘 늦게까지 일하고 있거든요. 시어머니가 게르트를 봐주러 와 계셔서 늦잠 좀 자고 있었어요. 맙소사, 살아 있었군요."
"그런 셈이지. 상황 어때?"
"좋아요. 사실 상황을 고려하면 나쁘지 않죠. 지난 금요일에 선배 얘기를 했어요. 오슬로에서 뭐 하세요?"
"몇 가지 일이 있어. 스톨레 에우네를 만나러 갈 거야."
"젠장, 들었어요. 췌장암이라면서요?"
"자세한 건 몰라. 커피 한잔할 시간 돼?"
해리는 상대방이 대답하기 전에 잠깐 머뭇거리는 걸 눈치챘다. "이리로 와서 저녁 같이하면 어때요?"
"자네 집에?"
"네, 그럼요. 어머님 요리 솜씨가 끝내주거든요."
"그렇군. 괜찮다면……."
"6시 어때요? 와서 게르트와 인사도 할 수 있잖아요."
해리는 눈을 감았다. 꿈을 기억해내려 애썼다. 볼보 아마존. 칭얼거리는 아기. 카트리네는 알고 있다. 당연히 알겠지. 해리도 알고 있다는 걸 알까? 해리가 알기를 **원할까**?
"6시면 아주 좋아."
통화를 마치고 해리는 다시 위스키 판매대를 바라보았다.

바로 뒤쪽에 동물 봉제인형 판매대가 있었다.

자동차는 오슬로에서 보행자 도로가 가장 많고 두 개의 섬으로 이루어졌으면서 땅값이 제일 비싼 5헥타르라고 할 수 있는 슈브홀멘의 도로를 천천히 움직이며 지났다. 상점가와 레스토랑, 갤러리를 찾아온 사람들과 그냥 일요일이라서 어슬렁거리는 사람들이 가득했다. 호텔 '더 시프'로 갔더니 프런트 직원이 고대하던 손님이 찾아온 것처럼 맞이했다.

방에는 완벽하게 부드러운 더블베드가 있고 벽에는 최근 유행하는 그림이 걸렸고 고급 브랜드 샤워젤이 구비되었다. 모든 것이 5성급 호텔에 어울린다고 해리는 생각했다. 창밖으로 적갈색 시청탑과 아케슈스 요새가 보였다. 떠나 있던 일 년 동안 아무것도 변하지 않은 것 같았다. 그런데도 뭔가 다른 느낌이었다. 어쩌면 디자이너 숍들과 갤러리, 매끈한 외관의 고급 아파트가 가득한 이곳 슈브홀멘은 그가 알던 오슬로가 아니기 때문인지도 몰랐다. 그는 오슬로가 유럽의 변두리에 있는 조용하고 지루하고 작은 잿빛 수도이던 시절 동쪽 지역에서 자랐다. 길거리에서 듣는 언어들은 대개가 억양 없는 노르웨이어였고, 사람들은 모두 백인이었다. 하지만 도시는 천천히 개방되었다. 해리는 젊었을 때 클럽의 수가 늘고 멋진 밴드들이—발레 호빈 경기장에 모인 3만 관중 앞에서 공연하는 밴드가 되지 못한 밴드들까지— 오슬로에 공연하러 오기 시작하는 걸 보고 그걸 알아차렸다. 그리고 레스토랑이 엄청나게 많이 생기더니 세계 각국의 음식을 팔기 시작했다. 이런 식으로 도시가 국제적이고 개방적이고 다문화적인 곳으로 변하면서 자연스럽게 조직범죄가 증가했다. 하지만 살인사건은 여전히 적어서 형사들로 이루어진 부서 하나로 대응할 수 있었다. 사실 이 도시는 여러 가지 이유로 이미 1970년대에 헤로인에 중독된 젊은이들의 묘지가 되어버렸고, 그건 지금도 마찬가지다. 하지만 우범지역이 없는 도시, 여자들도 일반적으로 안전하다고 느낄 수 있는 도시, 설문조사에서도 93퍼센트의 거주자가 안전하다고 느낀다는 도시였다. 언론이 아무리 다른 얘기를 하려 해도 지난 15년 동안 강간 사건은 다른 도시들과 비교해 계속 낮았고, 길거리 폭력이나 다른 범죄 역시 적었으며, 계속 줄어들고 있었다.

그러니 서로 관련이 있는 것으로 보이는 여자 두 명 가운데 한 명이 살해되고 한 명이 실종된 일이 우연일 수 없었다. 해리가 구글에서 찾아본 노르웨이 신문마다 관련 기사를 수도 없이 시끄럽게 쏟아낸 것도 이상한 일이 아니었다. 많은 기사 속에서 마르쿠스 뢰드의 이름이 거론된 것 역시 당연했다. 우선, 제대로 된 일간지까지 포함해 모든 언론은 유명 인사들을 사건에 끌어들이며 살아남았다는 사실을 모르는 사람이 없으며, 부자 순위로 볼 때 뢰드는 유명 인사라고 할 수 있었다. 둘째, 해리가 지금까지 수사했던 모든 살인사건에서 범인의 80퍼센트는 희생자와 긴밀하게 연결되어 있던 사람이었다. 그러므로 지금 당장 의심할 수 있는 유력한 용의자는 그의 고용인이라 할 수 있다.

해리는 샤워를 마쳤다. 거울 앞에 서서 유일한 여벌 셔츠의 단추를 잠갔다. 가르데르모엔 공항에서 산 셔츠였다. 맨 위 단추를 잠그면서 손목시계가 똑딱거리는 소리를 들었다. 시간의 흐름을 생각하지 않으려 애썼다.

호텔에서 호콘 7세 가에 있는 바르벨 사의 사무실까지는 걸어서

5분도 걸리지 않았다.

해리는 높이가 거의 3미터에 육박하는 출입문으로 걸어가 안쪽 로비에 있는 젊은 남자를 바라보았다. 남자는 서둘러 문을 열었다. 지시를 받고 해리를 기다리고 있던 게 틀림없었다. 남자는 유리 에어 로크를 통해 해리가 안으로 들어오도록 해주었다. 그리고 해리가 엘리베이터를 타지 않는다는 설명에 잠시 혼란스러워하더니 계단으로 안내했다. 남자는 꼭대기인 6층에 도착해 해리보다 앞서가더니 주말이라 비어 있는 사무실 공간을 지나 열린 문 앞에 서서 해리가 먼저 들어갈 때까지 기다렸다.

건물 모퉁이 한쪽을 차지한 고급 사무실은 거의 100제곱미터는 되어 보였고, 시청 광장과 오슬로 피오르를 내려다보고 있었다. 사무실 한끝에 있는 데스크 위에 커다란 아이맥 모니터와 구찌 선글라스, 아이폰 하나가 놓여 있고 서류는 전혀 보이지 않았다.

데스크 반대편에 있는 회의용 테이블에 두 사람이 앉아 있었다. 한 명은 해리도 아는 요한 크론이었다. 다른 한 명은 신문 기사에서 본 사람이었다. 마르쿠스 뢰드는 크론이 먼저 일어나 해리에게 손을 내밀며 다가가도록 두었다. 해리는 크론을 향해 짧게 웃어 보이면서도 뒤쪽에 있는 남자에게서 눈을 떼지 않았다. 마르쿠스 뢰드는 정장 재킷 단추를 습관적으로 채우는 동작을 하면서도 테이블 앞에 그대로 서 있었다. 크론과 악수를 나눈 해리는 테이블로 걸어가 뢰드와도 악수했다. 악수하며 보니 두 사람은 거의 키가 비슷한 것 같았다. 뢰드는 몸무게를 적어도 20킬로그램은 줄여야 할 것 같았다. 가까이에서 보니 인위적으로 매끄러운 피부와 하얀 치아, 숱 많고 검은 머리 뒤로 66년의 세월이 보였다. 하지만 괜찮았다. 적어도 그는 해리가 LA에서 봤던 일부 사람들보다 더 훌륭한 의사들을 쓸 수 있을 것이다. 해리는 뢰드의 좁고 푸른 홍채에 둘러싸인 커다란 동공이 마치 경련하듯 조금씩 떨리는 것을 알아보았다.

"앉아요, 해리."

"그러죠, 마르쿠스." 해리는 재킷의 단추를 풀며 자리에 앉았다. 똑같이 이름을 부르는 해리의 태도에 기분 나빴을 수도 있지만, 뢰드의 표정에는 아무것도 드러나지 않았다.

"급하게 연락했는데도 와주어 고맙소." 뢰드는 문가에 선 젊은 남자에게 손짓으로 뭔가 지시했다.

"빨리 처리하는 건 저도 좋습니다." 해리의 시선이 심각한 표정을 한 세 남자의 액자가 걸린 벽으로 향했다. 두 개는 그림이고 하나는 사진이었는데, 액자마다 아래쪽에 이름이 박힌 금박 명판이 달렸고 모두 뢰드라는 성을 쓰고 있었다.

"아, 그렇죠. 물론 **그쪽**과는 일이 진행되는 속도가 다를 겁니다." 크론이 '그쪽'이라는 말만 영어로 했다. 해리에게는 일부러 살짝 강조해 말하는 외교적 수사처럼 들렸다.

"모르겠습니다." 해리가 말했다. "내 생각에 로스앤젤레스는 뉴욕이나 시카고와 비교하면 느긋한 곳이죠. 하지만 여긴 아주 열심인 모양이군요. 일요일에 출근이라니. 인상적인데요."

"지옥 같은 가정생활과 가족으로부터 잠깐 빠져나오는 것도 남자에게는 좋은 일이오." 뢰드는 크론에게 씩 웃어 보이며 말했다. "**특히** 일요일에는 더욱 그렇지."

"아이들이 있습니까?" 해리가 물었다. 신문 기사 내용에서는 그런 인상을 받지 못했다.

"있소." 뢰드는 질문한 사람이 그쪽인 듯 크론을 보며 대답했다.

"아내가 애지."

뢰드가 웃음을 터뜨렸고 크론도 예의 바르게 따라 웃었다. 해리는 수줍어하는 사람처럼 보이지 않기 위해 입꼬리를 살짝 올렸다. 신문에서 봤던 헬레네 뢰드의 사진을 떠올렸다. 나이 차이가 얼마나 되더라? 적어도 서른 살은 어릴 것이다. 커플을 찍은 모든 사진은 패션쇼나 시사회 같은 장소를 배경으로 하고 있었다. 물론 헬레네 뢰드는 잘 차려입고 치장했지만, 비슷한 행사에서 카메라를 향해 포즈를 취하는 일부 여자들—그리고 남자들—처럼 바보스럽지 않았고 훨씬 자의식이 강해 보였다. 아름다웠지만 뭔가 퇴색한 듯한, 젊음의 광채가 조금 일찍 사라진 것 같은 느낌이 들었다. 일을 너무 많이 했나? 술이나 다른 것들이 지나쳤을까? 행복이 너무 작아서? 아니면 세 가지 모두?

"제가 잘 알고 있지만 의뢰인께서는 어떤 상황이든 이곳에서 많은 시간을 보냅니다. 열심히 일하지 않고는 지금의 자리를 지킬 수 없었겠죠."

뢰드는 어깨를 으쓱했지만 부인하지는 않았다. "당신은 어떻소, 해리? 아이가 있나?"

해리는 그림을 보고 있었다. 세 남자가 함께 커다란 건물 앞에서 있는 모습이었다. 직접 지었거나 소유했던 건물일 거라고 해리는 생각했다.

"아마 탄탄했던 집안 재산도 한몫했겠죠." 해리가 말했다.

"무슨 말이오?"

"열심히 일하는 거 말입니다. 물려받은 재산이 있으니까 조금 더 쉬웠겠죠?"

뢰드는 반짝이는 검은 머리 아래 잘 다듬은 눈썹을 치켜세우며 뭔가 묻는 것처럼 크론을 바라보았다. 어떤 사람을 데려온 거냐고, 설명을 요구하는 것 같았다. 그러고는 고개를 들어 셔츠 깃 위로 이중 턱을 들어 올리고 해리에게 시선을 고정했다.

“재산은 저절로 관리되는 게 아니야, 홀레. 혹시 알고 있소?”

“저요? 제가 왜 알 거라고 생각합니까?”

“몰라? 아주 부자처럼 차려입었으니까. 내가 잘못 본 게 아니라면 당신이 입은 양복은 새빌 로의 가스 알렉산더가 만든 것인데. 나도 두 벌 갖고 있거든.”

“재단사 이름은 기억나지 않습니다. 식사 자리에 동행하기로 했더니 어떤 여자분께서 선물해주셨죠.”

“빌어먹을. 그렇게나 못생긴 여자였소?”

“아뇨.”

“아니야? 그럼 예쁜 여자?”

“그렇다고 해야겠죠. 70대인 사람치고는요.”

마르쿠스 뢰드는 양손을 머리 뒤에 대고 몸을 뒤로 기울였다. 그리고 눈을 가늘게 떴다.

“그거 아시오, 해리? 당신과 내 아내는 뭔가 공통점이 있소. 더 비싼 옷으로 갈아입을 때만 옷을 벗는다는 거.”

마르쿠스 뢰드는 귀가 먹먹해질 정도로 크게 웃었다. 그는 손으로 허벅지를 두드리며 크론을 바라보았다. 크론은 이번에도 잽싸게 웃음을 터뜨렸다. 뢰드의 웃음은 연이은 재채기로 이어졌다. 방금 물잔을 담은 쟁반을 들고 들어왔던 젊은 남자가 냅킨을 내밀었지만 뢰드는 손을 흔들어 거절하더니 양복 안주머니에서 커다란 밝은 청색 손수건을 꺼내 큰 소리를 내며 코를 풀었다. 손수건에는 대문짝만하게 M. R.이라는 머리글자가 박혀 있었다.

"걱정하지 말아요. 그냥 알레르기가 있어서 그런 거니까." 뢰드는 손수건을 다시 주머니에 넣으며 말했다. "백신 맞았소, 해리?"

"네."

"나도 맞았지. 한 번도 걸린 적이 없소. 헬레네와 함께 사우디아라비아에 가서 처음 나온 백신을 맞았지. 노르웨이 사람들이 맞기 한참 전이었소. 어쨌거나 이제 시작합시다. 요한?"

해리는 요한 크론이 설명하는 사건 내용을 들었다. 24시간 전에 전화로 들었던 내용의 반복과 다를 것이 없었다.

"수산네 안데르센과 베르티네 베르틸센이라는 두 여성이 지금으로부터 각각 2주와 3주 전 화요일에 실종되었습니다. 수산네 안데르센은 이틀 전 사망한 채 발견되었습니다. 경찰은 사망 원인에 대해 아무 발표도 하지 않고 있지만, 살인사건으로 수사하고 있다고 합니다. 경찰이 마르쿠스를 조사한 이유는 오직 하나입니다. 수산네가 실종되기 나흘 전 두 여자가 같은 파티에 참석했다는 거죠. 마르쿠스와 헬레네가 사는 아파트 주민들을 위한 루프톱 파티였습니다. 그리고 지금까지 경찰이 찾아낸 두 여성의 유일한 연결 고리는 두 사람 모두 마르쿠스와 아는 사이로 파티에 초대받았다는 겁니다. 마르쿠스는 두 여성이 실종된 두 번의 화요일에 모두 알리바이가 있습니다. 헬레네와 집에 있었죠. 경찰은 그 점에 관해서는 아무런 의심도 하지 않습니다. 하지만 불행하게도 언론은 그렇게 논리적으로 추론하지 않습니다. 다시 말하자면 그들에게는 사건을 해결하는 것 외에 다른 목적이 있는 것이죠. 그래서 언론사들은 마르쿠스와 여자들의 관계에 대한 온갖 추측성 헤드라인을 쏟아내고 있습니다. 여자들이 그들의 '이야기'를 거금을 받고 신문사에 제보하겠다면서 마르쿠스를 협박해 돈을 뜯어내려 했다는 식으로 말이죠. 그리고 또 배우자가 보증하는 알리바이라면 가치가 없다는 식으로 의심하고 있습니다. 흔히 있는 일이고 범죄 사건에서 전적으로 적법하다는 걸 알면서도 말입니다. 그건 물론 진실이 아니고, 살인사건과 유명인을 선정적으로 조합한 것에 불과합니다. 솔직히 말해서 언론계 사람들은 사건이 빨리 해결되는 것보다 천천히 해결되는 걸 바랄 것이 틀림없습니다. 그래야 판매에 도움이 되는 억측을 최대한 오래 끌 수 있을 테니까요."

해리는 무표정한 얼굴로 잠깐 고개를 끄덕였다.

"그러는 동안 제 고객은 모든 혐의를 벗지 못했다는 이유로—적어도 언론을 보면 그렇습니다— 사업상의 불이익을 받고 있습니다. 당연히 개인적 압박감도 느끼고 있고요."

"무엇보다 가족의 부담이 큰 거지." 뢰드가 끼어들었다.

"당연합니다." 변호사는 계속 말을 이었다. "만일 경찰이 공정하게 업무를 처리하고 있다면 일시적인 문제이니 견뎌낼 수도 있겠죠. 하지만 경찰은 거의 3주가 지났는데도 범인을 잡지도, 알리바이를 제시한 오슬로의 특정인을 향한 언론의 마녀사냥을 멈출 단서를 찾아내지도 못하고 있습니다. 요약하면 우리는 최대한 빨리 사건이 해결되기를 바라며, 그러한 맥락에서 당신에게 연락하게 된 겁니다."

크론과 뢰드는 해리를 바라보았다.

"음. 이제 경찰이 시체를 발견했으니 어쩌면 범인의 DNA 흔적을 찾아낼 기회가 있겠군요. 혹시 경찰이 당신의 DNA 샘플을 채취했습니까?" 해리는 마르쿠스 뢰드를 똑바로 바라보았다.

뢰드는 대답 없이 크론에게 고개를 돌렸다.

"우린 거절했어요." 크론이 말했다. "경찰이 영장을 가져올 때까지는 거부할 겁니다."

"왜요?"

"그런 조사에 응한다고 해서 얻어낼 것이 없기 때문입니다. 그런 식의 강압적인 수사를 받아들인다면 간접적으로 우리도 사건을 경찰과 같은 시각에서 보고 있다는 걸 인정하게 되고, 그건 다시 말해 의심의 근거를 제공할 수 있기 때문입니다."

"그럼 의심할 근거가 전혀 없다는 겁니까?"

"그렇죠. 하지만 저는 경찰에게 만일 실종된 사람들과 제 고객 사이에 그 어떤 연결 고리라도 찾아낼 수 있다면 제 고객은 기꺼이 DNA 검사에 응하겠다고 말해두었습니다. 그 이후로 경찰로부터 연락받은 바 없습니다."

"음."

뢰드는 손뼉을 한 번 치더니 말했다. "개괄적으로 말하자면 이런 상황이오, 해리. 전략이 어떻게 되는지 들어볼 수 있겠소?"

"전략요?"

뢰드는 웃었다. "개괄적으로라도 말이오."

"개괄적으로는," 해리는 시차증에 의한 하품을 억누르며 말했다. "최대한 빨리 범인을 잡는 거죠."

뢰드는 씩 웃더니 크론을 바라보았다. "지금 얘기는 너무 광범위하군, 해리. 뭐든 추가로 해줄 수 있는 얘기는 없소?"

"글쎄요. 저는 이 사건을 경찰이었을 때와 똑같은 방식으로 수사할 겁니다. 진실 외에는 그 어떤 것에도 의무나 관심을 두지 않는 거죠. 달리 말하자면, 만일 당신이 범인이라는 증거가 나오면 다른 살인범을 대할 때와 아무 차이 없이 당신을 체포할 겁니다. 그리고 보너스를 청구하죠."

이어진 침묵 속에서 시청의 종소리가 울렸다.

마르쿠스 뢰드는 낄낄 웃었다. "화끈한 말이군요, 해리. 경찰 생활로 그런 보너스를 긁어모으려면 얼마나 걸리겠소? 10년? 20년? 경찰서에서 일하는 사람들은 얼마나 돈을 버는 거요?"

해리는 대답하지 않았다. 시청 종소리가 계속 울렸다.

"어쨌든." 크론이 서둘러 웃는 얼굴로 말했다. "본질적으로 당신이 한 말이 곧 우리가 원하는 겁니다, 해리. 제가 전화로 했던 이야기죠. 독립적인 수사. 그러니 당신이 조금 거칠게 표현하기는 했지만, 우리는 같은 입장인 겁니다. 당신이 지금 한 말이 바로 우리가 당신을 원하는 이유이기도 하죠. 그런 식의 성실함을 갖춘 사람이니까요."

"맞소?" 뢰드는 해리를 바라보며 엄지와 검지로 턱을 어루만졌다. "당신이 성실함을 갖춘 사람인 거요?"

해리는 뢰드의 눈이 꿈틀거리는 걸 다시 보았다. 그는 고개를 흔들었다. 뢰드는 앞으로 몸을 숙이더니 기분 좋게 웃으며 낮은 목소리로 말했다. "조금도 안 그렇다는 거요?"

해리도 마주 보고 웃었다. "곁눈 가리개를 한 경주마가 가지는 성실성 정도는 됩니다. 지성이 제한적인 짐승은 그저 훈련받은 대로 할 뿐입니다. 어느 곳에도 정신을 빼앗기지 않고 곧장 앞으로 달려가죠."

마르쿠스 뢰드는 웃었다. "좋아요, 해리. 아주 좋아. 받아들이겠소. 당신이 가장 먼저 해줄 일은 최고의 사람들로 팀을 꾸리는 겁니다. 일반인들이 아는 유명한 사람들이면 더 좋고. 그래야 언론에 알릴 수 있을 테니까. 그래야 우리가 진지하다는 걸 대중이 알 수 있지. 알겠소?"

"누구랑 일할지에 대해 아이디어가 있습니다."

"좋소, 좋아. 그들로부터 대답을 들을 때까지 시간이 얼마나 걸리겠소?"

"내일 4시면 됩니다."

"내일? 그렇게 빨리?"

뢰드는 다시 웃다가 해리가 진지하게 한 말인 걸 눈치챘다. "당신 스타일이 마음에 드는군, 해리. 계약서에 서명합시다."

뢰드가 고갯짓하자 크론이 서류 가방에서 한 페이지짜리 서류를 해리 앞에 꺼내놓았다.

"계약서에는 경찰 법무팀 변호사들 가운데 적어도 세 명이 누군가를 유죄로 판단할 때 업무가 완결된 것으로 본다는 내용이 있습니다." 크론이 말했다. "하지만 기소된 범인이 재판에서 무죄로 풀려나면 수수료는 반환해야 합니다. 그러니까 말하자면 '불성공 무보수' 약정입니다."

"하지만 나를 포함해서 어떤 경영진이라도 부러워할 금액의 수수료를 받는 거요." 뢰드가 말했다.

"추가로 한 가지 조항을 넣었으면 좋겠는데요." 해리가 말했다. "경찰이 앞으로 9일 안에 유죄로 추정되는 사람을 찾아내면—제 도움 여부와 관계없이— 제가 수수료를 받는 조건입니다."

뢰드와 크론은 눈길을 주고받았다.

뢰드는 고개를 끄덕이더니 해리 쪽으로 몸을 숙였다. "협상을 아주 화끈하게 하시는군. 하지만 당신이 왜 특정한 금액을 특정한 날짜까지 원하는지 내가 모르리라 생각하지 마시오."

해리는 눈썹을 추켜세웠다. "그래요?"

"왜 이러시나. 협상 상대에게 뭔가 적당한 금액이 있다고 느끼도록 하기 위한 술책이잖소. 모든 것이 딱 들어맞는 마법의 숫자가 있는 것처럼. 아버지에게 애 가지는 법을 가르칠 수는 없는 법이오, 해리. 그런 협상 전략은 나도 쓰니까."

해리는 천천히 고개를 끄덕였다. "잘 아시는군요, 뢰드."

"한 가지 수법을 가르쳐주겠소, 해리." 뢰드는 활짝 웃으며 몸을 뒤로 기댔다. "수수료는 백만 달러로 하고 싶소. 당신이 요구했던 것보다 거의 40만 크로네나 더 많은 금액이오. 괜찮은 차 한 대 값이지. 이유를 알겠소?"

해리는 대답하지 않았다.

"왜냐하면 사람들은 기대한 것보다 조금 더 받으면 훨씬 큰 노력을 기울이기 때문이오. 심리학에서 증명된 사실이지."

"그렇다면 기꺼이 시험해봐야겠군요." 해리는 건조하게 말했다. "하지만 한 가지가 더 있습니다."

뢰드의 얼굴에서 웃음이 사라졌다. "그게 뭐요?"

"경찰 내 누군가의 허가가 필요합니다."

크론이 헛기침을 했다. "노르웨이에서는 민간 조사에 허가나 면허가 필요 없다는 건 알고 있겠죠?"

"알죠. 하지만 경찰의 **누군가에게는** 말해야 합니다."

해리는 문제가 뭔지 설명했고, 잠시 후 뢰드는 고개를 끄덕이며 마지못해 동의했다. 해리와 뢰드가 악수를 나눈 뒤 크론은 해리를 아래층 출입구로 안내했다. 그는 해리를 위해 거리로 통하는 문을 열어주었다.

"질문 하나 해도 됩니까, 해리?"

"하세요."

"왜 제가 계약서 사본을 영어로 만들어 멕시코의 이메일 주소로 보내야 했던 겁니까?"

"그쪽에 내 에이전트가 있거든요."

크론의 얼굴에는 아무런 표정 변화도 없었다. 해리는 변호사인 그가 거짓말에 익숙해서 그럴 거라고 생각했다. 어쩌면 고객이 진실을 말할 때 더 깜짝 놀랄 수도 있었다. 그리고 크론이라면 그런 식의 뻔한 거짓말은 접근금지 표지판으로 이해할 터였다.

"좋은 일요일 보내요, 해리."

"당신도."

해리는 아케르 브뤼게 쪽으로 걸어가 벤치에 앉았다. 네소드탕엔 반도에서 오는 페리가 햇빛 아래 부두로 미끄러져 들어오는 모습을 지켜보았다. 눈을 감았다. 라켈과 함께 가끔 주중에 휴가를 내고 자전거를 보트에 싣고 작은 섬들과 범선들 사이를 25분 동안 지나 네소드탕엔에 가곤 했다. 그곳에 가면 지방 도로와 숲길을 따라 자전거를 타고 농촌 풍경 속으로 곧장 달려갔다. 그곳에 있는 한적하고 아무도 오지 않는 곳에서 물에 뛰어든 두 사람은 수영을 마치고 매끄럽고 넓적한 바위 위에서 몸을 말렸다. 들리는 소리라고는 벌레들의 울음소리와 그의 등에 손톱을 박는 라켈의 격렬하지만 나지막한 신음뿐이었다. 해리는 머릿속에 떠오른 광경을 억지로 떨치고 눈을 떴다. 시계를 확인했다. 툭툭 끊어지듯 움직이는 초침을 바라보았다. 몇 시간 후면 카트리네를 만날 것이다. 게르트도. 그는 시프 호텔을 향해 성큼성큼 발걸음을 옮겼다.

"삼촌께서 오늘은 컨디션이 좋아 보여요." 간호사가 작은 방의 열린 문 앞에 프림을 두고 가며 말했다.

프림은 고개를 끄덕였다. 그리고 실내복 차림으로 침대에 앉아 꺼진 TV 화면을 멍하니 바라보는 나이 많은 남자를 바라보았다. 한때는 삼촌도 잘생긴 남자였다. 누구나 그의 말에 귀를 기울이는, 사적으로나 사회적으로나 한껏 존경받던 남자였다. 프림은 삼촌의 넓고 매끈한 이마와 매부리코, 양쪽으로 움푹 들어간 맑고 푸른 눈에서 여전히 그런 기미가 보인다고 생각했다. 단호하게 꽉 다문 입과 놀라울 정도로 두툼한 입술.

프림은 그를 프레드리크 삼촌이라고 불렀다. 왜냐하면 삼촌이었기 때문이다. 다른 존재가 아니라.

삼촌은 프림이 방으로 들어서는 모습을 쳐다보았다. 그리고 언제나처럼 프림은 오늘은 어떤 프레드리크 삼촌이 기다리고 있는지 궁금했다. 삼촌이 있다면.

"누구야? 나가." 삼촌은 경멸과 즐거움이 섞인 감정으로 얼굴이 붉어진 채 말했다. 농담인지 화가 났는지 확실히 알 수 없을 정도로 낮은 음역대의 목소리였다. 삼촌은 루이소체 치매를 앓고 있었다. 환각과 악몽에 시달릴 뿐 아니라—그의 삼촌처럼— 가끔은 공격적인 행동을 유발하는 뇌 기능 장애 질병이다. 대부분은 언어적 증상이지만 육체에도 영향을 미쳤는데, 근육 경직으로 인한 행동 제한이 오히려 다행일 정도였다.

"프림이에요. 몰레 아들요." 그리고 혹시라도 삼촌이 무슨 대꾸라도 할까 봐 덧붙였다. "삼촌 여동생 몰레요."

프림은 침대 위 벽을 유일하게 장식하고 있는 졸업장 액자를 바라보았다. 언젠가 삼촌과 어머니 그리고 어릴 적 자신이 스페인의 한 수영장에서 웃으며 찍은 사진 액자를 가져와 벽에 걸어둔 적이 있었다. 프림의 새아버지가 떠난 뒤 갔던 휴가에서 삼촌이 여동생과 조카를 대접하던 장면이다.

하지만 몇 달 뒤 삼촌은 그렇게 많은 토끼 이빨을 도저히 볼 수가 없다면서 액자를 떼어버렸다. 프림이 어머니에게 물려받은 크고 벌어진 앞니를 말하는 것이 틀림없었다. 하지만 박사 학위를 증명하는, 프레드리크 스테이네르라는 이름이 적힌 졸업장은 여전히 벽에 걸려 있었다. 삼촌은 프림의 어머니와 같이 사용하던 성을 바꾸었다. 삼촌은 프림에게 유대인 성이 과학계에서는 무게와 권위를 인정받기 때문이라고 아무렇지 않게 설명했다. 특히 자신의 분야인 미생물학에서는 유대인—특히 아슈케나즈 유대인—이 우월한 지적 능력을 발휘하는 유전자를 갖고 있다는 사실을 부정할 사람은 거의 없다고 했다. 예의와 정치적인 이유로 그런 사실을 부정하는 것—아니면 최소한 무시하는 것—이 합리적일 수도 있고 그래도 괜찮았지만, 사실은 사실이었다. 그러니 프레드리크가 유대인처럼 훌륭하게 팽팽 돌아가는 두뇌를 갖고 있다면 심심한 노르웨이의 촌뜨기 이름을 달고 뒤쪽에 줄서서 기다릴 이유가 무엇이겠는가?

"내게 여동생이 있어?" 삼촌이 물었다.

"있어요, 기억 안 나요?"

"빌어먹을, 난 치매야. 멍청한 네 머리로는 기억 못 하냐? 너랑 같이 온 간호사…… 꽤 괜찮지?"

"간호사는 기억하네요?"

"내 단기기억은 훌륭해. 내가 주말 전에 간호사를 따먹을지 내기 걸래? 아니, 잠깐만. 넌 어차피 땡전 한 푼 없을 거잖아, 쓸모없는 놈. 어렸을 적에는 그래도 네게 희망을 걸었다. 하지만 지금 봐. 넌 실망스러운 존재도 못 돼. 그냥 존재감이 없어."

삼촌은 잠깐 말을 멈췄다. 뭔가 조심스럽게 생각하는 것 같았다.

"그럼 혹시 뭐라도 해낸 거냐? 뭘 하고 사는 거야?"

"삼촌한테 말하진 않을 거예요."

"왜? 네가 음악에 관심이 있었다는 건 기억 나. 우리 가문에 음악인의 피는 손톱만큼도 없어. 하지만 넌 가수가 되는 꿈을 꿨지."

"아니에요."

"그럼 무슨……?"

"어차피 다음에 만나면 잊으실 테고, 믿지도 않으실 거예요."

"가족은 어떻게 되냐? 그런 눈으로 날 보지 마!"

"혼자 살아요. 지금은요. 하지만 어떤 여자를 한 명 만났어요."

"한 명? 한 명이라고 했냐?"

"네."

"맙소사. 내가 여자를 얼마나 많이 따먹었는지 알아?"

"네."

"643명이야. 643명이라고! 전부 예쁜 애들이었지. 내가 어떤 수준을 따먹을 수 있는지 알아차리기 시작하기 전에 만났던 몇 명 빼곤. 난 열일곱 살 때 시작했다. 넌 삼촌을 이기려면 땀깨나 흘려야 할 거다, 녀석아. 만났다는 여자는 거기가 좀 조여주냐?"

"몰라요."

"몰라? 다른 년은 어떻게 된 거야?"

"다른 년요?"

"애들 두 명이랑 키 작고 거뭇한 피부에 젖통이 큰 여자가 있었던 걸 분명히 기억하는데. 내가 그년을 따먹었던가? 하하! 먹었군. 네 얼굴을 보면 알지! 넌 왜 아무도 사랑하지 않는 놈이 되어버린 거야? 어미에게서 물려받은 토끼 이빨 때문이야?"

"삼촌—."

"삼촌, 삼촌 하지 마, 좆같은 미친놈! 타고나기를 못생기고 멍청한 놈. 넌 나랑 네 어미랑 우리 가문 전체의 수치야."

"그래요. 그러면 왜 절 프림이라고 불렀어요?"

"아, 프림. 그렇지! 내가 왜 그랬을 것 같냐?"

"제가 특별해서 그랬다고 하셨잖아요. 여러 사람 가운데 예외라면서요."

"그래, 특별했지. 하지만 예외야. 오류지. 아무도 함께 있고 싶어하지 않는 왕따에 1과 자기 자신으로만 나눌 수 있는 놈. 그게 너라고. **프림탈레**, 소수素数. 1과 너뿐이야. 사람은 누구나 가질 수 없는 걸 갈망해. 네가 가질 수 없는 건 사랑받는 거지. 그건 늘 네 약점이었어. 네 어미한테서 물려받은 거잖아."

"제가 머지않아 삼촌이나 우리 가문의 그 누구보다 더 유명해질 거라는 사실 아세요? 모두를 합친 것보다 말이에요."

삼촌은 프림이 마침내 뭔가 말이 되는, 아니면 적어도 흥미로운 얘기를 한 것처럼 얼굴이 밝아졌다.

"잘 들어. 네게 일어날 유일한 일은 언젠가 너도 나처럼 미쳐버린다는 거야. 그리고 넌 그게 좋아 어쩔 줄 모를 거다! 왜 그런지 알아? 그때가 되면 네 인생이 굴욕스러운 패배로 이어져왔다는 사실을 잊을 수 있기 때문이지. 내가 기억하고 싶은 건—." 그는 벽에 걸린 졸업장을 가리켰다. "오직 저거밖에 없어. 하지만 그것조차 쉽지 않아. 그리고 643명 중……." 그의 목소리가 탁해지더니 푸른 눈에 눈물이 가득 차올랐다. "단 한 년도 기억이 안 나. 하나도! 그러니 무슨 소용이야?"

삼촌은 울기 시작했고 프림은 방에서 나왔다. 점점 더 자주 벌어지는 일이다. 프림은 로빈 윌리엄스가 자살한 이유가 루이소체 치매 진단을 받았기 때문이었다는 기사를 읽었다. 그는 자신과 가족에게 가해질 고문을 피하길 원했다. 삼촌은 왜 그러지 않았는지 놀라웠다.

요양원은 오슬로의 서쪽 지역인 빈데렌의 한가운데에 있었다. 자동차로 돌아가던 그는 최근 여러 번 들렀던 귀금속 가게 앞을 지났다. 일요일이라 가게 문은 닫혀 있었지만 유리창에 얼굴을 대고 들여다보니 유리 진열장 안에 있는 다이아몬드 반지가 보였다. 크지는 않지만 매우 아름다웠다. '그녀'에게 완벽하게 어울렸다. 이번 주에 사두지 않으면 다른 사람이 채갈 수도 있다.

그는 먼 길로 돌아 게우스타에 있는, 어릴 적 집 앞을 지났다. 화재로 망가진 빌라는 이미 오래전에 없애야 했지만, 그는 행정명령이나 이웃들의 불만에도 때마다 철거를 미루고 있었다. 어떤 경우에는 수선 계획을 세우는 중이라 우기고 다른 때는 철거 공사를 예약했다면서 서류를 제출하기도 했다. 하지만 철거 업체는 꼭 파산하거나 영업정지 처분이 내려졌다. 그가 왜 이런 지연 전술을 쓰는지는 그 자신도 몰랐다. 결국에는 이곳의 땅을 좋은 가격에 팔 수도 있을 것이다. 집을 어떻게 해야 할지 생각이 난 것은 최근의 일이었다. 그리고 그 계획은—집을 어떤 일에 쓸 수 있을 것인지—작은 벌레의 알처럼 그의 마음속에 오래전부터 숨어 있던 것이 틀림없었다.

8

일요일, 테트리스

"좋아 보이네." 해리가 말했다.

"선배는…… 좀 탔네요." 카트리네가 대답했다.

두 사람은 웃음을 터뜨렸다. 카트리네는 문을 활짝 열었고 두 사람은 서로 포옹했다. 양고기와 양배추를 넣은 스튜 냄새가 아파트를 채웠다. 해리는 오는 길에 나르베센 편의점에서 산 꽃다발을 내밀었다.

"**선배**가 이제 꽃을 사기도 해요?" 카트리네가 찡그린 얼굴로 꽃을 받으며 물었다.

"자네 시어머니께 잘 보이려고 샀다고 봐야지."

"글쎄요, 슈트로는 확실히 잘 보일 수 있겠네요."

카트리네는 꽃을 화병에 꽂으려고 주방으로 갔고, 해리는 거실로 걸어갔다. 쪽매널마루 위에 장난감들이 보이고 아이가 보이기 전에 목소리부터 들렸다. 아이는 해리를 등지고 앉아 곰 인형에게 심각하게 말하고 있었다.

"야, 이케 해야지. 코 자라니까."

해리는 살금살금 걸어가 몸을 웅크리고 앉았다. 아이는 작은 목소리로 노래를 불렀다. 옆으로 기울인 금발 머리가 찰랑거렸다.

"부우맨, 부우맨, 염소야……."

아이는 무언가 소리를 들었다. 아마도 마루가 삐걱대는 소리였을 것이다. 갑자기 고개를 돌렸는데, 이미 얼굴에 웃음이 가득했다. 아직도 놀라는 일은 전부 좋은 일인 줄 아는 아이인 모양이라고 해리는 생각했다.

"안녕!" 아이는 큰 소리로 다정하게 말했다. 회색 수염이 난 덩치 큰 낯선 남자가 뒤에서 갑자기 나타났는데도 놀라지 않은 것 같았다.

"안녕." 해리는 양복 재킷 속으로 손을 넣으며 말했다. 그리고 곰 인형을 꺼냈다. "널 위한 선물이야."

해리가 인형을 내밀었지만 아이는 곰 인형은 보지도 않고 눈을 동그랗게 뜨고 해리만 보고 있었다.

"산타크오스에요?"

해리는 웃지 않을 수 없었다. 하지만 아이는 그래도 놀라지 않은 채 행복하게 그를 따라 웃었다. 아이가 곰 인형을 받았다. "애 이름 머에요?"

"아직 이름이 없어서 네가 하나 지어줘야 할 것 같다."

"그럼 머로 하까…… 이름 머에요?"

"난 해리야."

"해뉘."

"아니, 그러니까……."

"그래, 애 이름 해니에요."

고개를 돌린 해리는 카트리네가 앞으로 팔짱을 끼고 문가에 선 채 두 사람을 보고 있는 모습을 발견했다.

그녀의 토텐 지방 사투리 때문일 수도 있고 빨간 머리나 살짝 튀어나온 눈 때문일 수도 있었다. 어쨌거나 해리는 식탁에 놓인 접시에서 눈을 들어 비에른의 어머니를 볼 때마다 죽은 과학수사관 동료 비에른 홀름을 보는 것 같았다.

"아이가 당신을 좋아한다는 사실이 그리 이상할 것도 없군요, 해리." 그녀는 식사를 마치고 지금은 거실에 가서 곰 인형과 더 놀자고 해리의 손을 잡아당기는 아이 쪽으로 고갯짓하며 말했다. "당신과 비에른이 그렇게 사이좋은 친구였으니까요. 동족 간의 화학작용이라고 하잖아요. 하지만 식사는 좀 더 하셔야겠어요, 해리. 꼬챙이처럼 마르셨어요."

디저트로 말린 자두 콩포트를 먹고 나서 카트리네의 시어머니는 두 사람을 남겨두고 게르트를 재우러 갔다.

"아주 멋진 아이를 낳았군." 해리가 말했다.

"네." 카트리네는 양손으로 턱을 괴고 말했다. "아이들 잘 다루는 거 몰랐네요."

"나도 몰랐어."

"올레그가 어렸을 때 이미 알지 않았어요?"

"처음 만났을 때는 이미 컴퓨터 게임을 하는 나이였어. 자기와 엄마 사이에 누군가 끼어들어도 신경도 쓰지 않았을 거야."

"하지만 좋은 친구 사이가 됐잖아요."

"라켈은 우리가 싫어하는 밴드가 같았기 때문이라고 했지. 둘 다 테트리스를 좋아했고. 아까 전화로 얘기할 때 괜찮게 지낸다고 했잖아. 뭐, 새로운 거 없어?"

"일요?"

"뭐든지."

"그렇기도 하고, 아니기도 하고. 다시 외출도 하고 사람도 만나고 그래요. 비에른이 죽은 지도 꽤 지났고요."

"그래? 진지하게 만나는 상대라도 있어?"

"아뇨, 그럴 정도는 아니에요. 최근에 어떤 남자랑 몇 번 만났어요. 꽤 괜찮은데, 잘 모르겠어요. 선배나 나나 처음에는 이상한 성격이잖아요. 시간이 흐른다고 나아질 것도 없는 사람들이고. 선배는 어때요?"

해리는 고개를 흔들었다.

"아뇨, 선배는 아직도 결혼반지를 끼고 있잖아요." 카트리네가 말했다. "말하자면 선배는 인생의 사랑을 만난 거죠. 비에른하고 저랑은 달라요."

"그럴지도 모르지."

"세상에서 가장 다정한 사람. 너무 다정하죠." 그녀는 찻잔을 들었다. "저 같은 년이랑 있기에는 너무 연약한 사람이에요."

"그렇지 않아, 카트리네."

"아니라고요? 남편의 가장 좋은 친구랑 자는 여자를 뭐라고 불러요, 그럼? 그래요, 어쩌면 걸레라는 표현이 더 맞을 수도 있겠네."

"어쩌다 보니 벌어진 일이야, 카트리네. 난 취했고 자네는……."

"제가 뭐요? 전 적어도 선배와 사랑에 빠졌다고 말할 수 있기를 원했어요, 해리. 그리고 우리가 함께 일했던 첫 몇 년 동안은 그랬는지도 몰라요. 하지만 그 뒤에는? 그 뒤로 선배는 그냥 내가 절대 손에 넣지 못하는 남자일 뿐이었어요. 홀멘콜렌에 사는 갈색 눈의 미녀가 채간 남자."

"음. 정확히 말해서 라켈은 본인이 채갔다고 보지는 않을 것 같지만."

"선배가 그녀를 채간 건 확실히 아니죠."

"왜?"

"해리 홀레! 선배는 여자가 대놓고 말로 하기 전에는 관심을 두고 있는지 알아차리지조차 못해요. 여자가 말을 꺼내도 그놈의 마른 궁둥이를 붙이고 앉아서 기다리잖아요."

해리는 조용히 웃었다. 지금 물어볼 수 있다. 지금이 좋은 기회다. 뒤로 미룰 이유가 전혀 없다. 너무 뻔했다. 금발에 곱슬머리. 눈. 입. 물론 카트리네는 해리가 법의학연구소 알렉산드라 스투르드자로부터 어느 날 밤에 우연히 사실을 전해 들었다는 걸 모른다. 알렉산드라는 안타깝다는 말투로 비에른이 친자확인을 했고 DNA 분석 결과 게르트의 아버지는 비에른이 아니라 해리라는 결과가 나왔다는 얘기를 에둘러 해주었다.

해리는 헛기침을 했다. "내가 알기로는……."

카트리네는 궁금하다는 표정을 지었다.

"트룰스 베른트센이 곤경에 처했다고 들었어. 정직당했나?"

그녀는 눈썹을 치켜세웠다. "네. 다른 두 사람이랑 같이 가르데르모엔 공항에서 압수한 마약을 빼돌렸다는 의심을 받고 있어요. 놀랄 일도 아니죠. 트룰스 베른트센은 부패로 악명이 높고 도박 빚도 있어 보이니까요. 언제 터져도 터질 일이었어요."

"나도 놀라진 않은 것 같아. 그래도 안된 일이로군."

"서로 꼴 보기 싫어하는 사이인 줄 알았는데요."

"좋아하기는 어려운 친구야. 그런데 간과하기 쉽지만 솜씨는 좋단 말이지. 어쩌면 자기 자신도 잘 모르고 있을 거야."

"그럴 수도 있겠죠. 그 친구는 왜요?"

해리는 어깨를 으쓱했다. "벨만이 여전히 법무부 장관이라고 기사에 나오던데."

"세상에, 맞아요. 그놈의 파워게임이 성질에 잘 맞나 봐요. 늘 경찰이라기보다는 정치인인 사람이잖아요. 선배 쪽 사람들은 잘 지내요?"

"동생은 아직 크리스티안산에서 어떤 남자랑 살고 있어. 잘 지내고 있나 봐. 올레그는 락셀브의 경찰서에 있어. 여자친구랑 같이 살고 있대. 그리고 기억하는지 모르겠지만 외위스테인 에이켈란은—."

"택시 운전사?"

"그래, 어제 그 친구랑 통화했어. 직업을 바꿨대. 돈은 좀 더 번다고 하더라고. 그리고 내일 에우네 박사님을 만나러 갈 거야. 그리고…… 그래, 그 정도야."

"남은 사람이 별로 없네요, 해리."

"그렇지." 해리는 시간을 확인하지 않으려고 온 힘을 기울였다. 빌어먹을 일요일이 얼마나 남았는지 보지 않으려 애썼다. 월요일은 마실 수 있는 날이다. 겨우 세 캔이지만 술을 마실 수 있다. 그리고 월요일 언제 할당량을 마실 수 있는지에 대한 규칙은 없었다. 자정이 지나자마자 하루에 마실 수 있는 전부를 마셔버려도 괜찮다. 가르데르모엔 공항에서 위스키를 사지 않는 대신 곰 인형을 샀다. 하지만 호텔 방에 있는 미니바를 확인해두었고, 그 안에는 그가 원하는 것이 있었다.

"자네는 어때?" 해리는 커피 컵을 들어 올리며 말했다. "누가 남았지?"

카트리네는 생각했다. "글쎄요. 저는 남은 가족이 없으니까 제일 가까운 사람은 게르트의 할머니와 할아버지겠네요. 두 분이 정말 큰 힘이 돼요. 토텐은 두 시간이나 떨어진 곳이지만 두 분은 여전히 가능할 때는 와주세요. 그리고 가끔 제가 부탁하면 불가능할 때도 오시는 것 같고. 손자라면 어쩔 줄을 모르세요. 이제 두 분에게도 남은 건 게르트뿐이니까요. 그래서……."

그녀는 말을 멈췄다. 그녀의 시선은 찻잔을 넘어 해리 옆에 있는 벽을 향하고 있었다. 해리는 그녀가 고민 끝에 결단을 내리려 한다는 사실을 알 수 있었다.

"그분들이 알게 되기를 원하지 않아요. 게르트도 몰랐으면 좋겠어요. 무슨 말인지 알죠, 해리?"

그녀는 알고 있었다. 그리고 그가 알고 있다는 것도 알았다.

그는 고개를 끄덕였다. 자신이 불륜 또는 엄마가 알코올의존자와 함께한 하룻밤의 결과라는 사실을 알지 못한 채 아이가 자라기를 바라는 걸 이해하기는 어렵지 않았다. 손자를 사랑하는 두 사람의 마음을 아프게 하고 싶지도 않을 것이다. 또 혼자 남은 엄마와 아이에게 절실하게 필요한 지원을 제공할 수 있는 조부모를 잃는 것도.

"아이 아빠는 비에른이에요." 카트리네는 눈길을 옮겨 해리와 눈을 맞추며 속삭였다. "더 말할 것도 없어요."

"알았어." 해리 역시 눈길을 피하지 않으면서 작은 목소리로 말했다. "자네가 하는 행동이 옳다고 생각해. 내 부탁은, 도움이 필요하면 언제든 내게 오라는 거야. 어떤 도움이든. 돕는 대가로 어떤 것도 요구하지 않아."

해리는 카트리네의 눈가가 촉촉해지는 걸 볼 수 있었다. "너그럽게 생각해줘서 정말 고마워요, 해리."

“너그러울 수가 없어. 찢어지게 가난한 상황이라서.”

그녀는 웃더니 코를 훌쩍이고 식탁 위에 놓인 주방용 휴지 한 장을 뽑았다. “당신은 좋은 사람이에요.”

비에른의 어머니가 와서 아이가 엄마 노래를 듣고 싶어한다고 했다. 카트리네가 아이 방으로 사라진 동안 해리는 비에른의 어머니에게 비에른이 그와 외위스테인과 함께 젤러시 바에서 재생할 노래들을 테마에 따라 고른 이야기를 했다. 목요일마다 행크 윌리엄스를 틀었고 엘비스 주간도 있었지만, 가장 기억에 남는 것은 ‘미국에서 M으로 시작하는 아티스트와 밴드가 만든 40년 이상 된 곡’ 행사를 진행했던 일이었다. 비에른이 좋아했던 밴드와 아티스트 이름을 들어도 그의 어머니는 마땅히 떠오르는 게 없었지만, 그녀의 눈물 가득한 눈은 아들에 관해 자세하게 얘기해주는 해리에게 고마움을 표하고 있었다.

카트리네가 주방으로 돌아왔고 시어머니는 자리를 피해 거실로 가서 TV를 켰다.

“만난다는 남자는?” 해리가 말했다.

카트리네는 손을 흔들며 언급을 피했다.

“말해봐.”

“저보다 어려요. 아니, 틴더에서 만나지 않았어요. 진짜 세상에서 만났다고요. 코로나 봉쇄가 끝나자마자여서 도시가 살짝 행복한 분위기에 젖어 있었거든요. 그래서…… 맞아요, 그쪽에서 계속 연락하더라고요.”

“그쪽이? 자네가 아니고?”

“아마 그쪽이 저보다는 조금 더 진심인 듯해요. 그렇다고 멋지고 착실한 사람이 아니라는 건 아니에요. 직장도 멀쩡하고 아파트도 있고 제대로 된 삶을 사는 것 같아요."

해리는 웃었다.

"알았어요, 알았다고요!" 그녀는 해리를 손바닥으로 때리며 말했다. "싱글맘이 되면 자기도 모르게 그런 것들을 따지게 된다고요! 그렇지만 약간의 열정도 있어야 하는데……."

"그런 게 없다?"

그녀는 잠시 말을 멈췄다. "그 사람은 제가 모르는 것들을 알아요. 그건 아주 마음에 들어요. 모르는 걸 가르쳐주죠. 비에른처럼 음악에도 관심이 있어요. 제가 괴짜인 것도 신경 쓰지 않는 사람이에요. 그리고—." 그녀 얼굴에 웃음이 활짝 피었다. "절 사랑하죠. 아세요? 전 사랑이 얼마나 좋은 느낌인지 거의 잊고 있었어요. 속속들이 사랑받는 거요. 비에른처럼." 그녀는 고개를 가로저었다. "어쩌면 전 자신도 모르는 사이에 새로운 비에른을 찾고 있었나 봐요. 그런 마음이 **열정**을 앞선 것이 아닌지 걱정스러워요."

"음. 비에른의 어머니는 알고 계셔?"

"전혀 모르세요!" 그녀는 손을 휘저으며 부정했다. "아무도 몰라요. 그리고 누구에게 소개할 생각도 없어요."

"아예 **아무**한테도?"

그녀는 고개를 저었다. "관계가 곧 끝날 것 같고, 그 후에도 만나야 할 사람이라면 아는 사람이 최소로 적은 편이 좋겠죠? 말하자면 사귄 걸 **아는** 사람들 눈길을 피하고 싶잖아요? 어쨌든 그 사람 얘기는 더 하고 싶지 않아요."

그녀는 단호하게 찻잔을 내려놓았다. "이제 선배 차례예요. LA 얘기 좀 해봐요."

해리는 웃었다. "나중에, 서두를 일이 없을 때 혹시 해줄 수도 있겠지. 대신 내가 왜 연락했는지 말해야 할 것 같군."

"네? 저는 또……." 그녀는 아이 방 쪽으로 고갯짓했다.

"아니야." 해리가 말했다. "물론 그 생각도 하긴 했지. 하지만 자네가 내게 말해줄 건지는 자네 선택이라고 생각했어."

"내 선택요? 어차피 연락도 안 됐으면서."

"음. 내가 휴대전화를 꺼두긴 했지."

"6개월 동안이나!"

"그 정도 되지. 어쨌든. 마르쿠스 뢰드가 여자 두 명이 살해된 사건을 수사할 사설 수사관으로 날 고용하고 싶어해."

카트리네는 믿을 수 없다는 듯 그를 바라보았다.

"농담이죠?"

해리는 대꾸하지 않았다.

그녀는 헛기침을 했다. "지금 해리 홀레가 창녀처럼 자기 몸을 팔았다는 거예요? 마르쿠스 뢰드 같은 포주에게?"

해리는 질문에 대해 깊이 생각하는 것처럼 천장을 올려다보았다.

"상황을 거의 정확하게 표현한 것 같군, 맞아."

"이런 빌어먹을, 해리."

"다만 아직 수락하지는 않았어."

"왜요? 포주가 제시하는 금액이 충분하지 않아서?"

"자네와 먼저 이야기해야 해서야. 자네는 거부권을 행사할 수 있어."

"거부권요?" 그녀는 콧방귀를 뀌었다. "왜요? 두 사람 모두 하고 싶은 대로 해요. 특히 뢰드야 어차피 원하는 건 뭐든 살 수 있을 정도로 부자잖아요. 그렇긴 해도 그자가 선배를 돈으로 부릴 수 있을 거라고는 생각도 못 했어요."

"잠깐 시간을 두고 장단점을 좀 따져봐." 해리는 커피 컵을 입으로 가져가며 말했다.

그는 그녀의 눈빛에서 불길이 잦아드는 걸, 머리를 굴릴 때 늘 그러듯 아랫입술을 깨무는 모습을 바라보았다. 그러면서 그녀도 그와 같은 결론을 내려주기를 바랐다.

"혼자 일할 거예요?"

그는 고개를 흔들었다.

"그럼 경찰이나 크리포스에서 누굴 빼내려고요?"

"그것도 아냐."

카트리네는 생각에 잠겨 고개를 끄덕였다. "제가 명성이나 자존심에 관심 없다는 거 알잖아요, 해리. 오줌 멀리 누기 같은 건 남자애들에게나 맡겨둘게요. 예를 들어 제가 관심 있는 건 여자들이 이 도시에서 강간이나 살인의 목표물이 되지 않고 걸어 다닐 수 있는 가예요. 지금은 그렇지 못해요. 선배가 수사를 맡는 편이 더 낫다는 거죠." 그녀는 눈에 뻔히 보이는 장점이 마음에 들지 않는다는 듯 고개를 저었다. "그리고 사설 수사관이라면 우리가 할 수 없는 몇 가지 일을 할 수도 있다는 의미겠죠."

"그렇지. 자네가 보기에 사건은 어떻게 진행되고 있어?"

카트리네는 양 손바닥을 내려다보았다. "수사 내용을 선배에게 자세히 알려줄 수 없다는 거 알잖아요. 하지만 신문을 봤을 테니 우리와 크리포스가 3주 내내 밤낮으로 수사했지만 시체를 발견하기 전까지 아무것도 알아내지 못했다고 말해도 딱히 기밀을 누설했다고 할 순 없겠죠. 아무것도 없어요. 수산네의 시신이 발견된 곳에서 멀지 않은 스쿨레루 지하철역에서 화요일 밤 9시에 찍힌 CCTV 화면은 있어요. 그레프센콜렌의 등산로 근처에 주차해둔 베르티네의 자동차도 찾았고요. 하지만 여자들이 그 두 곳에서 뭘 하고 있었는지 아는 사람은 없어요. 두 사람 모두 하이킹과는 거리가 멀었고, 우리가 아는 한 그레프센이나 스쿨레루에 아는 사람도 없어요. 수색견까지 투입해 양쪽 지역을 수색했지만 아무것도 찾지 못했어요. 그런데 개를 데리고 조깅하던 사람이 우연히 시신을 찾은 거죠. 경찰은 바보 꼴이 되어버렸고요. 늘 있는 얘기죠. 체계적인 수색으로도 찾을 수 없던 무언가가 우연의 산물로 툭 튀어나오곤 하니까. 하지만 사람들은 이해하지 못해요. 기자들도 그렇고." 그녀는 체념한 듯 끙 소리를 냈다. "윗사람들도."

"음. 뢰드 쪽은 어때? 뭔가 있어?"

"수산네와 베르티네가 서로 만난 게 한 번뿐이었다는 것 말고는 없어요. 파티 참석자 명단을 찾아내려고 애써보기도 했어요. 누가 두 여자와 대화를 나누었을 가능성 때문에요. 하지만 작년 일을 알아내는 거잖아요. 80명가량 되는 참석자 명단을 만들었어요. 하지만 거주자들을 위한 파티여서 누구든 자유롭게 드나들 수 있었고, 참석자 모두를 아는 사람은 없었어요. 어찌 됐든 용의자로 특정할 만한 사람은 없어요. 전과 기록도 그렇고 범행을 저지를 기회를 가진 사람도 그렇고. 그래서 선배가 귀에 구멍이 뚫리도록 강조해 떠들던 방식으로 되돌아갔어요."

"음, **동기**."

"그렇죠, 동기. 수산네와 베르티네는 흔히 평범하다고 말하는 여자들이에요. 비슷한 면도 있고 다른 면도 있죠. 충분히 편안한 가정 출신이고 두 사람 모두 공부는 많이 하지 않았어요. 수산네는 마케팅을 전공했지만 6개월 만에 포기했죠. 두 사람 모두 다양한 가게에서 수많은 직업을 거쳤고, 베르티네는 미용실에서 조수로 일했어요. 둘 다 자신 자신, 그리고 인스타그램 속 경쟁자들의 옷과 화장에 관심이 많았어요. 아, 그래요. 편견을 가진 것처럼 들리겠죠. 아니다, 전 실제로 편견이 있어요. 두 사람은 돈도 많이 쓰고, 많이 돌아다녔고, 친구들 사이에서 파티걸이라고 불렸어요. 한 가지 다른 점은, 베르티네는 자력으로 돈을 더 많이 벌었고 수산네는 부모에게 얹혀 살았다는 거. 또 다른 점은 베르티네는 파트너를 자주 바꿨지만 수산네는 절제하는 편이었어요."

"부모와 함께 살았기 때문에?"

"꼭 그렇지는 않아요. 몇 번의 짧은 관계를 빼고는 나름대로 조신하다는 소문이 있었나 봐요. 마르쿠스 뢰드와는 얘기가 좀 달랐겠지만요."

"스폰서 관계였을까?"

"여자들의 연락처 목록과 문자메시지를 확보했어요. 둘 다 지난 3년 동안 뢰드와 자주 연락했더군요."

"성적인 내용이었어?"

"선배가 생각하는 정도는 아니에요. 여자 쪽에서 살짝 야한 사진을 몇 장 보내긴 했는데 음란물 수준은 아니었어요. 파티에 초대한다든지 뭔가 사고 싶은 물건이 있다는 내용이죠. 뢰드는 주기적으로 두 사람에게 벤모Venmo 앱을 통해 돈을 보냈어요. 큰 금액은 아니고, 2천 크로네 정도인데, 1만 크로네가 최고 액수였죠. 하지만 그 정도면 스폰서 관계라는 말이 전혀 근거 없다고는 할 수 없겠죠. 베르티네가 최근 뢰드에게 보낸 문자를 보면 기자가 접촉해왔는데 소문에 대한 인터뷰를 해주면 1만 크로네를 주겠다더라는 내용이 있어요. 그녀는 이런 식으로 문자를 마무리했어요. '물론 안된다고 했죠. 제가 배달부에게 진 빚이 정확히 1만 크로네이긴 하지만요.'"

"'배달'이라. 코카인이나 암페타민이겠군."

"그런 내용은 위협으로 해석될 수 있죠."

"그리고 자네는 그 대목에서 **동기**를 찾은 거고?"

"근거가 약하게 들린다는 건 알아요. 하지만 여자들 주변을 샅샅이 뒤져봤지만 명확한 동기라고는 찾을 수 없었어요. 그러니 우리에겐 두 가지밖에 남지 않았죠. 하나는 마르쿠스 뢰드가 스캔들로 협박하는 두 여자를 없애고 싶었다. 다른 하나는 그의 아내인 헬레네 뢰드가 질투로 일을 저질렀다. 문제는 두 사람이 두 여자가 사라진 날 밤에 서로의 알리바이가 되어주고 있다는 점이에요."

"그렇다고 들었어. 제일 그럴듯한 동기는 뭐야?"

"어디서요?"

"자네가 지금까지 검토한 것들 가운데. 사이코패스나 파티에 나타난 약탈자가 우연히 두 여자와 대화를 나누고 그들의 연락처를 알아냈겠지."

"이미 말했지만 우리가 찾아낸 사람들 가운데 그런 상황에 들어맞는 사람은 없어요. 그리고 그 파티에서는 아무것도 건질 수 없을 것 같아요. 오슬로는 작은 도시여서 같은 나이의 여자 두 명이 같은 파티에 가는 게 그리 이상하지 않거든요."

"두 여자가 같은 남자와 스폰서 관계였다는 사실은 우연이라고 보기 어렵지."

"그럴 수도 있죠. 우리가 조사한 바에 따르면 수산네와 베르티네 말고도 그런 관계는 더 있었던 것 같아요."

"음. 확인해봤어?"

"뭘요?"

"뢰드의 아내 말고 경쟁자 제거라는 동기를 가질 수 있는 사람이 있는지 말이야."

카트리네는 피곤한 표정으로 웃었다. "선배다운 말이에요. 그리웠어요. 강력반 전체가 선배를 그리워했죠."

"그럴 리가."

"네, 뢰드와 가끔 연락하던 여자가 몇 명 더 있지만 조사해보니 별것 없었어요. 알겠어요, 해리? 우리가 파악한 명단이 하나같이 죄다 혐의가 없었다고요. 이제 전세계 사람이 남은 거죠." 카트리네는 머리를 손끝으로 받치고 관자놀이를 문질렀다. "어쨌든 우린 신문을 포함한 언론 전체를 짊어졌어요. 경찰청장과 총경도 우리를 짓누르고 있고요. 벨만까지 연락해서는 총력을 기울이라고 할 정도예요. 그러니까 제 생각에 선배가 도와준다면 환영이에요. 다만 우리가 이런 대화를 나누었다는 사실이 없다는 것만 기억해줘요. 당연한 일이지만 경찰은 협조할 수 없어요. 비공식적으로라도 말이에요. 그리고 저는 언론에 공개할 내용 말고는 아무런 정보도 드릴 수 없어요. 이미 말씀드린 것 말고는요."

"알았어."

"경찰청에 민간업체와의 경쟁을 곱게 보지 않는 시선이 있으리라는 것도 아시리라 믿어요. 그것도 잠재적인 용의자가 고용한 민간 수사관이라면. 선배가 우리보다 먼저 사건을 해결한다면 총경과 크리포스에게 얼마나 큰 패배가 될지 상상할 수 있을 거예요. 제가 알기로는 선배의 수사를 막을 합법적 근거도 있을 테고, 그렇다면 그들이 선배를 막기 위해 나서겠죠."

"그런 면은 요한 크론이 이미 검토했을 거야."

"아, 뢰드가 그자도 부리고 있었죠? 그걸 잊었네요."

"뭐든 범죄 현장에 관해 말해줄 수 있어?"

"들어가는 방향으로 두 개, 나오는 방향으로 한 개의 발자국이 있어요. 범인이 현장을 치운 것 같아요."

"수산네 안데르센의 시신은 부검했나?"

"어제 과학수사과에서 간단히."

"뭐라도 찾았어?"

"목을 벴어요."

해리는 고개를 끄덕였다. "강간?"

"증거는 보이지 않았어요."

"다른 건?"

"무슨 뜻이죠?"

"뭔가 더 찾아낸 것처럼 보이는데."

카트리네는 대답하지 않았다.

"알았어. 발표할 수 없는 정보로군."

"이미 지나치게 많이 말했어요, 해리."

"알았어. 하지만 우리가 뭔가 반대로 흘러가는 내용을 밝혀냈을 때 무시하지는 않겠지?"

그녀는 어깨를 으쓱했다. "경찰이 일반인의 제보를 무시한다는 건 그리 쉽지 않아요. 하지만 어떤 보상도 없어요."

"알았어." 해리는 시간을 확인했다. 자정이 되려면 세 시간 반 남았다.

무언의 동의라도 한 것처럼 두 사람은 사건 이야기를 끝냈다. 해리는 게르트에 관해 물었다. 카트리네는 아이에 대해 이야기했지만 해리는 그녀가 뭔가 감추고 있다는 느낌을 지울 수 없었다. 결국 대화는 끊기고 말았다. 10시가 되자 카트리네는 해리를 배웅하면서 계단을 통해 뒷마당으로 내려와 쓰레기봉투 두 개를 버렸다. 해리가 문을 열고 도로로 나설 때 그녀는 뒤따라와 그를 안고 한참 있었다. 그는 그녀의 온기를 느꼈다. 마치 그날 밤 같았다. 하지만 그때, 딱 한 번뿐이라는 걸 알았다. 누구도 부정할 수 없는 매력과 육체적 화학작용이 있었지만, 그것 때문에 각자의 파트너와의 관계를 파괴하는 건 바보 같은 짓임을 두 사람 모두 알고 있었다. 하지만 지금, 각자 파트너와의 관계가 망가진 상황에서 두 사람의 관계도 마찬가지로 망가졌다. 달콤하고 금지된 흥분을 되살릴 방법은 이제 없다.

카트리네가 몸을 움찔하더니 해리에게서 떨어졌다. 그녀는 도로를 내려다보고 있었다.

"괜찮아?"

"아무것도 아니에요."

그녀는 포근한 저녁인데도 몸을 떠는 것처럼 몸 앞으로 팔짱을 꼈다.

"있잖아요, 해리."

"왜?"

"혹시 원한다면……." 그녀는 잠시 말을 멈추고 숨을 들이마셨다. "게르트와 하루쯤 시간을 보내도 돼요."

해리는 그녀를 바라보았다. 그러고는 천천히 고개를 끄덕였다. "잘 자."

"잘 자요." 그녀는 말을 마치고 안으로 들어가더니 서둘러 문을 닫았다.

해리는 먼 길로 돌아 호텔로 향했다. 비슬레트를 가로질러 한때 그가 살던 소피스 가를 지났다. 한때 그의 피난처였던 우중충한 카페 슈뢰데르를 지나쳤다. 상크트 한스헤우겐 꼭대기에서 도시와 오슬로 피오르를 내려다보았다. 변한 것은 없었다. 모든 것이 변했다. 돌아갈 방법은 없었다. 제자리로 돌아오지 않을 방법이 없었다.

뢰드 그리고 크론과 나눈 대화를 생각했다. 그는 두 사람에게 카트리네 브라트와 얘기하기 전까지는 계약 내용을 언론에 공표하지 말라고 했다. 해리가 뢰드를 위해 일하게 될지에 관해 그녀가 거부권을 가질 수 있다는 인상을 준다면 브라트로부터 협조적인 분위기를 끌어낼 수 있다고 설명했다. 해리는 카트리네와의 대화가 어떻게 흘러갈 것인지, 그녀가 동의하기 전에 그가 사건을 맡을 좋은 근거를 찾아내줄 거라고 얘기해두었다. 두 사람은 고개를 끄덕였고 그는 계약서에 서명했다. 멀리서 시간을 알리는 교회 종소리가 울렸다. 입속에서 거짓말의 맛을 느꼈다. 그것이 마지막이 아닐 것임을 그는 알고 있었다.

프림은 시간을 확인했다. 자정 직전이었다. 〈Oh! You Pretty Things〉의 선율에 한쪽 발로 박자를 맞추며 거울에 붙여둔 사진 두 장을 바라보았다.

하나는 '그녀'의 사진으로, 초점이 제대로 맞지 않았음에도 아름다웠다. 하지만 여전히 창백한 모방에 불과했다. 그녀의 아름다움은 멈춰버린 한순간에 담을 수 없기 때문이다. 그녀는 몸짓과 표정, 그에 이어지는 말과 웃음의 총합 그 자체로 뭔가를 발산하고 있었다. 마치 바흐나 보위의 작품 속 이해되지 않는, 하나의 음표를 풀어놓은 것 같았다. 그래도 사진이 없는 것보다는 나았다. 하지만 여자를 사랑한다고, 아무리 많이 사랑한다고 해서 그녀를 소유했다는 뜻은 아니었다. 그래서 그는 그녀가 마치 소유물이라도 되는 것처럼 지켜보거나 사생활을 관찰하는 일은 그만두기로 스스로 약속했다. 그는 그녀를 신뢰하는 법을 배워야만 했다. 신뢰가 없다면 고통이 너무 클 것이다.

다른 하나는 주말 전에 관계를 맺을 여자의 사진이었다. 아니, 좀 더 정확히 말하자면 그에게 몸을 바치게 될 여자였다. 하고 나면 그녀를 죽일 것이다. 그러고 싶어서가 아니라 그래야만 하기 때문에.

그는 입을 헹구고 보위의 노래를 따라 불렀다. 오늘 찾아왔던 모든 악몽과 그 악몽들이 여기 그대로 머물 듯 보이는 일에 관해*.

그러고 나서 거실로 가 냉장고를 열었다. 티아벤다졸이 든 가방이 보였다. 오늘 너무 적게 먹었다는 건 알지만 한 번에 너무 많이 먹으면 복통으로 고생하고 토할 수도 있다. 구연산회로를 방해할 수 있기 때문이다. 요령은 일정 간격으로 소량 복용하는 것이다. 이미 이를 닦았다는 핑계를 대며 지금은 먹지 않기로 했다. 대신 '장구벌레'라고 쓰인 열린 깡통을 꺼내 어항에 다가갔다. 티스푼 절반 정도의 내용물을—대부분 모기의 유충이다— 어항에 뿌리자 수면에 비듬처럼 둥둥 떴다가 가라앉기 시작했다.

보스가 꼬리지느러미를 빠르게 두어 번 흔들며 재빨리 등장했다. 프림은 손전등을 켜고 활짝 벌린 보스의 입속을 비췄다. 입속에 뭔가 보였다. 작은 바퀴벌레나 새우인 것 같았다. 몸이 부르르 떨리는 동시에 기뻤다. 보스와 리사. 그것이 어쩌면 남자들이—어쩌면 여자들도— 최고의 결혼을 앞두고 느끼는 감정일 것이다. 어떤…… 양면적인 감정이랄까. 하지만 일단 선택받은 상대를 찾으

* 데이비드 보위의 노래 〈Oh! You Pretty Things〉의 가사 내용.

면 되돌릴 수 없다는 걸 그는 알고 있다. 동물과 인간에게 도덕적 의무가 있다면 그건 그들의 본성, 부여된 역할에 따라 조화를 유지하고 섬세한 균형을 지키는 것일 터였다. 그래서 자연 속 모든 것은—언뜻 볼 때는 기괴하고 끔찍하고 잔인한 것 같아도— 완벽하게 목적대로 기능할 때 아름다운 것이다. 죄악은 인류가 선악과를 먹었을 때 세상에 생겨났고, 인간들은 자연의 의도를 외면하는 일이 가능한 수준의 성찰을 이루었다. 그렇다, 그렇게 된 것이다.

프림은 스테레오와 조명을 껐다.

9
월요일

해리는 오슬로에서 요즘 잘나가는 서쪽 지역인 몬테벨로에 있는 커다란 건물 입구를 향해 걸었다. 아침 9시였고 태양이 반항하듯 내리쬐고 있었다. 그렇지만 해리는 마음이 편하지 않았다. 전에도 와본 적이 있었다. 라디움 병원. 100년도 더 전에 이곳에 암 치료 전문 병원을 세운다는 계획이 알려졌을 때 인근 주민들은 항의했다. 사람들은 불길하고 불가사의한 병이 주위에 있으면—일부는 암이 전염된다고 믿었다— 부동산 가격이 하락할까 봐 두려워했다. 그런 상황에서 다른 사람들은 환자들이 죽기 전에 암세포를 죽여줄 라듐radium 4그램을 구매하기 위해 지지를 보내고 기부금을 냈다.

해리는 건물 안으로 들어가 엘리베이터 앞에 섰다.

엘리베이터에 타려는 것이 아니라 기억해내기 위해서였다.

이곳 라디움 병원에 있던 어머니를 여동생 쇠스와 찾아간 것은 해리가 열다섯 살 때였다. 그때쯤부터 병원은 라디움이라는 이름으로 불렸다. 어머니는 넉 달째 입원 중이었고, 두 사람이 면회하러 올 때마다 햇볕에 바래는 사진처럼 점점 마르고 창백해졌다. 어머니의 부드럽고 늘 웃음 짓는 얼굴이 조금씩 베갯잇 속으로 사라지는 것 같았다. 해리가 머릿속에 떠올리는 바로 그날, 그는 분노에 휩싸여 결국 눈물을 흘렸다.

"어쩔 수 없는 일이야. 그리고 네가 책임지고 엄마를 돌볼 필요는 없단다, 해리." 어머니는 그를 껴안고 머리를 쓰다듬으며 말했다. "넌 여동생을 잘 보살피면 돼, 잘할 거야."

면회를 마치고 내려올 때 쇠스는 문에 기대서 있었는데, 긴 머리카락이 엘리베이터와 벽 사이에 걸려버렸다. 엘리베이터가 움직이면서 쇠스가 도와달라고 비명을 지르며 위로 끌려 올라가는 동안 해리는 그 자리에 붙박인 채 서 있었다. 쇠스는 머리털이 한 움큼 뽑히고 두피가 꽤 크게 찢겨나갔지만 살아남았고, 금세 사건을 잊었다. 해리는 그렇게 빨리 잊지 못했다. 간절한 부탁을 듣자마자 찾아온 첫 기회에 어머니를 실망시켰다는 생각만 하면 지금도 공포와 부끄러움이 섞인 고통을 느꼈다.

엘리베이터 문이 미끄러지듯 열리고 간호사 두 명이 병상을 밀며 그를 지나쳤다.

해리는 엘리베이터 문이 다시 닫힐 때까지 꼼짝하지 않고 서 있었다.

그러다 돌아서서 계단으로 6층까지 올라갔다.

병원 냄새가 났다. 어머니가 이곳에 있을 때와 달라지지 않은 냄새였다. 618호라고 쓰인 병실을 찾아 조심스럽게 문을 두드렸다. 목소리가 들리고 문이 열렸다. 2인실이었는데 병상 하나는 비어 있었다.

"스톨레 에우네를 찾습니다." 해리가 말했다.

"잠깐 걸으러 나갔습니다." 병상에 있던 남자가 말했다. 파키스탄이나 인도계로 보이는 대머리 남자는 에우네와 비슷한 60대 같았다. 하지만 해리는 암 환자의 나이를 가늠하는 일이 어렵다는 걸 경험으로 알았다.

돌아서던 해리는 라디움 병원 환자복을 입고 들어오는 스톨레 에우네를 보고 조금 전에 복도를 걸어올 때 그를 지나쳤다는 사실을 깨달았다.

과거 아랫배가 볼록했던 심리학자는 피부가 남아돌아 서로 접힐 지경이 되었다. 에우네는 한 손을 가슴 높이로 들어 흔들면서 이가 보이지 않는 고통스러운 미소를 지었다.

"다이어트했어요?" 해리는 제대로 된 포옹으로 인사하고 나서 물었다.

"믿지 않겠지만 머리까지 쪼그라들었다네." 스톨레는 알이 작고 동그란 프로이트 안경을 밀어 올렸다. "이쪽은 지브란 세티야. 세티 선생, 이쪽은 홀레 수사관이오."

다른 병상의 남자는 웃으며 고개를 끄덕이고는 헤드폰을 썼다.

"수의사야." 에우네는 작은 목소리로 말했다. "괜찮은 친구지만 우리는 맡은 환자들처럼 변해간다는 격언이 맞는 것 같네. 이 친구는 입을 여는 법이 없고 나는 도무지 입을 다물 수가 없거든." 에우네는 슬리퍼를 벗어 던지고 침대로 올라가 앉았다.

"박사님이 운동선수처럼 날렵하신 걸 몰랐네요." 해리가 의자에 앉으며 말했다.

에우네는 킬킬 웃었다. "자네는 언제나 아첨을 예술처럼 해내는군, 해리. 사실 나도 한때는 노를 꽤 잘 저었지. 하지만 자네는 어떤가? 제발 뭘 좀 먹어야겠군. 그러다가 아예 사라져버리겠어."

해리는 대답하지 않았다.

"아, 알겠군. 지금 자네는 우리 중 누가 먼저 죽을지 궁금해하고 있지? 그건 나야, 해리. 난 암으로 죽을 거야."

해리는 고개를 끄덕였다. "의사들은 뭐라고……."

"죽을 날까지 얼마나 남았냐고? 아무 말도 안 해. 내가 묻지 않았으니까. 내 경험상 진실을 직시하는 일—특히 자신이 죽는 날을 아는 것—은 아주 심하게 과대평가되어 있네. 그리고 자네도 알다시피 내 경험은 길고 깊지. 말년이 되면 사람들은 그저 가능한 한 오랫동안 편안하게 지내다가 되도록 갑자기 마지막을 맞고 싶어 해. 그런 측면에서 내가 바랐던 대로 용기와 위엄을 갖춘 채 죽을 수는 없다는 사실에 나 역시 다른 사람들과 다름없이 조금 실망하기는 했네. 그렇지만 내가 다른 사람들보다 더 화려하게 죽을 만한 이유가 있는 것도 아니지. 아내와 딸이 슬퍼하고 있는데, 내가 필요 이상으로 죽음을 두려워한다면 위로가 되지 않을 거야. 그래서 암울한 현실을 피하고 진실을 외면하고 있다네."

"음."

"그래, 좋아. 의사들 얘기를 듣고 표정을 읽는 건 피할 수 없긴 하지. 그리고 그 결과로 판단해볼 때 내게 남은 시간은 별로 없어 보여. 하지만……." 에우네는 양팔을 펼쳐 보이며 슬픈 눈을 하고 웃었다. "내가 틀렸을 가능성은 늘 있지. 어쨌든 심리학자로 평생 살면서 옳았던 때보다는 틀렸던 적이 더 많으니까."

해리는 웃었다. "그럴 수도 있겠네요."

"그렇지. 하지만 병원에서 모르핀을 주면서 과대 투여를 조심하라는 경고도 없고 심지어 알아서 투여량을 정하라는 걸 보면 대충 어떻게 돌아가는지 알 수 있어."

"음. 그럼 고통스러우신 건가요?"

"통증은 흥미로운 대화 상대야. 그렇지만 내 얘기는 이제 충분하군. LA 얘기를 해주게."

해리는 고개를 흔들면서 시차증 때문인가 보다고 생각했다. 웃음이 터지며 몸이 떨려오기 시작했기 때문이다.

"웃지 마." 에우네가 말했다. "죽음은 웃을 일이 아니야. 자, 얘기해봐."

"의사와 환자 사이의 비밀로 지켜주실 거죠?"

"해리, 여기서 말하는 모든 비밀은 무덤까지 갈 테고 시계는 째깍거리고 있어. 그러니까 마지막으로 말하겠네. 어서 말해줘!"

해리는 이야기했다. 전부는 아니었다. 그가 떠나기 직전에 **실제로** 벌어진 일, 비에른의 자살 전에 있었던 일은 말하지 않았다. 루실과 그쪽에서 째깍거리는 시계에 대해서도. 그것 말고는 모든 것을 말했다. 기억으로부터 탈출하려고 달아난 얘기. 어딘가 먼 곳에서 죽을 때까지 마시려고 계획한 얘기. 이야기를 마친 해리는 스톨레의 눈빛이 흐릿해진 걸 볼 수 있었다. 수없이 많은 살인사건에서 강력반 형사들을 도왔던 심리학자 스톨레 에우네가 길고 지루한 수사에서 보여준 체력과 집중력은 언제나 해리에게 깊은 인상을 남겼다. 지금 에우네의 눈에서 보이는 건 피로와 고통 그리고 모르핀이었다.

"라켈은?" 에우네는 힘없는 목소리로 물었다. "그 사람 생각을 많이 하나?"

"늘 합니다."

"과거는 절대 죽지 않아. 과거는 지나가지도 않았어*."

* 윌리엄 포크너의 소설《어느 수녀를 위한 진혼곡》의 구절.

"폴 매카트니의 말인가요?"

"비슷해." 에우네는 씩 웃었다. "그녀를 좋은 쪽으로 생각하나? 아니면 그냥 괴롭기만 해?"

"좋은 쪽으로 괴로운 것 같아요. 아니면 그 반대이거나. 마치…… 술처럼요. 최악인 날은 라켈 꿈을 꾸다가 깼는데 순간적으로 그녀가 살아 있다고 생각하는 겁니다. 그런데 알고 보니 꿈이었던 거죠. 그런 다음 그 빌어먹을 과정을 처음부터 전부 다시 시작하는 겁니다."

"자네가 음주 문제를 해결하려고 날 찾아왔던 때를 생각해봐. 자네가 술을 마시지 않던 때 세상에 술이 없었으면 좋겠느냐고 내가 물었지. 자네는 술을 마시고 싶지 않아도 세상에 술이 존재하길 원한다고 했어. 다른 선택이 있기를 원했던 거야. 술을 마시는 선택. 그렇지 않으면 세상 모든 것이 회색에다 무의미하고 싸워야 할 적조차 없는 거니까. 혹시……?"

"맞아요. 라켈도 그런 존재인 것 같습니다. 그녀가 없는 인생보다는 상처를 입는 편이 좋아요."

두 사람은 아무 말도 하지 않았다. 해리는 양손을 내려다보았다. 방 안을 둘러보았다. 다른 병상 쪽에서 작은 소리로 전화 통화하는 소리가 들렸다. 스톨레가 몸을 돌리고 누웠다.

"좀 피곤하군, 해리. 더 괜찮은 날도 있는데, 오늘은 그런 날이 아니야. 와줘서 고맙네."

"얼마나 더 괜찮은데요?"

"뭐가?"

"일하실 수 있을 정도로요? 여기 병원에서요."

에우네는 놀라 해리를 바라보았다.

해리는 병상 쪽으로 바짝 다가앉았다.

경찰청 6층 회의실. 카트리네는 수사팀 아침 회의를 마무리하려던 참이었다. 그녀 앞에는 열여섯 명이 앉아 있었다. 열한 명은 강력반, 다섯 명은 크리포스 소속이었다. 열여섯 명 가운데 열 명은 형사, 네 명은 분석가, 나머지 두 명은 과학수사과 직원이었다. 카트리네 브라트가 현장감식반이 찾아낸 증거와 법의학연구소의 예비 부검 결과를 사진을 보여주며 설명했다. 그리고 모든 사람이 딱딱한 의자에 앉아 불편한 듯 자세를 바꾸면서 밝은 스크린에 몰두하는 모습을 지켜보았다. 현장감식반에서 찾아낸 증거는 많지 않았는데, 그 사실 자체가 하나의 발견이라 할 수 있었다.

"우리가 뭘 찾는지 아는 놈 같네요." 감식반 요원 한 사람이 말했다. "범행 후에 싹 씻어냈거나, 아니면 아주 운이 좋은 놈인 것 같습니다."

유일하게 확실한 증거는 부드러운 땅에 찍힌 두 사람의 발자국이었다. 하나는 수산네의 신발과 일치했고 다른 하나는 아마도 남자인 듯 42사이즈*로, 몸무게가 훨씬 무거운 사람의 발자국이었다.

"수산네를 강제로 끌고 숲으로 들어간 것 같지?" 강력반의 베테랑 망누스 스카레가 물었다.

"그럴 수도 있겠죠." 감식반 요원이 확인했다.

"법의학연구소에서 주말에 예비 부검을 했어요." 카트리네가 말했다. "좋은 소식도 있고 나쁜 소식도 있습니다. 좋은 소식은 수산네의 한쪽 가슴에서 침인지 점액인지 모를 찌꺼기를 아주 조금 찾

* 약 270밀리미터.

아냈다는 거예요. 나쁜 소식은 수산네가 상의를 입은 채로 발견됐기 때문에 살인범이 남긴 것인지 확신할 수 없다는 겁니다. 그러니까 만일 범인이 수산네를 공격했다면 그 후에 다시 옷을 입혔다는 건데, 일반적으로 그런 경우는 없죠. 어쨌든 스투르드자가 친절하게도 긴급으로 증거의 DNA 검사를 해주었고, 더 나쁜 소식은 전과자 데이터베이스에서 일치하는 DNA 프로파일을 찾아낼 수 없었다는 거예요. 그러니까 만일 그 찌꺼기가 범인 것이 아니라면 우리는……."

"건초 더미에서 바늘 찾기로군." 스카레가 말했다.

아무도 웃지 않았다. 끙 소리 한 번 나지 않았다. 정적 그 자체였다. 3주 동안 황무지를 헤매고, 야근하고, 가을 휴가 취소 협박을 당하면서 가정에서조차 불안한 상황을 이어온 마당에 이뤄진 시신의 발견은 희망을 하나 꺼버리고 다른 희망의 불을 피웠다. 증거가 나올 가능성. 사건 해결의 가능성. 이제 공식적인 살인사건 수사가 시작되었고 새로운 기회와 함께 새로운 주를 여는 월요일이 시작되었다. 하지만 카트리네를 바라보는 얼굴은 모두 피곤함에 지쳐 있었다.

예상한 일이다. 그리고 카트리네는 모두를 깨워줄 마지막 슬라이드를 아껴두고 있었다.

"이건 연구소에서 예비 부검을 마무리하다가 발견한 겁니다." 그녀는 다음 사진을 스크린에 띄웠다. 토요일 알렉산드라로부터 사진을 넘겨받았을 때 카트리네가 처음 떠올린 이미지는 영화 〈프랑켄슈타인〉 속 괴물이었다.

회의실에 모인 모든 사람은 침묵 속에서 거칠게 꿰맨 머리를 바라보고 있었다. 반응은 그것이 전부였다. 카트리네가 헛기침을 했다.

"스투르드자의 보고 내용을 보면, 수산네 안데르센의 헤어라인 위쪽 두피 전체가 최근 둥글게 절개된 것으로 보인다고 합니다. 절개한 상처는 다시 꿰매져 있었습니다. 실종되기 전에 있었던 일인지도 모르지만, 성민이 어제 수산네의 부모를 만나서 얘기를 나눴습니다."

"부모 말고도 수산네가 실종되기 전날 밤에 만난 친구도 한 명 만났고요." 성민이 말했다. "세 사람 모두 수산네가 머리를 꿰맨 일을 전혀 알지 못하고 있었습니다."

"그러니 범인이 그랬다고 봐야겠죠. 부검의가 오늘 제대로 부검을 시행할 테니 뭔가 더 알아낼 수 있기를 바랍니다." 그녀는 시간을 확인했다. "오늘 업무를 분장하기 전에 뭔가 할 말 있는 사람 있나요?"

한 여자 형사가 말했다. "이제 실종자 가운데 한 사람이 오솔길을 따라 숲으로 끌려갔다는 사실을 확인했습니다. 베르티네를 찾기 위해서 그레프센콜렌의 오솔길 주변 숲 수색을 강화해야 할까요?"

"그렇습니다." 카트리네가 말했다. "이미 진행하고 있습니다. 다른 건?"

그녀를 바라보는 얼굴들은 기껏해야 지루함에 지쳐 쉬는 시간을 기다리는 어린아이들 같은 표정을 짓고 있었다. 작년에 사기업 종사자들을 대상으로 소위 '동기 부여' 강의를 한다는 크로스컨트리 전 세계 챔피언을 초빙해 50킬로미터 레이스에 나섰을 때 맞닥뜨리는 정신적 위기 극복 요령을 들어보자고 제안한 이가 있었다. 강사인 국민 영웅은 사기업에서나 감당할 법한 금액을 강사료로 요구했다. 카트리네는 정규직으로 일하며 남편 없이 아이를 키우는 사람도 그 정도 강의는 할 수 있다고 말하면서 자신이 지금까지 들었던 부서 예산안 가운데 가장 형편없는 내용이었다고 평가했다. 지금 생각해보니 그것이 옳은 판단이었는지 알 수 없었다.

10

월요일, 경마장/승마장

젊은 택시 기사는 해리가 내민 종이를 보고 혼란스러운 표정을 지었다.

"돈이라는 겁니다." 해리가 말했다.

택시 기사는 지폐를 받더니 위에 쓰인 숫자를 유심히 들여다보았다. "저…… 그러니까. 그게 없어서…… 뭐더라?"

"거스름돈." 해리는 한숨을 내쉬었다. "안 줘도 됩니다."

해리는 영수증을 뒷주머니에 쑤셔 넣으며 비에르케 경마장 입구로 걸어가기 시작했다. 라디움 병원에서 20분 걸리는 곳까지 지불한 택시비가 스페인 말라가까지 가는 비행기표 값과 맞먹었다. 최대한 빨리, 이왕이면 기사 딸린 차가 필요했다. 하지만 가장 먼저 경찰관을 구해야 했다. 뇌물이 먹히는 놈으로.

그는 트룰스 베른트센을 페가수스에서 찾아냈다. 넓은 레스토랑인 그곳은 손님을 천 명이나 받을 수 있지만 점심시간 경기뿐인 오늘은 트랙이 보이는 창가 자리에만 사람들이 앉아 있었다. 냄새를 풍기기라도 하는지 손님 한 명만 덜렁 앉은 테이블이 보였다. 하지만 좀 더 자세히 살펴보면 사람들이 피하는 이유는 그의 눈빛과 태도 때문이라는 걸 알 수 있을 터였다. 해리는 주인 없는 의자 하나를 잡아당기며 트랙을 바라보았다. 기수가 올라탄 2륜 마차를 끄는 말들이 총총걸음으로 트랙을 도는 동안 스피커에서는 끊임없이 단조로운 목소리로 각종 정보가 흘러나왔다.

"빨리도 왔군." 트룰스가 말했다.

"택시 탔거든." 해리가 대답했다.

"돈이 남아도는 모양이야. 전화로 해도 될 일을."

"아니." 해리가 궁둥이를 붙이며 말했다. 해리가 전화했을 때 두 사람은 정확히 열두 마디를 주고받았다. '여보세요? 나 해리 홀레야. 지금 어디 있어? 비에르케 경마장? 지금 바로 갈게.'

"그런가 해리? 이제 **당신도** 뒤가 구린 일을 하는 거야?" 트룰스는 특유의 꿀꿀거리는 소리로 웃었다. 그런 웃음과 좁은 턱, 툭 튀어나온 이마와 수동적으로 드러나는 공격적 태도가 합쳐져 그에게 비비스라는 별명이 붙었다. 그는 비비스라는 만화 캐릭터처럼 허무주의적 세계관을 가졌고, 사회적 책임이나 도덕성은 거의 존경스러울 정도로 갖고 있지 않았다. 그의 질문 속에 숨은 뜻은 물론, 해리 홀레도 이제 **자기처럼** 뒤가 구린 일을 해주고 다니느냐는 뜻이었다.

"제안 하나 하려고."

"내가 거절할 수 없는?" 트룰스는 불만스러운 눈빛으로 트랙을 내다보며 말했다. 장내 아나운서는 순서대로 마지막 주자를 소개하고 있었다.

"자네가 베팅한 말이 이기지 못한다면 그렇겠지. 잘렸다고 들었는데. 게다가 도박 빚도 있고."

"도박 빚? 누가 그래?"

"그건 중요하지 않아. 어쨌거나 자네는 실업자 신세니까."

"**아예** 실업자는 아니야. 일하지 않아도 월급은 나온다고. 놈들이 증거를 찾으려고 끝도 없이 물고 늘어지겠지만 난 신경 안 써."

"음. 가르데르모엔에서 압수한 코카인 문제를 들여다보고 있다던데?"

트룰스는 콧방귀를 뀌었다. "마약반에서 나온 두 친구와 함께 압수한 물건이지. 그린 코카인이라고, 묘한 물건이야. 세관에서는 자기들이 무슨 걸어 다니는 범죄 연구소라도 되는 양 순수한 코카인이라 녹색인 줄 알더군. 우리가 증거품 보관소로 가져갔는데 가르데르모엔에서 보고했던 양과 조금 차이가 났던 모양이야. 그래서 분석을 의뢰했나 봐. 그랬더니 녹색인 건 그대로지만 다른 게 잔뜩 섞였던 모양이더군. 그래서 우리가 코카인을 빼돌리고 다른 녹색 물질을 섞느라 무게를 정확히 맞추지 못했다고 생각한 거야. 아니, '내가' 그랬다고 생각한 거지. 단 몇 분이지만 압수품을 혼자 갖고 있었던 건 나뿐이었거든."

"그래서 잘리는 것으로 끝나지 않고 교도소로 갈 수도 있다?"

"바보라도 된 거야?" 트룰스가 꿀꿀거렸다. "놈들에겐 증거라 할 만한 게 전혀 없다니까. 녹색 물질이 순수한 코카인처럼 보였고 맛이 났다는 세관의 바보 녀석들? 온갖 이유로 1, 2밀리그램 정도는 누가 봐도 차이가 날 수도 있다는 거? 한참 시끄럽겠지만 그러다 끝날 사건이라고."

"음. 그럼 다른 범인이 나올 가능성도 없다는 거야?"

트룰스는 고개를 살짝 젓히더니 겨냥이라도 하듯 해리를 바라보았다. "내가 지금 말과 관련해 처리할 일이 좀 있어서 말이야, 해리. 혹시 더 하고 싶은 얘기라도 있어?"

"마르쿠스 뢰드가 두 여자 사건을 두고 날 고용했어. 자네도 합류했으면 해."

"맙소사." 트룰스는 놀라 해리를 바라보았다.

"어때?"

"왜 날?"

"왜일 것 같아?"

"모르겠군. 난 부패 경찰이야. 당신은 누구보다 그걸 잘 알지."

"어쨌거나 우린 최소한 한 번씩 서로의 목숨을 구해줬지. 중국 속담에 따르면 평생 서로의 목숨을 책임져야 하는 거야."

"그래?" 트룰스는 믿지 못하는 것 같았다.

"또 있어." 해리가 말했다. "혹시 정직만 된 상태면 그래도 BL96 전체에 접근할 수 있는 거지?"

해리는 자신이 1996년부터 임시변통으로 수사 보고서 입력 및 검색에 사용하는 구식 시스템을 거론할 때 트룰스가 움찔하는 걸 알아차렸다.

"그래서?"

"우린 경찰 보고서를 샅샅이 들여다봐야 해. 전술, 기술, 감식까지."

"좋아. 그럼 이건……?"

"맞아, 뒤가 구린 일이지."

"경찰에서 쫓겨날 수도 있는 일이군."

"들키면 당연히 그렇겠지. 그러니까 보수가 좋은 거고."

"그래? 얼마나?"

"원하는 금액을 말하면 내가 전달하지."

트룰스는 한참 동안 깊은 생각에 잠겨 해리를 바라보았다. 그러더니 앞에 놓인 마권을 내려다보다 손으로 쥐고 구겨버렸다.

점심시간이 되자 레스토랑 다니엘레의 바와 테이블에 사람이 들어차기 시작했다. 도심과 사무실 단지 중심에서 몇백 미터나 떨어진 주거 지역에 자리 잡은 레스토랑이지만, 점심시간만 되면 손님이 이렇게 많은 걸 볼 때마다 헬레네는 놀라지 않을 수가 없었다.

레스토랑 중앙의 둥글고 작은 테이블에 앉은 그녀는 주변의 넓고 탁 트인 실내를 둘러보았다. 관심을 둘 만한 사람은 아무도 없었다. 그녀의 시선은 다시 랩톱 모니터로 돌아갔다. 승마 장비를 파는 사이트를 막 찾아낸 참이었다. 말과 승마인을 위한 물건이 한도 없이 쌓여 있고 가격 역시 아무런 제한이 없어 보였다. 어차피 말을 타는 사람들은 대부분 부자고, 승마는 부자라는 걸 자랑할 기회였다. 물론 이쪽 분야에서는 깊은 인상을 주기 위한 기준이 너무 높다 보니 거의 모두가 취미를 시작하기도 전에 서둘러 포기하고 만다. 하지만 그녀가 진정으로 원하는 일이 승마 장비 수입일까? 아니면 바드레스나 바르파레 또는 보고나 다른 V로 시작하는 이름을 가진, 경치가 끝내주는 곳에서 즐기는 승마 여행 기획이 더 나을까? 그녀는 랩톱을 탁 덮고 깊은 한숨을 내쉰 다음 다시 주위를 둘러보았다.

그래, 저기 레스토랑 전체를 가로지르는 바를 따라 앉아들 있군. 젊은 남자들은 요즘 부동산 중개인들에게 잘 팔리는 것 같은 정장 차림이었다. 젊은 여자들은 치마와 재킷 또는 그들을 '전문직'처럼 보이게 하는 뭔가를 입고 있었다. 그 가운데 일부는 진짜 직업이 있었지만, 헬레네는 그렇지 못한 여자들을 집어낼 수 있었다. 조금 지나치게 예쁘고 조금 지나치게 짧은 치마를 입은 여자들은 직장이 필요하지 않은 상태를, 간단히 말하자면 돈 많은 남자를 찾고 있었다. 자신이 왜 계속 이곳을 찾아오는지 알 수 없었다. 10년 전 다니엘레의 월요일 점심은 그야말로 전설적이었다. 일주일 가운데 첫 번째 근무일인 월요일 한낮에 술에 취해 테이블에서 춤을 춰도 아무도 신경 쓰지 않는, 멋지게 퇴폐적인 분위기가 있었다. 물론 그런 분위기는 신분을 드러내는 성명과도 같았다. 부자와 특권층만이 스스로 허락할 수 있는 부절제였기 때문이다. 요즘은 훨씬 조용해졌다. 과거에 소방서였던 곳이 이제 미슐랭 별을 받은 미식가 식당에 바를 결합한 곳이 되었고, 그곳에서 오슬로 서부 지역의 엘리트들이 모여 먹고 마시고 사업 이야기를 하고 가족 문제를 의논하면서 관계를 맺고, 안으로 들어오도록 허락받은 자들과 밖에 남아 있는 사람들 사이를 구분하는 동맹을 체결했다.

헬레네는 바로 이곳에서 화끈한 월요일을 보내던 중 마르쿠스를 만났다. 그녀는 스물세 살이었고, 그는 쉰 살이 넘은 더럽게 돈 많은 부자였다. 어찌나 부자였는지 그가 바를 향해 걸어가면 사람들이 옆으로 물러났다. 모두가 뢰드 가문의 명성 혹은 악명을 알고 있는 것 같았다. 물론 그녀는 겉으로 보는 것처럼 순진하지는 않았다. 마르쿠스도 스킬레베크의 빌라에서 처음 두 번의 밤을 보내고 난 뒤에는 그걸 알 수 있었다. 포르노 사이트에서 내려받은 것 같은 교성이나 밤새 그녀의 휴대전화에서 울려대는 문자메시지 알림음, 또 코카인을 어찌나 깔끔하고 균일하게 바닥에 늘어놓는지 마르쿠스가 도무지 어느 줄부터 흡입해야 할지 알 수 없는 걸 보면 확실히 그랬다. 하지만 그는 신경 쓰는 것 같지 않았다. 그는 순진한 여자에게는 끌리지 않는다고 했다. 그 말이 진짜인지 알 수 없지만 별로 중요하지 않았다. 중요한 것, 또는 중요한 것들 가운데 하나는 그녀가 늘 꿈꾸던 삶을 뢰드가 현실로 만들어줄 수 있다는 거였다. 그녀의 꿈은 트로피 와이프로 집에 박혀서 살림하고 별장을 꾸미고 사람들을 사귀면서 몸매와 얼굴을 가꾸는 데 모든 시간을 쏟아붓는 것이 아니었다. 그런 거라면 다니엘레에서 적당한 남자를 사냥하는, 기생충 같은 머리 빈 여자들에게 넘겨주고 싶었다. 헬레네는 머리가 좋았고 여러 분야에 관심도 많았다. 예술과 문화, 특히 연극과 시각 예술이 좋았다. 건축을 전공할까도 오래 생각했다. 하지만 그녀의 가장 큰 꿈은 노르웨이에서 제일가는 승마 학교를 운영하는 거였다. 그건 멍청하고 망상에 빠진 소녀의 헛된 꿈이 아니라 공부도 잘하고 여러 곳의 마구간을 청소하며 열심히 일했던 소녀가 어린 나이에 세운 지극히 현실적인 계획이었다. 계획은 단계적으로 수행되었다. 승마 학교 강사가 된 그녀는 '말에 미쳤다'라는 단순한 수식어를 경멸했다. 어떤 노력과 돈, 전문 지식이 필요한지는 잘 알았기 때문이다.

그런데도 모든 게 엉망이 되어버리고 말았다.

마르쿠스의 잘못은 아니었다. 사실, 그의 탓이긴 했다. 승마 학교의 말 몇 마리가 병에 걸린 뒤에 마르쿠스가 자금을 끊었고 그러는 와중에 생각지도 못했던 경쟁자와 보이지 않는 비용이 너무 높은 장애물을 만들었다. 어쩔 수 없이 학교는 문을 닫았고 이제 새로운 일을 찾을 때였다.

하나 이상의 길을 찾아내야 한다. 그녀와 마르쿠스의 관계는 그리 길게 이어지지 않을 것이기 때문이다.

남녀가 일주일에 섹스를 한 번도 안 하기 시작하면 관계의 끝은 시간 문제라고 말하는 사람들도 있다. 물론 터무니없는 말이다. 그녀와 마르쿠스는 일주일에 한 번도 섹스를 하지 않은 지 이미 6개월이 넘었기 때문이다.

그런 건 신경 쓰이지 않았다. 하지만 벌어질 수도 있는 상황이 마음에 걸렸다. 그녀는 마르쿠스와의 삶 그리고 승마 학교에 최선을 다했다. 자신의 플랜 B와 플랜 C를 모두 폐기했을 정도였다. 그녀는 자신의 성적으로 충분히 따낼 수 있는 교육 과정을 아예 밟지 않았다. 돈을 모으지 않았고, 어느 정도는 남편 돈에 의지하고 있었다. 아니, 어느 정도가 아니라 철저하게 그의 돈에 **의지했다.** 생존하기 위해서는 아니고 어쩌면…… 그렇다. 생존하기 위해서였다. 사실이었다.

마르쿠스가 언제 그녀의 손아귀를 빠져나간 걸까? 아니, 더 정확하게 말해 언제부터 침대 속 그녀에게 관심을 잃었을까? 물론 나이가 60이 넘은 남자의 테스토스테론 생산량이 감소하는 것과 관련이 있을 테지만, 자신이 아이를 갖고 싶다는 욕심을 드러내기 시작하면서 시작된 일이라고 그녀는 생각했다. 남자에게 의무감을 주는 섹스보다 더 흥미를 떨어뜨리는 건 없다는 사실을 그녀는 안다. 하지만 남편이 아이를 가질 수 없다고 통보한 뒤부터 그녀의 독수공방이 시작되었다. 한 번도 열렬하게 원한 적 없었던 마르쿠스와의 섹스에 대한 그녀 자신의 욕구 역시 마찬가지로 시들해진 걸 생각하면 그리 큰 문제는 아니었다. 그래도 그녀는 남편이 욕구를 풀기 위해 다른 곳을 기웃거리기 시작한 게 아닐까 의심이 들었다. 그가 신중하게 행동해 그녀를 웃음거리로 만들지만 않는다면 그건 그거대로 괜찮았다.

그렇지만 파티에 왔던 두 여자는 문제였다. 한 명은 죽은 채 발견되었고 다른 한 명은 여전히 실종된 상태였다. 그리고 두 사람 모두 마르쿠스와 연결고리가 있었다. 남편이 여자들 스폰서 노릇을 했기 때문이다. 심지어 신문에도 그런 내용이 언급되고 있었다. 멍청이 같으니. 머리통을 뽑아버렸어야 했는데! 그녀는 힐러리 클린턴이 아니었고, 지금은 1990년대도 아니니 그냥 남편을 '용서'할 수도 없다. 요즘 여자들은 나쁜 놈들이 그런 짓을 하고도 빠져나가도록 둘 수 없게 되었다. 자존감이나 젠더, 시대정신과 관련된 문제이기 때문이다. 예전 시대에 태어나지 못한 것이 그녀의 불운이었다.

하지만 그녀가 그에 대한 용서를 '허락'받는다고 한들 마르쿠스는 그녀의 용서를 받아들일까? 이런 상황이야말로 그가 기다려온 게 아닐까? 특별히 부끄럽지도 명예롭지도 않은 방식으로 그녀에게서 벗어날 기회를. 60이 넘어 바람둥이 노릇을 하는 남자라면 긍정적 그리고 부정적인 시선을 동시에 받기 마련이니까. 마르쿠스 뢰드 같은 자에게 정력 넘치는 난봉꾼이나 바람둥이 정도의 꼬리표는 오히려 칭찬이라 할 수 있다. 그러니 오히려 선수를 쳐서 먼저 떠나는 편이 낫지 않을까? 하지만 **그러면** 결국 궁극적인 패배가 될 것이다.

그래서 그녀는 경계하고 있었다. 무의식적이었지만 스스로 그러고 있는 걸 알 수 있었다. 고객들 가운데 남자들을 살펴보고 있었다. 가상의 미래 상황에서 그들 가운데 누구에게 관심을 두어야 할지 생각하면서. 사람들은 비밀을 숨길 수 있는 줄 알지만 당연하게도 사실은 생각하고 느끼는 걸 모두 드러내게 마련이며, 주의 깊게 살펴보는 사람이라면 눈치챌 수 있다.

그러니 웨이터가 앞에 나타나 테이블에 칵테일 잔을 내려놓은 일도 그리 놀랍지 않을 수 있었다.

"더티 마티니입니다." 웨이터는 노를란드 억양의 스웨덴어로 말했다. "저기 계신 손님께서……." 웨이터는 바에 혼자 앉은 남자를 가리켰다. 남자는 창밖을 내다보고 있어서 옆모습밖에 보이지 않았다. 다른 남자 손님들보다 훨씬 고급스러워 보이는 양복 차림에 잘생긴 건 의심할 여지가 없었다. 게다가 젊어 보였는데 32세인 그녀와 비슷한 나이인 것 같았다. 하지만 진취적인 남자라면 젊은 나이에도 성공할 수 있다는 사실은 두말할 필요도 없다. 왜 그녀를 보고 있지 않은 건지는 알 수 없었다. 수줍어하는 것일 수도 있고 어쩌면 술을 주문한 뒤에 계속 그녀를 노려보고 있을 수는 없다고 생각하는 것일 수도 있다. 귀엽네. 진짜 그런 생각이라면.

"내가 월요일 점심에 마티니를 마시곤 한다고 저 사람에게 말해 준 건가요?" 그녀가 물었다. 웨이터는 고개를 흔들었지만, 씩 웃는 모습이 완전한 진실을 말하는 것인지 의심스러웠다. 그녀가 고개를 끄덕여 술을 받아들이자, 웨이터는 돌아갔다. 지금 상황으로 보면 앞으로 그녀에게 관심을 보이는 남자들로부터 이런 식으로 술잔을 받게 될 텐데, 매력적으로 보이는 사람이 그 첫 번째가 되는 것도 괜찮지 않겠는가?

술잔을 들어 입으로 가져간 그녀는 맛이 다르다는 걸 알아차렸다. 아마도 바닥에 가라앉은 올리브 두 개 때문에 술이 '더티'해졌기 때문일 터였다. 어쩌면 앞으로 모든 면에서 좀 다른, 더 '더티'한 맛에 익숙해져야 할지도 몰랐다.

바에 앉은 남자는 마치 그녀가 어디 앉아 있는지 알지 못하는 것처럼 실내를 둘러보았다. 헬레네는 손을 들어 그와 눈을 마주쳤다. 그리고 술잔을 건배하듯 들어 올렸다. 남자도 대답하듯 맹물이 든 잔을 들어 올렸다. 하지만 웃음기는 보이지 않았다. 그래, 수줍어하는 스타일이로군. 하지만 그 순간 남자가 일어섰다. 그러고는 다른 사람이 신경 쓰지 않는지 확인이라도 하듯 주위를 둘러보더니 그녀에게 다가왔다.

물론 남자가 먼저 접근해온 경우였다. 만일 헬레네가 원하기만 한다면 어떤 남자라도 그녀에게 다가오게 될 것이다. 하지만 남자가 가까이 다가올수록 그녀는 자신이 이런 상황을 원하지 않는다는 걸 깨달았다. 아직은. 지금까지 마르쿠스를 배신한 적 없었고, 다른 남자에게 추파를 던져본 적도 없다. 모든 일이 정리되고 해결되기 전에는 그럴 생각도 없었다. 그녀는 그런 식으로 솔직했고 언제나 한 남자만 보는 여자였다. 마르쿠스가 한 여자만 바라보는 사람이 절대 아니라 해도. 그건 남편이 그녀를 어떻게 생각하는지 때문이 아니라 그녀가 자신을 어떻게 생각하는지에 관한 문제였다.

남자는 테이블 앞에 와서 서더니 맞은편 의자를 당기려고 했다.

"앉지 마세요." 헬레네는 활짝 웃으며 남자를 쳐다보았다. "그냥 술 선물에 고마움을 표현하고 싶었어요."

"술요?" 남자는 마주 웃었지만 어리둥절한 표정이었다.

"이거요. 그쪽이 보내신 거죠?"

그는 웃으며 고개를 흔들었다. "어쨌거나 제가 보낸 걸로 할까요? 제 이름은 필리프입니다."

그녀 역시 함께 웃었지만 동시에 고개를 가로저었다. 남자는 불쌍하게도 이미 충격을 받은 것처럼 보였다. "좋은 하루 보내요, 필리프."

남자는 깍듯하게 고개를 숙이더니 돌아갔다. 필리프는 마르쿠스와 끝난 뒤에라도 만날 수 있을 것이다. 그가 감추려고 애쓰던 결혼반지가 없다면 더 좋겠지만. 헬레네는 손짓으로 웨이터를 불렀다. 그는 테이블 옆으로 와서 고개를 숙이고 죄책감 섞인 웃음을 지었다.

"날 속였군요. 술을 보낸 사람이 누구였어요?"

"죄송합니다, 뢰드 부인. 부인께서 아는 분이 장난으로 그러시는 줄 알았습니다." 필리프는 그녀 뒤쪽 벽에 붙은 텅 빈 테이블을 가리켰다. "방금 나가셨습니다. 그분께 마티니 두 잔을 가져다드렸는데, 절 부르시더니 한 잔을 부인께 가져다드리라고 하면서 다른 사람을 가리키며 그 사람이 보냈다고 말하라더군요. 바에 앉은 미남 신사분 말입니다. 제가 지나친 행동을 한 것이 아니었으면 좋겠습니다."

"괜찮아요." 그녀는 고개를 저으며 말했다. "팁도 두둑이 받았겠군요."

"그럼요, 뢰드 부인. 그랬습니다." 웨이터가 씩 웃었고 이와 잇몸 사이에 끼운 스누스 담배가 보였다.

헬레네는 남은 마티니를 마시기 전에 올리브를 건져냈지만 맛은 달라지지 않았다.

윌덴뢰베스 거리를 향해 걷는 동안 화가 가라앉으면서 문득 이런 생각이 들었다. 그녀처럼 똑똑하고 성숙한 여자가 남자들, 그것도 그녀가 좋아하거나 존중하지도 않는 남자들에 의해 좌지우지된다는 사실은 정말이지 미친 짓이었다. 그녀가 진정으로 두려워하는 건 뭘까? 혼자가 되는 것? 그녀는 혼자였다. 빌어먹을, 사람은 누구나 혼자다! 그리고 두려워할 이유가 가장 많은 사람은 마르쿠스였다. 만일 그녀가 진실을 말한다면, 그녀가 아는 걸 말하면…….
그 생각만으로도 몸이 떨렸다. 아마 버튼을 누른다고 생각만 해도 대통령들은 이렇게 떨릴 것이다. 하지만 동시에 당연하게도 버튼을 **누를 수 있다는 생각에** 스릴도 느낄 것이다. 힘을 가졌다는 건 무척 섹시한 일이다! 여자들 대부분은 힘을 가진 남자들을 만나면서 간접적으로 힘을 가지려 애쓴다. 하지만 손에 핵미사일 버튼이 있는데 뭐 하러 그러겠는가? 왜 이제야 그런 생각이 드는 거지? 간단했다. 배가 암초에 부딪혔고 물이 새기 시작했기 때문이다.

그 순간 헬레네 뢰드는 이제부터 자신의 인생을 스스로 통제하겠다고 마음먹었다. 그리고 그 새로운 삶 속에 남자들의 자리는 없었다. 왜냐하면 헬레네 뢰드는 마음만 먹으면 상황을 꿰뚫어 볼 수 있고 일이 어떻게 될지 알기 때문이다. 이제 계획을 짤 일만 남았다. 그리고 모든 일이 끝나고 나면 그녀는 마음에 드는 남자에게 술을 살 수 있을 것이다.

11

월요일, Naked

오슬로 중앙역 앞 광장으로 들어서던 해리는 호랑이 조각상 옆에 서서 두 발로 바닥을 구르는 외위스테인 에이켈란을 발견했다. 외위스테인은 볼레렝가 축구팀 유니폼 상의를 제외하고는 키스 리처즈를 그대로 빼닮은 차림새였다. 머리, 주름살, 스카프, 아이라인과 담배에 앙상한 몸매까지.

에우네를 만났을 때와 마찬가지로 해리는 어릴 적 친구를 너무 꽉 끌어안지는 않았다. 마치 그의 인생에서 더 많은 사람이 산산조각이 나기라도 할까 봐 걱정하는 것처럼.

"와." 외위스테인이 말했다. "슈트 끝내주네! 거기서 무슨 장사를 하는데 그래? 창녀들이라도 굴리냐? 마약 팔아?"

"아니, 내가 보기엔 네가 그러고 사는 것 같은데." 해리가 주위를 둘러보며 말했다. 광장에 보이는 사람들은 대개 출퇴근하는 중이거나 관광객, 직장인이었지만 오슬로에서 이곳만큼 대놓고 마약을 거래하는 곳은 많지 않았다. "이렇게 될 줄은 나도 몰랐군."

"몰랐어?" 외위스테인은 해리를 끌어안느라 흘러내린 선글라스를 고쳐 쓰며 말했다. "난 알았는데. 아예 일찍 시작했어야 했는데.

택시 모는 일보다 돈도 더 잘 벌지만 건강에도 더 좋거든."

"건강에 좋아?"

"순수한 물건에 더 가까워졌으니까. 이제 내 몸으로 들어가는 건 아주 고급 제품밖에 없다니까." 그는 양손으로 몸을 쓸어내렸다.

"양도 적당히 조절하고?"

"물론이지. 넌 어때?"

해리는 어깨를 으쓱했다. "지금은 네가 말한 '절제 관리 프로그램'을 시도해보는 중이야. 오래 유지할 수 있을지는 모르지만, 두고 보자고."

외위스테인은 자기 말이 맞았다는 듯 손가락으로 머리를 두드려 보였다.

"그래, 그래." 대답하던 해리는 조금 떨어진 곳에서 그를 노려보는 파카 차림의 젊은 남자를 발견했다. 파란 눈을 얼마나 크게 떴는지 멀리 떨어진 곳에서도 눈동자 주위로 흰자가 둥글게 전부 보일 정도였다. 뭔가를 쥐고 있는 것처럼 양손을 주머니 깊숙이 넣고 있었다.

"저 친구는 누구야?" 해리가 물었다.

"아, 알이야. 자네가 경찰인 걸 알아보는군."

"약장수?"

"그래. 좋은 녀석인데, 좀 이상해. 너랑 닮았지."

"나?"

"물론 너보단 잘생겼지만. 그리고 더 똑똑하고."

"진짜?"

"아, 넌 너만의 방식으로 똑똑하지, 해리. 하지만 저 녀석은 좀 괴짜처럼 똑똑하단 말이야. 뭔가에 관해 이야기하기 시작하면 저 녀석은 공부라도 한 것처럼 뭐든 알고 있단 말이지. 너희 두 사람의 공통점이라면 여자들이 빠질 만한 구석이 있다는 거야. 그놈의 상투적이고 카리스마 넘치는 쓸쓸한 모습 말이야. 저놈은 습관적이야, 너처럼."

해리는 알이 그에게 얼굴을 보이고 싶지 않은 듯 돌아서는 모습을 보았다.

"9시부터 5시까지 여기 서 있어. 주말엔 쉬고." 외위스테인이 말을 이었다. "멀쩡한 직장에라도 다니는 것처럼. 말했지만 괜찮은 놈인데, 편집증에 가까울 정도로 조심성이 많아. 약 파는 얘기는 신나게 하지만 자기 얘기는 절대 하지 않아. 딱 너처럼. 너랑 다른 점은 저 녀석은 이름조차 말해주지 않는다는 거야."

"그럼 알이라는 이름은……."

"폴 사이먼 노래에 나오는 이름을 내가 붙인 거지. 〈You Can Call Me Al〉 알지?"

해리는 씩 웃었다.

"너 좀 안절부절못하는 것 같아 보이는데." 외위스테인이 말했다. "괜찮아?"

해리는 어깨를 으쓱했다. "거기 있는 동안 살짝 편집증이 생겼나 봐."

"저기요." 누군가의 목소리가 들렸다. "약 좀 있어요?"

해리가 돌아보니 후드 티셔츠를 입은 소년이 있었다.

"내가 약장수 같냐?" 외위스테인이 새된 소리로 말했다. "집에 가서 숙제나 해!"

"너 약장수 아니야?" 소년이 파카 입은 남자에게 걸어가는 모습을 함께 지켜보다 해리가 말했다.

"맞지만 저렇게 어린 녀석들에겐 안 팔아. 알이나 토르그 가에 있는 서아프리카에서 온 녀석들한테 넘기지. 난 일종의 고급 콜걸 같은 거야. 출장 서비스 위주라고."

외위스테인은 줄지어 썩은 이를 드러내며 웃더니 반짝거리는 신형 삼성 휴대전화를 들어 보였다. "집까지 배달하는 거지."

"그럼 차가 있다는 거야?"

"그럼. 고물 벤츠를 사서 몰고 있지. 택시 회사 사장한테서 싸게 샀어. 승객들이 담배 냄새가 난다고 불만이 많은데 도저히 해결할 수가 없다잖아. 그게 내 잘못이라고 하더라고. 흐흐. 게다가 택시 표지판 떼는 걸 깜박 잊는 바람에 전용 차선에도 들어갈 수 있다고. 담배 냄새 얘기가 나와서 말인데, 담배 있어?"

"끊었어. 어차피 너도 담배 있잖아."

"네 담배가 늘 더 맛이 좋아, 해리."

"그래. 그것도 이제 끝이야."

"그렇군, 캘리포니아에 가면 사람이 이렇게 되는 거로군."

"차 멀리 세워놨어?"

두 사람은 메르세데스의 스프링이 튀어나오고 낡아빠진 앞좌석에 앉아 비에르비카로 들어가는 바다 쪽 입구를 바라보고 있었다. 그 지역은 오슬로북타와 쇠렝가를 포함하는 새로 떠오르는 매력적인 도심 지구였지만 새로 지은 13층짜리 뭉크 미술관이 마치 구속복을 입은 정신병자 같은 모습으로 경관을 막고 서 있었다.

"맙소사, 정말 볼품없군." 외위스테인이 말했다.

"자, 어떻게 생각해?" 해리가 물었다.

"기사 겸 따까리?"

"그래. 그리고 혹시 사건과 조금이라도 관련이 있는 걸로 드러날 경우 마르쿠스 뢰드에게 오가는 코카인의 행방을 추적할 전문가가 필요할 수도 있어."

"그럼 그자가 코카인을 한다고 확신해?"

"재채기를 해. 동공이 크게 확장되어 있고 책상에 선글라스가 있었어. 어딜 쳐다보는지 도무지 알 수가 없더군."

"안구 진탕증이야. 그런데 뢰드의 마약 공급원을 캐라니. 그 사람, 네 고객 아니야?"

"내가 맡은 일은 두 건으로 보이는 살인사건 해결이라고 해야지. 그 사람의 이익을 보호하는 게 아니라."

"그런데 코카인과 관련이 있는 것 같다? 만일 헤로인이라면 어쩌면 내가—."

"난 아무것도 생각하지 않아, 외위스테인. 하지만 마약 중독은 늘 뭔가 사건에서 역할이 있더라고. 여자는 마약상에게 1천 크로네 빚이 있었어. 자, 너도 할 거지?"

외위스테인은 타 들어가는 담뱃불을 바라보았다. "도대체 왜 이런 일을 맡은 거야, 해리?"

"말했잖아, 돈 때문이라고."

"있잖아, 그건 딜런이 포크 음악과 저항하는 내용의 노래를 왜 만들기 시작했느냐는 질문에 했던 대답이잖아."

"그럼 딜런이 거짓말했다고 생각하는 거야?"

"딜런이 진실을 말했던 몇 안 되는 경우였다고 생각해. 하지만 **너는** 거짓말하는 것 같은데. 이 난장판에 발을 담그려면 왜 이런 짓을 벌이는 건지 알아야겠어. 그러니까 어서 불어."

해리는 고개를 흔들었다. "좋아, 외위스테인. 모든 걸 말하지는 않겠어. 널 위해서도 그렇고 내게도 그게 좋아. 그것만은 날 믿어야 해."

"그 말이 마지막으로 통했던 게 언제였더라?"

"기억 안 나. 한 번도 없었나?"

외위스테인은 웃었다. 플레이어에 CD를 넣고 볼륨을 높였다. "토킹 헤즈 최신곡 들었어?"

"〈Naked〉. 1987년인가?"

"88년이야."

외위스테인이 두 사람이 피울 담배 두 개비에 불을 붙이는 동안 스피커에서 〈Blind〉가 흘러나왔다. 두 사람은 데이비드 번이 표지판이 사라져 보이지 않는다고 노래하는 동안 창문도 내리지 않은 채 담배를 피웠다. 담배 연기가 해무처럼 차내에 깔렸다.

"뭔가 멍청한 짓을 하게 되리라는 걸 알면서도 그냥 저지르게 되는 느낌 알아?" 외위스테인이 마지막으로 담배를 빨아들이며 물었다.

해리는 재떨이에 담배를 비벼서 껐다. "전에 생쥐가 곧장 고양이에게 걸어가서 죽는 걸 봤어. 도대체 어떻게 된 일일까?"

"나도 모르지. 자기를 보호하려는 본능이 없나?"

"일종의 충동이겠지. 우리는, 아니 적어도 어떤 사람들은 벼랑 끝에 끌리나 봐. 죽음이 가까워질수록 살아 있는 느낌이 강렬해져서라더군. 하지만 빌어먹을, 모르겠어."

"그럴듯하군." 외위스테인이 말했다.

두 사람은 뭉크 미술관을 바라보았다.

"같은 생각이야." 해리가 말했다. "정말이지 무시무시하지."

"좋아." 외위스테인이 말했다.

“뭐가 좋아?”

“나도 같이 일할게.” 외위스테인은 해리의 담배꽁초 위에 담배를 비벼서 껐다. “약 파는 것보다야 재미있겠지. 사실 약장수 일은 좆나 지루하거든.”

“뢰드는 보수가 후해.”

“상관없어. 어쨌든 같이할 거니까.”

해리는 웃더니 진동음이 울리는 휴대전화를 꺼내 들었다. 화면에 T라는 글자가 보였다.

“아, 트룰스.”

“말했던 법의학연구소의 보고서를 확인해봤어. 수산네 안데르센 머리에 꿰맨 자국이 있어. 그리고 가슴 한쪽에서 침이랑 점액 물질을 발견했어. 급하게 DNA 분석을 했는데 전과자 데이터베이스에서는 일치하는 결과가 나오지 않았어.”

“좋아. 고마워.”

해리는 전화를 끊었다. 그거였군. 카트리네가 그에게 말하고 싶어하지 않았던 내용이. 아니, 말할 수 없다고 생각했던 것. 침. 점액.

“자, 어디로 갈까요, 보스?” 외위스테인이 시동을 걸며 물었다.

12

월요일, 베그너 회전의자

"장난인가?" 부검용 마스크를 쓴 부검의가 물었다.

알렉산드라는 두 사람 앞에 놓인 테이블 위 시체의 열린 두개골을 믿을 수 없다는 듯 멍하니 바라보았다. 정식으로 부검할 때 부검의가 두개골을 열어 뇌를 살펴보는 일은 흔했다. 두 사람 옆에 놓인 도구 테이블 위에는 늘 사용하는 연장들이 놓여 있었다. 수동 및 전동 뼈 절단기와 T자 모양으로 생긴 머리뼈 상단 집게. 특이한 점은 수산네 안데르센의 경우 그런 도구를 사용하지 않았다는 것이다. 필요하지 않았기 때문이다. 머리를 꿰맨 실을 자르고 머리 가죽과 그곳에 붙은 수산네의 긴 금발 머리를 다른 테이블로 치우자 누가 그들보다 앞서 두개골을 열어봤다는 사실이 확실해졌다. 부검의는 마치 경첩 달린 뚜껑이라도 되는 것처럼 머리뼈 꼭대기 부분을 뒤로 젖혔다. 그러고 나서야 장난하는 거냐고 물었다.

"아뇨." 알렉산드라가 작은 목소리로 말했다.

"농담하지 말아요." 카트리네는 창밖 보츠 공원을 내다보며 전화기에 대고 말했다. 공원 옆, 양쪽으로 린덴 나무를 심은 도로는 그림처럼 아름다운 옛 오슬로 교도소 건물로 이어져 있었다. 하늘은 맑았고 사람들은 더는 속옷 차림으로 잔디밭에 누워 있지 않았지만 어쩌면 오늘이 올해 여름 기온을 느끼는 마지막 날일지도 모른다는 생각에 햇빛을 마주 보고 벤치에 앉아 있었다.

휴대전화에 귀를 기울이던 카트리네는 알렉산드라 스투르드자가 농담하는 게 아니라는 걸 깨달았다. 애초에 알렉산드라가 농담한다고 생각하지 않았다. 알렉산드라가 토요일에 전화해서 꿰맨 자국 얘기를 했을 때 이미 반쯤 이런 상황을 예상하지 않았던가? 그러니까 그들이 제정신인 살인자가 아니라 해리가 말하던 **이유**를 찾아낼 수 없는, 미치광이를 상대하고 있다는 뜻이었다. **이유**가 없기 때문에 적어도 보통 사람은 이해할 수가 없었다.

"고마워요." 카트리네는 전화를 끊고 일어서서 탁 트인 공간을 가로질러 창문 없는 사무실로 향했다. 과거 해리가 사용했던 창문 없는 이곳은 그가 경위로 승진했을 때 더 크고 밝은 사무실을 마다하고 계속 쓰던 곳이다. 어쩌면 성민이 이번 사건을 수사하면서 꼭 집어 이 사무실을 쓰고 싶다고 한 이유가 그것인지도 몰랐다. 아니면 그녀가 보여준 다른 두 사무실보다 이곳이 그냥 더 낫다고 생각한 것일 수도 있다. 문이 열려 있기에 그녀는 안으로 들어서며 노크했다.

성민의 정장 상의가 코트 걸이에 걸려 있었다. 그녀는 성민이 옷걸이를 가져왔다는 사실을 깨달았다. 성민이 입은 셔츠가 너무 하얘서 우중충한 실내에서 빛을 뿜어내는 것 같았다. 그녀는 이곳이 해리의 굴이던 시절의 물건이 없는지 자신도 모르게 주위를 둘러보았다. 죽은 경관의 사회에 속한, 해리와 함께 일하다 죽은 동료들의 사진 액자 같은 것. 하지만 모든 것은 사라졌고 옷걸이마저 새것이었다.

"나쁜 소식이에요." 그녀가 말했다.

"그래요?"

"한 시간이면 부검 예비 보고서를 받아 볼 텐데, 스투르드자가 미리 귀띔해줬어요. 수산네 안데르센의 뇌가 사라졌대요."

성민은 눈썹을 추켜세웠다. "뇌가 없다고요?"

"부검으로 알아낼 수 있는 건 한정적이에요. 어쨌거나 문자 그대로 뇌가 없어졌대요. 누군가 수산네의 두개골을 열어서……."

"열어서?"

"뇌 전체를 꺼내 간 거죠."

성민은 의자에 앉은 채 몸을 젖혔다. 길게 삐걱거리는 소리가 울렸다. 의자다. 낡은 난파선의 소리. 의자만은 예전 그대로였다.

요한 크론은 마르쿠스 뢰드가 재채기를 한 뒤 코를 닦은 연파란색 손수건을 안주머니에 넣고 책상 뒤에 있는 베그너 회전의자에 다시 몸을 기대는 모습을 바라보았다. 크론은 의자가 베그너 제품이라는 사실을 알고 있었다. 그도 똑같은 걸 사고 싶었기 때문이다. 하지만 가격이 거의 1만 3천 크로네에 가까워 도저히 동료 변호사들이나 아내 또는 고객들에게 그걸 샀다는 사실을 정당화할 자신이 없었다. 그냥 평범한 의자였다. 우아하면서도 과시하는 느낌이라곤 없어서 마르쿠스 뢰드와는 어울리지 않았다. 아마도 헬레네가 전에 사용하던 사무실 의자인, 등받이가 높고 검은색 가죽으로 만든 비트라 그랜드 이그제큐티브가 너무 품위 없어 보인다고 누가 조언한 것이 틀림없었다. 함께 있는 다른 두 사람은 딱히 신경 쓰지 않는 것 같았다. 해리 홀레는 회의 테이블에서 의자를 하나 빼내더니 뢰드의 책상 앞에 앉았고, 다른 한 사람—해리는 후크 선장처럼 생긴, 매우 수상쩍은 외모의 남자를 운전사이자 잡일을 도맡을 팀원으로 소개했다—은 문가에 앉았다. 그쪽에 앉는 걸 보니 자기 분수는 아는 사람 같았다.

"말해보게, 홀레." 뢰드가 코를 훌쩍이며 말했다. "이거 장난인가?"

"아뇨." 해리는 의자에 몸을 깊이 묻고 양손을 머리 뒤로 깍지 끼더니 긴 두 다리를 쭉 뻗고 처음 보는 것처럼 발을 돌려 자기 신발을 살펴보고 있었다. 크론이 보기에는 존 롭 구두 같았지만, 홀레 같은 사람이 그런 비싼 신발을 신는다고 생각하기는 쉽지 않았다.

"홀레, 우리가 만들 팀이 입원 중인 암 환자와 부패 혐의로 조사받는 경찰관, 그리고 택시 운전사로 이루어져야 한다고 진지하게 생각하는 건가?"

"**전에** 택시를 몰았다고 했죠. 지금은 소매업을 하고 있습니다. 그리고 이건 '우리' 팀이 아니에요, 뢰드. 제가 만든 팀이지."

뢰드의 안색이 어두워졌다. "홀레, 팀이라고 할 것도 없다는 거야. 그냥 유랑극단이지. 어리석은 판단으로 내가 최선을 다해 찾아낸 결과가 이런 사람들이라고 발표하기에는……. 내가 마치 광대처럼 보이지 않겠나."

"팀을 만들었다고 발표하지 않을 겁니다."

"하지만, 이런 빌어먹을. 그게 목적의 절반이잖아. 사전에 합의하지 않았나?" 높아진 뢰드의 목소리가 넓은 실내에 울렸다. "난 이 사건을 해결할 최고의 사람들을 고용해 대중이 보게 할 거라고. 그래야 사람들이 내가 진심이라는 걸 알아줄 거란 말이야. 이건 나와 내 회사의 명예에 관한 일이야."

"전에 만났을 때 의심받는 상황이 가족에게 부담이 된다고 하셨죠." 해리는 뢰드와는 반대로 목소리를 낮췄다. "게다가 우리는 팀원을 공개할 수 없어요. 형사는 곧바로 잘릴 테고 그러면 경찰 자료를 들여다볼 수 없게 됩니다. 바로 그것 때문에 그 친구를 끌어들인 건데 말이죠."

뢰드는 크론을 바라보았다.

변호사는 어깨를 으쓱했다. "언론에서 다룰 중요한 이름은 유명한 살인사건 수사관인 해리 홀레죠. 그가 팀을 이루어서 움직이고 있다는 정도로 알리면 충분합니다. 중심 역할을 하는 사람이 뛰어나면 사람들은 나머지 팀원들도 뛰어나다고 생각할 겁니다."

"그리고 한 가지 더." 해리가 말했다. "에우네와 에이켈란은 크론과 동일한 시급을 받을 겁니다. 베른트센은 두 배로 쳐줘야 하고요."

"자네 미쳤나?" 뢰드는 양팔을 옆으로 펼쳐 보였다. "자네 보너스하고는 달라. 성공하지 않으면 아예 돈을 안 받겠다고 한 건 배짱이 넘쳤어. 하지만 **사기꾼이나** 마찬가지인 자에게 변호사의 두 배를 준다고? 어떻게 그럴 수 있는지 설명할 수 있겠나?"

"그 친구에게 그럴 **자격이 있는지는** 정확히 몰라요." 해리가 말했다. "하지만 그럴 가치가 있는 자죠. 당신 같은 사업가들이 돈을 낼 때 기준이 그거 아닙니까?"

"가치가 있다?"

"다시 말씀드리죠." 해리는 하품을 억누르며 말했다. "트룰스 베른트센은 BL96에 접근할 수 있어요. 이번 사건에 관해 과학수사과와 법의학연구소의 자료를 포함해 모든 자료를 볼 수 있단 말입니다. 지금은 수사팀에 속한 열두 명에서 스무 명 정도만 볼 수 있어요. 베른트센의 비밀번호와 홍채는 수사팀 전원의 성과만큼 가치가 있습니다. 게다가 그 친구는 위험을 감수하고 있어요. 만일 외부로 비밀 정보를 빼돌리다가 발각되면 그냥 잘리는 것으로 끝나지 않고 교도소 신세를 지게 될 겁니다."

뢰드는 눈을 감고 고개를 흔들었다. 눈을 다시 떴을 때 그는 웃고 있었다.

"그거 아나, 해리? 지금 바르벨 부동산이 진행하고 있는 계약 협상에 자네 같은 작자를 써먹어야겠어."

"좋습니다." 해리가 말했다. "조건이 하나 더 있습니다."

"그래?"

"당신을 심문하고 싶습니다."

뢰드는 또다시 크론과 눈빛을 주고받았다.

"좋아."

"거짓말 탐지기도 쓸 겁니다." 해리가 말했다.

13

월요일, 에우네 그룹

모나 도는 책상에 앉아 헤디나라는 블로거가 사회적 압력과 미의 기준에 관해 쓴 글을 읽고 있었다. 일부 문장이 저렴하고 투박했지만 대놓고 말하듯 쓴 글이라 마치 카페 테이블에 앉아 친구가 떠드는 일상의 걱정거리를 듣는 것처럼 이해하기 쉬웠다. 블로거의 '현명한' 생각과 조언은 무척이나 진부하고 뻔히 예측할 수 있어서 모나는 하품을 해야 할지 호통을 쳐야 할지 알 수 없었다. 헤디나는 비슷비슷한 다른 블로그에서 가져온 진부한 문구를 마치 자신의 좌우명이나 아이디어인 척 사용하면서 외모가 최고로 여겨지는 세상에서 살아가는 좌절감을 진심과 분노를 섞어 묘사했고, 그런 상황이 젊은 여성들에게 얼마나 큰 불안감을 안기는지 한탄했다. 헤디나가 아름답고 날씬한 자신의 외설적인 사진을 그것도 가슴 부분이 잘 보이도록 확대해 블로그에 올린다는 사실은 물론 역설적이었다. 하지만 그런 행동에 논란이 반복적으로 벌어질 때마다 이성은 모든 전투에서 승리하면서도 결국에는 지쳐서 전쟁에서는 어리석음에 패하고 말았다. 그리고 어리석다는 얘기가 나와서 말인데, 모나 도가 지금 인생의 30분을 헤디나의 블로그를 읽으면서 낭비하는 이유는 편집장인 율리아가 사람들이 수산네 사건에 질려 관심이 소강상태에 이르렀으니, 헤디나가 쓴 블로그 글에 달린 모든 의견 댓글에 다시 댓글을 달라고 지시했기 때문이다. 율리아는 비꼬는 기색도 없이 긍정적 댓글과 부정적 댓글의 수를 확인하고 그걸로 기사 제목의 마무리를 '칭찬'으로 할지 '비난'으로 할지 결정하라고 했다. 그리고 기사 아래쪽에 클릭 유도용으로 지나치지 않게 살짝 섹시한 헤디나의 사진을 걸어두라고 했다.

모나는 속이 뒤집혔다.

헤디나는 모든 여자는 아름답다며 각자 자신의 특별한 아름다움을 찾아내고 그걸 믿는 일이 중요하다고 썼다. 그래야만 남들과의 비교를 그만두게 되고, 외모 경쟁에서 졌다는 믿음이나 거식증, 우울증, 파괴된 삶에 빠지지 않을 수 있다는 것이다. 모나는 모두가 아름답다면 아무도 아름답지 않다는 사실이 명백하다고 쓰고 싶었다. 왜냐하면 아름답다는 것은 긍정적인 방식으로 눈에 띄는 것이기 때문이다. 그녀가 어렸을 때는 몇몇 스타 영화배우와 어쩌면 같은 반 친구들 가운데 아름답다는 특권을 가진 몇 명 정도가 원래 의미로 아름다웠다. 그녀나 그녀 친구들은 평범하면서도 아름답지 않은 대다수에 속한다는 사실이 그다지 괴롭지 않았다. 집중해야 할 다른 중요한 일들이 있었고 평범한 외모는 누구의 삶도 망치지 않았으므로. 패배자를 만들어낸 것은 모든 여자가 '아름답기'를 원하거나 **원해야만** 한다는 전제를 의심할 여지 없이 받아들인, 헤디나 같은 사람들이었다. 주변 여성의 70퍼센트가 성형이나 다이어트, 화장, 운동을 통해 나머지 30퍼센트가 가질 수 없는 외모를 갖게 되었다면 전에는 아무 문제 없이 잘 살던 평범한 여자들은 갑자기 소수가 되어 약간의 우울증에 시달릴 수밖에 없는 **이유**를 갖게 된 것이다.

모나는 한숨을 내쉬었다. 그녀가 헤디나 같은 외모를 타고났더라도 이런 생각을 했을까? 헤디나가 사진 속 모습으로 태어나지 않았더라면? 아마도 아닐 것이다. 알 수 없었다. 그녀가 아는 건 머리가 비었지만 50만 명의 구독자를 보유한 블로거에게 지면을 내주는 일이 세상에서 제일 싫다는 것뿐이었다.

스크린 위로 긴급뉴스 알림창이 떴다.

모나 또는 더 싫은 일이 있다는 사실이 떠올랐다. 그건 바로 테리 보게에게 추월당해 앞서 달리는 그의 뒷모습을 바라보는 일이었다.

"사라진 수산네 안데르센의 뇌." 율리아는 〈다그블라데〉의 웹페이지를 큰 소리로 읽더니 책상 앞에 서 있는 모나에게 시선을 고정했다. "이 건, 우리는 전혀 모르고 있는 건가?"

"네." 모나가 말했다. "다른 모든 매체도 마찬가지고요."

"다른 매체는 상관 안 해. 하지만 우리는 〈VG〉라고, 모나. 우리가 제일 크고 최고야."

모나는 율리아가 두 사람 모두 생각하는 바를 말하는 걸지도 모른다고 생각했다. 우리는 **예전에** 최고였지.

"경찰 쪽에서 누군가 흘리고 있나 봐요." 모나가 말했다.

"그렇다면 보게한테만 흘려주는 것이 확실하군. 그리고 그런 걸 '소스'라고 하는 거야, 모나. 우리가 하는 일이 바로 소스를 찾아내는 거고, 안 그래?"

율리아가 이렇게 깔보는 태도로 말하는 건 모나로서는 처음 겪는 일이었다. 그녀는 모나가 한참 후배인 양 대했고 회사에서 제일 잘나가고 존경받는 기자라는 사실도 무시했다. 하지만 모나는 자신이 편집장이었다 해도 특종을 놓친 기자가 쉽게 상황을 모면하지 못했으리라는 것 또한 잘 알았다.

"소스 얘기 말인데요." 모나가 말했다. "그런 정보를 경찰 내부에서 얻어내려면 뭔가 대가로 정보를 줘야만 해요. 아니면 돈을 잔뜩 먹이든지. 아니면……."

"뭔데?"

"아니면 관계자를 꽉 잡고 있어야죠."

"이번 건이 그렇다고 생각해?"

"모르겠어요."

율리아는 의자를 뒤로 굴리더니 창밖 정부 청사 앞에 줄지어 선 건물들을 내려다보았다. "하지만 자네도 경찰청에 나름대로…… 연줄이 좀 있지 않아?"

"안데르스를 생각하는 거라면 잊어버리세요, 율리아."

"범죄 전문기자가 경찰과 사귄다면 어차피 내부 정보를 얻어듣는다는 의심을 사게 될 거야. 그러니 마다할 이유가—."

"그러지 말자고 했잖아요! 우린 그 정도로 절박하지는 않아요, 율리아."

율리아는 고개를 한쪽으로 돌렸다. "절박하지 않다고? 경영진에게도 그렇게 말할 수 있을까?" 그녀는 천장을 가리키며 말했다. "지난 몇 달 사이 최고의 기삿거리라고. 한 해 사이 신문사가 몇 군데나 망했는지 알잖아. 적어도 생각은 좀 해봐."

"율리아, 솔직히 생각해볼 필요도 없어요. 당신 말대로 그런 짓을 하느니 빌어먹을 헤디나인지 그 여자 얘기를 영원히 쓰는 편이 더 나을 테니까."

율리아는 살짝 웃어 보이더니 생각에 잠긴 듯 검지를 아랫입술에 대고 모나를 바라보았다.

"물론이야. 자네가 옳아. 내가 너무 절박해서 그랬어. 그리고 잘못 생각했지. 자네가 넘지 못할 선이라는 게 있는데."

자리로 돌아온 모나는 다른 신문사의 웹사이트를 재빨리 훑어봤지만 다들 그녀와 같은 입장이었다. 〈다그블라데〉를 인용해 사라진 뇌 기사를 쓰고 오후 늦게 열릴 기자회견을 기다리고 있었다.

온라인 편집기 창에 200단어를 타이핑해 인터넷에 기사를 올린 뒤 모나는 율리아가 한 말을 생각했다. 소스. 연줄. 언젠가 한 지방지 기자가 말하길, 중앙지는 도둑갈매기라고 했다. 작은 신문사 기사를 훑어보고 원하는 내용을 베껴서 자기네 기사처럼 쓰면서 마지막 줄에 최대한 안 보이도록 지방신문을 인용했음을 언급해 게임의 규칙을 어겼다는 지적을 피한다는 것이다. 모나는 나중에 구글로 '도둑갈매기'를 검색해봤고, 위키피디아에서 도둑갈매기류는 절취기생생물로 작은 새들이 먹잇감을 떨어뜨릴 때까지 날아서 따라다니며 먹이를 훔친다는 걸 알게 되었다.

테리 보게에게 비슷한 수법이 먹힐까? 지니 강간 미수 사건에 관한 소문을 파헤쳐보면 어떨까. 그 정도 일이라면 하루도 걸리지 않을 것이다. 그런 다음 보게에게 접근해 수산네 사건의 소스를 공유하지 않으면 기사를 쓰겠다고 협박하면 된다. 그자가 입에 문 먹이를 떨어뜨리도록. 고민이 되었다. 만일 실행에 옮긴다면, 그 징그러운 작자와 연락을 주고받아야 한다. 그리고 만일 그가 제안을 받아들인다면, 그녀는 증거를 확보했으면서도 강간 시도에 관한 기사를 **쓸 수 없게** 된다.

문득 모나 도는 정신을 차리고 몸을 떨었다. 도대체 무슨 생각을 하는 거지? 그녀는 한 불쌍한 블로거를 도덕적으로 재단하는 판사 행세를 했다. 그저 관심과 돈과 명성을 얻기 위해 더듬거리며 떠드는 어린 여자에 불과한데도. 그녀 역시 관심과 돈, 명성이 좋은 건 아닐까?

좋아한다. 하지만 그런 식으로 반칙을 저질러서는 안 된다.

모나는 스스로 벌하는 의미로 오후 운동 시간에 데드리프트 후에 바이셉스 컬 3세트를 추가하기로 했다.

오슬로에 저녁 어둠이 내려앉았다. 해리는 라디움 병원 6층에서 고속도로를 내려다보고 있었다. 이곳 도로의 가장 낮은 곳에서 보이는 자동차들은 4.5킬로미터 떨어진 도로에서 가장 높은 곳, 국립병원과 법의학연구소가 있는 언덕을 향해 기어오르는 반딧불이들처럼 보였다.

"미안해요, 모나." 그가 말했다. "내가 해줄 말은 없어요. 발표가 필요한 내용은 기자회견에서 전부 나왔습니다. 아뇨, 다른 팀원 이름은 말해줄 수 없어요. 레이더에 잡히지 않고 일하는 편이 낫거든요. 아뇨, 그것 역시 말할 수 없어요. 경찰이 어떻게 생각하는지는 그들에게 물어봐야죠. 알아요, 모나. 다시 말하지만 내가 보탤 말은 없어요. 이제 끊어야겠어요. 괜찮죠? 안데르스에게 안부 전해줘요."

해리는 새로 산 휴대전화를 슈트 안주머니에 넣고 다시 앉았다.

"미안, 예전 노르웨이 전화번호를 그냥 쓰겠다고 한 게 실수였네." 그는 두 손을 모았다. "어쨌든 모인 사람들 소개를 모두 마쳤고 사건 개요도 설명했어. 계속 진행하기 전에 우리 팀 이름을 에우네 그룹으로 했으면 해."

"아니, 내 이름을 따면 안 되지." 스톨레 에우네는 병상에서 몸을 일으키며 반대했다.

"아, 내가 제대로 표현하지 못했군." 해리가 말했다. "팀의 이름을 에우네 그룹으로 하기로 **정했어**."

"이유는?" 해리와 트룰스 베른트센을 마주 보는 병상 건너편 의자에 앉은 외위스테인이 물었다.

"지금부터 여기가 우리 사무실이기 때문이야." 해리가 말했다. "경찰이 경찰인 이유는 경찰청에서 일하기 때문이잖아?" 아무도 대답하지 않았다. 해리는 다른 쪽 병상을 보며 부탁하지도 않았는데 병실에서 나가준 수의사 환자가 아직 돌아오지 않은 걸 확인했다. 그러고는 시프 호텔 비즈니스센터에서 프린트해 만든 자료 세 부를 나눠주었다.

"지금까지 사건에 관한 보고서 중 오늘 부검 결과를 포함해 가장 중요한 사항 요약이야. 각자 잃어버리는 일 없도록 책임지고, 조심해줘. 만일 분실하면 이 친구가 곤란해지니까."

그는 트룰스를 향해 고갯짓했다. 트룰스는 꿀꿀거리며 웃었지만 입은 거의 꼼짝도 하지 않았다.

"오늘은 체계적으로 뭘 하지는 않을 거야." 해리가 말했다. "그냥 사건에 대한 여러분의 의견을 듣고 싶어. 이게 무슨 종류의 살인일까? 만일 아무 생각도 없다면, 그런 얘기도 듣고 싶고."

"빌어먹을." 외위스테인이 씩 웃었다. "한다는 일이 이런 거였어? 무슨 싱크탱크야?"

"어쨌거나 그러면서 시작하는 거야." 해리가 말했다. "스톨레?"

심리학자는 앙상한 두 손을 담요 위에 올렸다. "글쎄. 완전히 포석 단계니까 말하는 거지만—."

"응?" 외위스테인은 무슨 뜻인지 몰라 해리를 바라보았다.

"무작정 이야기를 시작하고 본다는 뜻이네." 에우네가 말했다. "처음으로 드는 생각은, 여자가 죽는다면 대개 누군가 가까운 관계인 사람이 연루되어 있을 가능성이 매우 크다고 생각하지. 남편이든 애인이든. 그리고 동기는 질투이거나 다른 형태의 굴욕적인 거절일 테고. 이번 사건에서 여자 두 명이 살해당했을 가능성이 매우 큰데, 범인은 두 여자와 아무 관련이 없을 확률이 높고 동기는 성적인 거야. 이번 사건의 차별점은 두 희생자가 실종되기 직전 같은 장소에 있었다는 점이야. 다른 한편으로, 만일 여섯 다리만 건너면 지구의 모든 사람이 아는 사이라는 이론이 맞는다면, 뭐 그다지 특징적이라고 할 것도 없겠지. 그리고 시신에서 안구와 뇌가 제거되었다는 사실을 알아. 그건 살인자가 트로피를 챙겼다는 걸 의미하지. 그러니까 뭔가 더 알아내기 전까지 나는 우리가, 뻔한 말이라 미안하지만, 사이코패스 성범죄자 살인범을 뒤쫓고 있다고 생각하네."

"혹시 망치를 들고 있어서 그런 생각을 하시는 건 아닌가요?" 외위스테인이 말했다.

"무슨 말이지?" 에우네는 치아가 엉망인 남자를 자세히 보려는 것처럼 안경을 고쳐 썼다.

"있잖아요, 왜. 손에 망치를 들고 있으면 모든 문제가 못으로 보인다는 말. 선생님은 심리학자니까 수수께끼가 등장하면 결국 정신병자 소행으로 보는 거 아니냐는 거죠."

"그럴 수도 있지." 에우네가 말했다. "마음의 눈이 멀었다면 눈은 쓸모가 없겠지. 그럼 자네는 이게 어떤 종류의 살인이라 생각하나, 에이켈란?"

해리는 외위스테인이 뭔가 곱씹는 걸 알 수 있었다. 늘 그렇듯 입으로도 뭔가 씹고 있었다. 툭 튀어나온 아래턱뼈가 앞뒤로 움직였다. 그는 에우네에게 뭔가 말하려는 듯 헛기침을 하더니 씩 웃었다.

"제 생각에 저도 박사님과 의견이 같다고 봐야 할 것 같습니다. 그런데 저는 정신분석학이라는 망치를 든 사람도 아니니 제 생각에 좀 더 무게를 두는 것도 괜찮겠네요."

에우네도 외위스테인을 보고 웃었다. "그럼 의견 일치로군."

"트룰스?" 해리가 말했다.

해리도 절반쯤 예상했지만 트룰스 베른트센은—그는 서로 소개하는 동안에도 툴툴대며 딱 세 마디 했을 뿐이다— 아무 말 없이 어깨를 으쓱했다. 해리는 불편해하는 경찰관을 위해 대신 입을 열었다.

"내 생각에 희생자들 사이에 뭔가 연결점은 있어. 그 연결은 살인범과 관련되어 있을 테고. 장기를 훼손한 것은 전통적인 연쇄살인범이자 트로피 사냥꾼의 소행이라고 경찰을 속이기 위해서일 거야. 그래야 경찰이 좀 더 그럴듯한 동기를 가진 사람들을 깊게 파헤치지 않을 테니까. 난 이런 식의 기만전술을 전에도 본 적이 있어. 어디서 읽었는데, 통계적으로 사람은 평생 길거리를 오가면서 연쇄살인범을 일곱 번 마주친다고 하더군. 내 생각에 그 숫자도 너무 과장된 것 같아."

해리는 자신이 한 말을 그다지 믿지 않았다. 그는 아무것도 믿지 않았다. 다른 사람들 의견이 어떻든 그는 다른 가설이 있다는 점을 보여주기 위해 다른 추측을 제시했을 것이다. 의식적이든 무의식적이든 하나의 생각에 고정되지 않고 마음을 여는 일은 훈련의 문제였다. 수사관이 한 가지에만 몰두하면 새로운 정보를 얻었을 때 그것이 실제로 가리키는 다른 방향을 바라볼 가능성을 확인하는 대신 잘못 분석하거나 이미 믿고 있던 사실을 증명한다고 잘못 해석하는 소위 '확증편향'에 빠지게 된다. 예를 들어 이미 살인 혐의를 받는 남자가 전날 여자 희생자와 친근하게 대화를 나누었다는 정보를 얻었다면 그가 여자에게 공격적이지 않았다고 봐야 하는데도 오히려 그녀에게 욕구를 느꼈다고 해석하는 식이다.

스톨레 에우네는 그들이 병원에 왔을 때는 그나마 괜찮아 보였지만 해리는 이제 그의 눈이 흐리멍덩해지는 걸 볼 수 있었다. 게다가 8시에는 부인과 딸이 오기로 되어 있었다. 20분밖에 남지 않았다.

"내일 다시 만날 때 트룰스와 나는 마르쿠스 뢰드를 심문한 후일 거야. 우리가 찾아낸 것, 또는 찾아내지 못한 것들을 바탕으로 어떻게 해야 할지 정해야겠지. 좋습니다, 여러분. 오늘은 이걸로 마무리합시다."

14

월요일, 코담배 통

해리가 시프 호텔의 꼭대기 층에 있는 바에 들어섰을 때는 9시 30분이었다.

카운터 자리에 앉았다. 주문하기 위해 침을 모아 혀를 적시려고 애썼다. 여기까지 그를 계속 움직이도록 한 것은 지금 술을 마실 수 있다는 기대감이었다. 딱 한 잔만 마셔야 하겠지만, 그는 이 계획이 곧 무너지리라는 걸 알고 있었다.

그는 바텐더가 앞에 놓아준 칵테일 메뉴판을 보고 있었다. 칵테일 가운데 영화 제목을 딴 것이 있는 걸 보니 그 영화의 배우나 감독이 이곳에 손님으로 온 적이 있는 것 같았다.

"혹시—." 그는 노르웨이어로 말을 꺼냈다.

"죄송합니다, 영어로 해주세요."

"짐빔 있습니까?" 그는 영어로 물었다.

"그럼요, 손님. 하지만 추천해드리고 싶은 건 저희가 특별히 만든—."

"아닙니다."

바텐더는 그를 바라보았다. "짐빔이어야겠군요."

해리는 손님들과 창밖 도시를 바라보았다. 새로운 오슬로. 부유한 오슬로가 아니라 더럽게 부자인 오슬로. 그가 입은 슈트와 구두만이 이곳에 속해 있었다. 아닐 수도 있고. 2년 전 우연히 구경하러 이곳에 와본 적이 있었는데, 돌아서 나가던 길에 록밴드 터보네그로 록의 리드 보컬이 바에 앉아 있는 모습을 보았다. 그는 지금의 해리처럼 외로워 보였다. 해리는 휴대전화를 꺼냈다. 그녀는 A라는 이름으로 저장되어 있었다. 톡톡 문자메시지를 썼다.

여기 왔어. 만날 수 있어?

문자를 보내고 휴대전화를 카운터에 내려놓는데 누가 옆자리에 앉더니 부드러운 미국식 영어로 진저비어를 주문하는 소리가 들렸다. 어느 지방 억양인지는 알 수가 없었다. 그는 바 안쪽에 있는 거울을 슬쩍 확인했다. 선반에 놓인 술병들이 남자의 얼굴을 가리고 있었지만, 남자의 목 주변에 뭔가 밝은 흰색을 볼 수 있었다. 성직자 칼라 같은 것이 목 전체를 감싸고 있었는데, 미국에서는 그걸 개 목걸이라고 불렀다. 신부는 주문한 맥주를 받아 사라졌다.

해리가 술을 절반 정도 마셨을 때 알렉산드라 스투르드자로부터 답신이 왔다.

네, 돌아왔다는 신문 기사 봤어요. 어떤 만남이냐에 달렸죠.

법의학연구소에서 커피 한잔하지.

그는 문자메시지를 보냈다.

내일 12시 이후 정도로.

오래 기다려도 답이 오지 않았다. 그녀는 그것이 자신의 따뜻한 침대 속으로 돌아오려는 시도가 아니라는 걸 알아차렸을 것이다. 해리가 라켈에게 쫓겨났을 때 그녀는 너그럽게도 그를 받아주겠다고 제안했었다. 둘의 단순한 관계에도 불구하고 그는 결국 그녀의 관대함에 화답할 수 없었다. 알렉산드라의 침대 밖에서 벌어지는 나머지 일들을 그로서는 감당할 수 없었다. '어떤 만남이냐에 달렸죠.' 가장 끔찍한 것은 오직 눈앞에 닥친 일 때문에 만나자고 하는 건지 스스로 확신할 수 없다는 점이었다. 그는 **사실** 외로웠기 때문이다. 해리는 자신보다 더 혼자여야 하는 사람은 알지 못했다. 라켈은 그걸 두고 '사회적 능력 결핍'이라고 불렀는데, 그녀는 눈앞에 보이는 결승선 테이프를 상상하지 않으면서, 언젠가 자유롭게 되리라는 걸 알면서도 함께 시간을 보낼 수 있는—또 그러고 싶은— 유일한 사람이기도 했다. 물론 사람은 혼자이면서도 외롭지 않을 수 있고, 혼자가 아니면서도 외로울 수 있다. 그러나 그는 지금 외로웠다. 그리고 혼자였다.

어쩌면 그래서 '어떤 만남이냐에 달리지' 않은, 명백한 긍정의 답을 기대했는지도 몰랐다. 남자친구가 생겼나? 왜 안 그렇겠어? 당연히 그렇겠지. 어쨌든 그 남자, 꽤 정신 사납겠군.

해리가 술값을 내고 객실로 내려갈 때가 되어서야 휴대전화가 다시 진동했다.

오후 1시.

프림은 냉장고를 열었다.

커다란 냉동용 비닐백 옆에 마약상들이 사용하는 것처럼 생긴 작은 지퍼백이 여러 개 놓여 있었다. 그중 두 개에는 머리카락 여러 가닥과 피에 젖은 피부 조각 그리고 그가 잘라낸 천 조각이 들어 있었다. 언젠가 사용할 수도 있는 것들이다. 이끼가 들어 있는 지퍼백을 꺼내 식탁과 어항을 지났다. 그리고 책상 위에 놓인 유리 상자 앞에서 몸을 숙였다. 습도계를 점검하고 뚜껑을 열고 지퍼백을 열어 검은 흙 위에 이끼를 뿌렸다. 안에 든 동물, 길이가 20센티미터에 가까운 밝은 분홍색 민달팽이를 들여다보았다. 아무리 봐도 질리지 않는 광경이었다. 정확하게 말해서 움직이는 동영상을 보는 것 같지도 않았다. 혹시 민달팽이가 움직인다 해도 한 시간에 몇 센티미터 정도일 것이다. 눈에 띄는 감정의 움직임이나 과장된 행동도 없었다. 민달팽이가 스스로 표현하는 유일한 방식, 아니 감동을 얻어내는 방법은 더듬이인데 움직임을 확인하려면 한동안 지켜봐야만 했다. 그리고 그런 점에서 '그녀'를 보는 것과 민달팽이는 비슷한 측면이 있었다. 아무리 작은 동작이나 몸짓도 보상이 될 수 있다는 것. '그녀'의 호의를 얻어내고 이해를 구할 방법은 오직 인내뿐이었다.

민달팽이는 카푸타르 산 종이었다. 그는 오스트레일리아 뉴사우스웨일스에 있는 카푸타르 산에서 두 마리를 먼 이곳까지 가져왔다. 분홍색 민달팽이는 오직 그곳, 카푸타르 산기슭 10제곱킬로미터의 숲이 우거진 지역에서만 찾을 수 있다. 판매자가 해준 말에 따르면 산불 한 번이면 해당 지역의 모든 생물이 사라져버릴 수 있다고 했다. 그래서 프림은 온갖 수출입 금지 규정을 어기면서도 어떤 양심의 가책도 느끼지 못했다. 민달팽이는 대개 온갖 불쾌한 기생 미생물의 숙주였기에 국경 너머로 밀수입하는 것은 방사성 물질을 몰래 들여오는 것만큼이나 불법이었다. 그러므로 프림은 노르웨이 전체에 민달팽이는 이 두 마리 말고는 없다고 확신했다. 그리고 혹시 오스트레일리아와 나머지 세계가 모두 불타버린다면 그 결과는 모든 종의 구원일 것이다. 인류가 존재하지 않는 날이 오면 모든 자연은 구원받을 것이다. 그렇게 되는 것도 시간문제이다. 왜냐하면 자연은 스스로에게 도움이 되는 것만 남기기 때문이다. 보위가 노래한 것처럼 **호모사피엔스**는 쓸모없어졌다.

민달팽이의 더듬이가 움직였다. 가장 좋아하는 먹이 냄새를 감지한 것이다. 마찬가지로 프림이 카푸타르 산기슭에서 밀수해 해동한 이끼였다. 이제 민달팽이는 거의 알아차릴 수 없는 속도로 움직이고 있었다. 녀석의 매끄러운 분홍색 몸이 번질거렸다. 저녁거리를 향해 1밀리미터씩 전진하는 동안 뒤쪽 검은색 흙 위에 점액질 흔적을 남겼다. 녀석은 프림이 목표물에 느리고 확실하게 접근하는 것처럼 움직였다. 오스트레일리아에는 육식 달팽이가 있는데, 앞을 보지는 못하지만 점액질 흔적을 뒤쫓아 카푸타르 산 민달팽이를 사냥했다. 달팽이가 아주 조금 더 빠를 뿐이었지만 천천히, 아주 조금씩 먹이를 따라잡았다. 놈들은 아름다운 분홍색 민달팽이를 잡아먹는데, 작은 이빨로 사냥감을 갉아 한 겹씩 빨아들여 먹어 치웠다. 분홍 민달팽이는 놈들이 따라오는 걸 알았을까? 잡힐 때까지 오래 기다리면서 두려움을 느꼈을까? 달아날 방법이 있기나 했을까? 예를 들어 혹시 추적자가 방향을 바꾸지 않을까 기대하면서 다른 카푸타르 민달팽이의 점액질 흔적을 가로질러봤을까? 적어도 그였다면 놈들이 쫓아올 때 그런 방법을 사용했을 것이다.

프림은 주방으로 돌아가 지퍼백을 제자리에 두었다. 잠시 서서 커다란 냉동 지퍼백을 바라보았다. 백에는 뇌가 들어 있다. 몸이 떨렸다. 욕지기가 올라왔다. 두려운 마음이 들었다.

이를 닦고 자러 가기 전에 무전기를 켜서 경찰들 사이에 오가는 내용을 엿들었다. 때로는 이렇게 차분한 목소리들이 집 밖 도시에서 어떤 잘못된 일이 벌어지는지 냉철하고 간결하게 설명하는 걸 들으면 안심이 되고 잠이 잘 오는 것 같기도 했다. 왜냐하면 대개는 별일이 벌어지지 않았고, 벌어졌다고 해도 프림이 잠들지 못할 정도로 극적인 상황은 거의 없었기 때문이다. 하지만 오늘 밤은 달랐다. 경찰은 실종 여성을 찾기 위한 그레프센콜렌의 수색을 종료했고, 지금은 내일 아침 일찍 새롭게 수색할 구역과 시간을 무전망으로 정하고 있었기 때문이다. 프림은 침대맡 테이블 서랍을 열고 코카인 흡입기를 꺼냈다. 흡입기 일부를 금으로 만든 것 같다고 프림은 생각했다. 길이는 5센터미터에 총알 모양으로 생겼다. 총알 모양 코담배 통처럼. 홈이 파진 곳을 살짝 비틀면 총알이 '장전'되는데, 총알 끝을 코에 넣고 숨을 들이마시면 적당한 양의 코카인을 흡입할 수 있다. 정말 우아하다. 이 물건은 지금 경찰이 찾고 있는 여자의 것이고, 심지어 B. B.라는 머리글자까지 새겨져 있다. 선물받은 물건이 분명했다. 프림은 홈이 파인 부분을 손가락으로 어루만지다가 총알을 뺨에 대고 굴렸다. 그런 다음 다시 서랍에 넣고 무전기를 끄고 잠시 천장을 쳐다보았다. 생각할 게 너무 많았다. 자위를 해보려 했지만 포기했다. 그러다 그는 울기 시작했다.

마침내 잠들었을 때는 거의 새벽 2시였다.

15
화요일

트룰스는 시계를 내려다보았다. 9시 10분. 마르쿠스 뢰드는 10분 전에 도착했어야 했다.

트룰스와 해리는 침대를 벽으로 민 다음 책상을 해리의 호텔 방 한가운데로 옮겼고, 이제 책상 한쪽에 놓인 의자에 앉아 세 번째 사람이 오기를 기다리는 텅 빈 의자를 보고 있었다. 트룰스가 팔 아래를 긁적였다.

"건방진 새끼." 그가 말했다.

"음. 지금은 근무 중이고, 그 사람이 당신한테 시간당 얼마를 주는지 생각해보라고. 기분이 좀 나아져?"

트룰스는 검지를 뻗어서 아무 생각 없이 앞에 놓인 랩톱 컴퓨터를 톡톡 두드리며 생각했다. "조금." 그는 투덜거렸다.

두 사람은 조심스럽게 조사를 준비했다.

책임 분담은 간단했다. 해리가 질문하는 동안 트룰스는 입을 꾹 다물고 스크린에 집중하면서 눈을 돌리지 않는 것이다. 트룰스는 자신이 맡은 일이 마음에 꼭 들었다. 어차피 지난 3년 동안 경찰청에서 해오던 일과 그리 다를 것이 없기 때문이다. 컴퓨터로 카드

놀이하기, 온라인 포커를 하거나 드라마 〈더 실드〉의 예전 에피소드를 보거나 메간 폭스의 사진을 들여다보는 일. 하지만 트룰스는 그 밖에도 뢰드의 몸에 거짓말 탐지기 전극을 부착해야 했다. 심장 근처 가슴에 파란 전극 두 개와 빨간 전극 한 개, 양쪽 손목 위 동맥에 빨간 전극을 한 개씩 붙여야 했다. 전극에 붙은 전선이 연결된 상자는 한 줄짜리 전선으로 컴퓨터와 연결되어 있었다.

"좋은 경찰, 나쁜 경찰 작전인가?" 트룰스는 해리가 테이블에 올려둔 주방용 두루마리 휴지를 향해 고갯짓하며 물었다. 그렇다면 용의자가 울음을 터뜨리도록 만든 뒤 나쁜 경찰이 화를 내며 밖으로 나가면 좋은 경찰이 곧바로 휴지를 내밀며 동정심 넘치는 몇 마디를 건네고는 용의자가 모든 걸 털어놓기를 기다리면 된다. 좋은 경찰이 여자일 때도 있다. 사람들은 여자가 더 친절하다고 생각할 정도로 멍청하다. 하지만 트룰스는 그렇지 않다는 걸 알았다. 이제 그렇게 어리석지 않다.

"그럴 수도 있고." 해리가 말했다.

트룰스가 그를 바라보았다. 해리가 좋은 경찰 역할을 맡은 모습을 떠올리려 애썼지만 포기하고 말았다. 오래전 트룰스와 미카엘 벨만이 경찰로 함께 일할 때 벨만은 늘 좋은 경찰을 맡았다. 그는 단지 심문 때만이 아니라 그런 역할을 정말 잘 해내는 똑똑하고 능글맞은 놈이었다. 얼마나 솜씨가 좋은지 지금은 법무부 장관이 되었다. 두 사람이 지금까지 연루된 일들을 생각하면 정말이지 말도 안 되었다. 하지만 어떻게 보면 완벽하게 말이 되기도 한다. 미카엘 벨만이 아니고서는 두 손을 지저분한 일에 깊숙이 담그면서도 손을 더럽히지 않는 능력을 발휘할 수 없기 때문이다.

문을 두드리는 소리가 났다.

호텔 리셉션에는 뢰드가 오면 올려보내라고 말해두었다.

미리 정해둔 대로 트룰스가 문을 열었다.

뢰드는 웃고 있었지만 긴장한 것 같다고 트룰스는 생각했다. 피부와 눈이 번쩍거렸다. 트룰스는 자신을 소개하거나 악수를 청하지 않고 뢰드를 자리로 안내했다. 시간을 많이 뺏지 않을 거라며 뢰드에게 가벼운 인사를 건네는 일은 해리가 맡았다. 그는 재킷을 벗고 셔츠 단추를 풀어달라고 말했다. 그는 손을 내밀어 뢰드가 건네는 재킷을 받아 옷장에 걸었다. 트룰스가 전극을 몸에 붙이기 시작했다. 양쪽 젖꼭지 위아래로 줄지어 생긴 상처 딱지를 피해 전극을 부착했다. 몇 군데 멍이 든 곳도 있었다. 누군가에게 맞았거나 뢰드의 부인이 침대에서 엄청나게 잔인한 모양이었다. 아니, 어쩌면 실종된 여성들 가운데 누군가가 그랬을 수도 있었다.

손목에 마지막 전극을 붙이고 난 뒤 트룰스는 책상 맞은편, 해리가 앉은 쪽으로 가서 앉아 엔터키를 누르고 모니터를 주시했다.

"준비됐어?" 해리가 물었다.

트룰스는 고개를 끄덕였다.

해리는 뢰드를 향해 고개를 돌렸다. "질문은 대부분 네, 아니요로 대답할 수 있습니다. 거짓말 탐지기는 짧은 대답을 분석할수록 정확하거든요. 준비되셨나요?"

뢰드의 미소는 살짝 억지로 만들어낸 것처럼 보였다. "얼른 하지. 30분 후에는 돌아가야 하니까."

"당신의 이름은 마르쿠스 뢰드입니까?"

"네."

해리는 잠시 아무 말 없이 화면을 보고 있는 트룰스를 바라보았다. 트룰스가 짧게 고개를 끄덕였다.

"당신은 남자입니까, 여자입니까?" 해리가 물었다.

뢰드가 웃었다. "남자."

"본인이 여자라고 말해주실 수 있나요?"

"나는 여자입니다."

해리는 트룰스를 바라보았고 그는 이번에도 고개를 끄덕거렸다.

해리는 헛기침을 했다. "당신은 수산네 안데르센을 살해했습니까?"

"아니오."

"당신은 베르티네 베르틸센을 살해했습니까?"

"아니오."

"두 여자 가운데 한 사람 또는 둘 다와 섹스를 했습니까?"

실내는 조용했다. 트룰스가 보니 마르쿠스 뢰드가 얼굴을 붉히기 시작했다. 그러더니 숨이 막히는 듯 보였다. 그는 재채기를 했다. 두 번. 세 번. 해리는 주방용 휴지를 한 장 뜯어 건넸다. 마르쿠스 뢰드는 재킷을 찾는 것처럼 의자 등받이 쪽으로 손을 뻗다가—재킷 속에 분명히 손수건이 있을 터였다— 휴지를 받더니 코를 닦았다.

"그래, 맞아." 뢰드는 해리가 들어 올린 쓰레기통에 휴지를 던져 넣으며 말했다. "두 사람 모두와 했네. 하지만 그들 모두와 합의한 후에 했지."

"셋이 함께 했나요?"

"아니, 나는 그런 건 하지 않네."

"수산네와 베르티네는 서로 아는 사이였나요?"

"내가 아는 한 그렇지 않아. 아니, 두 사람은 분명 서로 몰랐을 거야."

"그건 당신이 두 사람이 만나지 않도록 조심했기 때문인가요?"

뢰드는 피식 웃었다. "아니, 난 절대로 다른 여자 만나는 걸 숨기지 않네. 그리고 두 사람을 같은 파티에 초대한 사람이 나잖아?"

"그러셨나요?"

"네."

"두 여자 가운데 누구든 당신에게서 돈을 갈취했나요?"

"아니."

"그들이 당신과의 관계를 폭로하겠다고 협박했습니까?"

뢰드는 고개를 흔들었다.

"말로 대답해야 합니다." 해리가 말했다.

"아니. 사실 여자들과의 관계가 그다지 비밀도 아니야. 물론 모두에게 알려지길 원하는 건 아니지만, 그들을 숨기려고 큰 노력을 기울이지도 않았네. 심지어 헬레네조차 그들을 알고 있었어."

"부인께서 질투하는 마음으로 그들을 죽였을지도 모른다고 생각합니까?"

"아니."

"왜죠?"

"헬레네는 합리적인 여자야. 얻는 것에 비해 체포될 위험이 너무 크다고 생각했겠지."

"얻는 것이라면?"

"뭐, 복수겠지."

"아니면 그들을 죽여서 당신을 차지하는 거죠."

"아니야. 아내는 내가 골 빈 여자 때문에 떠날 거라곤 생각하지 않아. 두 명이라 해도. 오히려 날 독점하려 한다면 내가 떠날 수도 있겠지."

"수산네나 베르티네를 마지막으로 만난 건 언제인가요?"

"파티에서였네."

"그러면 파티 전에는요?"

"파티 전에는 두 사람을 한참 동안 안 만났어."

"왜 그들과 만나지 않기 시작했죠?"

"아마 흥미가 떨어져서 그런 것 같군." 뢰드는 어깨를 으쓱했다. "육체적인 면이 늘 유혹적이긴 하지만 수산네나 베르티네 같은 여자들의 유통기한은 헬레네 뢰드와는 다르거든. 무슨 말인지 알지 모르겠군."

"음. 당신과 여자들 가운데 누군가가 파티에서 불법 약물을 사용했나요?"

"마약? 어쨌든 난 아니야."

해리는 트룰스를 바라보았다. 트룰스는 살짝 고개를 좌우로 흔들었다.

"확실합니까?" 해리가 말했다. "코카인은 어떻습니까?"

트룰스는 자신을 바라보는 마르쿠스 뢰드의 눈길을 느낄 수 있었지만 화면에서 시선을 뗄 수 없었다.

"좋아." 뢰드가 말했다. "여자들은 몇 번 한 모양이야."

"그들이 가져온 코카인인가요? 아니면 당신의 코카인이었나요?"

"코카인을 조금 가져온 남자가 있었네."

"그게 누굽니까?"

"모르는 사람이야. 이웃의 친구이거나 돈을 주고 불렀거나, 나야 그런 쪽은 모르니까. 만일 그자가 당신들이 추적하는 코카인 판매상이라면 안타깝게도 인상착의를 알려줄 수 없겠군. 그 사람은 마스크와 선글라스를 쓰고 있었거든." 뢰드는 찡그린 듯한 미소를 지었지만 트룰스는 그가 불편해하는 걸 눈치챘다. 알파메일은 심문받을 때 그러는 편이다.

"하지만 백인이었는지 노르웨이인이었는지 아니면—."

"맞아, 백인이었어. 말투는 노르웨이인이었고."

"그 사람이 수산네나 베르티네와 이야기를 나누던가요?"

"그랬지. 여자들이 그자의 코카인을 흡입했다면 당연히 얘기를 나눴겠지."

"음. 그러니까 당신은 코카인을 안 했군요."

"안 했네."

해리는 트룰스 쪽으로 몸을 기울였다. 트룰스는 신중하게 화면을 가리켜 보였다.

"음. 거짓말 탐지기는 당신이 거짓말을 한다고 생각하는 것 같습니다."

뢰드는 부모에게 반항하는 10대처럼 두 사람을 빤히 바라보았다. 그러더니 짜증스럽다는 듯 신음했다.

"이런 게 사건과 무슨 관련이 있는지 모르겠군. 그래, 난 주말이면 혼자서 즐기곤 했네. 하지만 마약을 하지 않기로 헬레네와 약속했고 그날 밤엔 안 했어. 알았나? 그리고 이제 난 가봐야겠네."

"마지막으로 질문 하나만 더 하죠. 수산네 안데르센이나 베르티네 베르틸센을 죽이기 위해 누구든 고용하거나 협조한 일이 있습니까?"

"이런, 빌어먹을. 홀레, 내가 왜 그런 짓을 하겠나?" 뢰드는 몹시 화가 난 듯 양팔을 들어 올렸고 트룰스는 그의 손목에서 떨어지려는 전극을 걱정스럽게 바라보았다. "남자가 60대 중반에다 아내가 너그럽다면 여전히 20대 여자를 꾀어서 잘 수 있다는 사실이 알려진다고 해도 별로 두려울 일이 아니라는 걸 모르겠나? 내가 만나고 사업하는 사람들 사이에서 그건 오히려 존경받을 일이라고. 내게 남성성이 남아 있다는 증거니까." 뢰드의 목소리가 커졌다. "그러면 사람들은 나와의 약속을 멋대로 어길 수 없다고 생각하게 돼. 무슨 말인지 알겠나, 홀레?"

"압니다." 해리는 의자에 앉은 채 몸을 뒤로 기대며 말했다. "하지만 거짓말 탐지기는 네, 아니요로 대답해야 결과가 나옵니다. 그러니까 다시 질문을 드리겠—."

"아니야! 대답은 아니요라고. 나는 아무 지시도 하지 않았어." 뢰드는 생각만 해도 어이가 없는지 웃기 시작했다. "죽이라는 지시 말이야."

"좋습니다. 시간 내주셔서 감사합니다." 해리가 말했다. "자, 약속이 있다니 가보셔야죠. 트룰스?"

트룰스가 일어서더니 테이블 맞은편으로 가서 뢰드의 몸에서 전극을 떼어냈다.

"그런데, 부인과 얘기를 해봐야겠습니다." 해리는 셔츠 단추를 잠그는 뢰드에게 말했다.

"그렇게 하게."

"허락은 **부인이** 하시겠죠." 해리는 뢰드가 테이블을 돌아 나오자 얼른 랩톱을 덮었다. "그냥 알려드리고 싶었습니다."

"맘대로 하라니까. 하지만 자네를 고용한 걸 후회하지 않도록 해줘, 해리."

"그냥 치과에 간다고 생각하세요." 해리는 일어서며 말했다. "일단 가고 나면 후회하지 않는 법이죠." 해리는 옷장으로 걸어가 재킷을 꺼내 뢰드가 입을 수 있도록 잡아주었다.

트룰스는 고용주가 나가고 문이 닫히자 투덜거리듯 말했다. "그거야 계산서 금액이 얼마나 찍혔는지 보고 난 뒤 생각할 일이지."

16

화요일, 시마스터

“저쪽에 있어요.” 흰색 가운 차림의 나이 든 여자가 실험실을 가리켰다. 마찬가지로 실험 가운을 입은 채 등받이 없는 높은 의자에 앉아 현미경에 눈을 대고 몸을 숙인 사람의 등이 보였다.

해리는 가까이 다가가 등 뒤에 서서 조용히 기침했다.

여자는 짜증스러운 듯 몸을 돌렸고, 해리는 그녀의 배타적이고 굳어 있는, 여전히 일에 몰두한 표정을 보았다. 하지만 상대방이 해리라는 걸 알아차리자 표정은 금세 해가 뜨는 것처럼 환해졌다.

“해리!” 그녀가 일어서더니 양팔로 그의 목을 끌어안았다.

“알렉산드라.” 약간 당황한 해리가 말했다. 그녀에게 어떤 반응을 기대해야 할지 잘 알 수 없었다.

“어떻게 여기까지 들어왔어요?”

“조금 일찍 도착했는데, 리셉션에서 일하는 릴리가 날 기억하고 있어서—.”

“자, 어때요?” 알렉산드라는 자랑스럽다는 듯 똑바로 서더니 몸을 살짝 돌려 보이기도 했다.

해리는 미소를 지었다. “여전히 멋지네. 마치 람보르기니랑—.”

"내 몸 말고요, 멍청하긴! 실험실 말이에요."

"아, 그렇군. 실험실을 새로 꾸몄군."

"멋지지 않아요? 예전 같으면 해외로 보냈어야 할 것도 이제 여기서 할 수 있어요. DNA, 화학 실험, 생물학 자료까지. 과학수사과에서 분석할 수 없을 때 이리로 보내기만 하면 우리가 전부 할 수 있어요. 게다가 실험실을 개인적인 연구에도 사용할 수 있고요. 난 지금 박사 논문에 쓸 DNA 분석을 하고 있었어요."

"멋지군." 해리는 시험관, 플라스크, 컴퓨터 스크린, 현미경과 그로서는 도무지 용도를 짐작할 수 없는 기계들을 훑어보았다.

"헬게, 해리랑 인사해요!" 알렉산드라가 큰 소리로 말하자 실험실에 있던 다른 사람이 의자에 앉은 채 몸을 돌리더니 웃으며 손을 흔들어 보이고는 이내 다시 현미경으로 눈길을 돌렸다.

"누가 박사를 먼저 취득할지 경쟁하고 있어요." 알렉산드라가 속삭였다.

"음. 휴게실에 가서 커피 마실 시간은 있겠지?"

그녀는 몸 앞으로 팔짱을 끼면서 말했다. "더 좋은 곳이 있어요. 가요."

"그러니까 카트리네는 당신이 안다는 걸 아는군요." 알렉산드라가 정리했다 "그리고 언젠가 아이와 시간을 보내라고 제안했고요." 그녀는 두 사람이 옥상 출입문 안쪽에서 가지고 나온 의자 앞에 놓인 방수포 더미 위에 빈 컵을 내려놓았다. "그렇게 시작하는 거죠. 겁나요?"

"무서워 죽겠어." 해리가 말했다. "하지만 지금 당장은 만날 시간이 없어."

"아버지들은 태초부터 그런 식으로 말해왔을 거예요."
"그래. 하지만 난 앞으로 7일 이내에 이 사건을 해결해야 해."
"뢰드가 시간을 7일밖에 안 줬어요? 약간 낙천적인 사람인가?"
해리는 대답하지 않았다.
"카트리네는 혹시 당신하고 다시……?"
"아냐." 해리는 단호하게 말했다.
"그런 종류의 감정은 완벽하게 사라지는 법이 절대로 없다는 거 알잖아요."
"그래, 그렇긴 하지."
알렉산드라는 아무 말 없이 그를 바라보더니 바람에 날려 얼굴을 가린 고불거리는 검은 머리를 옆으로 치웠다.
"그건 그렇고, 카트리네는 아이와 자신에게 뭐가 가장 좋은지 알고 있어."
"무슨 말이죠?"
"내가 그들 주위에 있을 가치가 없다는 거."
"당신이 아버지란 걸 또 누가 알죠?"
"당신뿐이야." 해리가 말했다. "카트리네는 비에른이 아이 아빠가 아니라는 사실을 아무도 몰랐으면 해."
"걱정하지 말아요." 알렉산드라가 말했다. "나야 DNA 분석을 했으니까 아는 거고, 비밀 유지 서약을 한 사람이니까. 같이 피울 담배 좀 있어요?"
"끊었어."
"당신이? 진짜?"
해리는 고개를 끄덕이고 하늘을 올려다보았다. 구름이 나타났다. 아래쪽은 무거운 납빛이었지만 위로 뻗어 올라가는 부분은 햇빛을 받아 하얬다.

"그러니까 만나는 사람이 없나 보군." 해리가 말했다. "그래서 행복해?"

"아뇨. 하지만 아마 다른 사람과 함께였다고 해도 난 행복하지 않았을 거예요." 그녀는 탁한 목소리로 웃었다. 해리는 그녀의 웃음이 그때나 지금이나 같은 효과를 발휘한다는 걸 느낄 수 있었다. 그러니까 어쩌면 정말일 수도 있다. 어떤 종류의 감정은 아무리 세월이 흐른다 해도 절대로 사라지지 않는다는 것.

해리는 헛기침을 했다.

"드디어 나오네요."

"뭐가?"

"당신이 나랑 커피 마시자고 한 이유."

"그럴 수도 있지." 해리는 네모나게 접힌 주방용 휴지가 든 비닐봉지를 꺼냈다. "이거 좀 분석해줄 수 있을까?"

"이럴 줄 **알았다니까**." 알렉산드라는 코웃음을 쳤다.

"음. 하지만 알면서도 내게 만나서 커피 마시자고 했잖아."

"짐작이 틀리길 바랐나 보죠. 그동안 날 생각했나, 하고요."

"지금 내가 당신 생각을 했다고 말한다면 좋게 보이지 않으리라는 거 알아. 하지만 생각했어."

"어쨌든 말해요."

해리는 뒤틀린 미소를 지었다. "나, 당신 생각했어."

그녀는 비닐봉지를 받았다. "뭔데요?"

"점액이랑 침이야. 수산네의 가슴에서 검출된 것과 같은 사람의 것인지만 확인하고 싶어."

"그런 내용을 어떻게 알고 있어요? 아니, 알고 싶지 않아요. 지금

요청하는 일이 불법은 아닐 수도 있지만 다른 사람이 알게 되면 내가 곤란해진다는 건 알죠?"

"알아."

"그럼 내가 왜 이걸 해야 하죠?"

"당신이 알지."

"좋아요, 하죠. 당신이 묵는 일류 호텔 스파에 날 데려갈 테니까. 마사지를 받고 나면 끝내주는 저녁을 대접해요. 당신도 제대로 차려입어야 하고."

해리는 입은 슈트의 옷깃을 집어 보였다. "이 정도면 괜찮지 않아?"

"넥타이. 넥타이도 매야 해요."

해리는 웃었다. "그러지."

"**고급** 넥타이로."

"뢰드 같은 부자가 직접 수사기관 행세를 하는 일은 민주주의 전통이나 평등 개념에 위배됩니다." 보딜 멜링 총경이 말했다.

"외부인이 우리 뒤를 밟고 다니는 바람에 실질적으로 벌어지는 불편함 외에 다른 문제도 있습니다." 크리포스 수사팀장 올레 빈테르가 말했다. "그냥 우리가 하는 일이 더 힘들어집니다. 장관님께서 형법 조항을 근거로 뢰드의 개별 수사를 금지할 수 없다는 건 알지만, 법무부에서 어떻게든 그자의 행동을 막아주셔야 합니다."

미카엘 벨만은 서서 창밖을 내다보고 있었다. 그는 근사한 사무실을 갖고 있었다. 넓고 새롭고 신식으로 꾸민 사무실. 인상적이었다. 하지만 뉘달렌에 있다. 다른 부처들이 자리 잡은 도심과는 거리가 멀었다. 뉘달렌은 도시 외곽에 있는 일종의 업무지구 공원이었다. 여기서 북쪽으로 몇 분만 더 가면 깊은 숲이 나온다. 그는 새로운 정부 업무지구 조성이 조속히 끝나고 그가 속한 노동당이 여전히 집권한 상태에서 그가 여전히 법무부 장관 자리에 앉아 있으면 좋겠다고 생각했다. 그를 대체할 사람은 없었다. 미카엘 벨만은 인기가 좋았다. 어떤 사람들은 지금이야말로 앞으로의 계획을 세워야 할 때라고 조언하기도 했다. 총리가 갑자기 물러나기로 결심할 수도 있기 때문이다. 언젠가 한 정치 평론가가 쿠데타가 벌어지면 정부의 누군가, 이를테면 벨만 같은 사람이 국가 수반 자리를 장악해야 한다고 글을 쓴 일이 있었다. 그러자 다음 날 아침 내각회의에서 총리가 안대를 한 벨만의 모습이 히틀러를 폭탄으로 암살하려 했던 독일군 대령 클라우스 폰 슈타우펜베르크를 닮았다며 그의 가방을 뒤져봐야 한다고 농담해서 모두 함께 웃기도 했다. 그러나 총리는 두려워할 필요가 없다. 미카엘이 총리 자리를 원하지 않기 때문이다. 물론 법무부 장관도 공인의 자리라고 할 수 있겠지만, 일인자인 총리가 된다는 건 뭔가 전혀 달랐다. 중압감도 있지만 그가 가장 두려워하는 건 따로 있었다. 너무 많은 돌을 들춰내고 지나치게 많은 과거를 들쑤시다 보면 그조차 알지 못하는 일이 드러날지 모른다.

그는 몸을 돌려 멜링과 빈테르를 보고 섰다. 그와 두 사람 사이에는 계급 차이가 여러 단계 존재하지만, 두 사람은 과거 오슬로의 전직 경찰로서 자신들과 같은 일을 하던 벨만이라면 직접 이야기할 수 있다고 생각했다.

"노동당 소속인 나야 당연히 평등을 추구하지." 벨만이 말했다. "그리고 법무부는 경찰이 가능한 한 최고의 환경에서 일하기를 바라고. 하지만 확신할 수 없는 것이, 우리가 동원할 수 있는 저명한 수사관을 쓰는 걸 방해한다면, 그……." 그는 '유권자'를 대신할 말을 궁리했다. "일반 대중의 공감을 얻기 힘들지 않을까. 더군다나 그 유명한 수사관이 당신들 부서에서 제대로 해결하지 못한 사건을 들여다보고 싶어한다면 말이야. 그리고 당신 말이 맞네, 빈테르. 뢰드와 홀레가 하는 짓을 막을 법적 근거는 없어. 하지만 홀레라면 늘 그랬던 것처럼 일을 저지르겠지."

그는 멍한 표정을 짓는 멜링과 빈테르의 얼굴을 바라보았다.

"규칙은 집어치워." 벨만이 말했다. "우리가 할 일은 그저 놈을 자세히 지켜보는 거야. 그러면 분명히 뭔가 일이 벌어질 거라고. 일이 벌어지면 즉시 보고해. 내가 개인적으로 확실하게 밀어내버릴 테니까." 그는 자신의 오메가 시마스터 시계를 내려다보았다. 다른 회의가 있어서가 아니라 이번 회의가 끝났음을 알리기 위해서였다. "그럼 됐지?"

방을 나오기 전, 두 사람은 마치 장관이 그들의 의견을 뭉개버리지 않고 받아주기라도 한 것처럼 그와 악수를 했다. 미카엘은 그런 효과를 낼 줄 알았다. 그는 보딜 멜링에게 웃어 보이면서 필요한 것보다 0.5초 정도 더 길게 눈길을 주고받았다. 관심이 있어서가 아니라 버릇이었다. 그리고 그녀가 얼굴에 홍조를 살짝 띠고 있다는 걸 알아차렸다.

17

화요일, 더 흥미로운 사람들

“우리는 어린 시절, 두 살에서 네 살 사이에 거짓말을 배우지. 어른이 될 때쯤에는 전문가가 되고.” 에우네는 베개를 고쳐 베며 말했다. “진짜라니까.”

해리는 외위스테인이 씩 웃고 트룰스는 혼란스러워 찡그리는 모습을 봤다. 에우네가 말을 이었다.

“리처드 와이즈먼이라는 심리학자는 사람들 대부분이 하루에 거짓말을 한두 번씩 한다고 봤네. 악의 없는 거짓말이 아닌 적절한 거짓말. 이를테면 머리 예쁘네요, 따위의 거짓말이지. 들킬 확률이 얼마나 되겠나? 프로이트는 인간은 비밀을 지킬 수 없는 존재라서 입술은 닫혀 있더라도 손끝이 떠든다고 주장했어. 하지만 그는 틀렸어. 아니, 거짓말쟁이가 속을 드러내는 갖가지 방식을 듣는 사람이 알아차리지 못하는 거야. 사람마다 다르니까. 그래서 거짓말 탐지기가 필요해졌지. 3천 년 전 중국에도 있었네. 범죄 혐의가 있는 사람의 입에 쌀을 가득 채운 다음 죄가 있느냐고 묻는 거야. 만일 고개를 저으면 쌀을 뱉게 해. 혹시라도 쌀이 입안에 남아 있다면 긴장해서 입안이 말라 있다는 뜻이니 유죄로 보았어. 물론 말도 안 되는 얘기야. 혹시 긴장할지 모른다는 두려움으로 누구나 긴장하게 될 테니까. 존 라슨이 1921년 발명한 거짓말 탐지기도 비슷한 이유로 무용지물이야. 물론, 이론적으로 그 물건이 쓰레기라는 걸 모두 알면서도 현재까지 사용하고 있기는 하지만. 심지어 라슨 자신도 말년에는 자신이 만든 '프랑켄슈타인 속 괴물'이라며 후회했어. 그 물건이 살아남은 이유는……." 에우네는 양손을 들어 올려 손가락으로 뭔가 쥐듯이 허공을 긁어댔다. "많은 사람이 그게 작동한다고 **믿었기** 때문이야. 거짓말 탐지기에 대한 두려움으로 가끔은 자백을 하기도 하거든. 그 자백이 진실이든 아니든 말이지. 한번은 디트로이트에서 경찰이 용의자를 체포했는데 복사기를 거짓말 탐지기라고 속인 다음 손을 올리게 한 뒤 질문했어. 복사기가 '거짓말입니다'라고 쓴 A4 용지를 뱉어내게 하면서. 용의자는 겁을 집어먹은 나머지 전부 털어놓고 말았지."

트룰스가 콧방귀를 뀌었다.

"하지만 그가 정말로 유죄였는지 아는 사람은 아무도 없었어." 에우네가 말했다. "그래서 나는 고대 인도에서 사용했던 방식을 더 선호한다네."

문이 열리고 간호사 두 명이 세티가 누운 병상을 밀고 들어왔다.

"들어봐, 지브란. 자네도 좋아할 얘기야." 에우네가 말했다.

해리는 웃음을 참을 수 없었다. 경찰대학에서 최고 인기 교수였던 에우네가 또다시 긴 설명을 늘어놓고 있다.

"용의자들을 한 명씩 칠흑같이 어두운 방으로 들여보내는 거야. 그러면서 어둠 속에서 방 안에 서 있는 당나귀를 찾은 다음 꼬리를 잡아당기라고 하는 거지. 이 당나귀는 성스러운 동물이라 만일 조사를 받을 때 거짓말을 한 사람이라면 울거나 비명을 지를 거라면서. 하지만 사제가 말하지 않은 건 당나귀 꼬리에 검댕을 묻혀두었다는 사실이었어. 그러니까 용의자들이 밖으로 나와서 당나귀 꼬리를 잡아당겼다고 말할 때 진짜인지 확인하려면 손을 보기만 하면 되었지. 손이 깨끗하면 그 용의자는 자신의 거짓말을 당나귀가 알아차릴까 봐 두려워했다는 뜻이고, 그런 녀석은 교수대든 뭐든, 당시 인도에서 쓰던 형장으로 보내면 그만이었지."

에우네는 세티를 슬쩍 바라보았다. 그는 책을 꺼내 읽고 있었지만 아주 살짝 고개를 끄덕였다.

"만일 손에 검댕을 묻힌 녀석이 있다면, 그건 녀석이 완전히 멍청이는 아니란 뜻일 뿐이고요." 외위스테인이 말했다.

트룰스는 투덜거리며 양손으로 허벅지를 내려쳤다.

"질문은 이거야." 에우네가 말했다. "뢰드는 어두운 방에서 손에 검댕을 묻히고 나왔느냐는 것."

"글쎄요, 우리가 진행한 건 아까 말한 복사기와 성스러운 당나귀의 중간쯤 되는 작전이었습니다." 해리가 말했다. "뢰드는 이걸 거짓말 탐지기로 믿었다고 확신합니다." 그는 트룰스의 랩톱이 놓인 테이블을 가리켰다. 전극은 이곳 병원 3층에서 ECG 모니터에 사용하던 걸 잠시 빌렸다. "그러니까 분명히 거짓말을 하지 않으려 애썼다고 생각해요. 그리고 저는, 그가 당나귀 시험을 통과했다고 봅니다. 우리를 찾아와 자신이 진짜 검사라고 믿는 걸 수행했으니까요. 그 자체만으로도 숨길 것이 없다는 겁니다."

"아닐 수도 있어." 외위스테인이 말했다. "거짓말 탐지기를 속이는 방법을 알아내 우리를 엉뚱한 쪽으로 유도하고 싶어한 거야."

"음. 뢰드가 우릴 속이려 했다고 생각하지 않아. 그는 트룰스가 팀에 들어오는 걸 원하지 않았어. 이해할 수 있어. 그런 사실이 알려지면 이 프로젝트 전체가 신뢰성을 잃을 테니까. 트룰스가 들어와야 우리가 경찰 보고서를 손에 넣을 수 있다고 설득하고 나서야 동의했지. 그는 자신의 사적 수사가 진지해 보일 수 있도록 만들어 줄, 신문이나 홍보자료에 쓸 이름들을 원했어. 하지만 진실을 알아내는 일이 더욱 중요했지."

"그렇게 생각해?" 외위스테인이 말했다. "그러면 경찰에 DNA 샘플 제출은 왜 거부했지?"

"모르지." 해리가 말했다. "정당하게 의심할 증거가 없는 상황에서 경찰은 누구에게도 DNA 검사를 강제할 수 없어. 그리고 크론은 자진해서 DNA 검사에 응하는 건 의심받을 만한 증거가 있다는 암묵적 동의나 마찬가지라고 했어. 어쨌든 알렉산드라가 며칠 내로 답을 주기로 약속했어."

"그리고 자네는 그의 DNA 프로파일이 수산네의 몸에서 발견된 침과 일치하지 않을 거라고 확신하는군." 에우네가 물었다.

"저는 절대로, 아무것도 확신하지 않아요, 스톨레. 하지만 뢰드가 오늘 제 방문을 두드렸을 때 용의자 리스트에서 그의 이름을 지웠어요."

"그럼 DNA 분석으로 뭘 하려는 거야?"

"확인이요. 그리고 경찰에 제출할 뭐라도 만들고요."

"경찰의 체포를 피할 수 있도록?" 트룰스가 물었다.

"우리가 경찰에 정보를 주면 그들도 대가로 뭔가를 줄 수 있잖아. 뭔가 보고서에 없는 내용 말이야."

외위스테인은 큰 소리가 나도록 입맛을 다셨다. "기가 막힌 수법이네."

"그래, 뢰드는 범인일 가능성이 없고 피해자 뇌가 제거됐는데도 자네는 여전히 살인범이 면식범이라고 생각한다는 건가?" 에우네가 말했다.

해리는 고개를 흔들었다.

"좋아." 에우네는 양손을 맞비비며 말했다. "그렇다면 우리는 드디어 사이코패스, 사디스트, 나르시시스트, 소시오패스 쪽을 찾아보기 시작할 수 있겠군. 간단히 말하자면, 훨씬 흥미로운 사람들이지."

"아뇨." 해리가 말했다.

"알았어." 에우네는 약간 화가 난 것처럼 보였다. "자넨 그런 사람들 가운데에서 가해자를 찾아내지 못하리라 생각하나?"

"아뇨, 그런 놈일 겁니다. 하지만 그런 사람들 속에서 찾아내지는 못할 것 같아요. 우리가 찾아볼 곳은 **우리가** 찾아내기 쉬운 곳이어야 합니다."

"놈이 있을 것 같지 않은 곳?"

"바로 그거죠."

세 사람은 이해할 수 없다는 표정으로 해리를 바라보았다.

"순수한 수학이죠." 해리가 말했다. "연쇄살인범은 무작위로 희생자를 골라 범행을 하고 자신의 흔적을 지웁니다. 일 년 안에 놈들을 체포할 확률은 10퍼센트도 안 돼요. 제아무리 FBI라도 그렇습니다. 더군다나 달랑 우리 넷이 별다른 지원도 없이? 넉넉하게 2퍼센트라고 해두죠. 반면에 만일 살인자가 희생자 지인 중에 있고 그럴듯한 동기까지 있다면? 체포 확률은 75퍼센트입니다. 스톨레 박사님이 수사해보자는 카테고리에 살인자가 있을 가능성을 80퍼센트라고 해보죠. 그자가 연쇄살인범이라고 합시다. 우리가 희생자들의 지인을 배제하고 그쪽 카테고리에 집중하면서 성공할 확률은……."

"1.6퍼센트지." 외위스테인이 말했다. "그리고 우리가 희생자와 아는 사람들에 집중할 경우 성공할 확률은 15퍼센트고."

모두 깜짝 놀라 외위스테인을 바라보았다. 그는 검게 탄 얼굴로 활짝 웃어 보였다. "택시 기사를 하려면 숫자 개념이 좀 있어야 하거든."

"미안하네만." 에우네가 말했다. "숫자를 들었지만 솔직히 말해 살짝 반反직관적인 느낌이 드는군." 그는 외위스테인이 짓는 표정을 보았다. "상식과 반대된다는 말이야. 범인이 있을 것 같지 **않은 곳을** 찾아보다니."

"경찰 수사의 세계에 오신 걸 환영합니다." 해리가 말했다. "이런 식으로 생각해보세요. 만일 우리 네 사람이 범인을 체포한다고 해보죠. 멋지죠, 대박입니다. 하지만 우리가 잡지 못한다면 우리는 형사들이 평소에 늘 하던 짓을 하는 겁니다. 조사 대상 가운데 범인이 아닌 일부를 제외하는 일을 하면서 전체 수사를 돕는 거죠."

"자네 말을 믿지 않아." 에우네가 말했다. "자네가 하는 말은 이성적이야. 하지만 자네는 그렇게 이성적이지 않아, 해리. 자네는 확률에 기반을 두고 일하는 타입이 아니야. 그래, 직업 경찰로서의 자네는 이 모든 상황증거가 범인은 연쇄살인범이라고 말하는 걸 알고 있어. 그래서 연쇄살인범이라는 **의견**에 동조하지만 뭔가 다른 것이 있다고 **믿고** 있잖아. 왜냐하면 본능적으로 그렇게 느끼고 있으니까. 그래서 이런 계산식까지 만들어낸 거야. 그리고 자네 자신과 우리를 설득해 해리 홀레의 직감을 따르게 하고 싶은 거고. 그렇지?"

해리는 에우네를 보고 고개를 끄덕였다.

"우리 어머니는 하느님이 없다는 걸 알았어." 외위스테인이 말했다. "그래도 여전히 기독교인이지. 자, 그럼 우리가 용의선상에 두고 확인해야 하는 사람이 누구지?"

"헬레네 뢰드." 해리가 말했다. "그리고 파티에서 코카인 팔던 남자."

"헬레네라면 이해할 수 있어. 하지만 마약상은 왜?" 에우네가 말했다.

"왜냐하면 파티에 왔던 사람들 가운데 정체가 확인되지 않은 몇 안 되는 사람 중 한 명이거든요. 게다가 마스크와 선글라스를 쓰고 나타났고요."

"그래서? 백신을 안 맞아서 그랬을 수도 있지. 아니면 불결 공포증이 있던지. 미안하네, 외위스테인, 불결 공포증은 박테리아를 두려워하는 병을 말하는 걸세."

"어쩌면 병에 걸렸는데 사람들에게 옮길까 봐 그랬을 수도 있고." 트룰스가 말했다. "하지만 어차피 소용 없었군. 기사에 따르면 수산네와 베르티네는 파티 후 이틀 정도 열이 나고 몸이 좋지 않았다고 했으니까."

"하지만 지금 우리는 가장 명확한 이유를 간과하고 있어." 에우네가 말했다. "어쨌든 마약상 남자는 뭔가 매우 불법적인 일에 연루되어 있었잖아. 그러니 마스크를 써도 전혀 이상할 게 없지."

"외위스테인, 설명 좀 해줄래?" 해리가 말했다.

"오케이. 자, 예를 들어 내가 코카인을 판다고 해봅시다. 나는 신분이 드러난다 해도 딱히 걱정하지 않아요. 경찰은 길거리에서 누가 약을 파는지 훤히 알고 있지만 신경 안 쓰니까요. 그들이 붙잡고 싶어하는 건 배후 인물이죠. 그리고 혹시라도 경찰한테 단속당한다면? 어차피 거래하던 중일 텐데, 마스크를 쓰고 있어도 별무소용이죠. 그러니까 오히려 반대라는 겁니다. 만일 길거리에서 약을 판다면 고객들이 얼굴을 알아볼 수 있어야 하고, 지난번에 끝내주는 물건을 판 놈이라는 걸 기억해주길 바라야죠. 그리고 이 친구처럼 고객 집에 배달하러 간다면, 고객이 거짓 없는 얼굴을 보고 신뢰하는 편이 훨씬 더 중요할 겁니다."

트룰스는 꿀꿀거리며 웃음소리를 냈다.

"파티에서 약 팔던 자를 찾아낼 수 있겠어?" 해리가 물었다.

외위스테인은 어깨를 으쓱했다. "찾아볼 수야 있지. 출장 배달 쪽에서 일하는 노르웨이인은 별로 없으니까."

"좋아."

해리는 말을 멈추고 눈을 감았다가 마치 대본을 따라가며 머릿속에서 페이지를 넘기듯 다시 눈을 떴다.

"살인자가 희생자들 가운데 적어도 한 사람을 알았다는 가설을 계속 밀고 나갈 거니까 그 생각을 실제로 뒷받침할 수 있는 내용이 뭐가 있는지 보자고. 수산네 안데르센은 활기 넘치는 서부 도심에서 아는 사람이라곤 없을 게 분명하고 전에 가본 적도 없으며 화요일 밤에 아무 일도 없을 것 같은 곳을 향해 도시를 가로지른……."

"밤에 온갖 일이 벌어지는 날도 있어." 외위스테인이 말했다. "내가 근처에서 자랐거든."

"그런 곳에서, 그럼 그녀는 뭘 하고 있었을까?"

"뻔하지 않아?" 외위스테인이 말했다. "자기를 죽일 남자를 만나고 있었지."

"좋아, 그럼 그렇다는 가정하에 조사하자고." 해리가 말했다.

"죽이는데." 외위스테인이 말했다. "이 나라 최고 전문가가 나와 같은 의견이라니 말이야."

해리가 찡그린 표정으로 웃더니 목덜미를 문질렀다. 조만간 오늘 몫으로 남겨둔 한 잔을 마실 생각이었다. 나머지 두 잔은 법의학연구소에서 오는 길에 외위스테인과 휴식차 슈뢰데르에 들렀을 때 이미 해치웠다.

"얘기한 김에 하나 더." 외위스테인이 말했다. "궁금한 것이 있어. 외스트마르카에서 수산네를 데리고 산책한 녀석 말이야. 효과적이었잖아? 말하자면 성공한 살인. 베르티네를 그레프센콜렌으로 데려간 건 정말 이상하지 않아? 한번 승리한 공식은 절대로 바꾸지 않는다. 그건 살인자들에게도 적용되는 말 아냐?"

"연쇄살인범에게는 그럴 수도 있네." 에우네가 말해다. "접근 방식을 반복적으로 사용해도 들킬 위험이 커지지 않는다면. 그런데 수산네가 스쿨레루 인근에서 이미 실종신고된 상태라서 그쪽 지역에 경찰과 수색대가 깔렸지."

"네, 하지만 그 친구들은 해가 지자마자 집에 돌아갔는데요, 뭘." 외위스테인이 말했다. "다른 여자가 사라졌다는 건 아무도 몰랐을 테고요. 그러니 놈이 그녀를 스쿨레루로 데려갔다 해도 큰 위험은 없었을 거예요. 그리고 그쪽 지역을 훤히 아는 놈이 틀림없어요."

"모르겠네." 에우네가 말했다. "어쩌면 베르티네가 그자와의 산책에는 동의했지만, 그레프센콜렌으로 가자고 우겼을지도 모르잖아?"

"하지만 베르티네가 사는 곳에서는 스쿨레루보다 그레프센콜렌이 더 멀고, 경찰이 조사한 바로는 베르티네가 그레프센콜렌에 가본 적이 있다고 아는 사람은 없었어요."

"어쩌면 그레프센콜렌이 좋다는 얘기를 좀 **들었을지도** 모르지."

에우네가 말했다. "그쪽이 그래도 경치는 좋으니까. 그에 비해 외스트마르카는 그냥 숲에 낮은 언덕들뿐이고."

외위스테인은 깊은 생각에 잠겨 고개를 끄덕였다. "좋아. 그런데 이해할 수 없는 게 하나 더 있어요."

그는 에우네를 상대로 말하고 있었다. 해리는 대화에서 떨어져 나간 것처럼 손가락 끝을 이마에 댄 채 앉아 벽을 멍하니 보고 있었기 때문이다.

"베르티네가 차에서 별로 멀리 가지 못했을 수도 있잖아요. 지금 수색을 2주나 벌였는데 개들이 찾아내지 못한 이유를 모르겠어요. 개가 냄새를 얼마나 잘 맡는지 아세요? 그러니까 개들 후각이 어느 정도인지 말입니다. 트룰스가 가져온 어떤 보고서를 보면 외스트마르카 벵고르덴에 사는 한 농부가 제보한 내용이 있어요. 일주일 전쯤 경찰에 연락했더라고요. 절룩거리는 늙은 불도그를 키우는데, 거실에 누워 있던 녀석이 근처에서 시체 냄새라도 맡은 것처럼 짖어댔다고 했단 말입니다. 제가 외스트마르카를 좀 아는데요, 그 농장은 수산네 안데르센이 발견된 곳에서 적어도 6킬로미터는 떨어져 있단 말이죠. 만일 개가 그렇게 멀리 떨어진 곳에서 시체 냄새를 맡을 수 있다면 왜 베르티네의 시체는—."

"불가능해요."

네 사람은 목소리가 들리는 쪽으로 일제히 고개를 돌렸다.

지브란 세티가 책을 내려놓았다. "만일 블러드하운드나 셰퍼드라면 그럴 수 있죠. 하지만 불도그는 개치고는 냄새를 맡는 능력이 매우 떨어집니다. 사실상 꼴등이라고 봐야죠. 투견용 개를 만들어 내려고 교배하다 보니 그렇게 된 겁니다. 애초에 사냥 능력은 고려하지 않았거든요." 수의사는 다시 책을 들었다. "끔찍하지만 저희가 하는 일이 그런 겁니다."

"고맙네, 지브란." 에우네가 말했다.

수의사는 고개를 살짝 끄덕여 보였다.

"놈이 베르티네를 파묻었을 수도 있지." 트룰스가 말했다.

"아니면 그 지역의 어느 호수에 던져 넣었을 수도 있고." 외위스테인이 덧붙였다.

해리는 앉아서 수의사를 보고 있었고, 다른 세 사람의 목소리가 마치 점점 작아지는 듯했다. 그 순간 목덜미의 털이 곤두서는 느낌이 들었다.

"해리!"

"네?"

에우네였다. "우리가 '어떻게 생각해?'라고 물었잖나."

"제 생각은…… 제보했다던 농부 전화번호 혹시 갖고 있나, 외위스테인?"

"아니. 하지만 이름을 알고 있고, 벵고르덴에 사니까 찾아낼 수 있을 거야."

"가브리엘 벵입니다."

"안녕하십니까, 벵 씨. 오슬로 경찰의 한센입니다. 지난주에 제보하신 내용 관련해 간단하게 몇 가지 질문 좀 드리겠습니다. 기르는 개가 짖었고, 근처에 죽은 사람이나 동물이 있는 것 같다고 하셨죠?"

"네, 가끔 이곳 숲에서 동물이 죽은 채 썩는 경우가 있습니다. 그런데 여자가 실종되었다는 기사도 봤고, 스쿨레루가 멀지 않은 곳인 데다 개가 이상하게 짖어대고 길게 울어대니 신고를 한 거죠.

그런데 지금껏 아무 대답도 없더니만……."

"죄송합니다. 관련된 단서를 모두 추적하느라 이렇게 진행이 늦어지곤 합니다."

"아, 그렇겠죠. 어쨌든 여자를 찾았으니까요. 불쌍하기도 하지."

"궁금한 게 있습니다." 해리가 말했다. "요새도 개가 그런 식으로 짖나요?"

대답은 없지만 해리는 농부가 숨을 몰아쉬는 소리를 들었다.

"벵 씨?" 해리가 말했다.

"한센 씨라고 했던가요?"

"그렇습니다. 한스 한센입니다. 순경이죠."

또 침묵.

"그래요."

"그렇다고요?"

"네, 개가 요즘에도 그렇게 짖습니다."

"네, 감사합니다, 벵 씨."

성민 라르센은 카스파로브가 뒷다리를 들고 건물 벽에 붙어 자리잡는 모습을 지켜보며 서 있었다. 성민은 일찌감치 비닐봉지를 꺼내 들어 그가 혹시라도 노벨스 가의 비싼 아파트 건물들 사이에 개똥을 버리고 갈 의도가 없다는 걸 행인들이 훤히 볼 수 있게 했다.

그는 생각하고 있었다. 뇌가 사라졌다는 사실보다 머리를 다시 봉합한 것이 의문이었다. 뇌를 가져간 사람이 그 사실을 숨기려 애썼다는 건 무슨 뜻일까? 전리품을 노리는 놈들은 그런 일에 별로 신경 쓰지 않는다. 그리고 살인범은 어차피 시신이 발견되리라는 걸 알고 있었을 텐데, 왜 사서 고생을 했을까? 그냥 깨끗하게 정리한 걸까? 결벽증이 있는 살인자일까? 그럴듯하게 들릴 수도 있다. 범행 현장에서 증거를 깔끔하게 지운 경우는 많이 볼 수 있으니까. 그렇지만 수산네의 가슴에는 침이 남아 있었다. 그건 살인범의 실수다. 물론 수산네가 발견되었을 때 상체에는 옷을 입고 있었으니 침은 살인범의 것이 아닐 수 있다고 생각하는 사람들도 수사팀에 있을 터였다. 하지만 만일 살인범이 머리를 다시 꿰매둘 정도로 깔끔한 성격이라면 왜 옷을 '전부' 다시 입혀두지 않은 걸까?

휴대전화가 울렸다. 성민은 전화기에 뜬 이름을 보고 깜짝 놀라 전화를 받았다.

"홀레 수사관님? 오랜만이네요."

"그래, 시간 한번 잘 가는군."

"〈VG〉에서 수사관님도 이번 사건을 수사하고 있다는 기사를 봤습니다."

"그래, 카트리네에게 두 번 연락했는데 전부 곧장 음성사서함으로 넘어가더군."

"아이를 재우고 있겠죠."

"그런가 봐. 어쨌거나 자네들이 최대한 빨리 얻고 싶어할 것 같은 정보가 좀 있네."

"그래요?"

"조금 전 자신이 기르는 불도그가 가까운 곳에서 짐승 시체의 냄새를 맡았다는, 숲속에 사는 농부와 얘기했네. 사람 시체일 수도 있어."

"불도그요? 그럼 멀지 않은 곳이겠네요. 불도그는—."

"냄새를 잘 못 맡지. 나도 들었네."

"그렇습니다. 숲에 동물 사체가 있는 건 흔한 일이죠. 그럼 제보자는 그레프센콜렌에 살고 있겠군요."

"아니. 외스트마르카야. 수산네가 발견된 곳에서 6, 7킬로미터 떨어진 곳. 물론 그리 특별한 의미가 있지는 않겠지만. 자네가 말한 것처럼 숲에서 큰 동물이 죽는 일은 늘 벌어지니까. 하지만 자네들이 알아두면 좋겠다는 생각이 들더군. 어차피 베르티네를 그레프센콜렌에서 찾지 못하고 있으니까."

"잘 알겠습니다." 성민이 말했다. "팀원들에게 알리죠. 알려주셔서 고맙습니다, 해리."

"별말씀을. 농부 전화번호는 내가 지금 보내주지."

전화를 끊은 성민은 차분한 척하려고 애썼지만 과연 자기 목소리가 그렇게 들렸을지 궁금했다. 심장이 격렬하게 뛰고 생각과 결론이 눈사태처럼 마음속에서 쏟아졌다. 지금까지는 쌓인 채 기다리고만 있었을 뿐 그럴 만한 압력을 받지 못했던 탓이다. 범인이 수산네를 죽인 곳과 같은 익숙한 구역에서 베르티네를 살해했을 수도 있을까? 물론 전에도 그런 생각을 했지만, 그때는 범인이 왜 그렇게 하지 않았을까, 라는 의문의 형식을 띠고 있었다. 그에 대한 대답은 뻔했다. 모든 상황을 종합해볼 때 살인범은 여자들과 만나기로 미리 약속한 것이다. 그렇지 않고서야 여자들이 전에 한 번도 가보지 않은 곳에 혼자 갈 이유가 있겠는가? 언론에서 스쿨레루에서 실종된 여자에 관한 기사를 쏟아내고 있기에 범인은 연관성이 없어 보이도록 베르티네를 전혀 다른 지역인 그레프센콜렌으로 불러낸 것이다. 성민이 생각하지 않았거나 최소한 깊이 생각해보지 않았던 상황은, 범인이 베르티네와 그레프센콜렌에서 만난 뒤 그녀를 차에 태워 스쿨레루로 갔을지 모른다는 것이다. 출발하기 전에 그레프센콜렌에 남겨둔 그녀의 차에 휴대전화를 두고 가도록 어떻게든 설득했을지도 모른다. 아무에게도 방해받지 않고 우리끼리 있자는 식의 달콤한 말을 속삭였을 수도 있다. 말이 되기는 한다. 시간을 확인했다. 9시 30분이다. 내일까지 기다려야 한다. 아닌가? 아니, 단순 제보일 뿐이다. 살인사건 수사에서 제보가 들어올 때마다 불붙은 듯 뛰어다니다가는 금세 지쳐 나가떨어질 것이다. 그래도 혹시. 여러 가지가 들어맞는다고 말해주는 건 자신만의 직감이 아니었다. 해리 홀레도 같은 생각을 했기 때문에 전화를 해준 것이다. 그렇다, 그의 머릿속에 떠오른 것과 똑같은 생각을 해리도 한 것이다.

성민은 카스파로브를 바라보았다. 녀석은 은퇴한 경찰견인데, 옛 주인이 세상을 뜨면서 그에게 입양되었다. 녀석은 지난 2년 동안 엉덩이가 아파 오래 걷지 못했고 오르막길도 싫어했다. 하지만 불도그와 달리 래브라도리트리버는 개 중에서도 냄새라면 끝내주게 맡는 녀석들이다.

휴대전화가 진동했다. 화면을 들여다보았다. 벵이라는 이름과 전화번호였다. 9시 30분이다. 지금 차를 타고 가면 아마 30분이면 도착할 것이다.

"가자, 카스파로브." 목줄을 당기는 성민의 손바닥이 아드레날린 탓에 축축했다.

"이봐!" 어두운 발코니에서 외치는 목소리가 멋진 파사드 사이에서 메아리쳤다. "이 나라에 살려면 싼 똥은 치워야지!"

18

화요일, 기생충

"기생충." 프림은 포크를 입으로 가져가며 말했다. "**그것 때문에** 죽고 **그것 때문에** 살아요." 그는 씹었다. 음식은 하나같이 스펀지 같아 맛이 없었고 아무리 향신료를 뿌려도 달라지지 않았다. 그는 손님에게 레드 와인이 든 잔을 들어 보이고 한 모금 마신 뒤 꿀꺽 삼켰다. 가슴에 손바닥을 대고 음식이 내려가기를 기다렸다가 말을 이었다. "그리고 우린 모두 기생충이죠. 당신. 나. 세상 모든 사람들. 우리 같은 숙주가 없으면 기생충은 죽어요. 하지만 기생충이 없으면 우리도 죽죠. 좋은 기생충도 있고 나쁜 기생충도 있어서 그래요. 예를 들어 검정파리는 좋은 기생충이죠. 시체에 알을 낳아 유충이 금세 시체를 먹어치우도록 하거든요." 프림은 얼굴을 찡그리며 한 조각을 더 잘라 씹기 시작했다. "만일 검정파리가 없다면 우린 문자 그대로 사람과 동물의 사체 더미 속에서 살게 되겠죠. 아니, 진짜라니까요! 계산은 간단해요. 검정파리가 없으면 몇 달 만에 우린 시체에서 나오는 유해 가스에 질식되어 죽을 겁니다. 또 특별히 유익하거나 크게 해를 끼치지 않는 재밌는 기생충도 있어요. 예를 들어 시모토아 엑시구아가 있죠. 혀를 먹어치우는 기생충요."

프림은 일어서서 어항 쪽으로 걸어갔다.

"여기 보스의 어항에 그 재미있는 기생충을 몇 마리 넣었거든요. 그랬더니 한 녀석이 물고기의 혀에 들러붙어 피를 빨아먹어서 결국 혀가 다 닳아 없어져버렸어요. 그러더니 기생충 녀석이 혀뿌리에 스스로 자리를 잡고 더 피를 빨아먹고는 자라서 아예 새로운 혀가 되어버린 겁니다."

프림은 손을 잽싸게 물속으로 넣어 물고기를 붙잡았다. 그리고 녀석을 테이블로 가져와 입을 강제로 벌려 여자의 얼굴 앞에 들이밀었다.

"보여요? 기생충이? 눈과 입이 따로 달린 녀석의 모습이 보이죠? 네?"

그는 재빨리 어항으로 되돌아가 물고기를 다시 물속에 넣었다.

"기생충에게 리사라고 이름을 붙였어요. 리사는 혀의 역할을 아주 잘하니까 보스를 불쌍하게 여길 필요는 없어요. 흔히 하는 말로 삶은 계속되고 보스에게는 친구가 생긴 겁니다. 나쁜 기생충을 만나는 일이 훨씬 끔찍하죠. 여기 있는 이런 것들 안에……."

그는 식탁 위, 두 사람 사이에 놓인 커다란 분홍색 민달팽이를 가리켜 보였다.

"개랑 둘이 삽니다." 벵이 불뚝 나온 배 아래에서 청바지를 끌어올리며 말했다.

성민은 주방 한쪽 구석 바구니 속에 누워 있는 불도그를 바라보았다. 개는 머리만 까딱 움직이더니 헐떡거리는 소리를 냈다.

"2년 전쯤에 아버지로부터 농장을 물려받았는데 마누라가 이런 숲속에 사는 걸 싫어해서요. 아내는 아직 망레루드에 있는 아파트 단지에 삽니다."

성민이 개를 향해 고갯짓했다. "암컷인가요?"

"네. 자동차만 보면 소라고 생각하는지 달려들어요. 어쨌거나 차에 달려들었다가 등을 다쳤죠. 그래도 여전히 누가 찾아오기만 하면 짖어대서……."

"네, 아까 들었습니다. 그리고 듣기로는 동물 사체 냄새를 맡으면 짖는다고요."

"네, 한센 씨에게도 그렇게 말했죠."

"한센요?"

"전화한 경관요."

"아, 한센요. 그런데 개가 지금은 전혀 짖지 않는군요."

"그렇죠. 남동풍이 불 때만 냄새가 나는가 봅니다." 벵은 어둠 속을 가리켰다.

"제가 데리고 온 개와 함께 좀 둘러봐도 될까요?"

"개를 데리고 왔어요?"

"차에 있습니다. 래브라도죠."

"얼마든지요."

"자." 프림은 말을 꺼낸 다음 여자의 전적인 관심을 끌고 있다고 확신할 때까지 기다렸다. "이 민달팽이는 아주 착하게 생겼죠? 아름답기까지 하죠. 색깔을 보면 핥아보고 싶어요. 거의 무슨 사탕처럼 생겼죠. 하지만 절대 그러면 안 된다고 말씀드리겠습니다. 민달팽이 몸과 점액에는 쥐 폐선충이 가득합니다. 그러니까 절대로 민달팽이를 요리 재료로 사용해서는 안 됩니다." 프림은 웃었다. 늘 그렇듯 여자는 따라 웃지 않고 미소만 지었다.

"기생충이 몸에 들어오면 혈관을 따라 움직이기 시작합니다. 대체 어디로 가고 싶어하는 걸까요?" 프림은 검지로 이마를 톡톡 두드렸다. "여기죠. 뇌 말입니다. 놈은 뇌를 사랑하니까. 물론 압니다. 뇌는 영양분이 많고 알을 낳기에 좋은 장소죠. 하지만 뇌가 썩 **좋지만은 않아요.**" 그는 접시를 내려다보고 못마땅하다는 듯 소리 내어 입맛을 다셨다. "왜 그럴 것 같아요?"

카스파로브가 목줄을 팽팽하게 당겼다. 그나마 따라갈 만하던 오솔길조차 사라졌다. 낮부터 구름으로 흐리더니 이제 빛이라고는 성민이 손에 든 손전등 불빛밖에 없었다. 그 불빛이 나무 몸통과 낮게 드리운 가지들로 이루어진 벽에 막혔다. 몸을 숙여 가지 아래로 빠져나가야 했다. 도무지 어디 있는 건지, 얼마나 오래 걸어왔는지 알 수 없었다. 양치류로 뒤덮인 곳 아래쪽에서 카스파로브가 헐떡거리는 소리가 들렸지만, 모습이 보이지는 않았다. 뭔가 보이지 않는 힘에 점점 깊어지는 어둠 속으로 당겨지는 느낌이었다. 오늘 오지 않았어도 괜찮았을 텐데. 나중에 왔어도 되었을 텐데. 이러는 이유가 뭘까? 혼자서 베르티네를 찾아낸 공을 차지하고 싶어서? 아니다. 그렇게 시시한 이유는 아니다. 그는 늘 이런 식이었을 뿐이다. 뭔가 궁금하면 즉시 확인**해야만** 했다. 기다리는 걸 참을 수가 없었다.

하지만 지금은 조금 생각이 달라졌다. 어둠 속에서 시체에 걸려 넘어지면서 범죄 현장을 엉망으로 만들 위험도 있지만, 솔직히 무서웠기 때문이다. 인정하지 않을 수 없었다. 지금 이 순간, 그는 어둠을 두려워하는, 뭘 무서워해야 하는지 모르는 채 노르웨이에 도착한 어린애였다. 하지만 왠지 다른 사람들, 그의 양부모나 선생님들, 길거리에서 보는 다른 아이들은 뭔가 알고 있는 느낌. 그들은 그가 자신에 관해 모르는 뭔가를, 그의 과거를, 무슨 일이 있었는지를 아는 것 같았다. 실제로 뭐가 있었는지 알 수도 없지만, 그는 결국 아무것도 알아내지 못했다. 양부모는 그의 친부모에 얽힌 이야기나 그가 어쩌다 입양되었는지에 관한 극적인 사연을 숨겨두고 있지 않았다. 그러나 그때부터 그는 뭐든 알아내야 직성이 풀렸다. 모든 걸 알아야 했다. **그들**, 다른 사람들이 모르는 걸 알아야만 했다.

목줄이 느슨해졌다. 카스파로브가 멈췄다.

성민은 심장이 두근거리는 걸 느끼며 손전등으로 땅을 비추면서 양치식물 잎들을 옆으로 치웠다.

카스파로브가 땅에 코를 박고 킁킁거렸고 손전등 불빛으로 개가 무슨 냄새를 맡고 있는지 알아볼 수 있었다.

성민이 몸을 숙여 물건을 집었다. 처음에는 빈 과자봉지라고 생각했지만 자세히 보니 카스파로브가 왜 멈췄는지 알 수 있었다. 힐먼 사에서 파는 가루형 구충제 봉지였다. 성민도 전에 카스파로브가 기생충에 감염되었을 때 애견용품점에서 구입한 적이 있었다. 구충제 가루에 개들이 아주 좋아하는 향이 섞여 있어 약봉지를 보기만 해도 카스파로브가 어찌나 꼬리를 신나게 흔들어대는지 개가 날아갈까 봐 걱정스러울 정도였다. 성민은 봉지를 구겨 주머니에 넣었다.

"집에 갈까, 카스파로브? 저녁 먹으러?"

말을 알아들은 카스파로브는 주인이 미쳤다고 생각하는 것처럼 성민을 쳐다보았다. 개가 돌아서서 목줄을 강하게 당기자 성민은 가망이 없다는 생각이 들었다. 이제 원치 않는 더 깊은 곳으로 들어갈 수밖에 없었다.

“가장 놀라운 건 이런 기생충 일부가 뇌로 가면 놈들이 몸을 지배한다는 거예요.” 프림이 말했다. “당신의 생각을 조종하는 겁니다. 당신의 욕망까지. 그리고 기생충은 자기 삶이 계속 순환하는데 필요한 일을 하도록 당신에게 명령을 내리죠. 당신은 복종하는 병사가 되어 죽으라면 죽게 되는 겁니다.” 프림은 한숨을 내쉬었다. “안타깝게도 실제로 죽는 일도 많아요.” 그는 눈썹을 추켜세웠다. “무시무시하게 지어낸 이야기나 무슨 SF소설처럼 들리나요? 이런 종류의 기생충이 별로 희귀하지 않다는 걸 알아야 합니다. 숙주 대부분은 이런 기생충에 감염되었는지도 모른 채 살거나 죽어요. 보스와 리사를 보면 알 수 있듯이 말이죠. 우리는 스스로 싸우고 일하고 가족이나 국가 혹은 자신이 물려받은 뭔가를 위해 희생한다고 믿죠. 하지만 현실은 결정을 내리는 뇌라는 본부에 숨어 있는 흡혈귀인 기생충들을 위하고 있는 거죠.”

프림은 잔에 레드 와인을 다시 채웠다.

“내 새아버지는 어머니가 기생충에 불과하다면서 비난했어요. 아버지가 부자라서 어머니는 그냥 집에 앉아 아버지 돈이나 빨아먹으면서 아무 배역도 맡으려 하지 않는다고 했죠. 물론 사실이 아니었어요. 우선 어머니는 배역 제의를 거절하지 않았어요. 그들이 배역을 안 주기 시작한 거죠. 왜냐하면 어머니는 온종일 집에 앉아 술만 마셨고 대사를 잊어버리기 시작했거든요. 새아버지는 엄청난 부자였고, 좋게 말하자면 어머니가 아무리 술을 마신다 해도 아버지 재산이 축날 일은 없었어요. 사실 아버지가 기생충이었죠. 그는 어머니의 뇌 속 기생충이 되어 자기가 원하는 방식으로 어머니가 세상을 보도록 만들었어요. 그래서 어머니는 그자가 내게 하는 짓을 보지 못했던 거예요. 나는 어린애에 불과했고 아버지라면 아들에게 그런 짓을 요구할 권리가 있는 줄 알았죠. 물론 여섯 살짜리 아이라면 누구나 벌거벗은 채 억지로 아버지랑 침대에 누워 그를 만족시켜야 한다거나, 그런 얘기를 누구에게 했다가는 어머니를 죽이겠다는 협박을 받을 거라고 생각한 건 아니에요. 하지만 겁이 났어요. 그래서 아무 말도 하지 않았지만, 어머니에게 무슨 일이 벌어지고 있는지 보여주려고 애썼죠. 학교에서도 늘 괴롭힘을 당했어요. 앞니 때문에도 그렇고…… 성폭행 피해자라서 행동도 달랐겠죠. 학교에서는 날 생쥐라고 불렀어요. 그때부터 거짓말하고 도둑질하기 시작했어요. 학교도 빼먹고 가출도 하고 공중화장실에서 남자들 자위를 해주고 돈을 받았어요. 그중 한 사람의 돈을 강탈하기도 했고요. 간단하게 말해 새아버지는 나와 어머니의 뇌에 둥지를 틀고 앉아 우릴 야금야금 망가뜨렸어요. 그래서 말인데……."

프림은 접시에 남은 마지막 음식을 포크로 찌르고 한숨을 내쉬었다. "하지만 이제 끝났어요, 베르티네." 그는 포크를 돌려 연한 분홍색 고기 조각을 열심히 살펴보았다. "이제 내가 뇌 속에 자리를 잡고 앉아 명령을 내리죠."

성민은 점점 줄을 세게 잡아당기는 카스파로브를 따라가기 위해 달려야 했다. 개는 목에 걸린 뭔가를 뱉어내려는 것처럼 마른기침을 해대기 시작했다.

성민은 늘 수사관으로서 교육받은 대로 행동했다. 뭔가 거의 확실하다는 생각이 들면 머릿속으로 모든 걸 거꾸로 뒤집어 자신의 추론을 점검했다. 혹시라도 불가능하다고 생각했던 일이 가능했던 건 아닐까? 예를 들어 베르티네 베르틸센이 아직 살아 있을 수 있을까? 그냥 가출해서 해외로 달아난 것인지도 모른다. 납치당한 뒤 지하실이나 어딘가 아파트에 갇힌 채 앉아 있거나, 바로 이 순간 범인과 함께 있을지도 모른다.

갑자기 그들은 숲을 벗어나 공터에 도착했다. 손전등 불빛이 수면에서 반짝거렸다. 작은 호수였다. 카스파로브는 성민을 끌고 물속으로 들어가고 싶어했다. 손전등 불빛이 물 위로 가지를 뻗은 채 선 자작나무를 비췄다. 마치 나무가 물을 마시는 것처럼, 굵은 가지 하나가 수면으로 뻗어나간 듯한 모습이 순간적으로 눈에 들어왔다. 성민은 손전등으로 가지를 비췄다. 가지가 아니었다.

"안 돼!" 성민은 소리치며 카스파로브를 잡아당겼다.

외침이 호수 건너편에 부딪혀 메아리쳤다.

시체였다.

시체는 자작나무의 가장 낮은 가지 위에 허리가 접힌 채 매달려 있었다.

맨발이 바로 수면 위에 있었다. 여자는—시체를 보는 즉시 여자임을 알 수 있었다— 수산네처럼 하반신에는 아무것도 걸치지 않은 모습이었다. 배가 드러나 있었는데, 드레스가 위로 말려 올라가다 브래지어 아래에서 멈춘 채 수면으로 늘어지며 머리와 어깨, 양팔을 덮고 있었기 때문이다. 뒤집힌 드레스의 밑단 아래로 양쪽 손목만 보였고 손가락은 물에 잠겨 있었다. 성민은 언뜻 호수에 물고기가 없었으면 좋겠다는 생각부터 들었다.

카스파로브는 꼼짝하지 않고 앉아 있었다. 성민은 녀석의 머리를 쓰다듬었다. "잘했어."

그는 휴대전화를 꺼냈다. 농장에서도 신호가 잘 잡히지 않았는데, 이곳까지 올라온 뒤로는 신호가 한 칸밖에 남지 않았다. 하지만 GPS는 잡혀서 위치를 저장할 수는 있었다. 그는 자신이 입으로 숨쉬고 있다는 사실을 깨달았다. 냄새가 많이 나서가 아니었다. 그저 그의 뇌가—두어 번 불쾌한 경험을 하고 난 뒤부터— 범죄 현장이라는 생각을 하면 자동으로 그러기 시작했을 뿐이다. 또한 그의 뇌는 시체가 베르티네 베르틸센이 맞는지 확인하려면 손전등을 땅에 내려놓고 나무 밑동을 한 손으로 잡고 물 위로 몸을 내민 상태에서 드레스를 끌어 올려 시체의 얼굴을 봐야 한다는 사실도 생각해냈다. 그러는 과정에서 범인이 손을 댔던 나무 밑동의 같은 곳을 잡으며 그곳에 남은 지문을 훼손할 수도 있다는 게 문제였다.

그는 문신을 떠올렸다. 루이비통 로고 문신. 손전등으로 발목을 비췄다. 마치 눈雪으로 빚은 것처럼 여자의 발목이 불빛 속에서 아주 하얗게 보였다. 하지만 루이비통 로고는 없었다. 무슨 뜻일까?

어둠 속 어디선가 올빼미가 울었다. 성민은 올빼미일 거라고 추측했다. 여자의 왼쪽 발목 바깥쪽이 보이지 않았는데, 어쩌면 그곳에 문신이 있을 수도 있었다. 그는 호숫가를 따라 움직이다가 제대로 볼 수 있는 곳에서 다시 불빛을 비췄다.

문신이 보였다. 눈처럼 하얀 피부 위 검은색. L과 V를 겹친 모습.

그녀였다. 다른 가능성은 없었다.

휴대전화를 다시 꺼내 카트리네 브라트에게 전화했다. 여전히 받지 않았다. 이상했다. 해리 홀레의 전화를 받지 않는 건 그럴 수 있다지만 수사 책임자는 함께 일하는 동료들과 언제든 연락이 닿아야 했고, 그건 불문율이었다.

"그러니까 알겠지, 베르티네. 난 해야 할 중요한 일이 있어."

프림은 테이블 위로 몸을 숙이고 여자의 뺨에 손을 댔다.

"당신이 내가 해야 할 일의 일부라는 사실이 미안할 뿐이야. 그리고 이제 당신을 떠날 수밖에 없어서 미안해. 오늘이 함께 지내는 우리의 마지막 밤이 될 거야. 당신이 날 원하는 걸 알지만 당신은 내가 사랑하는 사람이 아니거든. 이런, 말해버리고 말았네. 용서한다고 말해줘. 싫어? 제발. 착한 자기야." 프림은 조용히 낄낄거리며 웃었다. "어떻게든 버텨봐, 베르티네 베르틸센. 내가 살짝 손만 움직여서 당신을 뜨거워지게 만들 수 있다는 거 알잖아."

그가 손을 움직였고 그녀는 막을 수 없었다. 그리고 당연하게 그녀의 몸은 달아올랐다. 마지막이야. 그는 작별 인사로 잔을 들어 올리며 생각했다.

성민은 현장감식반에 연락했고, 그들이 오기를 기다리고 있었다.

그가 할 수 있는 일은 나무 그루터기에 앉아 기다리는 것뿐이었다. 얼굴과 목을 긁었다. 모기들. 아니, 보통 모기보다 훨씬 작은 모기였다. 피를 빨아먹는 어떤 작은 모기들은 더 큰 모기의 피를 빨기도 한다. 그는 배터리를 아끼려고 손전등을 껐고, 앞에 있는 시체를 간신히 알아볼 수 있을 정도로 주위가 어두웠다.

그녀였다. 당연히 그녀여야 했다.

하지만.

시각을 확인한 그는 이미 조급해지고 있었다. 카트리네는 어디 간 거지? 왜 전화를 안 하지?

성민은 땅에 떨어진 길고 가느다란 나뭇가지를 발견했다. 다시 손전등을 켜서 땅에 내려놓았다. 물가로 다가가 나뭇가지를 드레스 끝에 걸고 들어 올렸다. 더 높이. 조금 더 높이. 이제 양팔의 맨

살이 보이고 다음으로 여자의 갈색 머리칼이 보일 차례였다. 사진에서 봤던 머리는 길게 늘어뜨린 스타일이었다. 머리를 묶었나? 혹시……?

성민은 새된 소리를 내질렀다. 부엉이처럼. 스스로 제어할 수 없이 입에서 저절로 소리가 터져 나왔다. 나뭇가지는 호수로 떨어졌고 드레스는 비명이 터지게 한 이유를 다시 덮었다. 뭔가가 사라지고 없는 곳을.

"불쌍하기도 하지." 프림은 속삭였다. "당신은 너무 예뻐요. 하지만 그래도 버림받았죠. 말도 안 되지 않아요?"

그는 이틀 전 테이블을 두드렸을 때 흔들림 때문에 한쪽으로 살짝 기운 머리를 똑바로 세워두지 않았다. 머리는 테이블 반대편 의자 앞에 놓아둔 높은 스탠드에 올려져 있었다. 테이블에 놓인 스위치를 누르면 베르티네의 머리 안쪽에 든 60와트 전구가 켜지면서 그녀의 눈구멍에서 빛이 쏟아져 나왔다. 벌어진 입속에서 파란색으로 빛나는 치아를 보고 상상력이 부족한 사람이라면 핼러윈 호박을 닮았다고 할 터였다. 조금이라도 상상력이 있는 사람이라면 베르티네의 온몸이—적어도 외스트마르카의 호숫가에 없는 부분은— 달아올랐고, 그 기쁨에 빛을 뿜어내고 있다는 걸 알 수 있을 것이다. 누구나 그녀가 그를 사랑한다는 걸 알 수 있었다. 그리고 베르티네는 그를 사랑했고, 어쨌든 그를 원했다.

"조금이라도 위안이 될지 모르겠는데, 당신하고 하는 게 수산네랑 하는 것보다 좋았어요." 프림이 말했다. "당신이 몸이 더 멋지고……." 그는 포크를 핥았다. "당신 뇌가 더 마음에 들었거든요. 그렇지만……." 그는 고개를 한쪽으로 기울이고 유감스럽다는 듯 그녀를 보았다. "그래도 삶의 순환을 위해 그걸 먹어야만 했어요. 알을 위해서. 기생충을 위해서. 복수를 위해서. 내가 완전해지려면 그 방법밖에 없었어요. 내가 내 모습 그대로 사랑받으려면 그 방법밖에 없었어요. 네, 허풍처럼 들릴 수 있다는 거 알아요. 하지만 진짜예요. 사랑받는 것. 누구라도 원하는 일 아니에요?"

그는 검지로 스위치를 눌렀다. 그녀의 머리 안에 든 전등이 꺼지고 거실은 어두워졌다.

프림은 한숨을 내쉬었다. "이렇다니까, 그런 식으로 받아들일까 봐 걱정했는데."

19

화요일, 종소리

카트리네는 성민이 하는 얘기를 듣고 있었다.

눈을 감고 그가 말하는 동안 범죄 현장을 떠올려보았다. 직접 볼 필요는 없다고 대답했다. 형사를 두 명 보내고 현장 사진을 자세히 살필 것이다. 그리고 전화 연락이 닿지 않은 일에 사과했다. 아이를 재우는 동안 전화기를 꺼두었는데 〈블루맨〉 자장가를 어찌나 멋지게 불렀는지 그녀까지 잠들어버렸다.

"아마 일을 지나치게 열심히 하나 보군요." 성민이 말했다.

"**아마**는 빼고 얘기해도 될 거예요." 카트리네가 말했다. "하지만 안 그런 경찰도 있나요. 내일 10시에 기자회견을 하죠. 과학수사과에 이 건을 우선으로 처리해달라고 할게요."

"좋아요. 안녕히 주무세요."

"잘 자요, 성민."

카트리네는 통화를 마치고 앉아 전화기를 노려보았다.

베르티네 베르틸센이 죽었다. 예상했던 일이다. 이제 시체가 발견되었다. 바라던 일이다. 시체가 발견된 장소나 방식은 같은 살인범이 아닐까, 하는 의심을 확인해주었다. 두려워하던 일이다. 그 말인족은, 더 많은 살인이 벌어질 수 있다는 뜻이기 때문이다.

카트리네의 등 뒤로 열려 있는 아이 방문 쪽에서 훌쩍거리는 소리가 들려왔다. 그냥 앉아서 우는 소리를 더 들어보자고 다짐했지만 그럴 수 없었다. 주방 의자에서 일어나 발끝으로 걸어 문가로 갔다. 방은 조용했고 게르트가 차분하게 자면서 숨 쉬는 소리밖에 들리지 않았다. 그녀는 성민에게 거짓말을 했다. 사람들은 매일 평균 이백 번의 거짓말을 듣는다고 책에서 읽었는데, 대부분 다행스럽게도 악의 없는 거짓말이고 그것들은 사회라는 수레바퀴가 돌아갈 수 있도록 해준다. 이번에도 그런 거짓말이었다. 그녀가 아이를 재우기 위해 휴대전화를 꺼둔 것은 사실이지만 그녀도 잠들었다는 얘기는 거짓말이었다. 그녀가 다시 전화기를 켜지 않은 이유는 아이가 잠든 직후가 통화하기 좋은 때임을 아는 아르네가 늘 게르트가 잠든 후에 전화를 걸어왔기 때문이다. 물론 아주 기분 좋은 일이었다. 그는 그녀의 하루가 어땠는지 알고 싶어했다. 그녀가 느낀 작은 기쁨과 사소한 좌절에 귀를 기울였다. 실종 사건이 벌어진 최근에는 당연하게도 대개는 그녀가 느낀 좌절에 관해 얘기하곤 했다. 하지만 그는 참을성 있게 들어주었고, 적절한 질문을 함으로써 관심이 있음을 보여주면서 지지를 보내는 착한 친구이자 미래의 남자친구가 해야 할 모든 일을 했다. 문제는 그녀가 오늘 밤은 그런 대화를 할 기분이 아니라는 것이었다. 카트리네는 혼자 생각하고 싶었다. 그리고 내일 아르네가 물어보면 마찬가지로 잠들어 버렸다는 선의의 거짓말을 하겠다고 결심했다. 그녀는 해리와 게르트에 관해 생각했다. 어떻게 이 문제를 해결할 것인지. 왜냐하면 그녀는 비에른이 그들의 아들을 볼 때 보인 것과 똑같은, 어쩔 도리 없는 사랑을 해리의 눈에서 봤기 때문이다. 비에른의 아들이자 해리의 아들. 모자의 삶에 해리를 얼마나 끌어들여야 할까? 가능하면 해리와 그의 삶에 최소한으로 엮이고 싶었다. 하지만 게르트는? 아이에게서 또 아버지를 빼앗을 권리가 그녀에게 있을까? 불안정한 주정뱅이일망정 그녀에게는 아버지가 있지 않았던가? 그녀는 아버지를 자신만의 방식으로 사랑했고, 아버지가 없었다면 그녀 역시 없었다.

그녀는 더는 아무 연락도 오지 않기를 바라면서 자러 가기 전에 휴대전화를 켰다. 하지만 문자메시지가 두 개 와 있었다. 첫 번째는 아르네에게서 온 것이었는데, 젊은 세대라 그런지 이런 말을 하는데 별로 거부감을 느끼지 못하는 것 같았다.

카트리네 브라트, 당신은 나의 여인이에요. 당신을 사랑하는 당신의 남자가. 좋은 밤 보내길.

보낸 지 얼마 되지 않은 문자였고 휴대전화를 꺼둔 동안 그녀에게 전화하려고 애쓴 흔적이 없는 것을 보니 다른 일로 바쁜 모양이었다.

다른 문자는 성민에게서 온 것인데 그녀가 보기에 훨씬 자연스러운 스타일이었다.

베르티네 발견. 전화 줘요.

카트리네는 욕실로 가서 칫솔을 꺼내 들고 거울을 바라보았다. '당신은 나의 여인.' 그래, 좋아. 좋은 날에는 그럴 수도 있지. 치약을 짜냈다. 또다시 베르티네 베르틸센과 수산네 안데르센에게 생각이 미쳤다. 그리고 다음 순서가 될 수도 있는 여자를—아직 이름은 알 수 없지만— 생각했다.

성민은 트위드 재킷을 옷솔로 대충 쓸었다. 앨런 페인 방수 헌팅 재킷은 크리스에게 받은 크리스마스 선물이었다. 카트리네와 통화를 마친 성민은 크리스에게 문자로 잘 자라는 인사를 보냈다. 처음에는 늘 자신이 잘 자라는 인사를 보내고 크리스는 대답만 하는 상황이 불편했다. 하지만 지금은 괜찮다. 크리스는 원래 그런 사람으로, 자신이 관계에서 이기고 있다고 생각하기를 원한다. 하지만 성민은 알고 있었다. 하룻밤이라도 문자메시지를 빼먹으면 크리스는 바로 다음 날 뭔가 잘못되었다고, 성민이 다른 사람과 사귀거나 자신에게 흥미를 잃은 거라며 난리를 피울 것이다.

성민은 바닥으로 떨어지는 솔잎들을 바라보았다. 하품이 나왔다. 잠들 것이 뻔했다. 오늘 밤 겪은 일로 악몽을 꾸는 일은 없을 것이다. 그런 적은 한 번도 없었다. 그런 점이 자신의 성격에 관해 뭘 말해주는지 알 수 없었다. 크리포스의 한 동료는 주변을 차단하는 성민의 능력은 공감의 부족을 나타낸다면서 그를 해리 홀레와 비교했다. 해리 홀레는 소위 이상후각증이라는 질병을 앓고 있었다. 시신에서 풍기는 냄새를 뇌로 인식하는 데 결함이 있는 홀레는 범죄 현장에서 다른 사람들이 속이 뒤집힐 때도 아무런 영향을 받지 않았다. 하지만 성민은 자신에게 어떤 결함이 있다고는 생각하지 않았다. 그저 자신이 사적인 영역과 직업의 영역을 구분할 수 있는 건강한 능력을 갖추고 있다고 생각했다. 그는 재킷 바깥쪽에 바느질해 붙인 주머니들을 문지르다가 안에 뭔가 들어 있다는 걸 알아차리고는 꺼냈다. 힐먼 사의 구충제 약봉지였다. 봉지를 쓰레기통에 버리려던 그는 카스파로브가 두 번째로 기생충에 감염되었을 때 수의사가 다른 구충제를 추천한 일이 떠올랐다. 힐먼 사의 약에는 지금은 노르웨이에서 수입도 판매도 불가능한 성분이 들어 있기 때문이라고 했다. 그로부터 적어도 4년이 지났다. 성민은 봉지를 뒤집어 확인하고 싶은 내용을 찾아냈다. 제품의 유통기한과 제조일.

봉지에 적힌 제조일은 작년이었다.

성민은 다시 봉지를 뒤집었다. 그래서 뭐? 누군가 해외에서 구충제를 사서 집에 가져왔는데, 아마도 살 때는 금지 품목인 줄 알지 못했을 것이다. 그래서 버려야 할지 고민했을지도 모른다. 봉지는 범죄 현장에서 몇백 미터 떨어진 곳에 있었고, 살인범이 개를 끌고 왔을 가능성은 거의 없다. 그러나 위법한 행위들은 대개 서로 연결되어 있다. 범법자는 범법자이기 때문이다. 가학적인 연쇄살인범은 쥐처럼 작은 동물을 죽이는 것으로 시작한다. 작은 불을 질러보는 것처럼. 그러다가 조금 더 큰 동물을 고문하고 죽인다. 빈집을 태우는 것처럼…….

성민은 봉지를 도로 접었다.

"이런 악마 씹구멍 같으니!" 모나 도는 휴대전화 화면을 노려보며 소리 질렀다.

"뭔데 그래?" 안데르스는 문이 열린 욕실 안에서 이를 닦으며 물었다.

"〈다그블라데〉야!"

"소리 지르지 않아도 돼. 그리고 악마한테는 그게 없어, 그—."

"그래, 밑구멍이 없지. 보게가 쓴 기사인데, 베르티네 베르틸센의 시체가 발견됐다잖아! 외스트마르카의 벵고르덴이라면 수산네가 발견된 곳에서 겨우 몇 킬로미터 떨어진 곳이야."

"이런."

"이런은 무슨 이런. 왜 이런 뉴스를 지옥에서도 붙어먹을 〈다그블라데〉는 갖고 있고 〈VG〉는 갖고 있지 못하냔 말이야."

"아마 지옥에서는 붙어먹기가 그다지—."

"지옥에서는 섹스 못 한다고? 아니, 아주 많이 할 거야. 내 생각엔 누구든 지옥에 떨어지면 입이건 코건 귀건 거시기로 마구 쑤셔댈 거니까. 그리고 그런 지옥보다 유일하게 끔찍한 일은 〈VG〉에서 일하면서 테리 보게에게 당하는 일이야. 악마 씹구멍 같으니."

모나 도는 휴대전화를 침대 위에 던졌고 안데르스는 이불 속으로 미끄러져 들어와 그녀에게 들러붙었다.

"당신 이럴 때마다 내가 흥분한다고 말했던가?"

모나는 그를 밀어냈다. "이럴 기분 아니야, 안데르스."

"이럴 기분이 아니다……."

그녀는 몸을 더듬는 그의 손을 밀어냈지만 휴대전화를 다시 집으면서 살짝 흘러나오는 미소를 숨길 수는 없었다. 기사를 다시 읽었다. 적어도 보게는 범죄 현장 상황을 자세히 알지는 못하고 있었다. 그러니 아마도 현장에 갔던 누군가와 이야기하지는 못했을 것이다. 하지만 어떻게 이렇게 빨리 시체 발견 소식을 알아냈을까? 불법 경찰 무전기라도 갖고 있나? 그게 그렇게 간단한 일이었나? 늘 도청꾼들이 듣고 있다는 걸 알기에 경찰이 절반쯤 암호화된 말로 짧게 교신하는 걸 듣고 추론한 것일까? 그리고 몰래 들은 내용에 적당히 살을 붙여 내용을 꾸며낸, 사실과 허구가 적절하게 섞인 그의 기사가 진정한 저널리즘으로 인정받는 건가? 어쨌거나 지금까지는 그래왔다.

“누가 그러는데, 내가 당신한테서 약간의 내부 정보를 얻어내야 한대.” 그녀가 말했다.

“진짜? 안타깝게도 내가 이 사건 담당이 아니라고 말해줬어? 물론 화끈한 섹스로 매수할 수는 있는 사람이지만 말이야.”

“그만해, 안데르스! 이건 내 직업에 관한 얘기야.”

“그럼 당신은 내가 공짜로 정보를 넘기고 위험을 오롯이 감수해야 한다는 거야?”

“아니야! 난 그냥…… 이건 너무 불공평하잖아!” 모나는 몸 앞으로 팔짱을 꼈다. “난 여기 멍하니 앉아 굶고 있는데 보게에게는 누군가 정보를 떠먹여주고 있어.”

“불공평한 건 이거야.” 안데르스는 침대에서 일어나 앉았다. 장난기 넘치는 쾌활함이 사라지고 있었다. “이 도시의 여자들이 강간당하고 살해당할 위험을 감수하지 않고는 밖에 나갈 수 없다는 거. 베르티네 베르틸센이 외스트마르카에 시체로 누워 있을 때 우리 두 사람은 여기 앉아서 다른 기자가 사건을 먼저 보도해서, 혹은 범죄율이 올라 세상이 불공평하다고 생각하고 있다는 점이 불공평한 거지.”

모나는 침을 삼켰다.

그리고 고개를 끄덕였다.

안데르스가 옳았다. 당연하다. 그녀는 다시 침을 삼켰다. 자기도 모르게 입 밖으로 나올 것 같은 질문을 삼키느라 애쓰면서.

‘아는 사람한테 전화해서 범죄 현장이 어땠는지 좀 물어봐줄 수 없어?’

헬레네 뢰드는 침대에 누워 천장을 바라보고 있었다.

마르쿠스는 물방울 모양 침대를 원했다. 길이가 3미터에 가장 넓은 곳의 너비가 2.5미터나 되는 침대였다. 마르쿠스는 인간이 물방울에서 비롯되었고, 그래서 누구나 자신도 모르게 그리로 돌아가려 하며, 물방울 모양 속에서 조화롭고 더 깊은 잠을 잘 수 있다는 내용을 읽었다고 했다.

헬레네는 간신히 웃음을 참았지만 대신 폭이 1.8미터에 길이가 2.1미터인 아주 비싼 사각형 침대도 하나 더 사겠다는 약속을 받아냈다. 둘이 자도 충분했고 한 사람 용으로는 자리가 남았다.

마르쿠스는 프롱네르에 있는 펜트하우스에서 자고 있었다. 요즘은 거의 매일 그곳에서 잤다. 어쨌든 그녀는 그렇다고 알고 있었다. 침대에서 마르쿠스가 그리운 것은 아니었다. 잠자리에서 기분이 좋았거나 심지어 특별히 섹스를 하고 싶었던 게 언젯적 일인가 싶었다. 재채기와 킁킁거리는 소리는 점점 더 심해졌고, 남편은 하룻밤에 적어도 네 번은 소변을 보려고 일어났다. 암은 아니지만 전립선 비대증은 60 넘은 남자들의 절반 이상을 괴롭히는 질병이었다. 증상은 점점 더 나빠지는 것처럼 보였다. 그녀는 남편이 그립지는 않았지만 **누군가**가 그리웠다. 그게 누구인지는 그녀도 알 수 없었다. 누구든 그녀를 사랑해주고 그녀도 사랑할 사람을 원했다. 아주 간단한 일 아닌가? 아니, 그녀만의 희망일 뿐일까?

헬레네는 옆으로 돌아누웠다. 어젯밤부터 속이 메스껍고 기분이 좋지 않았다. 토하기도 했고 열이 약간 있었다. 바이러스에 걸렸나 자가검사를 해봤지만 결과는 음성이었다.

헬레네는 창밖, 최근 마무리가 끝난 뭉크 미술관 뒷면을 바라보았다. 오슬로북타에 미술관이 들어서기 전에 아파트를 산 사람들 가운데 이 건물이 이렇게 거대하고 흉할 줄 알았던 사람은 없었다. 사람들은 설계도에 속았다. 설계도 속 미술관은 유리 파사드로 꾸며졌고 옆에서 본 그림이어서 건물이 드라마 〈왕좌의 게임〉에 등장하는 북쪽 벽처럼 생겼다는 사실을 알아차리기 어려웠다. 하지만 실제로는 약속이나 기대와는 다른 모습의 건물이 들어섰고, 그걸 받아들일 수 있는 자신에게 감사할 수밖에 없었다. 이제 건물은 그들 모두에게 그늘을 드리웠고, 너무 늦어버렸다.

그녀는 또 속이 메스꺼워져서 얼른 침대에서 일어났다. 욕실은 바로 방 맞은편에 있었지만, 그럼에도 너무 멀었다. 그녀는 프롱네르에 있는 마르쿠스의 아파트에 딱 한 번 가봤다. 이곳보다 훨씬 좁았지만 거기서 사는 편이 나을 것 같았다. 다른 누군가와 함께라면……. 가까스로 화장실 변기 앞에 갔을 때 배 속에서 내용물이 역류했다.

시프 호텔의 바에 앉아 있던 해리에게 문자메시지가 도착했다.

제보 고맙습니다. 성민.

해리는 이미 〈다그블라데〉 기사를 읽었다. 해당 내용을 보도한 유일한 신문이었는데, 그것이 뜻하는 바는 오직 하나였다. 다른 신문사들은 같은 소식을 내지 못하고 있고, 기사를 쓴 테리 보게라는 기자는 경찰에 정보원을 두고 있다는 것. 그것이 전략적으로 흘러나온 정보일 리 없으니 누군가 보게에게 정보를 넘기고 돈이나 다른 대가를 받는 것이 분명했다. 사람들 생각처럼 보기 드문 일이 아니었다. 그 역시 경찰에서 일할 때 기자들로부터 뇌물을 제안받은 적이 아주 많았다. 그런 일이 잘 드러나지 않는 이유는 기자들은 절대로 정보원이 노출될 수 있는 정보를 기사화하지 않기 때문이다. 그건 둘이 함께 앉아 있는 나무줄기를 톱으로 자르는 행위와 같으니까. 하지만 이번 사건에 관한 거의 모든 기사를 읽은 해리는 왠지 보게가 지나치게 사건에 열중하는 것처럼 보였고, 조만간 그것이 화를 부를 거라는 예감이 들었다. 물론 보게는 기자로서의 위상은 그대로 유지한 채 쏙 빠져나갈 것이다. 정보를 흘린 쪽에게만 문제가 생길 것이다. 하지만 정보원은 보게에게 계속 정보를 제공하면서도 자신이 얼마나 노출되는지 알아차리지 못하는 것이 분명해 보였다.

"한 잔 더 드릴까요?" 바텐더가 해리를 보고 묻더니 빈 위스키 잔 위에 술병을 든 채로 기다렸다. 해리는 헛기침을 했다. 한 번. 두 번.

네, 주세요. 대본에는 그렇게 쓰여 있었다. 그가 아주 여러 번 출연했던 나쁜 영화 속에서 그가 맡을 수 있던 역할은 하나뿐이었다.

그 순간—마치 해리의 눈에서 자비를 구하는 눈빛을 본 것처럼— 바의 반대편에서 부르는 손님의 손짓을 본 바텐더는 병을 들고 그리로 걸어갔다.

바깥 어둠 속에서 시청의 종소리가 들리는 것 같았다. 이제 곧 자정이 될 테고 사건을 해결할 시간은 엿새 더하기 로스앤젤레스와의 시차인 9시간밖에 남지 않게 된다. 많지 않은 시간이지만 그들은 베르티네의 시체를 찾았고, 시체를 찾았다는 건 새로운 증거가 나올 것이며 결정적 돌파구의 가능성도 있다는 말이었다. 해리로서는 그렇게 생각할 수밖에 없었다. 긍정적으로. 쉽게 그렇게 생각할 수는 없었다. 특히 필요한 상황이라고 해서 비현실적일 정도로 긍정적 사고를 하는 건 쉽지 않았다. 하지만 지금 그에게 필요한 것은 절망과 무관심이 아니었다. 루실에게도 그럴 것이다.

바를 나와 어두워진 출입구 밖으로 나서던 해리는 복도 끝에 마치 터널처럼 보이는 빛을 볼 수 있었다. 좀 더 가까이 다가가자 빛은 열린 엘리베이터에서 나오고 있었고, 누군가 몸을 출입문에 반쯤 걸친 채 문을 열어두고 있는 모습이 보였다. 마치 해리를 기다리고 있는 것 같았다. 아니면 다른 누군가를 기다리거나. 어쨌든 상대는 해리가 복도에 모습을 드러냈을 때 이미 엘리베이터를 붙잡고 서 있었다.

"먼저 가세요." 해리는 손을 흔들어 보이며 큰 소리로 말했다. "저는 계단으로 갑니다." 기다리던 남자는 엘리베이터로 들어가며 조명 아래서 사라졌다. 그 순간 성직 칼라가 눈에 띄었지만 엘리베이터 문이 닫히는 바람에 얼굴은 확인하지 못했다.

호텔 방의 문을 여는 해리는 온통 땀에 젖어 있었다. 슈트 상의를 옷장에 걸고 침대에 누웠다. 루실이 어떤 상황인지 생각하지 않으려고 애썼다. 오늘 밤에는 라켈에 관한 기분 좋은 꿈을 꾸겠다고 결심했다. 둘이 함께 살고 매일 밤 함께 자던 시절의 꿈. 두껍고 단단하던 얼음 위를 걷던 시절. 늘 얼음이 쪼개지는 소리에 귀 기울이고 금이 가지 않았는지 조심해야 했지만, 순간을 살아내는 능력이 있었다. 그들은 그렇게 살았다. 마치 두 사람이 함께하는 시간이 사라져버릴 걸 알고 있는 것처럼. 하지만 그들은 매일 마지막 날인 것처럼 살지 않았고 매일 첫날인 것처럼 살았다. 마치 서로 계속 반복해 새롭게 발견하는 것처럼. 그가 두 사람의 기억을 과장해 윤색하고 있는 걸까? 그럴 수도 있다. 그게 뭐 어쨌단 말인가? 있는 그대로인 삶이 그에게 해준 것이 있었던가?

해리는 눈을 감았다. 라켈을 떠올리려 애썼다. 하얀 시트 위에서 보이던 그녀의 금빛 피부. 하지만 머릿속에 떠오르는 건 거실 바닥에 고인 핏물 웅덩이 속 그녀의 창백한 피부였다. 그리고 차에 앉아 그를 노려보는 비에른 홀름이 보였다. 뒷좌석에서는 아기가 울고 있었다. 해리는 눈을 떴다. 그래, 실제로 벌어졌던 일들을 어쩌겠는가?

휴대전화가 다시 진동했다. 이번에는 알렉산드라로부터 온 문자 메시지였다.

DNA 분석 결과 월요일에 나와요. 스파 갔다가 저녁 먹는 건 토요일이 좋겠어요. 테르세 악토라는 식당 좋아요.

20

수요일

"명확한 것 같군." 에우네는 경찰 보고서 복사본을 담요 위에 내려놓으며 말했다. "교과서적이야. 성적인 동기를 품은 살인자가 저지른 살인사건이고, 잡히지 않으면 분명히 또 다른 사건이 벌어질 거야."

병상을 둘러싼 세 사람은 각자 손에 든 보고서를 읽으며 고개를 끄덕였다.

가장 먼저 보고서를 다 읽고 고개를 든 해리는 밖에서 들어오는 강렬한 아침 햇살에 눈을 가늘게 떴다.

다음으로 외위스테인이 보고서를 다 읽더니 이마 위로 올려 썼던 선글라스를 다시 눈앞으로 내려놓았다.

"그만 봐, 베른트센. 당신은 전에 읽어봤을 것 아냐." 외위스테인이 말했다.

트룰스는 대답이라도 하듯 꿀꿀거리더니 보고서 복사본을 내려놓았다. "건초 더미에서 바늘 찾기라면 어떻게 해야 하지?" 그가 물었다. "여기서 접고 나머지는 브라트와 라르센에게 맡길까?"

"아직은 아냐." 해리가 말했다. "이 보고서 내용에도 불구하고 달라지는 건 전혀 없어. 우린 베르티네가 수산네와 비슷한 방식으로 살해당했으리라 추측했어."

"하지만 솔직하게 인정하긴 해야지. 보고서 내용은 이성적인 동기를 지닌 이성적인 살인자라는 자네의 직감과는 맞지 않아." 에우네가 말했다. "성적 동기를 품은 살인자가 무작위로 희생자를 골랐다고 경찰이 믿게 하려고 희생자의 목을 자르거나 뇌를 파내는 사람은 있을 수 없어. 손이 덜 가면서도 살인자가 희생자들과 아무런 연관이 없다는 인상을 줄 방법은 많거든."

"음."

"'음'이 아니야, 해리. 들어봐. 살인자는 범죄 현장에서 시간을 오래 보낸 것이 틀림없어. 단지 수사에 혼란을 주려는 목적이라기엔 필요 이상으로 큰 위험을 감수한 거야. 뇌는 트로피로 가져간 거야. 그리고 이번에는 머리를 열었다가 다시 꿰매는 대신 머리 전체를 잘라서 소장하는 방식을 택해 특징을 보여준 거지. 해리, 이 사건은 어떤 식으로 바라보든 온갖 성적인 함의를 담아 의식을 치르듯 저지른 살인이야. 달리 볼 이유가 전혀 없네."

해리는 천천히 고개를 끄덕였다. 그가 고개를 돌리더니 선글라스를 빼앗아 쓰자 외위스테인이 "뭐야!"라고 소리쳤다.

"그냥 넘어가려고 했어." 해리가 말했다. "하지만 네가 가져간 거잖아. 파워팝 나이트 끝나고 나서 내가 젤러시 바 사무실에 둔 거잖아. 네가 R. E. M.을 틀기 거부했을 때 말이야."

"뭐? 우린 클래식 파워팝을 틀어야 했어. 그리고 선글라스야 먼저 찾는 사람이 임자지."

"서랍에 넣어뒀는데 뭔 소리야?"

"무슨 애들도 아니고……." 에우네가 말했다.

외위스테인이 선글라스를 잡으려고 손을 뻗었지만 해리는 재빨리 머리를 뒤로 젖혔다.

"진정해, 나중에 돌려주면 되잖아, 외위스테인. 자, 뭔가 소식이 있다면서. 그거나 말해봐."

외위스테인은 한숨을 내쉬었다. "좋아. 코카인을 파는 동료에게 부탁해서—"

"택시 기사들이 코카인을 파나?" 에우네가 놀라 물었다.

에우네와 외위스테인은 서로를 바라보았다.

"나한테 말하지 않은 것이 있나?" 에우네가 해리에게 고개를 돌리며 말했다.

"네." 해리가 말했다. "계속해, 외위스테인."

"그 친구가 뢰드를 고객으로 삼고 있는 약장수를 소개해줬어. 별명이 '알'이라는 친구야. 그리고 그 친구는 실제로 그 파티에 갔었어. 하지만 최고 품질의 약을 가져온 다른 남자가 있어서 인기를 빼앗기고 재미도 못 봤대. 그게 누구였냐고 물었지만 알이 모르는 사람이었고 마스크와 선글라스를 쓰고 있었대. 알의 말로는, 오슬로에서 빨아본 약 중 최고로 순수한 물건을 취급하는데도 아마추어처럼 행동하는 모습이 이상했다더군."

"어떻게?"

"딱 보면 알지. 프로들은 능숙하니까. 느긋하지만 동시에 물가에 모인 영양들처럼 쉬지 않고 주위를 힐끔거리거든. 어느 주머니에 약이 있는지 잘 기억하고 있다가 경찰이 들이닥치면 2초 안에 없애야 하니까. 알의 말로는 남자는 몹시 흥분한 상태였고 거래할 상대방만 쳐다보면서 약이 든 봉지를 찾느라 자기 주머니를 뒤적였다고 했어. 하지만 가장 아마추어 같은 행동은 약을 아예 희석하지 않은 것 같았다는 거야. 그리고 공짜로 샘플을 나눠줬대."

"모든 사람에게?"

"아니, 아니지. 파티가 고급스러웠잖아. 배경이 좋은 사람들만 모였고. 참석자 일부는 약을 하지만, 이웃들 앞에서는 하지 않지. 그들은 뢰드와 함께 그의 아파트로 들어갔어. 마스크 쓴 남자와 두 여자 그리고 알까지. 남자가 거실 유리 테이블 위에 약을 길게 몇 줄 늘어놓았는데, 그 모습도 마치 유튜브에서 보고 따라 하는 것 같았대. 그러더니 뢰드더러 테스트를 해보라고 했대. 하지만 뢰드는 뭐랄까, 신사답게 다른 사람들이 먼저 테스트하는 것이 좋겠다고 했고. 그래서 알이 먼저 해보려고 했어. 그러니까 먼저 약을 테스트하려고 한 거야. 그랬는데 남자가 알의 팔을 잡고 확 당기는 바람에 긁혀서 피가 났을 정도였대. 알은 혼비백산해서 남자를 진정시켜야 했어. 남자가 테스트는 꼭 뢰드가 해야 한다고 했지만, 뢰드는 자기 집에서는 모두 예의 바르게 굴어야 한다면서 여자들이 먼저 테스트하지 않으면 쫓아내겠다고 했대. 그래서 남자가 물러서게 된 거야."

"알은 여자들을 알았나?"

"아니. 그리고 그래, 당연히 그 여자들이 실종된 여자들이 맞는지 물었지만 알은 사건 자체를 모르고 있었어."

"정말?" 에우네가 말했다. "최근 몇 주 동안 제일 시끄러운 뉴스였는데."

"그러게요. 하지만 엉망으로 사는 사람들은 뭐랄까, 아예 다른 세계에서 살거든요. 노르웨이 총리가 누군지도 모르는 식이에요. 하지만 하느님께서 이 세상에 내려주신 온갖 빌어먹을 마약이라면 노르웨이 모든 도시별 그램당 가격을 꿰뚫고 있으리라 장담합니다. 그래서 알에게 두 여자 사진을 보여줬더니 알아보겠다더군요. 최소한 수산네는 기억하고 있었어요. 그 여자에게 전에도 엑스터시랑 코카인을 판 적이 있는 것 같은데, 확실히는 모르겠다고 했어요. 어쨌거나 여자들이 한 줄씩 코로 흡입했고 그다음이 뢰드 차례였답니다. 그런데 그 순간에 그의 부인이 들어와서 약을 끊겠다고 약속하지 않았느냐며 으르렁거렸다고 합니다. 뢰드는 아랑곳하지 않은 채 이미 빨대를 코에 대고 숨을 내쉬고 있었대요. 아마도 남은 마약 여러 줄을 단번에 흡입하려는 듯했는데……." 외위스테인은 의기양양한 표정을 짓기 시작했다. "그 순간……." 그는 웃음을 참을 수가 없는지 눈물을 닦으며 몸을 앞으로 숙였다.

"그 순간?" 에우네는 조급하게 물었다.

"그 순간 그 멍청이가 **재채기를** 해버린 거예요! 그래서 테이블 위 코카인이 전부 날아가버린 겁니다. 유리 위에 눈물 콧물이 온통 튀고 말이죠. 그는 짜증스러운 표정으로 마스크 쓴 남자의 얼굴을 보면서 새로 약을 준비하라고 했겠죠. 하지만 남자는 테스트용으로 내놓을 약이 없어서 마찬가지로 짜증이 난 상태였습니다. 그래서 무릎을 꿇고 날아간 가루를 모아보려고 애를 쓴 겁니다. 하지만 발코니 출입문이 열린 데다 바람이 들이치는 통에 가루가 이리저리 날리고 난리가 난 거죠. 믿어집니까? 그런 난장판이."

외위스테인은 고개를 뒤로 젖히더니 우렁차게 웃음을 터뜨렸다. 트룰스도 특유의 꿀꿀거리는 소리를 내며 웃었다. 해리마저 빙긋 웃음을 지었다.

"그래서 알은 뢰드와 함께 뢰드의 아내가 볼 수 없는 주방으로 들어가서 가방을 열었고, 뢰드는 새로 하얀 가루를 몇 줄 깔아서 흡입했습니다. 아, 깜빡 잊고 말을 안 했는데, 마스크 남자가 가져온 약은 백색 가루가 아니고 그린 코카인이었어."

"그린?"

"그래." 외위스테인이 말했다. "그래서 알이 어떻게든 테스트해보고 싶었던 거야. 나도 미국 길거리에서는 볼 수 있다는 얘기를 들었지만, 오슬로에서는 아무도 본 사람이 없는 약이니까. 길거리에서 가장 순수한 화이트 코카인은 최고로 좋아도 순도가 45퍼센트야. 하지만 그린은 훨씬 높다는 거야. 아마도 코카잎에서 남은 잔류 성분 때문에 녹색을 띠는 것 같아."

해리가 트룰스를 바라보았다. "그린 코카인이라고?"

"날 보지 말라고." 트룰스가 말했다. "그 물건이 왜 나타났는지 나는 전혀 모르니까."

"이런 씨발, 그게 너였어?" 외위스테인이 물었다. "마스크랑 선글라스로 모습을 감춘—."

"닥쳐! 빌어먹을 마약 판매상은 내가 아니라 너잖아."

"왜 아니야?" 외위스테인이 말했다. "천재로군! 약을 빼돌리고 뭔가 섞는 거잖아. 우리가 술 장식장에 있는 아버지의 보드카 병에 물을 타는 것처럼. 그런 다음 직접 팔아버리는—."

"빼돌리지 않았어!" 트룰스는 이마가 짙은 색으로 벌게지고 눈알이 커졌다. "그리고 뭘 섞지도 않았고. 난 레바미솔이 뭔지도 모른다고, 빌어먹을!"

"그래?" 외위스테인은 이제 상황을 즐기는 것처럼 보였다. "그럼 레바미솔을 섞어 코카인 양을 늘리는 건 어떻게 알지?"

"보고서에 있는 내용이니까. 그리고 보고서가 BL 시스템에 있었고!" 트룰스가 소리쳤다.

"잠시만요."

모두가 문가로 고개를 돌렸다. 간호사 두 명이 서 있었다.

"스톨레 선생님을 찾아온 면회객이 많은 건 좋은데, 이곳 환자 두 분 모두 너무 불편하시면—."

"미안해요, 카리." 에우네가 말했다. "상속 문제를 상의하다 보면 얘기가 좀 격해질 수도 있거든요. 그렇지 않나, 지브란?"

지브란이 고개를 들더니 헤드폰을 벗었다. "뭐?"

"혹시 우리가 방해했나?"

"전혀 아니야."

에우네는 나이 많은 쪽 간호사를 향해 웃어 보였다.

"뭐, 그러시다면야……." 간호사는 입을 굳게 다물고 문을 닫기 전에 트룰스와 외위스테인 그리고 해리를 향해 꾸짖는 듯한 표정을 지어 보였다.

카트리네는 수산네와 베르티네의 시신을 내려다보았다. 시체를 이런 식으로 놓고 볼 때마다 그녀는 시체가 버림받았다는 생각, 영혼의 존재를 믿을 수밖에 없다는 생각에 충격을 받곤 했다. 그녀는 절대로 영혼을 믿지 않았지만—어쨌든 영혼은 모든 종교와 신비주의가 존재하도록 해주는 보상이었다— 있으면 좋겠다고 생각했다. 두 여자는 벌거벗었고 피부는 하얀색과 파란색 그리고 검은색으로 그늘져 있었다. 주된 이유는 피와 체액이 몸의 가장 낮은 부분으로 가라앉기 때문이다. 부패가 진행되고 있었고, 베르티네의 시신은 머리가 없어 마치 살아 있는 뭔가를 본떠 만든 조각상을 보는 듯한 느낌을 더 강하게 주었다. 부검실에는 일곱 명이 모여 있었다. 카트리네와 부검의, 강력반의 스카레, 성민 라르센, 크리포스에서 온 여자 형사, 알렉산드라 스투르드자와 다른 검시관이었다.

"사망 전에 가해진 폭력이나 다툰 흔적은 발견하지 못했습니다." 부검의가 말했다. "사인은 수산네의 경우 목을 베이면서 경동맥이 잘렸습니다. 베르티네의 경우 아마도 목이 졸린 것으로 보입니다. 확실하게 말씀드리지 못하는 이유는 머리가 없어서 증거를 많이 확인할 수가 없기 때문입니다. 하지만 목 아래쪽을 보면 줄이나 끈 같은 것으로 질식당해 저산소증이 왔던 흔적이 있습니다. 두 사람 모두 혈액이나 소변에서 마약을 복용한 흔적은 나오지 않았습니다. 응고된 침과 점액이 한 희생자의 젖꼭지에서 검출되었습니다."

부검의는 수산네의 시신을 가리켰다.

"제가 알기로 해당 물질의 분석은 끝났다던데……."

"네." 알렉산드라가 말했다.

"그것 외에 희생자의 몸에서 DNA 물질은 발견하지 못했습니다. 강간을 의심할 만한 상황이기 때문에 특별히 관련 증거가 있는지 살펴봤습니다. 팔이나 다리, 목을 강하게 움켜쥔 자국은 없었고, 깨물거나 빨아서 생긴 흔적도 없습니다. 손목과 발목에도 멍이나 상처가 없습니다. 한 희생자의 머리가 사라졌기 때문에 외이를 살펴볼 수 없었습니다."

"네?" 크리포스의 여자 형사가 물었다.

"귀 바깥 부분요." 알렉산드라가 말했다. "폭력을 당하면 귀에 상처가 남기 쉽거든요."

"아니면 출혈점이 생기죠." 부검의가 수산네의 머리를 가리키며 말했다. "첫 희생자의 경우에는 발견되지 않았습니다."

"눈이나 입 주변에 작고 변색된 반점 같은 겁니다." 알렉산드라가 설명했다.

"두 희생자 모두 눈에 띄는 소음순의 상처는 없었습니다." 부검의가 말을 이었다.

"성기 안쪽을 모두 검사했습니다." 알렉산드라가 보충 설명했다. "목에 긁힌 자국도 전혀 없고 무릎이나 엉덩이, 등에 찰과상도 없습니다. 그밖에 베르티네의 질 내부에 현미경으로만 보이는 흔적이 있는데, 그 정도는 합의한 섹스를 통해서도 쉽게 생깁니다. 간단히 말해서 두 희생자 모두 강간당했다는 물리적 증거를 찾을 수 없었습니다."

"그렇다고 해서 강간당했을 리가 **없다는** 뜻은 아닙니다." 알렉산드라가 덧붙였다.

부검의가 알렉산드라를 바라보는 표정을 본 카트리네는 형사들이 떠나고 난 뒤 부검의가 나이 어린 동료에게 각자의 역할에 관해 한 소리 하겠구나 싶었다.

"자, 상처는 없군요." 카트리네가 말했다. "정액도 없고. 그런데 왜 두 사람 모두 섹스를 했다고 확신하시나요?"

"피임을 했거든요." 다른 검시관이 말했다. 이름이 헬게 뭐였는데, 지금까지 아무 말 없이 있던 상냥한 남자였다. 카트리네는 본능적으로 남자가 세 사람의 서열 구조에서 맨 아래라고 판단했다.

"콘돔인가요?" 스카레가 말했다.

"네." 헬게가 대답했다. "정액이 나오지 않으면 우리는 콘돔을 사용한 흔적을 찾습니다. 우선 윤활제 성분인 노녹시놀-9를 찾죠. 하지만 이번에 사용된 것은 윤활제를 사용하지 않은 제품이 분명했습니다. 그 대신 콘돔의 라텍스가 서로 들러붙지 않도록 첨가하는 고운 분말의 흔적을 찾아냈습니다. 이 분말의 성분은 콘돔 제작사마다 다른 특징을 갖고 있습니다. 이 '보디풀'이라는 콘돔에 사용된 분말은 수산네와 베르티네에게서 모두 발견되었습니다."
"흔하게 볼 수 있는 물질인가요?" 성민이 물었다.
"어떻다고 집어 말할 수 없습니다." 헬게가 말했다. "물론 두 사람이 같은 남성과 성교하지 않았을 가능성도 충분히 있습니다. 하지만……."
"알았습니다." 성민이 말했다. "고맙습니다."
"조사하신 내용을 바탕으로 혹시 성교 시간을 추정할 수 있을까요?" 카트리네가 물었다.
"아뇨." 부검의가 단호하게 말했다. "우리가 말씀드린 내용 가운데 콘돔 분말을 제외하면 여러분이 도착하기 직전 BL96에 올린 사건 보고서에서 모두 보실 수 있습니다. 됐죠?"
이어지던 침묵을 깨고 헬게가 조심스러워진 목소리로 말했다.
"성교 시간을 **정확하게** 말할 수는 없겠지만—." 그는 마치 허락을 구하는 것처럼 재빨리 부검의의 얼굴을 살피더니 말을 이었다. "두 사람 모두 사망 시각으로부터 오래지 않은 과거에 성교를 한 것으로 추측할 수 있을 것 같습니다. 사망 후일 수도 있고요."
"더 말씀해주시죠."
"성교 후에 한참 살아 있었다면 신체의 기능이 콘돔의 흔적을 없애버렸을 겁니다. 살아 있는 몸은 이틀이나 사흘이면 그렇게 해버리거든요. 하지만 정액과 콘돔 분말은 시체에서는 좀 더 오래 남습니다. 그건……." 그는 침을 삼키더니 살짝 미소 지었다. "네, 그렇습니다."
"질문이 더 있습니까?" 부검의가 물었다. 그녀는 잠깐 기다리더니 양손을 짝 마주쳤다. "자. 영화 제목처럼 '시체가 또 나오면 연락만 주세요'."

스카레만 웃었다. 카트리네는 영화를 기억할 정도로 나이가 든 사람이 그뿐이기 때문인지, 아니면 시체를 앞에 두고 소름 끼치는 유머를 받아들이기 어려웠기 때문인지 알 수 없었다.

그녀는 휴대전화의 진동을 느끼고 액정 화면을 들여다보았다.

21

수요일, 스릴 시작하다

라디움 병원 입구 앞에 도착한 카트리네는 50년 된 볼보 아마존의 운전대를 힘껏 움켜잡았다.

그녀는 수염이 난 키 큰 남자 옆에 차를 세웠다.

해리는 머뭇거리다가 문을 열더니 조수석에 앉았다.

"차를 없애지 않았군." 그가 말했다.

"비에른이 무척 좋아했던 차잖아요." 그녀는 대시보드를 문지르며 말했다. "잘 유지하기도 했고요. 아주 깔끔하게 움직여요."

"클래식 자동차지." 해리가 말했다. "위험하기도 하고."

그녀는 웃었다. "게르트 때문에 그래요? 진정해요, 시내에서만 타니까. 시아버지가 가끔 와서 손봐주세요. 그리고…… 차에서 비에른 냄새가 나요."

그녀는 해리가 무슨 생각을 하는지 알 수 있었다. '이 차에서 비에른이 총으로 자살했지.' 그랬다. 비에른이 사랑하던 차. 그는 이 차를 타고 도시를 벗어나 토텐의 들판 옆으로 난 쭉 뻗은 도로를 달렸다. 어쩌면 그곳에 그가 좋아했던 추억이 있는지도 몰랐다. 밤이었고 그는 뒷자리로 옮겨 앉았다. 어떤 사람들은 그가 우상으로 생각했던 행크 윌리엄스가 자동차 뒷자리에서 죽었기 때문이라고 생각하지만, 운전석을 더럽히고 싶지 않았던 것인지도 모른다고 그녀는 추측했다. 그래야 그녀가 계속 차를 쓸 수 있을 테니까. 그래야만 그녀가 계속 차를 사용할 **수밖에** 없을 테니까. 물론 미친 생각이란 걸 그녀도 안다. 하지만 그런 생각은 늘 너무 착했던 남자를 속여 그들의 아이가 그의 아이라고 믿도록 만든 일에 그녀 스스로 내린 벌이라면? 그는 그녀를 너무나 사랑했고 그녀가 정말 그를 사랑하는지 늘 의심했다. 심지어 대놓고 왜 그녀와 동급의, 더 나은 사람을 선택하지 않았느냐고 물어보았을 정도였다. 아니, 이건 그녀가 기꺼이 받아들일 수 있는 벌이었다.

"다행히 아주 빨리 와주었군." 해리가 말했다.

"여기서 가까운 법의학연구소에 있었어요. 무슨 일이에요?"

"내가 평소에 부리던 운전사가 제정신이 아니라서 자네가 날 어디 좀 데려다주었으면 해."

"조짐이 별로 좋지는 않네요. 어디에 가려고 하는데요?"

"범죄 현장." 그가 말했다. "현장을 직접 보고 싶어."

"절대 안 돼요."

"왜 이래. 우리가 베르티네를 찾아줬잖아."

"그건 알아요. 하지만 정보를 받았다고 해서 사례를 하지는 않겠다고 분명히 말했을 텐데요."

"아냐, 그랬어. 현장은 여전히 통제 중이야?"

"그래요. 그러니까 선배는 혼자서는 그곳에 갈 수 없어요."

해리는 뭔가 조용히 절망하는 모습으로 그녀를 바라보았다. 그녀는 그 표정을, 빌어먹을 창백한 파란 눈을, 평소보다 조금 더 커진 눈을, 자리에 앉은 채 가만히 있지 못하는 몸의 움직임을 알아볼 수 있었다. 피부 속으로 개미가 기어 다니는 것처럼 광기에 사로잡힌 모습이었다. 아니, 그보다 더 심한가? 그녀는 해리가 이렇게 흥분한 모습을 본 적이 없었다. 마치 이번 사건에 목숨이 달리기라도 한 것 같았다. 물론 그렇기는 했지만 **그의** 목숨이 달린 것은 아니었다. 아니, 혹시? 아니다, 이건 그저 광기일 뿐이다. 그는 사냥을 **해야만** 하는 것이다.

"음. 그럼 슈뢰데르에 데려다줘."

아니면 술에 빠지거나.

그녀는 한숨을 내쉬고 시간을 확인했다. "원하는 대로 하세요. 가는 길에 유치원에 들러서 게르트를 좀 태워도 되겠죠?"

해리는 눈썹을 추켜세웠다. 혹시 무슨 계획이라도 세운 거냐고 말하는 것 같은 표정이었다. 물론 그런 생각도 없지 않았다. 남자에게 자식이 있다는 사실을 일깨우는 일은 절대 잘못이 아니다. 그녀가 자동차의 기어를 넣고 변덕스러운 클러치에서 발을 떼는 순간 휴대전화가 울렸다. 화면을 본 그녀는 기어를 다시 중립 상태로 돌렸다.

"미안해요, 이 전화는 받아야 해서요. 네, 브라트입니다."

"지금 〈다그블라데〉에 뜬 기사 봤나?" 다른 사람들과 비교하면 총경의 목소리는 짜증조차 나지 않은 것 같았다. 하지만 카트리네는 보딜 멜링의 척도를 적용해 듣고 있었고 보스가 격노했다는 걸 알았다.

"지금이라고 하시면—."

"6분 전에 인터넷에 올라온 기사야. 이번에도 보게라는 기자고. 부검 결과를 보면 두 여성 모두 사망 직전이나 사망 후에 섹스를 했다는 사실이 밝혀졌고 콘돔을 사용한 흔적이 있어서 DNA가 전혀 남지 않았을 수 있다는 내용이야. 그 친구가 어떻게 이런 내용을 알고 있지, 브라트?"

"모르겠습니다."

"그래, 그럼 내가 말해주지. 우리 중 누군가 보게에게 정보를 흘리고 있어."

"죄송합니다." 카트리네가 말했다. "제가 말씀을 잘못 드렸습니다. 정보가 샜다는 건 확실합니다. 제가 모르겠다고 말씀드린 건 **누가** 정보를 흘리는지였습니다."

"그럼 얼마나 있어야 누군지 알아낼 수 있겠나?"

"말씀드리기 어렵습니다, 보스. 지금 당장 제게 가장 중요한 일은 살인범을 찾아내는 겁니다. 다들 알다시피 놈은 다음 희생자를 찾고 있을 겁니다."

상대방은 말이 없었다. 카트리네는 눈을 감고 속으로 욕설을 내뱉었다. 이놈의 성격은 고칠 수가 없었다.

"방금 빈테르와 통화했는데 크리포스에는 그럴 만한 사람이 없다는군. 나 역시 그와 같은 의견이라고 봐도 돼. 그러니까 문제가 있는 사람을 찾아내 입을 닥치게 할 사람은 자네야, 브라트. 알았나? 상황이 우리 모두를 바보로 만들고 있어. 난 이제 전화가 와서 추궁당하기 전에 미리 청장님께 전화해야겠어. 진행 상황은 계속 보고하게."

멜링이 전화를 끊었다. 해리는 카트리네에게 자신의 휴대전화 화면을 들어 보이고 있었다. 〈다그블라데〉의 인터넷 페이지였다. 그녀는 보게가 쓴 기사를 훑어보았다.

시신으로 발견된 베르티네는 성적 동기에 의한 살인으로 보이지만,

오늘 진행된 부검에서 경찰은 그런 논리를 더 강화하지도, 마르쿠스 뢰드에 대한 의심을 풀 만한 내용을 찾아내지도 못했다. 부동산 거물은 수산네 안데르센 그리고 베르티네 베르틸센 등 두 사람 모두와 성적 관계를 맺었고—경찰이 파악하고 있는 한— 두 여성과 관계가 있는 유일한 사람이다. 소식통에 따르면 경찰은 뢰드가 청부 살인이 아닌 성적 동기에 의한 사건처럼 보이게끔 살해를 지시했을 수도 있다고 의심하고 있다.

"이 사람, 아주 뢰드에게 목을 매고 있네요." 카트리네가 말했다.

"경찰은?" 해리가 물었다.

"우리가 뭐요?"

"진짜 성적 동기에 의한 살인처럼 보이도록 꾸몄다고 의심하고 있어?"

그녀는 어깨를 으쓱했다. "들어본 적 없어요. 분명히 보게의 추측이겠죠. 소식통 어쩌고 하는 건 어차피 확인할 수 없다는 걸 알기 때문에 하는 말이고요."

"음."

두 사람은 고속도로를 향해 달렸다.

"그쪽은 어떻게 생각하고 있어요?" 그녀가 물었다.

"글쎄. 팀원 대부분이 강간을 일삼는 연쇄살인범으로 생각해. 그리고 두 희생자가 연결된 것은 우연이라는 거야."

"이유는요?"

"마르쿠스 뢰드는 알리바이가 있고 청부살인범은 희생자와 섹스를 하지 않으니까. 자네 쪽 사람들 생각은?"

카트리네는 백미러로 도로의 차들을 확인했다. "좋아요, 해리.

뭔가 알려드리죠. 보게가 쓰지 않은 내용이 있어요. 검시관 한 사람이 두 여자 몸에서 같은 유형의 콘돔 분말을 찾아냈어요. 그러니까 가해자는 같은 사람이란 거죠."

"흥미롭군."

"또 기사에 나오지 않은 내용이 있는데, 부검 전문가들은 시체에서 확실한 물리적 증거가 나오지 않더라도 여자들이 강간당했을 가능성을 배제하지 않는다는 점이에요. 증거가 남는 경우는 세 건 가운데 한 건에 불과해요. 강간 사건의 절반에서만 가벼운 상처가 남아요. 나머지 경우엔 아무것도 남지 않고요."

"그랬을 거라고 봐?"

"아뇨. 제 생각엔 성교 전에 희생자들이 사망했기 때문인 것 같아요."

"죽음과 함께 스릴이 시작된다."

"네?"

"에우네 박사님이 한 말이야. 사디스트들의 성적 흥분은 고통에서 시작해 희생자의 죽음으로 끝나. 시체를 좋아하는 변태들은 희생자가 죽는 순간 흥분하기 시작하고."

"좋아요. 어쨌거나 제가 뭔가 보답을 하긴 한 셈이에요."

"고마워. 현장에 남은 발자국은 어땠지?"

"발자국이 있었다고 누가 그래요?"

해리는 어깨를 으쓱했다. "범죄 현장이 숲속이니까 땅이 부드러울 거로 추측했지. 지난 몇 주 동안 비가 거의 오지 않았으니 분명히 발자국이 남았을 거야."

"이번에도 비슷했어요." 카트리네는 잠시 머뭇거리다 말했다. "희생자와 용의자의 발자국은 서로 가까웠어요. 붙잡고 있었거나 무기로 위협했겠죠."

"음. 아니면 반대일 수도 있지."

"무슨 말씀이죠?"

"서로의 몸에 팔을 두르고 함께 걸었을 수도 있잖아. 커플처럼. 아니면 두 사람이 합의해 성관계를 하려 했을 수도 있고."

"진심으로 하는 말이에요?"

"내가 누군가를 위협한다면 뒤쪽에서 걸어갔을 거야."

"살인자가 두 여자와 아는 사람이라고 보세요?"

"그럴 수도 있지. 아닐 수도 있고. 내가 믿지 않는 건 우연이야. 수산네는 뢰드의 건물에서 있었던 파티 나흘 후에 실종됐고 베르티네는 그로부터 일주일 후에 사라졌어. 그들은 파티에서 범인을 만났어. 파티에 어떤 남자가 있었고, 내가 생각하기에 경찰의 참석자 명단에는 그자가 없을 거야."

"그래요?"

"마스크와 선글라스를 쓰고 코카인을 파는 남자랄까?"

"우리에게 그런 남자가 있었다고 말한 사람은 전혀 없어요. 그자가 참석자들에게 코카인을 팔고 있었다면 말하지 않은 것도 이상하지 않네요."

"아니면 얼굴을 보지 못한 사람은 금세 잊기 때문일 수도 있지. 그자는 파티에 온 사람들에게 약을 팔지 않았어. 순수한 코카인에 가까운 뭔가의 샘플을 일부 손님에게 보여주고 있었다고 봐야 해."

"어떻게 알아요?"

"그건 중요하지 않아. 중요한 건 그 남자가 수산네 그리고 베르티네와 연락했다는 사실이지. 그자 말고 파티에 온 사람들 가운데 두 여자와 이야기한 사람이 있어?"

"마르쿠스 뢰드뿐이에요." 카트리네는 깜빡이를 켜고 다시 백미러를 확인했다. "그럼 그자가 파티에서 두 여자와 이야기를 나눴고 숲에 함께 가기로 계획을 세웠다고 생각하세요?"

"그러지 말라는 법도 없잖아?"

"모르겠어요. 그렇지만 말이 안 되는 소리 같아요. 수산네가 얼마 전 파티에서 만난 남자와 모험을 위해 숲에 갈 수야 있겠죠. 마약을 거래하는 사람인데도 말이에요. 하지만 일주일 뒤에 베르티네가 자진해서 잘 알지도 못하는 사람을 따라간다? 그것도 수산네가 마지막으로 목격되었다고 신문에도 났던 스쿨레루 지역 숲으로? 그때쯤이면 베르티네도 세 사람이 같은 파티에 있었다는 사실을 깨닫고 있었을 거예요. 아뇨, 해리. 전 그랬을 것 같지는 않아요."

"좋아. 그럼 어떻게 생각해?"

"연쇄 강간범이 있다고 생각해요."

"연쇄살인범이지."

"물론이죠. 재빨리 살해하고 시체를 강간하죠. 뇌를 파내기도 하고 머리를 자르기도 해요. 시체는 사냥한 동물처럼 걸어놓고요. 결국 연쇄살인범이 의식을 치르듯 살인을 저지르는 거예요."

"음." 해리가 말했다. "그럼 콘돔 분말은 뭐지?"

"네?"

"이런 식의 성폭행 사건이 벌어지면 콘돔 사용 여부를 확인하기 위해 대개는 분말이 아닌 윤활제 성분을 찾지 않나?"

"그래요, 하지만 이번에는 윤활제 성분이 검출되지 않았어요."

"바로 그거야. 성범죄 쪽에서 일해봤잖아. 연쇄 강간범 가운데 콘돔을 쓸 정도로 똑똑한 놈들은 윤활제를 쓰지 않던가?"

"그래요, 그런 놈들은 미치광이라고요. 해리, 그런 놈들은 대본

대로 움직이지 않아요. 선배는 그저 지나치게 사소한 것들에 신경을 쓰고 있다고요."

"맞아." 해리가 말했다. "하지만 난 베르티네와 수산네가 범인으로부터 살해당하기 직전에 합의된 성관계를 가졌다는 사실을 배제할 어떤 내용도 보거나 듣지 못했어."

"그런 상황이…… 매우 이례적이라는 사실 말고는 없죠. 안 그래요? 선배는 연쇄살인에 관해서는 전문가잖아요."

해리는 목덜미를 주물렀다. "그래, 이례적이지. 강간 후 살해는 그리 드물지 않아. 살인자의 성적 환상의 일부이거나, 혹은 범인으로 지목될까 두려워서 그럴 수도 있어. 하지만 합의된 성관계 후 살인하는 건 정말 특이한 경우야. 나르시시스트라면 혹시 성행위와 관련해, 이를테면 제대로 기능하지 못할 경우라면 굴욕감에 그럴 수 있겠지."

"콘돔 흔적이 남았다는 건 어쨌든 성행위에 성공했다는 뜻이에요, 해리. 곧 돌아올게요."

해리는 고개를 끄덕였다. 차는 헤그데헤우그스베이엔 가 아래쪽에 멈췄고, 그는 방한복을 입은 모습으로 울타리에 매달린 채 엄마가 데리러 오기를 기다리는 아이들이 있는 쪽으로 카트리네가 재빨리 걸어가는 모습을 지켜보았다.

카트리네가 문 안쪽으로 사라지더니 잠시 후 게르트의 손을 잡고 나타났다. 아이의 흥분한 목소리가 들렸다. 해리가 알기로 자신은 어렸을 때 조용한 아이였다.

차 문이 열렸다.

"아녕, 해니." 게르트는 뒷자리에서 앞으로 몸을 빼고 해리를 뒤에서 껴안았다. 카트리네가 아이를 당겨 유아용 카시트에 앉혔다.

"안녕, 친구." 해리가 말했다.

"칭구?" 게르트가 따라 하며 엄마를 바라보았다.

"놀리는 거야." 카트리네가 말했다.

"놀리네, 해니!" 게르트는 신나게 웃더니 거울 속을 바라보았다. 해리는 뭔가 익숙한 느낌에 깜짝 놀랐다. 자신이 아니었다. 그의 아버지도 아니었다. 그의 어머니였다. 아이의 웃는 모습은 해리의 어머니를 닮았다.

카트리네가 운전석에 앉았다.

"슈뢰데르로 가요?"

해리는 고개를 저었다. "자네 집에서 내려주면 걸어갈 거야."

"슈뢰데르까지요?"

해리는 대답하지 않았다.

"생각 좀 해봤어요. 부탁 하나 하죠."

"그래?"

"크로스컨트리 스키 선수들과 남극 탐험가들이 강연으로 사람들에게 감동을 주면서 어마어마한 돈을 받는 거 알죠?"

파도에 네소덴으로 가는 페리가 살짝 흔들렸다.

해리는 주위를 둘러보았다. 가까운 곳에 앉은 승객들은 헤드셋을 쓰고 휴대전화를 들여다보거나, 책을 읽거나, 밖의 오슬로 피오르를 바라보고 있었다. 모두 직장이나 학교, 쇼핑하러 나갔던 시내에서 집으로 돌아가는 길이었다. 애인과 소풍 삼아 나온 사람은 전혀 보이지 않았다.

해리는 휴대전화를 내려다보았다. 트룰스가 최근 부검 결과 보고서를 사진으로 찍어 모두에게 보내왔다. 그는 카트리네에게 그를 태우러 와줄 수 있느냐고 문자메시지를 보낸 뒤 라디움 병원 매점에서 요기를 하며 보고서를 읽었다. 카트리네가 법의학연구소에 갔던 얘기를 들려줄 때 이미 아는 내용을 모르는 척하느라 죄책감을 느꼈던가? 별로 그렇지 않았다. 게다가 콘돔 분말이나 시체 성애에 관한 내용은 애초에 보고서에 없었기에 모르는 척하지 않아도 되었다. 그런 내용은 보게의 기사에도 포함되어 있지 않았다. 달리 말하자면 보게의 정보원은 법의학연구소에 갔던 사람이 아니라는 뜻이 된다. 그렇지 않았다면 보게도 보고서에 들어 있지 않은 내용을 기사에 썼을 것이다. 그러나 보게는 수사진 일부는 범인이 실제 사건의 내용을 숨기기 위해 연쇄살인범의 소행처럼 보이도록 위장했다고 생각한다는 내용으로 기사를 썼다.

콘돔 분말.

해리는 생각했다.

그러고는 T를 눌렀다.

"네?"

"여, 트룰스, 해리야."

"근데?"

"시간 많이 뺏지 않을게. 카트리네 브라트와 얘기했는데 법의학연구소에서 찾아낸 것이 전부 보고서에 들어 있지 않더라고."

"그래?"

"그래. 카트리네가 경찰청 수사팀에서 논의된 것이 틀림없는 세부 내용 하나를 알려줬는데 우리는 모르고 있었어."

"뭔데?"

해리는 망설였다. 콘돔 분말.

"문신이야. 살인범이 베르티네가 발목에 새긴 루이비통 로고 문신을 잘라냈다가 다시 꿰매어 붙였다는군."

"수산네 안데르센의 머리 가죽처럼?"

"그렇지." 해리가 말했다. "하지만 중요하진 않아. 중요한 건 앞으로 이런 내용이 있을 때 어떻게든 알아내야 한다는 거야."

"보고서에 포함되지 않은 내용이라고? 그렇다면 사람들과 얘기할 수밖에 없는데."

"음. 그런 위험을 감수할 수는 없겠군. 당신 머리에서 뭔가 아이디어가 나오길 기대하진 않았지만 어쨌든 생각해보고 내일 얘기하자고."

트룰스는 끙 소리를 냈다. "알았어."

두 사람은 전화를 끊었다.

보트가 부두에 닿았지만 해리는 자리에 그대로 앉아 다른 승객들이 줄지어 배에서 내리는 모습을 지켜보았다.

"안 내리시나요?" 검표원이 빈 라운지를 살펴보며 물었다.

"오늘은 안 내려요." 해리가 말했다.

"같은 걸로요." 해리는 술잔을 가리키며 말했다.

바텐더는 눈썹을 추켜세웠지만 짐빔 병을 가져와 술을 따랐다.

해리는 단번에 술잔을 비웠다. "한 잔 더."

"고된 하루였나 봐요?" 바텐더가 물었다.

"아직 끝나지도 않았죠." 해리는 대답한 다음 술잔을 들고 터보네그로의 보컬리스트가 앉아 있었던 테이블로 걸어갔다. 걸어가면서 벌써 다리가 살짝 비틀거리는 걸 알아차렸다. 그리로 가는 길에 등을 보이고 앉은 남자를 지나쳤는데 루실을 떠올리게 하는 향수 냄새가 났다. 그는 소파에 미끄러지듯 앉았다. 저녁 이른 시간이라 아직 손님은 많지 않았다. 지금 루실은 어디 있을까? 술을 더 마시는 대신 방으로 돌아가 보고서를 읽으며 실수나 단서를 찾을 수도 있었다. 술잔을 바라보았다. 모래시계. 닷새하고 몇 시간 안에 또 누군가를 죽게 할 수도 있다. 그는 그런 식으로 살아왔다. 빌어먹을. 어쨌거나 이제 곧 주위에 죽을 사람이 남지도 않을 것이다. 술잔을 들었다.

한 남자가 바에 들어와 주위를 둘러보았다. 남자가 해리를 발견했다. 서로 고개를 살짝 숙여 인사를 나눈 뒤 남자는 해리가 앉은 곳으로 다가와 낮은 유리 테이블 맞은편에 앉았다.

"안녕하시오, 크론."

"안녕하십니까, 해리. 어떻게 되어가고 있나요?"

"수사 말인가요? 잘되고 있죠."

"다행이군요. 그럼 뭔가 단서를 찾았나요?"

"아뇨. 무슨 일로 오셨죠?"

변호사는 추가로 물어볼 것이 있는 것처럼 보였지만 포기하는 것 같았다. "오늘 헬레네 뢰드에게 전화했다고 들었습니다. 부인과 만나서 얘기하기로 했다고요."

"그래요."

"헬레네 뢰드와 얘기하기 전에 몇 가지 당신에게 말해두고 싶은 것이 있습니다. 무엇보다 현재 마르쿠스와 부인 사이가 아주 좋지는 않습니다. 이유야 여러 가지 있을 수 있겠죠. 이를테면—."

"마르쿠스의 코카인 중독?"

"그런 얘기는 아는 바가 없습니다."

"모를 리가 있나."

"시간이 흐르면서 두 사람의 사이가 멀어진 겁니다. 이번 사건과 관련해서 마르쿠스가 대중의 관심을 받는 일, 특히 〈다그블라데가〉가 떠드는 상황도 도움이 안 됐을 겁니다."

"무슨 말을 하고 싶은 거죠?"

"헬레네가 스트레스를 심하게 받는 상태라서 남편을 불리한 상황에 처하게 할 뭔가를 말할 수도 있다는 가능성을 배제할 수 없습니다. 남편에 관한 일반적인 내용이나, 특히 안데르센 양과 베르틸센 양과 관련된 문제도 그렇고요. 그렇다고 해서 이번 사건과 관련된 사실들이 바뀔 일이야 없겠지만 혹시라도 〈다그블라데〉 같은 언론이 알아낸다면 제…… 아니 **우리의** 고객에게는 불행한 일이 될 수도 있습니다."

"그러니까 혹시라도 알게 될 험담 내용을 옮기지 말란 겁니까?"

크론은 살짝 웃었다. "전 그저 이 테리 보게라는 기자는 마르쿠스를 모략할 수만 있다면 뭐든 써댈 거라고 말하고 싶은 겁니다."

"이유는?"

크론은 어깨를 으쓱했다. "오래 묵은 얘기죠. 마르쿠스가 재미로 여기저기 조금씩 투자하던 시절이니까요. 당시에 그는 보게가 기사를 쓰던 무가지의 이사회 의장이기도 했습니다. 언론중재위원회는 보게가 거짓 기사를 쓰면서 기자로서의 직업윤리를 어긴 사실을 찾아냈고, 이사회는 보게를 잘랐습니다. 그 일은 보게의 인생과 경력에 매우 좋지 않은 영향을 미쳤고, 그 일로 마르쿠스를 절대 용서할 수 없다고 생각한 것이 틀림없습니다."

"음. 기억해두죠."

"좋습니다."

크론은 일어서지 않았다.

"또 뭡니까?" 해리가 말했다.

“오래된 일을 들추고 싶어하지 않겠지만 우린 서로만 아는 비밀을 갖고 있습니다.”

“당신 말이 맞아요.” 해리는 술을 한 모금 마시며 말했다. “예전 일은 들추고 싶지 않습니다.”

“물론이죠. 전 그저 우리가 옳은 일을 했다고 여전히 믿고 있다는 말을 하고 싶었습니다.”

해리는 크론을 바라보았다.

“우린 세상에서 악마 같은 자를 제거한 겁니다. 그자가 제 의뢰인이었던 건 맞지만—.”

“그리고 죄도 없었지.” 해리는 재빨리 덧붙였다.

“어쩌면 당신 부인을 살해하지는 않았을지도 모르죠. 하지만 그자는 다른 많은 사람의 삶을 망친 죄가 있습니다. 너무 많은 사람들이죠. 젊은 사람들. 죄 없는 사람들.”

해리는 크론을 유심히 바라보았다. 그들은 여러 건의 강간을 저지른 스베인 핀네가 살해되도록 하고 라켈을 살해한 죄를 그에게 뒤집어씌웠다. 크론의 동기는 핀네가 그와 그의 가족을 위협했기 때문이었고, 해리는 실제로 라켈을 살해한 사람과 그 이유가 절대로 밝혀지지 않기를 원했기 때문이다.

“그에 비해 비에른 홀름은 착해빠진 사람에다 좋은 친구, 좋은 남편 아니었습니까?” 요한 크론이 말했다.

“그래요.” 해리는 목구멍이 좁아지는 듯한 기분을 느끼며 말했다. 그는 빈 술잔을 들어 보이며 바를 향해 손짓했다.

크론은 깊은 한숨을 내쉬었다. “비에른 홀름이 당신 대신 당신이 사랑하는 여자를 죽인 이유는 그렇게 해야 당신이 그와 같은 고통을 겪으리라는 걸 알았기 때문입니다.”

"말이 지나치군요, 크론."

"제가 말하고자 하는 건 이번 사건도 마찬가지라는 겁니다, 해리. 테리 보게는 자신이 망신당한 것처럼 마르쿠스 뢰드에게도 망신을 주려는 겁니다. 사회적 비난을 느껴보란 거죠. 그런 상황이 되면 사람이 망가지는 거 아시죠? 자살하기도 합니다. 저도 의뢰인의 자살을 경험한 적이 있습니다."

"마르쿠스 뢰드는 비에른 홀름이 아니고, 좋은 사람도 아닙니다."

"그럴 수도 있죠. 하지만 그는 결백합니다. 적어도 이번 사건에서는 그렇습니다."

해리는 눈을 감았다. '이번 사건에서는.'

"좋은 밤 보내요, 해리."

해리가 눈을 떴을 때 요한 크론은 보이지 않았고 새로 시킨 술은 테이블에 놓여 있었다.

천천히 마시려고 했지만 의미 없는 짓이라는 느낌이 들었다. 단숨에 들이켰다. 한 잔만 더 마시면 좋아질 것 같았다.

한 여자가 들어섰다. 날씬하고 빨간 드레스 차림에 검은 머리. 등은 가냘프게 보이기까지 했다. 전에는 어디를 봐도 라켈이 보일 때가 있었다. 이제는 그렇지 않았다. 악몽까지도 그리웠다. 등의 잘록한 부분에 닿는 그의 시선을 느끼기라도 한 것처럼 바에 앉은 여자가 고개를 돌려 그가 앉은 쪽을 바라보았다. 아주 잠깐 눈길을 주던 그녀는 다시 몸을 돌렸다. 하지만 그는 볼 수 있었다. 관심이라고는 없는, 약간의 동정심만 느껴지던 표정. 소파를 차지하고 앉은 사람이 매우 외로운 영혼이라는 뜻을 담은 표정. 전염되고 싶지 않다는 듯한 표정.

해리는 어떻게 방으로 돌아와 침대에 기어 올라갔는지 기억할 수 없었다. 눈을 감자마자 똑같은 두 문장이 머릿속에서 울리기 시작했다.

'그와 같은 고통을 겪으라는 걸.'

'결백합니다. 적어도 이번 사건에서는.'

휴대전화가 진동하며 어둠 속에서 밝아졌다. 몸을 굴려 머리맡 탁자에 올려둔 휴대전화를 집었다. +52로 시작하는 번호가 발신한, 사진이 포함된 문자메시지였다. 멕시코에서 온 문자라는 걸 추측할 필요조차 없었다. 페인트가 벗어지는 벽을 배경으로 찍은 루실의 얼굴 사진이었기 때문이다. 화장기 없는 얼굴은 더 나이 들어 보였다. 그녀는 더 예쁘다고 주장하는 쪽 얼굴을 카메라 쪽으로 내밀고 있었다. 창백하기는 했지만 사진을 받아볼 사람을 안심시키듯 웃는 얼굴이었다. 그의 도시락을 들고 교실 문가에 서 있던 어머니에게서 봤던 조심스러운 후회의 표정과 닮았다는 생각이 퍼뜩 들었다.

사진 아래 문자메시지는 짧았다.

5일 남았다.

22

목요일, 빛

10시 5분 전, 카트리네와 성민은 각자 손에 커피를 들고 회의실 밖에 서 있었다. 다른 수사팀원들은 아침 인사를 중얼거리며 두 사람을 지나 회의실로 들어갔다.

"그렇군요." 성민이 말했다. "그러니까 홀레는 파티에 왔던 코카인 판매상이 범인이라는 건가요?"

"그런 것 같더군요." 카트리네는 시계를 확인하며 말했다. 해리는 아침 일찍 미리 오겠다고 했는데, 이제 회의 시작까지 4분밖에 남지 않았다.

"그렇게 순수한 코카인이라면 직접 밀수한 것일 수도 있겠네요. 다른 물건들과 함께요."

"그게 무슨 말이죠?"

성민은 고개를 흔들었다. "그냥 그런 생각이 들어요. 현장에서 멀지 않은 곳에 빈 분말 구충제 봉지가 떨어져 있었어요. 그것 역시 밀수입품이 분명하거든요."

"그래요?"

"수입이 금지된 약입니다. 심각한 유형을 포함한, 장 내 모든 종류의 기생충을 죽이는 강력한 톡신을 포함하고 있어서요."

"심각한 유형요?"

"개를 죽일 수 있으면서 인간에게도 전염될 수 있는 기생충요. 듣기로는 개를 기르던 두 사람이 감염되었다고 하더군요. 간을 공격하고, 아주 끔찍한가 봐요."

"그럼 살인범이 개를 키우는 사람일 수도 있다고 봐요?"

"야외에서 사람을 죽이고 강간하기 전에 애완견에게 구충제를 먹일 사람이 있겠어요? 당연히 아니죠."

"그럼 왜……?"

"그러니까요, 모를 일이죠. 지푸라기라도 잡아야 하니까요. 미국 교통경찰이 제한속도를 살짝 넘겼거나 후미등이 깨진 운전자를 단속하는 모습, 영화에서 본 적 있어요? 교통 법규를 위반하는 사람이라면 중범죄자일 가능성이 엄청 높은 것처럼 매우 조심스럽게 차량에 접근하잖아요?"

"이유야 알죠. 그런 사람들은 중범죄자일 가능성이 극적으로 높으니까. 그런 내용의 연구 결과는 많아요."

성민은 웃었다. "바로 그겁니다. 규칙을 위반하는 자들. 그냥 그런 거예요."

"좋아요." 카트리네는 다시 시간을 확인하면서 말했다. 무슨 일이지? 그녀는 해리의 눈에서 절제하지 못하고 다시 술독에 빠질 것 같은 위험한 분위기를 느꼈었다. 그렇더라도 그는 대개 자신이 한 말은 지키곤 했다. "혹시 봉지 갖고 있으면 과학수사과에 넘겨주는 것이 좋겠어요."

"현장에서 멀리 떨어진 곳에서 주웠어요." 성민이 말했다. "그 정도 반경에서라면 증거물 천 개는 찾아낼 수 있을 겁니다. 조금만 상상력을 발휘하면 살인사건과 연결할 수 있는 것들을요."

10시 1분 전.

해리를 맞이하기 위해 방문객 접수대로 내려보냈던 경관의 모습이 보였다. 그리고 그 뒤로 머리가 하나 더 있는 것처럼 키 큰 해리 홀레가 보였다. 홀레는 입고 있는 슈트보다 더 구겨진 것처럼 보였다. 냄새를 맡기도 전에 그에게서 술 냄새가 보이는 것 같았다. 카트리네는 옆에 선 성민이 자기도 모르게 몸을 바르게 펴는 걸 알아차렸다.

카트리네는 남은 커피를 모두 비웠다. "시작할까요?"

"보셔서 아시겠지만 손님이 있습니다." 카트리네가 말했다.

계획의 첫 번째 부분이 작동하고 있었다. 모두의 얼굴에서 보이던 피로와 무관심이 씻겨 사라지는 것 같았다.

"소개가 필요 없는 분이지만 최근에 합류하신 분들을 위해 말씀드리죠. 해리 홀레가 이곳 강력반에서 형사로 일하기 시작한 건……." 그녀는 해리를 바라보았다.

해리는 수염 난 얼굴을 찡그렸다. "석기시대지."

낄낄대는 소리가 났다.

"석기시대라는군요." 카트리네가 말했다. "우리가 맡은 가장 큰 여러 사건을 해결할 때 지대한 역할을 하셨습니다. 경찰대학에서 강의도 하셨고요. 제가 아는 한 시카고에서 FBI의 연쇄살인 과정을 수료한 유일한 노르웨이인이기도 합니다. 원래는 우리 수사팀으로 모시고 싶었지만 허락을 받을 수가 없었습니다." 카트리네는 모인 사람들을 바라보았다. 그녀가 해리를 성스러운 공간에 들였다는 소식이 멜링의 귀에 들어가는 건 이제 시간문제였다. "그러니까 마르쿠스 뢰드가 이분을 고용해 수산네와 베르티네 살인사건을 수사하도록 한 일은 오히려 잘됐다고 볼 수 있습니다. 상사들이 허락하지 않더라도 우리가 전문가의 도움을 받을 수 있다는 뜻이니까요." 그녀는 부드럽게 경고하는 듯한 성민의 눈빛과 격분해 노려보는 망누스 스카레를 보았다. "이번 사건을 보는 일반적인 관점에 관해 들어보려고 해리를 초대했으니 질문 있으면 하시죠."

"질문 있습니다!" 스카레였다. 그의 목소리가 분노로 떨리고 있었다. "우리가 왜 연쇄살인범들 얘기를 하는 사람 말을 들어야 됩니까? 이건 TV 쇼에서나 할 얘기고, 같은 범인이 두 명을 살해했다고 해서 꼭—."

"맞아요." 해리는 앞줄에 놓인 의자에서 일어섰지만 모인 사람들을 향해 돌아서지는 않았다. 잠깐 혈압이 떨어진 탓에 넘어지려는 것처럼 몸이 휘청했지만 이내 똑바로 섰다. "그건 연쇄살인을 의미합니다."

해리가 천천히 성큼성큼 두 걸음을 걸어 칠판까지 걸어가 몸을 돌릴 때까지 회의실은 완벽한 침묵에 잠겼다. 처음에는 천천히 시작했던 말이 조금씩 빨라졌다. 마치 그의 입이 제 속도를 내기까지 시간이 걸리는 것처럼. "연쇄살인이라는 용어는 FBI가 만든 것인데, 공식 정의는 '같은 범인이 각기 다른 사건에서 두 건 이상의 살인을 저질렀을 때'입니다. 아주 간단하죠." 그는 눈을 똑바로 뜨고 스카레를 바라보았다. "이번 사건이 정의상 연쇄살인에 속하지만, 그렇다고 해서 범인이 꼭 여러분이 생각하는, TV 드라마 속 연쇄살인범의 모습일 필요는 없습니다. 사이코패스가 아닐 수도 있고 사디스트나 섹스광이 아닐 수도 있죠. 여러분이나 저처럼 비교적 평범한 사람일 수도 있고, 동기가 매우 평범할 수도 있습니다. 예를 들면 돈이라든가. 사실 미국에서 붙잡힌 연쇄살인범 가운데 두 번째로 많은 동기가 그렇기도 합니다. 그러니까 연쇄살인범이라고 해서 꼭 머릿속에서 들리는 목소리나 자기도 어쩌지 못하고 반복적으로 죽이고 또 죽이고 싶은 욕구에 시달리는 남자가 아닐 수도 있다는 얘깁니다. 하지만 그럴 수도 있죠. 내가 살인범을 남자로 지칭해 말하는 이유는 연쇄살인범은 몇몇 특수한 경우를 제외하면 남자이기 때문입니다. 문제는 우리가 보고 있는 사건의 범인이 그런 종류의 연쇄살인범인가 하는 점입니다."

"내 의문은……." 스카레가 말했다. "민간 부문에서 일하는 당신이 여기서 뭘 하고 있느냐는 거요. 당신이 우릴 돕고 싶어한다고 믿을 이유가 뭡니까?"

"글쎄요, 내가 왜 여러분을 돕지 않겠소, 스카레? 내가 받은 임무는 이 사건을 해결하라는 겁니다. 아니면 적어도 해결할 가능성을 높이는 거죠. 꼭 내가 이 사건을 해결하는 사람이 될 필요는 없습니다. 여러분이 이런 개념을 쉽게 이해하기 어려울 거라는 걸 잘 압니다, 스카레. 그러니까 내가 설명할 수 있도록 해주시죠. 내가 건물 속에서 사람들이 불타 죽지 않도록 하라는 임무를 부여받았지만 이미 건물은 불길에 휩싸였다고 합니다. 내가 어떻게 해야 할까요? 양동이로 물을 날라야 할까요? 아니면 모퉁이에 있는 소방서에 신고해야 할까요?"

카트리네는 웃음을 꾹 참았지만, 성민은 참지 않고 있다는 걸 알았다.

"자, 여러분은 소방관들이고 저는 신고 전화를 걸었습니다. 제가 해야 할 일은 어디서 불이 났는지 알리는 겁니다. 그리고 우연하게도 제가 불 끄는 일은 좀 할 줄 압니다. 그렇다면 이번에 발생한 화재의 특징이 어떻다는 걸 얘기해야겠죠?"

카트리네는 몇몇이 고개를 끄덕이는 걸 보았다. 다른 사람들도 서로 눈길을 주고받았지만, 반대하는 인상은 없었다.

"그럼 이번 화재의 특성으로 곧장 넘어가죠." 해리가 말했다. "머리입니다. 좀 더 명확하게 말하자면 뇌가 사라진 일입니다. 그리고 언제나 그랬던 것처럼 드는 의문은 이유입니다. 왜 희생자들의 머리를 열거나 잘라내서 뇌를 제거했을까요? 특정한 상황에서라면 대답은 간단합니다. 구약에 가난한 유대인 과부 유디트의 이야기가 나옵니다. 자신이 살던 도시가 함락되자 적장을 유혹해 머리를 베었죠. 중요한 건 적장을 죽이는 것이 아니라 그의 잘린 머리를 모든 이에게 보여주어 힘을 드러내고 적의 군대를 겁먹게 만드는 것입니다. 적군은 당연히 달아났겠죠. 그러니까 전쟁사 전반에 걸쳐 등장하는 합리적 동기라고 할 수 있습니다. 오늘날까지도 정치적 목적을 지닌 테러리스트들이 참수 영상을 유포하는 걸 볼 수 있듯이 말입니다. 하지만 범인이 모든 사람을 공포에 떨게 할 필요가 있다고 보기는 어렵습니다. 그렇다면 왜일까요? 사람을 사냥하는 부족의 전설을 보면, 그들은 희생자들의 머리를 트로피로 삼거나 악한 기운을 몰아내기 위한 수단으로 봅니다. 아니면 영혼을 소유하는 방법일 수도 있습니다. 뉴기니의 어떤 부족은 머리를 취함으로써 희생자의 영혼을 가질 수 있다고 믿었습니다. 그리고 어쩌면 그런 목적이라고 보는 것이 지금 벌어지는 사건에서 우리가 보는 상황에 더 맞을 수도 있습니다."

해리는 중립적이다 못해 단조롭다고 할 정도의 어투로 표정이나 극적인 몸짓도 없이 말하고 있었다. 그러나 모두 그런 그를 전적으로 주목하고 있다는 걸 카트리네는 깨달았다.

"연쇄살인범들의 역사는 참수로 가득합니다. 에드 게인은 희생자들의 머리를 잘라 침대 기둥에 올려두었습니다. 에드먼드 켐퍼는 잘라낸 어머니의 머리와 성관계를 했습니다. 하지만 아마도 우리 사건은 1980년대 열일곱 명의 남자와 소년을 살해했던 제프리 다머의 경우와 더 유사할 것입니다. 그는 파티나 클럽에서 만난 희생자들을 술에 취하게 하거나 약을 먹였습니다. 우리 사건에서도 그와 비슷한 상황이 있었을 수 있는데, 그건 다시 말씀드리겠습니다. 다머는 취한 희생자들을 집으로 데려갔습니다. 대개는 약에 취한 상태인 그들의 목을 졸라 살해했습니다. 그리고 시체와 성관계를 했습니다. 시신을 잘랐고, 드릴로 머리에 구멍을 낸 다음 산성용액 등 온갖 액체를 주입했습니다. 머리를 잘라냈고요. 시신 일부를 먹기까지 했습니다. 그는 심리학자에게 거절이 두려워 머리를 잘라 가졌다고 말했는데, 그러면 희생자들이 그를 떠날 수 없을 것이기 때문이라고 했습니다. 그러니까 뉴기니의 영혼 수집가와 비슷한 겁니다. 하지만 다머는 그보다 더 나아갔는데, 시신 일부를 먹음으로써 희생자들이 확실하게 그와 함께 있도록 했습니다. 그런데 심리학자들은 다머가 범죄적인 의미에서 미친 것이 아니라 성격 장애를 앓고 있다고 생각했습니다. 일반인 대부분은 성격 장애를 안은 채 살아갈 수 있습니다. 달리 말하자면 다머는 지금 우리 사이에 앉아 있을 수 있고, 우리는 그를 어떤 면에서도 의심하지 않으리라는 말입니다. 네, 라르센?"

"범인은 수산네의 머리가 아닌 뇌를 가져갔습니다. 베르티네의 경우에는 머리와 뇌를 모두 가져갔고요. 그자가 원하는 것이 뇌일까요? 만일 그렇다면 뇌를 트로피로 생각하는 걸까요?"

"음. 트로피와 기념품은 다릅니다. 트로피는 희생자를 패배시켰다는 상징이고, 그런 경우 머리를 많이 사용합니다. 기념품은 성적 행위 그리고 이후의 성적 만족을 위해 사용하는 추억의 물건이라 할 수 있겠죠. 뇌를 그런 식으로 볼 수 있을지 모르겠습니다. 하지만 성적 동기를 지닌 사이코패스 연쇄살인범에 관해 우리가 아는 내용을 바탕으로 결론을 도출하고자 한다면, 그들의 행동에는 온갖 종류의 이유가 있을 수 있습니다. 모든 사람에게 온갖 다양한 이유가 있는 것처럼 말이죠. 그들의 공통적인 행동 패턴이 존재하지 않는 이유가 그것입니다. 적어도 그들의 다음 움직임을 쉽게 예측할 수 있을 정도의 수준으로 세세하게 알 수는 없다는 뜻입니다. 상당한 확률로 가정할 수 있는 한 가지를 제외한다면 말이죠."

카트리네는 해리가 극적으로 말을 멈춘 것이 아니라는 걸 알았다. 해리는 그저 숨을 돌리는 동시에 몸의 균형을 잡기 위해 알아차리기 힘들 정도로 발을 살짝 옆으로 내디뎠을 뿐이다.

"그들이 다시 살인에 나선다는 것."

이어진 침묵 속에서 카트리네는 바깥 복도에서 빠르게 다가오는 발소리를 들었다. 그녀는 그것이 누구의 발소리인지 눈치챘다. 아마도 해리 역시 발소리를 듣고 시간이 얼마 남지 않았다고 짐작한 것 같았다. 어쨌든 그는 속도를 높였다.

"범인이 머리보다는 뇌를 원한다고 생각합니다. 베르티네의 머리를 잘라 가져간 것은 그저 방식을 개선하고 있다는 뜻일 뿐입니다. 이것 역시 고전적인 사이코패스 연쇄살인범의 전형적 특징이기도 합니다. 그는 지난번 범죄 현장에서 뇌를 꺼낼 때 시간이 오래 걸리고, 그래서 위험하다는 걸 배웠습니다. 그리고 머리 가죽을 다시 꿰매놓고 보니 뻔히 발견될 것을 알았고, 자신이 진정으로 원하는 것이 뇌라는 사실을 숨기려면 차라리 머리를 통째로 가져가는 편이 낫다는 걸 깨달았습니다. 수산네를 죽인 자는 다른 사람이라고 경찰이 오해하게 만들기 위해 범인이 베르티네를 목 졸라 죽였다고 생각하지 않습니다. 만일 그 점이 중요했다면 두 번째에는 스쿨레루 지역을 선택하지 않았을 테고, 두 시체의 하반신을 모두 발가벗기지도 않았을 겁니다. 살해 방법을 바꾼 이유는 실용성 때문이었습니다. 수산네의 목을 베었을 때 범인의 몸에 피가 튀었습니다. 피가 흩뿌려진 흔적을 보면 알 수 있습니다. 손과 얼굴, 옷에 피가 묻었다는 건 현장을 빠져나오다가 누구라도 만나면 눈에 띌 수 있다는 뜻입니다. 옷을 없애야 하고, 차도 닦아야 하고. 그렇죠."

문이 열렸다. 당연히 보딜 멜링이었다. 그녀는 문가에서 팔짱을 낀 채 버티고 서서 카트리네를 쏘아보았다. 우울한 미래를 예측하게 하는 눈길이었다.

"희생자를 호수로 데려간 이유도 마찬가지입니다. 머리를 물에 담근 채로 목을 자르면 피가 튀는 걸 최소화할 수 있기 때문입니다. 그렇게 본다면 이 연쇄살인범은 우리 대부분과 같습니다. 같은 일을 반복하면 솜씨가 좋아지죠. 이번 경우에 그건 앞으로 벌어질 일에는 좋지 않은 소식이지만요." 해리는 보딜 멜링을 보았다. "그렇게 생각하지 않으십니까, 총경님?"

그녀의 입꼬리가 미소라도 짓는 것처럼 올라갔다. "앞으로 벌어질 일은 당신이 즉시 이 건물을 떠나는 겁니다. 그런 다음 우리는 허가 없는 일반인의 정보 접근 지침을 어떻게 해석해야 하는지 내부적으로 논의하게 될 겁니다."

카트리네는 수치심과 분노로 목구멍이 오그라드는 느낌이었고, 그녀의 목소리는 그걸 감추지 못했다. "걱정하시는 건 이해합니다. 하지만 해리가 우리 정보에 접근하는 일은 당연히 없었고—."

"말했다시피 우린 이 문제를 내부적으로 논의할 거야. 브라트 말고 누가 홀레와 함께 안내데스크로 가주겠나? 그리고 브라트, 자네는 나랑 가지."

카트리네는 해리에게 절망하는 표정을 지어 보였고, 해리가 대답 대신 어깨를 으쓱하는 모습을 보고는 복도 바닥을 스타카토로 울리는 보딜 멜링의 하이힐 소리를 따라나섰다.

"솔직히 말하지, 카트리네." 멜링은 두 사람이 엘리베이터에 타고 나서 말했다. "난 경고했어. 홀레를 끌어들이지 말라고. 그런데도 끝내 저질렀군."

"수사팀의 일원으로 받아들인 게 아닙니다. 그저 자문 노릇을 한 겁니다. 경험을 공유하고 아무 대가 없이 지식을 전달하는 역할이죠. 돈도 정보도 주지 않았습니다. 제 책임하에 그 정도는 할 수 있다고 생각합니다."

엘리베이터가 도착했다는 종소리를 울렸다.

"그래?" 멜링은 엘리베이터에서 내리며 말했다.

카트리네는 서둘러 따라 내렸다. "회의실에서 누가 문자메시지를 보냈나요?"

멜링은 불쾌하다는 듯 웃었다. "우리가 그런 정도의 양심적인 정보 유출만 걱정해야 했더라면 좋았겠지."

멜링은 그녀의 사무실로 걸어 들어갔다. 올레 빈테르와 제보 책임자 케지에르스키가 각자 커피 한 잔과 〈다그블라데〉 한 부씩을 앞에 두고 작은 회의 탁자에 앉아 있었다.

"좋은 아침이군, 브라트." 크리포스의 수장인 올레 빈테르가 말했다.

"우린 여기서 이중 살인사건의 정보 유출을 논의하고 있었어."

멜링이 말했다.

"저를 빼고요?" 카트리네가 말했다.

멜링은 한숨을 내쉬더니 자리에 앉아 카트리네에게도 앉으라고 손짓했다. "이론상 정보를 유출할 수 있는 사람은 전부 배제했던 거야. 감정적으로 받아들일 이유가 없어. 이제 자네와도 다 터놓고 얘기할 수 있겠군. 보게가 오늘 쓴 기사는 봤겠지?"

카트리네는 고개를 끄덕였다.

"이건 스캔들이야." 빈테르는 고개를 흔들며 말했다. "달리 표현할 수가 없군. 보게는 사건 수사 상황을 속속들이 파악하고 있어. 경찰이 아니고는 알 수 없는 것들이야. 우리 쪽 관계자들을 확인해 봤지만 아무도 혐의를 찾을 수가 없었네."

"어떻게 **확인했다는** 건가요?" 카트리네가 물었다.

빈테르는 그녀의 말을 무시하고 계속 머리를 흔들었다. "그런데 브라트, 자네는 경쟁자를 불러들였다는 건가?"

"여러분은 홀레와 경쟁 중인지 몰라도 저는 아닙니다." 카트리네가 말했다. "제가 마실 커피도 있습니까?"

멜링이 놀라 그녀를 바라보았다.

"다시 정보 유출 건으로 돌아가죠." 카트리네가 말했다. "동료들을 어떻게 **확인하면** 되는지 충고 좀 해주십시오, 빈테르. 감시해요? 이메일을 감청할까요? 중국식 물고문이라도 합니까?"

빈테르는 이럴 수가 있냐는 듯 멜링을 바라보았다.

"대신 저는 다른 쪽을 조사했습니다." 카트리네가 말했다. "되돌아가서 보게가 아는 것과 알지 못하는 것을 확인했습니다. 알고 보니 그가 우리 팀원들로부터 알아낸 것으로 보이는 모든 정보는 그 내용이 BL에 보고서가 저장된 **뒤에야** 기사화되었더군요. 결국 정보 유출은 경찰청에서 해당 파일에 접근할 수 있는 누구든 저지를 수 있습니다. 안타깝게도 우리 시스템은 누가 어떤 파일을 열람했는지 기록이 남지 않습니다."

"그건 말도 안 돼!" 빈테르가 말했다.

"사실입니다." 카트리네가 말했다. "제가 IT 부서에 확인한 내용입니다."

"내 말은 보게의 기사 내용 전부가 보고서에 있지는 않다는 거야." 그는 테이블에서 신문을 집어 크게 읽었다. "경찰은 몇 가지 끔찍한 세부 사항을 언론에 밝히지 않았다. 베르티네 베르틸센의 발목 문신을 잘라냈다가 다시 꿰맨 점 등이다." 그는 신문을 테이블에 다시 내던졌다. "저런 내용은 어떤 보고서에도 **없어!**"

"다행이네요." 카트리네가 말했다. "그건 유출된 내용이 아니거든요. 보게가 그냥 지어낸 얘기라는 거죠. 그리고 그건 우리가 비난받아야 할 범위를 벗어난 일 아닌가요, 빈테르?"

"고마워요, 아니타." 해리가 말했다. 그의 눈길은 나이 많은 웨이트리스가 방금 앞에 두고 간 맥주에 꽂혀 있었다.

"어쨌거나 다시 만나 반가워요." 아니타는 뭔가 생각했지만 입 밖으로 꺼내지는 않겠다는 듯 대답했다.

"저 여자랑 무슨 일 있어?" 해리가 약속 시간에 맞춰 슈뢰데르에 도착했을 때 트룰스는 이미 창가 자리에 앉아 있었다.

"내게 음식 나르는 걸 못마땅하게 생각해." 해리가 말했다.

"그럼 슈뢰데르에서 일할 사람이 못 되잖아." 트룰스는 꿀꿀거리며 웃었다.

"그럴지도 몰라." 해리는 맥주잔을 들었다. "그냥 돈이 필요해서 일하는 걸 수도 있지." 그는 잔을 입으로 가져가 마시면서 트룰스와 눈길을 마주쳤다.

"왜 보자고 했어?" 트룰스가 물었고, 해리는 그의 한쪽 눈 아래가 씰룩이는 걸 알아챘다.

"왜일 것 같나?"

"몰라. 또 회의하자는 건가?"

"그럴 수도 있지. 이거 어떻게 생각해?" 해리는 〈다그블라데〉를 재킷 주머니에서 꺼내 트룰스 앞에 펼쳤다.

"신문이 뭐?"

"보게가 베르티네의 문신에 관해 쓴 내용 말이야. 문신을 잘라냈다가 다시 꿰맸다는 거."

"내 생각? 어디선가 정보를 잘도 얻어냈군. 하지만 그게 직업이니까 그렇겠지."

해리는 한숨을 내쉬었다. "시간 끌려고 이렇게 묻는 거 아니야, 트룰스. 자네가 먼저 말할 수 있도록 배려한 거지."

트룰스는 낡은 테이블보에 양손을 얹고 있었다. 그 사이에는 종이 냅킨이 펼쳐져 있었다. 그는 아무것도 주문하지 않은 상태였다. 아무것도 먹고 싶지 않았다. 그의 손은 하얀색 냅킨과 비교해 빨갛고 부풀어 오른 것 같았다. 만일 해리가 손등에 바늘을 꽂으면 장갑처럼 쪼그라들 것처럼 보였다. 그의 이마는 만화 속 악마처럼 검붉은색을 띠고 있었다.

"무슨 말을 하는지 모르겠군." 트룰스가 말했다.

"당신이잖아. 테리 보게에게 정보를 흘리고 있는 사람."

"내가? 무슨 바보 같은 소리야? 나는 수사팀에 속해 있지도 않다고."

"당신은 우리에게 정보를 주듯 보게에게도 주고 있어. BL96 시스템에 보고서가 올라오자마자 읽잖아. 내가 접촉했을 때 당신은 이미 그런 짓을 하고 있었어. 그러니 내 제안을 받아들인 것도 이상하지 않지. 같은 일을 하면서 돈은 두 배로 챙기고 있잖아. 게다가 어쩌면 보게는 이제 돈을 더 내고 있을지도 모르겠군. 에우네 그룹에 관한 정보까지 받고 있을 테니."

"무슨 말 같지도 않은 소리야. 난 절대—."

"닥쳐, 트룰스."

"좆까! 난 앞으로 절대—."

"닥치라고! 그리고 앉아!"

몇 되지 않는 주위 손님들이 조용해졌다. 대놓고 이쪽을 보지는 못하고 자신들의 맥주잔으로 시선을 떨어뜨린 채 곁눈으로 두 사람을 주시하고 있었다. 해리는 트룰스의 손을 자기 손으로 덮고 힘껏 눌러 트룰스가 어쩔 수 없이 다시 앉게 했다. 해리는 몸을 앞으로 숙이고 낮은 목소리로 말을 이었다.

"이미 말했지만 시간 끌 생각 없어. 그러니까 말해주지. 난 뢰드가 성범죄처럼 보이도록 청부 살인을 한 것일 수도 있다고 수사팀에서 추측하고 있다는 보게의 기사를 보고 의심이 들었어. 그건 우리 에우네 그룹에서 새로운 관점으로 뽑아낸 추측이었기 때문이야. 그래서 카트리네에게 혹시 그쪽 수사팀에서도 그런 얘기가 나왔는지 확인했어. 그런 일은 없었다더군. 그래서 베르티네의 문신을 잘라냈다가 다시 꿰맸더라는 얘기를 꾸며내 당신한테만 해준 거야. 경찰청에서 다들 그렇게 알고 있더라면서. 그래야 당신이 의심받을 일 없이 안심하고 정보를 흘릴 수 있을 테니까. 그리고 당연하게도 보게가 몇 시간 뒤 그 내용을 기사에 썼어. 이제 어떻게 된 건지 알겠지, 트룰스."

트룰스 베른트센은 아무 표정도 없이 앞을 똑바로 바라보았다. 종이 냅킨을 손으로 쥐어 구겼다. 해리는 그가 경마장에서 마권을 똑같이 구기던 모습을 본 적이 있었다.

"좋아." 트룰스가 말했다. "그래, 내가 정보를 조금 팔았어. 하지만 손해를 본 사람도 없는데 뭐가 어쨌다는 거야. 수사에 방해가 될 내용은 보게에게 하나도 넘겨주지 않았어."

"그건 당신 판단이야, 트룰스. 하지만 이 얘기는 여기서 그만두기로 하지."

"그래, 그러자고. 난 빠지겠어. 빠이빠이라고. 뢰드가 준다던 돈은 당신이 받아서 밑 닦는 데나 쓰도록 해."

"앉으라고 했잖아." 해리는 비꼬는 듯한 웃음을 지었다. "그리고 고마워. 하지만 시프 호텔 화장지가 아주 좋으니까 사양하겠어. 너무 부드러워서 똥을 한 번 더 누고 싶어진다니까. 그런 휴지 써본 적 있나?"

트룰스 베른트센은 무슨 말인지 이해하지 못한 것 같았지만 그대로 앉아 있었다.

"자, 이번에도 일을 망칠 기회가 있어." 해리가 말했다. "보게에게 BL96 접근 권한을 박탈당했다고 말하는 거야. 그럼 그자는 이제 알아서 취재해야겠지. 그리고 이제부터 에우네 그룹에서 어떤 일을 하는지에 관해 입을 꽉 다무는 거야. 그리고 도박 빚이 얼마나 되는지 말해봐."

트룰스는 놀란 표정으로 멍하니 해리를 보았다. 침을 삼켰다. 두어 번 눈을 깜박였다.

"30만." 그는 한참 만에 말했다. "대충 그 정도야."

"음. 꽤 많군. 언제까지 갚아야 하지?"

"이미 한참 지났지. 당연한 일이지만 이자는 쌓이고 있고."

"이자까지 꼭 받아내겠대?"

트룰스는 콧방귀를 뀌었다. "펜치 정도로 끝나지 않아. 온갖 협박을 다 받고 있다고. 늘 등 뒤를 돌아보면서 살아야 할 정도야."

"그래, 내가 그런 기분을 어떻게 알겠나." 해리가 눈을 감으며 말했다. 전날 밤 그는 전갈이 나오는 꿈을 꿨다. 전갈들이 문틈과 굽도리 아래, 창문 틈새와 콘센트에서 기어 나왔다. 그는 눈을 뜨고 맥주를 보았다. 앞으로 몇 시간이 기다려지기도 했고 두렵기도 했다. 어제를 낭비했고 오늘도 낭비될 예정이었다. 공식적으로 병이 재발했기 때문이다. "좋아, 트룰스. 내가 돈을 구해주지. 내일까지. 됐지? 나중에 돈 생기면 갚으라고."

트룰스 베른트센은 계속 눈을 깜박였다. 이제 눈가가 젖고 있었다.

"왜……." 그는 입을 열었다.

"오해는 하지 마." 해리가 말했다. "내가 당신을 좋아해서가 아니야. 써먹어야 해서 그런 거지."

트룰스는 농담인지 아닌지 알아내려는 것처럼 해리를 노려보았다.

해리는 맥주잔을 들었다. "이제 가봐도 좋아, 베른트센."

저녁 8시였다.

해리는 머리를 똑바로 들 수가 없었다. 자신이 의자에 앉아 있고, 바지에 토했다는 건 알 수 있었다. 누군가 뭔가 말하고 있었다. 그리고 이제 그 목소리가 다른 말을 하고 있었다.

"해리?"

그는 고개를 들었다. 방 안이 핑핑 돌고 주위에 흐리게 얼굴들이 보였다. 하지만 알아볼 수는 있었다. 오랫동안 알고 지낸 얼굴들. 안전한 얼굴들. 에우네 그룹이었다.

"모여서 얘기할 때 꼭 맨정신일 필요는 없어요." 목소리가 말했다. "하지만 제대로 말을 할 수 있어야 도움이 되겠죠. 제대로 말할 수 있어요, 해리?"

해리는 침을 삼켰다. 지난 몇 시간이 떠올랐다. 끝없이 마셔서 아무것도 남지 않을 때까지 마시고 싶었다. 술도 없고 고통도 해리 홀레도 남지 않을 때까지. 그가 줄 수 없는 도움을 청하는 목소리가 들리지 않을 때까지. 머릿속 째깍거리는 시계 소리가 점점 더 커졌다. 그 소리를 술에 담가 모든 것이 사라지고 시간이 흘러가버리게 할 수 없을까? 사람들이 실패하고 실망할 수 있도록. 그가 해줄 수 있는 건 그것뿐이었다. 그럼 왜 전화를 꺼내 이 번호로 전화하고 이리로 온 걸까?

아니, 그를 포함해 의자를 놓고 둥글게 모여 앉은 사람들은 에우네 그룹이 아니었다.

"안녕하세요." 걸걸한 그의 목소리는 마치 탈선하는 기차 소리 같았다. "제 이름은 해리고 알코올의존자입니다."

23

금요일, 노란 통나무

"힘든 밤을 보냈나 봐요?" 여자가 해리를 위해 열린 문을 잡은 채 말했다.

헬레나 뢰드는 생각보다 키가 작았다. 몸에 붙는 청바지에 검은색 터틀넥 스웨터 차림이었다. 금발 머리는 간단한 머리띠로 고정되어 있었다. 해리는 그녀가 사진에서 본 것만큼 예쁘다고 결론지었다.

"너무 그래 보이나요?" 그는 안으로 들어서며 말했다.

"아침 10시에 선글라스요?" 그녀는 해리를 안쪽으로 안내하며 대답했다. 입구에서부터 엄청나게 넓은 아파트라는 걸 알 수 있었다. "그리고 그렇게 마구잡이로 입기에는 너무 비싼 옷이네요." 그녀는 어깨 너머로 말했다.

"감사합니다." 해리가 말했다.

그녀는 웃더니 그를 응접실과 아일랜드 딸린 오픈 주방이 있는 넓은 공간으로 데려갔다.

사방에서 햇빛이 쏟아져 들어왔다. 콘크리트, 나무, 유리. 모든 자재가 최고 품질인 것 같았다.

"커피 드시겠어요?"

"감사합니다."

"어떤 커피를 드릴지 물어보려고 했는데 제가 보기엔 뭐든 드실 분 같군요."

"뭐든 좋습니다." 해리는 일그러진 미소를 띠며 말했다.

반짝이는 금속 에스프레소머신에 달린 버튼을 누르자 기계가 콩을 갈기 시작했고, 그녀는 필터 홀더를 흐르는 물에 헹궜다. 해리는 양문형 냉장고에 자석으로 붙여둔 여러 가지 물건을 이리저리 훑어보고 있었다. 달력. 말을 찍은 사진 두 장. 국립극장 로고가 새겨진 티켓 한 장.

"내일 〈로미오와 줄리엣〉을 보시나요?" 그가 말했다.

"네. 아주 멋진 작품이잖아요! 공연 첫날에도 마르쿠스와 함께 갔어요. 남편은 연극에 관심이 없지만 후원자니까 티켓은 많이 들어와요. 파티에서 그 작품 표를 잔뜩 뿌렸어요. 사람들이 반드시 봐야 한다고 생각해요. 하지만 여전히 두세 장은 남아서 굴러다녀요. 〈로미오와 줄리엣〉 보신 적 있어요?"

"네, 봤다고 해야겠죠. 영화지만."

"그럼 이 연극 보셔야 해요."

"저는……."

"꼭요! 잠시만요."

헬레네 뢰드는 어디론가 사라졌고 해리는 냉장고 문에 붙은 다른 물건들로 시선을 옮겼다.

두 아이가 부모와 함께 휴일에 찍은 것처럼 보이는 사진들. 해리는 헬레네의 조카들이라고 생각했다. 혼자든 함께 찍은 것이든 헬레네나 마르쿠스의 사진은 보이지 않았다. 그는 바닥부터 천장까지 이어진 커다란 유리창으로 다가갔다. 비에르비카 전체와 오슬로 피오르가 보이는 경치에서 방해물은 뭉크 미술관뿐이었다. 빠르게 다가오는 헬레네의 발소리가 들렸다.

"미술관은 영 아쉽죠." 그녀는 해리에게 티켓 두 장을 내밀며 말했다. "우린 저걸 체르노빌이라고 불러요. 건물 하나로 도시 전체의 미관을 망칠 수 있는 건축가는 흔하지 않죠. 하지만 에스투디오 에레로스 사는 해냈죠. 대단하다면 대단해요."

"음."

"오신 용무를 보셔도 돼요, 해리. 전 멀티태스킹에 강하니까요."

"좋습니다. 가장 중요한 건 파티에 관해 얘기를 듣고 싶다는 겁니다. 물론 수산네와 베르티네 얘기도요. 하지만 특별히 코카인을 가져온 남자 얘기가 궁금합니다."

"그렇군요. 그러니까 그 남자의 존재를 아시는군요."

"네."

"테이블에 약간의 코카인이 있었다고 누가 교도소에 갈 일은 없을 것 같네요."

"그렇습니다. 어쨌거나 저는 경찰이 아닙니다."

"그렇군요. 당신은 마르쿠스의 직원이니까요."

"저는 그쪽도 아닙니다."

"그렇겠죠. 크론 말로는 당신이 백지 위임장을 받았다더군요. 하지만 그건 아시겠죠? 돈을 내는 사람이 결국 모든 걸 조종하는 거예요." 헬레네의 웃음에는 약간의 경멸이 섞여 있었는데, 해리는 그것이 그를 향한 것인지 돈을 내는 사람을 향한 것인지 확실히 알 수 없었다. 아니, 어쩌면 그녀 자신을 향한 것인지도 몰랐다.

헬레네 뢰드는 커피를 만들면서 파티에 관해 말해주었다. 해리는 그녀의 설명이 남편의 진술이나 외위스테인이 알아낸 정보와 일치한다는 걸 확인했다. 그런 코카인을 가지고 온 남자는 느닷없이 등장해 루프톱 테라스에 있는 마르쿠스와 그녀에게 접근했다. 불청객일 수도 있지만 그런 사람은 많았다.

"마스크와 선글라스에다 야구 모자까지 쓰고 있어서 사람들 사이에서 의심스러워 보일 정도였어요. 마르쿠스와 제게 자기 약을 테스트해봐야 한다고 극구 우겼고 전 그럴 일은 없을 거라고 말했죠. 마르쿠스와 전 다시는 약에 손대지 않기로 약속했거든요. 그런데 조금 있다가 마르쿠스와 다른 몇 명이 보이지 않는 걸 발견했어요. 뜬금없이 파티에 온 사람들 가운데 전에 마르쿠스에게 약을 대주던 사람이 있어서 이미 조금 의심하고 있던 참이었거든요. 테라스에서 아래로 내려갔죠. 그랬더니 어이없게도……."

그녀는 눈을 감고 손바닥을 이마에 댔다. "마르쿠스가 이미 빨대를 코에 대고 몸을 숙이고 있었어요. 바로 제 앞에서 약속을 저버린 거죠! 그런데 그 순간 코카인에 반응한 그이가 재채기를 하는 바람에 엉망진창이 됐어요." 그녀는 눈을 뜨고 해리를 보았다. "웃어넘길 수 있는 상황이었으면 좋으련만."

"마스크를 쓴 약장수가 마르쿠스가 흡입할 수 있을 정도의 약을 바닥에서 쓸어 모으려고 애썼던 것 같더군요."

"네. 아니면 그냥 지저분해서 치우려고 했을 수도 있죠. 그 사람은 테이블에 묻은 마르쿠스의 콧물까지 닦아냈으니까요." 그녀는 거실 소파 앞에 놓인 커다란 유리 테이블을 향해 고갯짓을 했다. "아마 좋은 인상을 주고 싶었을 거예요. 마르쿠스를 단골로 삼고 싶지 않았겠어요? 아시겠지만, 마르쿠스가 흥정하는 사람은 아니잖아요. 값을 깎기보다 오히려 돈을 더 내려고 하죠. 그러면 권력을 누리는 느낌이니까. 아니, 그러면 그에게는 힘이 생겨요."

"그 말은 남편에게 권력이 중요하다는 뜻인가요?"

"누구에게나 그렇지 않나요?"

"글쎄요. 저는 아닙니다. 물론 제 생각일 뿐이지만요."

두 사람은 식탁을 사이에 두고 마주 앉았다. 헬레네 뢰드는 해리를 바라보았다. 그는 그녀가 상황을 분석하는 중이라고 생각했다. 얼마나 많이 말해야 하는지 분석했다. **그를** 분석했다.

"어쩌다가 금속 손가락을 갖게 되셨나요?" 그녀는 그의 손을 향해 고갯짓하며 물었다.

"어떤 사람이 원래 손가락을 잘랐기 때문입니다. 이야기가 좀 깁니다."

그녀는 눈도 깜짝하지 않았다. "시큼한 술 냄새가 나네요. 토한 냄새도."

"죄송합니다. 힘든 밤을 보냈는데 새 옷으로 갈아입을 틈이 없었습니다."

그녀는 마치 자신을 향하는 듯한 희미한 웃음을 지어 보였다. "잘생긴 남자와 매력적인 남자의 차이를 알아요, 해리?"

"아뇨. 뭔가요?"

"저도 몰라서 묻는 거예요."

해리는 여자와 눈을 마주쳤다. 지금 유혹하는 건가?

그녀는 그의 뒤쪽 벽으로 시선을 옮겼다. "마르쿠스의 어떤 면이 매력적이었는지 알아요? 그의 명성과 돈 말고."

"모르겠군요."

"다른 사람들에게도 매력적으로 보일 것 같아서였어요. 이상하지 않아요? 어떻게 그런 게 한 사람을 마음에 들게 하죠?"

"무슨 말씀인지 알겠군요."

그녀는 단념하듯 고개를 가로저었다. "마르쿠스는 재능이라고는 한 가지밖에 없었어요. 자신이 책임자라고 신호를 보낼 수 있는 거. 왜 그런지 아무도 이해할 수 없지만, 학교에서 주도권을 잡고 누구와 놀아주고 누구를 따돌릴지 결정하는 그런 학생 있잖아요. 마르쿠스와 마찬가지로 누구든, 만일 그런 사회적 왕좌에 오르게 되면 권력을 갖게 되고, 권력은 권력을 불러요. 그리고 권력보다 더 매력적인 건 세상에 없어요. 알겠어요, 해리? 여자들이 권력에 빠지는 건 계산된 기회주의 때문이 아니라 애초에 그렇게 태어났기 때문이에요. 권력은 섹시하죠. 그걸로 설명 끝."

"그렇군요." 해리가 말했다. 이 여자는 유혹하는 것 같지 않다.

"그리고 당신이 마르쿠스처럼 권력을 좋아하는 걸 배우게 되면 그때부터는 그걸 잃을까 봐 두려워하게 되죠. 마르쿠스는 사람들과 잘 지냈지만, 그와 그의 가문이 권력을 가졌기 때문에 사람들은 그를 좋아하기보다는 두려워했죠. 그이는 그래서 힘들어했어요. 사람들의 호감을 사는 것이 그에게는 중요했기 때문이에요. 쓸모없는 사람들의 호감은 필요 없었죠. 그런 사람들에게는 전혀 신경 쓰지 않았어요. 하지만 그와 대등한, 알려진 사람들에게는 호감을 얻고 싶었어요. 그는 가문의 재산을 물려받고 일구기 위해 BI 노르웨이 경영대학에 진학했지만, 공부보다는 파티를 더 즐겼죠. 그래서 결국 학위를 따기 위해 해외로 나가야만 했어요. 사람들은 재산이 불어났다는 이유로 그가 경영을 잘한다고 생각해요. 하지만 지난 50년 동안의 부동산 시장을 아는 사람이라면 돈을 잃을 수가 없다는 걸 알 거예요. 그런데도 마르쿠스는 회사를 거의 망하게 할 뻔했던 몇 안 되는 사람들 가운데 한 명이에요. 하지만 은행이 그를, 적어도 두 번은 회생시켰죠. 그리고 돈이 많아서 대중이 그의 성공담만 듣도록 할 수 있었어요. 저도 마찬가지였고요." 그녀는 한숨을 내쉬었다. "클럽에 가면 아예 그이의 자리가 정해져 있어요. 남자들은 돈 많은 남자를 좋아하는 여자들을 골라 돈을 주고 뭐든 시킬 수 있어요. 진부하게 들리지만 그래요. 마르쿠스가 예전에 결혼했었다고 들었지만 오래전 얘기고, 그 이후 독신으로 지냈어요. 전 그이가 제대로 된 여자를 만나지 못했다고 생각했어요. 그건 저였고요."

"그랬나요?"

그녀는 어깨를 으쓱했다. "전 남편에게 걸맞은 여자였다고 생각해요. 겉으로 보기에 서른 살이나 어린 섹시한 금발 미녀에 그이와 동년배인 사람들과 어색하지 않게 대화할 수 있고, 집안 살림도 잘 해냈죠. 어쩌면 그이가 내게 어울리는 남자였느냐가 더 문제였겠죠. 그 질문을 저 스스로 하기까지 오래 걸렸어요."

"그래서요?"

"지금 저는 여기 살고 그이는 프롱네르에 있는 남자의 동굴에 살죠."

"음. 그런데도 여자들이 실종되던 두 번의 화요일에 두 분은 함께 있었군요."

"그랬나요?"

해리는 여자의 눈에서 뭔가 도전하는 듯한 기운을 느꼈다. "그렇게 경찰에 말씀하셨죠."

헬레네가 살짝 웃었다. "네, 그럼 우리가 함께 있었다고 봐야겠네요."

"지금 진실을 말하지 않았다고 제게 말하려는 건가요?"

그녀는 체념한 듯한 표정으로 고개를 흔들었다.

"알리바이가 가장 필요한 사람은 당신인가요, 마르쿠스인가요?" 해리는 질문한 뒤 그녀의 반응을 유심히 살폈다.

"저요? 그럼 저를 의심하시는……." 그녀의 얼굴에서 깜짝 놀란 표정이 사라지더니 웃음소리가 방 안을 울렸다.

"당신에게는 동기가 있습니다."

"아니에요." 그녀가 말했다. "제게는 동기가 없어요. 저는 마르쿠스에게 자유를 줬어요. 유일한 조건은 날 부끄럽게 만들지 말란 거였죠. 내 돈을 여자들에게 퍼주는 것도 안 되고요."

"당신 돈이라고요?"

"남편 돈, 우리 돈, 내 돈, 뭐가 됐든. 그 여자애 두 명이 그런 식의 계획을 세웠으리라고는 생각하지 않아요. 그리고 솔직히 걔들한테 많은 돈이 들지도 않죠. 어쨌거나 당신도 제게 진짜로 동기가 없다는 건 금방 알게 될 거예요. 오늘 아침 제 변호사가 크론에게 제가 이혼을 원한다는 내용의 서류를 보냈어요. 전 재산의 절반을 요구했고요. 알겠어요? 난 남편을 원하지 않아요. 누구든 마르쿠스가 좋으면 가지라고 해요. 난 그저 내 승마 학교만 있으면 돼요." 그녀는 차갑게 웃었다. "놀란 것 같군요, 해리?"

"음. 로스앤젤레스에서 만난 영화 제작자가 말하길, 첫 결혼은 가장 비싸게 배울 기회라고 하더군요. 첫 결혼을 하고 나면 다음에 결혼할 때 혼전 계약서를 꼭 써야 한다는 걸 알게 된다면서."

"오, 마르쿠스는 혼전 계약서를 썼어요. 나랑도 썼고 전처와도 썼죠. 그 사람은 바보가 아니에요. 하지만 내가 알고 있는 것이 있어서 그이는 내가 원하는 만큼 줘야 해요."

"그럼 알고 계시는 게 뭡니까?"

그녀는 활짝 웃었다. "제 협상 수단을 당신에게 말해줄 순 없죠. 아마도 비밀 유지 각서에 서명하게 되겠죠. 누군가 그이가 저지른 짓을 알아낼 수 있기를 하느님께 빌겠지만 제가 그걸 도울 일은 없을 거예요. 냉소적으로 들리겠지만 저는 지금 당장 세상이 아닌 저를 구해야 해요. 미안해요."

해리는 뭔가 말하려다 그만두기로 했다. 상대는 조종당하거나 설득당하지 않을 터였다.

"왜 저를 만나겠다고 하셨나요?" 대신 그는 이렇게 물었다. "어차피 제게 아무 말도 하지 않을 거면서."

그녀는 아랫입술을 내밀고 고개를 끄덕였다. "좋은 질문이에요. 저도 모르겠네요. 그건 그렇고 입고 있는 옷은 드라이클리닝을 맡겨야겠어요. 마르쿠스의 옷을 한 벌 드리죠. 사이즈도 비슷할 것 같은데."

"네?"

헬레네는 벌써 일어나서 어디론가 걸어가고 있었다. "남편이 너무 살쪄서 입지 못하게 된 옷을 몇 벌 치워두었거든요. 구세군에 보낼까 생각 중이었어요." 그녀가 큰 소리로 말했다.

그녀가 가고 없는 사이 해리는 일어서서 냉장고로 다가갔다. 가까이 가서 보니 헬레네의 사진이 없지는 않았다. 그녀는 말고삐를 잡고 있었다. 연극 티켓 날짜는 다음 날이었다. 달력을 살펴보았다. 다음 주 목요일에 '바드레스에서 승마'라고 쓰여 있었다. 헬레네는 커버를 씌운 검은 정장 한 벌을 들고 돌아왔다.

"생각해주셔서 고맙지만, 옷은 제가 사는 편이 좋겠습니다." 해리가 말했다.

"재활용을 늘려야 모두에게 좋잖아요." 그녀가 말했다. "그리고 이건 브리오니 뱅퀴쉬 II라고요. 이런 물건을 버리는 건 죄악이에요. 자, 지구에 좋은 일 좀 해요."

해리는 그녀를 바라보았다. 망설였다. 하지만 왠지 그녀의 비위를 맞춰야 할 것 같은 기분이 들었다. 재킷을 벗고 그녀가 가져온 옷을 입었다.

"이런, 당신은 남편이 날씬했을 때보다 더 날씬하군요." 헬레네가 말하더니 머리를 한쪽으로 기울였다. "하지만 키는 비슷하고 어깨도 똑같이 넓으니까 잘 맞네요."

그녀는 바지를 내밀었다. 해리는 돌아서지도 않은 채 바지를 갈아입었다.

"완벽해." 그녀는 벗은 양복을 옷걸이에 걸고 그 위에 커버를 씌웠다. "미래 세대를 대신해 감사 인사를 드릴게요. 용무 끝나셨으면 저는 줌 회의가 있어서요."

해리는 고개를 끄덕이며 옷걸이를 받았다.

헬레네는 현관 앞으로 해리를 안내하고 그를 위해 문을 열어주었다. "아, 뭉크 미술관에 관해 한 가지 좋은 점이 막 떠올랐네요." 그녀가 말했다. "바로 에드바르 뭉크죠. 가서 〈노란 통나무〉라는 작품을 보세요. 좋은 하루 보내시고요."

탕은 조심스럽게 움직이며 광고판을 몬스 애완동물 용품점 출입문 밖으로 옮겼다. 그녀는 광고판 받침대를 벌려 진열창 옆에, 눈에 잘 띄면서도 다른 걸 가리지 않도록 설치했다. 요나탄의 선의에 부담을 주고 싶지는 않았다. 어쨌거나 광고판은 용품점 안에서 그녀가 운영하는 예약제 '개 돌봄' 홍보용이기 때문이다.

그녀는 광고판에서 고개를 들어 진열창에 비친 자신을 보았다.

이제 스물세 살이지만 여전히 자신이 뭘 하고 있는지 알 수 없었다. 뭐가 되고 싶은지는 알았다. 수의사. 하지만 노르웨이에서 수의사 공부를 하기 위한 자격을 갖추기는 너무 어려웠다. 요구하는 성적은 의대보다도 높았고 해외 수의사 학교에 진학하기에는 집안 사정이 넉넉지 않았다. 그래도 그녀는 어머니와 함께 슬로바키아와 헝가리에 있는 수의사 학교를 알아보고 있었고, 만일 탕이 애완동물 용품점에서 2년 정도 일하면서 근무 시간 전후로 개를 돌본다면 가능할 수도 있었다.

"실례합니다, 이곳 사장님이신가요?" 뒤에서 누가 물었다.

그녀는 돌아섰다. 아시아 남자처럼 보였지만 베트남 출신은 아니었다.

"사장님은 카운터 안쪽에서 청소하고 계세요." 그녀는 출입문을 가리키며 말했다.

그녀는 가을 공기를 들이쉬고 주위를 둘러보았다. 베스트칸토르게 시장. 오래되고 멋진 아파트 건물, 나무, 공원. 살기 좋은 곳이다. 하지만 선택해야만 했다. 수의사가 된다고 부자가 될 수는 없다. 그리고 그녀는 수의사가 되고 싶었다.

그녀는 작은 용품점에 들어섰다. 가끔 사람들—특히 아이들—은 가게에 들어와서 선반에 진열된 동물 사료와 줄지어 놓인 케이지, 개 목줄이나 다른 장비들을 보고 실망하곤 했다. "동물은 다 어디 있어요?"

그러면 그녀는 아이들을 데리고 가게에 있는 동물을 보여주곤 했다. 어항 속 물고기, 햄스터가 있는 케이지, 애완 쥐와 토끼들 그리고 벌레가 든 유리 테라리움까지.

탕은 안시스트루스 물고기가 들어 있는 어항으로 걸어갔다. 채

소를 좋아하는 물고기를 위해 저녁에 먹고 남은 약간의 콩과 오이를 집에서 가져왔다. 남자가 사장에게 경찰에서 나왔고, 사용이 금지된 이후 제조된 힐먼 구충제 봉지를 찾았는데 혹시 아는 바가 없느냐고 묻는 소리를 들었다. 몬스 용품점이 수입 대리점이자 유일한 판매점이기 때문이었다.

가게 사장이 아무 말 없이 고개만 흔드는 모습이 보였다. 그녀는 요나탄의 입을 열려면 경찰관이 꽤 고생해야 한다는 걸 알았다. 그녀의 보스는 내성적이고 조용한 사람이기 때문이다. 입을 연다고 해도 문장이 너무 짧아서 그녀의 전 남자친구가 보낸, 전부 소문자에 구두점이나 이모티콘은 전혀 없는 문자메시지 같았다. 모르는 사람은 그를 말이 불필요한 부담인 것처럼 구는, 성질 나쁘거나 짜증 내는 사람으로 볼 수도 있었다. 이곳에서 일했던 첫 몇 달 동안 그녀는 사장이 그녀를 마음에 안 들어하는 건 아닌지 궁금했다. 어쩌면 그녀가 모두가 동시에 떠드는 분위기 속에서 자랐기 때문일 수도 있었다. 시간이 흐르면서 그녀가 아니라 사장이 문제라는 걸 알았다. 그리고 사장이 그녀를 싫어하는 것도 아니었다. 오히려 그 반대일 수도 있었다.

"인터넷으로 보니까 개를 키우는 많은 사람이 수입 금지가 잘못된 조치라고 생각하더군요. 시장에서 팔리는 다른 제품들보다 힐먼 제품이 훨씬 효과적이라면서요."

"그렇죠."

"그렇다면 누군가 금지 조치를 무시하고 몰래 팔아서 조금씩 재미를 볼 수도 있겠네요."

"모르죠."

"진짜 모르세요?" 경찰은 기다렸지만 주인은 아무 말도 하지 않왔다. "혹시 사장님께서는……?" 경찰이 머뭇거리며 물었다.

침묵.

"들여오신 적 없나요?" 경찰이 질문을 마무리했다.

요나탄이 어찌나 낮고 깊은 목소리로 대답하는지 공기가 떨리는 것처럼 들렸다. "지금 제게 밀수를 했냐고 묻는 건가요?"

"그러셨나요?"

"아뇨."

"그러면 유통기한이 내년인 힐먼 사 구충제 봉지를 손에 넣을 수 있는 사람을 제가 찾아내는 데 혹시라도 도움이 될 만한 뭐라도 생각나지 않으십니까?"

"네."

"그렇군요." 경찰은 몸을 돌려 가게 안을 둘러보았다. 탕이 보기에는 포기할 생각이라고는 조금도 없어 보이는 태도였다. 그저 이제 어떻게 해야 할까 고민하는 것처럼 보였다.

요나탄이 헛기침을 했다. "사무실에 가서 마지막으로 주문한 사람의 기록이 남았는지 볼 수 있습니다. 여기서 기다리세요."

"감사합니다."

요나탄은 어항과 토끼 우리 사이 좁은 통로에 서 있는 탕을 지나쳤다. 전에는 보지 못한 눈빛이었다. 불편함. 아니, 불안감이었다. 그리고 평상시보다 땀 냄새가 심하게 났다. 그는 사무실로 들어갔지만 문을 연 채로 두어 탕은 서 있는 곳에서 그가 사무실에 둔 유리 케이지에 담요를 덮는 모습을 볼 수 있었다. 그녀는 유리 케이지에 뭐가 들었는지 잘 알았다. 딱 한 번 아이들을 데리고 사무실로 들어가 보여준 적 있는데, 요나탄은 불같이 화를 내면서 손님들을 사무실에 들이면 안 된다고 했다. 하지만 그녀는 그건 이유가 아니라는 걸 알았다. 동물 때문이었다. 그는 누구도 그걸 보지 않기를 원했다. 요나탄은 점잖기 이를 데 없는 고용주였다. 필요할 때마다 휴가를 쓰게 해주었고, 요구하지도 않았는데 월급이 오른 적도 있었다. 하지만 다른 사람과 이렇게 붙어 일하면서—가게에는 두 사람뿐이다— 상대방에 관해 아무것도 알지 못한다는 건 이상했다. 가끔은 그가 그녀를 지나치게 좋아하는 것 같기도 했고 어떤 때는 전혀 그렇지 않기도 했다. 나이는 그녀보다 많았지만 지나치게 많지도 않았다. 아마 서른 살쯤 된 것 같았는데 그 정도면 두 사람이 공통적인 관심사에 관해 대화할 수도 있었다. 하지만 대화를 시도하면 퉁명스러운 대답만 돌아왔다. 하지만 가끔 그녀가 눈치채지 못하리라 생각하는지 멍하니 그녀를 바라보기도 했다. 그녀에게 관심이 있는 걸까? 성격에 문제가 있어 침울해 보이는 걸까? 수줍음을 타거나 아니면 좋아하는 감정을 숨기려는 걸까? 어쩌면 그녀만의 상상일 수도 있다. 지루할 때, 하루가 길고 할 일이 없을 때 빠지는 환상일 수도 있었다. 가끔은 그의 행동이 초등학교 남자애들이 좋아하는 여자애들에게 눈을 뭉쳐 던지는 것처럼 보이기도 했다. 문제는 그가 어른이라는 것이다. 이상했다. 이상한 남자였다. 하지만 그녀로서는 있는 그대로 받아들이는 것 말고는 어쩔 도리가 없었다. 어쨌든 그녀는 직장이 필요했으니까.

요나탄은 그녀 쪽으로 되돌아오고 있었다. 그녀는 옆으로 비켜서 최대한 어항 쪽으로 몸을 붙였지만 그래도 그의 몸이 스쳤다.

"죄송합니다, 아무것도 없네요." 요나탄이 말했다. "너무 오래전 일이라서요."

"그렇군요." 경찰관이 말했다. "사무실에 덮어두신 건 뭔가요?"

"네?"

"무슨 말인지 알아들으셨을 텐데요? 제가 좀 봐도 될까요?"

요나탄의 가늘고 하얀 목에는 검은 수염이 났는데 탕은 가끔 좀 짧게 잘랐으면 좋겠다고 생각했다. 그런데 지금 그녀는 그의 울대뼈가 오르내리는 걸 볼 수 있었다. 거의 불쌍하다는 생각이 들 정도였다.

"그럼요." 요나탄이 말했다. "원하시는 건 뭐든 보셔도 됩니다." 이번에도 그의 목소리는 낮고 깊었다. "수색영장만 보여주시면요."

경찰관은 한 걸음 물러서더니 요나탄을 좀 더 자세히 살펴보려는 듯 고개를 살짝 옆으로 기울였다. 말하자면 그를 다시 평가하는 것 같았다.

"그럼 기억해두도록 하겠습니다." 경찰관이 말했다. "이렇게 도움 주셔서 감사합니다."

경찰관은 돌아서서 출입문을 향해 움직였다. 탕이 웃음을 지어 보였지만 상대는 웃지 않았다.

요나탄은 물고기 사료 상자를 열더니 카운터 뒤에 사료 봉지를 진열하기 시작했다. 그녀는 사무실 안쪽에 있는 화장실에 갔다. 나오면서 보니 요나탄이 화장실 밖에 서서 기다리고 있었다.

그는 뭔가를 들고 문도 닫지 않은 채 화장실에 들어갔다.

탕의 눈길은 자연스럽게 유리 케이지로 향했다. 담요는 치워졌고 케이지는 비어 있었다.

낡은 화장실에서 요나탄이 체인 당기는 소리와 물 쏟아지는 소리가 들렸다.

돌아서서 보니 그는 작은 싱크대에서 비누로 양손을 꼼꼼히 씻고 있었다. 그리고 뜨거운 물을 틀었다. 그는 거센 물줄기에 대고 양손을 문질렀다. 물이 얼마나 뜨거운지 김이 얼굴 높이까지 피어

올랐다. 그녀는 이유를 알았다. 기생충 때문이다.

탕은 침을 꿀꺽 삼켰다. 그녀는 모든 동물을 사랑했다. 심지어 다른 사람들이 소름 끼친다고 생각하는 것들도, 아니 어쩌면 그런 것들을 더 사랑했다. 많은 사람이 민달팽이를 징그럽다고 하지만 그녀는 커다랗고 연한 분홍색 민달팽이를 보여주면서 원래 그런 색이지 칠한 게 아니라고 설명했을 때 아이들의 믿을 수 없다는 듯 흥분한 표정을 잘 기억했다.

어쩌면 그래서 갑자기 강한 혐오감이 온몸을 휘감고 지나갔는지도 몰랐다. 동물을 사랑하지 않는 이 남자를 향한 혐오감. 누가 귀여운 새끼 야생 여우 한 마리를 데려와 돈을 지불한 일이 떠올랐다. 그녀는 사랑스럽고 버림받아 외로워하는 새끼 여우를 보살피며 지나칠 정도로 관심을 쏟았다. '니'라는 이름도 지어주었다. 작다는 뜻이다. 하지만 어느 날 출근했더니 우리 속 새끼 여우가 보이지 않았다. 아니, 가게 어디에도 없었다. 요나탄에게 물었더니 예의 무뚝뚝한 말투로 '죽었어요'라고 대답했다. 그녀는 더 묻지 않았다. 이미 알고 있는 사실을 굳이 확인하고 싶지 않아서였다.

요나탄이 수도꼭지를 잠그고 밖으로 나오다가 탕이 앞으로 팔짱을 낀 채 사무실 한가운데에 서 있는 모습을 보고 조금 놀랐다.

"죽었나요?"

"죽었어요." 그는 책상에 앉으며 말했다. 책상 위는 그들이 한 번도 정리하지 않은 온갖 서류로 늘 난장판이었다.

"물에 빠져 죽었어요?"

그는 마침내 흥미로운 질문을 했다는 듯 그녀를 바라보았다.

"그럴 수도 있죠. 어떤 민달팽이는 아가미가 있지만 카푸타르 산 민달팽이는 폐가 있어요. 그런데 폐가 있는 일부 민달팽이도 물에 빠져 죽기 전에 24시간을 버틸 수 있다고 해요. 살아나면 좋겠어요?"

"당연하죠. 사장님은 안 그래요?"

요나탄은 어깨를 으쓱했다. "자기 종족에서 떨어져나와 이상한 환경에 떨어진 존재에게 최선의 일은 죽음이라고 생각해요."

"진짜요?"

"외로움은 죽음보다 끔찍해요, 탕."

그는 그녀가 해석할 수 없는 눈빛으로 그녀를 바라보았다.

"이렇게 생각할 수도 있어요." 그는 수염이 난 목을 긁적거리며 생각에 잠긴 채 말했다. "이 민달팽이는 외롭지 않을 수도 있어요. 사실 녀석들은 자웅동체거든요. 하수도 속에서도 자양분을 찾아낼 거예요. 번식도 하고……." 그는 방금 씻은 손을 내려다보았다. "저 아래 모든 걸 쥐 폐선충에 감염시키고 결국은 오슬로의 하수도를 점령하겠죠."

탕은 어항 쪽으로 걸어 나오면서 사무실을 울리는 요나탄의 웃음소리를 들을 수 있었다. 워낙 드물게 듣는 웃음이어서 생소하고 이상하게, 거의 불쾌하게 들렸다.

해리는 서서 앞에 있는 그림을 보고 있었다. 그림 속에는 쓰러진 통나무의 노란 끄트머리가 앞쪽을 향해 있고 나머지는 뒤쪽 숲으로 뻗어 있었다. 그림 옆에 붙은 제목을 읽었다. 〈노란 통나무〉, 에드바르 뭉크, 1912.

"왜 이 그림에 관해 물으셨죠?" 직원임을 나타내는 빨간색 티셔츠 차림의 어린 남자가 물었다.

"글쎄요." 해리는 두 사람 옆에 서 있는 일본인 커플을 흘깃 보며 말했다. "사람들은 왜 이 그림을 보려고 할까요?"

"착시 때문이죠."

"그래요?"

"조금 움직여보시죠. 저, 잠시만요!"

일본인 커플이 웃으면서 옆으로 비켜서서 두 사람이 움직일 수 있도록 해주었다.

"보이세요?" 남자가 말했다. "어느 쪽에서 보더라도 통나무 끝은 우리를 가리키고 있는 것 같죠."

"음. 그게 무슨 의미를……."

"글쎄요." 남자가 말했다. "모든 게 보이는 것과는 다르다는 뜻일 수도 있겠죠."

"그렇군요." 해리가 말했다. "아니면 전체를 보려면 움직여서 다른 각도에서 봐야 한다는 뜻일 수도 있고. 어쨌든 감사합니다."

"별말씀을요." 직원이 대답과 함께 사라졌다.

해리는 남아서 그림을 바라보았다. 가장 큰 이유는 차라리 경찰청 건물이 인간적이고 따뜻해 보일 지경인 이 건물 내부를 에스컬레이터를 타고 이동한 후여서 뭔가 아름다운 걸 보며 눈을 쉬고 싶었기 때문이다. 휴대전화를 꺼내 크론에게 전화를 걸었다.

상대가 전화를 받을 때까지 기다리던 그는 관자놀이의 맥박이 점점 더 강해지는 기분이었다. 술을 마신 뒤 일상적인 생활을 할 때면 늘 그랬다. 그리고 갑자기 안정적인 심박수가 60이라는 생각이 들었다. 그 말은 그냥 여기 서서 그림을 보고 있으면, 루실이 살해될 때까지 그의 심장은 40만 번 조금 못 미치게 뛸 수 있다는 말이다. 혹시라도 그가 당황해 경찰이 그녀를 찾아낼 수 있다는 기대를 품고 신고한다면 그것보다 더 많이 뛰겠지만……. 어디서 그녀를 찾을 수 있을까? 멕시코 어디쯤?

"크론입니다."

"해리예요. 선금으로 30만이 필요합니다."

"어디 쓰게요?"

"예상 밖의 지출이죠."

"더 상세하게 말해줄 수 없나요?"

"안 됩니다."

상대는 아무 말이 없었다.

"알았습니다. 사무실로 오세요."

휴대전화를 다시 넣던 해리는 재킷 주머니에 뭔가 들어 있는 걸 발견했다. 꺼내보았다. 가면이었다. 얼굴 위쪽을 가리는 가면에는 고양이가 그려져 있었는데, 아마도 마르쿠스 뢰드가 참석했던 가장무도회에서 사용한 물건 같았다. 다른 쪽 주머니를 뒤져보니 아니나 다를까, 그쪽에도 뭔가 들어 있었다. 꺼내 보니 매끈한 플라스틱 카드였다. '빌라 단테'라는 곳의 멤버십 카드처럼 보였다. 다만 이름이 아니라 가명으로 발행되어 있었다. 카드에 적힌 가명은 '캣맨'이었다.

해리는 다시 그림을 바라보았다.

'다른 각도에서 볼 것.'

'누군가 그이가 저지른 짓을 알아낼 수 있길 하느님께 빌겠지만.'

헬레네 뢰드가 깜박 잊고 주머니를 비우지 않은 것이 아니다. 그녀가 일부러 넣어둔 것일지도 몰랐다.

24

금요일, 카니발

"영장을 발부하려면 확실한 근거가 있어야 해."

"알아." 성민은 속으로 형사소송법 192조를 저주하며 대답했다. 그는 휴대전화를 귀에 댄 채 창문도 없는 사무실의 벽을 노려보고 있었다. 홀레는 어떻게 그토록 오래 이곳에서 일하며 견뎌낸 거지? "하지만 내 생각엔 그곳에서 뭔가 불법적인 걸 찾아낼 가능성이 50퍼센트가 넘어. 그 친구가 땀을 흘리면서 내 눈을 제대로 보지 못하더니 사무실에서 감추고 싶은 것이 분명해 보이는 뭔가를 담요로 덮었다니까."

"알았어. 하지만 당신 혼자만의 의심으로는 부족해. 법 조항을 보면 반드시 확실한 증거가 있어야 한다고 되어 있어서 말이야."

"하지만—."

"그리고 내가 수색영장을 발부하려면 지연으로 인한 위험이 있어야만 한다는 것도 알잖아. 진짜 그래? 나중에 어떤 긴급한 상황이었는지 설명할 수 있겠어?"

성민은 크게 한숨을 내쉬었다. "아니."

"핑곗거리가 될 만한 다른 범죄의 증거는?"

"없어."

"그 사람이 전과자야?"

"아니야."

"그러면 아무것도 없는 거잖아?"

"들어보라니까. '밀수'라는 단어가 뢰드가 참석했던 파티와 내가 봉지를 찾아낸 사건 현장에서 전부 등장했어. 잘 알잖아, 내가 우연을 믿지 않는 사람이라는 거. 분명히 뭔가 있다는 감이 온다니까. 문서로 요청할까?"

"지금 이 자리에서 안 된다고 말할 테니 괜히 고생하지 마. 하지만 먼저 전화한 걸 보니 결과가 어떨지 예상은 했나 보네. 당신답지 않아. 아무 증거도 없다고? 그냥 직감이야?"

"직감이지."

"언제부터 직감을 믿었어?"

"배우려고 노력 중이야."

"우리처럼 평범한 인간 흉내를 내겠다는 거야?"

"자폐증과 자폐적 특성은 전혀 다른 거야, 크리스."

경찰 소속 변호사가 웃었다. "알았어. 내일 밥 먹으러 올 거야?"

"2009년산 샤토 캉트메를르를 한 병 가져갈게."

"자기 취향이 너무 고급스러워서 따라갈 수가 없을 것 같아."

"그렇지만 당신도 배울 수 있잖아."

두 사람은 전화를 끊었다. 성민은 카트리네로부터 〈다그블라데〉의 기사 링크가 붙은 문자메시지가 와 있는 걸 발견했다. 그는 링크를 누른 다음 페이지가 열리는 동안 의자에 등을 기대고 앉았다. 사무실 벽이 너무 두꺼워 인터넷이 느린 것 같았다. 해리 홀레는 도대체 왜 이 부서진 의자를 바꾸지 않았을까? 등이 벌써 아파오기 시작했다.

식인 사건

소식통에 따르면 살인범이 희생자인 수산네 안데르센과 베르티네 베르틸센의 뇌와 안구를 먹었다는 명확한 증거가 발견되었다고 한다.

성민은 욕을 내뱉고 싶었고, 그런 습관을 들이지 못한 것이 아쉬웠다. 이제부터라도 입에 붙여야 할지도 몰랐다.

이런 빌어먹을!

모나 도는 러닝머신 위에 있었다.

그녀는 러닝머신에서 뛰는 게 끔찍할 정도로 싫었다.

지금 러닝머신 위에서 뛰는 이유가 바로 그거였다. 등으로 흘러내리는 땀을 느낄 수 있고 벌게진 뺨을 체육관 거울 속에서 볼 수 있다. 안데르스가 편집해둔 플레이리스트에서 카르카스의 음악이 이어폰으로 흘러나왔다. 그의 말에 따르면 밴드가 나중에 낸, 선율이 아름다운 쓰레기 음악이 아닌 활동 초기의 그라인드코어 음악이라고 했다. 그녀가 듣기에는 그냥 분노의 잡음 같았는데, 지금 바로 필요한 게 그런 소리였다. 그녀의 두 발은 아래서 돌아가는 고무벨트를 두드렸고, 빌어먹을 벨트는 끝도 없이 계속 이어졌다.

보게가 또 해낸 것이다. 식인이라니. 하느님 맙소사! 빌어먹을!

누군가 뒤에서 다가오는 모습이 보였다.

"안녕하시오, 도."

망누스 스카레였다. 강력반의 형사.

모나는 기계를 끄고 이어폰을 뺐다.

"경찰께서 무슨 도움이 필요하시죠?"

"도움?" 스카레는 양팔을 펼쳐 보였다. "그냥 들르면 안 됩니까?"

"우리는 지금까지 여기서 만난 적이 없고, 당신은 운동복 차림도 아니잖아요. 뭐 알고 싶은 게 있거나 뭔가 흘리고 싶은 거예요?"

"이런, 너무 그러지 맙시다." 스카레는 웃었다. "그냥 최신 소식을 전해주고 싶을 뿐이죠. 기자들이랑 좋은 관계를 유지하려면 주는 게 좀 있어야 하잖아요? 오는 게 있어야 가는 게 있고, 뭐 그런 거."

모나는 러닝머신 위에 그대로 서 있었다. 높은 곳에서 내려다보는 느낌이 좋았다. "그런 생각이면 뭘 주실지보다 뭘 원하시는지를 알고 싶네요, 스카레."

"이번엔 없어요. 뭐, 나중에 뭔가 요구할 수도 있겠지만."

"고맙군요. 하지만 그렇다면 내 대답은 '노'예요. 다른 용건은?"

스카레는 장난감 총을 빼앗긴 어린아이처럼 보였다. 모나는 위험 부담이 큰 게임을 하고 있다는 걸 깨달았다. 아니, 그냥 화가 나서 제대로 생각하지 못하는 것일 수도 있었다.

"미안해요. 안 좋은 일이 있어서. 무슨 일이에요?"

"해리 홀레. 그 사람이 증인에게 전화해서 가짜 이름을 대고 자신이 오슬로 경찰이라고 주장했어요."

"아." 그녀는 마음을 바꿔 러닝머신에서 내려왔다. "그걸 어떻게 아셨죠?"

"내가 증인의 진술을 받았어요. 베르티네의 시체 냄새를 맡았던 개를 기르는 남자요. 그 사람 말로는 우리가 찾아가기 전에 누군가 경찰을 사칭하며 전화해 몇 가지 물어봤답니다. 자신이 한스 한센 경관이라면서. 문제는 우리 쪽에 그런 사람이 없다는 거죠. 그래서 농부 전화기에 남아 있는 발신자 번호를 확인했죠. 어땠는지 압니까? 통신사에 확인할 필요조차 없었습니다. 해리 홀레의 번호였거든요. 바지를 내린 채로 딱 걸린 거죠." 스카레가 씩 웃었다.

"당신이 말했다고 써도 돼요?"

"미쳤어요?" 그는 다시 웃었다. "보통은 '믿을 만한 소식통'이라고 쓰지 않던가요?"

그야 그렇지. 모나는 생각했다. 문제는 당신이 믿을 만하지도 않은 데다 소식통도 아니라는 거고. 모나는 스카레가 해리 홀레에게 감정이 좋지 않다는 사실을 알았다. 안데르스에 따르면 이유는 특별히 복잡하지도 않다고 했다. 스카레는 늘 홀레의 그림자에 가려진 채 일했고, 홀레는 스카레를 멍청이로 생각한다는 사실을 한 번도 감추려 한 적이 없다고. 하지만 개인적인 복수라고 보기에는 좀 약한 것 같았다.

스카레는 자세를 슬쩍 바꾸더니 옆 공간에서 스피닝 클래스에 참여 중인 여자들을 슬쩍 바라보았다. "하지만 어떤 내용인지 확인하고 싶으면 총경에게 연락해도 괜찮아요."

"보딜 멜링요?"

"그렇죠. 아마 총경님이 한두 마디 확인해줄 겁니다."

모나 도는 고개를 끄덕였다. 괜찮은 건이다. 괜찮으면서 지저분하다. 아무렴 어때. 마침내 보게보다 빨리 뭔가를 찾아냈다. 그녀는 복잡하게 생각할 여유가 없었다. 특히 지금은.

스카레는 웃고 있었다. 창녀촌을 찾은 손님이라도 된 것 같군, 모나는 생각했다. 그렇다면 자신이 어떤 신세가 되는지는 생각하지 않으려 애썼다.

25

금요일, 코카인 블루스

에우네 그룹이 모였지만 에우네는 가족이 3시에 오기로 했으니 그 전에 모두 돌아가야 한다고 말했다. 해리는 헬레네 뢰드를 만난 얘기를 모두에게 들려주었다.

"그럼, 지금 우리 보스 옷을 입고 돌아다닌다는 거네." 외위스테인이 말했다. "그리고 네 선글라스는 친구 물건이고."

"거기에 이것도 있지." 해리는 고양이 가면을 꺼냈다. "아직 '빌라 단테'가 뭔지 검색으로 나온 게 없다는 거지?"

트룰스는 휴대전화를 들여다보더니 끙 소리를 내고 고개를 가로저었다. 그는 오자마자 해리가 은밀하게 건넨 갈색 현금 봉투를 받았을 때처럼 거의 아무 표정도 없었다.

"내가 궁금한 건 보게가 식인 어쩌고 하는 정보를 어디서 얻었느냐는 거야." 에우네가 말했다.

해리는 고개를 드는 트룰스와 눈을 마주치고는 남들이 보지 못하게 고개를 살짝 가로저었다.

"저도 궁금합니다." 외위스테인이 말했다. "어떤 보고서에도 인육을 먹었다는 헛소리는 없는데요."

"보게가 소식통을 잃은 느낌이 들어." 해리가 말했다. "그래서 얘기를 지어내는 거지. 베르티네의 문신을 오려냈다가 다시 꿰맸다는 얘기처럼. 그것도 사실이 아니니까."

"그럴 수도 있지." 에우네가 말했다. "보게는 전에도 일하다가 기사를 조작한 적이 있었지. 인간이란 이상할 정도로 일관성 있는 동물이야. 같은 패턴으로 행동하다가 손해를 보면 배워야 하는데도 문제가 생기면 또다시 어리석은 해결책을 쓰거든. 보게는 최근에 받은 관심에 지나치게 취한 나머지 욕심을 놓지 못하고 과거에 통했던 방식에 매달려 있는 것 같군. 적어도 잠깐은 통할 방법이라고 할까. 하지만 식인 행위의 가능성에 관해서는 보게의 말이 꼭 틀리지 않았을 수 있어. 상황을 고려해보면 꾸며낸 얘기인 것이 분명한데, 연쇄살인범 소설을 너무 많이 읽은 티가 나는군."

"혹시 이런 생각은……." 외위스테인은 휴대전화 화면으로 보게가 쓴 기사를 읽으면서 입을 열었다.

모두가 그를 바라보았다.

"이 정도면 살인범에게서 얘기를 들은 거 아닐까요?"

"과감하지만 흥미로운 해석이군." 에우네가 말했다. "하지만 오늘 할 일은 끝났고 이제 주말이야, 신사분들. 이제 곧 아내와 딸이 올 걸세."

"주말에는 뭘 할까, 보스?" 외위스테인이 물었다.

"넌 특별히 할 일 없어." 해리가 말했다. "난 트룰스의 랩톱을 빌렸으니 경찰 보고서를 훑어봐야겠어."

"이미 다 읽은 줄 알았는데."

"대충 봤지. 이제부터 자세히 봐야지. 자, 가자고."

에우네는 해리에게 잠깐 따로 얘기하자고 했고, 그는 다른 사람들이 병실 밖으로 나가는 동안 침대 옆에 서 있었다.

"경찰 보고서 말이야." 에우네가 말했다. "보고서를 만드는 사람이 몇 명이지? 40명? 50명? 지난 3주 동안 사건에 투입된 전부겠지. 전부 몇 페이지나 될까? 천 페이지? 해결책이 그 안에 있다고 생각해서 그걸 전부 읽겠다는 거야?"

해리는 어깨를 으쓱했다. "어디선가 나오겠죠."

"정신에도 휴식이 필요한 법이야, 해리. 처음부터 자네가 너무 스트레스를 받고 있다는 걸 알았네. 자네는 뭐랄까⋯⋯ 내가 절망적이라는 단어를 써도 될까?"

"비슷하죠."

"내게 말하지 않은 게 있나?"

해리는 고개를 숙이고 손으로 목덜미를 어루만졌다. "네."

"말하고 싶나?"

"네." 그는 고개를 똑바로 들었다. "하지만 그럴 수 없어요."

에우네와 해리는 서로를 바라보았다. 에우네는 눈을 감고 고개를 끄덕였다.

"감사합니다." 해리가 말했다. "월요일에 얘기하시죠."

에우네는 입술에 침을 발랐고, 그의 눈빛에서 피곤함에 지친 명랑함을 발견한 해리는 그가 뭔가 재치 넘치게 대꾸하려는 걸 알아차렸다. 하지만 에우네는 마음을 바꿨는지 그저 고개만 끄덕였다.

라디움 병원을 나서던 해리는 에우네가 하려던 대답이 뭔지 깨달았다. '월요일에도 내가 살아 있다면 말이지.'

외위스테인은 해리를 조수석에 태우고 버스 전용차선을 따라 도심으로 향하고 있었다.

"금요일 러시아워치고는 안 막히는데?" 외위스테인이 백미러를 보며 씩 웃었다.

뒷자리에 앉은 트룰스가 꿀꿀거렸다.

해리의 전화기가 울렸다. 카트리네였다.

"무슨 일이야?"

"안녕, 해리. 힘든 부탁 좀 할게요. 오늘 저녁에 아르네와 데이트가 있어요. 유명한 레스토랑에 아르네가 겨우 예약을 했거든요. 그런데 시어머니가 아프셔서……."

"애를 봐달라고?"

"불편하면 그냥 얘기하세요. 그럼 내가 안 나가면 되니까. 좀 피곤하기도 하고. 그렇지만 적어도 그 사람한테 누구든 구해보려 했다고 핑계는 댈 수 있으니까."

"할 수 있어. 하고 싶고. 언제 가면 돼?"

"퍽이나 하고 싶겠네요, 해리. 7시에 와요."

"좋아. 그란디오사 냉동 피자, 잊지 말고 오븐에 넣어둬."

해리가 전화를 끊었지만 전화기는 곧바로 다시 울렸다.

"꼭 그란디오사가 아니어도 돼." 해리가 말했다.

"〈VG〉의 모나 도예요."

"이런……."

해리는 상대방 말투에서 안데르스의 여자친구인 모나가 아닌, 기자인 모나가 전화했다는 걸 알아차렸다. 그의 입에서 나오는 모든 얘기가 그에게 불리하게 사용될 수 있다는 뜻이었다.

"저희가 쓰고 있는 기사가 있는데요……." 그녀가 말을 시작했다. 이 말은 이미 바퀴는 구르기 시작했다는 뜻이며 멈출 수 없다는 의미였고, 그녀는 '저희'라고 말함으로써 앞으로 묻게 될 불쾌한 질문에 대한 개인의 책임을 조금이나마 줄이고 있었다. 해리는 차량의 물결을 보면서 벵에게 경찰 행세를 한 일 때문이라는 이야기를 들었다. 그녀는 기사에 보딜 멜링 총경이 경찰을 사칭하면 최대 6개월의 형을 선고받을 수 있다고 말한 사실이 담길 것이고, 이번 사건에 따라 법무부 장관이 의심스럽고 승인받지 않은 사적 수사를 근절할 수 있기를 바라고 있으며, 나아가 이번 살인사건 조사부터 즉각 그런 조치를 하는 것이 무엇보다 중요하다고 한 발언을 인용할 거라고 말했다.

모나는 취재 윤리강령에 따라 그에게 반론의 기회를 제공하려고 전화한 것이다. 모나 도는 강압적이고 터프한 성격이긴 했지만 그런 면에서는 늘 공정했다.

"노코멘트." 해리가 말했다.

"정말요? 그럼 기사 내용이 사실이라는 점에 이의가 없다는 뜻이에요?"

"노코멘트라는 건 내가 아무 말도 하지 않았다는 뜻이 맞겠죠."

"알았어요, 해리. 하지만 그래도 우린 '노코멘트했다'라고 인쇄해야만 해요." 그는 상대방이 키보드를 두드리는 소리를 들었다.

"아직도 **인쇄**라는 말을 씁니까?"

"그냥 쉽게 바뀌지 않는 말도 있잖아요."

"그렇죠. 내가 이제 막 하려는 행동을 **끊는다**고 말하는 것처럼. 됐죠?"

모나 도가 한숨을 내쉬는 소리가 들렸다. "좋아요. 좋은 주말 보내요, 해리."

"그쪽도요. 그리고—."

"네, 안데르스에게도 인사 전하죠."

해리는 휴대전화를 뢰드의 약간 지나치게 헐렁한 양복 재킷 안주머니에 넣었다.

"문제 있어?"

"있어." 해리가 말했다.

뒷좌석에서 다시 꿀꿀거리는 소리가, 이번에는 더 크고 화난 듯 들렸다.

몸을 반쯤 돌린 해리는 휴대전화의 액정 화면 빛을 보고 모나가 홈페이지에 기사를 올리기 직전에 전화했다는 걸 깨달았다. "뭐라고 썼어?"

"당신이 사기꾼이래."

"어쩔 수 없지, 어쨌거나 사실이니. 나야 뭐 지켜야 할 명성이 있는 것도 아니고." 해리는 고개를 흔들었다. "더 큰 문제는 우리 수사가 중단될 수 있단 거지."

"아니야." 트룰스가 말했다.

"아니라고?"

"더 큰 문제는 당신이 체포될 수도 있단 거야."

해리는 눈썹을 추켜세웠다. "자기들이 3주나 찾고 있던 시체를 찾는 걸 도와준 죄로?"

"그 일이 아니야." 트룰스가 말했다. "당신은 멜링을 몰라. 그 여자, 잘나가고 싶어한다고. 그런데 당신이 앞을 막고 있잖아. 모르겠어?"

"내가?"

"만일 우리가 먼저 이 사건을 해결하면 그 여자는 아마추어처럼 보일 거 아냐?"

"음. 알았어. 하지만 체포라니, 너무 극단적인 것 같군."

"그게 저들이 파워 게임을 벌이는 방식이야. 그래서 교활한 놈들이 자리를 차지하고 있는 거고. 그래야…… 법무부 장관 짓도 해먹는 거야. 예를 들자면 말이지."

해리는 트룰스를 한 번 더 쳐다보았다. 그의 이마는 그들을 멈춰 세운 신호등처럼 빨갰다.

"난 여기서 내릴게." 해리가 말했다. "주말엔 좀 쉬라고. 하지만 휴대전화는 켜두고. 시내를 벗어나지 마."

7시에 카트리네는 해리에게 현관문을 열어주었다.

"네, 〈VG〉 읽었어요." 그녀는 복도에 있는 장식장 앞으로 돌아가 귀고리를 달았다.

"음. 적이 수사팀장을 위해 애를 돌봐주고 있다는 걸 알면 멜링이 어떻게 나오리라 생각해?"

"돌아오는 월요일이 되면 선배는 별로 위협적인 존재가 되지 못할 거예요."

"왜 그런 끔찍한 생각을 하지?"

"멜링은 의심스러운 사적 수사에 관해 언급하면서 법무부 장관에게 선택권을 남겨두지 않았어요."

"그래, 그렇다고 봐야지."

"딱한 일이에요, 선배를 좀 써먹을 수 있었는데. 절차쯤은 무시한다는 걸 모르는 바 아니지만, 불필요한 상황에서 일을 망칠 줄은 몰랐어요."

"너무 열중하는 바람에 좋지 않은 판단을 했겠지."

"말하자면 선배는 예측했던 대로 예측 불가능한 사람이에요. 뭘 가져왔어요?" 그녀는 그가 벗은 신발 위에 내려놓은 비닐봉지를 가리켰다.

"컴퓨터. 아이가 자면 일을 좀 하려고. 아이는……?"

"있어요."

해리는 거실로 들어갔다.

"엄마 조으흔 냄새 난다." 게르트는 거실 바닥에 봉제 인형 두 개와 함께 앉아 놀고 있었다.

"향수야." 해리가 말했다.

"조으흔." 게르트가 말했다.

"아저씨가 뭐 가져왔는지 볼래?" 해리는 주머니에서 조심스럽게 막대 초콜릿을 꺼냈다.

"쇼코에."

"쇼크 받았어?" 해리는 웃었다. "그럼 이건 비밀로 하자."

"엄마! 해니 아저씨가 쇼코에 줬어."

카트리네가 떠나자 해리는 가상 세계로 들어가 세 살짜리 아이의 상상력 넘치는 생각을 따라잡기 위해 최선을 다했고, 가끔은 거기에 자기 상상력을 더하기도 했다.

"아저씨 진짜 잘해." 게르트가 그를 칭찬했다. "용은 어디써?"

"당연히 동굴 속에 있지." 해리는 소파 아래를 가리키며 말했다.

"우와." 게르트가 말했다.

"나도 우와." 해리가 말했다.

"쇼코에?"

"오케이." 해리가 의자에 걸쳐둔 재킷 주머니에 손을 넣었다.

"그거 모야?" 게르트가 해리가 손에 든 가면을 가리키며 물었다.

"고양이." 해리는 가면으로 얼굴을 가리며 말했다.

게르트의 얼굴이 일그러지더니 갑자기 울먹이는 소리를 냈다.

"아냐, 해니 아저씨! 무서어!"

해리는 재빨리 가면을 벗었다. "좋아, 고양이 없다. 용만 있어. 됐지?"

그러나 벌써 눈물이 흐르기 시작했고 게르트는 훌쩍거렸다. 해리는 자신을 저주했다. 이번에도 좋지 않은 판단이었다. 무서운 고양이라니. 엄마도 없는데. 잠자리에 들 시간은 이미 조금 지났고. 울음이 터지지 **않을** 이유가 하나라도 있나?

게르트는 해리를 향해 양팔을 뻗었고, 그는 생각할 틈도 없이 아이를 끌어안았다. 어깨에 얼굴을 묻은 아이의 머리를 토닥이는 동안 따뜻한 눈물이 그의 셔츠를 적셨다.

"쇼코에 조금 먹고 같이 이 닦고 자장가 불러줄까?"

"예에!" 게르트가 훌쩍였다.

카트리네는 용인하지 않을 것 같은 양치질을 마치고 해리는 게르트에게 잠옷을 입혀 침대에 눕혔다.

"부우맨?" 게르트가 명령했다.

"모르는 노랜데." 해리가 말했다. 휴대전화 진동이 울려서 보니 알렉산드라의 문자메시지가 도착해 있었다.

게르트는 못마땅함을 감추지 않은 채 그를 바라보았다.

"하지만 다른 좋은 노래 알아."

"불러조." 게르트가 말했다.

해리는 자장가라면 흔들흔들 느려야 할 것 같아서 롤링 스톤스의 〈Wild Horses〉를 불렀다. 하지만 한 소절 만에 중지당했다.

"다른 거."

행크 윌리엄스의 〈Your Cheatin' Heart〉는 두 소절 뒤에 실격당했다.

해리는 한참 생각했다.

"좋아. 눈을 감아."

그는 노래하기 시작했다. 그걸 노래라고 할 수 있을지 알 수 없었다. 노래라기보다 낮고 느린 찬송처럼 들렸고 가끔 거친 목소리가 높아지는, 코카인의 폐해를 노래하는 오래된 블루스였다. 노래가 끝난 뒤 게르트의 숨소리는 더 깊고 규칙적으로 변했다.

해리는 사진이 포함된 문자메시지를 열었다. 그녀의 아파트 현관 거울을 찍은 사진이었다. 포즈를 취한 알렉산드라의 크림색 도는 노란 드레스는 비싼 옷만 가능한 재주를 부리고 있었다. 몸의 장점이 아주 잘 드러났지만 언뜻 보면 그것이 옷과는 아무 상관 없는 것처럼 느껴지게 했다. 동시에 알렉산드라는 그런 옷이 필요 없다는 것도 알 수 있었다. 그녀 역시 알고 있을 것이다.

월급 절반을 주고 샀어요. 내일 기대할게요!

해리는 문자 앱을 닫고 고개를 들었다. 게르트가 눈을 크게 뜨고 있었다.

"더."

"그래…… 마지막 노래?"

"어."

26

금요일, 시멘트

미카엘 벨만은 9시에 회옌할에 있는 그의 집 문을 열었다. 좋은 집이었다. 언덕 끄트머리에 자리를 잡아서 울라와 세 아이가 비에르비카와 피오르까지 도시 전체를 내려다보는 전망을 즐길 수 있었다.

"여보!" 울라가 거실에서 큰 소리로 맞았다. 미카엘은 새 코트를 옷걸이에 건 다음 몸집이 작고 아름다운 아내가 있는 거실로 향했다. 어릴 때부터 사귄 끝에 결혼한 아내는 막내아들과 함께 TV를 보고 있었다.

"미안, 회의가 길어져서……." 아내의 목소리나 눈빛에서 의심의 기운은 느껴지지 않았다. 물론 그럴 이유도 전혀 없었다. 지금 당장은 그의 삶에서 울라가 유일한 여자였다. TV2의 젊은 리포터가 있긴 했지만 요즘은 거의 만나지 않는다. 앞으로도 바람을 안 피울 생각은 없지만, 확실하게 빠져나갈 수 있을 때만 그럴 작정이었다. 권력을 가진 유부녀. 미카엘 본인처럼 잃을 것이 많은 사람. 사람들은 권력은 타락하기 마련이라지만, 그는 권력이 생길수록 조심스러워졌다.

"트룰스가 와 있어."

"뭐?"

"당신한테 할 말이 있어 들렀대. 지금 테라스에 있어."

미카엘은 눈을 감고 한숨을 내쉬었다. 오륵크림* 수장에서 경찰청장을 거쳐 법무부 장관까지 올라오는 동안 그는 친구이자 과거 함께 음모를 꾸미던 트룰스와의 거리를 조금씩 확실히 멀어지게 했다. 아까 말한 것처럼, 그는 좀 더 조심스러워졌다.

미카엘은 넓은 테라스로 나간 다음 미닫이문을 닫았다.

"이곳 경치가 끝내주네." 트룰스가 말했다. 난방 램프 빛을 받아 얼굴이 벌겋게 보였다. 그는 맥주병을 입으로 가져갔다.

미카엘은 그의 옆에 앉아 트룰스가 뚜껑을 따 건네주는 맥주병을 받았다.

"수사는 어떻게 되어가고 있어?"

"내가 받는 수사?" 트룰스가 물었다. "아니면 내가 하는 수사?"

"네가 수사하는 게 있어?"

"몰랐어? 그러면 정보가 새지 않았다는 뜻이니 잘됐군. 나, 해리 홀레랑 일하고 있어."

미카엘은 트룰스가 한 말을 생각했다. "혹시라도 그쪽 일을 돕기 위해서 경찰관인 네 지위를 이용하려는 거면—."

"그래, 알아. 그렇지만 누가 우리 수사를 중지시키면 아예 문제가 없겠지. 하지만 그런다면 부끄러운 짓이 될 거야. 홀레는 솜씨가 좋아. 홀레가 계속 수사하도록 두면 이 미친놈이 붙잡힐 가능성이 커질 거야." 트룰스는 테라스의 콘크리트 바닥을 신발 신은 발

* 조직범죄 통합 수사 부서.

로 굴렀다.

미카엘은 친구가 발이 시려서 그러는 것인지 아니면 자기도 모르게 두 사람이 함께한 과거와 그 속의 비밀을 떠올리게 하려는 것인지 알 수 없었다.

"홀레가 보냈어?"

"아니, 그 친구는 내가 여기 온 걸 몰라."

미카엘은 고개를 끄덕였다. 트룰스가 스스로 뭔가 한다는 건 흔치 않은 일이었다. 두 사람이 뭘 할지 정하는 건 늘 미카엘의 몫이었기 때문이다. 하지만 트룰스의 목소리를 들어보니 진실을 말하고 있었다.

"이건 범인 한 명을 체포하는 것보다 훨씬 큰일이야, 트룰스. 정치적으로 엮여 있다고. 큰 그림을 봐야 해. 원칙이란 게 있어. 알아들어?"

"나 같은 사람은 정치는 몰라." 트룰스는 조용히 트림을 뱉으며 말했다. "법무부 장관께서 도대체 왜 빌어먹을 연쇄살인범을 잡는 것보다 노르웨이의 가장 유명한 형사가 가짜 순경 노릇을 한 일에 더 매달리는지 잘 모르겠군. 더군다나 바로 그 거짓말 덕분에 베르티네 베르틸센의 시체를 찾아냈는데 말이야."

미카엘은 맥주를 한 모금 마셨다. 전에는 맥주도 나름 즐겼지만 이제는 그렇지 않았다. 하지만 노동당과 노동운동을 이끄는 사람들은 맥주를 안 마시는 사람을 잘 믿지 않았다.

"법무부 장관이 되고 그 자리를 지키려면 어떻게 해야 하는지 알아, 트룰스?" 미카엘은 대답을 기다리지 않고 말을 이었다. "잘 들어야 해. 본인에게 가장 큰 이익을 줄 수 있는 사람들의 말을. 자신이 갖지 못한 경험이 있는 사람들의 말을. 이번 건을 옳은 방향으로 끌어갈 사람들을 알아. 그 사람들은 이번 상황을 백만장자가 형사와 변호사로 사적인 군대를 꾸리지 못하도록 법무부가 나서서 막는 모습으로 보이게 할 거야. 그래서 부자가 온갖 특혜를 누리고 가장 비싼 변호사들만 이기고 모든 사람이 법 앞에 평등하다는 주장 따위는 시시한 애국적 수사에 지나지 않는 미국의 사회적 분위기를 우리는 허용하지 않는다는 걸 보여줄 거야. 노르웨이에서 평등은 서류상으로만 존재하는 게 아냐. 그리고 우린 그걸 위해 앞으로도 계속 노력할 거야." 미카엘은 자신이 한 말 가운데 몇몇 구절을 잘 기억해두었다. 어쩌면 앞으로 연설할 때 써먹을 수도 있기 때문이다. 좀 더 고상하게 말할 필요는 있겠지만.

트룰스는 특유의 꿀꿀대는 웃음을 터뜨렸다. 미카엘은 그 웃음소리를 들을 때마다 돼지가 떠올랐다.

"왜?" 미카엘은 자신의 목소리가 의도한 것보다 더 짜증스럽게 들린다고 생각했다. 긴 하루였다. 연쇄살인범과 해리 홀레 이야기가 신문을 장식할 수는 있겠지만, 법무부 장관이 신경 쓸 업무는 그 밖에도 많았다.

"법 앞에서 우리가 완전한 평등을 누리는 일이 얼마나 대단한지 생각하고 있었어." 트룰스가 말했다. "생각해봐. 이 나라에서는 경찰이 제보를 받아 수사하면 그 대상이 법무부 장관이라 해도 막을 수가 없어. 그리고 그 사람 집의 테라스 콘크리트에서 시체가 나올 수도 있는 일이지. 그저 폭주족 갱단 조직원에다 헤로인을 밀수했고 두 명의 비리 경찰과 연루되어 있어서 사회의 그 누구도 그리워할 놈이 아니긴 하지만. 법 앞에서의 평등이라는 건 법무부 장관께서 한때 권력보다는 돈에 더 신경 쓰는 젊은 경찰이었다는 사실을 수사로 밝혀낼 수도 있다는 뜻이야. 그리고 그에게는 조금 순진한 어릴 적 친구가 있고, 그는 어느 날 밤에 훨씬 똑똑한 친구의 새집에 증거를 은닉하는 걸 도왔다는 것도." 트룰스는 다시 한번 시멘트 바닥에 발을 굴렀다.

"트룰스." 미카엘이 느릿하게 말했다. "지금 날 협박하는 거야?"

"전혀 아니야." 트룰스는 빈 맥주병을 의자 옆에 내려놓더니 일어섰다. "잘 들어야 한다는 네 말이 좋은 생각이라고 생각할 뿐이야. 내게 가장 큰 이익을 마음속 깊이 묻어둔 사람의 말을 잘 듣는 거. 맥주 잘 마셨어."

카트리네는 아이 방 문가에 서서 두 사람을 보고 있었다.

게르트는 침대에서, 해리는 이마를 헤드보드에 대고 의자에 앉은 채 자고 있었다. 두 사람이 자는 모습을 보니 닮은 모습이 더 두드러진다고 결론지었다. 해리를 조심스럽게 흔들어 깨웠다. 그는 입맛을 다시고 눈을 깜박거렸고 시계를 확인하더니 일어서서 그녀를 따라 주방으로 나왔다. 그녀는 주전자를 불에 올렸다.

"일찍 왔네." 그는 주방 테이블에 앉으며 말했다. "좋은 시간을 보낸 거 아니었어?"

"괜찮았어요. 그 사람이 몽라셰 와인이 있다고 해서 그 레스토랑을 선택했거든요. 아마 첫 데이트 때 내가 그 와인을 좋아한다고 했나 봐요. 그렇지만 식사가 너무 늘어지게 이어지기도 하잖아요."

"그럼 다른 곳으로 옮기면 되잖아. 술도 마시고."

"아니면 그 사람 집으로 가서 잽싸게 한번 해도 되고요."

"그런데?"

그녀는 어깨를 으쓱했다. "그 사람 착해요. 아직 자기 집으로 초대를 안 해요. 그 사람은 우리 둘이 서로 어떤 의미인지 확실하게 알기 전까지 섹스는 미뤄두고 싶어해요."

"하지만 자네는……."

"서로 **안 맞는** 걸 깨닫기 전까지 가능한 한 많이 했으면 좋겠어요."

해리가 웃었다.

"처음엔 비싸게 구는 건가 생각했어요." 그녀는 한숨을 내쉬었다. "그리고 그게 제게 먹혔고요."

"음. 전략이라는 걸 알면서도?"

"그럼요. 전 저한테 없는 걸 보면 달아오르잖아요. 예전의 선배처럼."

"난 유부남이었어. 유부남만 보면 흥분하나?"

"내가 가질 수 없는 사람일 때만요. 그런 사람은 많지 않아요. 선배는 짜증 날 정도로 충실했어요."

"더 충실할 수도 있었지."

그녀는 해리에게 인스턴트커피를 내주고 자신이 마실 차를 우렸다. "선배가 취하고 절망에 빠졌을 때 제가 유혹한 거죠. 가장 약했던 순간에. 저 스스로 그걸 절대 용서할 수가 없어요."

"아니야!"

너무 빠르고 날카로운 대꾸에 그녀가 놀라는 바람에 찻물이 출렁거리다 밖으로 튀었다.

"아니라고요?"

"아니야." 그가 말했다. "내 죄책감을 그렇게 가져가도록 둘 수 없어. 내게—." 그는 커피를 한 모금 마시면서 데기라도 한 것처럼 얼굴을 찡그렸다. "남은 거라곤 그것밖에 없는데."

"선배가 가진 전부라고요?" 그녀는 눈물과 분노가 동시에 차오르는 것 같았다. "비에른은 당신에게 실망해서 자살한 게 아니에요, 해리. 저 때문이었어요." 그녀는 거의 소리를 지를 뻔했지만 멈추고 아이 방에서 혹시 무슨 소리가 들리는지 귀를 기울였다. 그리고 목소리를 낮췄다. "우린 함께 살았어요. 그는 스스로 우리 아이의 행복한 아버지라고 생각했어요. 물론 제가 선배에게 어떤 감정인지 알고 있었죠. 우린 그 얘기를 하지 않았지만 그는 알았어요. 그리고 또, 절 믿을 수 있다는 것도 알았어요. 아니, 알고 있다고 생각했거나. 죄책감을 나누자는 말은 고마워요, 해리. 하지만 이건 저 혼자 감당해야 해요. 알았어요?"

해리는 커피잔을 내려다보았다. 이런 식으로 다툴 생각은 없었다. 전혀. 동시에 뭔가 이상하다는 생각이 들었다. '내게 남은 건 죄책감뿐인데.' 그녀가 그 말을 듣고 혹시 뭔가 오해한 걸까? 아니면 그가 뭔가를 말하지 않아서일까?

"비극 아니야?" 그가 말했다. "사랑이 우리가 아끼는 사람들을 죽인다는 거."

그녀는 천천히 고개를 끄덕였다. "셰익스피어 같네요." 그녀는 해리의 얼굴을 자세히 바라보았다. '아끼는 사람들.' 왜 복수형을 쓰는 거지?

"자, 난 호텔로 돌아가서 일을 좀 해야겠어." 의자 다리가 바닥을 긁는 소리가 났다. "고마워, 그……." 그는 아이 방 쪽을 향해 고갯짓했다.

"제가 고마워요." 그녀는 조용히, 깊은 생각에 잠긴 채 말했다.

프림은 이불을 덮고 누워 천장을 바라보고 있었다.

자정이 가까운 시간이었고, 경찰 무전망에서 주기적으로 오가는 통신 내용이 잡음과 함께 위안을 주고 있었다. 그렇지만 잠이 오지 않았다. 내일이 두려워서이기도 했지만 흥분했기 때문에 더 그랬다. 그는 '그녀'와 함께 있었다. 그리고 이제 그는 거의 확신했다. 그녀도 그를 사랑했다. 그들은 음악에 관해 이야기했다. 그녀도 관심을 보였다. 그리고 그가 쓴 글에도 관심이 있다고 말했다. 하지만 그들은 죽은 두 여자에 관해서는 이야기하기를 피했다. 아마도 주변 사람들은 그 얘기를 주제로 얘기를 나누고 있을 터였다. 그러나 물론 그들 두 사람만큼 내용을 간파하고 있지는 못할 것이다. 그들은 알 리 없겠지만! 그녀 역시 그가 훨씬 더 잘 알고 있다는 걸 모를 것이다. 언젠가 그는 실제로 그녀에게 모든 걸 말해줄까, 하는 유혹을 느꼈다. 다리 난간에 몸을 기대고 까마득한 아래를 보고 있을 때 문득 몸을 던지고 싶어지는 종류의 유혹이었다. 예를 들어 5월 토요일 새벽 3시, 본토와 네쇠야를 잇는 다리 위에 서서 '그녀'라고 생각했던 사람이 그를 원하지 않는다는 걸 깨달았을 때처럼. 하지만 그건 오래전 일이고 그는 극복했고 앞으로 나아갔다. 그녀보다 더 멀리. 마지막으로 확인했을 때 그녀는 결혼생활을 포함해 모든 일이 벽에 부딪혀 있었다. 어쩌면 그녀는 그에 관한 기사를 곧 읽게 될 것이다. 그를 향한 모든 칭찬을. 그리고 그때가 되면 그녀는 그가 그녀의 남자가 될 수 있었다는 생각을 떠올릴 터였다. 그래, 그녀는 후회하겠지.

하지만 그 전에 할 일들이 있었다.

내일 할 일이 있는 것처럼.

그녀는 세 번째가 될 것이다.

아니, 그는 기대되지 않았다. 미친 사람이나 그럴 것이다. 그렇지만, 해내야 했다. 평범한 사람이라면 누구나 그런 임무와 맞닥뜨렸을 때 느끼게 되는 회의나 도덕적 저항을 극복해야만 했다.

느낌 얘기가 나와서 하는 말이지만, 목표가 복수가 아니라는 걸 상기해야 했다. 그걸 놓치면 옆길로 벗어나 결국 실패하고 말 것이다. 복수는 그저 자신에게 허락할 수 있는 대가이자 진짜 목적의 부산물이라 할 수 있다. 그리고 진짜 목적을 이루고 나면 그들은 그의 발등에 입맞춤할 것이다. 마침내.

27
토요일

"그러니까 경찰도 주말에 일한다는 거군요." 벵이 빈 봉지를 살펴보며 말했다.

"일하는 사람도 있죠." 성민은 구석에 있는 바구니 옆에 쭈그리고 앉아 불도그의 귀 뒤쪽을 긁어주었다.

"힐먼 구충제라." 농부 남자는 큰 소리로 읽었다. "아뇨, 우리 개에게 먹인 게 아니에요."

"알았습니다." 성민은 한숨을 내쉬며 일어섰다. "그냥 확인이 필요했어요."

오늘 함께 송스반 호수 둘레를 산책하자던 크리스는 성민이 일해야 한다고 했더니 짜증을 냈다. 크리스는 성민이 **꼭** 일할 필요가 없다는 걸 알기 때문이다. 가끔은 그런 일을 다른 사람에게 설명하기 어려울 때가 있다. 벵은 성민에게 봉지를 돌려주었다.

"하지만 전에 그런 봉지를 본 적은 있어요." 벵이 말했다.

"그래요?" 성민은 놀라 말했다.

"네. 몇 주 전이었죠. 저기 들판 끄트머리 숲에서 쓰러진 통나무에 어떤 친구가 앉아 있더군요." 그는 주방 창문 밖을 가리켰다.

"그 친구가 그런 봉지를 들고 있던데." 성민은 창밖을 내다보았다. 숲이 시작되는 곳까지는 적어도 100미터는 되어 보였다.

"이걸로 보고 있었거든요." 벵은 성민의 믿을 수 없다는 표정을 확인한 것이 분명했다. 그는 주방 테이블 위에 쌓인 자동차 잡지들 위에 놓여 있던 자이스 망원경을 들어 보였다.

"20배율짜리죠. 저기 있는 사람이 옆에 있는 것처럼 보여요. 지금 봉지에 그려진 에어데일 테리어 개를 보니까 기억이 나네요. 그때는 개 구충제가 아니라 그 사람이 뭘 먹고 있는 줄 알았거든요."

"그 사람이 **먹고** 있었다고요? 확실합니까?"

"그렇다니까요. 마지막으로 조금 남아 있었나 봅니다. 왜냐하면 다 먹고 나서 봉지를 구기더니 땅에 버리더라고요. 나쁜 놈. 한마디 해주려고 밖으로 나갔는데 나가는 사이에 일어나서 가버렸더군요. 그래서 그곳까지 가봤는데 그날따라 북풍이 거세게 불었고 봉지는 이미 숲으로 날아가버린 뒤였습니다."

성민은 맥박이 빠르게 뛰는 걸 느낄 수 있었다. 이런 순간이야말로 경찰 일을 하면서 성취감을 느끼는 때였다. 백 번 중 한 번에 불과했지만, 이건 대박을 터뜨렸다는 뜻이고, 지금까지 단서 하나 없던 사건 전체가 단번에 해결될 수도 있다는 의미였다. 침이 꿀꺽 넘어갔다.

"벵 씨, 그 말은 그날 본 남자의 생김새를 설명해주실 수 있다는 뜻인가요?"

농부는 성민을 바라보았다. 그러고는 안타까운 웃음을 짓고 고개를 흔들었다.

"하지만 바로 그 사람 옆에 서서 본 것 같다고 하셨잖아요." 성민 자신의 목소리에서 절망감이 묻어나는 느낌이었다.

"그렇긴 하죠. 하지만 내가 보는 쪽에서는 얼굴이 봉지에 가려져 있었어요. 그리고 그자가 봉지를 버리더니 제대로 얼굴을 보기도 전에 마스크를 쓰더라고요."

"마스크를 썼습니까?"

"그래요. 그리고 선글라스랑 야구 모자까지. 그러니 얼굴은 거의 못 봤다고 봐야죠."

"숲에 혼자 있는 사람이 이미 시절도 한참 지난 마스크를 쓰고 있다는 사실이 이상하지 않았나요?"

"그렇죠. 하지만 이곳 숲에는 워낙 이상한 사람이 많으니까요."

성민은 벵이 자기 비하를 섞어 말하는 걸 눈치챘지만 웃어줄 기분이 아니었다.

묘비 앞에 선 해리는 부드러운 땅에 고인 빗물에 신발이 젖는 걸 느꼈다. 구름 사이로 잿빛 아침 햇살이 비쳤다. 새벽 5시까지 보고서를 읽으며 잠들지 못했다. 세 시간을 자고 나서 다시 읽었다. 그리고 이제 수사가 왜 가로막혔는지 알아차렸다. 수사는 철저하게 진행된 것 같았지만, 막상 남은 것은 별로 없었다. 아예 없었다. 그는 머릿속을 비우려 여기 나와 있었다. 아직 보고서의 3분의 1도 철저히 파악하지 못하고 있었다.

회색 돌에 여자의 이름이 흰색으로 새겨져 있었다. 라켈 페우케. 이유를 알지 못했지만, 지금은 그녀가 그의 성을 따르지 않은 것이 기뻤다.

주위를 둘러보았다. 다른 무덤가에도 몇몇 사람들이 보였다. 토요일이라 그런지 평소보다 조금 수가 많아 보였지만 다들 멀리 떨어져 있어서 소리 내어 말해도 그쪽에서 들을 수 없을 것 같았다.

그는 올레그와 전화 통화를 했다고 말했다. 올레그는 잘 있다면서 북쪽 지방에 있는 것이 마음에 들지만, 경찰청에서 일하기 위해 지원을 생각 중이라고 했다.

"PST* 말이야." 해리가 말했다. "걘 엄마의 발자취를 따르고 싶어해."

해리는 쇠스하고 통화한 얘기도 늘어놓았다. 쇠스는 몸이 좀 안 좋았지만, 이제는 나아졌고 다시 슈퍼마켓에서 일하고 있었다. 해리가 자신과 남자친구를 만나러 크리스티안산으로 와주기를 원한다고 했다.

"너무 늦기 전에…… 가볼 수 있으면 좋겠다고 말했어. 내가 멕시코인들이랑 얽힌 문제가 좀 있어서 말이야. 앞으로 사흘 안에 나나 경찰이 이번 살인사건을 해결하지 못하면 그들이 나랑 내 어머니를 닮은 어떤 여자를 죽일 거거든." 해리는 낄낄거렸다. "난 발톱 무좀이 생긴 것 말고는 괜찮아. 그러니까 당신이 아끼는 사람들은 다 잘 있는 거야. 당신은 늘 그게 중요하다고 했잖아. 당신 자신은 덜 중요하고. 당신은 복수하고 싶은 마음조차 없겠지. 하지만 그렇지 않았어. 난 복수하고 싶었어. 그것만으로 난 당신보다 나쁜 사람인 거야. 하지만 내게 복수에 대한 빌어먹을 갈증이 없었어도 당신보다 나쁜 사람이었을 거야. 그건 섹스에 대한 욕망과도 같아. 복수할 때마다 실망하더라도, 실망할 걸 **알면서도** 계속 복수해야만 하는 거야. 그걸, 빌어먹을 욕구를 느낄 때면 마치 연쇄살인범이 된 기분이야. 뭔가 빼앗긴 다음 복수하는 기분이 너무 좋아서 가끔은 뭔가, 사랑하는 뭔가를 잃고 싶어진다니까. 그래야 복수할

* 노르웨이 법무부 직속 경찰보안국.

수 있으니까. 이해돼?"

해리는 목에 뭔가 걸린 것 같았다. 물론 라켈은 이해했다. 바로 그 점이 가장 그리웠다. 그의 여인, 라켈. 괴상한 남편의 거의 모든 걸 이해하고 받아들이던 사람. 전부는 아니었지만. 하지만 많이 이해해주었다. 정말이지, 많이.

"문제가 하나 있어." 해리는 목청을 가다듬으며 말했다. "당신이 떠난 뒤에 내게 잃을 것이 남지 않았다는 거야. 더는 복수할 일이 없어, 라켈."

해리는 꼼짝하지 않고 서 있었다. 풀밭에 잠긴 신발을 내려다보았다. 물이 스며드는 부분의 가죽 색깔이 점점 짙어졌다. 시선을 들었다. 교회 계단에 누군가 보였다. 그냥 거기 서서 바라보고 있었다. 왠지 익숙한 모습이라는 생각이 들었는데 사제라는 걸 알 수 있었다. 그는 해리 쪽을 보고 있는 것 같았다.

휴대전화가 울렸다. 요한 크론이었다.

"말해요." 해리가 말했다.

"막 전화를 받았어요. 시시한 사람이 아니라 법무부 장관이 직접 전화했더군요."

"작은 나라에서 뭐 그런 일로 난리 피울 건 없어요. 그래, 그러면 우리 수사는 끝난 거요?"

"〈VG〉에 그런 기사가 났으니 그 얘기를 하려고 전화했구나 싶었죠. 내가 놀란 건 벨만이 직접 그 얘기를 하려고 했다는 거였고요. 이런 얘기는 대개 정식 경로를 통해 연락이 오거든요. 다시 말해 전화를 걸었어야 하는 사람은—."

"토요일 아침이라 내가 아주 바쁘지는 않아요, 크론. 그래도 벨만이 뭐라고 했는지 빨리 좀 말할 수 없어요?"

"그러죠. 그 사람 말이 법무부에서는 우리의 수사를 중단시킬 법적 근거를 전혀 갖고 있지 않대요. 그래서 그들은 이번 사건에 대해 아무 조치도 하지 않을 거랍니다. 그렇지만 발생한 것으로 보이는 범법행위를 고려하여 법무부에서 우리를 예의 주시할 것이고 다음에 비슷한 일이 발생한다면 경찰이 '조처하게 될' 거랍니다."

"음."

"그래요, 놀라는 것도 무리는 아닙니다. 기절할 노릇이죠. 분명 우리 수사를 중지시킬 줄 알았거든요. 정치적으로 도무지 이해가 가지 않아요. 벨만은 이제 부하 직원들과 언론을 직접 상대해야 할 겁니다. 혹시 무슨 연유인지 압니까?"

해리는 질문을 듣고 생각했다. 당장은 이쪽에서 벨만에게 압력을 가할 수 있는 한 사람밖에 떠오르지 않았다.

"아뇨."

"뭐, 어쨌거나 이제 우린 다시 게임을 시작할 수 있습니다." 크론이 말했다.

"고맙소."

해리는 전화를 끊었다. 다시 생각했다. 계속 수사할 수 있다. 사흘 남았고 그럴듯한 단서는 없었다. 이런 걸 뭐라고 하더라? '목매달려 죽을 팔자인 놈은 물에 빠져 죽을 일이 없다'였던가?

"네 엄마는 재능이 있었다."

프레드리크 삼촌은 슬렘달스베이엔의 좁은 보도를 따라 걸으면서 맞은편에서 오는 사람들이 그들과 부딪히지 않으려고 도로로 내려서는 것도 알아차리지 못하는 모양이었다. 그것 말고는 오늘은 정신이 멀쩡해 보였다.

“그래서 다가온 첫 번째 후원자의 품에 뛰어들며 미래를 날려버리는 네 엄마의 모습이 슬펐던 거야. 글쎄다, 후원자라고는 했지만 그 사람, 네 새아버지는 연극을 혐오했어. 그는 그저 가물에 콩 나듯 극장에 모습을 드러내곤 했어. 국립극장을 후원하는 건 뢰드 집안의 전통이었거든. 아니, 그자는 무대에 선 몰레를 딱 한 번 봤어. 아이러니하게도 〈헤다 가블레르〉의 주인공일 때였지. 몰레는 아주 예쁘게 생겼지만 그때만 해도 전혀 유명하지 않았다. 남자가 세상 사람들에게 자랑거리로 삼기에 그만이었지.”

프림은 전에도 들은 얘기였지만 삼촌에게 또 들려달라고 말했다. 삼촌의 병든 머릿속에 내용이 여전히 들어 있는지 확인하기 위해서가 아니라 자신이 내린 결정이 옳았다는 사실을 한 번 더 확인하고 싶었기 때문이다. 왜 전날 밤에 믿음이 흔들렸는지 알 수 없지만 인생에서 중요한 순간을 앞두면 그런 일이 흔한 것 같았다. 결혼식 날이 다가올 때처럼. 그리고 이 복수는 어쨌거나 어렸을 때부터 꿈꿔온 일이었으니 결정적 순간이 다가올수록 생각과 감정이 그를 속이는 것도 전혀 이상하지 않았다.

“두 사람 관계는 그런 거였어.” 삼촌이 말했다. “네 엄마는 그자에게 의지해 살았다. 그자 역시 네 엄마에 의지해 살았지. 네 엄마는 젊고 아름다운 미혼모였고 많은 걸 바라지 않았어. 그자는 부도덕한 작자로 돈은 넘쳐나서 네 엄마에게 뭐든 해줬지만, 네 엄마가 필요했던 단 한 가지는 주지 않았어. 사랑. 네 엄마는 사랑 때문에 배우가 된 사람인데. 모든 배우가 그렇듯 네 엄마는 다른 무엇보다 사랑받기를 원했지. 그리고 처음엔 그자에게, 시간이 흐르면서는 관객들로부터도 사랑받지 못하게 되자 무너져버렸어. 물론 네가 지나치게 활동적이고 말썽꾸러기 짓을 한 것도 문제에 도움이 되지 않았지. '후원자'가 결국 너희 둘을 버리자 네 엄마는 우울하고 지쳐 술에 빠졌고, 더는 재능에 어울리는 배역을 맡지 못했어. 네 엄마가 그자를 사랑했다고 생각하지는 않는다. 그게 누구였든 다른 사람에게 버림받았다는 사실이 관 뚜껑에 마지막 못을 박은 거야. 네 엄마의 정신은 늘 허약했지만 집에 불을 지를 거라는 예상은 정말이지 할 수가 없었어."

"엄마가 그랬는지는 모르는 거죠." 프림이 말했다.

삼촌이 멈춰 서더니 그들 쪽으로 걸어오는 젊은 여자를 향해 활짝 웃어 보였다. "더 큰 거!" 그는 자신의 가슴을 손으로 가리켜 보이며 소리쳤다. "더 큰 걸로 샀어야지!"

여자는 소스라치게 놀라 바라보더니 서둘러 지나갔다.

"그랬다니까." 삼촌이 말했다. "네 엄마가 불을 질렀어. 그래, 불은 네 엄마 침실에서 시작됐고 나중에 검사해보니 핏속에 알코올이 아주 잔뜩 들어 있었대. 보고서에서는 불이 난 이유가 아마도 술에 취한 채 침대에서 담배를 피웠기 때문일 거라더구나. 그렇지만 분명하다니까. 네 엄마는 너랑 산 채로 타 죽으려고 불을 지른 거야. 부모가 아이들을 죽이는 이유는 고아로 사는 꼴을 막고 싶어서야. 네게는 고통스럽겠지만 네 엄마가 그랬던 이유는 두 사람 모두 쓸모없다고 생각했기 때문이었어."

"그렇지 않아요." 프림이 말했다. "엄마는 절 그자에게 보내고 싶지 않아서 그랬던 거예요."

"네 새아버지?" 삼촌이 웃었다. "너 바보냐? 그자는 널 원하지 않았어. 너희 둘이 죽어서 행복했을 거다."

"아니에요." 프림의 목소리는 너무 작아서 그들 옆으로 지나가는 지하철 소음에 묻혀버리고 말았다. "절 원했다니까요. 삼촌이 생각했던 방식이 아니어서 그렇지."

"그럼 그자가 네게 선물이라도 한번 준 적이 있냐?"

"네." 프림이 말했다. "열 살 크리스마스에 코만치족의 고문 기술을 다룬 책을 받았어요. 코만치족은 최고로 솜씨가 좋아요. 예를 들어 고문받는 사람을 나무에 거꾸로 매단 다음 아래쪽에 불을 피워서 뇌를 서서히 끓이기도 하죠."

삼촌이 웃었다. "나쁘지 않구나. 어쨌거나 내 도덕적 분노에는 한계가 있어. 그게 코만치족이든 네 새아버지든 말이야. 네 엄마는 그자에게 좀 더 잘했어야 했어. 어쨌거나 숙주였으니까. 기생충일 뿐인 인류가 이 지구에 좀 더 잘해야 하는 것처럼 말이야. 그 점에 대해서도 애석해할 필요는 없다. 사람들은 우리 같은 생물학자들이 자연을 변화 없이 보존하기를 바란다고 생각하지? 마치 유기농 박물관처럼. 하지만 우리야말로 유일하게 자연이 유동적이라는 사실, 모든 것이 죽고 사라진다는 사실을 이해하고 받아들이는 사람인 것 같구나. **그거야말로** 자연스러운 거지. 종들이 지속해 존재하는 것이 아니라 파괴되는 것."

"돌아갈까요?"

"돌아가? 어디로?"

프림은 한숨을 내쉬었다. 삼촌의 정신이 다시 흐려지고 있는 게 분명했다. "요양원으로 가야죠."

"그냥 농담한 거야." 삼촌이 씩 웃었다. "널 내 방으로 안내했던 간호사 말이야. 월요일까지 내가 따먹는다는 데 천 크로네 걸지. 어떠냐?"

"내기를 걸면 늘 지면서 내기한 기억이 없다고 하시잖아요. 그렇지만 이기면……."

“그렇게 깐깐하게 굴 필요 없잖냐, 프림. 치매로 고생하는 데 그 정도 이득은 있어야지.”

두 사람은 짧은 산책을 마무리했고 프림은 삼촌을 문제의 간호사에게 다시 맡긴 후 같은 길을 걸어 돌아왔다. 그는 슬렘달스베이엔을 건너 계속 동쪽으로 향해 넓은 부지에 지은 빌라들로 이루어진 주거 지역에 도착했다. 이 동네는 집값이 비싸지만 링3 고속도로 주변의 집들은 소음 때문에 그나마 가격이 적당했다. 그곳에 폐허가 된 집이 있었다.

그는 녹슨 철문에 달린 걸쇠를 열고, 자갈이 깔린 오르막길을 따라 자작나무 숲으로 걸어갔다. 나무에 가려진 언덕 반대편에 불타버린 빌라가 한 채 있었다. 집이 숨어 있어 이웃들에게 잘 보이지 않는다는 사실이 폐허를 철거하고 싶어하는 시 의회를 상대로 그가 오랫동안 끌어온 지연작전에 도움이 되었다. 잠긴 현관문을 열고 안으로 들어갔다. 2층으로 올라가는 계단은 무너졌다. 어머니의 침실은 위에 있었다. 그의 침실은 1층에 있었다. 어쩌면 그래서 가능했는지도 몰랐다. 거리. 어머니가 모르지 않았지만, 모르는 척할 수 있었던 이유. 내부의 비내력벽들은 모두 타버렸고, 1층 전체가 재로 뒤덮인 커다란 하나의 공간이었다. 여기저기 재 속에서 식물이 싹을 틔우고 있었다. 덤불. 자라서 나무가 될 수 있는 묘목. 그의 방이었던 곳, 불에 타버린 철제 침대로 걸어갔다. 불가리아인 노숙자 한 명이 침입해 한동안 여기 살았다. 노숙자의 존재가 어쩔 수 없이 이웃들의 불만을 사고 철거 요구로 이어지리라는 사실만 아니었다면 프림은 그 불쌍한 사람을 그냥 두었을 것이다. 그는 약간의 현금을 쥐여주었고 불가리아인은 구멍 뚫린 축축한 양말 한 켤레와 침대에 깔았던 매트리스를 제외한 약간의 소지품을 챙겨 평화롭게 떠났다. 이후 프림은 현관문 자물쇠를 바꾸고 창문에 판자를 새로 댔다.

더러운 매트리스 위에 온몸의 무게를 실어서 앉으니 철제 스프링이 삐걱거렸다. 그는 몸을 떨었다. 머릿속에 남아 있는 어린 시절의 소리, 그가 키워낸 기생충처럼 부인할 수 없는 소리였다.

하지만 아이러니하게도 불이 났을 때 밑으로 기어들어 피할 수 있도록 해준 이 침대는 그에게 구원이었다.

시설에서의 외로움. 그가 달아났던 여러 양부모 가정에서의 외로움. 그들이 선량하지 않거나 선의를 보이지 않아서가 아니었다. 그때는 도저히 낯선 방에서 잘 수 없었고 늘 깬 채로 귀를 기울이고 있었다. 그리고 기다렸다. 불이 나기를. 아버지가 나타나기를. 그러다 결국 견딜 수 없게 되어 달아나곤 했다. 그는 곧 새로운 시설로 옮겨졌고 그때부터 프레드리크 삼촌이 가끔 그를 찾아왔다. 요새 그가 프레드리크 삼촌을 가끔 만나러 가는 것처럼. 삼촌은 어쨌거나 자신은 삼촌일 뿐이라는 걸 명확히 했고, 혼자 사는 몸이어서 아이를 받아들일 처지가 아니라고 했다. 거짓말쟁이. 그렇지만 아이가 엄마로부터 물려받은 넉넉한 재산을 돌봐줄 자격은 되었다. 그래서 프림은 재산이라고는 거의 구경도 하지 못했다. 이 망가진 집 말고는. 이 집을 파는 데 반대했던 이유 중의 하나도 그것이었다. 모든 수익이 삼촌 주머니 속으로 사라질 것을 알았기 때문이다.

프림은 침대 위에서 위아래로 몸을 흔들었다. 스프링이 반항하듯 소리를 지르자 눈을 감았다. 소리와 냄새, 고통과 수치심이 되살아났다. 그 소리가 지금, 확신을 위해 필요했다. 어쨌거나 그는 모든 선을 넘어 여기까지 왔는데, 왜 자꾸 망설임이 반복되는 걸까? 사람을 죽인다는 것이 처음에만 어렵다고들 말하는데, 그는 더는 그렇게 확신할 수 없었다. 침대에 앉아 몸을 앞뒤로 흔들었다. 생각에 잠겼다. 그러다 마침내 기억이 떠올랐다. 바로 지금 여기서 겪는 것처럼 감각이 또렷했다. 그래. 그는 확신했다.

눈을 뜨고 시계를 확인했다.

집에 가서 샤워하고 옷을 갈아입을 것이다. 자신만의 향수를 뿌릴 것이다. 그리고 극장으로 갈 것이다.

28

토요일, 마지막 장

빛이라고는 수영장 바닥에 설치된 조명뿐이었다. 어둑어둑한 실내를 벽과 천장에 반사된 불빛이 어른거리며 비추었다. 그녀를 보는 순간 보고서의 세부 내용에 꽂혀 있던 해리의 뇌는 움직임을 멈췄다. 알렉산드라가 입은 원피스 수영복은 벌거벗은 것보다 몸을 더 많이 보여주는 것 같았다. 해리는 수영장 끝에서 양쪽 팔꿈치에 몸을 기댄 채, 물속으로 들어가는 그녀를 보고 있었다. 시프 호텔 스파의 안내원 말로는 수영장 수온이 정확히 35도에 맞춰져 있다고 했다. 알렉산드라는 자신을 바라보는 그를 향해 수수께끼 같은 미소를 지었다. 남자들이 만족해하는 사실을 알고 기분 좋아하는 여자들이 보이는 웃음이었다.

알렉산드라가 헤엄쳐 해리에게 왔다. 수영장 반대편에 몸을 반쯤 물에 담근 채 앉아 있는 커플 말고는 아무도 없었다. 해리는 수영장 옆 쿨러에서 샴페인 병을 꺼내 잔에 따라 내밀었다.

"고마워요."

"이제 우린 서로 비긴 건가?" 해리는 술을 마시는 그녀를 보며 말했다.

"아직 멀었어요. 〈VG〉에 그런 기사가 실렸는데, 내가 당신을 위해 몰래 DNA 분석을 해줬다는 기사라도 나면 큰일이잖아요. 그러니까 뭔가 비밀 하나를 털어놔요."

"음. 이를테면?"

"그건 당신에게 달렸죠." 그녀는 가까이 붙어 앉으며 말했다. "그렇지만 뭔가 깊고 어두운 곳에 숨겨둔 것이어야 해요."

해리는 그녀를 바라보았다. 게르트가 '블루맨' 자장가를 불러달라던 표정과 그리 다를 것이 없었다. 알렉산드라는 해리가 게르트의 아버지라는 사실을 알고 있다. 그리고 지금 해리는 말도 안 되는 생각이 떠올랐다. 나머지 이야기를 들려주는 것이다. 그는 샴페인 병을 바라보았다. 술을 주문할 때—술잔은 하나만 달라고 했지만— 이미 좋은 생각이 아니라는 걸 깨달았다. 그와 요한 크론만 아는 얘기를 그녀에게 들려주는 것 역시 좋은 생각이 아닐 터였다. 헛기침을 했다.

"로스앤젤레스에서 어떤 사람 목을 부숴지." 해리가 말했다. "손가락 관절 끝에서 부서지는 걸 느꼈어. 기분 좋더라고."

알렉산드라는 눈을 크게 뜨고 그를 바라보았다. "싸웠어요?"

"응."

"왜요?"

해리는 어깨를 으쓱했다. "그냥 술집에서 여자 하나를 두고 벌어진 소동이야. 난 취했었고."

"당신은요? 다치지 않았어요?"

"난 멀쩡해. 딱 한 방 쳤는데 끝나버리고 말았어."

"상대방 목을 쳤어요?"

"응. '끌 주먹'이라는 거야." 그는 손을 들어 시범을 보였다. "아프가니스탄에서 FSK*의 훈련을 받은 근접전투 전문가한테 배웠지. 포인트는 상대의 목을 정확하게 때리는 것. 그러면 인체의 모든 반응이 멈추게 돼. 사람의 뇌는 그런 상황에서 오직 한 가지밖에 생각하지 못하거든. 공기를 들이는 일."

"이렇게요?" 그녀는 손가락의 중간을 구부리고 손끝을 모으며 물었다.

"그리고 이렇게." 해리는 그녀의 엄지를 펴서 검지 옆에 가지런히 붙이게 했다. "그런 다음 여기, 후두를 노리는 거야." 그는 그녀의 검지가 그의 목에 닿도록 했다.

"야!" 그녀가 경고도 없이 목을 찌르자 해리가 소리쳤다.

"꼼짝 마!" 그녀는 다시 한번 목을 찌르며 웃었다.

해리는 재빨리 몸을 비켰다. "이해하지 못한 것 같군. 그렇게 똑바로 때리면 죽을 수도 있어. 이게 후두라고 하자고." 그는 자신의 한쪽 젖꼭지를 가리켰다. "자, 여기를 사용해서……." 그는 물속에서 그녀의 엉덩이를 잡고 주먹에 힘을 실으려면 몸을 어느 방향으로 돌려야 하는지 보여주었다. "됐지?"

"됐어요."

네 번의 시도 끝에 그녀는 해리가 신음할 정도의 힘으로 주먹을 두 번 연속해 날릴 수 있었다.

수영장 반대편에 있던 커플은 아무 말 없이 긴장한 듯 두 사람을 지켜보고 있었다.

"그 사람 안 죽었는지 어떻게 알아요?" 알렉산드라는 다시 주먹을 날리려는 자세를 취하며 말했다.

* 러시아 연방첩보국.

"확실히는 나도 몰라. 하지만 죽었다면 녀석의 친구들이 날 살려두지 않았겠지."

"놈을 죽이면 당신이 평생 경찰로 잡으러 다니던 자들과 같은 처지가 된다고 생각했던 것 아니에요?"

해리는 코를 찡그렸다. "그럴 수도 있지."

"그럴 수도 있다고? 여자를 두고 싸우는 게 그나마 고상한 이유가 될까요?"

"그냥 자기방어라고 부르자고."

"자기방어의 범주에 포함할 수 있는 건 너무 많아요, 해리. 명예살인도 자기방어죠. 질투 살인도 자기방어고. 사람들은 자존심과 자신의 존엄성을 지키려고 사람을 죽여요. 수치심을 견디지 못해 살인하는 사람들을 직접 겪어보지 않았어요?"

해리는 고개를 끄덕였다. 알렉산드라를 바라보았다. 알고 있는 걸까? 비에른이 자기 자신 말고도 다른 사람을 죽였다는 걸. 아니, 그녀의 눈길은 내면을 향해 있고 자신의 경험을 말하고 있었다. 해리가 뭔가 말하려는 순간 그녀의 손이 튀어나왔다. 그는 움직이지 않았다. 그녀의 얼굴에 승리의 미소가 번지는 동안 해리는 그냥 가만히 서 있었다. 끌처럼 움켜쥔 그녀의 손은 그의 목에 살짝 닿을 정도로 뻗어 있었다.

"죽일 수도 있었어요."

"알아."

"반응을 보일 시간이 없었어요?"

"그래."

"내가 당신 후두를 부수지 않을 거라 믿었나요?"

해리는 살짝 웃으며 대답하지 않았다.

"아니면……." 그녀는 얼굴을 찡그렸다. "아무 상관 없다고 생각했어요?"

해리의 웃음이 더 커졌다. 그는 뒤에 있던 술병을 들고 그녀의 술잔을 채웠다. 술병을 보며 상상했다. 병째로 입에 대고 고개를 뒤로 젖혀 알코올이 그를 채우는 동안 꿀꺽거리는 소리를 듣고, 텅 빈 병을 내려놓은 다음 손등으로 입을 닦으면 그녀가 눈을 동그랗게 뜨고 그를 바라보는 모습을. 그러는 대신 거의 가득 찬 술병을 다시 쿨러에 돌려놓고는 헛기침을 했다.

"이제 사우나로 갈까?"

셰익스피어가 쓴 희곡은 다섯 막으로 구성되어 있지만, 국립극장의 〈로미오와 줄리엣〉은 두 개의 긴 막으로 이루어졌고 1막이 한 시간 남짓 진행된 후 15분의 휴식 시간이 주어졌다.

객석 조명이 켜지자 몰려 나간 관객들이 로비와 가벼운 음식을 먹을 수 있는 카페테리아를 가득 채웠다. 헬레네는 바 앞에 줄을 서서 주변에서 들리는 대화에 반쯤 귀를 열어두고 있었다. 묘하게도 연극에 관한 대화는 가식적이거나 저속하다고 여겨지는 양 모두 다른 얘기만 했다. 왠지 마르쿠스를 떠올리게 하는 향기에 그녀는 반쯤 몸을 돌렸다. 뒤에 서 있던 남자가 살짝 웃어 보이자 그녀는 얼른 다시 앞을 보았다. 그 미소는…… 그래, 뭐였지? 어떤 상황인지 몰라도 그녀의 심장은 빠르게 뛰고 있었다. 거의 웃음이 터질 뻔했다. 연극 때문이다. 갑자기 모든 남자의 얼굴에서 자신의 로미오가 보인다고 생각하는 사람이 그녀만은 아닐 거라는 심리적 준비가 되어 있던 탓이 분명했다. 왜냐하면 뒤에 선 남자는 아무리 봐도 매력적이지 않았기 때문이다. 노골적으로 못생기진 않았다고 할 수 있었다. 웃는 모습을 보니 적어도 치아는 가지런했으니까. 하지만 그에게 관심은 없었다. 그런데도 가슴은 쿵쾅거렸고 다시 돌아보고 싶은 욕망—아주 오랫동안 느껴보지 못했던 욕망—이 느껴졌다. 그를 다시 보고 왜 돌아보고 싶었는지 확인하고 싶었다.

그녀는 간신히 참고 화이트 와인이 든 플라스틱 잔을 받아 벽을 따라 줄지어 놓인 작은 원형 테이블로 가져갔다. 남자가 현금을 내고 물 한 병을 사려는 모습을 지켜보았다. 하지만 카운터의 여자는 '카드만 됩니다'라는 안내문을 가리켜 보였다. 놀랍게도 헬레네는 가서 대신 돈을 내줄까, 하고 생각하는 자신을 발견했다. 남자는 물을 포기하고 헬레네를 향해 돌아섰다. 두 사람의 눈길이 마주쳤고 남자는 다시 웃었다. 그러더니 그녀가 앉은 테이블 쪽으로 걸어오기 시작했다. 헬레네는 가슴이 두근거렸다. 왜 이러지? 남자가 이렇게 직접적으로 다가오는 경험이 처음이라서 그런 건 아니었다. "앉아도 될까요?" 그는 빈 의자를 손으로 짚으며 물었다.

헬레네는 짧게—본인이 생각하기에는— 무시하는 듯한 미소를 날렸지만, 그녀의 뇌는 "이러시지 않는 편이 좋았을 텐데요"라고 말하도록 입에게 지시했다.

"그럴 수야 없죠."

"감사합니다." 남자는 앉자마자 마치 긴 대화를 이어가던 중인 것처럼 테이블 위로 몸을 숙였다.

"스포일러하고 싶지는 않습니다만." 남자는 거의 속삭이듯 말했다. "줄리엣은 독을 마셨고 곧 죽을 거예요."

남자의 얼굴이 너무 가까워 향수 냄새를 맡을 수 있었다. 아니, 마르쿠스가 썼던 것과는 사뭇 다른, 훨씬 원초적인 향기였다. "제가 본 바로는 마지막 장면까지 독을 마시지 않았는데요." 헬레네가 말했다.

“모두 그렇게 생각하지만 이미 독을 마셨어요. 진짭니다.” 남자가 웃었다. 이가 하얬다. 포식 동물처럼. 헬레네는 손톱을 남자의 등에 박아 넣는 사이 그녀를 깨무는 그의 이를 느껴보고 싶다고 제안하고픈 유혹을 느꼈다. 맙소사. 이건 뭐지? 그녀의 일부분은 달아나고 싶었고 다른 부분은 남자에게 몸을 던지고 싶었다. 그녀는 다리를 반대쪽으로 바꿔 꼬면서—이게 가능해?— 깊은 곳이 젖어 있음을 알아차렸다.

“내가 혹시 연극 내용을 모를 수도 있잖아요. 결말을 말해서 연극 감상을 망치려는 이유가 뭐죠?”

“준비가 되셨으면 해서요. 죽음은 불쾌한 거니까요.”

“네, 그렇죠.” 헬레네는 남자의 눈에서 눈길을 거뒀다. “하지만 추가로 죽음을 위해 준비까지 해야 한다면 불쾌함의 총량만 늘어날 뿐 아닌가요?”

“꼭 그렇지는 않아요.” 남자는 의자에 등을 기대고 앉았다. “삶이 영원히 이어지지 않는다는 걸 알게 되어 삶의 기쁨이 커진다면 불쾌할 건 없죠.”

왠지 남자에게 뭔가 친숙한 느낌이 들었다. 옥상에서 열린 파티에 왔던 사람인가? 아니면 다니엘레에서 봤나?

“메멘토 모리(죽을 운명임을 잊지 말라).” 그녀가 말했다.

“그렇습니다. 하지만 전 이제 물을 좀 마셔야겠군요.”

“그렇군요.”

“성함이 어떻게 되시죠?”

“헬레네예요. 그쪽은요?”

“프림이라고 부르세요. 헬레네?”

"네, 프림?" 그녀는 웃었다.

"물을 마실 수 있는 곳으로 함께 가실래요?"

그녀는 웃었다. 와인을 한 모금 마셨다. 여기도 물이 있고 자신이 돈을 내줄 수도 있다고 말하려고 했다. 아니, 술잔을 빌려줄 테니 화장실에 가서 수돗물을 마시라고 할 수도 있었다. 오슬로의 수돗물은 어떤 생수보다 낫고 환경친화적이니까.

"생각하시는 곳이라도 있어요?" 그녀가 물었다.

"그게 중요합니까?"

"아니죠." 그녀는 자신의 귀를 믿을 수가 없었다.

"좋습니다." 프림은 두 손바닥을 힘껏 맞댔다. "그럼 가시죠."

"지금요? 연극이 끝나고 가자는 줄 알았어요."

"우리 모두 어차피 결말을 알잖아요."

테르세 악토는 비카에 있었다. 누가 봐도 새로 문을 연 그곳은 고급 레스토랑 중에서도 고가의 타파스를 제공했다.

"맛있죠?" 알렉산드라가 물었다.

"아주 맛있군." 해리는 그녀의 와인 잔을 보지 않으려 애쓰면서 냅킨으로 입가를 두드렸다.

"오슬로를 잘 안다고 생각하고 싶은데 이런 곳이 있다는 말은 들어보지도 못했어요. 헬게가 여길 예약하라고 추천해줬어요. 역시 게이들은 뭘 좀 안다니까."

"게이라고? 그런 분위기는 전혀 느끼지 못했는데."

"그거야 당신이 매력을 잃었으니 그런 거고."

"그럼 전엔 내가 매력이 있었단 거야?"

"당신이요? 그럼요. 물론 모두에게 통한 건 아니에요. 솔직히 말하면 소수에게만 먹혔죠." 그녀는 생각에 잠기는 듯 고개를 한쪽으로 기울였다. "지금 생각해보니 어쩌면 그냥 몇 명만 매력을 느꼈나 보네." 그녀는 웃으며 와인 잔을 들어 그의 물잔에 부딪혔다.

"그러니까 테리 보게가 '소스'를 잃어버렸고 될 대로 되라는 식으로 이야기를 지어낸다는 거예요?"

해리는 고개를 끄덕였다. "그가 쓴 기사 내용을 확인할 수 있는 유일한 방법은 살인범과 직접 접촉하는 것뿐이니까. 그런 것 같지는 않고."

"만일 본인이 소스라면요?"

"음. 보게가 살인범이란 말이야?"

"전에 중국 작가가 네 명을 살해하고 그걸로 책을 여러 권 쓴 다음 20년도 더 지난 후에 붙잡혔다는 얘기를 읽었어요."

"류융뱌오 얘기군." 해리가 말했다. "리하르트 클린카머도 있지. 부인이 행방불명되었는데 얼마 후에 그는 아내를 죽여 정원에 묻는 내용의 소설을 썼어. 그런데 실제로 집 정원에서 시체가 나왔고. 두 사람 모두 소설을 '쓰려고' 살인을 한 건 아니었지만…… 그렇게 생각하는 거야?"

"네, 어쨌거나 보게가 그랬을 수도 있어요. 나라의 지도자들은 재선되거나 역사책에 남기 위해 전쟁을 벌이잖아요. 기자가 제일 잘나가는 사람이 되려고 그런 짓을 벌이지 말란 법 있어요? 그 사람 알리바이가 있는지 확인해봐요."

"좋아. 확인해보라고 하니까 생각나는 게 있군. 오슬로를 잘 안다고 했잖아. 혹시 '빌라 단테'라는 곳 들어봤어?"

알렉산드라는 웃기 시작했다. "네, 그럼요. 거기 가서 당신이 여전히 잘나가는지 확인이라도 해보려고요? 그런데 안 들여보내줄 것 같은데. 요새 입고 다니는 슈트까지 빼입고 가도."

"무슨 말이야?"

"그게…… 뭐라고 해야 하나…… 아주 비밀리에 운영하는 게이 클럽이에요."

"가봤어?"

"아뇨, 미쳤어요? 하지만 게이 친구가 있죠. 페테르라고. 실은 그 사람이 뢰드의 이웃이고 나를 그 테라스 파티에 초대했어요."

"파티에 초대받았어?"

"정식으로는 아니었어요. 그냥 아무나 데려와도 되는 파티였으니까요. 헬게를 데려가서 페테르에게 소개하려 했는데 그날 밤에 야근을 하게 됐어요. 그래도 페테르랑 SLM에는 몇 번 가봤는데."

"SLM?"

"그런 쪽은 도통 모르는군요, 해리. 스칸디나비안레더맨Scandinavian Leather Man이라고 일반인을 위한 게이 클럽이죠. 들어가려면 규정에 맞게 차려입어야 하고 어두운 방도 있고 지하에는 장난감도 좀 있고 그래요. 빌라 단테의 손님들한테는 좀 저속한 곳으로 보이겠죠. 페테르 말로는 빌라 단테 회원권을 구해볼까 했는데 불가능했대요. 이너서클 중에서도 이너서클이니 일종의 게이들의 오푸스 데이*라고나 할까. 거긴 아주 멋진가 봐요. 영화 〈아이즈 와이드 셧〉을 생각하면 돼요. 일주일에 한 번, 비싼 정장을 차려입은 게이 남자들이 밤에 벌이는 가장무도회죠. 모두 동물 가면을 쓰고 서로 별명으로 부르고. 완전한 익명의 세계죠. 온갖 엉뚱한 짓이 벌어지고 웨이터들은…… 그냥 **어린 남자들**이라고 해두죠."

* 로마 가톨릭교회 단체. 비밀주의적이며 엄격한 규율을 따르는 것으로 알려졌다.

"미성년자들은 아니고?"

"이젠 성년이 됐을지도 모르겠네요. 그렇지 않아도 그런 문제로 폐쇄됐어요. 전에는 '화요일마다'라는 이름이었거든요. 거기서 일하던 열네 살짜리가 손님을 강간죄로 고소했어요. 정액 샘플을 확보했는데, 당연히 데이터베이스에서 나오진 않았어요."

"당연히?"

"화요일마다의 손님들은 전과가 있을 리 없는 사람들이니까요. 어쨌든 그곳이 지금은 빌라 단테라는 이름으로 다시 연 거죠."

"아무도 그런 이름을 들어보지 못했을 것 같은데."

"그들은 레이더망에 걸리지 않게 장사해요. 광고도 필요 없거든요. 그래서 페테르 같은 사람들이 어떻게든 들어가려고 난리를 치는 거고요."

"전에는 화요일마다라는 이름이었군."

"화요일마다 열렸으니까요."

"지금도 그런가?"

"원하시면 페테르에게 물어볼게요."

"음. 거기 들어가려면 내가 어떻게 해야 할 것 같아?"

그녀가 웃었다. "법원에서 받은 수색영장이면 될까요? 그러고 보니 내가 오늘 당신에게 내 몸 수색영장을 발부했잖아요."

해리는 그 말이 무슨 뜻인지 잠시 생각해야 했다. 그는 눈썹을 추켜세웠다.

"그래요." 그녀는 술잔을 들며 말했다. "집행하시죠."

"이런 곳에서 살아요?" 헬레네가 물었다.

"아뇨." 자신을 프림이라고 부르는 남자가 말했다. 그는 스나뢰야의 끝을 향해 뻗은 도로 양쪽으로 펼쳐진 평평하고 탁 트인 풍경에 점점이 흩어져 서 있는 새롭고 현대적인 상업용 건물들 사이로 차를 몰았다. "저는 도심에 살지만 공항이 문을 닫은 저녁이면 이쪽으로 와서 개를 산책시켜요. 그 무렵이면 주변에 아무도 없어서 개가 자유롭게 뛰어놀 수 있거든요. 바로 저기서요." 그는 서쪽의 바다를 가리켜 보이면서 뭔지 모를 과자를 조금 더 먹었다. 뭔지는 몰라도 그녀에게는 권하지 않았다.

"하지만 저긴 습지 보호구역이잖아요." 헬레네가 말했다. "저기 사는 새를 개가 공격하거나 하진 않을까요?"

"몇 번 그런 적이 있긴 해요. 전 그냥 자연의 이치라서 인간이 그걸 가로막을 수 없다고 생각하면서 위안으로 삼으려고 합니다. 물론 사실이 아니지만요."

"그래요?"

"그럼요. 인류 역시 자연의 산물이고, 우리가 아는 상태의 지구를 파괴하려고 최선을 다하는 유기체가 우리만은 아닙니다. 하지만 대자연은 인간에게 집단자살을 가능하게 하는 지능을 준 동시에 자기반성이라는 선물도 줬죠. 어쩌면 그것으로 우리를 구원할 수 있을지도 몰라요. 부디 그러길 바랍니다. 어쨌든 저는 자연의 법칙을 막으려고 이걸 사용하기 시작했습니다."

그는 조수석 창문 위 손잡이를 가리켜 보였고 헬레네는 길이 조절이 가능한 줄 끝에 매달린 개 목줄을 발견했다.

"좋은 개였어요. 차에 앉아 창문을 열고 실내등을 켜고 책을 읽고 있으면 개는 사방 50미터 내에서 자유롭게 뛰어다녔죠. 개에게—그리고 사람에게도— 더 이상의 공간은 필요하지 않아요. 많은 사람이 그 이상을 **원하지** 않죠."

헬레네는 고개를 끄덕였다. "그렇지만 언젠가 더 많은 걸 원하고 달아나길 바랄 수도 있죠. 그럼 개 주인은 어떻게 해야 하나요?"

"모르겠어요. 제 개는 한 번도 원한 적이 없어요." 그는 큰길을 벗어나 숲속 도로로 들어섰다. "당신이라면 어떻게 할까요?"

"자유롭게 풀어주죠." 헬레네가 말했다.

"풀려난 개가 혼자 살아남지 못하리라는 걸 알면서?"

"우리 모두 살아남지 못해요."

"그렇죠."

그는 속도를 줄였다. 막다른 도로 끝이었다. 엔진과 전조등을 껐다. 주위가 칠흑 같은 어둠으로 변했다. 헬레네는 바람이 갈대 사이에서 버스럭거리는 소리를 들을 수 있었다. 나무들 사이로 바다를, 그리고 섬과 더 먼 곳의 튀어나온 육지의 불빛을 볼 수 있었다.

"여기가 어디죠?"

"습지 바로 옆이에요. 저기 보이는 곳이 회비코덴이고 두 섬은 보뢰야와 오스퇴야죠. 이곳에 집들이 생기면서 산책 명소가 되었어요. 낮에는 가족 단위로 놀러 온 사람들이 바글바글해요. 하지만 지금은 우리 둘만의 차지가 되었네요, 헬레네."

그는 안전벨트를 풀고 그녀에게 몸을 돌렸다.

헬레네는 깊이 숨을 들이마시고 눈을 감은 채 기다렸다. "이건 미친 짓이야."

"미쳤다고요?"

"난 유부녀예요. 이건…… 때가 너무 좋지 않아요."

"왜요?"

"남편이랑 헤어지려고 절차를 밟는 중이거든요."

"제게는 끝내주는 기회 같은데요."

"아뇨." 그녀는 눈을 뜨지 않은 채 고개를 흔들었다. "아니, 이해를 못 하는군요. 만일 이혼 조건을 정하기 전에 마르쿠스가 오늘 일을 알아낸다면……."

"위자료가 몇백만쯤 깎이겠죠."

"맞아요. 지금 내가 하려는 일은 정말 바보 같은 짓이에요."

"그럼 왜 그러려고 하는 것 같아요?"

"모르겠어요." 그녀는 손바닥으로 양쪽 관자놀이를 눌렀다. "누가, 뭔가가 머릿속을 지배하는 것 같아요." 바로 그 순간 그녀는 퍼뜩 생각이 들었다. "왜 내 남편 재산이 많다고 생각하죠?" 그녀는 눈을 뜨고 남자를 바라보았다. 어딘지 친숙한 느낌이 들었다. 눈빛이 뭔가 달랐다. "당신, 파티에 왔었어요? 내 남편을 알아요?"

그는 대답하지 않았다. 그냥 살짝 웃더니 음악 볼륨을 높였다. 뭔가 무서운 괴물에 관한 내용을 극적인 비브라토로 노래하고 있었다. 그녀도 전에 들어본 노래지만 기억이 나지 않았다.

"마티니." 그녀는 갑자기 확신이 들었다. "다니엘레에 왔었죠? 나한테 술을 보낸 사람이잖아요, 맞죠?"

"그래서 그때 무슨 생각을 했나요?"

"내 뒤에 줄을 서고, 자리로 와서 합석하고. 연극 휴식 시간에 보통 그러지는 않죠. 우연이 아니었군요."

그는 자신의 머리칼을 쓸어 넘기더니 룸미러를 흘깃 바라보았다. "자백하죠. 오래전부터 지켜봤어요. 당신하고 둘만 있고 싶었죠. 이제 그렇게 됐네요. 그럼 이제 우리 뭘 할까요?"

그녀는 한숨을 내쉬고 안전벨트를 풀었다. "섹스를 해야죠."

"불공평하지 않아요?" 알렉산드라가 말했다. 두 사람은 식사를 마치고 레스토랑의 바로 나와 있었다. "난 늘 아이를 바랐는데 한 명도 없잖아요. 그런데 자식을 전혀 바라지 않았던 당신은……." 그녀는 자신의 화이트 러시안 칵테일 술잔 위에서 손가락을 딱 튕겼다.

해리는 물을 한 모금 마셨다. "인생은 불공평한 법이야."

"그리고 **제멋대로**고요. 비에른 홀름이 아이가 친자인지 확인하려고 DNA 검사를 의뢰했었죠. 그…… 아이 이름이 뭐였죠?"

"게르트."

알렉산드라는 해리의 얼굴 표정에서 이 얘기를 하고 싶어하지 않는다는 걸 감지했다. 그런데도—어쩌면 그녀가 필요 이상으로 취했기 때문인지도 몰랐다— 그녀는 계속했다.

"결과는, 그는 친부가 **아니었어요** 그런데 바로 그 뒤에 내가 우연히 당신 피로 뭔가 DNA 분석을 했고 그걸 실수로 친부 확인 검사 결과 전체랑 비교했던 거예요. 그런데, **당신이** 게르트의 아버지라고 나와버렸어요. 만일 내가—."

"당신 잘못이 아니야."

"뭐가 내 잘못이 아니죠?"

"아냐. 잊어버려."

"비에른 홀름이 자살한 일?"

"그 친구가……." 해리는 말을 멈췄다.

알렉산드라는 어디가 아픈 사람처럼 찡그리는 해리를 보았다. 해리가 그녀에게 말하지 않은 건 뭘까? 그녀에게 말하지 **못하는** 건 무엇일까?

"해리?"

"응?" 그의 눈길은 바텐더 뒤 선반에 줄지어 선 술병에 꽂힌 것 같았다.

"당신 부인을 죽인 사람은 그 성범죄자가 **맞죠**? 핀네요."

"그놈에게 물어봐."

"핀네는 죽었어요. 만일 그자의 짓이 아니라면……."

"그럼?"

"당신이 용의자예요."

해리는 고개를 끄덕였다. "우린 늘 배우자를 의심해. 그리고 대개는 맞지."

알렉산드라는 술을 한 모금 마셨다. "당신이었어요, 해리? 당신이 부인을 죽였어요?"

"저거 더블로 줘요." 해리가 말했다. 알렉산드라는 그가 다른 사람에게 말하고 있다는 사실을 알아차리는 데 잠깐 시간이 걸렸다.

"이거요?" 바텐더는 선반에 거꾸로 매달린 사각형 술병을 가리키며 물었다.

"네."

해리는 금빛 갈색 액체가 든 술잔이 앞에 놓일 때까지 아무 말도 하지 않았다.

"그래." 그는 술잔을 들었다. 두려워하는 것처럼 잠깐 술잔을 들고 있었다. "내가 죽였어." 그러더니 단번에 술잔을 비우고 카운터에 빈 잔을 내려놓기도 전에 술을 한 잔 더 주문했다.

헬레네는 숨을 돌리며 그의 몸 위에 그대로 앉아 있었다.

그녀는 그가 조수석으로 넘어오도록 유도했고 시트를 뒤로 젖혔다. 그는 실내등을 켜고 콘돔을 착용했다. 그리고 그녀는 말을 타듯 그의 위에 올라탔다. 그렇지만 말을 통제하는 느낌은 들지 않았다. 그는 절정에 다다랐음에도 아무 소리도 내지 않았지만 그녀는 그의 근육이 꿈틀대다가 이완하는 걸 느꼈다.

그녀도 절정을 느꼈다. 그가 능숙한 연인이라서가 아니라 그녀는 바지와 팬티를 벗기 전부터 지나치게 성적으로 흥분해 있었기 때문에 무엇을 해도 만족스러웠을 터였다.

그의 몸이 그녀 몸속에서 부드러워지는 느낌이 들었다.

"그래, 왜 날 스토킹하고 있었어요?" 그녀는 여전히 발가벗은 채 뒤로 젖힌 시트에 몸을 펴고 누운 그에게 물었다.

"왜일 것 같아요?" 그는 두 손을 머리 뒤로 받치며 물었다.

"날 사랑하게 됐군요."

그는 웃으며 고개를 흔들었다. "난 당신을 사랑하지 않아요, 헬레네."

"그래요?"

"내가 사랑에 빠진 건 다른 사람이에요."

헬레네는 슬슬 짜증이 나기 시작했다. "지금 장난하는 거예요?"

"아뇨, 그냥 그렇다고 말하는 겁니다."

"그럼 지금 여기서 나랑 뭐 하는 거죠?"

"당신이 원하는 걸 주는 거죠. 아니, 당신의 몸과 정신이 원하는 것. 그건 나고요."

"당신요?" 그녀는 콧방귀를 뀌었다. "왜 내가 꼭 당신만을 원했다고 생각해요?"

"그건 내가 당신에게 욕망을 불어넣은 사람이기 때문입니다. 그리고 이제 그 욕망이 당신의 몸과 정신 속에서 기어 다니고 있죠."

"정확히 당신만을 원하는 욕망인가요?"

"그래요, 날 향한 욕망. 아니, 조금 더 정확하게 말하자면 당신

속에서 기어 다니는 녀석은 내 장 속으로 들어오길 욕망하죠."

"아주 달콤한 말이네요. 내가 앞에 딜도를 달고 당신을 범해주길 바란다는 거예요? 사귀기 시작했을 때 남편이 그렇게 해달라고 요구한 적이 있었죠."

스스로 프림이라고 부르는 남자가 고개를 흔들었다. "아니, 내가 말하는 장은 소장과 대장이에요. 세균총요. 그래야 증식할 수 있으니까. 당신 남편이 뒤에서 박히고 싶어했다는 건 몰랐던 사실이네요. 내가 어린아이였을 때 그 사람은 박는 사람이었는데."

헬레네는 그를 내려다보았다. 어리둥절했지만 잘못 듣지 않았다는 건 알고 있었다.

"무슨 말이죠?"

"당신 남편이 어린 남자애들한테 그 짓 하는 거 몰랐어요?"

"남자?"

"어린 남자애들."

그녀는 침을 꿀꺽 삼켰다. 남편이 남자를 좋아하는 것 같기는 했지만 그걸로 추궁해본 적은 없다. 마르쿠스가 양성애자이거나 커밍아웃하지 않은 게이일 수도 있다는 사실이 딱히 끔찍하지는 않았다. 구역질 나는 건 마르쿠스 뢰드가—이 도시에서 가장 부유하고 가장 큰 권력을 가졌고 탐욕과 탈세, 악취미 그리고 그보다 더한 것으로 언론의 비난을 받는 남자— 스스로 훨씬 자유롭게 숨 쉴 수 있도록 해줄, 하나의 인간적 특질을 과감하게 인정하지 않았다는 사실이었다. 그는 오히려 동성애 혐오주의자이자 자기혐오에 빠진 나르시시스트, 걸어 다니는 역설의 교과서적 사례 노릇을 해왔다. 하지만 어린 남자애들? 어린이라니. 그건 아니지. 그렇지만 동시에 돌이켜 생각해보니 모든 것이 매우 논리적이었다. 그녀는 몸이 떨렸다. 머릿속에서 다른 생각이 싹텄다. 이혼 협상에 유용할 수도 있겠다는 생각.

"그런 걸 어떻게 알죠?" 그녀는 움직이지 않은 채 팬티를 찾아 주변을 두리번거리면서 물었다.

"그 사람은 내 새아버지였어요. 여섯 살 때부터 날 괴롭혔어요. 여섯 살이라고 말하는 이유는 그 사람이 그런 짓을 한 가장 오래전 기억이 내게 자전거를 준 날이었기 때문이에요. 일주일에 세 번. 일주일에 세 번이나 내 작은 엉덩이에 박아댔다고요. 일 년 내내."

헬레네는 입을 벌리고 숨을 몰아쉬었다. 자동차 내부 공기가 섹스의 냄새와 특이한 머스크 향기로 답답했다. 침을 꿀꺽 삼켰다. "당신 어머니는 혹시 몰랐는지……."

"늘 그런 식이죠. 의심은 했겠지만 확인하려는 노력은 전혀 하지 않았어요. 실업자에 알코올의존증이라 남자를 잃을까 봐 겁을 먹었겠죠. 그래도 결국 남자가 떠났지만."

"늘 관계가 끝날까 봐 겁내는 쪽이 버림받죠."

"겁나지 않아요?"

"내가? 내가 왜 겁을 내요?"

"이제 당신과 내가 여기 와 있는 이유를 알게 되었잖아요."

잘못 안 건가? 아니면 그녀 몸속에서 그의 물건이 다시 커지고 있는 건가?

"수산네 안데르센?" 그녀가 마침내 물었다. "당신 짓이야?"

그는 고개를 끄덕였다.

"베르티네도?"

그는 다시 고개를 끄덕였다.

허풍일 수도 있고 아닐 수도 있다. 어느 쪽이든 헬레네는 겁을 먹어야 하는 상황인 걸 알았다. 그런데 왜 겁이 나지 않지? 왜 겁먹는 대신 엉덩이를 앞뒤로 움직이기 시작하는 거지? 처음에는 천천히, 그리고 점점 격렬하게.

"그러지 마……." 그의 얼굴이 갑자기 창백해졌다.

하지만 그녀는 계속 엉덩이를 흔들었다. 흡사 그녀의 몸이 독립적인 의지를 가진 것 같았다. 그녀는 그의 성기 위로 몸을 들어 올렸다가 다시 힘차게 내려찍었다. 그의 복부가 단단해지더니 숨죽인 신음이 들리는 것으로 보아 또 사정하려는 것 같았다. 순간, 그의 입에서 황록색 토사물이 쏟아져 나왔다. 토사물이 그의 가슴으로 쏟아지더니 시트로 퍼지고 그의 배로, 그녀 쪽으로 흐르기 시작했다. 시큼한 냄새에 속이 뒤집히기 시작한 그녀는 엄지와 검지로 코를 눌러 잡고 숨을 참았다.

"아니, 안 돼." 그는 신음하며 몸을 움직이지 않고 손으로 아래쪽 바닥을 훑었다. 자기 셔츠를 찾아내 그걸로 몸을 닦기 시작했다. "저기 저것 좀." 그는 중앙 콘솔에 놓인 과자봉지를 가리켰다. 헬레네는 그것이 힐먼 사의 구충제라는 걸 알아보았다.

"기생충 수를 조절하기 위해 먹어야 해요." 그는 셔츠로 배를 닦으며 말했다. "하지만 적절한 정도를 알 수 없어요. 너무 많이 먹으면 속이 견디질 못해서. 이해해줬으면 해요. 아니면 동정이라도."

헬레네는 이해도 동정도 할 수 없었다. 그저 코를 붙잡고 숨 쉬지 않는 일에 집중했다. 그리고 묘한 변화가 온몸으로 느껴졌다. 욕망과 갈망이 점차 사그라지더니 다른 감정으로 바뀌었다. 두려움.

수산네. 그다음 베르티네. 그리고 이제 그녀의 차례였다.

달아나야 했다. 당장!

그는 마치 두려움을 감지한 듯 그녀를 주시했다. 그녀는 온갖 노력을 다해 웃어 보였다. 왼손이 자유로우니 문을 열고 차를 벗어나 달릴 수 있었다. 숲길이 시작된 곳에서 지나쳤던 테라스 딸린 집을 향해. 기껏해야 300에서 400미터 정도 떨어졌을 터였다. 잘됐다. 400미터 달리기는 그녀가 가장 좋아하는 종목이었고, 신발을 벗으면 오히려 더 빨리 뛸 수 있었다. 게다가 두 사람 모두 벌거벗은 상태여서 뒤를 쫓아야 할지 망설일 테니 그녀는 출발에서 유리하리라 추측했다. 그렇다고 차를 돌려서 따라올 수도 없을 것이다. 만일 그런 시도를 한다면 뛰다가 그냥 숲으로 들어가면 된다. 왼손으로 문손잡이를 잡을 수 있을 정도로만 한눈을 팔아주면 좋을 텐데. 코를 잡은 오른손을 놓고 애정을 가장해 그의 눈을 가리려던 그녀 머리에 다른 생각이 떠올랐다. 그녀가 숨을 참고 냄새를 맡지 않는 사이 뭔가 변한 것이 있었다. 냄새와 뭔가 연관이 있었다.

"알았어요." 그녀는 애교를 부리듯 속삭였다. "이럴 때도 있죠. 당신 이제 깨끗해요. 다시 깜깜하게 좀 해볼까요." 그녀는 공기를 들이쉬지 않으려 애썼고 그가 목소리의 떨림을 듣지 못하길 바랐다. "실내등 어디 있어요?"

"고마워요." 그는 희미하게 웃으며 천장을 가리켰다.

그녀는 스위치를 찾아 실내등을 껐다. 어둠 속에서 조수석 문 안쪽을 왼손으로 더듬거렸다. 손잡이를 찾아내고 잡아당겨 문을 활짝 열었다. 차가운 밤공기가 피부에 느껴졌다. 밖으로 튀어 나갔다. 하지만 그가 더 빨랐다. 그는 양손으로 그녀의 목을 잡고 졸랐다. 양손으로 그의 가슴을 때렸지만 목을 움켜쥔 양손은 점점 조여들었다. 한쪽 무릎으로 시트를 짚고 사타구니를 맞히길 바라면서 다른 무릎을 앞으로 뻗었다. 뭔가 맞은 느낌은 없었지만 목을 잡은 손이 풀렸고 그녀는 차에서 빠져나왔다. 발아래 자갈이 느껴지며 넘어졌지만 얼른 일어나 달리기 시작했다. 여전히 목이 졸리는 것처럼 숨쉬기가 어려웠지만 빠져나가야 했으니 무시했다. 그리고 조금씩 숨을 쉴 수 있게 되었다. 멀리 넓은 도로의 불빛이 보였다. 정말 400미터도 떨어지지 않은 걸까? 그래, 300미터도 안 되는 것 같았다. 빠져나갈 수 있어. 그녀는 속도를 높여 날아올랐다. 이 정도면 놈이 도저히 따라올 수 없—.

어둠 속에서 누군가 앞에 나타나 그녀의 목을 세게 때리는 듯한 충격을 받으며 그녀는 땅에 쓰러졌다. 뒤로 자빠져 자갈 바닥에 뒤통수를 찧었다.

몇 초간 기절했던 것이 분명했다. 눈을 다시 떴을 때 자갈을 밟으며 다가오는 발소리가 들렸기 때문이다.

그녀는 비명을 지르려고 했지만 목을 조이는 힘이 다시 강해졌다.

손가락으로 목을 만져 보고서야 알았다.

개 목줄.

그는 그녀 목에 목줄을 묶은 뒤 달아나도록 둔 거였다. 줄이 늘어나도록 그냥 두고 그녀가 50미터의 자유 끝에 도착할 때까지 차분히 기다린 것이다.

발소리가 더는 들리지 않았고 그녀는 걸쇠를 찾아냈다. 양쪽에서 힘껏 눌러 걸쇠를 풀었다. 미처 다리에 힘을 주기도 전에 그녀는 뒤로 밀려 자갈 위에 쓰러졌다.

어둠 속에서 한쪽 발로 그녀의 가슴을 밟고 선 채 내려다보는 그의 벌거벗은 몸이 하얗게 빛나 보였다. 그녀는 그가 오른손으로 들고 있는 물건을 쳐다보았다. 빛나는 금속이 살짝 빛을 반사했다. 칼이었다. 커다란 칼. 그래도 두렵지 않았다. 적어도 차 안에서 숨을 참고 있을 때만큼 두렵지는 않았다. 죽을까 봐 겁이 나지 않는다는 것이 아니라 살고자 하는 욕망이 더 강한 것 같았다. 다른 방식으로는 설명할 수가 없었다.

그는 앉아서 칼날을 목에 대더니 몸을 앞으로 숙여 그녀의 귀에 대고 속삭였다. "소리 지르면 바로 목을 자를 거야. 알아들었으면 끄덕여."

그녀는 아무 말 없이 고개를 끄덕였다. 그는 여전히 웅크리고 앉은 채 등을 폈다. 목에서는 여전히 차가운 칼날이 느껴졌다.

"미안해, 헬레네." 울음 섞인 목소리였다. "당신이 죽어야만 하다니 억울한 일이야. 당신은 아무 잘못도 하지 않았고 목표물도 아닌데. 그저 필요한 수단이 되는 끔찍한 불운을 만났을 뿐이야."

그녀는 기침을 했다. "피…… 필요한 수단이라니?"

"마르쿠스 뢰드를 모욕하고 파괴하는 거."

"이유는 그 사람이……."

"그래, 그가 날 강간했으니까. 강간하지 않을 때는 내가 그놈의 흉측하고 빌어먹을 자지를 저녁이고 아침이고 빨아줘야 했지. 가끔은 점심에도. 이해할 수 있어, 헬레네? 내가 겪은 일의 다른 점은 내게 부가적인 혜택이 없었다는 거야. 그때 사준 자전거 말고는. 물론 그놈은 내 엄마와도 잤지. 역겹지 않아? 그놈이 우릴 떠날까 봐 내가 무서워했다는 거. 너무 나이가 들어버린 것이 나였는지 우리 엄마였는지 모르겠어. 하지만 어쨌든 그놈은 더 어린 아들이 딸린 더 어린 여자에게 가버렸어. 당신이 그를 만나기 한참 전 일이니까 당신은 들어본 적도 없을 거야."

헬레네는 고개를 흔들었다. 그녀는 자기 모습을 멀리서 볼 수 있었다. 벌거벗은 몸으로 칼날이 목에 닿은 채 자갈길에 누워 꼼짝 못 하는 모습. 돌들이 피부로 파고드는 느낌이 들었다. 빠져나갈 방법이 없으니 어쩌면 이걸로 삶이 끝날 수도 있었다. 하지만 그녀는 이곳에 있고 싶고 그를 원했다. 미쳐버린 건가?

“엄마는 우울증에 빠졌어.” 그는 떨리는 목소리로 말했고 그녀는 그 역시 매서운 추위를 견디고 있다는 걸 알 수 있었다. “우울증에서 겨우 벗어났을 때 엄마는 술에 취하기만 하면 내게 수도 없이 약속했던 일을 해낼 힘을 얻었어. 자살하면서 나도 죽이려 했던 거야. 소방서 말로는 침대에서 담배를 피우다 난 사고라고 했어. 나도 그렇고 외삼촌 프레드리크도 그렇고, 소방서나 보험회사에 엄마는 담배를 피우지 않는다고, 집에서 나온 담배는 마르쿠스 뢰드의 것이었다고 알릴 이유는 없었어.”

그는 아무 말도 하지 않았다. 따뜻한 뭔가가 그녀의 가슴에 떨어졌다. 눈물.

“이제 날 죽일 건가요?”

그는 떨리는 숨을 내쉬었다. “아까도 말했지만 미안해. 하지만 기생충의 라이프 사이클을 마쳐야 해. 그래야 번식을 할 수 있으니까. 새로운 숙주를 감염시키려면 새롭고 신선한 기생충들이 필요하거든. 내 말 알겠어?”

그녀는 고개를 흔들었다. 그저 그의 뺨을 어루만지고 싶었다. 마치 황홀경에 빠진 것 같았고 사랑이 모든 걸 감싸 안았다. 하지만 그건 사랑이 아니라 욕망이었다. 그녀는 그저 미치도록 발정 난 상태였을 뿐이었다.

“그리고 물론 죽은 사람은 말이 없다는 장점도 있으니까.”

“그렇겠죠.” 그녀는 숨이 가빠졌다. 마치 마지막 호흡임을 아는 것 같았다.

“하지만 말해줘, 헬레네. 우리가 섹스할 때, 그래도 조금은 사랑받는 느낌이었어?"

"모르겠어요." 그녀는 피곤한 듯 웃으며 말했다. "그래요, 그런 것 같아요."

"좋아." 그는 한 손으로 그녀의 손을 잡았다. 꽉 쥐었다. "당신이 죽기 전에 그걸 선물로 주고 싶었어. 중요한 건 그것뿐이잖아. 사랑받는 기분?"

"어쩌면요." 그녀는 눈을 감으며 속삭였다.

"그걸 잘 기억해둬, 헬레네. 자신에게 말해. 난 사랑받았어, 라고."

프림은 여자를 내려다보았다. 그녀의 입술이 움직였다. 뭔가 말하려고 했다. '난 사랑받았어.' 순간 그는 칼을 들어 올려 그녀의 경동맥을 겨누고 몸을 숙이면서 온몸의 체중을 실어 칼날을 박았다. 뜨끈한 피가 얼음처럼 차가운 그의 피부로 솟구쳤고 그의 몸은 환희와 공포로 떨렸다.

그는 칼자루를 꽉 잡았다. 그녀 몸에서 생명이 떠나는 걸 칼의 떨림으로 알 수 있었다. 피는 세 번 울컥 솟아오른 후 흘러내리기 시작했다. 잠시 후 칼은 헬레네 뢰드가 죽었음을 알려주었다.

칼을 뽑고 그녀 옆에 털썩 주저앉았다. 눈물을 닦았다. 추위와 공포, 그리고 긴장이 풀린 탓에 몸이 떨려왔다. 조금도 쉬워지지 않고 오히려 더 어려워졌다. 하지만 지금까지는 무고한 사람들이었다. 죄인은 남아 있다. 그자를 해치우는 건 전혀 다를 것이다. 마르쿠스 뢰드를 죽이는 일은 기쁠 것이다. 하지만 그놈은 죽음이 해방이라고 느껴질 정도로 고통부터 받아야 한다.

프림은 살갗에 뭔가를 느꼈다. 가벼운 비. 고개를 들었다. 암흑. 오늘 밤에는 더 많은 비가 예보되어 있었다. 비는 대부분의 흔적을 지워버릴 테지만 그에게는 아직 할 일이 남아 있었다. 그는 유일하게 몸에 걸치고 있던 시계를 들여다보았다. 9시 반이었다. 효율적으로 움직인다면 10시 반까지 도심으로 돌아갈 수 있었다.

29

토요일, 휘판

밤 11시. 왕궁 정원의 가로등 아래 젖은 오솔길이 반짝거렸다.

해리는 기분 좋게 마비된 상태였고 현실은 적절하게 왜곡되어 보였다. 간단히 말해 그는 중독의 달콤한 단계에 있었고 자신이 속고 있다는 걸 인식하긴 했지만 적어도 정신적인 고통에서는 벗어났다. 그는 알렉산드라와 공원을 가로질러 걷고 있었다. 두 사람을 지나치는 사람들의 얼굴이 흐르듯 지나갔다. 그녀는 그의 팔을 어깨에 두르고 팔로 허리를 잡아 부축하고 있었다. 그녀는 여전히 화가 나 있었다.

"아니, 우리한테 술을 안 팔 수는 있어요." 알렉산드라가 새된 소리로 말했다.

"**나한테** 안 판 거야." 해리의 발음은 걸음걸이보다는 훨씬 안정적이었다.

"그렇다고 우리를 내쫓아?"

"**날** 내쫓은 거지. 내가 보기엔 바텐더가 카운터에 머리를 박고 자는 손님을 안 좋아하는 것 같더라고."

"그래도요. **태도가** 그래서는 안 되잖아요."

"더 심하게 나올 수도 있어, 알렉산드라. 정말이라니까."

"그래요?"

"그럼. 그래도 날 쫓아낸 방식은 제법 신경 써준 거야. 내 생각에 오늘 일은 인생에서 기분 좋게 쫓겨난 상황 톱 5에 들어갈 수도 있어."

그녀는 그의 가슴에 머리를 묻으며 웃었다. 그 바람에 해리는 오솔길에서 잔디밭으로 밀려났는데, 그곳에서 똥을 누는 개의 목줄을 잡고 있던 노인이 두 사람을 못마땅한 눈으로 노려보았다.

알렉산드라는 해리가 다시 똑바로 서도록 도와주었다. "로리에 들러 커피 마셔요."

"맥주도."

"커피요. 또 쫓겨나고 싶지 않으면요."

해리는 생각했다. "좋아."

로리는 붐볐지만 두 사람은 프랑스어를 하는 남자들이 이미 앉아 있는 출입구 왼쪽에서 세 번째 칸에 자리를 잡을 수 있었고 김이 피어오르는 따뜻한 커피를 큰 컵에 받았다.

"저 사람들 살인사건 이야기를 하고 있어요." 알렉산드라가 속삭였다.

"아냐. 스페인 내전 얘기를 하고 있는데."

자정이 되자 두 사람은 커피를 모두 마시고 로리에서 나왔고 술이 조금 깼다.

"우리 집으로 갈까요, 당신 집으로?" 알렉산드라가 물었다.

"다른 대안은 없을까?"

"없어요. 우리 집으로 가요. 걸어서. 공기도 상쾌하네요."

알렉산드라의 아파트는 마르쿠스 트라네스 가에서 상크트 한스

헤우겐과 알렉산데르 쉴란 광장 중간쯤 위치한 건물에 있었다.

"지난번에 살던 곳에서 이사했군." 해리는 침실에서 그녀가 옷을 벗겨주려고 애쓰는 동안 서서 조금씩 비틀거리며 말했다. "그래도 침대는 옛날 그대로군."

"좋은 기억이죠?"

해리는 잠시 멈춰 서서 생각했다.

"바보." 알렉산드라는 그를 침대로 넘어뜨리고 무릎을 꿇더니 그의 바지 단추를 풀기 시작했다.

"알렉산드라……." 해리는 그녀에게 손을 올리고 말했다.

그녀는 손을 멈추고 그를 쳐다보았다.

"못 하겠어."

"너무 취해서요?"

"아마 그것도 이유가 되겠지. 그런데 오늘 그 사람 무덤에 갔었거든."

그는 굴욕을 당한 분노를 기다렸다. 냉담함과 경멸도. 그러나 그녀의 눈에서 보이는 건 지친 체념뿐이었다. 그녀는 바지를 입은 채로 그를 이불 속으로 밀어 넣더니 불을 끄고 옆으로 기어들어 그를 꽉 안았다.

"여전히 마음이 아파요?"

해리는 감정을 달리 표현할 방법을 찾으려 애썼다. 공허함. 상실감. 외로움. 두려움. 심지어 공황까지. 그러나 그녀의 말이 정곡을 찔렀다. 그의 감정은 고통에 가까웠다. 그는 고개를 끄덕였다.

"당신은 운이 좋아요."

"운이 좋아?"

"누군가를 간절히 사랑해서 그렇게 많이 아플 수 있으니까요."

"음."

"진부하게 들렸다면 미안해요."

"아냐, 맞는 말이야. 우리 감정 자체가 진부하니까."

"누군가를 사랑하는 일이 진부하다는 이야기가 아니었어요. 사랑받기를 원하는 것도."

"나도 그래."

두 사람은 서로 안았다. 해리는 어둠 속을 응시했다. 그리고 눈을 감았다. 아직 읽지 못한 보고서가 절반이었다. 답은 그 안에 있을 수도 있다. 만일 그렇지 않다면, 그동안 버려두었던 극단적 계획을 시도할 수밖에 없을 터였다. 슈뢰데르에서 트룰스와 대화를 나눈 뒤 그 계획이 반복해 떠오르고 있었다.

그는 잠에 빠져들었다.

그는 기계 황소에 올라타 있었다. 황소가 그의 몸을 이리저리 흔들었고 그는 꼭 달라붙어 술을 주문하려고 애썼다. 카운터 안쪽 바텐더에게 집중하려고 애썼지만 황소의 움직임이 너무 격렬해 앞에 보이는 얼굴들이 전부 흐릿했다.

"뭐 먹을래, 해리?" 라켈의 목소리였다. "뭐 먹고 싶은지 말해."

진짜 라켈인가? **황소가 멈췄으면 좋겠어. 당신이랑 함께하고 싶어.** 해리는 소리치려고 했지만 목소리가 나오지 않았다. 황소 목덜미에 달린 버튼을 눌렀지만 울컥거림과 회전의 세기와 속도는 오히려 증가했다.

칼이 살을 뚫고 들어가는 소리가 들리더니 라켈이 비명을 질렀다.

황소가 조금 느리게 움직이기 시작했다. 그러더니 완전히 멈췄다.

바 안쪽에는 아무도 보이지 않았고 거울이 붙은 선반에서는 술병과 술잔들 위로 피가 흘러내리고 있었다. 뭔가 단단한 것이 관자놀이에 닿는 느낌이 들었다.

"빚을 지고 있군." 바로 뒤에서 들리는 목소리였다. "그래, 내게 목숨을 빚졌어."

고개를 들어 거울을 보았다. 위쪽에서 비추는 원뿔 모양의 빛 속에서 자신의 머리와 권총의 총구 그리고 총을 잡은 손과 방아쇠에 걸린 손가락이 보였다. 총은 든 남자의 얼굴은 어둠 속에 있었지만 뭔가 하얗게 빛나는 것이 보였다. 벌거벗었나? 아니, 하얀색 옷깃이었다.

"잠깐만!" 해리는 소리치며 돌아섰다. 엘리베이터에 탄 남자가 아니었다. 카마로의 선팅된 유리 너머에 앉아 있던 남자도 아니었다. 비에른 홀름이었다. 그의 빨간 머리 동료가 권총을 그의 머리에 들이대고 방아쇠를 당겼다.

"안 돼!"

정신을 차려보니 그는 침대에 앉아 있었다.

"맙소사!" 누군가 중얼거리는 목소리에 보니 옆에 하얀색 베개 위에 검은색 머리칼이 보였다. "무슨 일이에요?"

"아냐." 해리는 쉰 목소리로 대답했다. "그냥 꿈을 꿨어. 나 이제 가봐야 해."

"왜요?"

"보고서를 읽어야 하거든. 그리고 아침 일찍 게르트와 공원에 산책하러 가기로 했어." 그는 침대에서 내려와 의자에 걸쳐둔 셔츠를 찾아 입고 단추를 채웠다. 욕지기가 올라왔다.

"아이를 만나면 신나요?"

"그냥 약속 시간에 맞춰 가고 싶어서 그래." 그는 허리를 숙여 그녀의 이마에 키스했다. "푹 자. 멋진 저녁 함께해줘서 고마워. 이만 갈게."

간신히 아파트 안마당까지 내려온 해리는 속을 게워내야 했다. 속이 뒤집히고 토사물을 더러운 자갈길로 쏟아내기 직전, 그는 벽에 줄지어 선 녹색 쓰레기통 사이로 간신히 비집고 들어갔다. 서서 몸을 추스르고 있는데 마당 반대편 벽의 어둠 속에 뭔가 빨갛게 반짝이는 것이 보였다. 고양이 눈. 휘판輝板이라고 루실이 설명해준 적이 있다. 눈 안쪽에 있는 조직층인 고양이의 휘판이 1층 창문 가운데 하나에서 나오는 빛을 반사하고 있었다. 조용히 앉아서 그를 보고 있는 고양이가 보였다. 눈이 어둠에 익고서야 고양이가 그를 보는 것이 아니라 그들 사이에 있는 쥐에게 관심을 두고 있음을 알 수 있었다. 쥐는 쓰레기통에서 고양이 쪽으로 천천히 움직였다. 마지막 날 아침 도헤니 가의 방갈로에서 본 장면의 재연처럼 보였다. 쥐는 길고 윤기가 흐르는 꼬리를 달고 있었다. 마치 사형수가 목을 맨 밧줄을 교수대까지 끌고 가야 하는 것처럼. 고양이는 살짝 몸을 앞으로 내밀더니 재빠른 동작으로 쥐의 목덜미에 이빨을 박았다. 해리는 다시 토한 다음 벽에 몸을 기댔고, 고양이는 이미 죽은 쥐를 그의 앞에 떨어뜨렸다. 빛나는 눈은 마치 박수라도 바라는 것처럼 해리를 바라보았다. 극장이군, 해리는 생각했다. 잠깐이지만 누군가 우리에게 정해준 역할을 연기하는, 빌어먹을 극장.

30

일요일

탕이 몬스에 도착했을 때 비에 젖은 길거리를 말려줄 아침 해는 아직 뜨지 않은 상태였다.

그녀에게는 애완동물 용품점 열쇠가 없었다. 일요일이었고 가게는 산책시킬 개들을 넘겨받는 약속 장소에 불과했다. 처음 만나는 고객이었다. 전날 예약 전화를 걸어온 남자였다. 주말에 개 돌봄 서비스를 신청하다니 특이했다. 사람들은 보통 주말에야 기르는 개를 돌볼 시간이 생기기 때문이다. 탕은 개와의 산책이 기다려졌고, 혹시 달리기를 좀 하게 될까 봐 필요한 장비까지 챙겨왔다. 그녀는 어제 내내 어머니와 음식을 만들었다. 아버지가 병원에서 돌아왔는데, 의사는 너무 많이 먹지 말고 특히 매운 것은 절대 입에 대지 말라고 했다. 하지만 아버지는 어머니가 차린 음식을 게걸스럽게 먹어치웠고, 어머니는 무척 기뻐했다.

탕은 베스트칸토르게의 자갈 깔린 공원을 가로질러 개를 한 마리 끌고 다가오는 남자를 보았다. 개는 래브라도였는데 걷는 모양을 보니 고관절 이형성증으로 고생하는 것 같았다. 가까이 다가오는 모습을 보고야 고객이 이틀 전 가게에 왔던 경찰인 걸 알아보았다. 처음 든 생각은—남자가 정장을 잘 차려입었기 때문일 수도 있다— 일요일 예배나 견진성사에 가는 것처럼 보였고 아마 그래서 개를 맡기기로 한 것 같다는 거였다. 하지만 처음 만났을 때도 정장 차림이었으니 어쩌면 업무용 복장일 수도 있었다. 어느 쪽이든 그녀는 가게 열쇠를 가져오지 않아 다행이라고 생각했다. 혹시나 그가 가게에 들어가려고 그녀를 설득하려 들지도 모르는 일이기 때문이다.

"안녕하세요? 제 이름은 성민입니다." 남자가 웃으며 말했다.

"탕이에요." 그녀는 꼬리를 흔드는 개를 쓰다듬었다.

"탕. 이 녀석은 카스파로브라고 해요. 돈은 어떻게 드리나요?"

"빕스Vipps요. 앱 있으시죠? 필요하면 영수증도 드릴 수 있어요."

"그 말은 경찰관을 위해 비밀 요원 노릇은 하지 않으시겠다는 건가요?" 그는 웃었다. "죄송합니다, 농담이 별로였네요." 탕이 따라서 웃지 않자 그가 말했다. "잠깐 산책을 함께해도 될까요?"

"그럼요." 목줄을 넘겨받으면서 보니 카스파로브의 목줄이 윌리엄 워커였다. 비싼 브랜드지만 개의 목에 부드럽고 가벼웠다. 그녀도 가게에 들여놓고 싶은 제품이지만 요나탄이 허락하지 않았다.

"보통은 프롱네르 공원에서 산책해요."

"좋군요."

두 사람은 남쪽으로 걷다가 푸글레헤우 가로 접어들어 공원으로 향했다.

"달리기용 목줄 장비를 착용하셨던데, 카스파로브는 뛸 수 있는 상태가 못 됩니다."

"그런 것 같네요. 수술은 고려해보셨어요?"

"네. 여러 번요. 하지만 수의사가 반대하더라고요. 그래도 제대로 관리는 하고 있어요. 적절한 음식을 먹이고 상태가 좋지 않을 때는 진통제랑 소염제를 줍니다."

"제대로 개를 돌보시는 것 같네요."

"아, 그럼요. 혹시 개 기르세요?"

탕은 고개를 흔들었다. "전 그냥 가끔 돌보는 게 좋아요. 여기 카스파로브처럼요."

두 사람은 함께 웃었다.

"지난번에 그쪽 사장님과 불편하게 마무리된 것 같군요. 그분은 늘 그렇게 뚱하신가요?"

"모르겠어요." 탕이 말했다. 경찰 남자는 말이 없었다. 그녀가 더 자세히 설명해주기를 기다린다는 걸 알 수 있었다. 물론 그럴 필요는 없지만 이렇게 침묵을 지킨다면 뭔가 수상한 일이 벌어지고 있지만 말하지 않겠다는 걸 강조하는 듯 보일 터였다.

"저도 사장님을 잘 몰라서요." 말하고 보니 요나탄과 거리를 두고 싶어하는 것처럼 들렸다. 요나탄이 불리한 처지에 놓이게 될 수도 있는데, 그녀는 그럴 의도가 전혀 없었다.

"이상하네요." 경찰 남자가 말했다. "가게에서는 두 분만 일하시는데 서로 잘 모르는군요."

"네."

두 사람은 키르케베이엔을 건너는 횡단보도 신호에 걸려 멈춰 섰다.

"좀 이상해 보일 수도 있겠네요. 하지만 지금 궁금하신 건…… 사장님이 뭔가를 밀수입한 걸 제가 알고 있는지의 여부잖아요. 전 몰라요."

곁눈으로 보니 그는 그녀를 보고 있었다. 신호등이 녹색으로 바꿔자 탕은 재빨리 걷기 시작했고 성민은 혼자 인도에 남아 있었다.

성민은 서둘러 애완동물 용품점 직원 여자를 따라갔다.

짜증이 났다. 이래서는 아무것도 건지지 못할 것 같았다. 여자는 경계하고 있었고 입을 열지 않을 것 같아 보였다. 하루를 날려먹은 셈이었고, 전날 크리스와 말다툼까지 했던 터여서 더욱 기분이 나빴다.

프롱네르 공원으로 들어서는 거대한 출입구에 꽃장수 한 명이 서서 관광객들에게 후줄근한 한 송이 장미를 내밀고 있었다.

"아름다운 연인에게 장미 한 송이 선물하세요."

꽃장수가 앞으로 한 걸음 나서면서 성민과 탕이 들어가려는 곁문을 막아섰다.

"괜찮습니다." 성민이 말했다.

꽃장수는 성민이 제대로 알아듣지 못했다고 생각했는지 더듬거리는 노르웨이어로 같은 말을 반복했다. "됐어요." 성민은 꽃장수를 옆으로 피해 문으로 들어가는 탕과 카스파로브를 따라갔다.

하지만 꽃장수는 그를 따라왔다.

"아름다운 연인에게—."

"아뇨!"

꽃장수는 성민의 옷차림을 보고 꽃을 살 정도로 돈이 많다고 생각했고 성민과 탕이 모두 아시아인으로 보이니 당연히 커플이라고 여겼다. 물론 그럴듯한 추측이었고 다른 날이었다면 성민 역시 대수롭지 않게 넘겼을 것이다. 그는 남들의 선입견에 자극받는 경우가 거의 없었다. 선입견은 복잡한 세상을 잘 견뎌내는 사람들의 요령 가운데 하나였다. 성민은 순하디순한 선입견에도 자신이 피해

자라고 여기는, 자기중심적인 사람들을 볼 때 오히려 더 자주 화가 났다. "장미 한 송이—."

"전 게이입니다."

꽃장수는 멈춰 서서 잠깐 멍하니 성민을 바라보았다. 그러더니 입술에 침을 바르고 비닐로 포장한 시든 꽃 한 송이를 내밀었다.

"장미 한 송이—."

"나 게이라니까요!" 성민이 으르렁거렸다. "무슨 말인지 몰라요? 난 확실한 게이라고!"

꽃장수는 뒤로 물러섰고 성민은 출입문으로 들고나던 사람들이 그들에게 고개를 돌리는 모습을 보았다. 탕이 깜짝 놀란 표정으로 발길을 멈췄고 카스파로브가 짧게 짖더니 주인을 구하려는 듯 목줄을 잡아당겼다.

"미안합니다." 성민이 한숨을 내쉬었다. "여기요." 그는 꽃을 받아 들고 꽃장수에게 100크로네 지폐를 내밀었다.

"제가 잘 몰라서……." 꽃장수가 말을 꺼냈다.

"괜찮아요." 성민은 탕에게 걸어가서 꽃을 내밀었다.

처음에 그녀는 놀라 그를 바라보기만 했다. 그러다가 웃기 시작했다.

성민은 잠깐 머뭇거리다가 상황이 우습다는 걸 알아차리고는 함께 웃었다.

"아버지가 그러는데 애인에게 꽃을 주는 건 대체로 유럽의 전통이래요." 탕이 말했다. "고대에는 그리스 사람들이, 중세에는 프랑스와 영국인들이 그랬죠."

"네, 하지만 장미는 원래 우리와 같은 대륙 출신이죠." 성민이 말했다. "제가 태어난 곳은 한국의 삼척인데, 장미 축제로 매우 유명

해요. 그리고 샤론의 장미*인 '무궁화'는 한국의 국화國花입니다."

"그렇군요. 하지만 무궁화가 정확하게 장미는 아니지 않나요?"

모놀리트 조각상에 다다르기도 전에 두 사람의 대화는 꽃에서 애완동물로 옮겨갔다.

"요나탄은 진짜로 동물을 좋아하는 것 같지 않아요." 두 사람이 공원 꼭대기에 도착해 스퀘옌이 내려다보이는 곳에 섰을 때 탕이 말했다. "제가 보기엔 그냥 어쩌다 이쪽 사업을 하는 거죠. 잡화점이나 전자제품 판매점을 했어도 이상하지 않았을 거예요."

"그렇지만 그 사람이 수입이 금지된 이후에도 힐먼 사의 구충제를 계속 쌓아두고 있었는지는 모르시잖아요?"

"왜 그 사람이 그랬을 거라고 확신하나요?"

"제가 가게를 둘러보러 갔을 때 매우 불안해했거든요."

"혹시 다른 일로 그랬는지도……."

"네?"

"아뇨, 아무것도 아니에요."

성민은 깊게 숨을 들이마셨다. "저는 세관원이 아닙니다. 불법 수입 문제로 그를 체포할 생각은 없어요. 저는 단서를 따라 수사하는 중입니다. 혹시라도 사라진 두 여자를 죽인 범인을 체포하는 데 도움이 될까 해서요. 그래야 더 이상 죽는 사람이 없을 테니까요."

탕은 고개를 끄덕였다. 마음먹기 전에 살짝 망설이는 것처럼 보였다. "제가 본 요나탄의 유일한 불법 행위는 누가 런던에서 데려온 새끼 여우를 받아준 일이에요. 아마 런던에는 야생 여우가 있나 보죠. 물론 여우를 수입하는 건 불법이고, 그 사람이 그 사실을 알

* '나는 샤론의 장미요 골짜기의 백합이로다(아가서 2장 1절).' 예수를 의미하는 꽃으로, 일부 학자들은 이를 무궁화로 보는 까닭에 붙은 이름.

고 겁먹었나 보더라고요. 수의사에게 가서 안락사를 부탁할 수도 없고 직접 그럴 수도 없으니까 대신 요나탄에게 새끼를 넘기기로 한 거죠. 분명 고민거리를 대신 떠맡으면서 돈도 두둑이 받았을 거예요."

"사람들이 그런 짓을 해요?"

"그런 일은 말도 못 하게 많아요. 저도 주인이 산책 맡긴 개를 찾으러 오지 않고 사라진 일을 두 번이나 겪었어요."

"그래서 어떻게 했어요?"

"집으로 데려갔죠. 하지만 우리 집도 별로 넓지 않아서 결국에는 동물 보호 기관에 넘겼어요. 슬픈 일이죠."

"새끼 여우는 어떻게 됐나요?"

"몰라요. 알고 싶지도 않은 것 같아요. 진짜 예뻤는데." 성민은 탕의 눈가가 촉촉해지는 걸 보았다. "어느 날 갑자기 안 보이더라고요. 아마 변기에 흘려보내지 않았나……."

"변기요?"

"아뇨, 물론 아니에요. 하지만 제가 말했듯 요나탄이 어떻게 '니'를 없앴는지 알고 싶지 않아요." 두 사람은 계속 함께 걸었고 탕은 그녀의 계획을, 수의사가 되겠다는 꿈을 이야기했다. 성민은 귀를 기울였다. 좋아하지 않을 수 없는 여자였다. 게다가 똑똑했고, 이제는 개를 맡기기 위해 만난 척할 필요가 없었기에 산책 내내 함께했다. 질문을 통해 알아낸 내용은 없었지만 적어도 네 발 달린 친구를 그처럼 좋아하는 누군가와 시간을 함께 보냈다는 사실에 위안을 얻었다.

"오." 몬스로 거의 되돌아온 탕이 말했다. "요나탄이 있네요."

가게 문이 열려 있고 볼보 스테이션왜건 한 대가 밖에 서 있었다. 한 남자가 열린 조수석 안쪽으로 몸을 숙이고 있었다. 남자는 진공청소기 소리 때문에 두 사람이 다가오는 기척을 듣지 못한 것 같았다. 남자의 발치에는 비눗물이 넘치게 담긴 양동이가 놓여 있고 차는 물에 젖어 반짝거렸다. 바닥에 놓인 호스에서는 여전히 물이 졸졸 흘러나왔다.

성민은 카스파로브의 목줄을 넘겨받고 눈에 띄지 않도록 슬쩍 사라져 탕이 두 사람이 만난 얘기를 말할지 말지 결정하도록 두어야 하는지 궁금했다. 하지만 마음을 먹기도 전에 가게 주인이 허리를 펴더니 그들 쪽으로 몸을 돌렸다.

성민은 상황을 파악한 남자의 눈빛이 번쩍 타오르는 걸 보았다. 일이 어떻게 돌아가는지 분명히 알아차린 듯했다.

"예배 시간에 세차라니 믿음을 저버리는 행동 같군요." 성민은 두 사람이 입을 열기 전에 먼저 말했다.

남자가 눈을 가늘게 떴다.

"공원에서 산책하고 왔어요." 탕이 재빨리 덧붙였다. "개 돌봄 서비스요."

성민은 여자 목소리가 너무 긴장한 것처럼 들려 아쉬웠다. 상대방이 아니라 마치 두 사람이 뭔가 변명해야 하는 상황처럼 보였다.

남자는 아무 말 없이 진공청소기와 호스를 가게 안으로 가져갔다. 그러더니 다시 나타나 양동이를 들어 내용물을 도로에 쏟았다. 비누 거품과 더러운 물이 성민의 깔끔한 신발 주위로 흘렀다.

성민은 눈치채지 못한 채 빈 양동이를 들고 가게 안으로 돌진하는 남자에게만 집중했다. 그저 경찰이 귀찮게 굴어서 화를 내는 걸까? 아니면 겁을 먹었나? 성민은 무엇이 남자의 신경을 거슬렀는지 정확히 알지 못했지만 뭔가 건드린 것만은 틀림없었다. 남자는 다시 밖으로 나와 가게 문을 잠그더니 두 사람에게는 눈길 한번 주지 않고 차로 향했다. 성민은 타이어에서 흘러나와 맨홀 뚜껑으로 흘러가는 물에서 진흙 찌꺼기를 발견했다.

"숲에 드라이브 가셨나요?" 성민이 물었다.

"헛다리 짚고 계셨나 보죠?" 가게 주인은 운전석에 앉으며 말하더니 시동을 걸었다.

성민은 일요일의 조용한 누에베르그 가를 따라 속도를 올리며 멀어지는 볼보를 바라보았다.

"트렁크에 들어 있던 게 뭐죠?"

"케이지요." 탕이 말했다.

"케이지." 성민이 되뇌었다.

"이런." 카트리네는 해리에게 꼈던 팔짱을 풀며 속삭였다.

"왜 그래?" 해리가 물었다.

그녀는 대답하지 않았다.

"왜 그웨, 엄마?" 해리의 손을 잡은 게르트가 물었다.

"그냥 누굴 본 것 같아요." 카트리네는 모놀리트 뒤쪽 높은 곳을 곁눈질로 보며 말했다.

"또 성민이야?" 해리가 말했다. 카트리네는 출입문에서 게르트와 함께 기다리고 있을 때 성민이 여자와 공원으로 들어가는 걸 봤다고 말했다.

카트리네는 성민에게 알은체하지 않았다. 해리와 함께 있는 모습을 동료에게 굳이 보이고 싶지 않았다. 그런 면에서 해가 좋은 일요일 프롱네르 공원은 위험한 선택이었다. 공원에 사람이 이미 많았고 일부는 어젯밤 비에 젖어 여전히 축축한 잔디밭에 앉아 있기도 했기 때문이다.

"아니, 그건 아니고……." 그녀는 말을 멈췄다.

"만난다는 사람?" 해리가 물었다. 방한복을 입은 게르트가 한 번 더 안아 올려 빙그르르 돌려달라면서 그의 소매를 잡아당겼다.

"그럴 수도 있어요. 누군가를 생각하면 갑자기 어디서나 그들이 보이잖아요?"

"저 위에 그 친구가 있었단 거야?"

"아뇨, 그 사람일 리가 없어요. 오늘 일한다고 했으니까. 하지만 어쨌든 팔짱을 끼고 걸을 순 없어요, 해리. 혹시 동료라도 갑자기 만나고 그들이 우리 둘이 함께 있는 걸 보면……."

"알아." 해리는 시간을 확인했다. 이제 만 이틀 남았다. 그는 카트리네에게 두 시간만 낼 수 있고 호텔에 돌아가 일해야 한다고 사전에 말해두었다. 하지만 그저 스스로 뭔가를 하고 있다는 기분을 내기 위해서일 뿐, 보고서에서 뭔가를 찾아내리라고 기대하는 건 비현실적이었다. 차라리 무슨 일이든 **벌어져야 했다**.

"거기 아냐, 여기!" 게르트는 해리의 손을 끌고 길에서 벗어나 나무들 사이 오솔길을 따라 프롱네르 성 놀이터로 향했다. 어린이들이 올라가 노는 작은 나무 요새였다.

"여길 뭐라고 부른다고?" 해리는 모르는 척 물었다.

"프옹에우 성!"

해리는 어떻게든 웃지 않으려 애쓰면서 카트리네가 경고하듯 노려보는 모습을 보았다. 그에게 도대체 무슨 일이 벌어지는 것인가? 잠을 못 자면 정신이 이상해진다는 말을 들어본 적이 있다. 그 단계까지 간 걸까?

휴대전화가 울리자 그가 화면을 확인했다. "이 전화 받아야 해.

둘이 먼저 가고 있어."

"멋진 밤 보내줘서 고마워." 두 사람이 들을 수 없는 곳까지 가자 그가 휴대전화에 대고 말했다.

"**내가** 고맙죠." 알렉산드라가 말했다. "하지만 그래서 전화한 게 아니에요. 지금 일하고 있거든요."

"일요일에?"

"당신이 여자를 침대에 남겨두고 한밤중에 보고서를 읽으러 떠났는데 나도 일은 좀 할 수 있잖아요?"

"말 되는군."

"실은 논문 준비나 하려고 나왔는데 확인해보니 당신이 의뢰했던 주방용 휴지의 DNA 분석 결과가 나왔더라고요. 당신이 결과를 즉시 알고 싶어할 것 같아서요."

"음."

"수산네 안데르센의 젖꼭지 주변에서 발견한 침과 같은 DNA 프로파일이 나왔어요."

해리에 지친 뇌가 정보를 조금씩 받아들이면서 심장이 점점 빨리 뛰기 시작했다. 무슨 일이든 '벌어져야' 한다고 생각했는데, 그렇게 된 것이다. 없던 종교도 생길 판이었다. 하지만 동시에 그리 놀랄 것도 없다는 생각도 들었다. 수산네의 가슴에서 검출된 침이 누구 것인지에 관한 의심은 어쨌거나 그가 마르쿠스 뢰드를 속여 DNA를 얻어내도록 만들 정도로 강력했기 때문이다.

"고마워." 그는 전화를 끊었다.

놀이터에 가보니 카트리네는 성 앞 모래밭에 무릎을 꿇고 엎드려 있었다. 게르트는 등에 올라탄 채 엄마의 옆구리를 양발 뒤꿈치로 붙잡았고 그녀는 히힝 소리를 내고 있었다. 그녀는 여전히 엎드린 채 상황을 설명했는데, 게르트가 기사가 나오는 영화를 봤는지 성에 말을 타고 도착해야 한다며 우겼다고 했다.

"수산네 몸에서 나온 침이 마르쿠스 뢰드 거래." 해리가 말했다.

"어떻게 알아요?"

"뢰드의 DNA를 확보해서 알렉산드라에게 보냈거든."

"빌어먹을."

"엄마……."

"엄마가 말조심 해야겠구나. 하지만 증거를 규칙대로 얻어내지 않았기 때문에 법정에서 사용할 수는 없어."

"경찰에서 정한 방식으로 해내진 않았죠, 맞아요. 하지만 이게 바로 우리가 논의하던 내용이잖아요. 당신과 그쪽 사람들이 다른 곳에서 얻어낸 정보를 사용하는 걸 막을 방법은 없죠."

"아이를 좀……." 그녀가 등에 올라탄 아이를 향해 고갯짓했다. 해리는 싫다는 게르트를 안아 올렸고 카트리네는 일어섰다.

"뢰드의 아내가 여전히 그의 알리바이를 제공하고 있어요. 하지만 이 정도면 그를 충분히 체포할 수 있을 거예요." 그녀는 바지 무릎에 묻은 모래를 떨어내며 게르트를 보았다. 아이는 성탑에서 미끄러져 내려오는 미끄럼틀을 향해 뛰어가고 있었다.

"음. 내 생각에 헬레나 뢰드는 알리바이 때문에 조금 흔들릴 수도 있어."

"그래요?"

"내가 얘기해봤거든. 알리바이는 다가올 이혼 조정에서 쓸 그녀의 협상 카드일 거야."

카트리네가 얼굴을 찌푸리더니 울리는 자신의 휴대전화를 꺼내 액정 화면을 들여다보았다.

"브라트입니다."

일할 때의 목소리라고 해리는 생각했다. 그리고 변하는 그녀의 표정을 보고 나머지를 추측할 수 있었다.

"곧바로 가죠." 그녀는 전화를 끊었다. 해리를 쳐다보았다. "시체가 발견됐어요. 릴뢰위플라센이에요."

해리는 잠시 생각했다. 거긴 습지대 속 스나뢰야 끝 아닌가?

"좋아. 하지만 그곳에 감식반을 보내는 일이 그리 급할 건 없잖아? 뢰드를 체포하는 데 더 집중해야 하지 않아?"

"같은 사건이에요. 여자. 목이 잘렸어요."

"젠장."

"아이랑 좀 놀아줄 수 있어요?" 카트리네는 게르트를 향해 고갯짓했다.

"오늘 나머지 시간은 바쁘겠군." 해리가 말했다. "밤에도. 뢰드는 꼭—."

"여기 공용 출입문이랑 현관문 열쇠요." 그녀는 열쇠 뭉치에서 열쇠 두 개를 떼어냈다. "냉장고에 먹을 것 있어요. 그런 표정 지을 것 없어요. 어쨌거나 당신이 아버지니까."

"음. 자기한테 편할 때만 내가 아빠라고 말하는 것 같은데."

"맞아요. 지금 보니 늘 투덜거리는 경찰 마누라처럼 구시네요." 그녀는 열쇠를 건넸다. "뢰드는 나중에 체포할 거예요. 상황 알려 드리죠."

"물론 그래야지." 해리는 이를 악물었다.

그는 카트리네가 미끄럼틀로 가서 게르트에게 몇 마디 말하고 끌어안는 모습을 지켜보았다. 그리고 휴대전화를 귀에 대고 공원을 서둘러 빠져나가는 그녀를 바라보았다. 누가 손을 당겨 바라보니 게르트가 그를 쳐다보고 있었다.

"말."

해리는 웃으면서 못 들은 척했다.

"마아알!"

해리는 더 크게 웃으면서 슈트 바지를 내려다봤지만 결국 아이에게 지게 될 것임을 알고 있었다.

31

일요일, 큰 포유동물

아침 11시가 막 지난 시간이었다. 따뜻했던 태양은 금세 구름 속으로 숨어버렸고 카트리네는 몸을 떨었다. 그녀는 웃자란 물대발이 있는 해변과 그 너머 반짝거리는 바다에서 범선들이 교차하며 오가는 모습이 내려다보이는 나무숲 옆에 서 있었다. 몸을 돌렸다. 들것에 실린 여자의 시체는 멀리 떨어진 도로에 서 있는 구급차로 이송되는 중이었다. 그쪽에서 성민이 걸어오고 있었다.

"어때요?" 성민이 말했다.

"해변 바로 옆 웃자란 풀밭에 누워 있었어요." 카트리네는 깊은 한숨을 내쉬었다. "상당히 끔찍한 모습이에요. 다른 두 명보다 더 심해요. 여기 오는 건 대개 어린아이를 데리고 일찍 산책 나온 가족들인데, 당연히 그런 사람들이 발견했고요."

"이런 세상에." 성민은 고개를 절레절레 흔들었다. "혹시 신원 확인이 될 만한 게 있나요?"

"벌거벗었고 머리가 잘렸어요. 실종자 신고도 없고요. 아직은. 추측으로는 젊고 아름다우니까……."

그녀는 말을 마무리하지 않았다. 오래 걸리지 않을 터였다. 경험상 가장 최근에 실종된 젊고 아름다운 여자일 것이다.

"흔적이 남지 않았겠군요."

"그래요, 범인에게는 행운이었어요. 어젯밤에 비가 왔거든요."

성민은 갑자기 불어온 차가운 바람에 몸을 떨었다. "그건 행운이 아닌 것 같네요, 브라트."

"나도 그렇게 생각해요."

"시신의 신원을 확인하기 위해 뭔가 조치를 해야 할까요?"

"그래야죠. 〈VG〉의 모나 도에게 연락할까 해요. 사건 정보를 독점으로 주는 대신 우리가 원하는 방식으로 다루도록. 너무 시끄럽지도, 너무 조용하지도 않게. 그러면 다른 언론에서는 그녀의 기사를 인용해 보도해야 할 테고 나중에 특혜를 줬다며 항의가 들어오겠죠."

"나쁘지 않은 생각이네요. 도라면 보게가 모르는 내용을 받으려고 열심히 뛸 테고."

"내 생각도 딱 그래요."

두 사람은 현장 감식 요원들이 봉쇄된 구역에서 조용히 사진을 찍고 이 잡듯 뒤지며 계속해 증거를 찾는 모습을 지켜보았다.

성민은 발을 굴렀다. "피해자는 베르티네처럼 차로 이곳까지 옮겨졌군요. 그렇지 않나요?"

카트리네는 고개를 끄덕였다. "여기는 버스가 다니지 않고, 택시 회사들을 확인해봤는데 어젯밤 이쪽에 운행이 없었어요. 그러니까 아마도 그랬을 거예요."

"혹시 주변에 자갈이나 진흙 깔린 길은 없나요?"

카트리네는 그를 유심히 바라보았다. "타이어 자국을 생각하는 건가요? 주변에는 아스팔트가 깔린 도로밖에 없어요. 하지만 타이어 자국이 있었다 해도 지금쯤이면 비에 씻겨 사라졌겠죠."

"물론 그렇죠. 전 그냥……."

"그냥?"

"아니에요." 성민이 말했다.

"그럼 〈VG〉에 전화할게요." 카트리네가 말했다.

11시 45분이었다. 프림은 앞에 놓인 내유성 종이를 천천히 펼쳤다.

새삼스럽게 분노가 파도처럼 온몸을 훑고 지나갔다. 둘이 함께 있는 걸 그가 처음 본 이후 그들은 시도 때도 없이 함께 나타나곤 했다. 한 쌍의 잉꼬처럼. 그가 사랑하는 '그녀'와 그 남자. 남자와 여자가 그런 식으로 공원에서 산책하다니, 무슨 일이 벌어지는 건지 뻔했다. 그자가 그녀를 따라다니고 있다. 게다가 경찰이라니! 뜻밖의 라이벌을 어떻게 제거해야 할지 아직 계획을 세우지 못했지만 이제 곧 해결할 것이다.

그의 앞에 펼쳐진 종이 한가운데에 눈알이 있었다.

프림은 입이 마르는 느낌이 들었다.

하지만 어쩔 수 없었다.

욕지기가 치솟는 걸 느끼며 두 손가락으로 눈알을 집었다. 또 토할 수는 없었다. 그러면 허사가 되고 만다. 눈알을 다시 종이 위에 내려놓고 깊이, 차분하게 숨을 쉬려 애썼다. 휴대전화로 온라인 뉴스를 다시 확인했다. 마침내 기사가 떴다! 〈VG〉였다. 톱기사로 습지대를 찍은 큼지막한 사진이 함께 실렸다. 모나 도 기자의 이름으로 작성된 기사는 아직 신원이 확인되지 않은 여자의 시신이 스나뢰야의 릴뢰위플라센에서 발견되었다는 내용이었다. 이번에도 시체의 머리가 사라졌는데, 〈VG〉는 살해된 여자에 대한 정보가 있는 사람은 즉시 경찰에 신고해달라고 당부하고 있었다. 뭔가를 봤거나 보지 못했거나 상관없이 전날 저녁 해당 지역에 있던 사람도 마찬가지였다. 모나 도는 경찰이 이번 살인사건과 수산네 안데르센, 베르티네 베르틸센 살인사건과의 연관성을 밝히기를 거부하고 있지만, 분명히 그렇게 밝혀질 거라고 썼다.

프림은 기사를 바라보았다. 기사는 세금을 유용한 정치인에 관한 소식과 그날 결정적인 경기를 치른 보되/글림트와 몰데의 경기 내용 그리고 중동에서의 전쟁 등 여러 기사를 아래로 밀어내고 있었다.

그는 그곳 무대 중앙에서 주인공 노릇을 한다는 사실에 묘한 도취감을 느꼈다. 이것이 넋을 잃고 숨죽인 극장 관객들 앞에서 해설자가 되어 마법 지팡이를 휘두를 때 엄마가 느꼈던 감정일까? 엄마의 유전자와 열정이 그의 몸에서 마침내 깨어나는 걸까?

그는 다른 휴대전화를 꺼냈다. 라트비아의 가공인물 이름으로 등록된 심카드를 포함해 이베이에서 산 선불전화였다. 〈VG〉의 제보 전화번호를 눌렀다. 릴뢰위플라센에서 죽은 여자와 관련된 내용이라며 모나 도를 연결해달라고 말했다.

명령이라도 받은 듯 즉시 여자가 전화를 받았다.

"모나 도입니다."

프림은 경험을 통해 아무도 그의 목소리라고 알아차릴 수 없을 정도로 목소리를 낮게 깔았다. "내가 누군지는 중요하지 않지만, 너무 걱정이 되어 전화했습니다. 오늘 아침 프롱네르 공원에서 헬레네 뢰드를 만나기로 했거든요. 그런데 그곳에 나타나지 않았고 전화도 안 받고 집에도 없더군요."

"누구시—."

프림은 전화를 끊었다. 앞에 놓인 눈알을 들어 자세히 바라보았다. 입에 넣었다. 그리고 씹었다.

12시 반이 막 지난 시간, 요한 크론은 해리 홀레의 번호로 전화를 걸었다.

그는 베란다에서 안으로 들어와 있었다. 베란다에는 그의 아내가 여전히 커피를 앞에 두고 앉아 얼굴에 햇볕을 쬐고 있었다. 그녀는 앞으로도 따뜻한 날씨가 계속 이어질 거라는 일기예보를 믿지 않는다고 했다. 그는 상대방이 전화 받기를 기다리며 코트 단추를 채웠다. 마침내 해리가 헐떡거리는 목소리로 대답했다.

"미안합니다. 운동에 방해가 됐나요?"

"아뇨, 놀고 있습니다."

"놀아요?"

"나는 성을 공격하는 용입니다."

"그렇군요." 요한 크론이 말했다. "전화한 이유는 방금 마르쿠스로부터 전화를 받았기 때문입니다. 법의학연구소에서 비서에게 연락했다고 합니다. 와서 시신의 신원을 확인해달라고 했다더군요." 그는 깊게 숨을 들이마셨다. "헬레네의 시체 같다고 합니다."

"음."

요한 크론은 홀레가 충격을 받았는지 아닌지 알 수 없었다.

"함께 가고 싶어할 수도 있다고 생각했습니다. 그럼 시신을 볼 수 있을 테니까요. 헬레네든 아니든 살인자는 아마 같을 겁니다."

"좋아요." 홀레가 말했다. "여기 와서 세 살배기를 잠깐 봐줄 수 있겠어요?"

"세 살요?"

"동물 흉내를 내주면 좋아할 겁니다. 커다란 포유동물이면 더 좋죠."

요한 크론은 법의학연구소라고 쓰여 있는 호출 버튼을 두 번째로 눌렀다.

"일요일입니다. 진짜 일하는 사람이 있으리라 생각하십니까?"

"나더러 최대한 빨리 와서 입구에서 벨을 누르라고 했어." 마르쿠스 뢰드는 건물을 올려다보며 말했다.

한참 만에 녹색 수술복을 입은 사람이 건물 안쪽에서 뛰어 나오더니 유리문을 열었다. "죄송합니다, 제 동료가 퇴근하는 바람에." 남자는 수술 마스크를 쓴 채로 말했다. "헬게라고 합니다. 검시관입니다."

"요한 크론입니다." 변호사는 본능적으로 손을 내밀었지만 검시관은 고개를 흔들면서 장갑 낀 두 손을 들어 보였다.

"죽은 사람이 감염이라도 된답니까?" 뒤에 서 있던 뢰드가 빈정거리듯 물었다.

"아뇨, 하지만 시체가 산 사람을 감염시킬 수는 있습니다." 검시관이 말했다.

두 사람은 검시관을 따라 통 빈 복도를 지나 크론이 부검실로 추정한 곳이 들여다 보이는 창문 있는 방으로 들어갔다.

"누가 확인하실 건가요?"

"이분입니다." 크론은 마르쿠스 뢰드를 향해 고갯짓을 했다.

검시관이 뢰드에게 마스크와 그가 입은 것과 같은 수술복과 모자를 내밀었다.

"고인으로 확인될 수도 있는 분과의 관계를 여쭤봐도 될까요?"
뢰드는 잠시 무슨 말을 해야 할지 몰랐다. "남편이오." 그가 말했다. 안쪽에 진짜 헬레네가 누워 있을 가능성이 있다는 생각이 들자 빈정거리는 말투는 사라졌다.
"마스크를 쓰기 전에 물을 한 잔 드시죠." 검시관이 말했다.
"고맙지만 됐습니다." 뢰드가 말했다.
"이런 상황에서는 수분을 섭취하는 편이 좋다고 경험상 말씀드리는 겁니다." 검시관이 유리 물병에서 물을 한 잔 따랐다. "믿으세요. 안에 들어가면 아시게 될 겁니다."
뢰드는 검시관을 보더니 고개를 까딱하고 물을 마셨다.
검시관이 문을 열었고, 뢰드와 함께 안으로 들어갔다.
크론은 창문으로 다가갔다. 두 사람은 부검용 테이블을 사이에 두고 서 있었다. 테이블 위, 하얀 시트에 덮인 여자의 옆모습 윤곽이 보였다. 머리 부분의 윤곽은 없었다. 부검실 안에 마이크가 설치되어 있는지 창문 위쪽 스피커에서 두 사람의 대화가 들렸다.
"준비되셨습니까?"
뢰드가 고개를 끄덕이자 검시관이 시트를 걷었다.
크론은 창문에서 한발 물러섰다. 변호사 생활을 하는 동안 여러 번 시체를 봤지만 이런 적은 처음이었다. 스피커를 통해 들리는 검시관의 목소리는 건조하고 사무적이었다.
"유감스럽습니다만 가해자가 피해자에게 극심한 폭력을 가한 것이 분명해 보입니다. 예를 들어 여기 보시면, 몸 전체에 자상이 있고 복부를 갈랐습니다. 최악은 아마 이쪽 항문일 것 같은데요, 가해자는 뭔가 칼이 아닌 다른 물체나 양손으로 큰 상처를 입혔습니다. 직장 전체가 찢어졌고 그 위로 계속 훼손이 이어진 것으로 보아 파이프나 굵은 나뭇가지 또는 그와 비슷한 물건을 사용한 것으로 보입니다. 듣고 싶지 않은 정보일 수 있다는 점에 죄송스럽지만, 가해진 폭력의 수준을 설명할 필요가 있습니다. 그래야만 피해자가 더는 그동안 알던, 또는 보던 그 사람이 아니라는 걸 이해하실 수 있습니다. 그러니 천천히 상처가 없다고 생각하고 보도록 해보십시오."

얼굴을 가린 마스크 때문에 뢰드의 표정은 보이지 않았지만, 그의 몸이 떨리는 모습은 보였다.

"이, 이런 짓을…… 살아 있을 때 당한 건가요?"

"그전에 피해자가 사망했다고 확실하게 말씀드릴 수 있으면 좋겠지만 그럴 수 없군요."

"그럼 고통 속에서 죽었단 겁니까?" 뢰드의 가냘픈 목소리는 눈물로 가득 차 있었다.

"말씀드렸다시피 모릅니다. 일부 상처는 심장이 박동을 멈춘 뒤에 생겼다고 볼 수 있지만 전부 그렇지는 않아요. 죄송합니다."

뢰드의 입에서 흐느낌이 새어 나왔다. 요한 크론은 지금껏 마르쿠스 뢰드와 알고 지내면서 단 한 번도 그가 안타깝다고 생각해보지 않았다. 단 1초도. 그러기에 그의 고객은 너무 나쁜 놈이었다. 하지만 바로 지금, 그는 동정을 느꼈다. 어쩌면 순간적으로 부검대에 자신의 아내를, 그리고 뢰드의 입장에 자신을 놓아볼 수밖에 없었기 때문일 것이다.

"고통스러우실 겁니다." 검시관이 말했다. "저로서는 천천히 살펴보시라고 말씀드릴 수밖에 없습니다. 시신을 보시고 최선을 다해 헬레네 뢰드 씨가 맞는지 확인해주셔야 합니다."

크론은 그녀의 이름이 엉망이 된 시체와 연관 지어 불렸다는 사실이 뢰드가 발작적으로 흐느끼도록 만들었다고 생각했다.

크론은 뒤에서 문이 열리는 소리를 들었다.

검은 머리의 여자와 함께 들어온 사람은 해리 홀레였다.

홀레는 고개를 숙여 보였다. "이쪽은 알렉산드라 스투르드자라고, 여기서 일합니다. 우리가 오는 길에 데려왔습니다."

"뢰드 씨의 변호사 요한 크론입니다."

"알아요." 알렉산드라가 싱크대로 다가가서 손을 씻으며 말했다. "오늘 일찍 출근했었는데 상황을 놓친 것 같네요. 신원 확인은 됐나요?"

"지금 하고 있습니다." 크론이 말했다. "아주…… 뭐랄까, 간단한 일은 아니군요."

홀레가 창문가에 선 크론 옆으로 와서 안을 들여다보았다. "분노." 그는 툭 말했다.

"네?"

"여자한테 한 짓 말입니다. 다른 두 여자에게 한 것과 달라요. 이건 분노와 증오입니다."

크론은 마른 입을 축이려 애썼다. "누군가 헬레네 뢰드를 증오하는 사람의 짓이라는 건가요?"

"그럴 수도 있고. 그녀가 의미하는 바를 증오할 수도 있죠. 아니면 스스로 증오할 수도 있고. 또는 그녀가 사랑하는 누군가를 증오할 수도 있습니다."

변호사인 크론은 전에도 같은 말을 들어본 적이 있다. 재판에서 심리학자들이 폭력을 동반한 성적 동기에 의한 살인사건을 설명할 때 거의 습관적으로 붙이는 설명이었다. 피해자를 사랑하는 누군가를 증오한다는 마지막 경우만 제외하면.

"내 아내가 맞습니다." 속삭이는 듯 스피커에서 들리는 뢰드의 목소리에 부검실 밖에 있던 세 사람은 아무 말도 하지 못했다.

검은 머리의 여자가 수도꼭지를 잠그고 창문을 향해 고개를 돌렸다.

"죄송합니다만 확실하신지 여쭤봐야 합니다." 검시관이 말했다.

뢰드 입에서 다시 몸서리치는 흐느낌이 흘러나왔다. 고개를 끄덕였다. 한쪽 어깨를 가리켰다.

"흉터요. 함께 인도 첸나이에 갔을 때 해변에서 말을 타다 생긴 겁니다. 내가 경주마를 빌렸거든요. 바로 다음 날 경주에 나갈 말이었죠. 이 사람도 말도 아름다웠습니다. 하지만 해변에서 달리는 게 익숙하지 않은 말이라 파도가 남긴 웅덩이를 보지 못했어요. 달리는 모습이 정말 아름다웠는데……." 뢰드는 말을 잇지 못하고 양손으로 얼굴을 덮었다.

"말이 끝내주게 멋졌던 모양이네. 저렇게 괴로워하는 걸 보니." 검은 머리의 여자가 말했다. 크론은 믿을 수 없다는 표정으로 고개를 돌렸지만 그녀의 차가운 시선을 보고는 목구멍까지 올라온 쓴소리를 꿀꺽 삼켰다. 대신 화난 얼굴로 해리를 바라보았다.

"이 친구가 뢰드의 DNA를 분석했어요." 해리가 말했다. "감식 결과 수산네 안데르센의 가슴에서 발견된 침과 일치했습니다."

해리는 말하면서 요한 크론의 표정을 자세히 살폈다. 변호사는 진정으로 고객의 결백을 믿는 것처럼 순수하게 놀란 표정을 지은 것 같았다. 그러나 변호사와 경찰의 믿음과 상관없이 연구에 따르면 사람들의 거짓말을 알아내는 능력은 직업에 따라 차이가 작거나 없었다. 달리 말하자면 우리는 모두 존 라슨의 거짓말 탐지기처럼 솜씨가 형편없었다. 그렇지만 해리는 크론의 놀란 표정이나 뢰드의 눈물이 연극이라고 믿기 어려웠다. 물론 스스로 했든 돈을 주고 사람을 샀든, 자신이 죽인 여자를 두고 슬퍼할 수도 있다. 해리는 자신이 범인이면서도 눈물을 흘리는 남편을 여럿 봤다. 어쩌면 죄책감과 사라져버린 사랑, 살인으로 이어진 질투 넘치는 좌절감과 살인이 벌어진 순간의 갑작스러운 폭력이 뒤섞인 탓에 울었을 것이다. 맙소사, 그 역시 잠깐이지만 술에 취해 정신이 없는 상황에서 라켈을 죽였다고 믿지 않았던가. 하지만 마르쿠스 뢰드는 앞에 누워 있는 여자를 살해한 사람처럼 보이지 않았다. 그렇지만 해리는 왜, 어떻게 그런 느낌이 드는지는 알 수 없었다. 왠지 눈물이 너무 순수해 보였다. 해리는 눈을 감았다. '눈물이 너무 순수해?' 한숨이 나왔다. 헛소리 집어치워. 드러난 증거는 있는 그대로의 이야기를 보여주고 있었다. 그와 루실을 구원할 기적이 벌어지려고 하는데 왜 두 팔 벌려 맞이할 수 없는 거지?

실내에 벨 소리가 울렸다.

"출입문에 누가 왔네요." 알렉산드라가 말했다.

"아마 경찰일 거야." 해리가 말했다.

알렉산드라는 문을 열어주러 갔다.

요한 크론이 해리를 보았다. "경찰에 연락했어요?"

해리는 고개를 끄덕였다.

뢰드는 부검실에서 나오더니 수술복과 모자, 마스크를 벗었다. "언제 장례식장으로 옮길 수 있겠나?" 그는 해리가 있는 걸 알아차리지 못하고 크론에게 물었다. "아내를 이런 식으로 둘 수는 없어." 목소리는 쉬었고 빨간 눈은 젖어 있었다. "그리고 머리. 머리를 만들어야 해. 사진은 많으니까. 조각가를. 최고로 구해, 요한. 최고의 조각가여야 해." 그는 다시 울기 시작했다. 해리는 구석으로 물러서서 뢰드를 자세히 관찰했다.

문이 열리더니 남자 경찰관 세 명과 여자 경찰관 한 명이 들어왔다. 해리는 두 명이 양쪽 팔을 붙잡고 세 번째 경찰관이 수갑을 채우고 네 번째 경찰관이 체포 이유를 말해주는 동안 어리둥절한 채 충격에 빠진 뢰드의 모습을 관찰했다.

문으로 끌려 나가던 뢰드는 창문을 통해 누워 있는 여자의 시신을 마지막으로 한 번 더 보고 싶은 듯 고개를 돌렸지만 보이는 건 그곳에 서 있는 해리였다.

그의 표정을 본 해리는 주물 공장에서 일했던 여름이 떠올랐다. 뜨겁게 흘러내리던 빨간 쇳물이 거푸집에 부은 지 몇 초 만에 차갑게 잿빛으로 딱딱해졌다.

그 순간 그들은 밖으로 사라졌다.

검시관이 부검실에서 나와 마스크를 벗었다. "안녕하세요, 해리."

"아, 헬게. 뭐 좀 물어봅시다."

"네?" 그는 벗은 수술복을 벽에 걸었다.

"자기가 범인이면서도 저렇게 우는 사람 본 적 있습니까?"

헬게는 깊은 생각에 잠겨 볼을 부풀리더니 천천히 숨을 내쉬었다. "경험주의의 문제는 누가 유죄인지 늘 정답을 찾아낼 수 없다는 데 있죠."

"음. 좋은 지적이군. 내가 좀……?" 그는 부검실을 향해 고갯짓을 했다.

헬게는 머뭇거렸다.

"30초만." 해리가 말했다. "절대 아무한테도 말하지 않을게요. 적어도 당신을 곤란하게 만들 수 있는 사람에게는."

헬게는 웃었다. "알았어요. 그럼 서둘러요, 누가 오기 전에. 그리고 아무것도 만지면 안 됩니다."

해리는 안으로 들어갔다. 겨우 이틀 전 대화를 나눈, 쾌활했던 사람의 남은 몸을 내려다보았다. 그녀가 마음에 들었다. 그녀 역시 그를 좋아했다. 몇 번 그런 경우를 겪거나 눈치채곤 했는데 한 번도 틀린 적은 없었다. 다른 생에서라면 혹시 그녀에게 커피를 마시러 가자고 했을지도 모른다. 목이 잘린 곳의 상처와 잘린 모습을 자세히 살폈다. 간신히 식별할 수 있는 희미한 향기가 뭔가를 떠올리게 했다. 이상후각증으로 시체의 냄새를 맡지 못하니 그런 쪽은 아니었다. 해리가 로스앤젤레스를 떠올리게 하는 머스크 향이었다. 해리는 몸을 폈다. 그와 헬레네 뢰드의 시간은 끝났다.

함께 밖으로 나온 해리와 헬게는 막 사라지는 경찰 순찰차를 볼 수 있었다. 알렉산드라는 건물 앞에 기대서서 담배를 피우고 있었다. "두 남자 모두 귀엽네요."

"고맙군." 해리가 말했다.

"그쪽 말고 저쪽 두 명요." 그녀는 주차장을 가리켰다. 택시 번호판이 달린 낡은 메르세데스가 보이고 그 앞에 키스 리처즈의 복제인간이 세 살배기 아이를 목말을 태우고 서 있었다. 복제인간이 한 팔을 들어 코에 대고 해리가 보기에는 코끼리처럼 소리를 내며 비틀거렸다. 해리는 일부러 비틀거리는 것이기를 바랐다.

"그렇군." 해리는 생각과 의심과 인상으로 대혼란에 빠진 머릿속을 정리하려 애쓰며 말했다. "귀엽네."

"외위스테인이 내일 젤러시 바에서 사건 해결 축하 파티를 할 건데 오겠느냐고 물었어요." 그녀는 해리에게 담배를 내밀었다. "갈까요?"

해리는 담배를 길게 빨았다. "올 거야?"

"네, 갈 거예요." 그녀는 담배를 다시 낚아채며 말했다.

32
일요일, 오랑우탄

기자회견은 4시에 시작했다.

카트리네는 퍼롤홀을 둘러보았다. 사람들로 가득 찬 실내 분위기는 열광적이었다. 희생자와 체포된 사람의 이름이 흘러 나간 것이 틀림없었다. 케지에르스키가 참석자들에게 사건 개요를 설명하는 동안 그녀는 하품을 참고 있었다. 이미 길어지던 일요일이 끝나려면 아직 한참 남아 있었다. 그녀는 해리에게 어떻게 하고 있느냐고 문자메시지를 보냈고 답은 이렇게 왔다. '게르트랑 한잔하러 가. 코코아.' 그녀는 '하하'라고 쓰고 근엄한 표정의 이모티콘을 붙여 답장한 뒤 두 사람 일은 생각하지 않으려 애썼다. 집중할 일거리를 담으려면 마음을 비워야 했다. 케지에르스키가 발언을 마치고 질문을 받기 시작했다. 여러 사람의 손이 빠르게 올라갔다.

"NRK, 질문하세요." 제보 책임자가 질서를 유지하려 애쓰며 말했다.

"마르쿠스 뢰드 씨는 DNA 검사를 거부한 것으로 아는데 어떻게 DNA 분석 증거를 확보할 수 있었습니까?"

"경찰은 DNA 검사를 하지 않았습니다." 카트리네가 말했다.

"DNA 자료는 경찰 외부인이 확보해 분석했고 범죄 현장에서 검출된 DNA와 일치한다는 사실을 확인했습니다."

"외부인이 누굽니까?" 한꺼번에 떠들어대는 기자들의 웅성거림을 뚫고 누군가 외쳤다.

"사설 조사관입니다." 카트리네가 말했다.

웅성거리던 소리가 갑자기 멈췄다. 그리고 그 잠깐의 정적 속에서 그녀가 그의 이름을 말했다. 기분 좋았다. 해리 홀레가 경찰을 위해 실질적으로 사건을 해결했다는 식으로 말해도 보딜 멜링이— 무척이나 그녀에게 가혹한 벌을 내리고 싶겠지만— 그녀를 처벌할 수 없다는 걸 알기 때문이다.

"뢰드 씨가 수산네 안데르센과 베르티네 베르틸센을 살해한 이유는—"

"모릅니다." 성민이 기자의 질문을 끊고 대답했다.

카트리네는 곁눈으로 그를 보았다. 모른다는 건 사실이었지만, 두 사람은 동기를 두고 얘기를 나누었다. 그리고 오래전 살인사건—해리 홀레가 해결한—을 거론한 사람은 성민이었다. 그 사건에서는 질투를 느낀 남편이 아내를 죽이면서 무작위로 여자와 남자들을 골라 살해해 마치 연쇄살인의 일부인 것처럼 속임으로써 자신이 수사 대상이 되는 걸 막았다.

"〈VG〉, 말씀하세요." 케지에르스키가 지목했다.

"해리 홀레가 대신 사건을 해결했다면 그는 왜 여기 없나요?" 모나 도가 물었다.

"이 자리는 경찰 대변인이 진행하는 기자회견입니다." 케지에르스키가 말했다. "그건 직접 홀레에게 물어보시면 됩니다."

"연락을 시도했는데 응답이 없어서요."

"저희도 어쩔 수가—." 케지에르스키가 말을 시작했지만 카트리네가 막고 나섰다.

"그분은 다른 일로 바쁘신가 봅니다. 저희도 마찬가지고요. 자, 그럼 사건 관련 질문이 더 없으면……."

홀 곳곳에서 기자들이 격렬하게 항의했다.

6시.

"맥주 한 잔." 해리가 말했다.

웨이터가 고개를 끄덕였다.

게르트가 코코아 컵에서 고개를 들더니 빨대에서 입을 뗐다. "함머니가 그러는데 맥주 먹으면 천국 못 간대. 그러면 우리 아빠 못 만나지. 우리 아빠도 죽었는데."

해리는 아이를 보다가 문득 이런 생각이 들었다. 만일 맥주 한 잔으로 지옥에 간다면 그는 그곳에서 비에른 홀름을 만날 것이다. 주위를 둘러보았다. 외로운 남자들이 몇몇 테이블을 차지했고 500밀리리터 맥주잔이 그들의 유일한 동석자이자 대화 상대였다. 금연 조치가 시행된 지 한 세대가 지났으나 여전히 벽과 가구에서 풍기는 담배 냄새처럼 슈뢰데르에 물든 이들이었다. 하지만 그들은 그를 기억하지 못했고 그 역시 그들을 기억하지 못했다. 그때 그들은 그보다 나이가 많았지만 카푸친 납골당의 해골들 위에 새겨진 문구가 그들의 이마에 새겨져 있는 것 같았다. **지금 너의 모습이 우리의 과거이고 지금 우리 모습이 너의 미래이다.** 해리는 자신이 알코올의존증 혈통을 물려받았다는 사실을 늘 알고 있었다. 마치 작은 흡혈귀 악마가 안에 들어앉아 설탕과 술을 달라고 비명을 지르는 것 같았다. 먹여 살려야만 하는 악마는 유전자로 전달된 빌어먹을 기생충이었다.

전화가 울렸다. 크론이었다. 화가 났다기보다는 체념한 목소리였다.

"축하합니다, 해리. 마르쿠스를 체포한 사람이 당신이란 걸 인터넷 뉴스에서 봤어요."

"난 당신들 두 사람에게 미리 경고했어요."

"경찰이 직접 사용할 수는 없는 방법이군요."

"그게 그쪽에서 날 고용한 이유잖아요."

"좋습니다. 계약서에 따르면 세 명의 경찰 변호사가 뢰드가 유죄일 가능성이 높다고 판단해야 한다고 되어 있습니다."

"내일이면 알게 될 겁니다. 그러면 약속한 돈을 송금해야 합니다."

"그것 때문입니다. 제가 받은 케이맨제도의 계좌는……."

"내게 어떻게 된 일인지 묻지 말아요, 크론."

잠시 말이 멈췄다.

"일단 끊겠습니다, 해리. 좀 잘 수 있기를 바랍니다."

해리는 뢰드의 슈트 안주머니에 휴대전화를 넣었다. 게르트를 보니 코코아와 벽을 덮은 옛날 오슬로의 그림들에 푹 빠져 있었다. 웨이터가 500밀리리터 잔을 들고 오자 해리는 돈을 내고 다시 가져가달라고 부탁했다. 웨이터는 알코올의존자가 마지막 순간에 자제하는 모습을 처음 보는 게 아닌 것이 분명했다. 아무 말도 없이 눈썹을 추켜세우더니 맥주를 가지고 그대로 사라졌다. 해리는 게르트를 보았다. 그는 유전遺傳을 생각했다.

"너희 할머니 말씀이 맞아. 맥주는 누구에게나 나쁜 거야. 그걸 기억해."

"오케이."

해리는 웃었다. 아이는 '오케이'라고 말하는 걸 해리에게 배웠다. 다른 것까지 배우지 않기를 바랄 뿐이었다. 그는 자신의 이미지에 따라 창조된 후손을 원하지 않았다. 완전히 그 반대였으면 했다. 테이블 반대편에 앉은 아이에 대해 느끼는 거의 자동적인 다정함과 사랑은 그저 아이가 행복하기를, 과거의 자신보다 더 낫기를 바라는 마음일 뿐이었다. 빨대를 쪽쪽거리는 소리가 들리는 순간 해리의 휴대전화가 진동했다.

카트리네의 문자메시지였다.

지금 집이에요. 둘 다 어디 있어요?

"엄마한테 갈 시간이다." 해리가 가는 길이라고 답장을 보내며 말했다.

"아저씨는 어디 가요?" 게르트가 테이블 다리를 차며 물었다.

"난 호텔로 갈 거야." 해리가 말했다.

"아니이이야." 아이는 작고 따뜻한 손을 그의 손 위에 얹었다. "아저씨 나 잘 때 그 노애 불러주야지. 마시는 거."

"마시는 거?"

"코우카잉……." 게르트가 노래했다.

해리는 웃고 싶었지만 대신 뭔가 목에 걸린 걸 삼켜야 했다. 빌어먹을. 이게 정확히 뭐지? 스톨레가 기폭제라고 부르던 건가? 그저 자신이 아이의 아버지라는 확신이 있기에 이런 감정을 느끼는 걸까? 아니면 심리적이나 생물학적인 것보다 더, 핏속의 뭔가가 두 사람을 어쩔 수 없이 서로를 향해 잡아당기며 부르는 걸까?

해리는 일어섰다.

"아저씨는 무신 동물이야?" 게르트가 물었다.

"오랑우탄." 해리는 게르트를 의자에서 들어 올려 안은 뒤 피루엣*을 했고 외로운 손님 한 명이 박수를 쳤다. 그는 게르트를 내려놓았고 두 사람은 손을 잡고 문으로 걸어갔다.

밤 10시. 프림은 이제 막 보스와 리사에게 밥을 먹였다. 그는 TV 앞에 앉아 다시 뉴스를 보았다. 자신이 연출한 장면의 결과를 다시 한번 즐기기 위해서였다. 대놓고 말하지는 않았지만 경찰이 상투적 답변을 늘어놓는 모습을 보니 현장에서 아무것도 찾아내지 못한 것이 분명해 보였다. 헬레네가 차에서 뛰어내렸을 때 그가 내린 결정은 옳았고, 어쩔 수 없이 그녀를 자갈길에서 죽여야 했다. DNA—머리카락, 피부 조각이나 땀—가 남는 건 어쩔 수 없었고 목격자가 나타날지도 모르는 도로에서 말끔히 청소를 할 수도 없었다. 어쩔 수 없이 자갈길 도로가 범죄 현장임이 밝혀지지 않도록 해야만 했다. 그래서 그는 시체를 차에 싣고 가서 섬 끝에 버렸다. 그곳이라면 늦은 가을밤에 아무도 없을 것이 분명했고, 웃자란 갈대밭 뒤에 숨어서 마무리할 수 있을 터였다. 그리고 다음 날 그쪽으로 놀러 나오는 가족들과 아이들이 헬레네의 시체를 발견하게 될 것도 거의 틀림없었다. 우선 그는 그녀의 머리를 잘라냈고 시체의 온몸을 샅샅이 뒤지며 씻어내고 그의 DNA를 긁어냈다. 차에서 그의 몸에 올라탔을 때 그의 허벅지를 파고든 그녀의 손톱 아래도 처리했다. 전과는 없지만 조심해야 했다. 경찰이 데이터베이스에

* 발레에서 한 발을 딛고 빙그르르 도는 동작.

그의 DNA 프로파일을 갖고 있기 때문이었다.

TV에 등장한 여자 뉴스 진행자가 남자 경찰 변호사와 전화로 대화를 나누고 있었다. 화면 우측 상단에 변호사의 이름—크리스 힌뇌위—과 사진이 떠 있었다. 두 사람은 구금된 뢰드에 관해 이야기하고 있었다. 이제 흥미로운 얘깃거리가 떨어진 것도 이상한 일이 아니다. 뉴스 채널에서는 마르쿠스 뢰드의 체포 소식과 그의 아내가 살해당한 일에 초점을 맞춰 온종일 보도했기 때문이다. 심지어 보되/글림트가 몰데에게 근소하게 승리한 소식도 별로 주목받지 못했다. 인터넷 뉴스도 마찬가지여서 온통 마르쿠스 뢰드 소식뿐이었다. 그건 간접적이긴 했지만 그, 프림에게 집중하고 있다는 뜻이었다. 이제 온라인 뉴스에 마르쿠스 뢰드의 사진이 많이 올라왔기 때문에 해리 홀레의 사진 역시 많이 등장하기 시작했다. 기사에 따르면 마르쿠스 뢰드의 DNA를 수산네의 가슴에서 발견한 침과 연결한 사람이 외부인이자 사설 조사관인 그라고 했다. 마치 그것이 놀랍기라도 한 것처럼. 마치 경찰은 오래전에 그런 내용을 전혀 파악하지 못했던 것처럼. 그는 해리 홀레라는 자가 무척 짜증스럽게 느껴지기 시작했다. 도대체 무슨 일을 했기에 그자가 주목받는 것일까? 무대는 사건, 미스터리, **그의** 미스터리를 위한 것이어야 했다. 언론은 특권을 누리던, 스스로 법 위에 있다고 생각했던 마르쿠스 뢰드가 이제 멋지게 정체가 들통나 감옥에 갇혔다는 사실에 좀 더 집중해야 했다. 사람들은 그런 종류의 기사를 사랑했다. 프림도 분명히 그랬다. 그런 것들은 영혼을 위한 마약이었다. 그럼에도 어쨌든 대중에게 어마어마한 양의 마약 같은 기사가 공급되었다. 그는 새아버지가 갇힌 곳에서 신문을 볼 수 있기를 바랐다. 그래서 고통받을 기회가 많기를, 이런 공개 망신이 프림이 그를 위해 준비한 산성 용액 세례가 되기를 바랐다. 마르쿠스 뢰드는 혼란과 절망, 두려움을 느끼고 있을 것이다. 혹시 자살할 생각까지 하게 될까? 프림은 궁금했다. 아니다, 자살을 향한 마지막 유인은, 그의 어머니가 자살하도록 밀어붙인 요소는 희망의 부재였다. 그의 새아버지는 아직 희망이 있다. 그를 대신해 움직여줄 요한 크론이 있고 경찰이 확보한 유일한 증거는 소량의 타액뿐이다. 이제 경찰은 드러난 증거와 헬레네 뢰드가 마르쿠스에게 제공했던, 수산네와 베르티네가 실종되던 밤의 가짜 알리바이를 저울질하게 될 것이다. 하지만 방금 TV에서 경찰 변호사가 한 말이 프림의 마음에 걸렸다.

크리스 힌뇌위라는 사람이 설명하기로는, 내일 예비 심문이 있을 예정이며 판사는 의심할 바 없이 경찰에게 관례대로 4주 동안 구금을 허용하고—증거와 심각한 범죄 사실에 근거해— 필요한 경우 구금 기간을 연장할 거라고 했다. 노르웨이 법률에 따르면 피의자를 기한 없이 구금할 수 있어서 원칙적으로는 몇 년을 가둬둘 수도 있었다. 무엇보다 중요한 것은 경찰은 유리한 조건과 수단을 가지고 있어서 자유롭게 풀려난 상태라면 돈이나 영향력을 행사해 증거를 파괴하거나 증인을 조작할 수 있는 사람들을 가둬둘 권한을 넉넉하게 확보하고 있다는 거였다. 실제로 수사관에게 영향을 미치려는 사례가 이미 있지 않았느냐고 묻기도 했다.

"해리 홀레처럼요?" 진행자가 물었다. 마치 이번 사건과 관련이 있기라도 한 것처럼!

"홀레는 뢰드에게 돈을 받고 수사했습니다." 경찰 변호사가 말했다. "하지만 홀레는 노르웨이 경찰에서 교육과 훈련을 받았고 우리가 경찰 구성원에게 기대하는 성실함을 분명히 지니고 있습니니다. 과거에도, 현재에도 말이죠."

"시간 내주셔서 감사합니다. 지금까지 크리스 힌뇌위……."

프림은 볼륨을 줄였다. 들은 내용을 생각하며 욕설을 내뱉었다. 경찰 변호사가 옳다면 마르쿠스 뢰드는 무기한 갇혀 그의 손이 닿지 않는 안전한 곳에 있을 수도 있다. 그건 계획에 맞지 않았다.

그는 생각하려 애썼다.

원대한 계획을 변경해야 할까?

커피 테이블 위 분홍색 민달팽이를 보았다. 녀석이 30분 동안 용을 쓴 끝에 남긴 미끈거리는 흔적을 보았다. 어디로 가는 거지? 계획이 있는 걸까? 뭔가를 사냥하고 있나? 도망가는 중일까? 녀석은 육식 민달팽이가 곧 흔적을 찾아내 추적에 나서리라는 사실을 알고 있는 걸까? 멈춰 있으면 죽는다는 걸?

프림은 양쪽 관자놀이를 손가락으로 눌렀다.

해리는 달렸다. 뉴스 진행자가 힌뇌위에게 감사 인사를 하는 모습을 보면서 심장이 온몸으로 피를 뿜어내는 걸 느꼈다.

크리스 힌뇌위는 두 시간 전 해리와 요한 크론이 접촉해 주어진 증거를 바탕으로 이 사건에서 마르쿠스 뢰드가 유죄 판결을 받을 가능성에 관해 주관적이고 비공식적인 의견을 얻어냈던 세 명의 경찰 변호사 가운데 한 사람이었다. 그들 가운데 두 사람은 바로 대답하기를 원했지만, 크론은 그들에게 아침까지 생각해보라고 부탁했다.

보되/글림트 축구팀의 코치 인터뷰가 방송되었고 해리는 러닝머신에 설치된 TV 화면에서 눈앞의 거울로 시선을 돌렸다.

해리는 호텔의 작은 체육관을 독차지하고 있었다. 슈트를 방에 벗어놓은 뒤 입고 나온 호텔 가운은 뒤쪽 벽에 걸어두었다. 앞쪽 벽 전체를 거울이 덮고 있었다. 그는 팬티 바람에 티셔츠 하나 걸치고 존 롭 수제화를 신은 채 뛰고 있었는데, 구두는 달리기 신발로도 놀라울 정도로 훌륭했다. 물론 우스꽝스러운 모습이었지만 그는 신경 쓰지 않았다. 내려오는 길에는 이런 몰골에도 리셉션 데스크에 들러, 바에서 상냥한 사제를 마주쳤는데 이름을 잊었다고 말했다. 흑인 여성 근무자는 고개를 끄덕이더니 웃었다. "그분은 호텔 투숙객이 아니지만 누구 말씀하시는지 알겠네요, 홀레 씨. 왜냐하면 그분도 오셔서 홀레 씨에 관해 물어보셨거든요."

"그래요? 언제요?"

"홀레 씨가 체크인하고 얼마 지나지 않았을 때였는데 정확히 기억나지는 않네요. 몇 호실에 묵고 계시는지 물었습니다. 그런 정보는 드릴 수 없지만 방으로 연락을 해드릴 순 있다고 했어요. 그랬더니 됐다면서 가셨습니다."

"음. 무슨 일로 그러는지 말하던가요?"

"아뇨, 그냥…… 궁금하다고 하던데요." 그녀는 궁금하다는 말은 영어로 했다. 그리고 다시 웃었다. "사람들이 제게는 영어로 말하곤 합니다."

"그 사람, 미국인이었겠군요?"

"아마도요."

해리는 러닝머신의 속도를 높였다. 아직 빠르게 뛸 수 있었다. 하지만 충분히 빠른 걸까? 결국 모든 걸 따돌릴 수 있을까? 그를 뒤쫓는 모든 걸? 그를 뒤쫓는 자들을? 인터폴은 세계 모든 호텔의 투숙객 목록에 접근할 수 있고 중간 수준의 해커도 마찬가지다. 사제가 그를 감시하는 거라면? 이틀 후 데드라인이 지나도 빚을 갚지 않았을 때 해리를 처치하려는 자라면? 그럼 어떻단 말인가? 부채 회수 업자는 돈을 돌려받을 희망이 완전히 사라져서 다른 채무자들에게 경고할 때 말고는 채무자를 죽이지 않는다. 그리고 이제 뢰드가 체포되었다. 희생자 젖꼭지에 묻은 침. 그보다 더 확실한 법의학적 증거는 없다. 아침이 되면 세 명의 경찰 변호사는 같은 의견을 낼 것이고 돈은 송금될 것이고 빚은 청산되고 루실은 자유로워질 것이다. 그런데 왜 이렇게 마음이 복잡할까? 이번 사건과 관계된 다른 무언가로부터 달아나려 애쓰는 느낌이 들어서일까?

러닝머신 컵홀더에 꽂아둔 휴대전화가 울렸다. 화면에 아무 머리글자도 뜨지 않았지만 아는 번호여서 전화를 받았다.

"말해."

상대방의 웃음소리가 들렸다. 그러더니 조용한 목소리가 들렸다. "우리가 함께 일하던 때의 말투를 아직도 그대로 쓰다니 믿을 수가 없군, 해리."

"음. 당신이 여전히 같은 전화번호를 쓴다는 것도 믿을 수가 없군."

미카엘 벨만은 다시 웃었다. "뢰드 건은 축하해."

"어떤 부분이?"

"아, 일자리 구한 거나 체포한 일 모두."

"뭘 원하나, 벨만?"

"자, 자." 그는 다시 웃었다. 매력적이고 마음에서 우러나는 웃음은 남녀 불문하고 미카엘 벨만이 따뜻하고 성실한 사람이며 신뢰할 수 있다고 믿게 했다. "솔직히 말해서 법무부 장관이 되면 버릇이 나빠져. 늘 시간에 쫓기는 상황에 익숙해지고 상대방은 절대 그렇지 않다고 여기게 되거든."

"난 이제 시간에 쫓기지 않아."

상대방은 한참 동안 말이 없었다. 벨만이 다시 입을 열었을 때 다정한 말투는 살짝 진심이 아닌 듯했다.

"내가 전화한 건, 자네가 해낸 일이 통합을 보여주었다는 얘기를 하고 싶어서야. 우리 노동당은 법보다 평등을 중요하게 여겨. 그래서 오늘 체포해도 좋다고 허가한 거야. 법률에 따라 제대로 굴러가는 나라에서는 부자이고 유명하다고 해서 우월할 수는 없다는 신호를 보여주는 게 중요하거든."

"어쩌면 오히려 정반대겠지." 해리가 말했다.

"뭐라고?"

"범인 체포에 법무부 장관의 허락이 필요한 줄은 몰랐군."

"이건 그냥 평범한 체포가 아니라고, 해리."

"내 말이 그 말이야. 누구는 더 중요하다는 거. 게다가 노동당이 돈 많은 밉상을 처벌하는 것처럼 보이는 일이 나쁘지야 않겠지."

"해리, 실은 내가 멜링과 빈테르에게 잘 얘기해서 자네가 이후에도 수사 위원회에 참여할 수 있도록 해뒀단 말이야. 정식으로 기소하기 전까지 남은 일이 좀 있으니까. 이제 자네 고용주가 체포되었으니 자넨 백수잖아. 자네의 기여는 우리에게 중요해, 해리."

해리는 러닝머신의 속도를 걷는 정도로 낮췄다.

"아침에 뢰드를 심문할 예정인데 그들은 자네가 와주길 기다릴 거야."

'오늘의 주인공인 내가 너희 팀 일원처럼 보이는 것이 중요하겠지.' 해리는 생각했다.

"자, 어때?"

해리는 생각했다. 벨만은 언제나 싫고 믿을 수 없었다. "음. 가도록 하지.”

“좋아. 브라트가 연락할 거야. 난 가봐야 해. 좋은 밤 보내게.”

해리는 한 시간을 더 달렸다. 자신을 괴롭히는 무엇을 떨쳐버릴 수 없다는 걸 깨닫고 나서 그는 의자에 앉아 땀이 쿠션 커버를 적시는 동안 알렉산드라에게 전화를 걸었다.

“내가 보고 싶어요?” 그녀는 콧소리를 냈다.

“음. 그 클럽 말이야. ‘화요일마다’…….”

“그래서요?”

“매주 화요일에 클럽에서 모임이 있다고 했지. ‘빌라 단테’가 여전히 전통을 지키고 있는지 혹시 당신 친구가 알까?”

33

월요일

올레 솔스타드 편집장은 돋보기안경 다리로 뺨을 긁었다. 커피로 얼룩진 서류가 쌓인 책상 너머로 테리 보게를 바라보았다. 보게는 대화가 빨리 끝나기를 기대하는 것처럼 모직 코트를 입고 낮은 중절모를 쓴 채 손님용 의자에 구부정하게 앉아 있었다. 솔스타드도 짧게 끝났으면 했다. 두려웠기 때문이다. 보게의 옛 직장 동료의 말을 들었어야 했는데. 동료는 영화 〈파고〉의 대사를 인용해 말했다. "난 그 사람 보증하지 않아."

솔스타드와 보게는 뢰드의 체포 소식에 관해 몇 가지 뻔한 얘기를 주고받았다. 보게는 씩 웃더니 경찰이 엉뚱한 사람을 붙잡았다고 했다. 솔스타드는 상대방의 자신감 넘치는 태도를 알 수 있었다. 하지만 사기꾼이라면 모두 그런 식으로 자신을 속이는 데 능란한 법이다.

"우리는 당신의 기사를 더는 받지 않기로 했습니다." 솔스타드는 '보내주기로'라든지 '해고한다' 또는 '자른다'라는 단어를 사용하지 않도록 조심해야 한다는 사실을 알고 있었다. 보게가 그저 프리랜서 계약에 따라 일하고 있긴 했지만, 유능한 변호사라면 실질적인 해고라며 노동 심판원에 그들을 제소할 수 있기 때문이다. 솔스타드가 지금 한 말은 그저 보게가 쓴 기사를 싣지 않겠다는 뜻이고, 보게에게 계약에 따라 다른 업무를 부여하는 걸 배제하지도 않았다. 이를테면 다른 기자를 위한 조사원 같은 일. 하지만 〈다그블라데〉의 변호사가 분명히 지적한 것처럼 노동법은 골치 아픈 존재였다.

"왜요?" 보게가 말했다.

"지난 며칠 동안 벌어진 상황을 보면 당신의 최근 기사들의 진실성에 의심이 생기기 때문입니다." 그리고 최근에 들은 바로는, 질책할 때는 상대의 이름을 포함해 말하는 편이 효과적이기 때문에 덧붙였다. "보게."

말을 끝내자마자 자신의 목표가 보게로부터 취재 방식을 바꾸겠다는 약속을 얻어내는 게 아니라 최소한의 소동도 없이 이 남자를 사라지도록 하는 것이었음을 생각할 때 책망은 적절한 전략이 아니었다는 생각이 들었다. 게다가 그들이 왜 이렇게 과격한 조치를 하는지 보게가 이해할 필요가 있었다. 이건 〈다그블라데〉의 신뢰도가 달린 문제였다.

"증명하실 수 있나요?" 보게는 눈도 깜박거리지 않고 말했다. 심지어 하품을 겨우 참는 것처럼 보였다. 노골적이고 유치했지만 그럼에도 도발적이었다.

"진짜 중요한 건 당신이 쓴 기사를 증명할 수 있느냐는 겁니다. 누가 봐도 꾸며낸 얘기 냄새가 난단 말이지. 당신 소스를 내게 밝히지 않으면—."

"맙소사, 솔스타드. 이 거지 같은 신문의 편집장이라면 내가 정보원을 보호해야만 하는 이유를—."

"공개하라는 게 아니고 내게만 알려달라는 겁니다. 당신의 편집장에게요. 당신이 쓰고 우리가 발행하는 기사의 책임자인 내게 말입니다. 알겠어요? 소스를 밝히면 나 역시 당신처럼 보호의 의무가 생겨요. 물론 법률이 정보 출처의 기밀을 허용하는 한도 내에서지만. 이해하겠어요?"

테리 보게는 긴 신음을 내뱉었다. "**당신이야말로** 이해하고 있는 겁니까, 솔스타드? 그러느니 내가 다른 신문사, 이를테면 〈VG〉나 〈아프텐포스텐〉으로 가서 지금까지 〈다그블라데〉에서 하던 일을 하게 되지 않겠어요? 그러면 그들을 범죄 보도 분야 시장의 선도자로 만들 수 있어요."

올레 솔스타드와 다른 편집자들도 물론 이 점을 고려했다. 보게는 다른 어떤 기자보다 많은 독자를 확보하고 있었다. 그의 기사 클릭 수는 실로 어마어마했다. 그리고 솔스타드는 그런 숫자가 다른 경쟁자에게 넘어가는 건 도저히 볼 수 없었다. 하지만 편집부 직원도 말했듯 〈다그블라데〉가 지난번과 비슷한 이유로 테리 보게를 잘라내는 것처럼 비춰지기만 한다면, 노르웨이 언론사들은 도핑 스캔들 이후 USPS의 경쟁사들이 랜스 암스트롱*을 보던 것과 같은 시선으로 보게를 보게 될 터였다. 말하자면 테리 보게를 불태워버리는 '초토화 전략'이라 할 수 있는데, 진실에 대한 존중이 사라지는 시대의 마지막 보루와도 같은 〈다그블라데〉가 앞장서 모범을 보여야 했다. 만일 보게가 온갖 역경을 헤치고 결백을 증명한다면 언제든 사과하면 그만이다.

솔스타드는 안경을 고쳐 썼다. "경쟁사에 가서도 최선을 다하길

* USPS(미국우정공사) 소속으로 활동한 사이클 선수. 많은 기록을 세웠으나 상습적인 약물복용이 드러나 기록이 박탈당하고 출전 또한 영구 정지되었다.

빕니다, 보게. 당신이 탁월하게 성실한 사람일 수도 있고 완전히 반대일 수도 있지만, 우리는 혹시 후자일 위험을 감수할 수 없어요. 이해해주길 바랍니다." 솔스타드는 책상 뒤에서 일어섰다. "지난번 기사 원고료와 함께 편집부에서 지금까지 노고에 감사하는 의미로 약간의 보너스를 드립니다."

보게도 일어섰고, 솔스타드는 악수를 청했을 때 거절당하지 않을지 몸짓을 읽어내려고 애썼다. 보게는 이를 드러내며 웃었다. "보너스로는 당신 엉덩이나 닦으시죠, 솔스타드. 당신 안경도 좀 닦고. 왜냐하면 당신 안경에 똥이 덕지덕지 묻어서 아무것도 못 본다는 걸 당신 말고는 모두 알고 있으니까."

올레 솔스타드는 보게가 쾅 소리가 나도록 닫고 나간 문을 한참 동안 멍하니 보며 서 있었다. 그러다가 안경을 벗어 조심스럽게 살펴보았다. 똥이 묻었다고?

해리는 작은 조사실에 앉아 있는 마르쿠스 뢰드를 옆 방에서 유리창 너머로 바라보고 있었다. 뢰드 외에도 조사관과 조수 그리고 요한 크론까지 세 사람이 더 있었다.

바쁜 아침이었다. 해리는 8시에 로셍크란츠 가에 있는 크론의 사무실로 가서 크론과 함께 세 명의 경찰 변호사에게 전화를 걸었고, 세 변호사는 모두 다른 중요한 요인이 발생하지 않는 한 뢰드가 법정에서 유죄 선고를 받을 가능성이 '매우 높다'라고 말했다. 크론은 많이 말하지 않았고 전문가다운 태도로 행동했다. 그는 아무 반대의견도 없이 즉시 은행에 연락했고 미리 설정해둔 대리권을 행사해 계약서에 명시된 금액을 케이맨제도의 은행으로 송금하도록 했다. 은행에 따르면 같은 날 수취인 쪽에서 입금액을 확인할 수 있다고 했다. 그들은 살아났다. 다시 말해 그와 루실은 목숨을 건졌다. 그런데 왜 여기 와 있는 거지? 왜 술집에 가서 크리처스에서 시작한 일을 마무리하지 않는 거지? 글쎄. 사람들은 왜 재미도 없다고 느낀 책을 끝까지 읽는 걸까? 혼자 사는 사람들은 왜 침대를 정리할까? 아침에 일어났을 때 해리는 몇 주 만에 처음으로 어머니 꿈을, 어머니가 교실 문가에 서 있는 꿈을 꾸지 않았다는 걸 깨달았다. 그는 평화로워졌다. 정말 그럴까? 대신 자신이 여전히 달리고 있고 그의 발이 닿는 곳은 모두 러닝머신으로 변하는 꿈을 꾸었다. 그는 도대체 무엇으로부터…… 달아나지 못하는 걸까?

"책임감이란다." 몸도 아프면서 굳이 왜 그물을 걷으러 가느냐고 물었을 때, 새벽 햇빛 속에서 토하고 나서 보트 창고에서 꺼낸 노 젓는 배에 해리를 들어 올려 태우고 배를 밀어서 띄우던 알코올의존증 할아버지가 상냥한 목소리로 대답했었다. 하지만 해리에게 달아나야 할 빌어먹을 책임감 같은 건 없었다. 아니, 남아 있었나? 아마도 그는 그렇다고 생각하는 것 같았다. 어쨌거나 그는 이곳에 서 있었다. 해리는 두통이 밀려와 생각을 밀어내는 걸 느꼈다. 그는 그런 식으로 단순한 것, 그가 이해하는 확실한 것에 집중했다. 이를테면 앉아서 질문에 대답하는 뢰드의 표정과 몸짓을 읽고 해석하려 애쓰는 일처럼. 해리는 대답을 듣지 않고 마르쿠스 뢰드가 유죄라고 생각하는지 판단하려 애썼다. 가끔은 자신이 평생 형사로 일하며 쌓아온 경험이 아무 소용도 없는 것처럼 느껴졌다. 다른 사람을 읽는 그의 능력은 그저 환상에 불과했다. 하지만 어떤 때는 이런 식의 직감이 유일하게 확실하고 그가 믿을 수 있는 것이기도 했다. 물리적인 증거나 정황증거는 없었지만 그는 **알고 있었고** 결국 그가 옳았던 적이 얼마나 많았나? 아니, 그건 그저 확증편

향이나 인지편향에 불과했을까? 확실하게 안다고 생각했다가 틀리고도 그저 망각에 묻어버린 적도 똑같이 많았던 건 아니었을까? 그는 왜 마르쿠스 뢰드가 여자들을 죽이지 않았다고 확신하면서도 여전히 그가 결백하지 않다고 확신하는 걸까? 그는 살인을 지시한 다음 알리바이를 확실하게 갖춘 상태에서 결백이 밝혀지리라 자신해서 해리와 다른 사람들에게 돈을 주고 일을 맡긴 걸까? 만일 그런 거라면 처음 두 살인사건이 벌어졌을 때 왜 집에 부인과 단둘이 있었다는 것 말고 더 좋은 알리바이를 만들어두지 않았을까? 게다가 이제 알리바이까지 사라져버린 마르쿠스 뢰드는 헬레네가 살해되던 날 밤에도 집에 혼자 있었다고 주장하고 있다. 헬레네는 혹시 재판이 열렸다면 그를 구원할 수 있는 유일한 목격자였다. 앞뒤가 맞지 않는다. 그렇지만…….

"뭐 좀 말했어요?" 누가 옆에서 속삭였다. 카트리네가 조금 어두운 방에 들어와 해리와 성민 사이에 서 있었다.

"네." 성민이 속삭였다. "모른다. 기억나지 않는다. 아니다."

"그렇군. 뭔가 느낌이 있어요?"

"보고 있어." 해리가 말했다.

성민은 대답하지 않았다.

"성민?" 카트리네가 불렀다.

"틀린 생각일 수도 있어요." 성민이 말했다. "하지만 제 생각에 마르쿠스 뢰드는 성향을 감춘 게이인 것 같습니다. 게이보다는 성향을 감추는 쪽이 더 강화된 거고요."

두 사람은 그를 바라보았다.

"왜 그렇게 생각하죠?" 카트리네가 물었다.

성민은 쓴웃음을 지었다. "말하자면 긴 강의가 될 것 같군요. 하지만 그냥 잠재의식에서 비롯되는 일련의 상황을 합친 건데, 저는 봤고 두 분은 못 보신 거죠. 물론 제가 틀릴 수도 있습니다."

"자네는 틀리지 않았어." 해리가 말했다.

이제 다른 두 사람이 해리를 바라보았다.

그는 헛기침을 했다. "내가 '빌라 단테'라는 곳을 들어봤냐고 물은 것 기억하지?"

카트리네는 고개를 끄덕였다.

"그곳은 원래 '화요일마다'라는 클럽이었는데 이름을 바꾸고 재개장했어."

"들어본 것 같네요." 카트리네가 말했다.

"회원제 게이 클럽으로 몇 년 됐죠." 성민이 말했다. "미성년자 소년이 그곳에서 강간당해서 폐쇄됐습니다. 그래서 뉴욕의 게이바를 따라 스튜디오 54라고도 불렸습니다. 이유는 마찬가지로 정확히 33개월 동안 영업했기 때문입니다."

"이제 기억이 나네요." 카트리네가 말했다. "우린 나비 사건이라고 불렀는데, 그 아이가 강간범이 나비 가면을 썼다고 진술했기 때문이었어요. 하지만 클럽이 문을 닫은 이유는 미성년자 웨이터들이 술을 날랐기 때문이던가……."

"엄밀하게 말하면 그랬죠." 성민이 말했다. "법원은 클럽 활동이 사적 모임에 해당한다고 인정하기를 거부했고 결국 주류판매법 위반으로 판결한 겁니다."

"마르쿠스 뢰드가 빌라 단테에 자주 갔다고 믿을 만한 이유가 있어." 해리가 말했다. "이 옷에서 멤버십카드와 고양이 가면을 발견했거든. 이 옷은 뢰드 거야."

성민이 눈썹을 추켜세웠다. "저 사람 옷을…… 입고 있다고요?"

"무슨 말을 하는 거예요, 해리?" 카트리네는 날카로운 목소리를 내며 노려보았다.

해리는 깊게 숨을 들이마셨다. 지금이라도 그냥 덮어버릴 수 있었다.

"빌라 단테는 여전히 화요일마다 모임을 열었던 것 같아. 만일 자네 생각처럼 뢰드가 어떻게든 게이인 걸 숨기려 한다면 그는 어쩌면 수산네와 베르티네가 살해당하던 날 밤에 지금까지 주장했던 알리바이가 아닌 다른 알리바이를 갖고 있을지 몰라."

"그 말인즉슨……." 카트리네가 천천히 말을 이었다. 해리는 그녀의 눈빛이 마치 그의 머리를 뚫고 들어오는 것처럼 느껴졌다. "아내가 제공한 알리바이보다 더 좋은 알리바이가 있는 남자를 우리가 체포했다는 거예요?"

"그냥 그럴 가능성도 있다고 말하는 거야."

"그럼 뢰드가 성적 정체성을 숨기기 위해 감옥에 갈 위험을 무릅쓸 가능성이 있다고 생각해요?" 그녀의 목소리는 단조로웠지만 왠지 떨렸고 해리도 이유가 뭔지 추측할 수 있었다. 순수한 분노였다.

해리는 머리를 끄덕이는 성민을 바라보았다.

"저도 아우팅*을 당하느니 죽음을 택할 남자들을 봤습니다." 성민이 말했다. "우리는 그런 면에서 사회가 많이 발전했다고 믿을 수도 있지만 안타깝게도 그렇지 않은 것 같습니다. 수치심이나 자기혐오, 비난은 과거의 일이 아닙니다. 특히 뢰드의 세대라면 더욱 그렇죠."

"게다가 집안 배경을 보면 더 그렇지." 해리가 덧붙였다. "그 사

* 개인의 성적 지향이나 성 정체성을 당사자의 동의 없이 공개적으로 드러내는 행위.

람 조상들 사진을 봤어. 남자랑 섹스하는 사람에게 집안의 사업을 물려줄 사람들로는 보이지 않더군."

카트리네는 여전히 해리에게서 눈길을 거두지 않았다. "그럼 말해봐요. 어떻게 할 거예요?"

"나?"

"네, 당신요. 이런 말을 하는 이유가 있을 것 아니에요?"

"글쎄." 해리는 주머니에 손을 넣어 꺼낸 노트를 그녀에게 건넸다. "나라면 심문에 참여해서 이 두 가지 질문을 하겠어."

그는 노트를 읽는 카트리네를 바라보면서 스피커에서 흘러나오는 크론의 목소리를 들었다. "한 시간이 넘도록 제 의뢰인은 모든 질문에 답했습니다. 대부분 두세 번 들은 질문이었거든요. 이쯤에서 그만두든지 아니면 제가 이의를 제기했다는 사실을 기록해주시길 바랍니다."

조사관과 그녀의 동료는 서로를 바라보았다.

"좋습니다." 조사관은 벽에 걸린 시계를 보다가 카트리네가 조사실 문을 열었다는 사실을 알아차렸다. 조사관은 카트리네에게 가서 노트를 받고 이야기를 들었다. 해리는 크론의 의아해하는 표정을 볼 수 있었다. 조사관은 다시 자리에 앉아 헛기침을 했다.

"마지막으로 두 가지만 더 묻겠습니다. 수산네와 베르티네가 살해된 것으로 보이는 시간에 빌라 단테 클럽에 있었습니까?"

뢰드는 크론과 눈길을 주고받은 뒤 대답했다. "그런 클럽은 들어본 적도 없고 그냥 전에 말한 대로 아내와 있었다는 대답을 다시 하겠습니다."

"감사합니다. 다른 질문은 당신에게 하겠습니다, 크론."

"저요?"

"네. 헬레네 뢰드가 이혼을 준비하고 있었으며, 만일 이혼 조정에서 그녀의 요구가 관철되지 않을 경우 살인이 벌어졌던 날 밤마다 남편에게 제공했던 알리바이 주장을 철회할 계획이었다는 사실을 알고 있었습니까?"

해리는 크론의 얼굴이 벌게지는 걸 보았다. "저는…… 저는 그런 질문에 대답할 이유가 없습니다."

"그냥 아니라고는 안 하시고요?"

"이건 매우 이례적입니다. 이 심문을 다시 생각해봐야겠군요." 크론이 자리에서 일어섰다.

"많은 걸 말해주는군요." 성민은 바닥을 발로 구르며 말했다.

해리가 나가려고 움직였지만 카트리네가 그를 붙잡았다.

"우리가 뢰드를 체포하기 전에는 전혀 몰랐다고 말할 생각 말아요." 그녀는 화난 목소리로 속삭였다. "알고 있었어요?"

"뢰드는 방금 지금까지의 알리바이를 잃었어." 해리가 말했다. "유일하게 갖고 있던 알리바이지. 그러니까 빌라 단테에서 아무도 그가 그곳에 있었다고 증언하지 않기를 바라자고."

"그러면 정확히 뭘 바라는 거죠, 해리?"

"늘 바라던 대로야."

"뭔데요?"

"가장 죄가 많은 놈을 잡는 것."

해리는 경찰청에서 그뢴란슬레이레를 향해 언덕을 내려가는 요한 크론을 따라잡기 위해 성큼성큼 걸어야 했다.

"내게 마지막 질문을 하라는 아이디어를 준 사람이 당신이었나요?" 크론이 얼굴을 찌푸리며 말했다.

"왜 그렇게 생각합니까?"

"헬레네 뢰드가 경찰에게 한 진술 내용을 저는 정확하게 알고 있습니다. 별것 없었어요. 그리고 당신이 헬레네와 대화할 수 있도록 연결해주면서 전 어리석게도 그녀에게 당신을 믿어도 된다고 말했습니다."

"헬레네 뢰드가 마르쿠스를 협박하는 데 알리바이를 사용하리라는 걸 알았습니까?"

"몰랐어요."

"하지만 혼전 합의서에도 불구하고 모든 재산의 절반을 원한다는 내용의 서류를 그녀의 변호사로부터 받고 당연히 그러리라 생각했겠군요."

"그녀는 이 사건과 관계가 없는 다른 흥정거리를 갖고 있었을 수도 있습니다."

"이를테면 남편의 성 정체성을 폭로하는?"

"우린 더 할 얘기가 없는 것 같군요, 해리." 크론이 손을 흔들었지만 택시가 그냥 지나갔다. 하지만 길거리 반대편에 정차해 있던 택시가 유턴해 미끄러지듯 두 사람 앞 도로로 다가왔다. 운전석 창문이 내려가더니 웃음을 짓는 갈색 얼굴이 보였다.

"우리가 태워드릴까?" 해리가 기사에게 물었다.

"고맙지만 괜찮습니다." 크론은 그뢴란슬레이레를 따라 성큼성큼 걸어갔다.

외위스테인은 걸어가는 변호사를 바라보았다. "열 좀 받았는데?"

6시. 낮고 짙은 구름이 벌써 켜지기 시작한 집들의 불빛을 덮고 있었다.

해리는 천장을 올려다보고 있었다. 그는 스톨레 에우네의 침대 옆 바닥에 등을 대고 누워 있었다. 침대 반대편 바닥에는 외위스테인이 비슷한 자세로 누워 있었다.

"그러니까 자네의 직감은 마르쿠스 뢰드가 유죄이지만 또한 결백하다는 거군." 에우네가 말했다.

"네." 해리가 말했다.

"예를 들면 어떤 식일 수 있을까?"

"글쎄요, 두 건의 살인 모두를 지시했지만 직접 저지르지는 않았을 수 있죠. 아니면 앞쪽 두 번의 살인은 성범죄자의 짓이었고, 뢰드는 연쇄살인범을 흉내 내 아내를 죽일 기회를 포착했을 수도 있고요. 그러면 아무도 그를 의심하지 않을 테니까요."

"특히 그가 앞쪽 두 번의 살인사건에서 알리바이를 갖고 있다면 더욱 그렇지." 외위스테인이 말했다.

"두 사람 가운데 그런 이론을 믿는 사람이 있나?" 에우네가 물었다.

"아뇨." 해리와 외위스테인이 동시에 말했다.

"당황스럽죠." 해리가 말했다. "한편으로 아내가 그를 협박하고 있었다면 뢰드에겐 살해 동기가 있습니다. 다른 한편으로는 그녀가 경찰에게 한 진술을 법정에서 증명할 수 없게 되었기 때문에 그의 알리바이는 심각하게 약해졌어요."

"그럼 혹시 보게가 옳을 수도 있겠네." 외위스테인이 병실 문이 열리는 순간 말했다. "그 친구가 잘리긴 했지만 말이야. 식인 연쇄살인범이 돌아다니고 있다는 거잖아."

"아냐." 해리가 말했다. "보게가 묘사하는 타입의 연쇄살인범은 같은 무리에서 세 명을 죽이지 않아."

"보게는 이야기를 꾸며대고 있어." 트룰스는 커다란 피자 박스 세 개를 테이블에 올려놓고 포장을 뜯으며 말했다. "〈VG〉가 지금 홈페이지에 뉴스를 올렸어. 소식통에 따르면 보게가 기사를 날조했다는 이유로 〈다그블라데〉에서 잘렸대. 그 소식통이 나일 수도 있고."

"진짜인가?" 에우네는 놀라 그를 바라보았다.

트룰스는 그냥 웃기만 했다.

"아, 페퍼로니와 인간 고기의 냄새가 나는군." 외위스테인이 일어나며 말했다.

"지브란, 이거 먹는 것 좀 도와줘야겠어." 에우네가 헤드폰을 쓰고 옆 침대에 누워 있는 수의사에게 말했다.

다른 네 사람이 테이블에 모여 있을 때 해리는 벽을 등지고 바닥에 앉아 〈VG〉 홈페이지의 기사를 읽었다. 그리고 생각을 했다.

"그런데 말이야, 해리." 외위스테인이 입에 피자를 가득 문 채 말했다. "법의학연구소 그 여자한테 젤러시 바에서 오늘 밤 9시에 만나자고 했어, 됐지?"

"좋아. 크리포스의 성민 라르센도 올 거야."

"트룰스, 당신은?"

"내가 뭐?"

"젤러시 바에 오라고. 오늘 1977 데이거든."

"뭐?"

"1977. 1977년 최고의 음악만 트는 날이야."

트룰스는 피자를 씹으면서 찌푸린 얼굴로 의심스럽게 외위스테인을 바라보았다. 지금 놀림을 받는 건지 아니면 정말로 함께 놀자는 초대를 받은 건지 분간되지 않는 모양이었다.

"좋지." 그는 한참 만에 말했다.

"좋았어, 우린 드림팀이 될 거야. 여기 피자 금방 없어진다, 해리. 어쨌거나 이제 어떻게 할 거야?"

"그물을 당겨야지." 해리가 고개를 들지도 않은 채 말했다.

"뭐?"

"혹시 마르쿠스 뢰드가 원하지 않는 알리바이를 확인해보면 어떨까 싶어."

에우네가 해리에게 다가갔다. "안도하는 것 같군, 해리."

"안도요?"

"묻진 않겠지만 내 추측에 뭔가 자네가 말하고 싶지 않아하는 일과 관련이 있는 것 같은데."

해리는 고개를 들었다. 웃었다. 고개를 끄덕였다.

"좋아." 에우네가 말했다. "좋았어, 그럼 나도 조금 안도가 되는군." 그는 발을 끌며 침대로 천천히 걸어갔다.

7시에 잉그리드 에우네가 도착했다. 외위스테인과 트룰스는 식당으로 갔고 스톨레는 화장실에 가서 잉그리드와 해리는 단둘이 병실에 있었다.

"저희는 이제 갈 겁니다. 그러니 두 분은 편하게 쉬세요." 해리가 말했다.

눈길이 차분하고 노를란 지방의 사투리가 살짝 남아 있고 잿빛 머리에 키가 작고 통통한 잉그리드가 의자에 앉은 채 허리를 똑바로 펴더니 깊게 숨을 들이쉬었다. "수석 상담사 사무실에 막 다녀왔어요. 수간호사에게 우려가 담긴 보고서를 받았대요. 남자 세 명이 너무 자주, 오래 병문안을 해서 스톨레 에우네가 피곤해진다고 했답니다. 환자들은 대개 직접 말하기 곤란해하죠. 상담사는 혹시 제가 여러분께 말해서 방문 횟수를 좀 줄여줄 수 있는지 궁금해했어요. 스톨레는 이제 마지막 단계에 들어서고 있거든요."

해리는 고개를 끄덕였다. "알겠습니다. 그렇게 해주길 바라시는 거죠?"

"전혀 아니에요. 전 상담사에게 당신들에게 남편이 필요하다고 말했어요. 그리고……." 그녀는 웃었다. "그 사람도 당신들이 필요하고요. 우린 뭔가를 위해 살아야 하잖아요. 그렇게 대답했어요. 그리고 가끔은 뭔가를 위해 죽어야 하죠. 상담사는 현명한 말씀이라고 했고, 저는 제가 아니라 스톨레의 말이라고 얘기해줬어요."

해리도 웃어 보였다. "혹시 뭔가 다른 말씀도 들으셨나요?"

그녀는 고개를 끄덕였다. 창문 밖으로 시선을 돌렸다.

"당신이 스톨레의 목숨을 구했던 때를 기억해요, 해리?"

"아뇨."

그녀는 살짝 웃었다. "스톨레가 제게 자기 목숨을 구해달라고 했어요. 그렇게 표현하더라고요, 바보 같으니. 제게 주사를 놔달라고 했어요. 모르핀을 넣어서요."

이어지는 침묵 속 병실에서 들리는 소리라고는 잠든 지브란의 차분한 숨소리뿐이었다.

"그렇게 하실 겁니까?"

"네." 그녀의 눈에 눈물이 고이며 목소리가 갈라졌다. "하지만 제가 해낼 수 있을 것 같지 않아요, 해리."

해리는 그녀의 어깨에 손을 얹었다. 어깨가 살짝 떨렸다. 그녀의 목소리는 속삭임으로 들렸다.

"그리고 **그러면** 제가 남은 평생 내내 죄책감에 시달리게 되리라는 걸 알아요."

34

월요일, Trans-Europe Express

프림은 〈VG〉의 홈페이지에서 기사를 한 번 더 읽었다.

대놓고 보게가 기사를 조작했다고는 하지 않았지만, 그런 의미가 내포되어 있었다. 대놓고 주장하지 않는 걸 보면 그렇게 볼 증거가 없다는 의미였다. 오직 그, 프림만이 그 내용을 확인해주고 실제로 무슨 일이 있었는지 말할 수 있다. 다시 한번 뭔가를 통제하고 있다는, 열렬하고 도취된 기분이 느껴졌다. 기대하지 않았던 이 같은 감정들은 순수한 보너스였다.

오늘 아침 〈다그블라데〉에서 테리 보게가 이제 범죄 기사를 다루지 않게 되었다는 짧은 공지를 읽었을 때부터 그는 생각에 생각을 거듭했다. 프림은 즉시 이유를 알아차렸다. 보게가 잘린 이유뿐만 아니라 왜 〈다그블라데〉가 시끄럽게 떠들지 않고 조용히 일을 처리하고 있는지도 알 수 있었다. 그들은 기사로 냈던 식인 행위나 다시 꿰매 붙인 문신과 관련한 기사들이 거짓이라며 다른 언론사들이 들고일어나기 전에 보게와의 관계를 끊으려 애써야 한다는 걸 알고 있었다.

흥미로운 점은 이제 발생한 문제를 해결하는 데 보게를 써먹을 수 있다는 사실이었다. 바로 마르쿠스 뢰드가 구치소에 안전하게 들어앉아 있어 기약도 없이 손댈 수 없는 상황인 것이 문제였다. 생물학은 자연의 과정을 거치고 자연 순환에는 리듬이 있기에 그는 시간이 없었다. 하지만 그건 원래 계획에서 크게 벗어나는 중요한 결정이었고 즉흥적인 행동에는 대가가 따른다는 사실은 과거에 증명된 바 있었다. 그래서 그는 조심스럽게 생각하기로 했다. 그는 세세한 사항을 다시 한번 되짚어보았다.

그는 전화번호 안내에서 찾아낸 테리 보게의 전화번호가 적힌 메모와 자신의 선불전화를 보았다. 시간이 부족한 체스 플레이어가 수를 정할 때처럼 초조함이 느껴졌다. 아직 말을 옮기지 않았지만 일단 행동에 돌입하면 게임에서 반드시 이기거나 질 것임을 알고 있기 때문이었다. 프림은 시나리오에서 뭔가가 잘못될 수도 있는 상황을 한 번 더 곰곰이 생각했다. 절대로 잘못되어서는 안 되는 일도. 그리고 흔적을 남기지 않고 언제든 빠져나갈 수 있다고 판단했다. **만일** 모든 걸 제대로 해내기만 한다면.

그런 다음 전화번호를 두드렸다. 하늘에서 떨어지는 듯한, 멋지고 설레는 흥분이 느껴졌다. 세 번째 벨이 울리자 전화가 연결되었다.

"테리입니다."

프림은 보게의 목소리에서 분명히 느끼고 있을 절망감을 조금이라도 찾아내려 애썼다. 가장 밑바닥으로 떨어진 남자. 아무도 찾지 않는 남자. 다른 대안이 없는 남자. 간신히 제자리를 다시 찾아 돌아온 경험이 있고 한 번 더 그럴 수만 있다면, 다시 왕좌를 되찾을 수만 있다면 뭐든 할 생각이 있는 남자. 프림은 깊게 숨을 마시고 최대한 낮은 목소리를 냈다.

"수산네 안데르센은 섹스할 때 뺨 맞는 걸 좋아했어요. 옛 남자친구를 만나 확인해보면 알겠죠. 베르티네 베르틸센은 남자처럼 땀내가 많이 났고. 헬레네 뢰드는 어깨에 흉터가 있었어요."

프림은 침묵 속에서 보게의 거칠어진 숨소리를 들을 수 있었다.

"누구시죠?"

"지금 말한 모든 걸 알지만 잡히지 않은 유일한 사람."

다시 침묵이 이어졌다.

"뭘 원하죠?"

"무고한 사람을 구하고 싶어요."

"누가 무고하다는 거죠?"

"물론 마르쿠스 뢰드죠."

"이유는?"

"내가 여자들을 죽인 사람이니까."

테리 보게는 '발신자 알 수 없음'이라는 표시가 액정에 떴을 때 '거절'을 눌렀어야 한다는 걸 알았다. 하지만 늘 그랬던 것처럼 그놈의 빌어먹을 호기심 때문에 전화를 받지 않을 수 없었다. 갑자기 뭔가 좋은 일이 생길 수도 있다는 믿음. 이를테면 꿈에 그리던 여인이 어느 날 갑자기 전화를 걸어온다든지. 도대체 왜 버릇을 고치질 못할까. 오늘 걸려온 전화들은 〈다그블라데〉에서 잘린 일로 인터뷰를 요청하는 기자들과 해고가 부당하다고 생각한다는 열성 팬 몇 명이었다. 그중 어떤 여자는 전화로 얘기해보니 매력적인 것 같았지만 페이스북을 찾아내 사진을 확인했더니 목소리보다 훨씬 늙었고 돼지처럼 못생겼다. 그리고 또 이런 미치광이의 전화라니. 왜 정상적인 사람들은 전화하지 않는 거지? 이를테면 친구들이라도? 더는 친구가 남아 있지 않아서 그런 걸까? 어머니와 누이는 연락하지만 형과 아버지는 서로 안부도 묻지 않는다. 아버지가 한번 전화한 적이 있는데, 아마도 〈다그블라데〉에서 거둔 성공으로 그가 스캔들로 가문의 이름에 끼친 불명예를 어느 정도 씻어냈다고 생각한 모양이었다. 지난 일 년 동안 두 명의 여자가 테리에게 연락했다. 그들은 그가 주목받으면 늘 어디선가 나타났다. 그가 음악 기자로 일할 때도 똑같았다. 물론 밴드 멤버들보다는 못하겠지만 그래도 녹음실 기사들보다는 여자를 많이 만날 수 있었다. 제일 좋은 전략은 밴드와 가깝게 지내는 것이다. 긍정적인 기사를 몇 개 써주고 수시로 백스테이지에 드나들 수 있는 혜택을 누리면서 뭔가 얻어먹을 것이 떨어지기를 기다리는 것이다. 차선책은 정반대로 밴드를 혹평하고 그 대가를 얻어내는 것이다. 범죄 전문기자로서 그는 더는 공연장을 사냥터로 사용할 수 없었지만 음악 기자로 수련해온 그만의 편향적인 필치로 그걸 보상할 수 있었다. 그는 이야기 속으로 들어가는 거리의 종군기자였다. 이름과 사진을 내걸고 기사를 쓰다 보면 전화를 걸어오는 여자들은 적지만 늘 있었다. 바로 그런 이유로 그는 전화번호를 공개해두고 있었다. 온종일 그에게 전화해 온갖 종류의 바보 같은 조언과 이야기를 들려주는 사람들을 위해서가 아니다.

익명으로 걸려온 전화를 받은 것은 그런 이유에서였지만 전화를 끊지 않은 이유는 전혀 달랐다. 왜 끊지 않았느냐고? 어쩌면 자신이 여자들을 죽였다는 남자의 말 때문이 아니었는지도 몰랐다. 그 말을 하는 태도 때문이었다. 남자는 허세를 부리지 않고 그저 차분하게 말했다.

테리 보게는 헛기침을 했다. "진짜로 그 여자들을 죽였다면 경찰이 다른 사람을 의심하는 것에 기뻐해야 하는 것 아닙니까?"

"그렇죠. 나도 잡히고 싶지는 않으니까. 하지만 내가 저지른 죄 때문에 죄 없는 사람이 처벌받는 일이 기쁘지는 않군요."

"죄?"

"단어 선택이 조금 기독교 같았다는 건 인정해야겠네요. 전화한 이유는 우리가 서로 도울 수 있을 것 같아섭니다, 보게."

"우리가요?"

"나는 경찰이 엉뚱한 사람을 체포했다는 사실을 깨닫고 즉시 뢰드를 풀어주기를 원해요. 당신은 가짜로 기사를 지어내려던 시도 탓에 밀려난 최고 자리를 되찾기를 원하겠죠."

"당신이 나에 관해 뭘 안다고?"

"당신이 다시 최고의 자리로 돌아가고 싶다는 건 그저 내 추측이지만, 당신이 마지막에 쓴 기사는 전부 지어냈다는 걸 알죠."

보게는 잠시 생각에 빠진 채 좋게 말해 독신자 아파트지만 그냥 굴이라고 부를 법한 공간을 이리저리 두리번거렸다. 일 년 동안 〈다그블라데〉에서 받던 수준의 수입이 들어온다면 좀 더 크고 공기도 빛도 더 많이 드는 곳으로 옮길 수 있었다. 덜 더러운 곳. 그의 라트비아인 여자친구인 다그니야—어쨌거나 그녀는 여자친구라고 생각했다—가 주말이면 와서 함께 지내곤 했는데, 그녀가 청소를 해줄 수도 있을 것이다.

"물론 우선은 당신이 여자들에 관해 주장한 내용을 확인해야겠죠." 보게가 말했다. "주장이 사실이라 치고, 뭘 원하죠?"

"최후통첩이라고 해두고 싶군요. 내가 원하는 대로 되거나 아니면 아무 일도 없을 테니까."

"계속하시죠."

"내일 밤 오페라하우스 남쪽 지붕 아래서 만납시다. 여자들을 내가 죽였다는 증거를 제공하죠. 9시 정각. 우리가 만난다는 걸 아무한테도 말하면 안 되고 당연히 혼자 와야 해요. 알았죠?"

"알았어요. 혹시 조금이라도 더 말해줄 수—."

보게는 전화기를 바라보았다. 남자는 이미 전화를 끊었다.

빌어먹을, 도대체 뭐지? 진짜라고 하기에는 너무 말도 되지 않았다. 게다가 누가 전화했는지 알아낼 발신번호조차 남지 않았다.

시간을 확인했다. 8시 5분 전. 밖에 나가 맥주를 마시고 싶었다. 스토프 프레센은 말고! 그곳과는 비슷하지도 않은, 혹시라도 언론계 사람을 마주칠 일이 없는 곳으로. 앨범 발매 콘서트장에서 레코드 회사들이 좋은 기사를 받아내겠다는 희망으로 기자들에게 맥주를 무제한 제공하던 시절이 그리웠다. 그때는 젊은 여자 아티스트가 같은 목적으로 그에게 접근하는 일도 적지 않았다.

다시 전화기를 바라보았다. 너무 말이 안 된다. 그렇지 않은가?

9시 30분이었고 밥 말리와 웨일러스의 음악이 사람들로 가득 찬 젤러시 바의 스피커에서 흘러나오고 있었다. 그뤼네르뢰카의 중년 힙스터가 전부 모여 맥주를 마시며 플레이리스트에 대해 의견을 내는 것 같았다. 그들은 새 노래가 흘러나올 때마다 환호와 야유를 번갈아 보냈다.

"난 그냥 해리 말이 틀렸다는 거야!" 외위스테인은 트룰스와 성민에게 소리쳤다. "〈Stayin' Alive〉는 〈Trans-Europe Express〉보다 후졌다니까. 그건 아주 간단한 얘기라고!"

"비지스 대 크라프트베르크야." 해리는 다섯 명이 500밀리리터 맥주 넉 잔과 미네랄워터 하나를 앞에 두고 앉은 자리에서 알렉산드라에게 설명했다. 그들은 칸막이 달린 좌석에 따로 앉아 있어서 음악이 그나마 작게 들렸다.

"여러분 모두와 같은 팀이어서 좋았습니다." 성민이 맥주잔을 들어 올려 건배하며 말했다. "그리고 체포를 축하합니다."

"내일이면 해리가 그걸 뒤집으려고 애쓸 텐데." 외위스테인은 다른 사람들과 술잔을 부딪치며 말했다.

"네?"

"해리가 본인이 원하지 않은 뢰드의 알리바이를 알아낼 거라고 했거든."

테이블 너머로 성민이 바라보자 해리는 어깨를 으쓱했다.

"빌라 단테에 들어가서 수산네와 베르티네가 살해당하던 화요일 밤에 뢰드가 그곳에 있었다는 걸 확인해줄 증인을 찾아보려고 했어. 만일 증인이 나온다면 죽은 아내보다 훨씬 증언의 가치가 있겠지."

"거길 왜 직접 가요?" 알렉산드라가 물었다. "그냥 경찰이 쳐들어가서 심문하면 안 돼요?"

"일단은 영장이 있어야 하는데, 뭐든 클럽에 불법의 정황이 있어야 하니 받아낼 수 없을 겁니다." 성민이 말했다. "또 빌라 단테가 내세우는 장점이 완벽한 익명성임을 생각할 때 아무도 증인으로 나서지 않을 거고요. 해리, 어떻게 거기 들어가서 누군가와 이야기해볼 생각인지 궁금하네요."

"글쎄. 첫째, 난 이제 경찰이 아니니까 법원 영장 따위는 신경 쓸 필요가 없어. 둘째, 난 이걸 가지고 있어." 해리는 재킷 주머니에 손을 넣어 고양이 가면과 빌라 단테의 멤버십 카드를 꺼냈다. "게다가 뢰드의 슈트를 입었지. 우린 키도 비슷하고 얼굴도……."

알렉산드라가 웃음을 터뜨렸다. "해리 홀레가 게이 섹스 클럽에 가서 회원인 캣맨의 흉내를 낸다고요?" 그녀는 카드를 낚아채더니 읽으며 말했다. "그럼 우선 몇 가지 조언이 필요할 수도 있겠네요."

"사실은 당신이랑 같이 가면 어떨까 생각하고 있어." 해리가 말했다.

알렉산드라는 고개를 저었다. "게이 클럽에 여자를 데려갈 수는 없어요. 그러면 일을 망칠걸요. 아무도 당신에게 말을 걸지 않을 테니까. 혹시 내가 여장한 척하면 모를까."

"말도 안 돼요." 성민이 끼어들었다.

"자, 이렇게 하는 거예요." 알렉산드라가 사악한 미소를 지으며 말하자 모두가 몸을 숙이고 귀를 기울였다. 그녀가 자세히 설명하는 동안 모두는 믿을 수 없다는 듯 숨을 몰아쉬다가 웃기를 반복했다. 설명을 마친 알렉산드라는 어떠냐는 듯 성민을 바라보았다.

"난 그런 클럽에 자주 가지 않아요. 제가 궁금한 건 **여자이면서** 어떻게 그리 많은 걸 아느냐는 거예요."

"'스칸디나비안레더맨'에는 일 년에 하루, 여자들을 데려갈 수 있는 날이 있어요." 그녀가 말했다.

"그래도 가고 싶어?" 외위스테인이 해리의 옆구리를 찌르며 물었다. 트룰스가 꿀꿀거리며 웃었다.

"삽입 불안보다 수행 불안이 더 크니까." 해리가 말했다. "내가 강간당할 염려야 없겠지."

"아무도 강간당하지 않아요. 아버지뻘에 키가 2미터 가까이 되면 더 그렇고요." 알렉산드라가 말했다. "하지만 아마 예쁜 애들이 잔뜩 꼬일 거예요."

"예쁜 애들?"

"귀엽고 비쩍 마른 어린 남자애들요. 압도당하는 걸 좋아하거든요. 하지만 내가 말했듯이 조심해야 해요. 특히 어두운 방에서는."

"한 잔 더?" 외위스테인이 말했다. 그는 세 사람이 손가락을 들어 올린 걸 확인했다.

"내가 들고 오는 거 도와줄게." 해리가 말했다.

두 사람은 사람들 사이를 뚫고 바로 가서 줄을 섰다. 그 순간 데이비드 보위의 〈Heroes〉의 기타 리프가 연주되자 사람들이 모두 환호성을 올렸다.

"믹 론슨은 신이야." 외위스테인이 말했다.

"그래, 하지만 로버트 프립도 있어." 해리가 말했다.

"맞아요, 해리." 두 사람 뒤에서 누군가 말했다. 그들은 고개를 돌렸다. 납작모자를 쓴 남자는 수염을 여러 날 깎지 않았고 따뜻하지만 약간 슬픈 눈을 하고 있었다. "사람들은 프립이 이보우E-Bow를 썼다고 생각하지만 그건 그냥 스튜디오 모니터에서 울려 나온 소리였죠." 그는 손을 내밀었다. "아르네입니다. 카트리네의 남자친구요." 웃는 모습이 멋진 남자였다. 마치 오랜 친구 같다고 해리는 생각했다. 다만 남자는 두 사람보다 적어도 열 살은 어려 보였다.

"아하." 해리는 남자의 손을 잡았다.

"열렬한 팬입니다." 아르네가 말했다.

"우리도요." 외위스테인은 바쁜 바텐더들의 관심을 끌기 위해 애를 쓰다 실패하며 말했다.

"보위 말고요, 여기 이분요."

"나 말인가요?" 해리가 말했다.

"해리 팬이라고?" 외위스테인이 말했다.

아르네가 웃었다. "너무 놀라지 마세요. 경찰로서 이 도시를 위해 해내신 믿기 어려운 일들을 생각하는 거니까요."

"음. 카트리네한테서 이야기를 들으시나요?"

"아뇨, 아닙니다. 해리 홀레라면 그녀를 만나기 오래전부터 잘 알고 있었어요. 신문에서 당신 기사를 읽었던 때가 10대 후반이었습니다. 당신 때문에 경찰대학에 지원하기도 했어요." 아르네는 행복하고 경쾌하게 웃었다.

"음. 그럼 입학은 하지 않았나요?"

"입학시험을 보러 오라는 연락은 받았어요. 하지만 그사이 나중에 수사관이 될 때 써먹을 수 있을 것 같은 대학 과정에 합격했습니다."

"그렇군요. 카트리네랑 함께 왔나요?"

"여기 있어요?"

"모르겠군요. 문자메시지로는 잠깐 들를 수도 있다고 했는데, 여기 사람이 너무 많아서 아마 다른 지인을 만난 것이 아닌가 싶어요. 그나저나 어떻게 그녀를 찾아내셨나요?"

"제가 찾아낸 거라고 말하던가요?"

"아닌가요?"

"그냥 추측인가요?"

"훈련받은 추측이죠."

아르네는 잠깐 짐짓 심각한 척했다. 그러더니 아이 같은 미소를 지었다. "맞아요, 당연하죠. 처음 본 건 TV에서였어요. 제발 말하지 말아주세요. 그리고 한참 뒤에 그녀가 제가 일하는 곳에 우연히 오게 됐어요. 그래서 제가 TV에서 봤는데 정말 끝내주는 여자 같다고 말하면서 접근했어요."

"그러니까 지금 하는 것처럼 했다는 거군요."

아르네는 역시 경쾌한 웃음을 지었다. “절 팬보이라고 생각하시는군요, 해리.”

“아닌가요?”

아르네는 생각하는 것처럼 보였다. “네, 역시 이번에도 맞는 말이네요. 저도 그런 것 같습니다. 그렇지만 당신이나 카트리네가 저의 최고 우상은 아니에요.”

“다행스럽군요. 그럼 최고 우상은 누굽니까?”

“별로 흥미로워하지 않을 것 같네요.”

“그럴 수도 있지만 한번 말씀해보시죠.”

“좋아요. 살모넬라 티피뮤리움이에요.” 아르네는 천천히 그리고 경건하게 명확한 발음으로 말했다.

“음. 박테리아의 그 살모넬라요?”

“맞습니다.”

“이유가 뭐죠?”

“티피뮤리움은 최고거든요. 어디서나 무엇이든 견디며 생존합니다. 심지어 우주에서도요.”

“왜 그런 것에 관심이 있으시죠?”

“제가 하는 일입니다.”

“무슨 일을 하는데요?”

“입자를 찾습니다.”

“사람 몸에서요? 아니면 외부에서요?”

“같아요, 해리. 생명을 이루고 있죠. 죽음도.”

“그래요?”

“만일 제가 당신 몸속의 미생물과 박테리아, 기생충을 모두 모을 수 있다면 무게가 얼마나 될 것 같나요?”

"음."

"2킬로그램." 외위스테인이 맥주 500밀리리터 두 잔을 해리에게 내밀었다. "〈사이언스 일러스트레이티드〉에서 읽었죠. 무시무시해."

"맞아요, 하지만 그것들이 존재하지 않는다면 더 무시무시합니다." 아르네가 말했다. "그러면 우리는 살아남을 수 없거든요."

"음. 그런데 그것들이 우주에서 살 수 있어요?"

"어떤 미생물은 항성 가까이 있을 필요도 없고 산소를 필요로 하지도 않아요. 사실은 완전히 그 반대죠. 우주정거장에서 티피뮤리움을 대상으로 실험했는데, 지구에서보다 그곳 우주 환경에서 훨씬 위험하고 효과적이었다고 합니다."

"그런 내용을 아주 많이 잘 알고 계시는 모양인데……." 외위스테인은 들고 있던 맥주잔에서 넘치려는 거품을 입으로 빨아들였다. "천둥이 비 올 때만 친다는 말이 진짭니까?"

아르네는 약간 혼란스러워진 것 같았다. "어…… 아뇨."

"바로 그거야." 외위스테인이 말했다. "들어봐요."

두 사람은 귀를 기울였다. 플리트우드 맥의 〈Dreams〉의 코러스 부분이 흘러나왔고, 스티비 닉스는 비가 올 때만 천둥이 친다고 노래했다.

세 사람은 웃음을 터뜨렸다.

"린지 버킹엄의 잘못이야." 외위스테인이 말했다.

"아냐." 해리가 말했다. "그 가사를 쓴 사람은 사실 스티비 닉스거든."

"어쨌거나 두 개의 코드로 이루어진 노래 중에 최고죠." 아르네가 말했다.

"아니야, 그건 너바나의 노래지." 외위스테인이 얼른 말했다. "〈Something in the Way〉."

두 사람은 해리를 보았다. 그는 어깨를 으쓱했다. "제인스 어딕션의 〈Jane Says〉."

"제법이군." 외위스테인이 입맛을 쩍 다시며 말했다. "그럼 역사상 최악의 코드 두 개 노래는?"

두 사람은 아르네를 보았다. "글쎄요." 그가 말했다. "〈Born in the U. S. A.〉가 최악은 아닐 수 있지만 최고로 과대평가된 건 틀림없어요."

외위스테인과 해리는 동의한다는 듯 고개를 끄덕였다.

"우리 테이블로 올 텐가?" 외위스테인이 물었다.

"고맙습니다만 저쪽에 일행이 있어서요. 다음에 보죠."

모두 맥주잔을 들고 있어서 조심스럽게 주먹을 부딪치며 인사를 나눈 다음 헤어졌고 아르네는 인파 속으로 사라졌다. 해리와 외위스테인은 다시 자리로 돌아가기 시작했다.

"좋은 친구네." 외위스테인이 말했다. "브라트가 괜찮은 사람을 만난 것 같아."

해리는 고개를 끄덕였다. 그의 뇌는 기록되어 있지만 지금까지 관심을 두지 않았던 뭔가를 뒤지고 있었다. 두 사람은 네 개의 맥주잔을 들고 테이블에 도착했고 다들 너무 느리게 마시고 있어서 해리도 한 모금 입에 댔다. 그리고 한 모금 더.

마침내 섹스 피스톨스의 〈God Save the Queen〉이 나왔고 모두 자리에서 일어나 나머지 손님들과 왁자하게 어울려 펄쩍거리며 뛰었다.

자정이 되었을 때도 젤러시 바는 여전히 사람들로 붐볐고 해리는 취했다.

"당신 행복하네요." 알렉산드라가 그의 귀에 대고 속삭였다.

"내가?"

"네, 당신이 돌아온 뒤로 이런 모습을 본 적이 없어요. 그리고 냄새도 좋고요."

"음. 그럼 진짜인가 보네."

"뭐가요?"

"빛이 없을 때는 더 좋은 냄새가 난다는 거."

"말도 안 돼요. 얘기가 나와서 말인데, 나 바래다줄 거죠?"

"바래다주는 거야? 함께 가는 거야?"

"가면서 생각해보자고요."

해리는 다른 사람들과 껴안으며 작별할 때 자신이 얼마나 취했는지 깨달았다. 성민에게서는 라벤더 혹은 그와 비슷한 독특한 향기가 났다. 그는 빌라 단테 건에 행운을 빈다고 했지만 해리의 부적절한 계획은 들은 바 없는 척하겠다고 덧붙였다.

어쩌면 빛의 냄새 얘기와 성민의 라벤더 향기 때문일 수도 있지만, 출입문으로 향하면서 해리는 자신이 놓쳤던 미세한 내용이 뭔지 깨달았다. 냄새. 이곳 술집에서 저녁 어느 순간에, 그는 냄새를 맡았다. 몸을 떨며 고개를 돌리고 사람들을 훑어보았다. 머스크 향. 헬레네 뢰드를 부검했던 곳에서 맡았던 것과 같은 냄새.

"해리?"

"가고 있어."

프림은 오슬로의 도로들을 가로질렀다. 마음속 수레바퀴는 마치 고통스러운 생각을 갈기갈기 찢는 것처럼 빙글빙글 돌고 있었다.

그자, 경찰관이 젤러시 바에 있었고 그래서 그는 피가 끓었다. 경찰관 남자를 피해 즉시 그곳을 떠나야 했지만 그는 그자에게 끌리는 것 같았다. 마치 그는 생쥐고 경찰관이 고양이인 것처럼. '그녀'도 있는지 찾아봤다. 와 있었는지 모르지만 너무 사람이 꽉 들어찬 데다 모두 서 있어서 전체적으로 둘러볼 수가 없었다. 그는 내일 그녀를 만날 것이다. 그녀에게 술집에 왔었냐고 물어봐야 할까? 아니, 원한다면 그녀가 얘기를 꺼낼 것이다. 이 순간 생각할 것이 너무 많았기에 이런 생각은 깊은 안쪽으로 밀어두기로 했다. 그는 내일을 위해 머리를 비워두어야 했다. 계속 걸었다. 노르달 브룬스 가. 토르 올센스 가. 프레덴스보르그가. 데이비드 보위의 〈Heroes〉 선율을 흥얼거리며 걷는 그의 발뒤꿈치가 리드미컬하게 포장도로 바닥을 때렸다.

35

화요일

화요일에 기온이 곤두박질쳤다. 바람이 오페라 가와 드로닝 에우페미아스 가를 따라 속도를 높였고 식당과 옷 가게 밖 인도에 내놓은 표지판들이 갑작스러운 강풍에 날아갔다.

9시 5분, 해리는 그뢴란의 세탁소에 맡겨놓았던 슈트를 찾으면서 잠시 기다릴 테니 입고 온 옷을 다려줄 수 있느냐고 물었다. 카운터 안쪽에 서 있던 아시아계 여자는 유감스럽다는 듯 고개를 흔들었다. 해리는 저녁에 가면무도회에 가야 하는데 안타깝다고 말했다. 여자는 잠깐 머뭇거리더니 그의 미소에 웃음으로 대꾸하며 어쨌든 분명 멋진 시간을 보낼 거라고 말했다.

"셰셰." 해리는 고개를 숙여 보이고 떠나려고 몸을 돌렸다.

"발음이 아주 좋으시네요." 해리가 문고리를 잡기도 전에 여자가 말했다. "중국어는 어디서 배우셨어요?"

"홍콩요. 조금밖에 모릅니다."

"홍콩에 온 외국인들 대부분은 중국어를 전혀 몰라요. 옷 벗으세요. 얼른 다려드리죠."

9시 15분, 프림은 버스정류장에 서서 도로 건너편 예른바네토르게를 지켜보고 있었다. 그곳에 보이는 사람들, 역 광장을 가로지르거나 주변을 어슬렁거리는 사람들을 자세히 살폈다. 혹시 그들 중에 경찰이 있을까? 그는 코카인을 지니고 있었고, 확실하다는 생각이 들기 전에는 감히 광장에 발을 디딜 생각이 없었다. 하지만 확신이란 있을 수 없었다. 그냥 결정을 내리고 두려움을 잊어야 할 뿐이다. 간단했다. 불가능하기도 하고. 침을 삼켰다. 도로를 건너 광장으로 들어서서 호랑이 조각상 쪽으로 걸어갔다. 호랑이의 귀를 어루만졌다. 그래, 두려움을 어루만지고 친구로 삼는 거야. 깊이 숨을 들이마시고 주머니 속 코카인을 주물렀다. 계단 근처에 서 있던 남자가 그를 빤히 바라보고 있었다. 프림은 남자를 알아보고 천천히 다가갔다.

"좋은 아침입니다." 그가 말했다. "그쪽이 관심 있을 물건을 조금 가지고 있는데요."

날은 일찍 저물었고 테리 보게가 오페라 가를 건너 카라라 대리석에 발을 디뎠을 때는 이미 늦은 밤처럼 느껴졌다. 오페라하우스가 비에르비카 바닷가에 건설될 당시 이탈리아산 대리석을 선택했다는 사실 때문에 격렬한 논쟁이 있긴 했지만 비판은 사라졌고 주민들은 건물을 진심으로 좋아했다. 9월 저녁임에도 방문객이 많았다.

보게는 시간을 확인했다. 9시 6분 전. 음악 기자였던 그는 가수가 무대에 오르기로 예정된 시간보다 적어도 30분 늦게 도착하는데 익숙했다. 가끔 이상한 밴드가 광고에 적힌 시간대로 정확하게 무대를 시작하면 첫 몇 곡 무대를 놓칠 때도 있었다. 그럴 때는 팬으로 보이는 사람들에게 어떤 곡으로 무대를 시작했는지, 관중의 반응은 어땠는지 물어본 다음 살짝 살을 붙여 기사를 쓰면 그만이었다. 그래도 늘 잘 통했다. 하지만 오늘 밤은 그런 위험을 감수할 수 없었다. 테리 보게는 결심했다. 이제부터는 정해진 시간에 늦거나 거짓으로 기사를 꾸며내는 일은 끝이다.

그는 대부분의 젊은이들이 그러듯 경사진 부드러운 대리석 천장을 따라 똑바로 걸어 올라가지 않고 측면 계단을 이용했다. 보게는 이제 더는 젊지 않았고 혹시라도 넘어지면 안 되는 나이였기 때문이다.

꼭대기에 도착한 그는 전화했던 남자가 시킨 대로 남쪽으로 걸어갔다. 벽 앞에 있는 두 커플 사이에 서서 바람이 하얗게 휘몰아치는 피오르를 내려다보았다. 주위를 둘러보았다. 몸을 떨고 시간을 확인했다. 어둠 속에서 그를 향해 다가오는 남자가 있었다. 남자가 뭔가를 들어 올리며 테리 보게를 가리켰고 그는 얼어붙었다.

"실례합니다." 남자는 독일 악센트처럼 들리는 말로 사진을 찍을 수 있게 비켜달라고 말했다.

남자가 셔터를 눌렀고 카메라에서 낮게 윙 소리가 들리더니 남자는 고맙다는 인사를 하고 사라졌다. 보게는 다시 몸을 떨었다. 끄트머리 난간에 몸을 기대고 아래쪽 대리석 바닥 위 사람들을 보았다. 다시 시계를 확인했다. 9시에서 2분이 지나 있었다.

빌라 창문에 불빛이 비쳤고 드람멘스베이엔으로 연결되는 골목길을 따라 선 밤나무들이 바람에 버스럭거렸다. 택시에서 내리면 거의 눈에 띌 일이 없지만 그럼에도 해리는 외위스테인에게 빌라 단테에서 조금 떨어진 곳에 내려달라고 말했다. 자기 차를 가게 앞에 세워두는 일은 어쨌거나 내가 누군지 알아달라는 것이나 다름없다.

해리는 몸을 떨며 코트를 입고 오지 않은 걸 후회했다. 빌라를 50미터 정도 앞둔 곳에서 고양이 가면과 알렉산드라에게서 빌린 베레모를 썼다. 커다란 노란 벽돌 건물 입구 옆에서 두 개의 불빛이 바람에 흔들리고 있었다.

"아르누보가 섞인 네오바로크 양식 창문이로군." 그들이 구글에서 사진을 찾아냈을 때 에우네가 말했었다. "1900년대쯤에 세워진 것 같아. 아마도 선주나 상인 같은 사람의 집이었겠지."

해리는 문을 열고 안으로 들어섰다.

작은 카운터 뒤에 선 디너재킷 차림의 젊은 남자가 그를 향해 웃었고 해리는 남자에게 멤버십 카드를 보여주었다.

"어서 오십시오, 캣맨 님. 미스 아나벨이 10시에 공연을 합니다."

해리는 아무 말 없이 고개를 끄덕이고 복도 끝 열린 문으로 걸어갔다. 그곳에서 음악이 흘러나오고 있었다. 말러였다.

해리가 들어선 방은 두 개의 거대한 크리스털 샹들리에가 내부를 밝히고 있었다. 바와 가구는 연한 갈색 나무였는데 온두라스산 마호가니일 수도 있었다. 실내에는 3, 40명가량의 남자가 있었는데 모두 가면을 썼고 짙은 색 슈트나 디너재킷 차림이었다. 젊고 가면을 쓰지 않은 남자들이 몸에 꼭 맞는 웨이터 복장으로 음료 올린 쟁반을 들고 미끄러지듯 테이블 사이로 오가고 있었다. 하지만 알렉산드라가 묘사한 것처럼 남자 고고댄서는 없었고, 양손이 뒤로 묶인 채 바닥에 놓인 우리에 갇혀 손님들로부터 찔리거나 발로 차이거나 다른 방식으로 모욕당하는 벌거벗은 남자도 없었다. 손님들이 손에 든 술잔을 보니 마티니나 샴페인을 주로 마시는 모양이었다. 해리는 침이 고였다. 아침에 알렉산드라의 집에서 돌아오는 길에 슈뢰데르에서 맥주를 한 잔 마셨지만 오늘은 그것만 마시겠다고 스스로 약속한 터였다. 손님 몇 명이 고개를 돌려 그를 잠깐 바라보더니 금세 다시 그들만의 대화로 관심을 돌렸다. 오직 한 사람, 누가 봐도 젊고 여자처럼 보이는 작은 체격의 예쁘장한 남자 하나가 바의 빈자리를 향해 움직이는 해리에게서 눈길을 떼지 않았다. 해리는 자신의 거짓 정체가 벌써 드러난 것이 아니기를 빌었다.

"늘 드시던 걸로 드릴까요?" 바텐더가 물었다.

해리는 예쁜 남자의 시선을 등 뒤로 느꼈다. 고개를 끄덕였다.

해리는 몸을 돌린 바텐더가 큰 술잔에 앱솔루트 보드카를 붓고 타바스코소스와 우스터소스 그리고 토마토 주스 비슷한 걸 넣는 모습을 보았다. 마지막으로 셀러리 스틱을 꽂은 술잔이 해리 앞으로 나왔다.

"오늘은 현금뿐인데." 해리가 말했다. 바텐더는 우스운 농담을 들었다는 듯 씩 웃었다. 그 순간 해리는 익명성이 요구되고 제공되는 이런 곳에서는 현금만 사용할 수 있다는 사실을 깨달았다.

누군가 손으로 등을 쓸어내리는 느낌에 해리는 몸이 굳었다. 준비는 하고 있었다. 알렉산드라 말로는 대개 먼저 눈길을 마주치는 것으로 시작하고 그 뒤에도 말을 건네기보다는 몸의 접촉으로 이어진다고 했다. 그런 다음에는…… 가능성은 무궁무진했다.

"오랜만이군요, 캣맨. 전에는 수염이 없지 않았나요?"

그 젊은 남자였다. 목소리가 너무 높아서 혹시 일부러 그렇게 내는 것인지 의심스러웠다. 남자의 가면이 묘사하려는 동물이 뭔지 분명하지 않았지만 어쨌든 쥐는 아니었다. 녹색 동물의 비늘과 가느다란 눈은 오히려 뱀 쪽에 가까웠다.

"없었지." 해리가 말했다.

남자는 술잔을 들어 올렸고 해리가 머뭇거리자 의아하다는 듯 바라보았다.

"카이사르는 지겨워요?"

해리는 천천히 고개를 끄덕였다. 카이사르 칵테일은 LA의 댄 타나에서 게이들 사이에 가장 인기 있는 술이었다. 아마도 캐나다에서 유래했을 것이다.

"그럼 뭔가 우릴 깨울 수 있는 걸 마실까요?"

"이를테면?" 해리가 물었다.

남자는 고개를 한쪽으로 기울였다. "뭔가 다르군요, 캣맨. 수염만이 아니라 목소리도 그렇고—."

"인후암이야." 해리가 말했다. 외위스테인의 의견이었다. "방사선 치료를 받았지."

"오, 이런." 남자는 별다른 관심도 없이 말했다. "그럼 흉한 모자도 비쩍 마른 것도 이해가 되네요. 치료가 상당히 힘들었나 보군요."

"그렇다고 봐야지." 해리가 말했다. "우리가 본 지 정확히 얼마나 지났지?"

"그야 모르죠. 한 달? 두 달인가? 시간이 쏜살같아요. 게다가 당신은 진짜 한참 동안 여기 안 나타났잖아요."

"내가 제대로 기억하고 있다면 5주 전 화요일에 오지 않았던가? 그 전주 화요일에도 왔었고."

남자는 마치 조금 거리를 두고 그를 보려는 듯 고개를 살짝 어깨를 뒤로 뺐다. "왜 그게 궁금하죠?"

해리는 상대방의 목소리에서 의심하는 느낌을 눈치채고 자신이 너무 앞서나갔다는 걸 알아차렸다. "종양 때문에. 의사 말이 종양이 뇌를 눌러 일부 기억이 사라졌다더군. 미안해, 그저 지난 몇 달 동안 뭘 했는지 알아내려는 중이야."

"그럼 **나는** 기억하기는 해요?"

"조금." 해리가 말했다. "하지만 전부는 아니야. 미안해."

남자는 모욕적이라고 느꼈는지 콧방귀를 뀌었다.

"날 도와줄 수 있어?" 해리가 물었다.

"절 도와준다면요."

"어떻게?"

"평소보다 제 물건값을 조금 더 쳐주는 걸로 하죠." 남자는 재킷 주머니에서 뭔가를 살짝 꺼내 보여주었다. 해리는 하얀 가루가 든 작은 비닐봉지를 확인했다. "그러면 지난번과 같은 방법으로 넣어드리죠."

해리는 고개를 끄덕였다. 알렉산드라는 그녀가 가본 게이 클럽에서는 코카인, 스피드, 파퍼스, 에마 같은 마약을 거의 대놓고 사고판다고 말해주었다.

"지난번에 어떻게 해줬더라?" 해리가 물었다.

"맙소사, 그래도 그건 기억할 줄 알았는데. 내가 당신의 사랑스럽고 빡빡한 구멍에 이걸로……." 남자는 짧은 금속 빨대를 들어 보여주었다. "우리, 아래층으로 갈까요?"

해리는 알렉산드라가 어두운 방에 관해 했던 경고를 떠올렸다. 무엇이든, 누구든 목표물이 될 수 있는 공간.

"좋아."

두 사람은 일어나 반대편으로 움직였다. 동물 가면 뒤 시선들이 그들을 지켜보았다. 남자가 안쪽 깊숙한 곳에 있는 문을 열었고 해리는 그를 따라 어둡고 가파른 좁은 계단을 따라 내려갔다. 계단 중간부터 소리가 들렸다. 신음과 울음소리. 그리고 지하실로 내려가자 살과 살이 부딪히는 소리가 났다. 벽에 푸른색 작은 조명들이 보였고 한참 후 어두컴컴한 실내에 눈이 겨우 적응하자 해리는 주위에서 어떤 일들이 벌어지고 있는지 자세히 살펴볼 수 있었다. 남자들이 온갖 방식으로 섹스를 벌이고 있었다. 일부는 벌거벗었고 일부는 절반쯤 옷을 걸치고 있었고 또 다른 사람들은 바지 지퍼만 내린 채였다. 칸막이 방의 문 뒤에서도 같은 소리가 들려왔다. 해리는 금빛 가면을 쓴 남자와 눈이 마주쳤다. 덩치가 크고 근육질인 남자는 긴 의자에 엎드린 사람에게 삽입하고 있었다. 금빛 가면 뒤에서 부릅뜬 크고 시커먼 눈동자로 그를 노려보던 남자가 포식 동물처럼 음흉하게 이를 드러내 보이자 해리는 본능적으로 몸이 움찔했다. 해리는 다른 곳으로 눈길을 돌렸다. 실내에서 나는 냄새에 토할 것 같았다. 표백제와 섹스 테스토스테론이 섞인 것 말고도 휘발유처럼 뭔가 매캐한 냄새였다. 한 벌거벗은 남자가 작고 뭉툭한 연노란색 병을 열고 냄새 맡는 모습을 흘깃 보고 나서야 무슨 냄새인지 알 수 있었다. 물론 파퍼스의 냄새였다. 해리가 20대 초반 자주 가던 오슬로의 클럽들에서 인기가 높던 흥분제. 그때는 러시rush라고 불렸는데 아마도 몇 초 만에 심장이 미칠 것처럼 뛰고 혈액이 마구 돌면서 단번에 모든 감각을 끌어올리기 때문에 그런 이름이 붙었을 것이다. 게이 남성 가운데 삽입을 받아들이는 쪽이 항문의 쾌감을 높이기 위해 그걸 사용한다는 사실은 나중에야 알게 되었다.

"안녕." 금빛 가면을 쓴 남자였다. 그는 해리 곁으로 엿걸음질로 와서 가랑이에 손을 올렸다. 포식 동물 같은 미소가 커지면서 해리의 얼굴 위로 숨결이 느껴졌다.

"내 거예요." 해리를 데려온 남자가 해리의 팔을 잡아끌며 날카로운 목소리로 말했다. 해리는 뒤에서 근육질 남자가 웃는 소리를 들었다.

"칸막이 방이 빈 곳이 없네." 남자가 말했다. "그냥 여기서……?"

"아니." 해리가 말했다. "둘이서만."

남자가 한숨을 내쉬었다. "안쪽으로 들어가면 빈방이 있을지도 모르지. 가요."

그들은 열린 문틈으로 물소리가 흘러나오는 방 앞을 지나갔다. 해리는 지나가면서 방 안을 살펴보았다. 벌거벗은 남자 두 명이 욕조에 입을 벌린 채 앉아 있고 옷을 입은 사람을 포함해 다른 남자 여러 명이 둘러서서 그들에게 오줌을 누고 있었다.

조이 디비전의 〈She's Lost Control〉이 스피커에서 쾅쾅 울려 퍼지고 현란한 조명이 켜진 넓은 공간을 가로질렀다. 방 한가운데 천장에 체인으로 그네가 매달려 있었다. 피터 팬처럼 날아다니는 남자가 그네에 매달린 채 몸을 쭉 뻗고 원을 그리며 둘러선 남자들 사이에서 왔다 갔다 하고 있었다. 남자들은 차례로 마리화나를 돌려 피우듯 남자를 이용했다.

해리와 남자는 칸막이 방 몇 개가 있는 복도로 들어섰고 이번에도 미닫이문 뒤에서 무슨 일이 벌어지는지 알 법한 소리가 들렸다. 두 남자가 칸막이 방에서 나오자 해리를 데려간 남자가 서둘러 안으로 들어갔다. 해리가 따라 들어가자 남자가 문을 밀어 닫았다. 방은 가로와 세로가 각각 2미터쯤 되어 보였다. 남자는 아무 설명도 없이 해리의 셔츠 단추를 풀기 시작했다. "암 좀 걸렸다고 큰일

난 것도 아니잖아요, 캣맨. 이제 곧 곰보다 더 힘이 넘칠 테니까."

"잠깐." 해리가 말했다. 그는 돌아서서 슈트 주머니에 손을 넣었다. 한 손에는 지갑을 다른 손에는 휴대전화를 들고 다시 돌아섰다.

"나한테 코카인을 좀 팔고 싶겠지?"

남자가 웃었다. "돈만 내시면요."

"그럼 먼저 흥정부터 하자고."

"아, 이러니까 전에 본 모습답네요, 캣맨. 코카인맨." 남자가 웃더니 가루가 든 봉지를 꺼냈다.

해리는 봉지를 건네받고 지갑을 내밀었다. "자, 이제 내가 코카인을 받았으니 지갑에서 원하는 코카인 값을 꺼내 가져."

남자의 눈이 마스크 안에서 의심스럽다는 듯 빛났다. "오늘 이상할 정도로 신중하시네." 남자는 지갑을 열고 안을 들여다보더니 1천 크로네 지폐를 두 장 꺼냈다.

"일단은 이걸로 됐어요." 남자는 지갑을 해리의 슈트 주머니에 넣고 해리의 바지 단추를 풀기 시작했다. "제가 좀 빨아드릴까요?"

"원하는 걸 구했으니 됐어." 해리는 휴대전화를 들지 않은 손을 어루만질 것처럼 남자의 뒷머리에 댔다가 재빨리 뱀 가면을 잡아당겨 벗겼다.

"이런 씨발, 캣맨! 이건…… 그래요, 그래. 나야 뭐 별거 아니지." 남자는 계속 해리의 바지를 벗기려 했지만, 해리는 그를 멈추게 하고 단추를 다시 채웠다.

"아, 그렇지. 코카인부터 해야지."

"그런 건 아니고." 해리는 베레모와 마스크를 벗으며 말했다.

"어…… 금발이네." 남자가 놀라 말했다.

"더 중요한 게 있어." 해리가 말했다. "난 경찰이고 조금 전에

네가 코카인을 판매하는 오디오와 비디오를 확보했다. 그 정도면 10년은 살아야 해."

푸른 불빛 아래라서 남자 얼굴이 창백해졌는지 알 수가 없었다. 그래서 남자가 울음을 터뜨릴 때까지 해리는 자신의 허세가 먹혔는지 확인할 수가 없었다.

"씨발, 딴 놈인 걸 **알았는데**! 걸음걸이도 다르고 오슬로 동부 악센트를 쓰고 그놈처럼 엉덩이가 물컹하지도 않았어. 내가 멍청이지. 좆까! 그 캣맨 새끼도!"

남자가 나가려고 문고리를 잡았지만 해리가 그를 붙잡았다.

"체포하는 건가요?"

남자의 목소리나 그를 쳐다보는 태도에서 해리는 혹시 곤경에 처한 일로 남자가 성적으로 흥분했나 하는 생각이 들었다.

"그럼 저한테…… 수갑 채우실 거예요?"

"이건 장난이 아니야." 해리는 남자의 안주머니에서 지갑을 꺼냈다. "필리프 케슬레르."

필리프는 양손에 얼굴을 묻고 울기 시작했다.

"하지만 우린 이걸 해결할 방법이 있어." 해리가 말했다.

"네?" 필리프는 눈물로 얼룩진 뺨을 들었다.

"지금 여기를 나가 어딘가 깔끔하고 조용한 곳에서 나에게 캣맨에 관해 아는 걸 모두 말해주는 거야, 알겠어?"

테리 보게는 다시 시간을 확인했다. 9시 36분. 그에게 다가오는 사람은 아무도 없었다. 받은 문자메시지를 다시 확인했지만 아까 봤을 때와 같은 결론이었다. 시간이나 장소는 확실했다. 그는 보통 자신에게 허용했듯 30분의 여유를 허락하기로 마음먹었다. 하지만

40분은 지나치다. 상대는 오지 않을 것이다. 허풍이었군. 장난 전화였을지도 몰랐다. 어쩌면 누군가 한 층 아래서 관광객 틈에 섞여 그를 보며 신나게 낄낄거리고 있을지도 몰랐다. 웃음거리가 되어 굴욕과 경멸을 당하는 사기꾼 기자. 어쩌면 벌을 받는 건지도 몰랐다. 모직 코트를 단단히 여미고 경사진 지붕을 향해 걸어가기 시작했다. 빌어먹을 놈들. 전부 엿이나 먹으라지!

프림은 1층의 대리석 바닥 위 관광객들 사이에서 움직였다. 그는 기사에 실린 사진과 인터넷에서 찾아낸 다른 사진들 덕에 도착하는 테리 보게를 알아볼 수 있었다. 보게가 지붕에 서서 기다리는 모습을 지켜보았다. 프림은 보게를 미행하는 사람이 없다는 것, 경찰처럼 보이는 사람이 미리 와서 잠복하고 있지 않다는 사실을 확인했다. 이리저리 돌아다니면서 그곳에 있는 사람을 대부분 확인했고 30분이 지나자 그가 도착했을 때 있던 사람 중에 남아 있는 사람은 없다고 결론지었다. 9시 40분에 보게는 포기하고 지붕을 떠났다. 하지만 이제 프림은 확신했다. 테리 보게는 혼자 왔다.

프림은 주변을 마지막으로 훑어보았다. 그런 다음 집으로 향했다.

36

수요일

“이 자식은 여기서 뭐 하는 거야?” 마르쿠스 뢰드가 해리를 가리키며 흥분해 말했다. “백만 달러나 줬는데 아무 죄 없는 사람을 감옥에 처박은 놈이잖아!”

“말씀드렸잖습니까.” 크론이 말했다. “사실은 결백하다는 걸 해리도 알기 때문에 온 겁니다. 이 사람 생각은—.”

“무슨 생각인지는 들었어! 하지만 난 빌어먹을…… **게이 클럽**엔 가지 않았다고.”

그는 힘겹게 그 말을 내뱉었다. 해리는 손등에 침방울이 튀는 느낌에 어깨를 으쓱하고는 요한 크론을 보았다. 세 사람이 있는 방은 원래 재소자들이 가족을 만나는 면회실이었다. 창문을 가린 장미 무늬 커튼과 철창을 통해 아침 해가 비쳤고 수놓은 테이블보를 덮은 테이블이 있고 의자 네 개와 소파 한 개가 있었다. 해리가 소파에서 멀찌감치 떨어지며 보니 크론도 같은 행동을 하고 있었다. 그 역시 소파가 필사적이고 재빠른 섹스가 남긴 액체들에 절여졌다는 걸 아는 것 같았다.

“설명 좀 해주실까요?” 해리가 말했다.

"그러죠." 크론이 말했다. "필리프 케슬레르는 수산네와 베르티네가 살해되던 두 번의 화요일, 그가 여기 보이는 가면을 쓴 사람과 함께 있었다고 했습니다."

크론은 테이블 위 멤버십 카드 옆에 놓인 고양이 가면을 가리켰다.

"그 사람의 별명은 캣맨이었습니다. 여기 두 가지 물건은 당신 슈트에 들어 있었습니다, 마르쿠스. 그리고 다른 신체적 묘사도 모두 당신과 일치했어요."

"진짜야? 그럼 남들과 구분할 수 있는 특징은 뭐가 있다던가? 문신이나 흉터가 있어? 점이라도? 몸에 특별하게 생긴 부분이라도 있었대?" 뢰드가 두 사람을 번갈아 보며 말했다.

해리는 고개를 흔들었다.

"뭐?" 뢰드는 분노의 웃음을 지었다. "없어?"

"그는 그런 식으로는 아무것도 기억하지 못합니다." 해리가 말했다. "하지만 만일 당신을 만질 수 있다면 확실하게 알아볼 수 있다고 했습니다."

"오, 이런. 지랄하고 있네." 뢰드는 구역질이라도 할 것 같았다.

"마르쿠스." 크론이 말했다. "이건 알리바이예요. 당신을 즉시 석방하도록 만들 증거고 저들이 그럼에도 당신을 기소한다면 당신을 무죄로 만들기 위해 제출해야 할 증거라고요. 이 알리바이가 사람들이 생각하는 당신 이미지에 미칠 영향은 이해합니다. 하지만—."

"이해?" 뢰드가 으르렁거렸다. "**이해를 해?** 아니, 자네는 여기 앉아서 마누라를 죽였다는 의심을 받는 게 어떤지 절대로 **이해하지** 못해. 거기다 이런 역겨운 혐의까지 뒤집어쓰라는 거로군. 난 이 가면을 본 적이 없어. 내 생각이 뭔지 알고 싶나? 내가 보기엔 헬레네가 나랑 비슷하게 생긴 어떤 동성애자 녀석에게 마스크와 멤버십 카드를 구해준 다음 내 옷 속에 넣어둔 거야. 그래야 이혼할 때 써먹을 수 있을 테니. 이 필리프라는 녀석은 나를 전혀 알지도 못하면서 그냥 한몫 챙길 기회를 잡은 것뿐이고. 그러니 녀석이 얼마나 원하는지 알아내서 돈을 줘버리고 입 닥치도록 만들어. 이건 제안이 아니야, 요한. 명령이야." 뢰드는 코를 힘껏 풀고 말을 이었다. "그리고 자네들 두 사람은 계약으로 비밀을 유지할 의무가 있어. 만일 둘 중 누구라도 누구에게든 이 건에 관해 한마디라도 했다가는 재판을 걸어 작살을 내주겠어."

해리는 목청을 가다듬었다. "당신 때문에 이러는 것이 아닙니다, 뢰드."

"무슨 소리야?"

"아직도 누구든 죽일 수 있고 아마도 죽일 의지가 있을 살인자가 돌아다니고 있습니다. 경찰이 이미 범인, 즉 당신을 체포했다고 생각하는 한 그자의 범행은 쉬워질 겁니다. 당신이 빌라 단테에 있었다는 정보를 우리가 숨긴다면, 다음에 놈이 누군가를 죽이면 우리는 공범이나 마찬가지가 될 겁니다."

"**우리**? 솔직하게 말해 아직도 날 위해 일한다고 믿고 있는 건 아니겠지, 홀레?"

"저는 계약을 준수할 생각이고 사건은 아직 해결되지 않았다고 생각합니다."

"진짜로 그래? 그럼 내 돈 토해내!"

"경찰 변호사 세 사람이 당신의 유죄를 확신하고 있는 동안에는 그럴 수 없습니다. 지금 중요한 건 경찰이 다시 주의를 집중하도록 만드는 일이고, 그건 우리가 이 알리바이를 제공해야 한다는 뜻입니다."

"난 거기 안 갔다니까! 경찰이 자기가 맡은 일을 해내지 못한다고 해도 그건 빌어먹을 내 책임이 아니야. 난 결백해. 그리고 경찰은 이따위…… 게이라는 거짓말 없이도 시원하게 밝혀낼 거야. 당황하거나 경솔한 행동을 할 이유는 없어."

"당신은 바보군요." 해리는 그저 슬픈 사실을 말하는 것처럼 한숨을 쉬며 말했다. "당황할 이유는 많아요." 그는 일어섰다.

"어디 갑니까?" 크론이 물었다.

"경찰에 말하러요." 해리가 말했다.

"어디서 감히." 뢰드가 호통을 쳤다. "그런 짓을 했다가는 너, 그리고 너랑 관련 있는 모든 사람이 확실하게 지옥에서 썩어 문드러지게 해주겠어. 내가 그럴 능력이 없다고 오산하지 마. 그리고 하나 더. 넌 내가 케이맨제도에 이틀 전에 송금한 돈을 되찾을 수 없다고 생각하는 모양이군. 틀렸어."

해리는 뭔가 탁 풀리는 느낌이었다. 높은 곳에서 맨몸으로 떨어지는 기분과 비슷했다. 뢰드가 앉은 의자로 한 걸음 다가가 자기도 모르게 양손으로 부동산 재벌의 목을 움켜쥐고 조르기 시작했다. 뢰드는 의자에 앉은 채 뒤로 펄쩍 뛰면서 해리의 팔을 양손으로 잡고 떨쳐내려 애썼다. 그러는 사이 혈류 부족으로 그의 얼굴이 시뻘게졌다.

"그렇게 했다가는 죽여버리겠어." 해리가 속삭였다. "죽인다고. 당신을."

"해리!" 크론도 벌떡 일어섰다.

"앉아요, 놓을 테니까." 해리는 마르쿠스 뢰드의 툭 튀어나온 채 애원하는 눈을 노려보며 낮은 소리로 말했다.

"어서요, 해리!"

뢰드는 목에서 꼴깍거리는 소리를 내며 발버둥질했지만 해리는 그를 의자에 밀어붙인 채 풀어주지 않았다. 오히려 손에 더 힘을 주며 힘을, 전율을, 인간 같지도 않은 자의 체액을 모두 짜낼 수 있을 것 같은 기분을 느꼈다. 그렇다. 전율, 그리고 몇 달 동안 술을 끊었다가 처음으로 다시 첫 잔을 들 때 느끼는 자유낙하의 기분. 하지만 그는 이미 전율이 잦아들고 손아귀의 힘이 빠지는 걸 느낄 수 있었다. 이렇게 아래로 떨어지는 것에 대한 보상이 없었기 때문이다. 겨우 잠깐 자유를 느낄 수 있지만 결국 그가 향하는 방향은 하나뿐이었다. 아래쪽.

해리는 손을 놓았고 뢰드는 몸을 앞으로 숙이고 기침을 내뱉더니 헐떡거리며 숨을 몰아쉬었다.

해리는 크론에게 고개를 돌렸다. "**이제** 난 해고당한 겁니까?"

크론은 고개를 끄덕였다. 해리는 넥타이를 고쳐 매고는 방에서 나왔다.

미카엘 벨만은 창가에 서서 갈망하는 마음으로 도심을 바라보고 있었다. 높이 솟은 정부 청사 건물들이 보였다. 더 가까운 굴헤우그 다리 옆에서는 나무들의 우듬지가 출렁이고 있었다. 바람은 점점 더 심해졌다. 밤사이 강한 돌풍이 지나간다는 말도 있었다. 뭔가 다른 예보도 있었는데 금요일에 무슨 월식이 있다는 것 같았다. 아마도 바람과는 연관이 없을 것이다. 그는 팔을 들어 고전적인 오메가 시마스터 시계를 보았다. 2시 1분 전. 그는 오늘 오랜 시간 동안 경찰청장이 보고한 내용의 딜레마를 마음속에서 고민하며 보냈다. 원칙적으로 이런 개별 사건은 당연히 법무부 장관의 책상에 올라올 일이 없지만, 벨만이 애초부터 관여했기 때문에 이 일은 자신의 업무가 되었고 이제 손을 놓아버릴 수 없게 되었다. 욕이 나왔다.

비비안이 조심스럽게 노크하더니 문을 열었다. 그녀를 개인 비서로 채용한 이유가 그저 그녀에게 정치학 석사 학위가 있고, 파리에서 2년 동안 모델 생활을 해서 프랑스어를 구사하며, 커피 만들기부터 손님을 맞는 일이나 연설 내용을 받아적는 것까지 어떤 일이든 해낼 의지가 있어서만은 아니었다. 그녀는 예뻤다. 요즘 세상에서 겉으로 드러나는 외모의 역할에 관해서는 여러 의견이 있을 수 있고 실제로도 여러 의견이 있었다. 다만 한 가지는 확실했다. 외모는 과거부터 늘 중요했다. 그 역시 잘생긴 남자였고 외모가 자신의 성공적인 경력에 어떤 영향을 미쳤는지 확실하게 알고 있었다. 모델 경력이 있음에도 비비안은 그보다 키가 크지 않았고 그래서 그는 그녀를 회의나 저녁식사에 데리고 갈 수 있었다. 그녀는 동거 중인 남자친구가 있었지만 그에게는 그 점이 결점이 아니라 도전 요소로 보였다. 사실 그건 장점이었다. 겨울에 남아메리카 2개국을 방문하는 일정이 잡혀 있었다. 가장 중요한 의제는 인권이었고 다른 말로 하자면 순전히 즐기는 관광 출장인 셈이었다. 그가 스스로 말한 것처럼 법무부 장관은 총리보다 관심이나 감시가 훨씬 덜했다.

"경찰청장님입니다." 비비안이 부드럽게 말했다.

"들여보내."

"줌으로 연락이 왔습니다."

"그래? 직접 온다고 하는 줄—."

"그랬습니다. 그런데 방금 연락이 와서 뉘달렌까지 너무 멀고 시내에서 이후에 또 회의가 있다고 합니다. 그래서 링크를 보내왔는데요, 제가……?"

그녀는 책상의 PC로 다가갔다. 그녀의 손은 그보다 훨씬 빠르게 키보드 위를 오갔다. "됐습니다." 그녀가 웃었다. 그리고 짜증 난 그를 달래듯 말했다. "청장이 앉아서 기다리고 있습니다."

"고마워." 벨만은 비비안이 방에서 나갈 때까지 창가에 서 있었다. 그러고도 조금 더 기다렸다. 자신의 철없는 행동에 지치고 나서야 책상으로 가 PC 앞에 앉았다. 경찰청장은 얼굴이 탄 것 같았다. 아마도 최근 가을 휴가를 해외 어디선가 보냈기 때문일 것이다. 그렇지만 카메라 앵글이 잘 맞지 않아 이중턱이 도드라져 보였다. 분명 그는 랩톱을 그냥 책상에 두었을 것이다. 벨만이 경찰청장일 때는 책을 몇 권 쌓고 그 위에 올려두곤 했었다.

"당신이 있는 곳과 비교하면 이쪽은 거의 차가 막히는 일이 없어요." 벨만이 말했다. "난 회옌할의 집까지 20분이면 갑니다. 당신도 사무실을 옮겨요."

"미안합니다, 미카엘. 다음 주에 있을 국빈 방문 관련 긴급회의에 참석해야 해서요."

"좋습니다, 바로 일 얘기를 합시다. 그건 그렇고 지금 혼자 있습니까?"

"아무도 없습니다, 말해보세요."

미카엘은 다시 짜증이 밀려왔다. 이름을 부른다거나 '말해보세요' 따위의 말투를 사용하는 건 법무부 장관의 특권이었다. 특히 경찰청장의 6년 임기가 곧 끝날 텐데, 이제 그 자리의 연임을 결정하는 건 국왕이 참석하는 각료 회의—사실상 법무부 장관—의 권한이었다. 벨만은 보딜 멜링에게 열쇠를 넘겨도 정치적으로 잃을 것이 없었다. 우선 멜링은 여자고 두 번째로 그녀는 정치를, 누가 결정권자인지를 이해했다.

벨만은 깊게 숨을 들이마셨다. "각자 상황을 정리해봅시다. 지금 당신은 마르쿠스 뢰드를 풀어줄지에 관해 내 조언을 바라고 있어요. 당신은 양쪽 모두 가능하다고 생각하고 있고."

"그렇습니다." 경찰청장이 말했다. "해리 홀레는 첫 두 여자가 살해당하던 날 밤에 뢰드와 함께 있었다고 말하는 증인을 확보했습니다."

"증인은 믿을 만합니까?"

"헬레네 뢰드와는 달리 이번 증인은 뢰드에게 알리바이를 제공할 확실한 동기가 없다는 점에서 믿을 수 있습니다. 마약반에 따르면 증인이 오슬로의 코카인 판매상 리스트에 오른 인물이라고 합니다."

"전과는 없고?"

"하룻밤 새에 사라질 정도로 피라미 판매상이라는군요."

벨만은 고개를 끄덕였다. 그들은 통제 가능한 판매상들은 계속 활동할 수 있도록 둔다. 악마보다는 나으니까.

"그런데요?" 벨만은 오메가 시계를 보며 말했다. 비실용적이고 덩치가 큰 시계지만 제대로 된 신호를 보여줄 수 있다. 지금 그는 경찰청장에게 서둘러라, 너만 바쁜 사람이 아니다, 라는 신호를 보내고 있었다.

"다른 한편으로 수산네 안데르센의 가슴에서 마르쿠스 뢰드의 침이 검출됐죠."

"그를 풀어줄 수 없는 꽤 강력한 주장이라고 볼 수 있겠군."

"네. 물론 살해되던 날 일찌감치 그가 수산네와 만나 섹스를 했을 수도 있습니다. 그녀의 당일 행적 전부를 밝힐 수는 없었으니까요. 하지만 만일 그랬다면 뢰드가 심문받을 때 그런 진술을 하지 않은 게 이상하죠. 오히려 그녀와 가까운 사이라는 걸 부정하고 파티 이후에는 한 번도 본 적이 없다고 주장했습니다."

"다른 말로 하자면 거짓말하는 거로군."

"네."

벨만은 손가락으로 책상을 두드렸다. 비유적으로 말하자면 총리는 성과가 좋을 때만 재선에 성공했다. 그의 보좌관들은 법무부 장관인 그가 언제나 아랫사람들이 벌인 일로도 비난이나 공로를 일부 나누어 갖게 된다고 거듭 강조하곤 했다. 그것이 지난 정권에서 임명된 사람들이 한 실수나 성과라도 상관없었다. 만일 유권자들이 뢰드처럼 부자에다 특권을 누리는 기분 나쁜 인간이 손쉽게 빠져나간다고 느낀다면 어떤 식으로든 벨만에게도 간접적인 영향이 미칠 터였다. 그는 마음을 굳혔다.

"정액이라면 가두어두기에 충분한 이유가 되겠죠."

"침입니다."

"그래요. 그리고 뢰드가 체포되는 일이나 풀려나는 일을 모두 해리 홀레가 결정하는 것이 좋게 보이지 않으리라는 점에 당신도 동의할 걸로 확신합니다."

"그렇죠. 같은 의견입니다."

"좋아요. 그럼 내 조언은 알아들었을 겁니다……." 벨만은 경찰청장의 이름이 떠오르기를 기다렸지만 어떤 이유에서인지 생각이 나지 않았고 이미 시작한 말은 끝맺어야 했기에 이렇게 덧붙였다. "그렇죠?"

"네, 그럼요. 감사합니다, 미카엘."

"고맙소, 청장." 벨만은 잠시 버벅거리며 마우스를 만지다가 겨우 연결을 끊고 의자에 등을 기대면서 속삭였다. "**퇴직하게 될** 청장이지."

프림은 침대에 앉으며 프레드리크 스테이네르를 보았다. 맑은 눈은 아이 같았지만 시선은 마치 커튼이 내려진 것처럼 텅 비어 있었다.

"삼촌." 프림이 말했다. "내 말 들려요?"

아무 대답이 없었다.

무슨 말을 해도 들리지 않는 것 같았다. 그러므로 아무 말도 할 수 없을 것이다. 그가 무어라 말한다 해도 믿는 사람은 없을 것이다.

프림은 복도로 통하는 문을 닫고 다시 침대에 앉았다. "삼촌은 곧 죽을 거예요." 그는 자신이 하는 말의 소리를 즐겼다. 삼촌의 표정은 변하지 않았고 어딘가 멀리 떨어져 있는, 자신만 볼 수 있는 걸 바라보고 있었다.

"삼촌은 죽을 거고 난 어떤 의미에서는 슬퍼해야 하겠죠. 그러니까 어쨌든 나는—." 그는 혹시 몰라 닫힌 문을 바라보았다. "생물학적 아들이니까."

들리는 것이라고는 요양원의 홈통에서 바람이 내는 낮은 휘파람 소리뿐이었다.

"하지만 난 슬프지 않아요. 당신을 증오하기 때문에. 그를 증오하는 것과는 달라요. 그 사람은 당신의 문제를 넘겨받았고 엄마와 날 넘겨받았어요. 당신을 증오하는 이유는 당신이 내 새아버지가 무슨 생각인지, 내게 무슨 짓을 하려고 했는지 알고 있었기 때문이에요. 당신이 그자와 그 얘기로 맞선 걸 알아요. 그날 밤에 당신이 하는 말을 들었거든요. 폭로하겠다며 그를 협박했죠. 그러자 그는 당신 얘기를 폭로하겠다며 협박했고요. 그러자 당신은 포기했어요. 자신을 구하려고 날 희생시켰어요. 당신 자신과 엄마 그리고 가문의 이름을 지켰죠. 그렇게 지켜낸 가문의 이름을 더는 쓰지도 않았으면서."

프림은 가방에 손을 넣어 비스킷을 꺼내 이로 오도독 깨물었다.

"그리고 이제 당신은 이름도 없이 혼자 죽을 거예요. 당신은 잊히고 사라질 거예요. 그 대신 당신이 싸지른 씨앗, 당신 욕정에서 태어난 죄악의 열매인 나는 내 이름이 천국에서 빛나는 걸 볼 거예요. 들려요, 프레드리크 삼촌? 시적이지 않아요? 모든 내용을 일기로 써두었어요. 전기 작가들이 작업할 내용을 남겨두는 것이 중요하잖아요?"

그는 일어섰다.

"또 올지 모르겠어요. 그러니 이제 작별이죠, 삼촌." 그는 문을 향해 걸어가다가 돌아섰다. "물론 잘 가라는 뜻은 아니에요. 가는 길이 반드시 지옥행이었으면 해요."

프림은 나가서 문을 닫은 다음 그를 향해 걸어오는 간호사에게 미소를 지은 뒤 요양원을 떠났다.

간호사는 늙은 교수의 병실로 들어갔다. 그는 표정 없이 침대 끄트머리에 앉아 있었지만 뺨 위로 눈물이 흘러내리고 있었다. 늙은 사람들은 이렇다. 감정을 통제하지 못하는 것이다. 노망이 들면 더욱. 간호사는 냄새를 맡았다. 변을 지린 건가? 아니, 그냥 병실 공기가 나쁘고 환자 몸에서 냄새가 나는 건가? 그리고…… 머스크 향인가?

그녀는 창문을 열어 환기를 시켰다.

저녁 8시. 테리 보게는 안뜰에서 들려오는 금속성 휘파람 소리에 귀를 기울였다. 위로 솟구치는 바람에 회전식 공동 빨랫줄이 돌아가며 나는 소리였다. 그는 다시 범죄 블로그로 관심을 돌렸다. 쓸 것이 너무 많았다. 그런데도 그는 PC의 텅 빈 하얀 화면만 보고 앉아 있었다.

휴대전화가 울렸다.

다그니야일 수도 있다. 두 사람은 어젯밤 말다툼을 했고 그녀는 주말에 오지 않겠다고 했다. 어쩌면 늘 그랬던 것처럼 이제야 후회하는 것이겠지. 그는 자신이 얼마나 그녀의 전화를 기다리고 있었는지 깨달았다.

휴대전화를 확인했다. 발신자 표시 제한. 어제 통화했던 사기꾼이라면 받지 말아야 한다. 미치광이의 전화를 한두 번 받아주다 보면 도저히 떼어낼 수 없게 된다. 한번은—디 워 온 드러그 밴드가 라이브나 레코드로 들을 때 세상에서 가장 지루한 밴드라는 사실을 기사로 쓴 이후— 멍청하게도, 화가 난 팬에게서 온 전화를 받았다가 그 골칫거리가 계속 전화하고 이메일을 보내고 심지어 콘서트장에 나타나 멱살을 잡기까지 했다. 그자를 무시하고 떼어내는 데 2년이나 걸렸다.

휴대전화는 계속 울렸다.

테리 보게는 다시 한번 텅 빈 화면을 바라보았다. 그런 다음 전화를 받았다.

"네?"

"어제 혼자 와서 지붕에서 9시 40분까지 기다려줘서 고맙군요."

"당신…… 왔었나요?"

"지켜보고 있었죠. 당신이 날 속이지 않는지 확인할 수밖에 없다는 걸 이해해주었으면 좋겠어요."

보게는 망설였다. "아, 네. 좋습니다. 하지만 이런 식으로 숨바꼭질하고 있을 시간은 없어요."

"아니, 그렇지 않아요." 살짝 낄낄거리는 소리가 들렸다. "그 얘기는 그만두죠, 보게. 하던 일은 모두 그만둬요…… 지금 당장."

"무슨 말입니까?"

"콜소스의 토포스비엔이라는 도로 끝으로 최대한 빨리 가요. 다시 전화할 겁니다. 언제라고 말하지는 않겠지만 2분 안일 수도 있어요. 만일 그때 통화 중이면 이번 통화가 우리가 대화하는 마지막이 될 겁니다. 알겠어요?"

보게는 침을 삼켰다. "네." 그는 대답했다. 왜냐하면 알아들었기 때문이다. 경찰이나 다른 누군가에게 연락하는 걸 막으려는 조치라는 걸. 상대방이 아무 생각 없는 미치광이가 아니라는 걸. 제정신은 아니지만 미치광이는 아니었다.

"손전등과 카메라를 가져와요, 보게. 안전하다는 느낌이 필요하다면 무기를 가져와도 좋아요. 당신은 살인범과 이야기했다는 분명하고 반박할 수 없는 증거를 얻게 될 겁니다. 그리고 나중에 얼마든지 글로 쓸 수 있어요. 지금 나누는 대화까지도. 왜냐하면 이번에는 사람들이 당신을 믿기를 우리가 바라니까. 안 그래요?"

"무슨—."

하지만 상대방은 이미 전화를 끊은 뒤였다.

해리는 알렉산드라의 침대에서 맨발을 침대 밖으로 내민 채 누워 있었다.

알렉산드라 역시 벌거벗은 채 그의 배에 머리를 얹고 해리와 십자로 누워 있었다.

두 사람은 젤러시 바에 있던 날 밤에 잠자리를 가졌고 지금 다시 한번 사랑을 나누었다. 지금이 훨씬 더 좋았다.

해리는 마르쿠스 뢰드를 생각하고 있었다. 뢰드가 헐떡거릴 때 눈에서 보였던 두려움과 증오. 두려움이 더 컸다. 하지만 다시 숨쉬게 된 뒤에도 두려움이 남아 있을까? 남아 있다면—뢰드가 만일 송금한 돈을 되찾지 않았다면— 지금쯤 루실은 분명히 풀려났을 것이다. 빚을 모두 갚기 전에는 그녀를 찾거나 연락하지 말라는 지시를 받았던 터라 그녀에게 전화하기 전에 이틀 정도 기다려보기로 했다. 그녀는 그의 전화번호나 자세한 사정을 알지 못하기에 그쪽에서 아무 소식이 없는 건 이상한 일이 아니었다. 루실 오언스에 관해 인터넷으로 찾아봤지만 찾아낸 것은 〈로미오와 줄리엣〉 영화에 관한 〈로스앤젤레스 타임스〉의 오래전 기사들뿐이었다. 그녀가 실종되었다거나 납치되었다는 소식은 없었다. 그는 두 사람이 무엇을 공유했는지, 무엇이 그들을 연결했는지 깨달았다. 주차장에서 사건이 벌어지고 나서 발생한 외부의 위협이 아니었다. 그렇다고 해서 그가 루실에게서 어머니의 모습을 본 것도 아니었다. 그녀는 교실 문간에 서 있던 여자, 그가 다시 구할 기회를 얻어낸 병원 침대 속 여자가 아니었다. 외로움이었다. 그들은 아무도 눈치채지 못하는 사이 지구에서 사라질 수 있는 사람들이었다.

알렉산드라가 함께 피우던 담배를 그에게 건네주었고 해리는 담배를 빨아들이고 침대맡 테이블 위에 놓인 제네바 스피커에서 〈Hey, That's No Way to Say Goodbye〉가 흘러나오는 동안 천장으로 구불거리며 올라가는 연기를 바라보고 있었다.

"우리 얘기 같네요."

"음. 헤어지는 연인 얘기?"

"네. 그리고 코언이 사랑이나 속박 얘기는 하지 말자고 하잖아요."

해리는 대답하지 않았다. 담배를 들고 연기를 보고 있지만 그녀가 그를 바라보며 가만히 누워 있는 걸 알고 있었다.

"순서가 잘못된 거야." 그가 말했다.

"우리가 만났을 때 이미 라켈이 당신 인생에 들어와 있어서요?"

"어떤 여자가 내게 해준 말을 생각하고 있었어. 작가가 문장의 순서를 바꾸면 우리는 속아 넘어간다고 했거든." 그는 다시 담배 연기를 빨아들였다. "하지만, 그래. 어쩌면 라켈도 마찬가지겠지."

잠시 후 그는 배에 떨어지는 눈물의 온기를 느꼈다. 그도 울고 싶었다.

창문이 삐걱거렸다. 마치 밖에 있는 뭔가가 그들이 있는 안으로 들어오고 싶어하는 것 같았다.

37

수요일, 반사 작용

토포스비엔은 꼭대기라는 이름에 걸맞지 않은 곳이었다. 도로는 빌라들 사이로 꽤 높은 지대까지 구불거리며 이어졌지만 도로가 끝난 뒤에도 콜소스 산의 꼭대기는 한참 멀리 떨어진 곳에 있었다. 테리 보게는 길가에 차를 세웠다. 위쪽으로 숲이 있었다. 멀리 어둠 속에서 뭔가 희부옇게 보였는데, 그도 알다시피 등산가나 다른 얼간이들에게 인기가 좋은 암벽이었다.

그는 챙겨온 칼의 칼집을 만지작거리며 조수석에 올려둔 손전등과 니콘 카메라를 보았다. 시간이 흘렀다. 시간이 더 지났다. 아래쪽 어둠 속에 보이는 불빛을 보았다. 아래 어딘가에 로센빌데 고등학교가 있었다. 그걸 아는 이유는 그가 지니를 발견했을 때 그녀가 그곳 학생이었기 때문이다. 음악 기자라는 영향력을 이용해 그녀와 재주 없는 그녀의 밴드가 언더그라운드에서 빛을 볼 수 있도록, 주류 음악계로, 시장으로 올라올 수 있도록 해준 사람이 바로 그, 테리 보게였기 때문이다. 그녀는 열여덟 살로 그 학교에 다니고 있었고 그는 몇 번 차를 몰고 이곳을 찾아왔었다. 학교에서 지내는 그녀의 모습이 궁금했기 때문이다. 그게 뭐 잘못된 일이었나? 그는 그저 자신이 창조해낸 스타를 잠깐이라도 보기 위해 학교 운동장 밖에서 서성거렸을 뿐이다. 쉬운 일이었지만 사진 한 장 찍지 않았다. 그가 가져왔던 망원렌즈라면 유혹을 일삼는 위험한 여자를 연기하는 지니의 전혀 다른 모습을 예리하게 담을 수도 있었다. 청순하고 어린 소녀를. 하지만 그런 식으로 학교 주위에서 어슬렁거리는 행동은 혹시라도 들킨다면 오해받기 쉬웠고, 그래서 그는 두 번이나 왔다가 포기하고 대신 콘서트 무대로 그녀를 찾아갔던 것이다.

시간을 확인하려는데 휴대전화가 울렸다.

"네?"

"온 게 보이는군요."

보게는 주위를 둘러보았다. 도로에 그의 차 말고는 보이지 않았다. 그리고 다른 사람이 있었다면 가로등 불빛에 보였을 것이다. 숲속 어딘가에 숨어서 보고 있는 걸까? 보게는 칼자루를 힘껏 쥐었다.

"손전등과 카메라를 들고 도로 끝 차단기를 넘어 숲속 오솔길을 따라 걸어와요. 시선은 왼쪽으로 향하고. 100미터쯤 가면 나무 밑동에 반사 물질 페인트가 칠해져 있을 겁니다. 오솔길을 벗어나 반사 페인트를 따라서 더 가요. 알았어요?"

"알았어요." 보게가 말했다.

"장소에 도착하면 알게 될 겁니다. 일단 도착하면 사진 찍을 시간을 2분 주죠. 그런 다음 다시 온 길로 나와서 차에 타고 곧장 집으로 가는 겁니다. 만일 120초 후에도 그 장소를 떠나지 않는다면 내가 잡으러 갈 겁니다. 알았어요?"

"네."

"그럼 이제 수확할 시간이로군요, 보게. 서둘러요."

전화는 끊겼다. 테리 보게는 깊게 숨을 들이마시다가 퍼뜩 이런 생각이 들었다. 지금이라도 자동차 시동을 걸고 이 빌어먹을 곳에서 빠져나갈 수 있다. 스토프 프레센으로 가서 맥주를 마실 수도 있다! 누구든 들어주는 사람에게 연쇄살인범과 통화했고 만나기로 했는데 마지막 순간에 자신이 겁을 집어먹었다고 말할 수 있다.

보게는 자기도 모르게 웃음을 터뜨리고는 카메라와 손전등을 들고 차에서 내렸다.

아마 이쪽에는 바람이 지나가지 않는 것 같았다. 이상하게 높은 곳인데도 산 아래쪽이나 도심보다 바람이 강하지 않았다. 도로가 끝나고 몇 걸음 떨어진 곳에서 숲속 오솔길을 발견했다. 차단 장애물을 지나 마지막으로 가로등 쪽으로 고개를 돌렸다가 손전등을 켜고 계속 어둠 깊숙이 들어갔다. 바람이 나무 꼭대기에서 윙윙거리고 신발 아래서 자갈이 바스락거리는 동안 그는 걸음 수를 세면서 손전등으로 땅과 왼쪽으로 보이는 나무 밑동을 번갈아 비췄다. 백다섯 걸음을 걸었을 때 손전등 불빛 속에서 반사광으로 빛나는 첫 번째 나무 밑동을 발견했다. 숲속 멀리 두 번째 표식이 보였다.

그는 재킷 주머니에 넣어둔 칼집을 다시 한번 만지고 카메라 스트랩을 어깨에 걸친 다음 개천을 뛰어넘어 나무들 사이로 나아갔다. 솔숲이었고 나무 사이 공간이 넓어서 별 고생 없이 이동할 수 있으면서 멀리까지 볼 수 있었다. 10미터에서 15미터마다 나무의 눈높이 부분에 페인트가 칠해져 있었다. 지형은 조금씩 가팔라졌다. 한 지점에서 멈춰 숨을 고른 다음 나무의 얼룩을 손가락으로 훑어보았다. 손가락을 확인했다. 칠한 지 얼마 되지 않은 페인트. 그는 거대한 소나무들 사이 솔잎이 카펫처럼 쌓인 곳에 서 있었다.

멀리서 우듬지가 바스락거렸지만 그 소리는 오히려 나무줄기가 서로 부딪히며 삐걱거리는, 거의 알아차릴 수 없을 정도의 소리를 더 생생하게 만들어주었다. 마치 대화를 하는 것처럼 그런 소리가 사방에서 들렸다. 밤에 찾아온 손님을 어떻게 할지 모두 함께 토론하는 것 같았다.

보게는 계속 걸었다.

숲은 점점 깊어졌고 시야가 계속 좁아지면서 페인트를 칠한 나무들 사이 간격이 좁아졌다. 땅이 울퉁불퉁하고 가팔라 더는 걸음 수를 셀 의미가 없었다.

그 순간 갑자기 숲이 갈라지면서 평평한 곳이 나타났다. 손전등 불빛이 작은 공터를 비췄고 다음 페인트 자국을 찾으려면 여기저기 둘러봐야 했다. 이번에는 그냥 얼룩이 아니라 T자 모양으로 그려져 있었다. 가까이 다가갔다. T가 아니라 십자 모양이었다. 공터 한가운데서 그는 손전등을 들어 올렸다. 십자 모양을 지나서는 더는 반사 페인트를 칠해둔 표식이 없었다. 여정의 끝이다. 숨을 죽였다. 어디선가 나무 막대 두 개가 부딪치는 소리가 들렸지만 아무것도 보이지 않았다.

그때 그를 돕기라도 하듯 흘러가는 구름 사이로 달이 모습을 드러내더니 부드럽고 노란빛으로 공터를 물들였다. 그제야 보였다. 몸이 떨렸다. 처음으로 든 생각은 빌리 홀리데이가 부른 옛날 노래 〈Strange Fruit〉였다. 왜냐하면 가사 내용처럼 보이는 장면이었기 때문이다. 두 개의 사람 머리가 자작나무 가지에 매달려 있었다. 머리에서 늘어진 긴 머리카락이 바람에 나부끼고 머리끼리 서로 부딪칠 때마다 낮게 울리는 소리가 들렸다.

보자마자 베르티네 베르틸센과 헬레네 뢰드라는 걸 알았다. 뺏

뺏하고 가면처럼 굳은 얼굴을 알아본 것이 아니라 한 사람은 머리가 검고 다른 사람은 금발이었기 때문이다.

심장이 쿵쾅거리기 시작했고 그는 어깨에 걸었던 카메라를 내려 손에 들면서 다시 수를 세기 시작했다. 이번에는 걸음 수가 아니라 시간이었다. 셔터를 누르고 또 눌렀고 달이 구름 뒤로 숨으면서 플래시가 반복해 터졌다. 50까지 센 뒤에 더 가까이 다가가 포커스를 다시 맞추고 계속 사진을 찍었다. 공포에 휩싸이기보다 오히려 흥분한 그는 이제 두 개의 머리를 얼마 전까지 살아 있던 사람이 아니라 증거물로 생각했다. 마르쿠스 뢰드가 결백하다는 증거. 테리 보게가 사기꾼이 아니라 정말로 살인범과 대화했다는 증거. 그가 노르웨이 최고의 범죄 전문기자이며 모든 사람의, 가족의, 솔스타드의, 지니의, 그리고 그녀의 거지 같은 밴드의 존경을 받을 만하다는 증거. 그리고 무엇보다도 모나 도로부터 존경과 우러름을 받을 수 있다는 게 중요했다. 해고된 뒤 그녀의 존경심을 얼마나 잃었는지에 관한 생각은 머리에서 밀어냈다. 이제 그런 생각은 바뀌게 될 것이다. 재기에 성공한 사람은 사랑받는 법이니까. 그녀와 다시 만나고 싶어 참을 수가 없었다. 아니, 문자 그대로 기다릴 수가 없었고 어떻게든 만나야겠다고 생각했다. 그는 다그니야가 라트비아로 떠나자마자 모나 도에게 연락해야겠다고 다짐했다.

90초. 이제 30초 남았다.

'내가 잡으러 갈 겁니다.'

옛날이야기에 나오는 트롤 같았다.

보게는 카메라를 내리고 휴대전화로 사진을 찍었다. 휴대전화 카메라로 셀카를 찍어서 이곳에 와서 사진을 찍은 사람이 자신이라는 증거를 남겼다.

'수확할 시간이로군요.' 남자는 말했다. 그래서 나무에 걸린 머리를 봤을 때 빌리 홀리데이의 노래와 연관이 있다는 생각이 떠올랐던 걸까? 노래 가사는 미국 남부에서 흑인을 린치해 죽였던 일과 관련이 있지, 이런 상황과는…… 상관이 없는데. 수확이라는 단어를 쓴 걸 보면 머리들을 가져가도 된다는 걸까? 보게는 자작나무를 향해 한 걸음 다가섰다. 멈췄다. 내가 미쳤나? 이건 살인자의 트로피다. 게다가 시간도 다 되었다. 보게는 카메라를 어깨에 메고 누구든 숲에 있는 사람에게 자신이 일을 마쳤으며 떠난다는 의사를 보여주기 위해 두 손을 위로 올렸다.

돌아오는 길은 보고 따라갈 수 있는 반사 페인트 표식이 없어 훨씬 힘들었다. 서둘렀음에도 거의 20분이나 걸리고 나서야 다시 숲 속 오솔길을 찾아낼 수 있었다. 차로 돌아와 시동을 걸었을 때 이런 생각이 들었다.

머리를 챙기지 못했지만 뭐라도 챙겼어야 했다. 머리카락 한 가닥이라도. 두 머리의 사진을 찍었지만 베르티네 베르틸센의 사진을 수없이 봤고 헬레네 뢰드의 사진도 여럿 본 그조차 이 사진이 진짜인지 확신할 수 없었다. 심지어 진짜 사람의 머리였는지도 알 수 없었다. 젠장! 트룰스 베른트센이 바보처럼 정체가 발각되면서 그가 시시한 속임수에 넘어가지 않았더라면 그들은 이런 사진을 아무런 의심 없이 믿었을 것이다. 이제 그는 완전히 끝장나버려서 새로운 속임수를 들고 온 것은 아닌지 의심하는 눈초리를 감수해야만 했다. 바로 경찰에 연락할까? 경찰은 살인자가 달아나기 전에 이곳에 도착할 수 있을까?

그는 토포스비엔을 따라 차를 몰면서 남자가 했던 말을 떠올렸다. '차에 타고 곧장 집으로 가는 겁니다.'

남자는 보게가 그를 기다리고 있을까 봐 걱정했다. 왜지? 어쩌면 숲에서 내려가는 도로가 하나뿐이라서 그랬을 수도 있었다.

그는 차의 속도를 줄이고 휴대전화를 꺼냈다. 전방 도로를 주시하면서 휴대전화에서 여기까지 찾아오면서 참고했던 지도앱을 불러냈다. 지도를 확인한 그는 만일 범인이 차로 왔다면 차를 세워둘 도로는 두 곳밖에 없다고 결론 내렸다. 보게는 토포스비엔 끝까지 내려갔다가 다시 다른 쪽 도로를 타고 올라가기 시작했다. 그 도로 역시 숲속 오솔길이 시작하는 곳에서 끝났다. 그쪽 도로에도 세워둔 차는 보이지 않았다. 좋아, 그렇다면 큰길에서부터 걸어 올라왔을 수도 있겠군. 조용한 주택가의 가로등 아래를 주민들의 눈초리를 감수하면서 머리통 두 개와 페인트 깡통 하나를 담은 배낭을 메고 걸어왔겠지. 그럴 수도 있다. 아닐 수도 있고.

보게는 지도를 조금 더 들여다보았다. 산꼭대기까지 올라가 반대편 큰길까지 가려면 가파르고 고된 산행이 될 터였고 지도에는 아무런 경로도 보이지 않았다. 하지만 기슭을 따라 등반할 수 있는 절벽이 이어져 있었다. 그리고 그렇게 서쪽으로 가면 주택가와 축구장이 있는 곳으로 이어지는 길이 보였다. 그곳에서라면 차를 타고 콜소스 쇼핑센터를 지나 큰길까지 토포스비엔에 접근하지 않고 이동할 수 있었다.

보게는 잠시 생각했다.

만일 범인이 숲에 올라왔었고 만일 보게가 그자의 입장이었다면 어떤 퇴각로를 골랐을지. 의심의 여지는 없었다.

해리는 깜짝 놀라 깨어났다. 잠들 생각이 아니었다. 무슨 소리가 나서 깼나? 돌풍에 안마당으로 뭔가 날아왔나? 아니면 악몽에서 어떻게든 빠져나오려 했던 걸까? 고개를 돌리자 어두컴컴한 속에서 반대편을 보고 누운 머리의 검은 머리카락이 하얀 베개 위로 흘러내리는 모습이 보였다. 라켈. 그녀가 움직였다. 어쩌면 같은 소리에 잠에서 깼거나 그가 깬 걸 눈치챈 것 같았다. 그녀는 늘 그랬다.

"해리." 그녀는 졸린 듯 웅얼거렸다.

"음."

그녀가 고개를 돌렸다.

그는 그녀의 머리를 어루만졌다.

그녀는 침대 조명 스위치로 손을 뻗었다.

"그냥 둬." 그가 속삭였다.

"그래요. 내가—."

"쉿. 그냥…… 잠깐 그대로 있어. 잠깐만."

두 사람은 어둠 속에서 아무 말 없이 누워 있었다. 그는 손으로 그녀의 목과 어깨, 머리카락을 쓸어내렸다.

"지금 내가 라켈이라고 생각하는군요."

그는 대답하지 않았다.

"그거 알아요?" 그녀가 그의 뺨을 어루만지며 말했다. "그래도 돼요."

그는 웃었다. 그녀의 이마에 키스했다. "고마워. 고마워, 알렉산드라. 하지만 이제 그럴 필요는 없어. 담배?"

그녀는 머리맡 테이블로 손을 뻗었다. 그녀는 평소 다른 브랜드의 담배를 피웠지만 오늘은 카멜을 사두었다. 해리가 피우는 담배였고 그녀는 취향이 고집스럽지 않았기 때문이다. 테이블 위에서 뭔가 불이 켜졌다. 그녀는 휴대전화를 건넸고 그는 액정 화면을 들여다보았다.

"미안. 이 전화는 받아야 해."

그녀는 피곤한 표정으로 웃더니 라이터를 켜 불꽃을 일으켰다. "받을 필요 없는 전화는 오는 법이 없잖아요, 해리. 가끔은 받지 말아봐요. 꽤 괜찮아요."

"크론?"

"에…… 안녕하시오, 해리. 뢰드에 관한 겁니다. 뢰드가 진술을 바꾸고 싶어합니다."

"그래요?"

"지금은 수산네 안데르센과 그날 일찍 토마스 헤프튀에스 가에 있는 그의 다른 아파트에서 몰래 만났다고 주장합니다. 두 사람은 섹스를 했고 수산네의 가슴에 키스했답니다. 그의 말로는 그걸 밝히고 싶지 않았는데, 가장 큰 이유는 살인에 연루될까 봐 우려해서였고, 부인에게 숨겨야 했기 때문이라고 합니다. 그는 거짓 진술을 했다는 게 밝혀지면서 진술을 바꾸면 의심만 더 커질까 봐 걱정했다고 합니다. 더 나아가서 수산네가 그를 찾아온 걸 본 증인이나 다른 증거는 없다고 합니다. 그래서 어리석게도 당신이나 경찰이 자신의 누명을 벗겨줄 다른 증거나 범인을 찾아낼 것이라는 기대감에 그녀를 만나지 않았다는 주장을 유지했던 겁니다. 그의 주장은 그렇습니다."

"음. 감옥에 갇혀 조바심이 나니 마음을 바꿔 먹은 건가요?"

"제게 묻는 거라면 당신 때문이라고 생각합니다. 목을 졸리고 나서야 정신을 차린 것 같습니다. 세상에 처벌이란 게 존재한다는 사실을 깨달은 거죠. 사건의 진전이 있을 수 없다는 게 보이는데 4주나 갇혀 지낼 수는 없다고 생각했겠죠."

"코카인 없는 4주를 말하는 거겠죠?"

크론은 대답하지 않았다.

"빌라 단테에 관해서는 뭐라고 하던가요?"

"그건 여전히 부인하고 있습니다."

"좋아요." 해리가 말했다. "경찰은 풀어주지 않을 겁니다. 증인도 없는 데다 그가 말했듯 지금까지의 진술을 뒤집는 건 낚싯바늘에 걸린 벌레가 빠져나가려고 몸부림치는 걸로 보일 테니까요."

"같은 생각입니다." 크론이 말했다. "그냥 알려드리고 싶었습니다."

"그의 말을 믿습니까?"

"그게 중요한가요?"

"나도 안 믿습니다. 하지만 그는 거짓말 솜씨가 좋습니다. 진행 상황 알려주셔서 고맙습니다."

두 사람은 통화를 마쳤다. 해리는 휴대전화를 손에 든 채 어둠 속을 응시하며 조각들을 맞춰보려 애썼다. 조각들은 늘 들어맞는 법이기 때문이었다. 그러니 문제는 조각들이 아니라 그였다.

"뭐 해요?" 알렉산드라가 담배를 한 모금 빨며 물었다.

"뭔가 보려 하는데 빌어먹을 정도로 깜깜하네."

"뭔가 보이긴 해요?"

"그래, 뭔가. 하지만 그게 뭔지를 모르겠어."

"어둠 속에서 잘 보려면 물체를 똑바로 보기보다 살짝 옆을 보면 좋아요. 그럼 오히려 보려는 물체가 잘 보이거든요."

"그래, 그래서 그러고 있어. 그런데 물체가 마치 비켜나 있는 것처럼 보여."

"살짝 옆으로?"

"그래. 우리가 찾는 사람이 우리 시야에 있는 것 같단 말이야. 이미 봤지만 우리가 이미 봤다는 걸 알지 못하는 것처럼."

"그걸 어떻게 설명할 수 있어요?"

"그건—." 그는 한숨을 내쉬었다. "내가 전혀 알지 못하는 일이고 설명하려는 시도조차 할 생각이 없어."

"우리가 그냥 아는 뭔가처럼?"

"애매한 것도 없어. 어떤 것들은 뇌가 이용 가능한 정보를 결합해서 알아내는데, 자세한 설명은 생략한 채 그냥 결론을 내놓기도 하거든."

"그렇죠." 그녀는 부드럽게 말한 뒤 다시 한 모금 빨아들이고는 담배를 그에게 내밀었다. "내가 비에른 홀름이 라켈을 살해한 걸 알아차린 게 그랬죠."

해리는 담배를 이불에 떨어뜨렸다. 그는 다시 담배를 집더니 입술 사이에 물었다.

"알고 있었어?" 그는 담배를 빨아들이며 물었다.

"네. 아니기도 하고. 당신이 말한 것처럼요. 의식적으로 애쓰거나 심지어 원하지도 않는데 뇌에서 척척 합해지는 정보죠. 그러다 보면 계산도 없이 답이 나와요. 그러면 뭔가 다른 생각을 하고 있을 때 뇌가 무슨 생각을 하고 있었는지 거꾸로 검산해봐야 하죠."

"당신 뇌가 무슨 생각을 하고 있었는데?"

"비에른이 자기 아이라고 생각했던 아이의 아버지가 당신이라는 사실을 알아냈을 때 그는 복수를 해야만 했어요. 그는 라켈을 살해하고 당신이 의심받도록 증거를 꾸몄죠. 당신은 라켈을 당신이 죽였다고 했고요. 당신의 잘못이라고 느꼈으니까."

"내 잘못이었어. 내 **잘못이지**."

"비에른 홀름은 당신도 그처럼 고통받길 원했던 것 아니에요? 가장 사랑하는 사람을 잃은 고통. 그리고 죄책감까지. 가끔 당신들 두 사람이 얼마나 외로웠을지 생각해요. 친구라고는 없는 두 친구. 벌어진 상황으로 인해 멀어진……. 그리고 이제 두 사람 모두 사랑했던 여자를 잃었죠."

"음."

"얼마나 고통스러웠어요?"

"아팠지." 해리는 필사적으로 담배를 빨아들였다. "나도 그 친구처럼 하려고 했어."

"목숨을 버린다고요?"

"나라면 목숨을 끝낸다고 했겠지. 그다지 버릴 것도 없는 삶이니까."

알렉산드라는 담배를 넘겨받았다. 거의 필터까지 타버린 담배를 재떨이에 비벼 끄고 그를 끌어안았다. "그러고 싶으면 조금 더 라켈이 되어드릴게요."

테리 보게는 깃발을 올리는 줄이 바람에 흔들려 깃대에 부딪히며 계속 내는 짜증스러운 소리를 무시하려고 애썼다. 그는 수수한 모습의 콜소스 쇼핑센터 앞에 차를 세우고 있었다. 가게가 모두 문을 닫아 주차된 차는 많지 않았지만 주변 주택가에서 내려오는 몇 안 되는 차량에 탄 사람들이 그를 특별히 주목하지 않을 정도로는 세워져 있었다. 그곳에 있은 지 30분이나 지났지만 지금까지 지나간 차는 40대밖에 되지 않았다. 겨우 40에서 50미터 떨어진 곳에 있는 가로등 불빛 아래로 차량이 지나갈 때 플래시를 터뜨리지 않고 전부 사진으로 찍어두었다. 사진은 번호판을 충분히 확인할 수 있을 정도로 선명했다.

이제 차가 한 대도 지나가지 않은 지 10분이 지났다. 늦은 시간이었고 어쩌면 사람들은 이런 날씨 속에는 집에 머물고 싶은 건지도 몰랐다. 보게는 깃대를 때리는 줄 소리에 귀 기울이면서 충분히 오래 지켜봤다고 생각했다. 게다가 사진을 기사로 올려야 했다.

기사를 어떤 식으로 올릴지는 생각을 좀 해야 했다. 자신의 SNS와 블로그를 이용한다면 물론 그 채널에 새로운 숨을 불어넣을 수 있을 것이다. 하지만 블로그를 정상화하는 데 그치지 않고 계속 굴러가도록 만들려면 좀 더 큰 매체의 도움이 필요했다.

그는 솔스타드 편집장이 모닝커피를 마시다가 사레들리는 모습을 상상하고 웃었다.

그러고는 키를 돌려 시동을 걸고 글로브박스를 열어 오래되고 긁힌 자국이 많은, 아주 오랫동안 틀지 않았던 CD를 꺼내 낡은 플레이어에 집어넣었다. 지니의 사랑스러운 콧소리 섞인 목소리의 볼륨을 높이고 액셀러레이터를 밟았다.

모나 도는 자기 귀를 믿을 수가 없었다. 이야기도, 이야기를 들려준 사람도 믿을 수 없었다. 하지만 자기 눈은 믿었다. 그랬기 때문에 이제 테리 보게의 이야기에 관한 의견을 다시 생각하기 시작했다. 그가 전화를 걸어왔을 때 그녀는 TV 드라마 〈1883〉에 등장하는 이사벨 메이의 가식적인 독백이 보기 싫어 안데르스를 소파에 남겨두고 침실로 들어가던 참이었고, 거의 무심코 전화를 받았다. 안데르스가 그 배우에게 반한 것 같다는 의심 때문에 그녀의 지혜로운 독백이 더 짜증스러웠다.

하지만 이제 그런 일은 모두 잊었다.

모나는 보게가 자신의 이야기와 제안을 뒷받침하기 위해 보내온 사진을 멍하니 들여다보았다. 사위가 어둡고 머리들은 바람에 흔들리고 있었지만, 보게가 플래시를 사용했기 때문에 사진은 매우 선명했다.

"동영상도 보냈으니 내가 거기 있었다는 걸 확인할 수 있어요." 보게가 말했다.

동영상을 열어보고 나니 더는 의심의 여지가 없었다. 테리 보게는 이렇게까지 터무니없는 거짓말을 지어낼 정도로 미치지는 않았다.

"경찰에 신고해야 해요." 그녀가 말했다.

"했어요." 보게가 말했다. "그들이 출동해서 가고 있고 반사 페인트 자국을 찾을 겁니다. 그자가 페인트를 지울 시간은 없었으니까. 내가 생각하기에 머리들도 그 자리에 남아 있을 겁니다. 뭘 찾아내든 경찰은 언론에 공개할 테니 당신과 신문사는 이걸 실을 건지 결정할 시간이 별로 없어요."

"원고료는요?"

"그건 당신네 회사에 맡기죠. 말했지만 당신들이 쓸 수 있는 사진은 내가 표시한, 포커스가 약간 나간 한 장뿐이에요. 그리고 기사 도입부 이후 첫 문장에 내 블로그 주소를 참조하라는 내용을 넣어야 합니다. 블로그에 가면 더 많은 사진과 동영상을 볼 수 있다는 내용도 명확하게 넣어야 해요. 동의하죠? 한 가지 더. 기사는 오로지 당신 혼자만의 이름으로 나가야 해요, 모나. 나는 이 건에서 외부인입니다."

그녀는 다시 사진을 보고 몸을 떨었다. 눈에 보이는 사진 때문이 아니라 보게가 그녀의 이름을 또박또박 발음하는 방식 때문이었다. 그녀의 몸의 절반은 이건 아니라고, 전화를 끊어야 한다고 외쳤다. 하지만 나머지 절반은 제대로 움직이지 않았다. 그녀는 뭔가를 거절할 수는 없었다. 궁극적으로 그녀는 결정을 내리는 사람이 아니었으며 그건 편집장의 권한이었다. 이 얼마나 다행인지.

"알았어요."

"좋아요. 편집장에게 보고하고 5분 안에 내게 전화하라고 해요, 알았죠?"

모나는 전화를 끊고 율리아의 이름을 찾았다. 율리아가 전화받기를 기다리는 동안 심장이 쿵쾅거리는 느낌이 들었다. 그리고 머릿속에서 보게의 말이 다시 들렸다. '기사는 오로지 당신 혼자만의 이름으로 나가야 해요, 모나.'

38

목요일

알렉산드라는 확대경을 1밀리미터씩 움직이며 헬레네 뢰드의 머리 전체를 꼼꼼히 살폈다. 아침에 출근한 뒤로 계속 그러고 있었는데 이제 곧 점심시간이었다.

"여기 잠깐 와볼 수 있어요, 알렉스?"

알렉산드라는 증거를 찾기 위한 조사를 잠시 쉬고 작업대 반대편 끝에서 베르티네 베르틸센의 머리를 조사하느라 바쁜 헬게에게 걸어갔다. 그녀는 헬게 말고는 아무에게도 성별이 모호하게 이름을 줄여 부르도록 허락하지 않았다. 어쩌면 그의 입에서 나오는 소리가 자연스럽다 못해 자매가 부르는 것처럼 애정이 넘쳐서 그러는 것일 수도 있었다.

"뭔데요?"

"이거." 헬게가 부패하는 베르티네의 머리에서 아랫입술을 아래로 밀어내고 아래턱의 치아 앞쪽에 확대경을 들이댔다. "여기. 피부조직 같은데."

알렉산드라는 가까이 몸을 숙였다. 맨눈으로는 간신히 보일 정도였지만 확대경으로 보니 확실했다. 치아 두 개 사이에 하얗게 말라붙은 조각이 삐져나와 있었다.

"맙소사, 헬게. **진짜** 피부조직이네요."

12시 1분 전. 카트리네는 퍼롤홀에 모인 사람들을 바라보며 기자가 지난번만큼 많이 모였다고 생각했다. 그녀는 테리 보게가 모나 도 옆에 앉아 있는 걸 보았다. 그가 〈VG〉에 가져다 바친 기사를 생각하면 이상한 일도 아니었다. 하지만 그녀가 보기에 모나 도가 약간 불편해하는 것 같았다. 사람들 뒤편으로 눈길을 옮기다가 전에는 본 적 없는 남자를 본 카트리네는 성직 칼라를 입은 것으로 보아 교회 잡지나 기독교계 신문사에서 나온 기자가 분명하다고 생각했다. 남자는 등을 꼿꼿하게 세우고 마치 뭔가 기대하며 귀를 기울이는 학생처럼 그녀를 똑바로 바라보고 있었다. 계속 웃음을 띤 채 눈도 깜박이지 않는 모습이 마치 복화술사의 인형을 보는 것 같았다. 맨 뒤쪽에 앞으로 팔짱을 낀 채 벽에 기대선 해리가 보였다. 그 순간 기자회견이 시작했다.

케지에르스키가 개요를 설명했다. 경찰이 기자인 테리 보게의 신고에 따라 콜소스토펜에 가서 베르티네 베르틸센과 헬레네 뢰드의 머리를 발견했다는 것. 그리고 보게는 진술을 했고 지금으로서는 그가 이번 행동으로 기소되지 않으리라는 것. 그리고 물론 경찰은 범인이 두 명 이상일 수도 있다는 가능성을 배제하지 않지만, 상황에 따라 마르쿠스 뢰드가 석방되리라는 것이었다.

그 이후 마치 지난번의 메아리라도 되는 듯 폭풍처럼 질문이 쏟아졌다.

보딜 멜링은 일반적인 질문에 대응하기 위해 연단 위에 앉아 있었다. 해리 홀레에 관한 질문에 대답할 방법은 카트리네에게 일러둔 터였다.

"답변하면서 홀레는 아예 언급하지 않는 편이 최선이라고 생각해." 총경은 말했다. 그리고 두 건의 살인이 벌어질 당시 게이 클럽에 있었다는 뢰드의 새 알리바이에 관해서도 말하지 않는 편이 좋겠다고 했다. 해당 정보를 알아낸 방법이 매우 미심쩍었기 때문이다. 초반 질문들은 머리의 발견에 관한 것들이었고 카트리네는 자신이 대답할 위치에 있지 않다거나 언급할 수 없다는 식의 뻔한 문구로 넘어갔다.

"그렇다면 범죄 현장에서 감식할 증거를 전혀 찾지 못했다는 뜻으로 봐도 될까요?"

"그 내용은 언급할 수 없다고 말했습니다." 카트리네가 말했다. "하지만 콜소스가 최초 범죄 현장은 아닌 것 같다는 정도는 말해도 괜찮을 거라고 생각합니다."

경력이 긴 기자 몇 명이 낄낄거렸다.

전문적인 내용의 질문 몇 개가 지나가고 처음으로 거북한 질문이 나왔다.

"마르쿠스 뢰드를 나흘이나 잡아두고 있다가 석방하려니 경찰이 난처할 것 같은데요?"

카트리네는 보딜 멜링을 보았고 그녀는 자신이 대답하겠다는 신호로 고개를 끄덕였다.

"다른 모든 사건과 마찬가지로 경찰은 이번 사건을 수사하며 사용할 수 있는 수단을 총동원하고 있습니다." 멜링이 말했다. "그중 하나는 기술적 전술적 정황증거를 바탕으로 의심이 가는 개인을 구금하는 것인데, 이를 통해 도주나 증거인멸의 가능성을 최소화할 수 있습니다. 이건 경찰이 범인 체포를 확정하는 것과는 다르며, 추가 조사를 통해 더는 구금이 필요하지 않게 됐다고 해서 실수를 범했다는 것도 아닙니다. 일요일에 경찰이 확보했던 정보에 따라서라면 언제라도 똑같이 행동했을 겁니다. 그러니 난처할 일은 전혀 없습니다."

"하지만 그렇게 된 것이 경찰 수사가 아닌 테리 보게 덕분이었죠."

"제보 채널을 열어두고 사람들이 정보를 제보할 수 있도록 유지하는 것도 수사의 일환입니다. 들어오는 정보를 선별하는 것도 수사 업무의 일부이고 보게의 제보를 진지하게 받아들였다는 사실이 저희가 올바른 판단을 내린 예라고 할 수 있습니다."

"보게의 제보를 심각하게 받아들여야 할지 결정하는 일이 어려웠다고 말씀하시는 건가요?"

"그 점에 대해서는 노코멘트 하겠습니다." 멜링이 퉁명스럽게 대답했지만 카트리네는 그녀의 얼굴에서 희미한 웃음기를 읽을 수 있었다.

여기저기서 질문이 마구 날아들었지만 멜링은 차분하고 자신감 넘치게 대답하고 있었다. 카트리네는 상관에 대한 자신의 판단이 잘못된 것은 아닌지 궁금했다. 어쩌면 멜링은 색깔 없는 출세주의자가 아닐 수도 있었다.

카트리네는 모인 사람들을 찬찬히 살펴볼 시간이 생겼고, 해리가 휴대전화를 꺼내 들여다보더니 성큼성큼 홀에서 나가는 모습을 보았다.

한 질문에 멜링이 답변을 마치자 케지에르스키의 신호에 따라 다음 기자가 연단에 있는 사람들에게 질문했고 그때 카트리네는 재킷 주머니 속 휴대전화가 진동하는 걸 느꼈다. 다음 질문도 멜링에게 한 것이었다. 카트리네는 해리가 다시 홀에 들어와 그녀와 눈을 마주치고는 자신의 휴대전화를 가리키는 모습을 보았다. 무슨 뜻인지 이해한 그녀는 휴대전화를 꺼내 테이블 아래서 보았다. 해리로부터 문자메시지가 와 있었다.

법의학 연구소가 DNA 찾았는데 80%래

카트리네는 문자를 다시 읽었다. 80퍼센트라는 말은 DNA 프로파일이 80퍼센트 일치한다는 뜻이 아니다. 그런 식이라면 온 인류와 달팽이까지, 모든 동물을 포함하는 의미가 된다. 여기서 80퍼센트 일치라는 말은 누군지 확인할 가능성이 80퍼센트라는 말이다. 심장박동이 빨라지는 느낌이 들었다. 경찰이 콜소스토펜의 나무에서 아무런 증거도 찾아내지 못했다고 한 말은 사실이었다. 그러니 이건 정말 환상적인 결과였다. 80퍼센트는 100퍼센트는 아니지만…… 그래도 80퍼센트 아닌가. 게다가 지금은 겨우 한낮이었고 아직 DNA 전체 프로파일을 분석하지 못한 상황이었으니 앞으로 확률은 더 올라갈 수 있었다. 하지만 혹시 확률이 내려갈 수도 있을까? 솔직하게 말해 그녀는 알렉산드라가 DNA 분석에 관해 너무 자세하게 설명할 때면 모든 걸 이해하지는 못했다. 어쨌든 여기 앉아서 독수리 떼에게 먹이를 주는 대신 일어나 달려 나가고 싶었다. 마침내 단서를, 이름을 찾아낸 지금! 그 이름은 그들의 데이터베이스에 들어 있는 누군가, 전과자 중에 누군가 또는 적어도 체포된 적이 있는 사람일 수도 있다. 그런 누구…….

갑자기 드는 생각이 있었다.

뢰드는 아니겠지! 맙소사, 이번에는 뢰드가 아니길. 그놈의 복잡하고 긴 과정을 되풀이할 수는 없었다. 눈을 감고 있는데 주위가 조용해졌다는 걸 깨달았다.

"브라트?" 케지에르스키의 목소리였다.

카트리네는 눈을 뜨고 사과한 다음 기자에게 다시 질문해달라고 말했다.

"기자회견이 끝났습니다." 요한 크론이 말했다. "〈VG〉 기사는 이렇게 났습니다."

그는 마르쿠스 뢰드에게 휴대전화를 내밀었다.

그들은 구치소에서 오슬로북타의 아파트로 향하는 SUV 뒷좌석에 앉아 있었다. 구치소 출입구에 구름처럼 몰려 있는 기자들을 피해 경찰청과 연결된 지하 터널로 빠져나오는 걸 허락받았다. 크론은 뢰드가 전에도 쓴 적이 있는 '가디언'이라는 보안 회사의 사람들과 차를 한 대 빌렸다. 모두 해리 홀레의 조언에 따른 것이었는데 그의 설명은 간단했다. '어느 시점에 한 곳에 그린 코카인을 몇 줄 앞에 깔아두고 여섯 사람이 함께 있었다. 그들 가운데 세 사람이 살해되었는데, 범인에 대해 알면 알수록 정신 나간 연쇄살인범으로 보인다. 아직 살아 있는 세 사람이 다음 희생자가 될 가능성이 엄청나게 크지는 않지만 침입이 어려운 아파트에서 경호원들과 잠시 지내는 것도 괜찮을 것 같다.' 뢰드는 한참 고민한 끝에 동의했다. 크론은 앞좌석에 앉은, 목이 황소처럼 굵은 두 남자가 미국 대통령 경호실에서 영감을 받아 양복, 선글라스, 운동 요법을 선택했을 거라고 생각했다. 검은색 기성복 정장이 지나치게 몸에 꽉 끼는 이유가 근육 때문인지 방탄조끼 때문인지 알 수 없었다. 하지만 그들이 뢰드를 안전하게 지켜주리라는 확신은 들었다.

"허!" 뢰드가 소리쳤다. "들어봐……."

크론은 당연히 도의 기사를 이미 읽었지만 참고 다시 들을 수 있었다.

"멜링은 마르쿠스 뢰드의 석방이 난처하지 않은 일이라고 주장했는데 그녀의 말은 옳다. 애초에 그가 구금되었던 상황이 난처한 일이었기 때문이다. 몇 년 전 오륵크림이 유명 재계인사들이나 대기업 수장들을 어떻게든 엮어 넣어 자랑거리로 삼으려다 명성을 해쳤던 것처럼 멜링의 부서 역시 같은 함정에 빠졌다. 마르쿠스를 좋아할 수도, 싫어할 수도 있고 법 앞에 평등을 맹세할 수도 있지만 밥 크래칫보다 에비니저 스크루지를* 호되게 처벌하려 애쓰는 일이 정의라고는 할 수 없다. 경찰이 거물을 뒤쫓느라 낭비한 시간은 미치광이 연쇄살인범을 찾아내는 데 쓰였어야 했다."

뢰드는 변호사에게 고개를 돌렸다.

"마지막에 거물 어쩌고 하는 것이 혹시라도 은근히 동성애를 암시한다고 생각하나?"

"아뇨." 요한 크론은 웃었다. "이제 어쩌실 겁니까?"

"좋은 질문이야. 이제 난 어떻게 해야 하지?" 뢰드는 크론에게 휴대전화를 돌려주며 물었다. "갇혔다가 풀려나면 대개 뭘 하지? 물론 파티겠지."

"그건 권하고 싶지 않네요." 크론이 말했다. "전 국민의 시선이 당신에게 몰려 있습니다. 게다가 헬레네가……." 그는 말끝을 흐렸다.

"그 사람의 시신이 아직 식지도 않았다는 뜻인가?"

* 소설 《크리스마스 캐럴》의 등장인물들. 에비니저 스크루지는 몰인정한 부자이고, 밥 크래칫은 그에게 착취당하는 직원이다.

"비슷한 얘깁니다. 그 밖에도 이동하는 일을 최소로 줄이고 싶어서요."

"무슨 말이야?"

"아파트에 콕 박혀 있어야 한다는 뜻입니다. 새로 생긴 두 친구랑 셋이서만요. 적어도 당분간은 말이죠. 업무는 그곳에서 보시면 됩니다."

"좋아." 뢰드가 말했다. "하지만 그래도 뭔가 좀 있긴 해야 하는데…… 기분 전환을 좀 도와줄 만한 거. 무슨 말인지 알 거야."

"알 것 같습니다." 크론이 한숨을 내쉬었다. "좀 기다리시면 안 되나요?"

뢰드는 웃더니 크론의 어깨에 한 손을 얹었다. "이 불쌍한 친구 같으니. 자네는 나쁜 점도 별로 없지만 어찌 보면 참 재미도 없는 사람이야. 위험한 짓은 하지 않겠다고 약속하지. 나도 사실 아름답고 독특한 이걸 잃어버리고 싶지는 않거든……." 그는 머리 둘레에 원을 그려 보였다.

"좋습니다." 요한은 오슬로를 이번 세기로 이끈 엄격하면서도 유쾌한 모습의 바코드 업무 단지를 창밖으로 내다보며 말했다. 그는 머릿속에 찰나의 순간 지나는 생각을 지워버렸다. 마르쿠스 뢰드의 목이 잘려나간다 해도 그다지 오랫동안 애도하지 않을 것 같다는 생각.

"들어와서 문 좀 닫지." 보딜 멜링이 책상 뒤에서 걸어 나오며 말했다.

해리와 함께 들어온 카트리네는 문을 닫고 성민이 이미 앉아 있는 테이블 앞에 앉았다.

"어떻게 되어가고 있는 거야?" 멜링이 테이블 끝자리에 앉으며 말했다.

그녀는 카트리네를 똑바로 보고 있었지만 카트리네는 이제 막 의자에 앉는 해리에게 고개를 끄덕여 보였다.

"자." 해리는 좋아하는 반쯤 누운 자세를 잡을 때까지 잠시 말을 멈췄다. 카트리네는 총경의 얼굴에 조급함이 묻어나는 걸 보았다. "법의학연구소에서 연락이 왔는데—."

"왜 당신이죠? 보고할 것이 있다면 당연히 수사팀장에게 연락했어야지."

"그럴지도 모르겠군요." 해리가 말했다. "어쨌거나 그들 말로는—."

"아니, 이것부터 명확히 해야겠어요. 그들이 왜 수사팀장과 연락하지 않았나요?"

해리는 얼굴을 찡그리더니 중요하지 않은 질문을 받은 것처럼 하품을 참는 듯 창밖을 바라보았다.

"어쩌면 형식에 어긋났을 수도 있습니다." 카트리네가 말했다. "하지만 그들은 실제로 수사를 이끄는 사람에게 연락한 겁니다. 수사의 최전선에 있는 사람요. 계속할 수 있을까요?"

두 여자의 눈길이 서로 마주쳤다.

카트리네는 자신이 한 말이—그리고 그 말을 하는 방식까지—도발적으로 받아들여질 수 있다는 걸 알았다. 그리고 실제로 그랬을 수도 있었다. 그래서? 지금은 사무실 정치 게임이나 오줌 멀리 누기 경쟁을 벌일 때가 아니었다. 그리고 어쩌면 멜링 역시 그걸 깨닫고 있을 터였다. 어쨌거나 그녀는 카트리네에게 무뚝뚝하게 고개를 끄덕여 보였다.

"좋아, 브라트. 계속하세요, 홀레."

해리는 창문 밖 누군가와 조용한 대화를 하고 있었던 것처럼 그쪽으로 고개를 끄덕여 보이더니 다시 사람들에게 고개를 돌렸다.

"음. 검시 중 베르티네 베르틸센의 치아 사이에서 피부 조각을 발견했습니다. 부검 전문가들에 따르면 느슨하게 끼어 있는 상태라서 만일 입을 헹궜거나 이를 닦았다면 사라졌을 거라고 합니다. 그러니 죽기 직전에 치아 사이에 남았다고 볼 수 있을 겁니다. 이를테면 살인범을 깨물었거나 그런 거죠. 예비 프로파일이 나왔는데 데이터베이스에서 일치하는 사람을 찾을 가능성이 매우 높습니다."

"전과자?"

"재판을 받은 건 아니지만, 맞습니다."

"가능성이 얼마나 큰 거죠?"

"체포할 이유가 있을 정도로 충분히 큽니다." 해리가 말했다.

"그건 당신 의견이고. 언론이 저러고 있는데 또 체포할 수는—."

"범인이 맞습니다." 해리의 목소리는 낮았지만 그의 목소리는 실내에 울리는 것 같았다.

멜링은 카트리네에게 시선을 옮겼고 그녀도 고개를 끄덕였다.

"자네는 어떤가, 라르센?"

"부검 전문가들이 최종으로 말한 가능성은 92퍼센트입니다." 성민이 말했다. "범인이 맞습니다."

"좋아." 멜링은 양손으로 손뼉을 쳤다. "진행하도록 하지."

모두 일어섰다.

멜링은 밖으로 나가는 카트리네를 불러세웠다.

"이 사무실이 마음에 드나, 브라트?"

카트리네는 무슨 말인지 몰라 멜링을 보았다. "네, 좋아 보이는군요."

멜링은 회의 의자 가운데 하나의 등판을 손으로 쓸었다. "내가 물어본 이유는 아직 확정되지는 않았지만 아마도 내가 다른 사무실로 옮길 수도 있어서야. 그러면 이곳은 빈방이 되겠지." 멜링은 따뜻한 웃음을 지으며 말했다. 카트리네는 그녀가 그런 온화함을 지니고 있으리라고는 생각하지 못했다. "그러니 실수하지 않도록 해, 브라트."

39

목요일, 관상용 케일

해리는 묘지에 들어섰다. 그뢴란슬레이레의 플로리스트는 관상용 케일을 묘에 놓으라고 추천했다. 아름다운 꽃처럼 생겼다는 이유도 있지만 가을이 지나고 기온이 떨어질수록 색이 더 예뻐지기 때문이라고 했다.

그는 지난밤 돌풍에 부러진 것으로 보이는 나뭇가지가 묘석에 떨어져 걸쳐 있는 걸 보고 나무 밑동 옆으로 치운 다음 돌아와 쪼그리고 앉아 꽃이 피는 케일 화분을 손으로 땅에 묻었다.

"놈을 찾았어." 해리가 말했다. "자네도 알고 싶어할 것 같아서. 자네도 계속 확인하고 있을 것 같았거든."

그는 청명하게 푸른 하늘을 쳐다보았다. "사건 주위에서 눈에 띄었던 사람일 거라고 했던 내 말이 맞았어. 우리가 봤지만 눈에 띄지 않았던 사람. 그것 말고는 전부 내가 틀렸어. 난 늘 동기를 찾았다는 걸 자네도 알 거야. 그래야만 제대로 된 방향으로 나아갈 수 있다고 생각했지. 그리고 물론 언제나 동기는 있었어. 하지만 동기가 밝게 빛나는 길잡이 별이 되어주지는 못하잖아? 이 사건처럼 어쨌거나 동기가 광기의 어둠 속에 갇혀 있을 때는 말이야. 그러면 나는 **이유는** 포기하고 **방법에** 집중하는 거야. 구역질 나는 **이유**야 나중에 스톨레와 그쪽 분야 사람들에게 분석을 맡기면 되겠지." 해리는 헛기침을 했다. "이리저리 돌리지 말고 **방법이** 어땠는지 말해 보라고? 좋아, 그러지."

외위스테인 에이켈란이 예른바네토르게에 들어선 시각은 3시였다. 그는 열흘 전에 그곳에서 해리와 만난 적이 있었다. 그로부터 영원의 시간이 흐른 것 같았다. 호랑이 조각상을 지나면서 보니 알이 한 손으로 오래된 중앙역 건물 벽을 짚고 앉아 고개를 숙인 모습이 보였다.

"무슨 일이야, 알?" 외위스테인이 말했다.

"뭘 잘못 먹었나 봐요." 알은 다시 한번 토하더니 몸을 일으켰다. 그리고 파카 소매로 입가를 닦았다. "다른 문제는 없어요. 어때요? 오랜만에……."

"그래, 다른 일로 요새 좀 바빴어." 외위스테인은 쏟아진 토사물을 내려다보았다. "마르쿠스 뢰드가 열었던 파티에 관해 내가 물었던 일 기억할 거야. 그때 너 말고 코카인 팔았다던 녀석이 누군지 궁금하다고 했잖아."

"그 자식, 약을 공짜로 뿌렸죠. 근데 그놈이 왜요?"

"내가 물어본 이유는 내가 사설 조사관 밑에서 일하고 있기 때문이란 걸 밝혔어야 했나 보군."

"그래요?" 알은 파란 눈으로 외위스테인을 바라보며 말했다. "여기 왔던 경찰, 해리 홀레?"

"그 친구 알아?"

"나도 신문쯤은 본다고요!"

"진짜? 그런 생각은 해본 적 없는데."

"자주는 아니어도 파티에 갔던 두 여자 얘기를 듣고 나서 나도 그 사건 기사는 챙겨서 봤어요."

"지금도?" 외위스테인은 주위를 둘러보았다. 광장은 늘 똑같아 보였다. 늘 같은 손님들. 여행객은 여행객처럼 보였고 학생은 학생처럼, 약 사는 사람은 약 사는 사람처럼 보였다. 지금 그만두어야 한다. 이미 그만두었어야 했다. 아니면 지금쯤 이곳을 벗어났어야 했다. 그는 왜 늘 지나치게 행동하는 걸까? 왜 절제라는 대마초 도취의 율법을 지키지 못하는 걸까? 그는 그저 군중 속에서 알을 찾아내 지목하고 그의 주의를 끌면 그만이었다. 하지만 그렇지 않았다. 그는 꼭…….

"아니면 그냥 사건을 챙겨 보는 것 말고 조금 더 뭔가 했나, 알?"

"네?" 알의 눈이 커진 것 같았다. 검은자위 주위로 흰자가 전부 드러났다.

"그자는 파티에서 여자들을 만났는데, 전에도 그들에게 코카인을 팔았을 수 있어." 해리는 묘비를 보며 말했다. "아마 여자들을 좋아했을 거야. 아니면 미워했는지도 모르지. 어쩌면 세 여자도 그를 좋아했을지도 몰라. 잘생기고 젊은 데다 카리스마도 있으니까. 외로움의 카리스마라고 외위스테인은 부르더군. 그러니까 어쩌면 그런 모습으로 여자를 유혹했을 수도 있어. 아니면 코카인으로 유혹했을 수도 있고. 오늘 아침에 아파트를 덮쳤는데 집에 없더라고. 외위스테인이 그러는데 녀석은 예른바네토르게에서 시간에 맞춰 근무한다는 거야. 혼자 사는 것 같았지만 침대는 깔끔하게 정리되어 있었어. 경찰이 흥미로운 것들을 잔뜩 찾아냈지. 온갖 종류의 칼. 노골적인 포르노. 우리가 얘기하는 동안 과학수사과에서 놈의 차량을 뒤지고 있을 거야. 침대 머리맡에는 찰스 맨슨의 포스터가 붙어 있고. 그리고 B. B.라는 머리글자가 박힌 금박 코담배 통이 있었는데 내 생각에 누군가 베르티네 베르틸센을 아는 사람이 그녀의 물건이라고 확인해줄 수 있을 거야. 담배통 안에는 그런 코카인이 들어 있었어. 확실해 보이지? 하지만 좀 더 들어봐. 침대 밑에 흰색 코카인 8킬로그램이 있었는데 순도가 높은 것 같대. 자그마치 8킬로라고. 순도를 조금 낮추면 시장가로 1천만 크로네가 넘어. 전과는 없지만 두 번 체포된 경력이 있었어. 한 번은 윤간 혐의를 받았어. 결론적으로 현장에 있지도 않았던 것 같지만, 어쨌든 그 사건 때문에 DNA가 데이터베이스에 올라가게 된 거고. 아직 과거나 어릴 때 행적을 모두 파보진 못했지만, 그리 아름답지는 않았다는 데 돈을 걸어도 되겠지. 여기까지야." 해리는 시간을 확인했다. "지금쯤이면 그자를 체포했겠군. 편집증에 가까울 정도로 경계심이 강하다고 알려져 있고 칼 수집을 하는 데다 체포 장소에 사람이 많다는 걸 감안해 외위스테인을 투입해 경계심을 풀어야겠지. 나였다면 아마추어를 끌어들이는 건 좋지 않은 아이디어라고 했겠지만 아마 위에서 그렇게 지시가 내려온 모양이더군."

"지금 씨발 무슨 말을 하는 거야?" 알이 말했다.

"아무것도 아니야." 외위스테인은 파카 주머니 깊숙이 꽂혀 있는 알의 양손에서 눈을 떼지 않았다.

별안간 위험한 상황이라는 생각이 머리를 스쳤다. 그런데 왜 내가 시간을 질질 끌면서 여기 서 있는 거지? 그는 알의 양손을 보았다. 주머니에 뭐가 있을까? 그 순간 그는 자신이 뭘 좋아했는지 깨달았다. 마침내 한 번 그는 관심의 중심이 되어 있었고, 바로 지금 무선 통신이 시끄럽게 꽥꽥 울리고 있을 터였다. "저 친구 왜 아직도 저기 서 있어?" "깡이 대단한데." "젠장, 끝내주게 차분하군!"

외위스테인은 알의 파카 가슴팍에 빨간 점 두 개가 나타나는 걸 보았다.

그가 주목받을 시간은 지나갔다.

"좋은 하루 보내라고, 알."

외위스테인은 돌아서서 도로와 버스정류장 쪽으로 걸어갔다.

빨간 버스 한 대가 그의 바로 앞을 지났고 버스 창문에 반사되어 비치는 광경을 보니 광장에서 세 사람이 동시에 한 손을 옷 속으로 넣으며 움직이기 시작하는 모습이 보였다.

알의 비명이 울렸고 여럿이 그를 땅에 넘어뜨리는 장면이 보였다. 두 사람은 알의 등을 향해 권총을 겨누었고 세 번째 사람은 알의 손목에 수갑을 채웠다. 그 순간 버스가 지나가버렸고 그는 왕궁 쪽으로 뻗은 칼 요한스 가를 보았다. 그를 향해 쏟아지는 사람들과 반대쪽으로 밀려가는 사람들을 보았고 순간적으로 살면서 만났던, 헤어진 모든 사람이 떠올랐다.

해리는 뻣뻣해진 무릎을 펴고 분홍색을 띤 꽃을 내려다보았다. 케일 화분 속 꽃. 시선을 올려 묘비에 쓰인 이름을 보았다. 비에른 홀름.

"자, 이제 알겠지, 비에른. 그리고 자네가 누운 곳을 나도 알아. 어쩌면 언젠가 또 올 수 있을 거야. 참, 젤러시 바 사람들도 자네를 그리워하고 있어."

해리는 돌아서서 자신이 들어온 출입문 쪽으로 걸어갔다.

휴대전화를 꺼내 다시 루실의 전화번호를 눌렀다.

이번에도 전화를 받지 않았다.

미카엘 벨만은 창가에 서서 비비안이 내미는 예른바네토르게의 성공적인 체포 작전에 관한 짧은 보고를 받았다.

"고마워." 그의 시선은 늘 그랬던 것처럼 창밖의 도심을 향하고 있었다. "성명을 발표하고 싶군. 경찰의 지치지 않는 노고와 어려운 사건을 다루는 그들의 도덕성과 전문성을 칭찬하는 보도자료를 내는 거지. 초안을 만들어줄 수 있겠지?"

"물론입니다." 비비안의 목소리에서 열정이 느껴졌다. 간단하게 받아적는 일 말고 글 작성을 맡는 건 처음이었기 때문이다. 그렇지만 불안해하는 것도 느껴졌다.

"왜 그래, 비비안?"

"유죄로 추정하는 것처럼 받아들여질 수도 있지 않을까요?"

"아니야."

"네?"

벨만은 돌아서서 그녀를 보고 섰다. 비비안은 무척 예뻤다. 아주 똑똑하기도 했다. 하지만 너무 어렸다. 이제 나이가 조금 든 여자들이 더 낫다고 느끼기 시작하는 걸까? 똑똑하기보다 현명한?

"전국의 경찰에게 바치는 일반적인 헌사로 써봐. 법무부 장관은 개별 사건에 관해 언급하지 않아. 특별히 이번 사건이 해결된 것과 연결하고 싶은 사람들이 있다면 그렇게 할 수도 있겠지."

"하지만 모두가 이번 사건에 관해 얘기하고 있으니까 대부분 그렇게 연결하지 않을까요?"

"나도 그랬으면 해." 벨만은 웃었다.

"그렇다면 결국 받아들여지는 건……?" 그녀는 궁금하다는 듯 그를 보았다.

"동계올림픽에서 누가 금메달을 따면 왜 총리가 축하 전문을 보내는지 알아? 결국 전문 내용이 신문에 실리게 되고 총리도 반사되어 비치는 영광을 조금이라도 나눠 가질 수 있기 때문이지. 그래야 사람들은 작은 나라에서 많은 금메달이 나올 수 있도록 환경을 만들어낸 사람이 누군지 되새겨보게 되거든. 보도자료는 정확해야 하겠지만 나 역시 대중과 공감하고 있다는 사실을 보여주기도 해야 해. 우리는 마약을 파는 연쇄살인범을 체포했어. 부자가 범인인 것보다 훨씬 낫지. 우린 금메달을 딴 거야. 무슨 말인지 알아?"

비비안은 고개를 끄덕였다. "알 것 같습니다."

40

목요일, 두려움의 부재

테리 보게는 의자를 들어서—겨우 엉덩이 높이까지만, 더 높이 들 수는 없었다— 벽에 내던졌다.

"씨발, 씨발, 씨발!"

콜소스 쇼핑센터를 지나쳐 간 차량들의 주인을 알아내는 건 쉬웠다. 그저 REGNR 온라인 서비스에 번호를 넣으면 곧바로—비용을 내야 하지만— 이름과 주소를 알아낼 수 있었다. 돈이 2천 크로네쯤 들고 두 시간을 일해야 했지만, 마침내 그는 52명의 이름과 주소를 완벽한 목록으로 만들었고, 이제 막 그들에게 전화하려던 참이었다. 하지만 방금 〈VG〉의 홈페이지에서 예른바네토르게에서 누가 체포되었다는 기사가 올라왔다.

의자는 뒤집히지도 않은 채 그냥 경사진 바닥 위를 굴러 그에게 되돌아왔다. 마치 앉아서 차분하게 상황을 판단해보라고 말하는 것 같았다.

그는 양손에 머리를 묻은 채 의자가 제안한 대로 해보려고 애썼다.

계획대로라면 그는 역대급 특종을 잡을 터였다. 심지어 콜소스에서 찍은 머리 사진을 능가하는 특종이었다. 직접 살인범을 찾아내—여기에 천재성이 있었다— 살인사건들을 저지른 남자에 관한 심층 인터뷰를 독점으로 따내는 대신 완벽한 비밀 유지를 교환하는 거였다. 보게는 대중에 인터뷰를 공개함으로써 정보원 보호는 더욱 공고해질 것이며, 경찰이나 다른 당국의 기소로부터 두 사람 모두 보호받을 수 있다고 설명할 생각이었다. 하지만 정보원 보호 의무는—특정 직업군이 직업 특성상 얻은 정보의 비밀 유지 의무와 마찬가지로— 생명이 위협받는 상황에서는 적용되지 않는다는 내용을 실수로 빠뜨릴 것이다. 그리고 보게는 인터뷰를 공개하자마자 경찰에게 살인자를 어디서 체포할 수 있는지 신고할 생각이었다. 그는 기자였고, 직업에 충실했다는 이유로 그를 비난할 사람은 없었다. 특히 살인범을 찾아낸 사람이 바로 그 테리 보게였을 때는 더더욱.

그런데 누가 선수를 쳐버린 것이다.

빌어먹을!

다른 신문사 홈페이지에서 기사를 찾아 읽었다. 체포한 범인의 사진도 이름도 없었다. 관련자가 마르쿠스 뢰드처럼 유명인이 아닌 경우에는 평범한 일이다. 그건 그저 나쁜 놈들을 보호해주는 빌어먹을 스칸디나비아식 과잉보호였고, 그런 꼴을 보면 언론이 약간의 여유를 가진 미국이나 다른 나라로 이민 가고 싶어졌다. 어쩔 수 없지. 어쨌거나 그자의 이름을 알아낸다면 어떻게 할 것인가. 그가 할 수 있는 일이라고는 왜 더 빨리 이름을 찾아내 그자에게 전화를 걸지 못했는지 자책하는 것뿐이었다.

보게는 땅이 꺼질 듯 한숨을 내쉬었다. 그는 나머지 주말 내내 기분이 나쁠 것이다. 그러면 다그니야도 영향을 받을 것이다. 그래도 티켓 값의 절반을 내주었으니 그녀는 참아야 할 것이다.

6시, 에우네 그룹 전원이 618호에 모여 있었다.

외위스테인이 샴페인 한 병과 플라스틱 컵을 가져왔다.

"경찰청에서 받았어." 외위스테인이 말했다. "감사 선물 같은 거지. 자기네도 몇 병 챙긴 것 같더라고. 그렇게 즐거워하는 경찰이 많은 건 처음 봤다니까."

외위스테인이 코르크 마개를 열고 컵에 샴페인을 따랐고 트룰스가 모두에게 나누어주었다. 웃음을 띤 지브란 세티도 포함되었다. 모두가 건배했다.

"그냥 이 모임 계속하면 안 되나?" 외위스테인이 말했다. "꼭 사건을 해결할 필요는 없잖아. 그냥 토론도 좀 하고…… 이를테면 세상에서 가장 저평가받은 드러머가 누군지 말이야. 그런데 정답은 링고 스타야. 가장 과대평가를 받은 건 더 후의 키스 문이고. 물론 최고야 레드 재플린의 존 보넘이지."

"들어보니 만나봐야 짧게 끝나겠군." 트룰스가 말했고 모두 웃었다. 특히 트룰스는 자신이 재밌는 말을 했다는 걸 깨달을 수 있었다.

"자, 자." 웃음이 잦아들자 침대에 앉은 에우네가 말했다. "이제 정리를 좀 해볼 시간인 것 같군."

"네." 외위스테인이 의자에 몸을 뒤로 기대며 말했다.

트룰스는 그냥 고개만 끄덕였다.

세 사람은 기대한다는 듯 해리를 바라보았다.

"음." 그는 아직 마시지 않은 컵을 만지작거리며 말했다. "아직 자세한 건 알 수 없지만 몇 가지 의문은 남아 있어. 하지만 우리가 확실하게 아는 사실 사이를 잇는 선을 그어보자고. 좋지?"

"옳소, 옳소." 외위스테인이 말하고는 찬성의 뜻으로 발을 굴렀다.

"우리가 알 수 없거나 이해할 수 없는 동기를 가진 살인자가 있어." 해리가 말했다. "아마도 심문을 거치면 뭔가 더 알게 되겠지. 그걸 제외하고 생각한다면 내가 보기에 모든 일은 뢰드의 집에서 열린 파티에서 시작된 것 같아. 기억하겠지만 나는 우리가 코카인 판매상을 찾아야 한다고 말했어. 하지만 내가 엉뚱한 판매상을 뒤쫓고 있었던 건 인정해야겠군. 어쨌거나 마스크와 선글라스를 쓰고 야구모자까지 썼던 남자가 나쁜 놈이라고 믿는 건 쉬웠지. 살인자를 살펴보기 전에 우선 그자를 살펴보자고. 우리가 아는 건, 그자는 아마추어지만 그런 코카인 샘플을 갖고 있었다는 사실이야. 최근에 압수된 코카인이지. 그자를 풋내기라고 부르자고. 내 추측에 '풋내기'는 분석을 위해 보내기 전에 마약이 들르게 되는 곳에서 우연히 그걸 손에 넣은 것 같아. 그러니 세관원이거나 경찰 보관소에서 일하는 사람일 수 있지. 약의 품질이 엄청난 걸 알고 큰 돈을 벌 수 있다고 생각한 거야. 압수품에서 많은 양을 빼돌린 후 그자가 할 일은 높은 품질을 원하면서 단번에 많은 양을 살 수 있는 개인에게 전부 팔아버리는 거였지."

"마르쿠스 뢰드군." 외위스테인이 말했다.

"그렇지. 그랬기 때문에 풋내기는 어떻게든 뢰드가 맛을 보게 만들려고 했던 거야. 그가 목표였으니까."

"욕은 내가 다 먹었고." 트룰스가 말했다.

"하지만 일단 풋내기는 잊자고." 해리가 말했다. "마르쿠스가 테이블에 재채기를 하는 바람에 불쌍한 남자의 모든 계획을 망쳐버린 다음에 마르쿠스에게 코카인을 제공한 사람은 알이었어. 그리고 여자들에게도 팔았겠지. 그 친구들은 미리 그런 코카인을 조금 했지만. 여자들은 알을 좋아했어. 그 친구도 여자들이 마음에 들었고. 그래서 여자들을 유혹해서 숲으로 산책하러 갔던 거야. 그리고 그 지점에서 나로서는 도저히 풀 수 없는 수수께끼가 생겼어. 어떻게 그럴 수 있었지? 어떻게 수산네가 자발적으로 도시를 가로질러 가서 그와 한적한 곳에서 만나게 한 것일까? 그냥 평범한 품질의 코카인을 코앞에 들고 유혹했다? 그럴 리 없지. 아는 여자가 실종되었다는 사실을 아는 베르티네와 어떻게 숲에서 만나자는 약속을 만들어낼 수 있었지? 그리고 두 명을 살해한 뒤에 도대체 어떻게 〈로미오와 줄리엣〉의 휴식 시간에 자발적으로 그와 어디론가 사라지도록 헬레네 뢰드를 설득했을까?"

"그렇다던가?" 에우네가 물었다.

"네." 트룰스가 말했다. "경찰이 입장권 판매소를 조사했고, 그들이 뢰드에게 어떤 좌석의 표를 보냈는지, 그 옆자리에 누가 앉았는지 확인했습니다. 사람들 말로는 옆에 앉았던 여자가 휴식 시간 이후 돌아오지 않았다고 했습니다. 휴대품 보관소 직원도 어떤 여자가 코트를 찾아갔고 조금 떨어진 곳에서 어떤 남자가 등을 돌린 채 서서 기다리고 있었다고 했습니다. 여자 직원은 그날 공연 도중에 떠난 사람이 그들뿐이어서 기억하고 있다고 했고요."

"헬레네 뢰드와 이야기를 해봤어." 해리가 말했다. "똑똑하고 자신을 챙길 수 있는 여자였어. 공연 도중에 자발적으로, 그것도 알지도 못하는 마약 판매상과 함께 사라졌다는 건 말이 되지 않아. 더구나 이런 사건들이 벌어지는 와중에."

"자발적이란 표현을 계속 쓰는군." 에우네가 말했다.

"네." 해리가 말했다. "여자들은…… 두려워하고 있었으니까요."

"계속해보게."

"네. 겁에 질려 있었어요." 해리는 이제 평상시처럼 뒤로 기대지 않고 의자 끄트머리에 엉덩이를 걸치고 앞으로 몸을 숙이고 있었다. "로스앤젤레스에서 어느 날 아침에 본 쥐가 떠올라요. 녀석이 집에서 키우는 고양이한테 곧장 가더라고요. 물론 고양이에게 물려 죽었죠. 며칠 전 이곳 오슬로의 한 뒷마당에서 똑같은 일을 목격했습니다. 이놈의 쥐들이 뭐가 잘못된 건지 모르겠어요. 어쩌면 약에 취했거나 타고난 본능인 두려움을 잃은 거겠죠."

"두려움은 좋은 거야." 외위스테인이 말했다. "적어도 약간의 두려움은. 이를테면 낯선 사람에 대한 두려움. 외국인 혐오는 상당히 부정적 의미의 말이지. 심각하게 나쁜 일들이 벌어진 데 대한 책임이 있는 말이기도 해. 하지만 우리가 사는 세상은 먹고 먹히는 곳이고, 익숙하지 않은 걸 보고도 적당한 두려움을 느끼지 못한다면 얼마 못 가 좆되는 거야. 그렇지 않아요, 스톨레?"

"그렇지." 에우네가 말했다. "인간은 뭔가 위험을 인지하면 편도체에서 글루타메이트 같은 신경전달물질을 내뿜어. 그래서 두려움을 느끼지. 진화를 통해 얻어낸 화재경보기 같은 거야. 만일 그게 없다면……."

"불에 타 죽겠죠." 해리가 말했다. "그렇다면 이들, 살해된 피해자들은 어떻게 된 거죠? 그리고 생쥐들은요?"

네 사람은 아무 말도 못 하고 서로를 바라보았다.

"톡소플라스마증이에요."

그들은 다섯 번째 사람에게 고개를 돌렸다.

"쥐가 톡소플라스마증에 걸린 거예요." 지브란 세티가 말했다.

"그게 뭔데요?" 해리가 물었다.

"쥐가 기생충에 감염된 거죠. 두려워하는 반응을 차단하고 그걸 성적 유혹으로 대체한 겁니다. 쥐는 성적으로 매력을 느끼기 때문에 고양이에게 접근하는 거예요."

"농담도 잘하시네." 외위스테인이 말했다.

지브란은 웃었다. "아뇨, 톡소플라스마 곤디이라는 기생충인데, 세상에서 가장 흔한 것들 가운데 하나입니다."

"잠깐." 해리가 말했다. "그건 쥐만 걸리는 겁니까?"

"아뇨, 거의 모든 온혈동물에서 살 수 있어요. 하지만 고양이의 먹이가 되는 동물을 거쳐야만 합니다. 그 기생충은 번식하려면 주숙주의 장으로 돌아가야 하는데, 그게 고양잇과 동물이거든요."

"그러니까 원칙적으로는 그 기생충이 사람에게도 들어올 수 있다는 건가요?"

"원칙적으로만 그런 것이 아닙니다. 세계의 특정 지역에서는 곤디이 기생충에 사람이 감염되는 일이 흔합니다."

"그럼 그런 사람들은 고양이한테…… 성적 매력을 느낀단 말인가요?"

지브란은 웃었다. "그런 얘기는 들어본 적이 없군요. 어쩌면 우리 심리학자께서 뭔가 알고 있지 않을까요?"

"나도 기생충은 익숙하니까 연결 지어 얘기해봐야겠군." 에우네가 말했다. "기생충은 뇌와 눈을 공격해. 정신적인 문제가 없던 사람들이 비정상적인 행동을 시작했다는 연구 결과가 있어. 고양이에게 매력을 느끼기 시작했다는 게 아니라 폭력성을 드러내는데, 기본적으로는 자신을 향한 폭력이었지. 기생충의 영향으로 자살한 것으로 보이는 경우는 수없이 많아. 연구 논문에서 읽었는데 곤디이 기생충에 감염된 사람은 반응 능력이 떨어지면서 교통사고에 연루될 가능성이 서너 배 높아진다고 하더군. 그리고 톡소플라스마에 감염된 학생들은 사업가가 될 가능성이 더 높을 것이라는 재미있는 연구도 있었어. 실패에 대한 두려움이 없어서 그렇다는 거야."

"두려움이 없다고요?" 해리가 말했다.

"그래."

"성적 매력은 느끼지 못하고요?"

"무슨 생각을 하는 거야?"

"여자들이 모두 그냥 자발적으로 따라나선 것이 아니라, 도시 전체를 가로지르거나 연극 중간에 자리를 뜨면서까지 살인자와 함께 있고 싶어했다는 생각요. 강간의 흔적은 없고 숲에 남은 발자국을 보면 그들은 나란히 팔짱을 끼고 걸었어요. 마치 연인처럼."

"감염된 쥐는 고양이 그리고 고양이 오줌 냄새에 끌리는 겁니다." 지브란이 말했다. "생각해보세요. 기생충은 쥐의 뇌와 눈알을 파먹는 동시에 고양이에게 돌아가야 한다는 걸 알고 있습니다. 고양이의 내장에 들어가야만 번식에 도움이 되는 환경을 찾을 수 있거든요. 그래서 놈은 고양이 냄새에 성적으로 끌리도록 쥐의 뇌를 변경하고 조작하는 겁니다. 그래야 쥐가 자발적으로 기생충이 고양이의 장 속으로 돌아가게 해줄 테니까요."

"빌어먹을." 트룰스가 말했다.

"그래요, 끔찍하죠." 지브란이 인정했다. "하지만 기생충은 그런 식으로 기능합니다."

"음. 살인자가 여자들을 기생충에 감염되게 만든 뒤 고양이 역할을 대신했다고 생각할 수도 있을까요?"

지브란은 어깨를 으쓱했다. "돌연변이 기생충이거나 주 숙주로 인간의 장을 필요로 하는 곤디이 기생충을 누가 키웠을 가능성이야 얼마든지 있을 수 있습니다. 그러니까 요즘은 생물학을 전공하는 학생도 세포 수준의 유전자 조작을 해낼 수 있다는 뜻이죠. 하지만 확실하게는 기생충학자나 미생물학자에게 물어봐야 하겠죠."

"고맙습니다. 하지만 우선 알이 어떤 진술을 하는지 들어봐야겠군요." 해리는 시간을 확인했다. "카트리네 말로는 그자가 배정된 변호사와 면담을 마치는 즉시 심문할 거라고 했습니다."

유치장에서 당직 경관 그로트에게 왜 그리 유머 감각이 없고 성격이 못됐느냐고 감히 물어보는 사람은 없었다. 그럴 수 있었던 사람들은 모두 사라졌다. 하지만 그의 치질은 사라지지 않았다. 치질은 그로트만큼이나—23년 동안— 오래 유치장에 함께 있었다. 그는 PC로 솔리테어 카드 게임을 하고 있었고 이번 판은 성공할 수 있으리라 기대하던 중에 누군가로부터 방해를 받았다. 그리고 이제 아픈 엉덩이로 의자에 앉은 채 앞에 선 남자가 카운터에 내려놓은 신분증을 들여다보고 있었다. 남자는 자신을 예른바네토르게에서 오늘 일찍 체포된 재소자의 변호인이라고 소개했다. 그로트는 비싼 양복을 차려입은 변호사들에게 별로 신경 쓰지 않았다. 하물며 그보다 못한, 이렇게 항공 잠바에 부두 노동자처럼 납작한 모자를 쓴 사람이라면 더욱 그랬다.

"경관이 입회하기를 바랍니까, 베크스트룀 씨?" 그로트가 물었다.

"아뇨, 됐습니다." 변호사가 말했다. "그리고 문가에 서서 엿듣는 것도 안 됩니다."

"이 친구는 세 사람이나 죽인—."

"죽였다는 혐의를 받고 있을 뿐이죠."

그로트는 어깨를 으쓱한 다음 버튼을 눌러 높은 회전식 출입문을 열었다. "안쪽에서 경비원이 몸을 수색하고 감방 문을 열어줄 겁니다."

"감사합니다." 변호사는 신분증을 집고 안으로 들어가며 말했다.

"멍청이." 그로트는 PC 화면에서 고개를 들어 변호사가 자기 말을 들었는지 확인할 생각도 하지 않은 채 말했다.

4분 뒤 카드 게임을 깰 수 없다는 것이 명확해졌다.

그로트는 욕설을 내뱉었고 그 순간 누군가 헛기침하는 소리를 들었다. 눈을 들어보니 마스크를 쓴 남자가 회전식 출입문 뒤에 서 있었다. 그로트는 깜짝 놀랐다가 납작한 모자와 항공 잠바를 알아보았다.

"대화가 짧게 끝났나 보군요." 그로트가 말했다.

"아프다면서 울고불고 난리가 났습니다." 변호사가 말했다. "일단 의사에게 보여야 할 것 같은데요. 저는 나중에 다시 오겠습니다."

"조금 전에 의사가 다녀갔는데, 아무 문제 없다고 했어요. 진통제를 받았고 우는 건 금방 멈출 겁니다."

"죽을 것처럼 비명을 지르고 있어요." 변호사가 출구 쪽으로 걸어가며 말했다. 그로트는 변호사가 떠나는 모습을 지켜보았다. 뭔가 이상했는데 꼭 집어 설명할 수가 없었다. 그는 호출 버튼을 눌렀다.

"스베인, 14번 어떤데 그래? 여전히 소리를 지르고 있나?"

"변호사를 들여보내려고 문을 열 때는 그랬지만 변호사가 들어간 뒤에는 멈췄어요."

"안에 들여다봤어?"

"아뇨. 그래야 할까요?"

그로트는 머뭇거렸다. 경험을 바탕으로 그가 선호하는 방식은 수감자들이 너무 많은 관심을 끌지만 않는다면 비명을 지르고 울고 소리치도록 두는 쪽이었다. 그들은 자해에 사용할 수 있는 물건은 모두 빼앗긴 상태였고, 그들이 징징거릴 때마다 뛰어가서 확인했다가는 울어대는 아이처럼 어떻게 해야 관심을 끌 수 있는지 가르쳐줄 뿐이리라. 여전히 그의 앞에 놓인 상자 속에는 14번 방 수감자가 붙잡혀 들어올 때 갖고 있던 소지품이 담겨 있었다. 그로트는 혹시 답을 알 수 있을까 하는 마음에 자기도 모르게 상자 속을 살펴보았다. 코카인 여러 봉지와 돈은 이미 증거 및 압수 부서에서 가져갔고 그의 눈에 보이는 건 집 열쇠들과 자동차 열쇠 그리고 〈로미오와 줄리엣〉이라고 적힌 구겨진 연극 티켓뿐이었다. 그는 의자에 앉은 채 몸을 돌리다가 치질 부위가 눌리는 바람에 고통의 전율을 느끼며 숨죽여 욕설을 뱉었다.

"어쩌죠?" 스베인이 말했다.

"그래." 그로트가 무뚝뚝하게 말했다. "그래, 그 멍청이 좀 확인해봐."

에우네와 외위스테인은 라디움 병원의 거의 아무도 없는 휴게실 테이블 중 하나에 앉아 있었다. 트룰스는 화장실에 갔고 해리는 휴게실 밖 테라스에 서서 입 한끝에 담배를 물고 귀에 휴대전화를 대고 있었다.

"이런 일을 잘 아는 의사잖아요." 외위스테인이 말하면서 해리 쪽을 고갯짓으로 가리켜 보였다. "뭐가 저렇게 괴롭히는 걸까요?"

"괴롭힌다고?"

"계속 달리고 있잖아요. 범인을 잡았고 이제 돈 받는 것도 아닌데 계속 일하고 있으니까요."

"아, 그렇지." 에우네가 말했다. "내 생각에 질서를 찾는 것 같네. 정답 말이야. 삶의 모든 것이 혼란스럽고 무의미할 때 그런 것들에 관한 필요성이 더욱 절실해지곤 하거든."

"그렇군요."

"그렇군요? 동의하는 것 같지 않군. 자네는 이유가 뭐라고 생각하나?"

"저요? 글쎄요. 밥 딜런이 백만장자가 되었고 목소리는 쓰레기 같은데도 여전히 콘서트를 하러 다니는 이유가 뭔지 질문받았을 때 했던 대답과 같아요. '그게 내 일이니까.'"

해리는 왼손으로 휴대전화를 들고 난간에 몸을 기댄 채 알렉산드라의 카멜 담뱃갑에서 가져온 담배를 빨아들이고 있었다. 어쩌면 중용의 원칙이 담배에도 적용될 수 있었다. 상대방이 전화받기를 기다리는 동안 그는 드문드문 조명등이 설치된 아래쪽 주차장에 서 있는 사람을 발견했다. 남자는 해리를 향해 고개를 들고 있었다. 거리가 멀어 얼굴을 알아볼 수는 없었지만 목에 뭔가 하얀 걸 감고 있었다. 새로 빤 셔츠 칼라거나 의료용 목 보호대일 수 있었다. 아니면 성직 칼라거나. 해리는 카마로에 앉아 있던 남자 생각을 떨쳐내려 애썼다. 돈을 챙겼을 텐데 왜 지금 해리를 잡으러 오겠는가? 다른 생각이 들었다. 만일 해리가 목에 주먹을 날려 상대방을 죽였다면 그 남자가 어떻게 나올 거라 생각하느냐고 알렉산드라가 물었을 때 대답했던 말이었다. '죽었다면 녀석의 친구들이 그 뒤에 날 살려두지 않겠지.' 나중에. 그들이 돈을 받아냈다는 확신이 들고 난 **뒤에**.

"헬게입니다."

해리는 퍼뜩 생각에서 깨어났다. "안녕, 헬게. 해리 홀레입니다. 알렉산드라한테서 당신 전화번호를 받았어요. 그녀 말로는 박사 학위 때문에 법의학연구소에서 일하고 있을지도 모른다고 하더라고요."

"틀리지 않았네요." 헬게가 말했다. "참, 범인 체포를 축하드려요."

"음. 뭐 좀 부탁하려고 하는데요."

"하세요."

"**톡소플라스마 곤디이**라는 이름의 기생충이 있어요."

"네."

"익숙한 이름인가요?"

"아주 흔하죠. 그리고 저는 생명 공학자잖아요."

"좋아요. 제가 궁금한 것은 혹시 희생자들이 그 기생충에 감염되었는지 확인해줄 수 있느냐는 겁니다. 아니면 그 기생충의 돌연변이라도."

"알았어요. 내가 알아볼 수 있으면 좋겠네요. 하지만 그 기생충은 뇌에 집중적으로 모이는데 우리에겐 머리가 없어서요."

"네, 하지만 기생충이 안구에도 있을 수 있다고 하고, 살인범이 수산네 안데르센의 시신에 눈 하나를 남겨두었다고 들었습니다."

"맞아요. 기생충은 눈에도 모이지만 너무 늦었어요. 시신은 장례를 위해 옮겨졌는데 오늘 일찍 장례를 치른 걸로 알아요."

"알아요. 확인해봤습니다. 장례식은 오늘 진행되었는데 시신은 여전히 화장장에서 보관하고 있다고 합니다. 순서를 기다려야 해서 내일이 되어야 화장할 수 있다고 하네요. 전화로 법원 명령을 받았고 지금 그리로 가서 눈을 빼내 당신에게 가져갈 수 있어요. 그래도 될까요?"

헬게는 믿을 수 없다는 듯 웃었다. "좋아요. 하지만 안구를 어떻게 빼내겠다는 거죠?"

"일리 있는 지적이네요. 혹시 추천할 방법이라도?"

해리는 기다렸다. 헬게가 내쉬는 한숨 소리가 들릴 때까지.

"그건 엄밀히 말해 부검의 일부로 여겨질 수 있어요. 그러니 제가 그쪽으로 가서 직접 하는 편이 낫겠네요."

"나라가 당신에게 감사해야겠군요." 해리가 말했다. "30분 뒤에 그쪽에서 만나죠."

카트리네는 최대한 빠른 걸음으로 유치장 출입구를 가로질러 지났다. 성민이 바로 그녀 뒤를 따랐다.

"열어요, 그로트!" 그녀가 소리치자 당직 경관이 군소리 없이 시키는 대로 했다. 그로트가 심술을 부리지 않고 충격을 받은 것처럼 보이는 것은 처음이었다. 그것도 별 위안이 되지는 못했지만.

카트리네와 성민은 돌아가는 회전식 출입문 사이로 몸을 욱여넣으며 서둘렀다. 경비 경관이 유치장 수감실 사이 복도로 들어가는 문을 열어 붙잡고 서 있었다.

14번 감방이 열려 있었다. 복도에서부터 토사물의 악취가 났다.

카트리네는 문 앞에서 멈춰 섰다. 의무팀 소속 의사 두 명의 어깨 너머로 바닥에 누워 있는 사람의 얼굴이 보였다. 아니, 얼굴이었지만 지금은 그냥 피투성이 덩어리로, 머리 전면에 시뻘건 살덩어리 속에서 코뼈의 파편만이 유일하게 흰색으로 보일 뿐이었다.

마치…… 왜 갑자기 그런 생각이 들었는지 모르지만…… 블러드문 같았다.

그녀의 눈길은 죽은 남자가 머리를 부딪힌 것이 분명해 보이는 벽돌벽의 한 지점으로 옮겨갔다. 조금 전에 벌어진 일이 분명했다. 채 마르지 않은 피가 여전히 벽에서 흘러내리고 있었기 때문이다.

"브라트 형사입니다." 그녀가 말했다. "방금 연락을 받았습니다. 이 사람……?"

의사가 고개를 들었다. "네. 사망했습니다."

그녀는 눈을 감고 속으로 욕설을 내뱉었다. "혹시 사망 원인에 관해, 뭐든 알 수 있을까요?"

의사는 오싹해 보이는 모습으로 씩 웃더니 바보 같은 질문이라는 듯 맥 빠진 사람처럼 고개를 가로저었다. 카트리네는 분노가 끓어오르는 느낌이었다. '국경 없는 의사회' 로고가 박힌 재킷을 입은 모습을 보니 의사는 아마도 분쟁 지역에서 몇 주 지내고 와서 평생 골수 냉소주의자 흉내를 내는 사람인 것 같았다.

"제가 물은 건—."

"저기요." 의사는 날카로운 목소리로 말을 잘랐다. "보시다시피 누군지 구분도 불가능한 상태잖아요."

"닥치고 내가 질문을 마칠 때까지 기다려요." 그녀가 말했다. "**그런 다음** 입을 열어요. 자, 어떻게—."

국경 없는 의사는 웃었지만 그의 목을 따라 흐르는 혈관이 두드러지더니 얼굴이 벌게지는 모습을 볼 수 있었다. "당신이 형사인지는 몰라도 나는 의사고—."

"그리고 방금 수감자가 사망했다고 선언했으니 여기서 당신 할 일은 끝났고 나머지는 법의학자가 처리할 겁니다. 여기서 대답하든지 아니면 옆에 있는 다른 유치장 감방에 갇히든지 골라요. 알았어요?"

카트리네는 성민이 옆에서 점잖게 헛기침하는 소리를 들었다. 그녀는 자신이 지나치게 굴고 있다는 신중한 훈계를 무시했다. 망할. 파티는 엉망이 됐고, 신문 헤드라인이 벌써부터 눈에 선했다. **살인 용의자, 경찰 유치장에서 사망.** 그녀 경력에서 가장 큰 살인 사건이 가장 중요한 인물의 사망으로 인해 이제 완전히 해결될 방법이 사라진 것일 수도 있었다. 피해자 가족들은 실제로 어떻게 된 일인지 영원히 알 수 없게 되었다. 그런데 오만한 의사 녀석이 짐짓 여유만만하게 굴다니?

그녀는 숨을 들이마셨다. 내뱉었다. 그리고 반복했다. 물론 성민이 옳았다. 현재의 카트리네가 영원히 묻어버릴 수 있기를 원했던 과거의 카트리네 브라트가 다시 모습을 드러낸 것이다.

"미안합니다." 의사는 한숨을 쉬더니 그녀를 쳐다보았다. "제가 어린애처럼 굴었군요. 제가 보기에 환자는 아무런 조치도 없이 오랫동안 방치된 것으로 보였습니다. 그래서…… 그래서 제가 감정적으로 행동했고 형사님을 비난하게 된 것 같네요. 죄송합니다."

"괜찮습니다." 카트리네가 말했다. "제가 먼저 사과드리려고 했는데 이렇게 됐네요. 사망 원인에 대해 뭐든 말씀해**주실 수** 있을까요?"

그는 고개를 가로저었다. "저게 원인일 수도 있습니다." 의사는 회반죽 칠한 벽에 묻은 피를 고갯짓했다. "하지만 저는 이런 식으로 벽에 머리를 찧어서 자살에 성공한 경우는 본 적이 없습니다. 그러니 법의학자라면 그 점을 확인해봐야 할 것 같습니다." 그는 바닥에 쏟아진 노란색과 녹색이 섞인 토사물을 가리켰다. "환자가 고통스러워했다고 들었습니다."

카트리네는 고개를 끄덕였다. "뭐든 다른 가능성이 있습니까?"

"글쎄요." 의사는 일어서며 말했다. "누가 그를 살해했을 수도 있겠군요."

41

목요일, 반응속도

7시. 법의학연구소에서 유일하게 연구실에만 불이 켜져 있었다. 해리는 외과용 칼을 든 헬게의 손을 본 다음 유리 접시 위에 놓인 안구를 바라보았다.

"진짜로……?"

"네, 안쪽을 들여다봐야 해서요." 헬게가 말하고 절개했다.

"뭐, 그렇겠지." 해리가 말했다. "장례도 끝났고 아마 가족 중 누구도 시신을 다시 볼 일은 없을 테니."

"사실 가족은 내일에나 화장장에 올 겁니다." 헬게는 잘라낸 표본을 현미경 아래 접시에 내려놓으며 말했다. "하지만 장례식장 직원이 이미 유리 안구를 하나 넣었고, 이제 하나 더 넣겠죠. 이걸 보세요."

"뭐가 보여요?"

"네. 곤디이 기생충입니다. 아니면 최소한 비슷한 것이든가. 보세요……."

해리는 앞으로 몸을 숙여 현미경 렌즈를 들여다보았다. 상상력의 산물인지 알 수 없지만 거의 감지할 수 없을 정도의 머스크 향이 나는 것 같았다.

그는 헬게에게 그럴 수 있는지 물었다.

"**혹시** 안구에서 나는 것일 수도 있는데, 만일 그렇다면 수사관님은 정말 이례적인 후각의 소유자네요."

"음. 난 후각착오증이 있어서 시체 냄새를 못 맡아요. 그렇지만 다른 냄새는 더 잘 맡을 수 있는지도 모르죠. 눈이나 귀가 문제면 그럴 수 있잖아요?"

"진짜 그런 것 같아요?"

"아뇨. 하지만 살인자가 혹시 기생충을 사용해 수산네가 두려움을 느끼지 않도록 하고 그에게 성적으로 매력을 느끼도록 조작했을지도 모른다는 사실은 믿어요."

"그럴 수는 없어요. 그 말은 범인이 자신을 주 숙주로 만들었다는 거잖아요?"

"왜 그럴 수 없죠?"

"제가 박사 학위를 받으려고 고생하는 분야와 그리 멀지 않은 얘기거든요. 이론적으로는 가능하지만 만일 진짜 그런 걸 해냈다면 그건 오딜 베인상 감이에요. 그러니까…… 기생충학 분야의 노벨상 같은 겁니다."

"음. 상이 아니라 무기징역을 받을 겁니다."

"네, 물론이죠. 죄송합니다."

"또 한 가지." 해리가 말했다. "쥐들은 고양이, 그러니까 아무 고양이에게나 끌렸잖아요. 그런데 이 여자들은 왜 특별한 한 남자에게만 끌렸을까요?"

"그야 모르죠." 헬게가 말했다. "중요한 것은 감염된 사람들을 특정 방향으로 보낼 수 있는 냄새겠죠. 어쩌면 범인은 여자들이 냄새를 맡을 수 있는 뭔가를 지니고 다녔을 수도 있어요. 아니면 계속 자기 몸에 뭔가를 뿌리거나."

"어떤 종류의 냄새였을까요?"

"자, 가장 직접적인 방법은 기생충이 번식 가능한 장소라고 인식하는 장관에서 나는 냄새였겠죠."

"배설물을 말하는 건가요?"

"아뇨, 배설물은 기생충을 퍼뜨리기 위해서 사용했을 겁니다. 하지만 감염된 사람을 유인하기 위해서라면 소장 속 장액과 효소를 사용했을 수도 있습니다. 아니면 췌장과 소화액 분비물을 썼을 수도 있고요."

"기생충이 든 자신의 배설물을 몸에 뿌렸다는 겁니까?"

"만일 자기만의 기생충을 만들어냈다면 아마도 그는 유일한 숙주일 수도 있어요. 그러니까 기생충의 라이프 사이클이 자기 몸에서 순환해 소멸하지 않도록 보장해야만 했을 겁니다."

"그럼 어떻게 그렇게 했다는 거죠?"

"고양이와 같아요. 이를테면 희생자들이 그의 대변으로 오염된 물을 마시도록 하는 거죠."

"아니면 코로 흡입하는 코카인을 쓴다든가."

"그렇습니다. 혹은 그들이 먹는 음식도. 그래도 기생충이 희생자의 뇌까지 이동해서 조종하려면 시간이 조금 걸렸을 겁니다."

"얼마나 오래?"

"글쎄요…… 쥐의 경우라면 이틀이라고 말하겠습니다. 사흘이나 나흘일 수도 있어요. 중요한 점은, 인간의 면역체계는 대개 기생충을 박멸합니다. 몇 주나 한 달 정도면 기생충이 소멸할 테니 기생충이 번식해 다시 라이프 사이클이 돌아가게 하려면 오래 기다리면 안 되었겠죠."

"그렇다면 너무 길지 않게 이틀 정도 기다렸다가 그들을 살해해야 했다는 거군요."

"네. 그런 다음에 희생자를 먹어야 했겠죠."

"전부를 먹나요?"

"아뇨, 기생충이 번식하려고 가장 많이 모여 있는 곳이라면 충분할 겁니다. 그러니까, 뇌나……." 헬게는 갑자기 말을 멈추고 뭔가 막 떠오른 사람처럼 해리를 멍하니 바라보았다. 침을 삼켰다. "……아니면 안구를요."

"마지막 질문입니다." 해리가 쉰 목소리로 말했다.

헬게는 끄덕이기만 했다.

"기생충은 희생자들과 달리 주 숙주의 뇌는 왜 지배하지 않는 건가요?"

"아뇨, 그쪽 뇌도 차지합니다."

"그래요? 그러면 그쪽에는 무슨 짓을 합니까?"

헬게는 어깨를 으쓱했다. "거의 같아요. 주 숙주는 두려움을 잊어요. 이번 사건에서처럼 계속해 기생충을 보충하면 면역체계는 기생충을 제거할 수 없게 될 것이고, 그는 말하자면 반응이 무뎌지거나 반응 시간이 느려질 위험을 감수하고 있는 겁니다. 그리고 조현병도 생기고요."

"조현병."

"네, 최근 연구를 보면 그렇거든요. 몸속 기생충 수를 제대로 관리하지 못하면 그렇게 될 겁니다."

"어떻게 관리를 해요?"

"글쎄요. 그건 저도 몰라요."

"구충제는 어떻습니까? 예를 들면 힐먼 사의 구충제처럼?"

헬게는 생각에 잠겨 허공을 응시했다. "그 회사 제품은 잘 모르겠지만 제대로 된 양의 구충제라면 이론적으로는 일종의 균형을 잡아줄 수 있다고 생각합니다."

"음. 그러니까 몸속 기생충의 양이 중요하다?"

"그럼요. 만일 누군가에게 고농도의 곤디이 기생충을 주입한다면 두뇌 활동이 차단되고 몇 분 내에 마비를 일으킬 겁니다. 한 시간이면 사망할 테고요."

"하지만 감염된 코카인 한 줄을 코로 흡입하는 정도로는 죽지는 않는다?"

"한 시간 안에 죽지는 않겠지만 만일 농도가 아주 높다면 하루나 이틀 안에 쉽게 사망에 이를 수 있죠. 죄송합니다……." 헬게가 울리는 휴대전화를 집었다. "네? 알았습니다." 전화를 끊었다. "미안해요, 이제 바빠질 것 같습니다. 경찰 유치장에서 시신이 오는데 예비 부검을 제가 해야 할 것 같네요."

"좋아요." 해리는 슈트 재킷 단추를 채우며 말했다. "도와줘서 고맙습니다. 나가는 길은 알아서 찾을게요. 좋은 꿈 꾸세요."

헬게는 희미하게 웃어 보였다.

연구실 문으로 걸어 나가려던 해리가 돌아서서 다시 들어왔다.

"누구 시신이 오고 있다고 했죠?"

"이름은 몰라요. 예른바네토르게에서 오늘 체포한 사람이라던데요."

"젠장." 해리는 문기둥을 주먹으로 살짝 치며 낮은 목소리로 말했다.

"뭐가 잘못되었나요?"

"그자예요."

"누구요?"

"주 숙주."

성민 라르센은 유치장 카운터 안쪽에 서서 사망한 용의자의 소지품이 든 상자 속을 들여다보고 있었다. 집에는 이미 창문을 깨고 들어가 수색했으니 집 열쇠는 급하지 않다. 하지만 예른바네토르게에서 가장 가까운 주차 건물에 용의자가 세워둔 자동차의 열쇠를 가지러 과학수사관이 유치장으로 오고 있었다. 성민은 연극 티켓을 뒤집었다. 헬레네와 같은 연극을 보러 갔던 건가? 아니었다. 더 이른 날짜가 적힌 티켓이었다. 하지만 정찰을 위해 또는 헬레나 뢰드의 납치와 살해를 계획하기 위해 미리 국립극장에 갔던 건지도 몰랐다.

휴대전화가 울렸다.

"라르센입니다."

"베크스트룀의 집에 왔는데 집에 부인만 있습니다. 부인 말로는 남편이 일하러 갔답니다."

성민은 의아했다. 베크스트룀의 사무실에서도 변호사인 그가 어디 있는지 아무도 몰랐다. 유치장에 갇혔던 용의자가 살아 있을 때 마지막으로 본 사람이라는 걸 생각하면 베크스트룀은 중요한 증인이었다. 다급한 상황이었다. 사실 언론은 예른바네토르게에서의 체포 작전을 아직 특정 사건과 연관 짓지 않고 있었다. 어쨌거나 경찰이 그곳에서 마약상을 체포하는 일은 흔했기 때문이다. 하지만 어떤 기자가 유치장에서 사망 사건이 발생했다는 소문을 듣는 상황은 몇 분 또는 몇 시간 안에 벌어질 수 있었고, 그러면 그들 모두 노도처럼 밀려올 터였다.

"그로트." 성민은 카운터 끄트머리에 몸을 기대고 있는 당직 경관을 불렀다. "베크스트룀이 나왔을 때 어떤 것 같았어요?"

"달랐지." 그로트가 언짢은 투로 말했다.

"달랐다고요?"

그로트는 어깨를 으쓱했다. "얼굴에 마스크를 써서 그렇게 느껴졌나 봐. 아니면 수감자가 매우 아픈 걸 봐서 기분이 안 좋았나. 도착했을 때와는 전혀 다르게 눈에 핏발이 섰더라고. 감정이 풍부한 친구인지도 모르지. 내가 어떻게 알겠어?"

"그럴 수도 있죠." 대답하면서도 라르센의 눈길은 연극 티켓에서 떠나지 못했다. 그는 왜 갑자기 머릿속에서 알람이 울려대기 시작했는지 이유를 알아내기 위해 기억을 샅샅이 뒤지고 있었다.

거의 9시가 다 된 저녁 시간, 요한 크론은 키패드에 아파트 호수를 입력하고 입구 위쪽에 설치된 카메라를 쳐다보았다. 잠시 후 마르쿠스 뢰드의 것이 아닌 낮은 목소리가 들렸다. "누구십니까?"

"요한 크론입니다. 오늘 아까 차에 함께 탔던 사람요."

"그렇군요. 들어오세요."

크론은 엘리베이터를 타고 올라가 굵고 짧은 목의 경호원 남자가 열어주는 문을 통해 아파트로 들어갔다. 뢰드는 짜증이 난 듯 가만있지 못하고 거실을 이리저리 서성거리고 있었다. 어렸을 때 코펜하겐 동물원에서 봤던 피부병 걸린 늙은 사자 같았다. 앞섶을 풀어헤친 하얀 셔츠의 겨드랑이가 땀에 젖어 있었다.

"좋은 소식을 가져왔습니다." 크론이 말했다. 그리고 의뢰인의 낯빛이 환해지는 걸 보고 무뚝뚝하게 덧붙였다. "소식요, 코카인이 아니고."

크론은 상대방의 눈에서 타오르는 분노의 불꽃을 보고 서둘러 소화기를 꺼냈다. "살인 용의자가 체포되었습니다."

"진짜?" 뢰드는 믿을 수 없다는 듯 눈을 껌벅거렸다. 그러더니 웃음을 터뜨렸다. "그게 누구라던가?"

"이름은 케빈 셀메르." 크론은 뢰드의 표정에서 모르는 이름이라는 걸 알 수 있었다. "해리 말로는 당신에게 코카인을 공급하던 자들 가운데 한 명이랍니다."

크론은 코카인을 공급하다니 무슨 말을 하는 거냐며 뢰드가 이의를 제기하기를 조금은 기대했지만, 뢰드는 오히려 누구를 말하는 건지 이름을 기억해내려 애쓰고 있었다.

"파티에 왔던 남자 말입니다." 크론이 말했다.

"아! 이름은 몰랐어. 절대로 말해주지 않았거든. 자기를 그냥 K라고 부르라더군. 너무 무식해서 코카인 철자가 K로 시작하는 줄 아는가 보다, 했지. 무슨 말인지 알 거야."

"압니다."

"그래서 K가 다 죽였대? 이해할 수 없군. 틀림없이 미친 거야."

"저도 그렇게 생각하는 게 옳을 거라고 봅니다."

뢰드는 루프 테라스 밖을 멍하니 보았다. 이웃 한 사람이 비상구 옆 벽에 등을 기대고 담배를 피우고 있었다. "저 녀석 아파트랑 다른 두 집 전부 사버려야겠어." 뢰드가 말했다. "마치 주인이라도 되는 것처럼 저렇게 서 있는 꼴은 정말이지……." 그는 말을 맺지 않았다. "자, 그럼 최소한 이놈의 감옥에서 벗어날 수는 있겠군."

"네."

"좋아, 그럼 내가 어디로 가야 하는지는 알지." 뢰드는 침실로 성큼성큼 향했다. 크론이 뒤따랐다.

"파티는 안 됩니다, 마르쿠스."

"왜?" 뢰드는 커다란 더블베드를 지나 빌트인 옷장 가운데 하나를 열었다.

"부인께서 살해당한 지 며칠밖에 지나지 않았어요. 사람들이 어떻게 반응할지 생각하십시오."

"틀렸어." 뢰드는 슈트들을 훑어보며 말했다. "사람들은 내가 아내를 죽인 범인이 잡힌 걸 축하한다고 생각할 거야. 안녕, 널 입어본 지 오래됐구나." 그는 금 단추가 달린 네이비블루 더블브레스트 블레이저를 꺼내 입었다. 주머니 속에서 뭐가 만져져 꺼내 침대 위로 던졌다. "와, **이렇게** 오랜만에 입는다고?"

크론이 보니 나비 모양의 검은색 가장무도회 가면이었다.

뢰드는 골드 프레임 거울을 들여다보면서 블레이저 단추를 채웠다.

"그래서 파티에 오지 않겠다는 거야, 요한?"

"그럼요."

"그럼 경호원들을 대신 데려가야겠군. 저 친구들 얼마나 오래 고용했지?"

"저 사람들은 근무 중에 술을 마실 수 없습니다."

"그렇지. 일행으로는 지루한 친구들이겠군." 뢰드는 거실로 나가더니 웃음 섞인 목소리로 소리쳤다. "들었나, 젊은 친구들? 자네들 업무 끝이야!"

크론과 뢰드는 엘리베이터를 타고 함께 내려갔다.

"홀레에게 전화해." 뢰드가 말했다. "그 친구 술 좋아하잖아. 내가 드로닝 에우페미아스 가에서 바 순례를 한다고 전해. 동쪽에서

서쪽으로. 그리고 술은 내가 산다고. 그럼 바로 그 자리에서 축하해줄 수 있겠지."

크론은 고개를 끄덕이며 속으로 아주 오래된 질문을 던졌다. 인생에서 이렇게 많은 시간을 정말 싫어하는 사람들과 보내야 한다는 사실을 미리 알았더라면, 그래도 여전히 같은 직업을 택했을까?

"크리처스입니다."

"안녕하세요. 벤이에요?"

"네, 누구시죠?"

"해리예요. 키 크고 금발—."

"안녕, 해리, 오랜만이에요. 어떻게 지내요?"

해리는 에케베르그 언덕에서 별빛 가득한 하늘을 바닥에 깔아놓은 것 같은 모습의 도시를 내려다보고 있었다.

"루실 말인데요. 내가 노르웨이에 있는데 전화 연락이 안 되어서요. 혹시 요새 본 적 있어요?"

"한…… 한 달은 못 본 것 같은데요?"

"음. 아시겠지만 혼자 살잖아요. 혹시 무슨 일 생긴 건지 걱정돼서요."

"그래서요?"

"도헤니 가의 주소를 줄 테니 가서 확인 좀 해줄 수 있을까요? 만일 거기 없으면 경찰에 신고해야 할지도 몰라요."

잠깐 아무 말이 없었다.

"좋아요, 해리. 주소 불러봐요."

전화를 끊은 해리는 오래전 독일군 벙커 뒤에 세워둔 메르세데스로 걸어갔다. 다시 보닛 위 외위스테인 옆에 앉아 담배를 피워

물고 차량의 열린 양쪽 창문에서 음악이 흘러나오는 가운데 하던 이야기를 이어갔다. 다른 모든 사람이 어떻게 살고 있는지, 그들이 결코 차지할 수 없었던 여자들, 산산이 부서지지는 않았지만 희미해진, 완성하지 못한 노래나 결정적 대목 없이 길게 늘어지는 농담 같은 꿈들에 관해. 그들이 선택한 삶 또는 그들을 선택한 삶에 관해. 그건 어차피 같았다. 왜냐하면 외위스테인이 말한 대로 사람은 누구나 손에 든 카드로만 카드놀이를 할 수 있기 때문이다.

"따뜻하네." 두 사람이 한참 침묵을 지킨 끝에 외위스테인이 말했다.

"오래된 엔진이 열기가 좋지." 해리가 보닛을 두드리며 말했다.

"아니, 날씨 말이야. 다 지나간 줄 알았는데 다시 더운 날씨가 돌아왔어. 그리고 내일은 블러드문이 뜰 거래." 그는 창백한 보름달을 가리켰다.

해리의 휴대전화가 울렸다. "말해요."

"진짜였군요." 성민이 말했다. "그런 식으로 전화를 받으신다더니."

"자네인 걸 알았고 그냥 신화에 어울리도록 대답해줬을 뿐이야." 해리가 말했다. "어떻게 된 거야?"

"법의학연구소에 있습니다. 그리고 정말 솔직하게 말하자면 일이 어떻게 돌아가는 건지 도무지 모르겠습니다."

"그래? 언론에서 용의자 사망에 관해 문의가 들어오고 있나?"

"아직은요. 공개하기 전에 보안을 유지하고 있습니다. 신원이 확인될 때까지요."

"그자의 이름이 진짜로 케빈 셀메르인지 확인한다는 건가? 여기 함께 있는 외위스테인은 그를 알이라고 불렀어."

"아뇨, 14번 감방에서 시체로 발견된 사람이 우리가 체포한 사람이 맞는지 확인하는 겁니다."

해리는 휴대전화를 귀에 더 바싹 붙였다. "그게 무슨 말이야, 라르센?"

"그의 변호사가 사라졌습니다. 그는 케빈 셀메르와 단둘이 감방에 있었거든요. 도착한 지 5분 만에 떠났고요. 만일 떠난 사람이 그였다면요. 떠날 때는 마스크를 쓰고 변호사의 옷을 입고 있었지만 유치장 당직 경관 말로는 뭔가 달라 보였다고 합니다."

"그럼 자네 생각에는 셀메르가……."

"제가 뭘 생각하는지 모르겠습니다." 성민이 말했다. "하지만 네, 셀메르가 탈출했을 수도 있습니다. 베크스트룀을 살해하고 그의 얼굴을 짓이겨놓고 옷을 바꿔입은 다음 걸어 나간 거죠. 그렇다면 시체는 베크스트룀이겠죠. 알이 아니라. 아니, 셀메르가 아니라. 얼굴은 도저히 알아볼 수가 없고 케빈 셀메르를 잘 알아서 신원을 확인해줄 만한 친구나 친척은 전혀 없습니다. 그리고 무엇보다도 베크스트룀을 도무지 찾을 수가 없습니다."

"음. 살짝 믿기지 않는군, 라르센. 다그 베크스트룀은 나도 아는 사람이야. 아마 열받아서 그럴 수도 있어. 혹시 대법관 다그라고 들어봤나?"

"어, 아뇨."

"베크스트룀은 사뭇 감정적인 성격으로 유명해. 사건 때문에 열받으면 정신이 나가서 술을 마셔대지. 그리고 대법관 다그로 변해서 온갖 일에 나서서 판결을 내리는 거야. 어떤 때는 며칠 동안이나. 어쩌면 지금 그런 상황일 수도 있어."

"그랬으면 좋겠네요. 금방 확인할 수 있을 겁니다. 베크스트룀의 부인이 이쪽으로 오고 있거든요. 그냥 미리 돌아가는 상황을 알리고 싶었습니다."

"좋아. 고마워."

해리는 전화를 끊었다. 두 사람은 침묵 속에서 루퍼스 웨인라이트가 부르는 〈Hallelujah〉를 들었다.

"내가 레너드 코언을 너무 과소평가했나 봐." 외위스테인이 말했다. "밥 딜런은 과대평가하고."

"그러기 쉽지. 담배 꺼, 우리 가야 해."

"무슨 일이야?" 외위스테인이 보닛에서 뛰어내리며 물었다.

"성민의 생각이 옳다면 마르쿠스 뢰드가 위험할 수도 있어." 해리는 조수석에 앉았다. "네가 저쪽에서 오줌 눌 때 크론이 전화했었어. 뢰드가 바 순례를 다니면서 나랑 만나고 싶어한다면서. 안 간다고 대답은 했는데, 어차피 그를 찾아내야 할 수도 있겠어. 드로닝 에우페미아스 가로 가자."

외위스테인이 키를 돌려 시동을 걸었다. "세게 밟으라고 말해줄 수 있어, 해리?" 그는 속도를 높이며 말했다. "부탁이야."

"세게 밟아." 해리가 말했다.

마르쿠스 뢰드는 옆으로 비틀거리다가 한 걸음 내디디면서 균형을 잡은 뒤 앞에 놓인 테이블 위 술잔을 바라보았다.

술잔에는 술이 담겨 있었다. 확실했다. 술 말고 또 뭐가 들었는지는 확실히 알 수 없지만 색깔은 멋졌다. 술잔 속이나 바에 있는 것들 모두 멋졌다. 이름은 알 수 없었다. 다른 손님들은 나이가 어렸고 모두 그를 훔쳐보고 있었다. 일부는 대놓고 바라보았다. 그들은 그가 누군지 알았다. 아니, 그들은 그의 **이름을** 알았다. 신문에서 그의 사진을 본 적이 있는 표정들. 그것도 최근에. 그들 모두 그에 대한 의견을 갖고 있을 터였다. 술집 순례를 하려고 이 거리를 선택한 것은 실수였다. 오슬로의 거리 이름을 짓는 가장 새로운 시도가 만들어낸 것이 이런 허세 가득한 이름이라니. 드로닝 에우페미아스 가*. 이런! 여성스럽기도 하지. 빌어먹을 게이 거리가 여기 있었군. 옛날에 잘나가던 곳 어딘가로 갔어야 했다. 누군가 술을 사겠다고 하면 사람들이 바 카운터로 몰려들고, 부자가 일어나 모두에게 한잔 내겠다고 말할 수 있는 곳. 직전에 들렀던 바 두 곳에서는 그가 들어서면 마치 그가 엉덩이를 벌리고 항문이라도 드러낸 것처럼 다들 빤히 바라보았다. 한 곳에서는 심지어 바텐더가 그에게 자리에 앉으라고 안내하기도 했다. 돈 벌 생각이 없는 것처럼. 그런 술집은 그냥 기다리기만 하면 일 년 안에 망하고 말 것이다. 노련한 사람들, 게임을 아는 사람들만 살아남을 것이다. 그리고 그, 마르쿠스 뢰드는 게임을 할 줄 알았다.

상체가 앞으로 쏠리기 시작하고 검은 머리가 술잔으로 쏟아졌다. 그는 마지막 순간에야 가까스로 몸을 똑바로 폈다. 머리카락이 풍성한 머리. 빌어먹을 염색을 매주 하지 않아도 되는 진짜 검은 머리. 까불지 말라고.

그는 뭔가 붙잡아야 해서 술잔을 쥐었다. 마셨다. 어쩌면 조금 속도를 늦춰야 할지도 몰랐다. 첫 번째에서 두 번째 술집으로 옮길 때 그는 도로를 가로질러 건넜다. 아, 도로 이름이 뭐였더라? 그 순간 귀를 찌르는 전차 종소리가 울렸다. 그는 마치 진흙을 헤치고 나가듯 느릿느릿 반응했다. 첫 술집에서 마신 술이 너무 강했던 것

* 에우페미아 여왕의 이름을 땄다.

이 틀림없었다. 반응속도가 느려진 것 말고도 두려움이라는 감각이 모두 사라진 것 같았기 때문이다. 전차가 지나가면서 등에 공기의 압력이 느껴질 정도로 아슬아슬하게 스쳤는데도 딱히 맥박이 빨라지지 않았다. 이제 다시 살고 싶은 마음인데도! 유치장에 있을 때 크론에게 넥타이를 빌려달라던 일은 이제 먼 기억처럼 느껴졌다. 멋지게 보이고 싶어서가 아니라 목을 맬 생각이었다. 크론은 규칙상 뭐든 건네줄 수 없다고 말했다. 멍청한 녀석.

뢰드는 실내를 둘러보았다.

바보들. 그의 아버지는 그에게 이런 생각을 박아 넣었다. 모든 사람은—뢰드라는 성을 가진 사람들은 빼고— 바보였다. 골대는 열려 있고 그냥 볼을 굴려 넣기만 하면 되었다. 그렇지만 발로 차기는 해야 했다. 사람들에게 미안해하지 말고 충분히 벌었다고 생각하지 말고 계속 앞으로 나아가야 했다. 부를 늘리고 앞으로 더 나가고 앞을 막는 건 치워버리고 계속 반복하라. 빌어먹을, 어쩌면 그는 집안에서 가장 공부를 잘하는 사람은 아니었을 수도 있다. 하지만 다른 사람들과 달리 그는 늘 아버지가 시키는 대로 했다. 그랬으니 가끔은 신나게 살 권리도 있는 것 아닌가? 코로 몇 줄 들이마시고. 꽉 조여주는 어린놈들 엉덩이도 좀 두들기고. 걔들이 바보 같은 성관계 동의 연령 이하일 수도 있다지만, 그게 뭐? 다른 나라나 문화권에서는 큰 그림을 보지 않던가? 그런 행동은 어린 소년들에게 아무런 해도 끼치지 않으며, 아이들은 자라고, 나아가 견고하고 품위 넘치는 시민이 된다. 호들갑 떠는 사람이나 게이가 되지는 않는다. 어렸을 때 어른 성기를 받아들인다고 전염되거나 위험에 처하지 않으며 그럼에도 여전히 구원받을 수 있다. 아버지는 툭하면 주먹을 휘둘렀지만 이성을 잃은 건 딱 한 번뿐이었다. 마르쿠스가 5학년 때 아버지는 아들 침실에 들어왔다가 마르쿠스가 이웃집 아들과 침대에서 소꿉놀이하는 걸 봤다. 맙소사, 그때 아버지는 진짜 증오스러웠는데. 얼마나 겁을 집어먹었던지. 그리고 아버지를 얼마나 사랑했던지. 오토 뢰드로부터 한마디라도 칭찬을 들었다면 마르쿠스는 세상의 주인이자 천하무적이 된 기분이었을 텐데.

"여기 계셨군, 뢰드."

마르쿠스는 고개를 들었다. 테이블 앞에 서 있는 남자는 마스크를 쓰고 납작한 모자를 쓰고 있었다. 왠지 익숙한 느낌이 들었다. 목소리도 마찬가지였지만 마르쿠스는 너무 취했고 모든 것이 흐리게 보였다.

"코카인 좀 팔 수 있어?" 마르쿠스는 무의식적으로 물었고 동시에 왜 그런 말을 했는지 궁금했다. 아마도 갈망 때문이었으리라.

"코카인은 하면 안 돼." 남자가 테이블에 앉으며 말했다. "술집에 와서 술을 마시고 있어서도 안 되지."

"안 된다고?"

"그래. 집에서 사랑하는 아내를 위해 울고 있어야지. 그리고 수산네와 베르티네를 위해서도. 그리고 이제 다른 사람이 죽었어. 그런데도 당신은 축하한답시고 여기 앉아 있잖아. 이 쓸모없고 빌어먹을 돼지 같으니."

뢰드는 움찔했다. 남자가 여자들에 관해 한 말 때문이 아니었다. '쓸모없다'라는 말이 정곡을 찔렀다. 어렸을 때 기억이 되살아났고 입에 거품을 물고 위압적으로 앞에 서 있던 남자가 생각났다.

"너 누구야?" 뢰드는 혀 꼬부라진 소리로 물었다.

"모르겠어? 유치장에서 나왔어. 예른바네토르게. 케빈 셀메르.

떠오르는 거 있어?"

"그래야 해?"

"그래." 남자가 마스크를 벗으며 말했다. "이제 날 알아보겠어?"

"우리 아무지 같은데." 마르쿠스는 혀 꼬부라진 소리로 말했다. "**아버지** 말이야." 그는 막연히 두려워해야 한다는 느낌이 들었다. 하지만 그렇지 않았다.

"죽음." 남자가 말했다.

남자가 손을 들어 올렸는데도 마르쿠스가 방어를 위해 손을 들지 않은 것은 몸이 나른해지고 두려움이 없었기 때문일 수도 있었다. 아니면 아버지가 자신을 때릴 권리가 있다는 걸 아는 소년의 자연스러운 조건반응일 수도 있었다. 남자는 손에 뭔가를 쥐고 있었다. 망치……인가?

해리가 바에 들어섰다. 그냥 '바bar'가—문 위에 붉은 네온으로 쓰인 글씨가 이곳의 이름이라면— 술집 이름이었다. 세 번째로 들어온 곳이지만 전에 들른 두 곳과 구분되지 않았다. 화려하고 아마도 멋스러울 것이고 당연히 비쌀 것이다. 실내를 살펴보다가 테이블에 앉아 있는 뢰드를 발견했다. 그의 앞에 해리에게 등을 보인 채 한 남자가 납작한 모자를 쓰고 손을 들어 올린 채 앉아 있었다. 뭔가를 손에 쥐고 있었다. 그게 뭔지 본 해리는 그 순간에 무슨 일이 벌어질지 알았다. 그걸 막기에 그는 너무 늦었다.

성민과 헬게는 시신을 내려다보는 여자 옆에 서 있었다.

60대로 보이는 여자는 머리나 옷, 화장이 히피처럼 보였다. 성민은 1970년대의 늙은 어쿠스틱 영웅들이 등장하는 뮤직 페스티벌을 찾아다니는 여자들처럼 보인다고 생각했다. 그녀는 법의학연구소 문을 들어설 때부터 이미 눈물을 흘리고 있었다. 그녀는 헬게가 건넨 휴지로 눈물과 번지는 마스카라를 닦아내고 있었다.

지금은 헬게가 굳은 피를 전부 닦아냈고, 성민은 죽은 남자의 얼굴이 생각했던 것보다 훨씬 멀쩡하다는 걸 알 수 있었다.

"천천히 확인하세요, 베크스트룀 부인." 헬게가 말했다. "원하시면 혼자 보실 수 있도록 자리를 비켜드리겠습니다."

"괜찮아요." 그녀는 코를 훌쩍였다. "틀림없어요."

술집의 웅성거리던 목소리들이 순간적으로 조용해졌고 손님들이 소리가 난 곳으로 고개를 돌렸다. 쾅 소리는 총소리보다 더 컸다. 충격에 빠진 사람들은 납작한 모자를 쓴 남자가 일어서는 모습을 지켜보았다. 일부는 테이블 반대편에 앉은 사람이 부동산 거물이자 스나뢰야에서 죽은 채로 발견된 여자의 남편이라는 사실을 알아보았다. 침묵 속에서 사람들은 남자가 뭉툭한 무기를 든 손을 들어 올리며 종소리처럼 맑은 목소리로 외치는 소리를 들었다.

"죽음이라고! 널 사형에 처한다, 마르쿠스 뢰드!"

또 커다랗게 쾅 소리가 울렸다.

사람들은 슈트 차림의 키 큰 남자가 재빨리 테이블로 걸어가는 모습을 보았다. 키 큰 남자는 모자 쓴 남자가 세 번째로 손을 들어 올렸을 때 손에 쥔 물건을 빼앗았다.

"그이가 아니에요." 베크스트룀 부인이 흐느꼈다. "다그가 아니라고요, 하느님 감사합니다. 하지만 그이가 어디 있는지 모르겠어요. 남편이 이런 식으로 사라질 때마다 걱정이 돼서 죽을 것만 같다니까요."

"자, 자." 성민은 여자의 어깨에 손을 올려야 할지 궁금해하며 말했다. "저희가 분명히 찾을 겁니다. 그리고 남편분이 아니라고 하셔서 저희도 안도했습니다. 이런 일을 겪게 해드려서 유감입니다, 베크스트룀 부인. 하지만 확실하게 확인해야 했거든요."

그녀는 아무 말 없이 고개를 끄덕였다.

"이제 그만해요, 다그 대법관님."

해리는 베크스트룀을 다시 의자에 눌러 앉히고 나무망치는 자기 주머니에 넣었다. 취한 뢰드와 베크스트룀은 입을 벌린 채 서로를 바라보고 있었다. 마치 두 사람 모두 방금 잠에서 깨어나 무슨 일이 있었는지 궁금해하는 것 같았다. 테이블을 덮은 유리는 길게 깨져 있었다.

해리는 앉았다. "긴 하루를 보낸 거 압니다, 베크스트룀. 하지만 부인께 연락부터 하세요. 케빈 셀메르의 시체가 혹시 당신인지 확인하려고 법의학연구소에 갔거든요."

변호사는 멍하니 해리를 바라보았다. "그 사람을 못 봤잖아요." 그는 속삭였다. "그 사람, 고통을 견디질 못했어요. 유치장에서 배와 머리가 아프다고 했지만 의사는 그저 가벼운 진통제만 주고 말았어요. 약이 효과가 없고 아무도 도와주지 않자 그는 머리를 벽에 박고 기절해버리고 말았습니다. **그 정도로** 고통스러웠던 겁니다."

"우린 그걸 몰랐습니다." 해리가 말했다.

"네." 베크스트룀의 눈에 눈물이 차오르기 시작했다. "우리는 압니다. 이런 일은 전에도 본 적이 있거든요. 이런 사람은—." 그는 떨리는 손가락으로 가슴에 턱을 묻고 앉아 있는 뢰드를 가리켰다.

"그 누구도 그 무엇도 개뿔도 신경 쓰지 않고 그저 부자가 되기 위해 사회에서 더 약한 사람들, 입에 은수저를 물고 태어나지 못한 사람들을 짓밟고 유린합니다. 하지만 그날이 오면 태양이 어둠 속을 비추고 위대하면서도 끔찍한—."

"심판의 날이 온다는 거죠, 대법관님?"

베크스트룀은 해리를 노려보면서 머리를 똑바로 가누기 위해 최고의 노력을 기울이는 것처럼 보였다.

"미안합니다." 해리가 다그의 어깨에 손을 올리며 말했다. "이 얘기는 나중에 다시 하죠. 지금 당장은 부인에게 연락부터 해야 할 것 같아요, 베크스트룀."

다그 베크스트룀은 뭔가 말하려는 듯 입을 열다가 다시 닫고 말았다. 고개를 끄덕이고 휴대전화를 꺼내더니 일어서서 떠났다.

"잘 처리했구먼, 해리." 취한 게 분명해 보이는 뢰드는 팔꿈치로 테이블을 짚으려다 쓰러질 뻔했다. "내가 한잔 살까?"

"고맙지만 괜찮습니다."

"싫어? 이제 사건도 전부 해결했다는 거야? 아니, 거의 전부인가……." 뢰드가 웨이터에게 술을 더 달라고 손짓했지만 웨이터는 무시했다.

"거의 전부라는 건 무슨 뜻입니까?"

"무슨 뜻이냐고?" 뢰드가 말했다. "글쎄, 모르겠는데."

"어서 말해요."

"안 하면?" 뢰드가 혀끝을 내밀면서 웃더니 쉰 목소리로 속삭였다. "말 안 하면 내 목을 조를 건가?"

"아뇨." 해리가 말했다.

"아니야?"

"**혹시** 해달라면 목을 졸라줄 수도 있습니다."

뢰드가 웃었다. "마침내 날 이해하는 사람을 만났군. 이제 사건이 해결되었으니 살짝 고백할 것이 있어. 수산네가 살해된 날 걔랑 섹스했다고 한 건 거짓말이야. 걔를 만나지도 않았어."

"그래요?"

"그래. 경찰에게 내 침이 걔 시체에서 발견된 이유를 적당히 설명할 수 있도록 둘러댄 거야. 경찰이 그런 얘기를 듣고 싶어했으니까. 그래야 나도 여러 가지 곤경에서 벗어날 수 있고. 가장 쉬운 길을 택했다고 말할 수도 있겠지."

"음."

"그 얘기는 우리 둘 사이의 비밀로 할 수 없을까?"

"왜요? 이제 사건은 정리까지 끝났습니다. 그리고 부인 몰래 다른 여자랑 놀아나고 있었다고 알려지는 건 원치 않을 텐데요?"

"아." 뢰드는 웃었다. "난 그런 건 걱정 안 해. 오히려…… 고려해야 할 다른 소문도 있으니까."

"그런가요?"

뢰드는 손에 든 빈 술잔을 빙빙 돌렸다. "있잖아, 해리. 아버지가 돌아가셨을 때 난 엄청난 충격을 받는 동시에 안도했어. 그걸 이해할 수 있나? 세상에서 그 무슨 일로든 실망시키고 싶지 않던 사람이 사라졌다는 게 정말 안심되더라고. 왜냐하면 머지않아 아버지가 실망할 날이 온다는 걸, 내가 **진짜** 어떤 놈인지 아버지가 알게 되리라는 걸 알았거든. 그래서 그러기 전에 종이 울리길 바랐던 거야. 그리고 그렇게 된 거지."

"아버지를 두려워했나요?"

"그랬지." 뢰드가 말했다. "무서웠어. 그리고 사랑하기도 해야 했지. 하지만 무엇보다도…….” 그는 빈 술잔을 이마에 가져다 댔다. “아버지가 날 사랑하길 원했지. 있잖아, 아버지가 날 사랑했다는 걸 알 수만 있었다면 아마 아버지 손에 죽었어도 행복했을 거야.”

42
금요일

테리 보게는 눈을 깜박였다. 잠을 제대로 자지 못했다. 그리고 기분도 좋지 않았다. 어쨌거나 아침 9시에 열리는 기자회견은 누구도 좋아하지 않았다. 아니, 그 생각이 틀렸는지 퍼롤홀에 모인 다른 기자들은 짜증스러울 정도로 활기가 넘쳤다. 심지어 모나 도조차—그가 도착했을 때 그녀의 옆자리를 이미 누군가 차지하고 있었다— 말똥말똥한 정신에 힘이 넘쳤다. 그녀와 눈을 마주치려 해봤지만 소용없었다. 그가 회견장에 나타났을 때 기자들 가운데 누구도 그를 신경 쓰지 않았다. 기립 박수를 바란 것은 아니었지만 한밤중에 연쇄살인범과 맞닥뜨릴 위험을 감수하고 숲속까지 다녀온 일은 그래도 약간의 존경심을 얻어낼 수 있지 않나. 게다가 여러 언론에 팔려서 세계에 널리 알려지게 될 사진까지 찍어서 살아 돌아왔다면 더더욱. 행복은 덧없는 것이라고들 말한다. 단독 인터뷰를 만들어냈다면 진정한 승리를 거둘 수 있었겠지만 마지막 순간에 특종을 빼앗기고 말았다. 그래서 그는 다른 사람들과 달리 오늘 기분이 영 좋지 않을 이유가 있었다. 게다가 어젯밤에 다그니야가 전화해 주말에 결국 올 수 없다고 말하기도 했다. 그녀가 올 수 없을 것 같다고 했을 때—그 말이 진짜인지 의심스럽긴 했다— 그는 자연히 더 예민해졌고 그녀를 설득하려 시도하다가 결국 말싸움으로 끝나고 말았다.

"케빈 셀메르." 카트리네 브라트가 연단에서 말했다. "저희는 이름을 공개하기로 했습니다. 용의자가 사망했고 범죄의 심각성을 고려했으며 최근 대중의 의심을 사서 경찰 조사를 받았던 다른 분들의 무죄를 확인하기 위해서이기도 합니다."

테리 보게는 다른 기자들이 받아적는 걸 보았다. 케빈 셀메르. 그는 머릿속을 뒤졌다. 집에 있는 PC에 자동차 소유주들 목록이 있었지만 그런 이름이 있다는 생각은 들지 않았다. 하지만 요즘은 유명한 밴드의 이름과 소속 멤버 이름, 1960년부터…… 한 2000년까지의 레코드와 발매일을 줄줄 읊던 과거와는 기억력이 달랐다.

"그러면 법의학연구소의 헬게 포르팡이 설명하겠습니다." 제보 책임자인 케지에르스키가 말했다.

테리 보게는 약간 당황했다. 기자회견에 검시관이 등장하는 건 드문 일 아닌가? 그들은 그냥 인용하는 보고서에서나 등장하지 않던가? 그리고 포르팡이 설명한 내용도 의아했다. 적어도 희생자 중 한 명이 돌연변이 혹은 조작된 기생충에 감염되었는데, 증거로 볼 때 살인범의 짓 같다고 했다. 그리고 살인범도 감염되었다고 했다.

"어젯밤 케빈 셀메르의 시신을 부검했는데 톡소플라스마 곤디이 기생충이 고농도로 검출되었습니다. 머리와 얼굴을 자해한 상처 때문이 아니라 사망 원인이 기생충이라고 확신할 수 있을 정도로 수치가 높았습니다. 추측이기는 하지만 케빈 셀메르는 주 숙주 역할을 했고 일정 기간 동안 기생충의 수량을 조절할 수 있었던 것으로 보입니다. 아마 구충제를 사용한 것으로 보이지만 이미 말씀드렸듯 확인할 수는 없는 일입니다."

테리 보게는 기자들에게 질문을 허용하는 순간 일어서서 회견장을 떠났다. 알아야 할 필요가 있는 것들은 알아냈다. 더는 혼란스럽지 않았다. 그냥 집에 가서 확인만 하면 되었다.

성민은 휴게실을 가로질러 테라스로 나갔다. 그는 이곳 유리 궁전의 꼭대기 층 경치 때문에 늘 경찰청 근무자들을 부러워했다. 적어도 오늘처럼 오슬로가 햇볕에 젖은 채 누워 있고 기온이 갑자기 급등했을 때는. 그는 난간 앞에 서서 각자 담배를 피우고 있는 카트리네와 해리에게 다가갔다.

"담배 피우시는지 몰랐어요." 성민이 카트리네에게 웃어 보이며 말했다.

"안 피워요." 그녀도 웃으며 대답했다. "축하의 뜻으로 해리에게서 한 개비 빼앗았어요."

"나쁜 영향력을 발휘하는군요, 해리."

"그렇지." 해리가 카멜 담뱃갑을 내밀며 말했다.

성민은 잠시 머뭇거렸다. "뭐, 어때요?" 그가 결국 담배를 뽑아 들자 해리가 불을 붙여주었다.

"어떻게 축하할 거예요?" 카트리네가 물었다.

"글쎄요." 성민이 말했다. "저는 저녁식사 데이트를 하겠네요. 당신은요?"

"저도요. 아르네가 프롱네르세테렌 레스토랑에서 만나자고 했어요. 깜짝 놀랄 일이 있다면서."

"숲 끄트머리에 있어 경치가 좋은 레스토랑이죠. 로맨틱할 것 같군요."

"그럼요." 카트리네는 자기 코에서 뿜어져 나오는 연기를 순간적으로 매혹된 눈길로 보며 말했다. "저는 깜짝 선물을 그리 좋아하지 않아요. 당신도 이번 일을 기념할 거예요, 해리?"

"그러려고 했지. 알렉산드라가 법의학연구소 옥상으로 초대했어. 그녀와 헬게가 와인 마시면서 월식을 볼 거래."

"아, 블러드문." 성민이 말했다. "오늘 밤은 날씨도 좋을 것 같은데요."

"그런데?" 카트리네가 말했다.

"두고 봐야지." 해리가 말했다. "나쁜 소식이 있어. 스톨레 부인이 전화했어. 상태가 나빠졌고 날 보고 싶어한다는 거야. 박사님에게 기운이 있는 한 병원에 있어야 할 수도 있어."

"젠장."

"그래." 해리는 담배를 길게 빨아들였다.

그들은 아무 말 없이 잠시 서 있었다.

"오늘 무려 법무부 장관께서 하사하신 칭찬 봤어요?"

카트리네는 빈정거리는 목소리로 말했다.

두 사람은 고개를 끄덕였다.

"가기 전에 한 가지만." 해리가 말했다. "뢰드가 어젯밤에 그러는데, 수산네가 살해되던 날에 수산네를 만나지 않았대. 진실이라고 믿어."

"저도요." 담배를 손에 든 성민은 평상시였으면 하지 않았을 모양으로 손목을 꺾은 채 말했다.

"왜요?" 카트리네가 물었다.

"그 사람은 분명히 여자보다 남자를 좋아하니까요." 성민이 말했다. "그 사람과 헬레네의 성생활은 의무적인 운동에 불과했다고 봐요."

"음. 그럼 우린 그를 믿는 쪽에 가깝군. 그렇다면 어떻게 뢰드의 침이 수산네의 가슴에 묻게 됐을까?"

"그러게요." 카트리네가 말했다. "사실 저는 뢰드가 그날 일찍 섹스를 했다면서 그때 침이 묻었을 거라고 했을 때 살짝 당황했거든요."

"그래?"

"오늘 밤 제가 아르네를 만나기 전에 뭘 할 것 같아요? 물론, 꼭 섹스할 상대가 아니더라도 누군가와 데이트한다면 늘."

"샤워를 하겠죠." 성민이 말했다.

"그래요. 저는 수산네가 지하철을 타고 스쿨레루로 가기 전에 샤워를 하지 않은 것이 이상했어요. 더구나 만일 만나서 섹스를 했다면 말이죠."

"그러니까 내가 다시 질문을 할게." 해리가 말했다. "침은 어디서 온 걸까?"

"어…… 살해당한 뒤에?" 성민이 말했다.

"이론적으로는 가능해." 해리가 말했다. "하지만 그럴 가능성은 적지. 세 건의 살인이 얼마나 꼼꼼하게 계획되었는지 생각해보라고. 나는 살인범이 경찰을 속이려는 의도로 수산네의 몸에 뢰드의 침을 묻혔다고 생각해."

"어쩌면요." 성민이 말했다.

"그럴 수도 있다고 봐요." 카트리네가 말했다.

"물론 우린 절대 답을 알 수 없을 거야." 해리가 말했다.

"그럼요, 우린 모든 답을 절대 알 수 없어요." 카트리네가 말했다.

세 사람은 오늘이 올해의 마지막 따뜻한 날이라는 사실을 이미 아는 듯이 눈을 감은 채 그 자리에서 태양을 향해 잠시 서 있었다.

문 닫기 직전에 요나탄이 물었다. 그는 토끼 우리 옆에 서 있었는데, 질문은 탕이 혹시 저녁에 무슨 계획이 있는지였고 평소처럼 아무렇지 않아 보였다.

만일 탕이 그를 의심했다면 자연스럽게 약속이 있다고 말했을 터였다. 하지만 그녀는 약속이 없었고 그래서 사실대로 아무 계획 없다고 대답했다.

"좋아요. 그럼 나랑 어디 같이 좀 가주었으면 좋겠는데."

"어디요?"

"어디 가서 뭐 좀 보여주려고요. 하지만 비밀이니까 아무에게도 말하면 안 돼요. 알았죠?"

"어……."

"내가 집으로 데리러 갈게요."

탕은 극심한 공포를 느꼈다. 그게 어디든 가고 싶지 않았다. 게다가 요나탄과 함께라니 더 그랬다. 물론 그는 그녀가 경찰관 그리고 개와 함께 산책한 사실에 더는 화를 내지 않고 있었다. 전에는 한 번도 그러지 않더니 어제는 그녀를 위해 큰 컵에 담긴 커피를 사 오기도 했다. 그러나 탕은 여전히 그가 조금 두려웠다. 그녀는 다른 사람 기분을 잘 파악하는 편인데도 요나탄은 도무지 속내를 알 수 없는 사람이었다.

그러나 지금 그녀는 스스로 구석에 몰아넣어진 상태였다. 물론 약속이 있다는 걸 깜박 잊었다고 말할 수 있을 테지만 그 말을 믿어줄 리가 없었다. 그녀는 거짓말을 끔찍할 정도로 못했기 때문이다. 게다가 그는 어쨌든 그녀가 일하는 가게 사장이었고 그녀는 이곳 일이 필요했다. 물론 죽어도 직장을 지켜야 할 정도는 아니었지만, 어느 정도는 고민해야 했다. 침을 삼켰다.

"뭘 보여주고 싶으신데요?"

"좋아하게 될 거예요." 그녀가 바로 그러겠다고 대답하지 않아서 약간 언짢아졌을까?

"뭔데요?"

"깜짝 놀랄 거예요. 9시면 괜찮아요?"

결정해야 했다. 그를 바라보았다. 이상하고 폐쇄적이며 어딘지 무서운 남자를 보았다. 그러면 답이 나올까 하는 생각에 그의 눈을 똑바로 바라보았다. 그러자 뭔가 전에 봤던 것이 슬쩍 보였다. 크지는 않았다. 그저 전처럼 지나가는 듯 슬쩍 웃으려는 시도, 단단해 보이는 겉과 달리 속으로 긴장한 듯한 모습. 그녀가 거절할까봐 겁먹은 건가? 어쩌면 그래서 갑자기 그녀의 두려움이 줄어든 것인지도 몰랐다.

"좋아요." 그녀가 말했다. "9시요."

대답을 듣고 요나탄은 다시 평정심을 되찾은 것 같았다. 그리고 그는 웃었다. 그렇다, 그는 웃었고 그녀는 전에는 그가 그렇게 웃는 모습을 본 적이 있는지 기억나지 않았다. 멋진 웃음이었다.

하지만 집으로 돌아오는 지하철에서 그녀는 다시 의심하기 시작했다. 약속을 잡은 것이 현명했는지 확신할 수가 없었다. 그리고 그 순간, 아무것도 아닐 수도 있지만 약간 이상한 생각이 들기 시작했다. 데리러 오겠다고 한 사람이 그녀가 사는 곳을 묻지 않았기 때문이었는데, 사실 그녀는 예전에 주소를 알려주었는지조차 기억나지 않았다.

43
금요일, 알리바이

성민은 샤워를 마치고 돌아와 침대 옆 충전기에 꽂아둔 휴대전화가 울리는 걸 보았다.

"네?"

"안녕하세요, 라르센. 〈VG〉의 모나 도예요."

"좋은 저녁이군요, 도."

"오, 늦은 시간이라는 건가요? 업무가 끝났다면 죄송해요. 그냥 수사에 참여한 사람들에게 한마디씩 청하는 중이거든요. 마침내 사건을 해결했는데, 어떻게 그럴 수 있었고 지금 기분은 어떤지 말이죠. 당신과 크리포스에게는 큰 위로이자 승리일 텐데, 8월 30일 수산네 안데르센이 실종되었을 때 처음부터 참여하셨잖아요."

"당신이 훌륭한 범죄 전문기자라고 생각해요, 도. 그래서 질문에 짧게 대답하도록 하겠습니다."

"너무 감사해요! 제 첫 번째 질문은—."

"아뇨, 이미 물어본 질문 말이에요. 네, 지금은 저녁이고 제 업무 시간은 끝났습니다. 수사 책임자인 카트리네 브라트나 제 보스인 올레 빈테르에게 연락하세요. 그리고 아닙니다. 크리포스는 시작부터 관여하지 않았어요. 수산네 안데르센의 실종 신고가 있던…… 그러니까…….”

“8월 30일이에요.” 모나 도가 재차 말했다.

“감사합니다. 그 단계에서는 수사에 참여하지 않았습니다. 실종자가 두 명이 되고 살인사건임이 명확해지면서 그럴 수 있었죠.”

“거듭 죄송해요, 라르센. 제가 좀 밀어붙이는 경향이 있다는 건 알지만, 제 일이 그래요. 뭐든 기사에 쓸 수 있는 일반적인 말씀을 들을 수 있을까요? 그리고 당신 사진을 좀 싣고 싶은데요.”

성민은 한숨을 내쉬었다. 그녀가 뭘 원하는지 알 것 같았다. 다양성. 50세가 넘은 노르웨이 민족 출신의 이성애자가 아닌 경찰관의 사진이 필요한 것이다. 언론에서 보여주려는 다양성에 불만이 있는 건 아니지만, 일단 그 문을 열면 TV 스튜디오의 소파에 앉아 TV 쇼 진행자가 묻는 ‘경찰 조직에서 게이로 살아가는 것이 어떤지’에 관한 질문에 대답하게 되기까지 그리 오래 걸리지 않을 터였다. 그런 일이 나쁘다는 건 아니고 누군가는 해야 할 일이었다. 자신이 그러고 싶지 않을 뿐.

그는 거절했고 모나 도는 이해하고 다시 사과했다. 착한 여자다.

통화가 끝나고 난 뒤 성민은 멍하니 허공을 바라보았다. 몸이 얼어붙었다. 벌거벗고 있었기 때문이 아니었다. 머릿속 알람 시계 때문이었다. 유치장에 있을 때 울렸던 것과 같은 시계. 그 시계가 다시 울리기 시작했다. 그때도 떠날 때 베크스트룀이 왠지 달라 보였다는 그로트의 말 때문에 알람이 울리기 시작한 것은 아니었다. 뭔가 다른 것이었다. 뭔가 전체적으로, 뚜렷하게 다른 것.

테리 보게는 PC 모니터를 바라보았다. 이름들을 재차 확인했다.

물론 우연일 **수도** 있다. 오슬로는 알고 보면 좁은 도시다. 그는 지난 몇 시간을 두고 어떻게 할 건지 고민했다. 경찰에 신고하거나 원래 계획대로 움직이는 것. 심지어 모나 도에게 연락해 그의 계획에 참여시켜서—만일 그가 의심하는 사람이 맞는다면 그들은 대박을 터뜨리는 것이다— 기사를 노르웨이 최고의 신문을 통해 발표하는 것도 고려했다. 두 사람이 함께 모험을 겪는다면 정말 대단하지 않을까? 하지만 안 될 일이었다. 그녀는 너무 올바른 유형이어서 경찰에 알리자고 고집할 것이 분명했다. 그는 휴대전화를 멍하니 보았다. 전화번호는 이미 눌러둔 상태였고 통화 버튼만 누르면 되었다. 이제 자신과의 토론은 모두 끝났고 승리한 논점은 이런 것들이었다. 우연일 수도 있다. 경찰에 연락해도 확실하게 제시할 증거가 없다. 그 말인즉슨 계속 혼자 파고들어도 별문제 없다는 뜻이다. 그러니 뭘 기다리겠는가? 왜 겁을 내지? 테리 보게는 낄낄대며 웃었다. 빌어먹을, 그는 겁이 났다. 그는 검지로 통화 버튼을 세게 눌렀다.

벨 소리가 울리는 동안 휴대전화에 부딪히는 자신의 거친 숨소리가 들렸다. 잠깐이지만 아무도 전화를 받지 않기를 바라기도 했다. 아니, 만일 누군가 받는다면 그가 아니라는 뜻이다.

"네?"

실망과 안도감. 하지만 실망이 더 컸다. 그가 아니었다. 전에 두 번이나 전화로 들었던 목소리가 아니었다. 테리 보게는 숨을 깊이 들이마셨다. 그는 나중에 아무런 의혹을 남기지 않기 위해 어떻게 되든 계획한 대로 밀어붙이기로 미리 마음을 먹어두었다.

"테리 보게입니다." 그는 어떻게든 목소리를 떨지 않으려 애쓰며 말했다. "우리 전에 얘기한 적 있죠. 하지만 전화 끊기 전에 내가 경찰에 연락하지 않은 걸 알아주시죠. 아직은요. 그리고 만일 나와 얘기해주면 앞으로도 신고하지 않을 겁니다."

아무 소리도 들리지 않았다. 그게 무슨 뜻이지? 이쪽이 미친 사람인지, 아니면 친구가 장난이라도 치는 건지 알아내려는 중일까? 그 순간 조용히 천천히 다른 목소리가 울려 나왔다.

"어떻게 알아냈어요, 보게?"

그였다. 전화번호를 드러내지 않고 보게에게 전화했을 때 썼던 낮고 귀에 거슬리는 목소리. 아마 등록되지 않은 휴대전화를 이용했을 것이다.

보게는 몸이 떨렸다. 기쁨과 순수한 공포 가운데 어느 쪽이 더 큰지 알 수 없었다. 숨을 들이마셨다.

"이틀 전 밤에 콜소스 쇼핑센터 앞을 차 타고 지나는 걸 봤습니다. 당신이 머리들을 걸어둔 곳에서 내가 떠나고 26분 뒤에 지나갔죠. 내가 찍은 사진에 시간이 찍혀 있습니다."

한참 동안 아무 말이 없었다.

"뭘 원합니까, 보게?"

테리 보게는 깊이 숨을 들이마셨다. "당신 이야기를 원합니다. 저지른 살인만이 아닌 전체 이야기. 살인사건 뒤에 있는 인간의 진정한 모습. 벌어진 일로 희생자들을 알던 사람들뿐 아니라 엄청나게 많은 사람이 영향을 받았습니다. 그들은 이해할 수 있어야 해요. 나라 전체가 이해할 수 있어야 합니다. 내가 당신을 괴물로 묘사하는 일에는 관심이 없다는 사실을 알아주었으면 합니다."

"그건 왜죠?"

"괴물이라는 건 존재하지 않으니까."

"그런가요?"

보게는 다시 침을 삼켰다. “당연히 당신의 정체를 밝히지 않는다는 약속도 해드리겠습니다.”

잠깐의 코웃음 소리. “내가 그 약속을 왜 믿겠어요?”

“그럴 이유가 있죠.” 보게는 떨리는 목소리를 내지 않으려 잠깐 말을 멈췄다. “그건 내가 언론계의 왕따이기 때문입니다. 무인도에 갇힌 내게 당신은 유일한 구원이기 때문이죠. 난 아무것도 잃을 것이 없기 때문이고.”

또 침묵.

“만일 내가 인터뷰에 응하지 않는다면?”

“전화를 끊고 경찰에 신고하겠죠.”

보게는 기다렸다.

“좋아요. 뭉크 미술관 뒤 ‘베이스’에서 만나죠.”

“어딘지 압니다.”

“6시 정각.”

“오늘요?” 보게는 시간을 확인했다. “45분 뒤잖아요.”

“너무 일찍 오거나 너무 늦으면 그냥 갈 겁니다.”

“좋아요, 좋습니다. 6시에 보죠.”

보게는 전화를 끊었다. 떨면서 심호흡을 세 번 했다. 그러다 웃음이 터졌고 그는 키보드에 머리를 박고 손바닥으로 책상을 두드렸다. 엿 먹어라! 전부 엿이나 먹으라고!

해리와 외위스테인은 침대 양쪽에 앉아 있었다. 문이 조심스럽게 열리더니 트룰스가 슬그머니 들어왔다.

“어떠셔?” 트룰스는 의자에 자리를 잡더니 창백한 얼굴로 눈을 감고 누운 스톨레 에우네를 보았다.

"나한테 직접 물어도 되네." 에우네가 눈을 뜨며 날카롭게 말했다. "난 좋지도 나쁘지도 않아. 해리야 내가 불렀다지만 자네 둘은 금요일 밤인데 그렇게 할 일이 없나?"

트룰스와 외위스테인은 서로 바라보았다.

"없어요." 외위스테인이 말했다.

에우네는 고개를 흔들었다. "어디 갔었다고, 에이켈란?"

"네." 외위스테인이 대답했다. "오슬로에서 트론헤임까지 500킬로미터를 가는 승객을 태웠어요. 그런데 이 친구가 테이프로 〈Careless Whisper〉의 팬파이프 버전을 트는 겁니다. 도브레펠 산을 지나던 중에 내가 테이프를 확 빼서 창문을 내린 다음……."

해리의 휴대전화가 울렸다. 밤 10시 35분에 있을 월식을 보러 올 수 있느냐고 묻는 알렉산드라의 전화일 거라 생각했지만 액정 화면을 보니 성민이었다. 그는 서둘러 복도로 나왔다.

"아, 성민?"

"아뇨. **말해보라고** 하세요."

"말해봐."

"그러죠. 앞뒤가 맞지 않아요."

"뭐가 맞지 않는다는 거지?"

"케빈 셀메르. 그 사람 알리바이가 있어요."

"그래?"

"유치장에 갔을 때 제 바로 앞에 있었어요. 셀메르의 〈로미오와 줄리엣〉 티켓요. 만일 제 머리가 조금 더 효율적이었다면 그때 그곳에서 알았을 겁니다. 다시 말해 제 머리가 제게 말하려고 애썼는데도 제가 듣지 않았던 거죠. 모나 도가 전화로 또박또박 불러주기 전까지."

성민이 말을 멈췄다.

"수산네 안데르센이 실종되었다고 신고된 날, 케빈 셀메르는 국립극장에 〈로미오와 줄리엣〉을 보러 갔어요. 티켓을 추적해보니 마르쿠스 뢰드에게 갔던 여러 장의 초대권 가운데 하나였어요. 헬레네가 사용한 것과 같죠."

"그래. 그녀가 파티에서 몇 장 나눠줬다고 했어. 셀메르도 그때 받았겠지. 그리고 아마 파티에 갔을 때 셀메르는 헬레네도 극장에 간다는 사실을 알아냈겠지. 티켓이 냉장고 문에 붙어 있었거든."

"하지만 그 친구가 아니에요. 만일 수산네 안데르센을 살해한 자와 동일 인물이라면요. 티켓 판매소 사람들이 그날 저녁 셀메르 옆자리에 앉았던 사람들과 연락해봤는데, 좌석에 있던 사람의 생김새가 셀메르와 일치해요. 파카를 입고 앉아 있던 사람이라 기억한다더군요. 그리고 휴식 시간에 사라지지도 않았답니다."

해리는 깜짝 놀랐다. 자신이 더 많이 놀라지 않았다는 사실이 가장 놀라웠다.

"그렇다면 시작점으로 되돌아왔군." 해리가 말했다. "그럼 다른 놈이야, 그 풋내기."

"네?"

"살인자는 그런 코카인을 가져왔던 그 아마추어야. 결국 그놈이었군. 젠장, 젠장!"

"마치…… 확신하시는 것 같네요."

"확신해. 하지만 내가 자네 입장이라면 나처럼 이미 여러 번 헛짚은 사람을 신뢰하지는 않을 거야. 카트리네에게 전화해야겠어. 크론에게도."

두 사람은 통화를 마쳤다.

카트리네는 게르트를 재우려던 중에 전화를 받았고, 해리는 재빨리 사건이 어떻게 돌아가는지 알려주었다. 그 후에 해리는 크론에게 전화해 사건이 여전히 해결되지 않았다는 증거가 있다고 설명했다. "뢰드를 다시 구금 상태로 돌려요. 범인의 계획이 뭔지 알 수 없지만 우리를 처음부터 속이고 있었어요. 그러니 우리도 모든 예방조치를 다할 겁니다."

"경호회사에 전화하죠." 크론이 말했다. "고맙습니다."

44

금요일, 인터뷰

프림은 시각을 확인했다.

6시 1분 전.

그는 베이스의 창가 쪽 테이블에 앉아 있었다. 앉은 곳에서 방금 따른 500밀리리터 맥주 두 잔이 앞에 놓인 모습과 외부의 낮아진 햇빛을 받은 뭉크 미술관 그리고 그가 초대도 없이 찾아갔던 테라스 파티가 열렸던 건물이 보였다.

6시 30초 전.

프림은 이리저리 둘러보았다. 손님들은 행복해 보였다. 옹기종기 모여서 웃고 떠들고 서로의 어깨를 두드렸다. 친구들. 보기 좋았다. 누군가가 곁에 있다는 건 좋은 일이다. '그녀'가 있다는 것. 그들은 맥주를 함께 마실 테고 '그녀'의 친구들은 그의 친구가 될 터였다.

낮은 중절모를 쓴 남자가 들어섰다. 테리 보게였다. 그는 뒤에서 문이 닫히는 사이 멈춰 서서 실내를 훑어보았다. 처음에는 프림이 조심스럽게 손을 흔드는 모습을 알아차리지 못했다. 조명이 어두운 실내에 눈이 적응하지 못한 것이 분명했다. 하지만 그 순간 그는 고갯짓을 하더니 프림의 테이블로 다가왔다. 기자는 낯빛이 창백하고 숨차 보였다.

"당신은……."

"네. 앉아요, 보게."

"고맙습니다." 보게는 모자를 벗었다. 이마가 땀으로 번들거렸다. 테이블 위 자기 쪽에 놓인 맥주를 가리켰다.

"이건 내 몫인가요?"

"맥주 거품이 잔 테두리 아래로 가라앉자마자 바로 떠나려고 했어요."

보게는 대답 대신 능글맞게 웃고는 술잔을 들었다. 두 사람은 맥주를 마셨다. 거의 서로 연습해 맞춘 것처럼 동시에 맥주를 내려놓고 손등으로 입가에 묻은 거품을 닦았다.

"자, 결국은 이렇게 마주 앉았군요." 보게가 말했다. "오래된 친구처럼 앉아서 술잔을 기울이다니."

프림은 보게가 뭘 하려는지 알았다. 서먹서먹한 분위기 깨기. 신뢰 얻기. 최대한 빨리 그가 짜증 나게 만들기.

"저들처럼?" 프림은 바에서 시끌벅적하게 구는 사람들을 가리켰다.

"아, 사무직 녀석들. 지금 금요일 술자리가 저들에게는 따분한 가정생활로 돌아가기 전에 즐기는, 일주일의 하이라이트죠. 있잖아요, 왜. 아이들과 타코를 먹고 아이들을 재운 뒤 지겨워 잠에 빠질 때까지 늘 같은 여자와 TV를 보죠. 그런 다음 아침에 일어나면 아이들에게 또 시달리다가 놀이터에 가고요. 당신은 그런 삶을 살지 않겠죠?"

'아니.' 프림은 생각했다. '하지만 내가 상상하는 내 미래의 삶과

그리 다르지 않을 수도 있어. '그녀'와 함께하는 삶.'

보게는 일단 랩톱을 열면 맥주를 마실 시간이 별로 없으리라 생각했다. 그래서 크게 한 모금 들이켰다. 맙소사, 정말 갈증이 확 풀리는군.

"내가 사는 삶이 어떤 모습인지 압니까, 보게?"

보게는 상대방을 보고 의중을 읽으려 애썼다. 저항인가? 너무 일찍, 너무 직접적으로 접근한 것은 실수였나? 인터뷰는 가끔 섬세한 춤과도 같다. 어쨌든 그는 인터뷰 대상자가 안전하다고 느끼고 자신을 이해심 많은 친구로 생각하며 마음을 열고 다른 자리에서는 하지 않을 이야기를 해주기를 바랐다. 아니, 조금 더 명확하게 말하자면 훗날 후회할 얘기를 해주기를 원했다. 그러나 가끔 그는 그런 의도를 약간 강압적이고 노골적으로 드러내기도 했다.

"조금 알죠." 보게가 말했다. "요령만 알면 인터넷으로 얼마나 많은 걸 알아낼 수 있는지 믿지 못할 겁니다."

보게는 상대방의 목소리가 전화로 듣던 것과는 다르다는 걸 알아차렸다. 그리고 뭔가 냄새가 났다. 어릴 적 방학 때 가봤던 삼촌네 헛간에서 본, 땀에 젖은 마구를 떠올리게 하는 냄새였다. 보게는 배 속에서 살짝 쏘는 듯한 통증을 느꼈다. 아마도 오래된 궤양이 인사를 하는 것 같았다. 스트레스를 받고 나쁜 습관에 젖어들면 늘 그러곤 했다. 아니면 지금처럼 술을 너무 급하게 마시거나. 그는 술잔을 옆으로 치우고 랩톱을 테이블에 올렸다.

"자, 어떻게 시작된 건지 말해볼까요?"

프림은 삼촌이 자신의 생물학적 아버지였지만, 그걸 알게 되었을 때 어머니는 이미 화재로 죽은 뒤였다고 말했다. 그 무렵 자신이 얼마나 오랫동안 이야기를 하고 있었는지는 알지 못했다.

"근친교배 첫 세대는 꼭 그렇게 불행하지만은 않아요. 반대로 꽤 훌륭한 결과를 낼 수도 있어요. 지속적인 근친교배 때문에 가족 구성원에 결함이 생기는 거니까. 난 나와 프레드리크 삼촌이 공유하는 몇 가지 특징이 있다는 사실을 알아차렸죠. 생각할 때 가운뎃손가락을 입가에 댄다든지 하는 소소한 것들. 아니면 우리 둘 다 IQ가 특출나게 높은 것과 같은 큰 특징들. 하지만 내가 동물, 그리고 사육에 몰두하기 시작하고야 삼촌과 나 사이에 뭔가 있다는 의심이 들어 우리 DNA를 보내 검사를 했죠. 그 한참 전부터 복수를 하겠다는 생각이야 했지만. 새아버지가 내게 굴욕감을 준 것처럼 그에게도 굴욕을 선사해야겠다는 생각이었어요. 게다가 그는 어머니의 죽음에 간접적으로 책임이 있었으니까. 하지만 이제 나는 그들 두 사람 모두 책임이 있다는 걸 깨달았죠. 프레드리크 삼촌 역시 어머니와 나를 곤경에 밀어 넣고 떠났으니까. 그래서 삼촌에게 크리스마스에 초콜릿 한 상자를 선물했어요. 프레데리크 삼촌은 초콜릿을 아주 좋아했거든요. 그 속에 주사기로 안지오스트롱길루스 칸토넨시스의 변종을 넣었죠. 인간의 뇌를 특히 좋아하는 쥐 폐선충인데, 카푸타르 산에 사는 민달팽이의 점액에서만 사는 녀석입니다. 결과는 치매가 심해지면서 느리고 고통스러운 죽음을 맞는 겁니다. 하지만 당신이 지루해하는 것이 보이는군요. 바로 본론으로 들어갑시다. 나는 오랫동안 연구해서 나만의 톡소플라스마 곤디이 변종을 만들었고, 그것이 준비되자 내 계획 역시 모양을 갖추기 시작했어요. 첫 번째이자 가장 큰 문제는 기생충을 심을 수 있을 정도로 마르쿠스 뢰드에게 가까이 접근하는 방법이었죠. 당신도 기자니까 부자들은 접근하기 쉽지 않은 데다 가까이 다가가기 무척 어렵다는 걸 잘 알 겁니다. 록스타에게 어떻게든 몇 마디 따내려고 안달하곤 하잖아요? 해결책은 우연한 기회에 얻어낼 수 있었죠. 내가 시내에 자주 나가는 사람은 아닌데, 뢰드가 자기 아파트 옥상에서 파티를 연다는 소문을 들었거든요. 저 위에서…….” 프림은 창문 밖을 가리켰다. “그리고 그와 동시에 내가 하는 일 덕분에 우연히 그린 코카인을 만져볼 수 있었고, 소량을 빼돌릴 수 있다는 걸 깨달았죠. 무슨 말인지 알겠죠? 그래서 거기에다 내 곤디이 친구들을 섞었죠. 많이는 아니고, 뢰드가 코카인을 흡입하면 필요한 효과를 확실히 낼 정도로만. 파티가 끝나고 이틀 정도 기다렸다가 다시 그를 찾아갈 계획이었어요. 그러면 최종 숙주인 내 냄새를 맡고 날 거부할 수 없게 될 테니까. 거부하기는커녕 정확히 내가 시키는 대로 하게 되겠죠. 그때부터 그는 오직 한 가지 생각만 하게 될 테니까. 날 가지는 것. 이제 그가 원했던 어린 소년의 엉덩이는 없지만, 뇌 속에 곤디이가 들어간 사람은 최종 숙주를 거스를 수 없거든요.”

에우네 그룹은 다시 한번 618호 병실의 침대 주위에 모였다.

해리가 사건에 새로운 가능성이 생겼다는 사실을 모두에게 설명했다.

“하지만 절대 그럴 리가 없어.” 외위스테인이 큰 소리로 말했다. “베르티네의 이빨 사이에 셀메르의 피부 조각이 있었다고. 그게 그럼 어디서 왔겠어? 혹시 실종되던 날 일찍 만나 섹스라도 했나?”

해리는 고개를 저었다. “풋내기가 일부러 끼워 넣은 거야. 뢰드의 침을 수산네의 가슴에 발라둔 것처럼.”

"어떻게?" 트룰스가 물었다.

"몰라. 하지만 분명히 그래. 우릴 헷갈리게 하려고 그런 거야. 그리고 통했지."

"이론이야 좋지." 외위스테인이 말했다. "하지만 돌아다니면서 DNA를 심다니. 대체 어떤 놈이 그런 짓을 하지?"

"음." 해리는 깊은 생각에 잠겨 외위스테인을 바라보았다.

"불행하게도 파티에서 계획대로 되지는 않았어요." 프림이 한숨을 내쉬었다. "커피 테이블 위에 코카인을 길게 몇 줄 늘어놓았는데 다른 판매상이, 훗날 신문에서 보니 케빈 셀메르라는 녀석이 전에 그런 코카인은 해본 적이 없고 들어보기만 했다고 떠들어대더군요. 눈을 반짝이며 기다리더니 코카인을 길게 줄로 늘어놓자마자 달려들어서 첫 번째 줄을 코로 흡입했어요. 내가 녀석의 팔을 잡아챘죠. 어쨌든 뢰드가 할 만큼의 코카인을 남겨야 했으니까. 손톱으로 녀석을 할퀴었고……." 프림은 자기 손을 내려다보았다. "내 손톱에 녀석의 피와 피부가 남게 되었어요. 나중에 집에 와서 손톱 밑에서 꺼내 따로 보관했죠. 그런 것들은 언제 사용하게 될지 알 수 없으니. 어쨌거나 문제는 계속 이어졌어요. 뢰드는 두 여자 친구에게 자기보다 먼저 맛보라고 우겨댔어요. 난 반대하는 위험을 무릅쓰고 싶지 않았는데, 어쨌거나 여자들은 매너가 좋아서 내가 준비해둔 세 줄 가운데 가느다란 두 줄을 코로 흡입했어요. 뢰드의 순서가 되었는데 갑자기 아내인 헬레네가 들어와 그에게 핀잔을 주기 시작했고 그래서 스트레스를 받았는지 뢰드가 재채기를 하는 바람에 코카인을 날려버린 겁니다. 끔찍했죠. 남은 코카인이 없었으니까. 그래서 주방 조리대로 달려가서 깨끗한 행주를 찾아서는 테이블과 바닥에 흩어진 코카인을 모았어요. 그걸 뢰드에게 보여주면서 충분히 한 줄을 만들 수 있다고 말했어요. 하지만 그는 들으려 하지 않고 온통 빌어먹을 콧물에 침 범벅 아니냐면서 대신 K, 그러니까 케빈한테서 받은 걸로 하겠다더군요. 케빈은 내게 화를 냈고 나는 나중에 또 맛보게 해주겠다고 했어요. 녀석은 좋은 생각이라면서 자기는 마약을 하지 않지만 누구나 테스트는 해볼 수 있는 거 아니냐고 하더군요. 이름이나 사는 곳을 말해주지는 않았지만 내 코카인과 자기 코카인을 교환하려면 낮에 근무 시간에 예른바네토르게에 와서 자기를 찾으라고 하더군요. 나는 그러겠다고 했지만 다시는 볼 일이 없으리란 걸 알았어요. 아무튼 파티에서의 계획은 망했고 나는 행주를 빨아서 두려고 주방에 갔다가 냉장고 문에 붙은 뭔가를 보게 된 겁니다. 〈로미오와 줄리엣〉 연극 티켓이었어요. 루프톱 테라스에서 뢰드의 아내가 참석자 몇 명에게 나눠준 것과 같은 티켓. 쓰게 되리라는 생각은 하지도 않고 내가 받은 티켓을 주머니에 넣어두었는데, 케빈이 한 장 받는 것도 봤죠. 어쨌거나 그곳에 서 있는 동안 내 머릿속에서 두 번째 계획이 만들어지기 시작한 겁니다. 그리고 내 머리는 아주 빠르게 돌아갔어요, 보게. 두뇌가 압박을 받으면 얼마나 멀리까지 내다볼 수 있는지 믿을 수 없을 정도예요. 그리고 내가 말한 것처럼 내 머리는 빠른 데다 압박까지 받고 있었어요. 얼마나 오래 그곳에 서 있었는지 몰라도 1분이나 2분을 넘지는 않았을 거예요. 나는 행주를 주머니에 넣고 여자들에게 접근했어요. 한 명씩 차례대로. 내가 코카인을 줘서 그랬는지 둘 다 내게 호의적이었고 나는 최대한 많은 정보를 얻어냈어요. 사적인 내용은 없었지만 어디 가면 그들을 찾을 수 있는지 정도의 이야기를 나눴어요. 수산네는 왜 내가 여전히 마스크를 쓰고 있는지 궁금해했어요. 베르티네는 코카인을 더 원했고. 하지만 두 명 모두 다른 남자들이 나타나자 나 같은 사람보다는 그들에게 더 관심이 가는 것 같았죠. 그렇지만 나는 기분 좋게 집으로 돌아갔어요. 어쨌거나 며칠만 지나면 기생충이 뇌까지 침입해 그들이 내 냄새만 맡으면 아이돌 앞에서 비명을 질러대는 여자애들처럼 되리라는 걸 알았거든요." 프림은 웃더니 보게를 향해 술잔을 들어 보였다.

"그러니까 의문은 이거야." 해리가 말했다. "풋내기를 찾아내려면 어디서 시작해야 하지?"

트룰스가 꿀꿀거리는 소리를 냈다.

"그래, 트룰스?"

트룰스는 투덜투덜 꾸물대더니 겨우 말했다. "만일 그놈이 그린 코카인을 손에 넣었다면, 압수한 다음 분석하러 보내기 전까지 갖고 있던 사람들을 확인해야 해. 결국 공항과 증거물 보관소지. 그러니까 맞아, 나랑 가르데르모엔에서 경찰청으로 운반한 사람들이야. 하지만 증거물 보관소에서 과학수사과까지 수송한 사람들도 포함돼."

"잠깐만." 외위스테인이 말했다. "그때 압수한 그린 코카인이 우리나라로 들어온 유일한 것인지도 확실히 알 수 없잖아."

"트룰스 말이 맞아." 해리가 말했다. "어쨌든 뻔한 곳부터 찾아야지."

"생각했던 것처럼 나는 뢰드에게 접근할 기회를 다시는 잡을 수 없었죠." 프림이 한숨을 쉬며 말했다. "갖고 있던 기생충은 모두 코카인에 넣었고 내 몸속 기생충은 면역체계와 약간의 구충제 과다 복용으로 죽어버렸어요. 그래서 뢰드를 감염시키려면 여자들 몸속 기생충들이 면역체계에 막혀 죽기 전에 빼내야 했어요. 달리 말하자면 여자들의 뇌와 안구를 일부 먹어야 했죠. 난 수산네를 택했어요. 그녀가 운동하는 체육관을 알았거든요. 사람의 후각이 쥐처럼 강하지는 않기 때문에 내 매력을 조금 더 강화해야 했습니다. 그래서 내 배설물을 증류한 장액을 몸에 발랐어요."

프림은 활짝 웃으며 고개를 들었다. 보게는 따라 웃지 못하고 믿을 수 없다는 듯한 표정으로 그저 멍하니 바라보았다.

"흥분한 채 체육관 밖에서 그녀를 기다렸어요. 나는 여우나 사슴처럼 대개는 사람을 피하는 동물을 대상으로 실험해봤는데 다들 내게 관심을 보였어요. 특히 여우가 그랬죠. 하지만 사람도 그럴지는 확실하게 알지 못했어요. 그녀가 밖으로 나왔는데 내게 끌린 걸 바로 알겠더군요. 나는 스쿨레루에 있는 숲속 오솔길 옆 주차장에서 만나기로 약속했어요. 그녀가 제시간에 나타나지 않자 혹시 내가 실수한 건지, 콧구멍에서 내 장액 냄새가 사라지고 그녀가 정신을 차린 건지 궁금했어요. 하지만 마침내 그녀가 나타났고 나는 기뻐 어쩔 줄 몰랐어요. 정말 그랬다니까요."

프림은 마치 뛰어내릴 준비를 하는 것처럼 맥주를 크게 한 모금 마셨다.

"우리는 팔짱을 끼고 숲으로 걸어 들어갔어요. 도로에서 어느 정도 멀어진 다음 오솔길을 벗어나 섹스를 했죠. 그리고 그녀의 목을 벴어요."

프림은 눈물이 흐르는 걸 느끼고 헛기침을 했다. "이 대목에서 어쩌면 당신이 상세한 묘사를 원할 수도 있겠다는 생각이 들지만, 어떤 부분은 기억에서 아예 지워진 것 같기도 해요. 어쨌든 병에 담아 가져왔던 뢰드의 타액을 그녀 가슴에 발랐어요. 상의는 도로 입혔는데, 경찰이 시체를 찾아내기 전에 타액이 비에 씻겨 없어질까 봐 그랬어요. 그때는 침을 바르는 것이 좋은 아이디어 같았는데, 오히려 문제를 복잡하게 만들고 말았어요." 그는 맥주를 한 모금 마셨다. "베르티네의 경우도 비슷했어요. 그녀가 자주 간다던 바에서 그녀를 만나 그레프센콜렌에서 만나기로 약속했어요. 그녀는 차를 타고 왔는데, 휴대전화를 두고 내 차로 움직이자고 했더니 전혀 주저하지 않고 순수한 욕정을 드러내더군요. 그녀는 코담배 통이라는 걸 가져왔는데, 미니 후추통처럼 생겼고 코카인을 흡입할 때 사용하는 거였어요. 끈질기게 설득하기에 나도 흡입해봤어요. 나는 뒤에서 가죽끈으로 목을 조르고 싶다고 했어요. 당연히 섹스 게임이라고 생각했는지 그렇게 하게 해주더군요. 생각보다 목을 졸라 죽이는 데 시간이 오래 걸렸어요. 어쨌거나 결국, 숨이 끊겼죠."

프림은 크게 한숨을 내쉬더니 고개를 흔들었다. 눈물을 훔쳤다.

"혹시 경찰이 찾아내게 될 내 흔적을 아주 조심스럽게 없앴다는 사실을 이야기하지 않을 수 없네요. 그래서 내 코에서 묻은 DNA가 남아 있을까 봐 코담배 통을 챙겼어요. 그때는 나중에 그걸 사용하게 될지 몰랐지만. 그리고 나는 누군가를 죽이고 뇌와 안구를 챙기려면 머리 전체를 집으로 가져가는 편이 낫다는 걸 배우게 되었어요."

프림은 잠이 들 것 같은 느낌이 든 두 발을 테이블 아래서 움직였다.

"그 뒤로 몇 주 동안 뇌와 안구를 조금씩 먹었어요. 뢰드에게 공격 가능한 거리까지 접근할 수 있도록 기다리는 동안 짜증이 날 정도로 수명이 짧은 기생충의 번식을 계속 유지해야 했던 겁니다. 여러 번, 바로 이 자리에 앉아서 전화를 걸어 내가 누군지 밝히고 만나자고 해야 하나 고민하기도 했어요. 하지만 그는 집에 한 번도 나타나지 않았고 헬레네만 오가는 걸 봤죠. 아마도 그는 다른 곳에 살고 있었나 본데 그게 어딘지 찾아낼 수가 없었어요. 그러는 사이 뇌는 전부 먹어버렸고 기생충은 모두 죽어서 나는 새 생쥐를 찾아야 했어요. 헬레네 뢰드였죠. 내가 그녀를 뺏으면 마르쿠스 뢰드가 그나마 조금이라도 고통스러워할 것 같다는 생각이 들었어요. 그리고 나는 그녀에게 접근할 수 있는 두 장소를 알았죠. 냉장고 문에 붙어 있던 티켓 날짜의 국립극장. 그리고 다니엘레라는 곳. 수산네에게 물어봤는데, 그곳에서 헬레네가 마르쿠스 뢰드를 처음 만났다고 하더군요. 그리고 헬레네 뢰드가 왜 여전히 월요일마다 그곳에서 점심을 먹는지 이해할 수 없다는 말도 했어요. 그곳에서 대어를 낚은 후인데 말이죠. 그래서 월요일에 그곳에 갔더니 헬레네 뢰드가 나타났어요. 그녀가 파티에서 마시던 것과 같은 더티 마티니를 주문한 다음 적당한 양의 곤디이 액을 섞었어요. 그리고 웨이터를 불러 200크로네를 주면서 음료를 그녀 테이블에 가져가라고 했죠. 친구끼리 하는 장난이라고 하면서 다른 사람이 보냈다고 알려주라고 했어요. 그리고 그녀가 마시는 걸 확인한 다음 그곳을 떠났어요. 〈로미오와 줄리엣〉 휴식 시간이 언제인지 알아낸 다음 로비까지 들어가는 티켓을 구했어요. 휴식 시간에는 누구나 로비까지 들어가서 관객들과 어울릴 수 있거든요. 그래서 이미 여러 차례 쌓은 경험을 이용해서 그녀를 데리고 나와…….” 프림은 얼굴을 찡그리더니 한 발을 뻗어 앞을 찼다. 발에 차인 것이 테이블 다리인지 보게의 다리인지 알 수 없었다. "다음 날 그녀는 발견되었고 뢰드는 유치장에 갇혔어요. 그제야 내가 내 발을 쐈다는 걸 알았죠. 그가 고통받기를 원했기에 결국에는 그곳으로 가게 될 줄 알았지만, 어쩌면 그가 그곳에서 몇 달을 보내게 될지도 모른다더군요. 그러니 그 문제를 해결해야 했죠. 다행스럽게도 이게 있어서……."

프림은 손가락으로 자기 이마를 톡톡 두드렸다.

"이걸 사용해서 뢰드의 자리를 대신해줄, 죄 없는 사람을 찾아냈어요. 마약상인 케빈이었죠. 어쨌거나 그는 어떻게든 그런 코카인을 해보고 싶어했거든요. 완벽한 녀석이었어요."

45

금요일, 수집품

프림은 사무직으로 보이는 무리가 금요일을 즐기는 모습을 지켜보면서 천천히 술잔을 흔들었다.

"게다가 약간의 피부조직을 보관하고 있었으니까요. 케빈 셀메르의 팔뚝에서 긁어낸 피부. 그 친구 말고도 피부조직을 확보해둔 사람이 있었어요. 원래는 완벽한 기생충을 키워내기 위해 수집했고 가끔 사용하기도 했던 것들이죠. 이쑤시개를 이용해 베르티네의 치아 두 개 사이에 피부 조각을 끼워 넣었어요. 그런 다음 당신의 활약 덕분에 증거가 경찰의 손에 들어갔죠. 하지만 머지않아 시신들이 곤디이 기생충 변종에 감염되었다는 사실이 드러나리라 예상했어요. 그리고 누군가 연관성을 찾아내면 경찰이 주 숙주를 추적하기 시작하겠죠. 케빈이 살인범인 동시에 주 숙주인 것처럼 보이도록 할 순 없을까? 잘난 체하는 것 같아 미안하지만 해결책은 교묘하면서도 단순했어요. 그린 코카인과 곤디이를 섞어 치명적일 정도의 양을 베르티네가 가져왔던 코담배 통에 넣고 예른바네토르게에 있던 케빈을 찾아갔어요. 파티에서 코카인을 교환하기로 약속했으니까. 그는 아주 흥분했어요. 더구나 내가 코담배 통을 싸게 넘겨준다고 했더니 무척 좋아했죠. 그가 죽기 전에 배가 얼마나 아팠을지는 상상할 수 있어요. 나라도 차라리 정신을 잃기 위해 머리를 벽에 박았을 거예요."

프림은 남은 맥주를 비웠다.

"매우 긴 독백이었네요. 나에 관해서는 충분해요, 테리. 당신은 어때요?" 프림은 테이블 위로 몸을 기울였다. "그러니까, 지금. 느낌이…… 마비되는 거 같아요? 왜냐하면 그렇게 고농축 곤디이가 든 맥주를 마시면 반응이 엄청나게 빠르거든요. 케빈이 먹은 것보다 더 강하니까. 몇 분 지나면 손가락 하나도 들어 올리지 못할 겁니다. 목소리도 안 나오고. 하지만 내가 보기에 아직 숨은 쉬고 있네요. 심장과 호흡 부전은 사실상 마지막으로 일어나는 일이죠. 물론 뇌도 기능을 멈춰요. 그러니 아직은 들리는 거 알아요. 당신 집 열쇠를 가져가 당신 PC를 가져올 겁니다. 그것과 당신 휴대전화를 피오르에 던질 거예요."

프림은 밖을 바라보았다. 사위가 어두워지기 시작했다.

"봐요, 내 새아버지의 집에 조명이 켜졌네요. 아마 지금 혼자 있을 거예요. 손님이 찾아가면 좋아할까요?"

6시 반이 조금 지난 시간에 마르쿠스 뢰드는 초인종 소리를 들었다.

"누가 오기로 했습니까?" 둘 중 나이 많은 경호원이 물었다.

뢰드는 고개를 저었다. 경호원은 거실에서 복도에 있는 인터컴으로 걸어갔다.

나이 많은 경호원이 거실에서 나가자 뢰드는 그 기회를 이용했다.

"그래, 경호원 일을 그만두면 뭘 하고 싶은가?"

젊은 경호원이 그를 보았다. 속눈썹이 길고 눈동자는 부드러운 갈색이었다. 불필요할 정도로 커다란 근육들은 어린애처럼 보이는 순진한 표정으로 보상되었다. 좋은 의도로 상상력을 약간 발휘하면 실제 나이보다 대여섯 살 어리다고 해도 믿을 수 있었다.

"모르겠습니다." 경호원은 시선을 거실 여기저기로 돌리면서 말했다. 아마도 경호원 일을 배울 때 그렇게 가르치는 것 같았다. 고객과 불필요한 대화를 하지 말고 늘 주위를 살펴라. 문을 잠근 채 누에고치처럼 아늑한 집에 앉아 있을 때조차.

"와서 내 밑에서 일할 수도 있잖아?"

젊은 남자는 잠깐 뢰드를 봤지만 그의 표정에서 뭔가 경멸과 혐오 비슷한 것이 느껴졌다. 그러더니 젊은 남자는 대답도 하지 않고 다시 실내를 훑어보기 시작했다. 뢰드는 속으로 욕을 뱉었다. 빌어먹을 녀석 같으니, 지금 어떤 제안을 받은 건지 못 알아들었나?

"아시는 분이라고 하는데요?" 복도에서 경호원이 큰 소리로 물었다.

"크론?" 뢰드가 대답했다.

"아닙니다."

뢰드는 얼굴을 찌푸렸다. 누가 감히 사전 연락도 없이 찾아왔는지 알 수 없었다.

그는 일어서서 복도로 걸어 나갔다. 경호원이 발을 넓게 벌리고 서서 비디오 스크린을 가리켰다. 젊은 남자가 길거리에 나 있는 공동현관 위에 달린 카메라를 쳐다보고 서 있었다. 뢰드는 고개를 가로저었다.

"그냥 가라고 하겠습니다." 경호원이 말했다.

뢰드는 스크린을 보았다. 전에 본 적 있는 사람 아닌가? 그때도 뭔가 오래전 알던 사람 같았지만 그냥 옛날 기억을 떠올리게 하는 비슷한 얼굴일 뿐이라고 치부하고 잊지 않았던가? 하지만 지금 서 있는 모습을 보니 혹시…….

"잠깐." 뢰드가 손을 내밀며 말했다.

경호원이 수화기를 넘겨주었다.

"안으로 들어가 있어." 뢰드가 말했다.

경호원은 잠시 머뭇거리더니 지시받은 대로 움직였다.

"누구지? 뭘 원하는 건가?" 뢰드가 인터컴에 대고 말했다. 의도한 것보다 부정적인 목소리로 들렸다.

"안녕, 아빠. 의붓아들이에요. 그냥 얘기 좀 하고 싶어서요."

뢰드는 헉 하고 숨을 들이마셨다. 확실했다. 수도 없이 꿈에 나타났고, 누가 알게 될까 봐 두려워하며 꾸던 그 많은 악몽 속 아이. 아니, 아이가 아니라 이제 남자였다. 이렇게 오랜 세월이 지난 뒤에야. 얘기를 하자고? 분명 좋은 징조는 아니었다.

"내가 좀 바쁜데." 뢰드가 말했다. "미리 연락했어야지."

"알아요." 남자는 카메라에 대고 말했다. "찾아오려고 했던 건 아닌데, 오늘 갑자기 결정했어요. 그게, 내일 멀리 여행을 떠나는데 언제 돌아올지 몰라요. 문제를 해결하지 않은 채 떠나고 싶지는 않아요, 아빠. 이제 용서할 시간이에요. 마지막으로 얼굴을 보면서 가슴에 맺힌 걸 털어내고 싶어요. 그러면 우리 둘 다 좋을 것 같아요. 몇 분 걸리지 않을 거예요. 지금 그러지 않으면 우리 둘 다 후회하게 될 거예요. 확실해요."

뢰드는 귀를 기울였다. 전에는 이렇게 낮은 목소리를 들어본 적이 없었다. 과거에도, 최근에도. 게우스타에 있는 집에서 보냈던 마지막 시절, 소년의 목소리가 막 변성기에 접어들기 시작했던 기억이 났다. 물론 언젠가 앞에 나타나 문제를 일으킬 수도 있다는 생각이 들기도 했다. 서로 말이 다른 상황에서 혹시라도 소위 성적 착취가 있었다는 사실을 확인해줄 수 있는 유일한 사람은 화재로 사망했다. 하지만 혐의를 주장하는 것만으로도 그의 명성은 큰 손해를 입을 수 있다. 이 나라 사람들이 흔히 경멸하며 말하는 것처럼 얼굴에 먹칠하는 일이 될 것이다. 노르웨이는 가문의 명예 같은 개념을 빌어먹을 사회민주주의가 좀먹은 나라였다. 이제 대부분 사람의 가족은 국가였고 시시한 개인은 각자와 비슷한 사람들, 사회민주주의 회색 집단으로 아무런 전통도 갖지 못한 사람들 말고는 어울릴 사람이 없었다. 성이 뢰드라면 다르겠지만, 평범한 시민들은 그런 걸 절대 이해할 수 없었다. 가문의 이름을 진흙탕으로 끌고 들어가느니 일찌감치 자살해버리는 게 낫다는 사실을. 그러니 어떻게 해야 할까? 결정을 내려야 했다. 의붓아들이 다시 나타났다. 뢰드는 수화기를 들지 않은 손으로 이마를 훔쳤다. 그리고 두렵지 않다는 생각에 놀랐다. 전차에 거의 치일 뻔했던 그때처럼. 그동안 두려워하던 일이 결국 벌어지고 말았는데 더 두려워할 일이 뭐가 있겠는가? 같이 대화를 나눠보면 어떨까? 만일 의붓아들이 나쁜 의도를 품고 있다면 대화를 나눈다고 상황이 조금이라도 더 나빠질 일은 없다. 용서한다는 얘기라면 최선일 것이다. 모두 잊었다며 고마워하고 작별한다면 혹시 밤에 더 편하게 잠들게 될 수도 있다. 단 한 가지 조심할 것은 직접적으로나 간접적으로 불리하게 작용할 수 있는 뭔가를 고백하지 않는 것이다.

"10분 줄 수 있어." 뢰드는 현관문을 여는 버튼을 누르며 말했다. "엘리베이터 타고 꼭대기 층으로 올라와."

그는 수화기를 내려놓았다. 혹시 녀석이 녹음기를 숨기고 있을까? 그는 거실로 돌아왔다. "손님이 오면 몸을 수색하나?" 그는 경호원들에게 물었다.

"늘 합니다." 나이 든 경호원이 말했다.

"좋아. 혹시 몸에 마이크를 차고 있는지 확인하고 휴대전화는 떠날 때 돌려주도록 해."

프림은 TV가 있는 방에서 부드러운 안락의자에 앉아 마르쿠스 뢰드를 보고 있었다. 경호원들은 열린 문 바로 앞에 서 있었다.

뢰드에게 경호원이 있다는 사실은 놀라웠지만 크게 문제가 되지는 않을 터였다. 중요한 것은 그가 뢰드와 둘이서만 만났다는 점이었다.

물론 모든 일이 훨씬 쉽게 돌아갈 수도 있었다. 만일 그가 마르쿠스 뢰드를 죽이거나 신체적으로 해를 입히려고 했다면 아주 어렵지는 않았을 것이다. 어쨌든 이제 뢰드도 경호원을 옆에 두게 되었고, 오슬로 같은 도시에 사는 사람들은 너무 순진해서 길거리에서 마주치는 사람들이 재킷 속에 무기를 감추고 있으리라 생각하지 않는다. 그런 일이 벌어지지 않으니까. 어차피 마르쿠스 뢰드에게 그런 일은 벌어지지 않을 것이다. 그걸로는 충분하지 않았다. 물론 총으로 쏴버리면 더 쉽겠지만, 그가 새아버지를 두고 계획한 복수가 상상했던 즐거움을 한 조각이라도 줄 수 있다면 아무리 수고를 더한다고 해도 가치가 있을 터였다. 왜냐하면 프림이 구성한 복수는 교향곡과 같았고, 이제 절정으로 이어지는 크레센도에 들어서고 있었기 때문이다.

"네 엄마에게 일어난 일은 정말 유감이다." 마르쿠스가 말했다.

프림이 또렷하게 들을 수 있을 정도로 컸지만 복도에 서 있는 경호원들은 들을 수 없을 정도로 작은 목소리였다.

프림은 맞은편 의자에 앉은 덩치 큰 남자가 정상이 아니라는 걸 알 수 있었다. 손가락으로 팔걸이의 직물 부분을 긁어댔고 콧구멍은 벌렁거렸다. 장액의 냄새를 맡은 것이 분명하다는 신호였다. 팽창한 동공은 후각 신호가 이미 뇌에 전달되었다는 걸 말해주었다. 그곳에는 간절하게 알을 까고 싶어하는 기생충들이 이미 며칠째 자리 잡고 있다. 정말이지 예술 같은 작업이었다고 자부할 수 있을 것 같았다. 파티에서 새아버지를 감염시키려던 원래 계획이 빗나가자, 프림은 즉흥적으로 완전히 새로운 계획을 세웠다. 그리고 계획을 실행해 모든 사람, 그러니까 변호사와 경찰, 심지어 해리 홀레까지 보는 앞에서 마르쿠스 뢰드를 감염시킨 것이다.

마르쿠스 뢰드는 시계를 보더니 재채기를 했다. "서두르고 싶지는 않지만, 말한 것처럼 난 시간이 많지 않아. 그러니 우리 간단하게 얘기하자. 네가 여행 간다던 나라가 어디—."

"당신을 원해요." 프림이 말했다.

의자에 앉은 그의 새아버지는 깜짝 놀랐고 턱이 덜덜 떨렸다.

"잠깐만, 뭐라고?"

"전 오랫동안 아버지를 상상 속에서 그려왔어요. 그건 분명히 학대였지만 그래도…… 저는 아마 그걸 즐기는 걸 배운 것 같아요. 그리고 다시 해봤으면 좋겠어요."

프림은 마르쿠스 뢰드의 눈을 똑바로 바라보았다. 눈 뒤에서 기생충이 우글거리는 뇌가 바쁘게 움직이더니 잘못된 결론을 내리는 걸 지켜보았다. **이럴 줄 알았어! 요놈도 좋아했던 거야. 그냥 우는 척했을 뿐이었어. 난 아무것도 잘못한 게 없어. 아니, 반대로 난 내**

가 좋아하는 걸 누군가에게 가르쳤을 뿐이야!

"그리고 가능하면 최대한 옛날에 했던 것과 비슷하게 할 수 있으면 좋겠어요."

"비슷하게?" 마르쿠스 뢰드가 말했다. 그는 벌써 흥분으로 목이 꽉 막혀 있었다. 그것이 톡소플라스마증의 역설이었다. 성욕은—기본적으로 번식하고픈 욕구다— 죽음의 공포를 누르고 위험을 무시하며 감염된 존재에게 매우 즐거우면서 희망이라고는 보이지 않는, 터널 속 같은 시야를 제공한다. 고양이의 목구멍으로 곧장 들어가는 터널.

"집에서." 프림이 말했다. "아직 집이 거기 있어요. 하지만 혼자 오셔야 해요. 경호원 없이."

"그럼……." 마르쿠스는 침을 꿀꺽 삼켰다. "……**지금** 말이야?"

"물론이죠. 이미 보이는 것……." 프림은 몸을 앞으로 숙여 한 손을 상대방의 가랑이 사이에 얹었다. "……같은데요?"

뢰드의 아래턱이 걷잡을 수 없이 위아래로 움직였다.

프림은 일어섰다. "집이 어딘지는 기억하죠?"

마르쿠스 뢰드는 고개만 끄덕였다.

"혼자 올 거예요?"

또다시 끄덕끄덕.

프림은 마르쿠스 뢰드에게 어디로 갈 건지 누구를 만날 건지 아무에게도 말하면 안 된다고 말할 필요가 없다는 걸 알았다. 톡소플라스마증은 감염된 사람을 발정 나게 하고 겁이 없어지게 하지만, 멍청이로 만들지는 않는다. 다시 말해 그들이 머릿속에서 오직 바라는 단 한 가지 일을 혹시라도 막을 가능성이 있는 짓을 하는 멍청이가 되지는 않는다.

"30분 드릴게요." 프림이 말했다.

나이 든 경호원 베니는 경력이 15년이나 되었다.

그가 문을 열었을 때 손님은 마스크를 쓰고 있었다. 베니가 지켜보는 가운데 젊은 경호원이 몸을 수색했다. 열쇠 몇 개 말고는 무기로 사용할 법한 물건은 전혀 없었다. 지갑도, 어떤 종류의 신분증도 없었다. 남자는 이름이 카를 아르네센이라고 했는데, 그 자리에서 지어낸 이름처럼 들렸지만 뢰드는 퉁명스러운 고갯짓으로 확인했다. 뢰드가 지시한 대로 손님의 휴대전화를 맡아둔 베니는 방문을 살짝 열어두어야만 한다고 우겼다.

5분 뒤에—어쨌거나 베니는 나중에 경찰에게 5분 걸렸다고 진술했다— 젊은 '아르네센'은 방에서 나와 휴대전화를 돌려받고 아파트를 떠났다. 뢰드는 방에 남아 큰 소리로 혼자 있고 싶다면서 문을 닫았다. 그때부터 다시 5분이 지난 뒤 베니는 문을 두드리고 요한 크론이 얘기하고 싶어한다고 전했다. 그러나 대답이 없었다. 베니가 문을 열었을 때 방은 비어 있고 테라스로 통하는 창문이 열려 있었다. 베니는 그제야 테라스에 도로로 연결되는 비상계단이 있다는 걸 확인했다. 대단히 풀지 못할 미스터리는 아니었다. 고객은 지난 한 시간 사이에 토르그 가나 예른바네토르게에 가서 코카인을 구해다주면 아주 큰 돈을 주겠다는 제안을 베니나 그의 젊은 동료에게 세 번이나 했기 때문이다.

46

금요일, 블러드문

마르쿠스는 진입로 끝에 있는 출입문 앞에서 택시에서 내렸다.

오슬로북타에서 택시에 올라탔을 때 운전사가 가장 먼저 물어본 것은 돈이 있느냐는 것이었다. 마르쿠스가 셔츠 바람에 슬리퍼를 신고 있었으니 그렇게 물을 만도 했다. 하지만 그는 늘 그렇듯 신용카드를 갖고 있었다. 어떤 상황에서도 신용카드가 없으면 발가벗은 것 같았다.

출입문을 여니 경첩에서 날카로운 비명 소리가 났다. 자갈길 진입로를 걸어 올라가 꼭대기에 도착한 그는 땅거미 속에 반쯤 불타버린 집이 서 있는 모습을 보고 충격을 받았다. 그는 몰레 그리고 프림이라는 바보 같은 별명을 가진 아이를 두고 떠난 뒤 이곳에 한 번도 와본 적이 없었다. 신문에서 몰레가 죽었다는 소식을 들었고 장례식에도 갔지만 집이 이렇게 끔찍하게 파괴된 줄은 몰랐다. 그는 오직 과거의 장면을 그럴싸하게 연기할 수 있도록 배경이 충분히 보존되어 있기만을 바랐다. 그때 서로에게 한 일을, 그들이 서로에게 어떤 존재였는지를 재현하는 것이다. 물론 소년에게 그가 어떤 존재였는지는 아무도 몰랐다.

집을 향해 걸어 내려가던 뢰드는 현관에서 누가 나오는 모습을 보았다. 그였다. TV가 있는 방에서 아이와 마주 앉아 있을 때 느꼈던 감정은 너무나 압도적이어서 그는 이성을 잃고 달려들 뻔했다. 하지만 평생 그런 일을 수도 없이 겪어본 터여서 간신히 참을 수 있었다. 이제 그의 욕망은 이성적 사고가 가능할 정도로 통제되고 있다는 느낌이 들었다. 하지만 프림에 대한 기억이 오랫동안 쌓여 있는 상황에서 그를 향한 갈망이 너무 강력해 그 무엇도 뢰드를 막을 수 없었다.

그는 환영의 의미로 손을 내밀며 웃고 있는 젊은이를 향해 걸어 내려갔다. 지금까지 뢰드는 눈치채지 못하고 있었는데, 이제 아이는 설치류 같던 두 개의 커다란 앞니 대신 멋지고 고른 치아를 자랑하고 있었다. 환상을 위해서라면 어릴 적 앞니가 더 좋았겠지만 그것조차 집 가까이 다가가 안으로 안내를 받자마자 잊어버리고 말았다.

또 살짝 놀랐다. 복도, 거실 모든 것이 시커멓게 불타버렸다. 칸막이벽들이 모두 사라지니 공간이 훨씬 시원해 보였다. 아이였던 남자는 1층 자기 방이었던 공간의 바닥으로 그를 안내했다. 뢰드는 한밤중에 조명도 전혀 없는 상황에서 기뻐 떨리는 몸으로 계단에서부터 아이 방까지 얼마나 여러 번 오갔는지 지금도 눈을 감고 갈 수 있다는 걸 깨달았다.

"옷을 벗고 저기 누워요." 아이가 휴대전화로 조명을 켜고 말했다.

뢰드는 지저분한 매트리스와 불에 타 뼈대만 남은 철제 침대를 바라보았다.

그리고 시키는 대로 옷을 벗어서 침대 머리판에 올려놓았다.

"전부요." 아이가 말했다.

뢰드는 팬티를 벗었다. 그의 물건은 아이가 손을 잡을 때부터 이미 커져 있었다. 뢰드는 지배당하는 것이 아니라 지배하는 걸 좋아했다. 어쨌든 지금까지는 그랬다. 하지만 이제 그는 명령을 내리는 목소리를 즐기고 있었다. 추위에 소름이 돋았고 옷을 다 입은 아이에게 벌거벗은 채 당하는 굴욕감도 느껴졌다. 등에 닿는 오줌 냄새 풍기는 매트리스는 축축하고 차가웠다.

"이걸 차요." 뢰드는 두 팔이 위로 끌려 올라가더니 뭔가가 양 손목을 조이는 걸 느꼈다. 고개를 들었다. 아이의 휴대전화 불빛 속에서 양손이 침대 머리판에 가죽끈으로 묶인 모습이 보였다. 그리고 양쪽 발도. 그는 아이에게 속수무책으로 당하고 있었다. 과거 아이가 자신에게 당했을 때처럼.

"어서." 뢰드가 속삭였다.

"조명이 좀 더 있어야겠네요." 아이가 말했다. 그는 침대 머리판에 올려둔 바지 주머니에서 뢰드의 휴대전화를 꺼냈다. "비밀번호 뭐예요?"

"홍채 인식—." 뢰드가 말을 끝내기도 전에 휴대전화 잠금이 풀려 화면이 나타났다.

"고마워요."

뢰드는 두 개의 조명 때문에 앞이 보이지 않았고 두 휴대전화 사이에 아이가 나타나기 전까지는 뭘 하는 건지 알 수가 없었다. 휴대전화 두 대가 머리 높이의 스탠드에 각각 올려져 있는 것이 틀림없었다. 아이는 나이를 먹었다. 남자가 되었다. 하지만 아직 뢰드가 원할 정도로 젊었다. 분명했다. 그의 발기 상태는 나무랄 데 없었고, 속삭일 때 목소리가 떨리는 것은 추위 때문이기도 했지만 흥분 때문이기도 했다. "자, 어서. 이리 와, 아가!"

"우선 뭘 해주면 좋겠는지 얘기해봐요."

마르쿠스 뢰드는 마른 입술에 침을 발랐다. 그리고 말했다.

"다시 말해." 아이는 바지를 내리고 아직 흐물거리는 자기 물건을 손으로 어루만지며 말했다. "이번에는 내 이름 없이."

뢰드는 당혹스러웠다. 하지만 그럴 수 있었다. '화요일마다'에 모였던 사람들 가운데 여럿은 상대방이 누군지 상관없이 흥분하기도 했고 상대의 모습 전체를 보는 것보다 벽에 뚫린 구멍으로 내민 빳빳한 물건을 더 좋아하기도 했다. 뢰드로서는 다행이었다. 그는 자신이 바라는 바를 누구의 이름도 포함하지 않고 말했다.

"내가 어린아이였을 때 내게 무슨 짓을 했는지 말해." 불빛 사이에 선 남자는 이제 자위를 하며 말했다.

"이리 와, 그러면 내가 귀에 대고 속삭여—."

"말하라고!"

뢰드는 침을 삼켰다. 바로 그가 원하던 거였다. 쏟아지는 불빛 속에서 직접적이고 노골적이고 거친 말투로 말하는 것. 좋아. 뢰드는 자신의 수신기를 조정해 같은 주파수를 전송하기만 하면 되었다. 맙소사, 저 아이를 갖기 위해서라면 뭐든 할 수 있었다. 뢰드는 머뭇머뭇 처음에는 에둘러가면서, 하지만 조금 지나고 나서는 제대로 시작했다. 말해주었다. 있는 그대로. 자세하게. 그리고 주파수를 찾아냈다. 자기가 하는 말에, 그들이 함께 떠올린 기억에 흥분했다. 그때 어땠는지 말했다. '강간'이라는 단어도 썼다. 실제로 그랬기 때문이기도 했고 그 말을 쓰면 그도 아이도 더 흥분하기 때문이었다. 아이는 신음하기 시작했는데 지금은 몇 걸음 뒤로 물러나 두 불빛 사이 어둠 속으로 사라져 더는 보이지 않았다. 뢰드는 아이에게 모든 걸 말했다. 아이의 이불에 성기를 닦고 살금살금 다시

2층으로 돌아간 일까지.

“고마워!” 아이가 날카로운 목소리로 말했다. 한쪽 조명이 꺼지고 그는 다른 쪽 조명 속으로 나섰다. 바지는 올렸고 이제 옷을 모두 입은 모습이었다. 그는 뢰드의 휴대전화를 들고 뭔가 입력하고 있었다.

“뭐, 뭘 하는 거야?” 뢰드가 끙끙대며 말했다.

“마지막에 찍은 동영상을 연락처에 저장된 모두에게 보내고 있어.” 아이가 말했다.

“너…… 동영상 찍었어?”

“당신 휴대전화로. 보고 싶어?” 아이는 뢰드의 눈앞에 휴대전화를 들어 보였다. 화면 속에 자기 모습이 보였다. 예순 살이 훌쩍 넘고 살찐 남자, 강렬한 조명 아래 창백하다 못해 거의 하얀 모습으로 더러운 매트리스 위에 누운 그의 발기한 물건은 살짝 오른쪽으로 기울어 있었다. 이번에는 가면도 없었고 그의 신원을 가릴 것이 전혀 없었다. 그리고 목소리는 흥분으로 살짝 굵었지만 동시에 상대방이 들어주었으면 하는 마음에 종소리처럼 명확했다. 동영상은 보는 사람이 그의 손과 발이 침대에 묶여 있다는 사실을 알 수 없는 모습으로 찍혀 있었다.

“내가 준비한 짧은 문자메시지와 함께.” 아이가 말했다. “들어봐. ‘안녕하세요, 세상 사람들. 최근 여러 생각을 했습니다. 그리고 내가 저지른 짓을 생각하면 더는 살 수 없다고 마음먹었어요. 그래서 몰레가 불에 타 죽은 집에서 내 몸을 불살라 자살하기로 했습니다. 모두 안녕히.’ 어떻게 생각해? 그리 시적이지 않지만 아주 이해하기 쉽잖아? 이 내용을 당신 휴대전화 연락처에 저장된 모든 사람에게 예약 발송할 거야. 자정이 조금 지나 받아볼 수 있게.”

뢰드는 뭔가 말하려 입을 열었지만 뭔가 말하기도 전에 뭔가가 입술 사이로 비집고 들어왔다.

"곧 모든 사람이 당신이 얼마나 변태적인 돼지 새끼인지 알게 될 거야." 프림은 뢰드의 입에 불가리아 노숙자가 버리고 간 모직 양말 한 짝을 쑤셔 넣고 입을 테이프로 막으면서 말했다. "그리고 하루 정도 지나면 온 세상 사람도 알게 되겠지. 어떻게 생각해?"

대답은 없었다. 그저 크게 뜬 눈에서 나온 눈물이 뺨 위로 흘러내리기 시작했을 뿐이다.

"이런, 이런." 프림이 말했다. "한 가지 위안은 있어요, 아버지. 난 첫 계획대로 하지 않기로 했거든. 당신 정체를 밝힌 뒤 난 자살하고 당신은 망신당한 채 살아가게 만들려고 했는데, 아니야. 왜냐하면 난 살고 싶어졌거든. 사랑하는 여자를 찾았어. 그리고 오늘 밤 그녀에게 프러포즈할 거야. 그녀를 위해 뭘 샀는지 보라고."

프림은 바지 주머니에서 진홍색 벨벳으로 감싸인 상자를 꺼내 열었다. 스탠드에 장착한 휴대전화 플래시 불빛 속에서 반지에 박힌 작은 다이아몬드가 반짝였다.

"그래서 오래오래 행복하게 살기로 했어. 하지만 그러려면 내 정체가 밝혀져서는 안 되겠지. 그러니 모든 걸 아는 사람이 나 대신 죽어야 해. **당신은** 반드시 죽어야 해요, 아버지. 그 자체가 어려운 일이니까 죽으면서 가문의 명성이 더럽혀졌네, 어쩌네 같은 건 신경 쓰지 말라고. 당신이 그런 걸 엄청나게 중요시한다고 엄마가 말해줬거든. 하지만 그래도 망신당한 채 살아가지는 않아도 되잖아. 그건 괜찮지, 안 그래?"

프림은 흘러내리는 뢰드의 눈물을 검지로 닦더니 혀로 핥았다.

사람들은 씁쓸한 눈물이 어쩌고 글을 쓰지만 어차피 눈물은 다 같은 맛 아닌가?

"나쁜 소식은 당신이 망신을 피한 걸 보상받기 위해 천천히 죽일 생각이라는 거야. 좋은 소식은 내가 곧 사랑하는 사람과 데이트가 있어서 아주 느리게 죽이지는 않을 생각이라는 거고." 프림은 시간을 확인했다. "이런, 집에 가서 샤워하고 옷을 갈아입어야겠어. 그러니 이제 슬슬 시작해야 할 것 같아."

프림은 양손으로 매트리스를 붙잡았다. 두세 번 힘껏 당겨 매트리스를 조금 끌어냈다. 철제 침대 스프링이 묵직한 몸뚱이를 받아들이며 비명을 질렀다. 프림은 시커멓게 탄 벽돌벽으로 다가가더니 납작한 석유통 옆에 놓인 캠핑 난로를 가져왔다. 캠핑 난로를 새아버지의 머리 바로 아래 마룻바닥에 놓더니 가스 밸브를 열고 불을 붙였다.

"기억하는지 모르겠는데, 당신이 나한테 크리스마스 선물로 준 코만치족에 관한 책에 이 고문법이 최고라고 써 있더라고. 해골이 그릇이 되고 시간이 지나면 뇌가 보글보글 끓어오르거든. 그나마 기생충들이 당신보다 먼저 죽는 걸 위안으로 삼으라고."

마르쿠스 뢰드는 온몸을 비틀며 허우적거렸다. 철제 스프링 몇 개가 피부를 파고들었고 핏방울이 재로 덮인 바닥에 떨어졌다. 그리고 등에서 땀이 흐르기 시작했다. 프림은 마르쿠스 뢰드가 양말로 막힌 입으로 비명을 지르려 애쓰면서 목과 이마의 핏줄이 튀어나오는 걸 보았다.

프림은 그를 바라보았다. 기다렸다. 침을 삼켰다. 아무 생각도 들지 않았기 때문이다. 다시 말하자면 뭔가 생각이 들긴 했지만, 예상하지 못했던 생각이었다. 물론 준비한 복수가 상상했던 것처럼 달콤하지 않으리라는 걸 모르지 않았지만 이건 아니었다. 새아버지의 씁쓸한 눈물 같은 맛은 아니어야 했다. 이런 식의 감정은 실망이라기보다 충격에 가까웠다. 그는 침대에 누운 사람이 불쌍했다. 자신의 어린 시절을 파괴하고 어머니가 스스로 목숨을 끊도록 만든 사람인데도. 이런 느낌은 원하지 않았다! '그녀'의 잘못일까? '그녀'가 그의 삶에 사랑을 가져왔기 때문일까? 성경에서는 사랑이 가장 위대하다고 말한다. 정말일까? 사랑은 복수보다 더 위대한 걸까?

프림은 울음이 터졌고 멈출 수가 없었다. 불에 그을린 계단으로 걸어가 재 속에 박힌 묵직하고 오래된 삽을 찾아냈다. 삽을 움켜쥐고 다시 철제 침대로 돌아왔다. 이럴 계획은 아니었다. 오랫동안 고통을 끌어낼 생각이었지 동정은 아니었다고! 하지만 그는 삽을 머리 위로 들어 올렸다. 머리를 이리저리 흔들며 납작한 삽날을 피해보려는 마르쿠스 뢰드의 눈에서 필사적인 표정을 보았다. 빨리 죽는 것보다 끔찍하게 고문당하면서 몇 초라도 더 살고 싶은 것 같았다.

프림은 목표를 겨누었다. 그리고 삽을 휘둘렀다. 한 번, 두 번. 세 번. 눈에 튄 피를 닦아내며 허리를 굽히고 숨소리를 들었다. 허리를 펴고 삽을 머리 위로 다시 들었다.

다 끝난 뒤 그는 숨을 내쉬었다. 다시 시간을 확인했다. 이제 남은 건 모든 흔적을 지우는 일뿐이다. 삽으로 맞은 두개골 부위의 흔적이 혹시라도 자살했다는 사실에 의혹으로 남지 않기를 바랐다. 화염이 곧 다른 모든 걸 지워버릴 것이다. 그는 가죽끈을 풀어 주머니에 넣었다. 뢰드의 휴대전화로 찍은 영상의 앞부분과 뒷부분을 잘라내 현장에 다른 사람이 있었던 것이 아니라 뢰드가 동영상을 전송하기 전에 직접 편집한 것처럼 보이도록 했다. 그리고 뢰드의 연락처에 저장된 모두를 선택하고 예약 시간을 12시 30분으로 설정한 뒤 전송을 눌렀다. 화면 불빛에 드러난, 겁에 질리고 믿을 수 없어하는 모든 사람의 얼굴을 생각했다. 그리고 휴대전화에 남은 지문을 지우고 뢰드의 바지 주머니에 집어넣다가 부재중 전화가 8회 찍혀 있는 걸 발견했다. 그중 세 번은 요한 크론에게서 온 전화였다.

그는 시신에 석유를 부었다. 충분히 젖기 기다렸다가 같은 과정을 세 번 반복해 시신이 완전히 기름에 절여지게 했다. 남아 있는 기둥과 여전히 서 있는 벽에도 석유를 뿌려 불이 잘 붙도록 했다. 돌아다니면서 여기저기 불을 붙였다. 잊지 않고 라이터를 침대 옆에 두어 새아버지가 마지막으로 자기 몸을 불사른 것처럼 보이도록 했다. 어릴 때 살던 집에서 걸어 나와 자갈돌 진입로에 서서 고개를 들어 하늘을 보았다.

추한 일은 끝났다. 달이 떠올라 있었다. 아름다웠고 곧 훨씬 더 아름다워질 터였다. 피에 잠겨 어두워질 것이기 때문이다. 그의 사랑을 위해 하늘에 장미가 피어날 터였다. 그는 그녀에게 지금 생각한 말을 그대로 들려주어야겠다고 생각했다.

47

금요일, 블루맨

"블루맨, 블루맨, 염소야, 네 아기를 생각해."

카트리네는 잠들었는지 확인하기 위해 게르트의 숨소리를 들으려 애쓰면서 마지막 구절을 거의 소리 내지 않고 불렀다. 호흡은 깊고 일정했다. 이불을 조금 끌어 올려주고 방에서 나갈 채비를 했다.

"해니 아저씨 어디 가써?"

그녀는 커다랗게 뜬 파란 눈을 내려다보았다. 비에른은 어떻게 저 눈이 해리의 아들이라는 걸 몰랐을까? 아니, 분만실에서 처음 봤을 때부터 알고 있었을까?

"해리 아저씨는 아픈 친구랑 병원에 있어. 하지만 할머니가 계셔."

"어디 가꺼야?"

"프롱네르세테렌이란 곳이야. 언덕 높은 곳, 거의 숲속에 있어. 언제 엄마랑 거기 놀러 가보자."

"해니 아저씨도."

웃음이 나오면서도 심장을 찔리는 것 같았다. "그래, 해리 아저씨랑 같이 갈 수도 있고." 그렇게 말하면서 거짓말이 되지 않기를 바랐다.

"거기 곰 이써?"

그녀는 고개를 흔들었다. "곰은 없어."

게르트는 눈을 감더니 금세 잠들었다.

아이를 바라보던 카트리네는 도저히 떠날 수가 없었다. 시계를 보았다. 8시 반. 이제 나가야 했다. 게르트의 이마에 키스하고 방에서 나왔다. 시어머니가 뜨개질하는 소리가 거실에서 희미하게 들려 들여다보았다.

"잠들었어요." 그녀는 속삭였다. "저, 나가요."

시어머니는 고개를 끄덕이며 웃었다. "카트리네."

카트리네는 멈춰 섰다. "네?"

"나랑 약속할 수 있어?"

"무슨 약속요?"

"즐겁게 시간 보내겠다고."

카트리네는 나이 든 여자의 눈길을 마주 보았다. 그리고 무슨 말인지 이해했다. 그녀의 아들은 오래전에 죽어 묻혔지만 삶은 계속되어야 한다는 뜻이다. 카트리네는 계속 살아가야 한다는 뜻이다. 카트리네는 목에 뭐가 걸린 것 같은 느낌이었다.

"고마워요, 어머니." 그녀는 속삭였다. 어머니라고 부른 것은 처음이었고 그녀는 시어머니의 눈에 눈물이 차오르는 모습을 보았다.

카트리네는 빠른 걸음걸이로 국립극장 근처 지하철역으로 향했다. 지나치게 차려입지는 않았다. 아르네가 추천한 대로 따뜻한 재킷에 편한 신발을 신었다. 그렇게 입으라는 건 레스토랑 외부 좌석에서 식사하겠다는 뜻일까? 파티오 난로 아래서 멋진 풍경에 둘러

싸여서? 하늘만 위에 두고? 그녀는 달을 올려다보았다.

휴대전화가 울렸다. 해리 홀레였다.

"요한 크론이 전화했어." 그가 말했다. "참고해둬. 마르쿠스 뢰드가 경호원들을 따돌리고 사라졌어."

"놀랄 일도 아니네요. 그 사람 마약 중독자니까."

"경호회사에서 예른바네토르게로 사람들을 보냈어. 거기서는 찾지 못했어. 돌아오지 않았고 전화도 받지 않아. 물론 어딘가로 섹스하러 가서 풀려난 걸 축하하고 있을 수도 있지. 그냥 당신이 알아두어야 할 것 같아서."

"고마워요. 오늘 밤은 마르쿠스 뢰드 생각은 잊고 좋아하는 사람들에만 집중하려던 참이었어요. 스톨레는 어때요?"

"죽음이 가까운 사람치고는 놀라울 정도로 멀쩡해."

"진짜?"

"박사님은 죽음의 신이 환영하는 방식일 거래. 자발적으로 저승의 문턱을 넘게 하려는 거라면서."

카트리네는 웃지 않을 수 없었다. "스톨레답네요. 사모님이랑 딸은 어쩌고 있어요?"

"잘 대처하면서 견뎌내고 있어."

"좋아요. 사랑한다고 전해주세요."

"그래. 게르트는 자?"

"네. 당신 얘기를 좀 자주 하는 느낌이에요."

"음. 전혀 몰랐다가 새로 나타난 삼촌은 늘 흥미로운 법이지. 레스토랑 데이트 잘 즐겨. 지금 가면 식사는 좀 늦은 거 아냐?"

"어쩔 수가 없었어요. 과학수사과는 업무가 밀려 고생하고 있고, 성민은 자기 파트너랑 저녁 먹으러 갔을 테고. 성민은 혹시 알고—."

"그래, 뢰드 건은 연락했어."

"고마워요."

그들은 전화를 끊었고 카트리네는 지하로 내려갔다.

해리는 휴대전화를 내려다보았다. 카트리네와 통화하는 사이 전화가 와 있었다. 벤의 번호였다. 전화를 걸었다.

"좋은 아침이에요, 해리. 친구 한 명이랑 같이 도헤니 가에 갔었어요. 루실이 거기 없는 것 같아요. 경찰에 신고했어요. 그쪽에서 전화할 수도 있어요."

"그래요. 경찰에 제 번호를 주세요."

"줬어요."

"좋아요. 감사합니다."

그들은 통화를 마쳤다. 해리는 눈을 감고 나지막이 욕설을 내뱉었다. 경찰에 직접 전화해야 할까? 아니, 전갈 남자가 여전히 루실을 붙잡아두고 있다면 그녀를 죽인들 위험을 자초할 뿐일 터였다. 그러니 아무것도 하지 말고 기다려야 했다. 그래서 그는 루실 문제는 일단은 제쳐두기로 했다. 평범한 인간의 뇌를 가진 그는 한 번에 오직 한 가지 문제에만 집중할 수 있었고 가끔은 그것조차 해내지 못했는데, 지금 당장은 살인범을 막아야 했기 때문이다.

해리가 618호 병실로 돌아오니 지브란이 침대에서 내려와 외위스테인 그리고 트룰스와 함께 에우네의 침대 주위에 앉아 있었다. 휴대전화가 이불 한가운데에 놓여 있었다.

"홀레가 막 들어왔네요." 에우네가 전화기에 대고 말하더니 해리를 바라보았다. "지브란은 만일 살인범이 새로운 기생충을 만들어냈다면 미생물학 쪽에서 뭔가 연구했을 것이 틀림없다고 했네."
"법의학연구소의 헬게도 같은 생각이었어요." 해리가 말했다.
"그리고 그런 쪽 연구자들은 그리 많지 않지." 에우네가 말했다. "그래서 뢰켄 교수에게 전화했어. 오슬로 대학병원 미생물학부 연구부장이야. 톡소플라스마 곤디이 기생충 변종 연구와 관련이 있는 사람은 한 명밖에 모른다고 하네. 뢰켄 교수, 그 사람 이름이 뭐라고 했죠?"
"스테이네르." 이불 위 휴대전화에서 목소리가 들렸다. "프레드리크 스테이네르라고, 기생충학자입니다. 인간을 주 숙주로 사용할 수 있는 변종을 오래 연구해왔죠. 그의 친척되는 사람이 연구를 이어가려고 했지만 재정 지원이 끊기는 바람에 더는 여기서 연구할 수 없었습니다."
"이유를 말해줄 수 있나요?" 에우네가 말했다.
"제가 기억하기로는 뭔가 연구 방법이 비도덕적이었다고 들은 것 같습니다."
"무슨 의미죠?"
"모르겠습니다. 하지만 추측해보자면 살아 있는 대상을 연구에 사용한 것 아닌가 싶습니다."
"해리 홀레라고 합니다, 교수님. 사람을 감염시켰다는 뜻인가요?"
"밝혀진 바는 없지만 그런 소문이 있었습니다."
"그 친척 이름은 뭡니까?"
"기억이 나지 않습니다. 오래전이기도 하고 프로젝트가 그냥 중단되어버렸거든요. 흔한 일이죠. 꼭 뭐가 잘못되어야 그런 것도 아니고 가끔은 그냥 프로젝트의 성과가 충분하지 않아서 그렇게 되기도 하니까요. 지금 통화하면서 우리 병원뿐 아니라 스칸디나비아 전체에서 오래전 연구원까지 포함해 스테이네르라는 이름이 있는지 검색해봤습니다. 안타깝게도 프레드리크밖에 없네요. 만일 중요한 일이라면 지금 기생충학을 연구하는 누구든 찾아서 물어보겠습니다."

"그래 주시면 정말 고맙겠습니다." 해리가 말했다. "그 친척이라는 사람이 연구를 얼마나 오래 했나요?"

"별로 길지 않았습니다. 그렇지 않았다면 제가 알았을 겁니다."

"바보 같은 질문에 대답해주실 시간 되시나요?" 외위스테인이 물었다.

"대개는 그런 질문이 최고의 질문이죠." 뢰켄이 말했다. "물어보세요."

"기생충을 번식시키거나 재훈련해서 사람을 숙주로 사용할 수 있도록 만드는 일에 도대체 왜 돈을 대주는 건가요? 그냥 뭔가를 망치는 일 아닌가요?"

"제가 최고의 질문일 거라고 했죠?" 뢰켄은 낄낄대며 웃었다. "사람들은 대개 기생충이라는 말을 들으면 움찔합니다. 이해할 수 있죠. 많은 기생충은 위험하고 숙주에게 유해하니까요. 하지만 많은 기생충은 동시에 숙주에게 의학적으로 이로운 기능을 하기도 합니다. 숙주를 살리고 가능한 한 건강하게 유지하는 것이 그들에게 이득이거든요. 동물에게 그런 식으로 하는 걸 보면 사람에게도 똑같이 할 수 있으리라 생각할 수 있겠죠. 스칸디나비아에서는 유용한 기생충 연구를 하는 소수에 스테이네르가 포함되어 있었지만, 세계적으로 보면 그쪽은 오랜 세월 아주 큰 분야로 자리를 잡아왔습니다. 그쪽 분야에서 노벨상을 받는 일도 시간문제일 뿐이에요."

"아니면 엄청난 생물학 무기가 탄생할 수도 있겠죠?" 외위스테인이 물었다.

"아까는 스스로 바보라더니 전혀 그렇지 않네요." 뢰켄이 대답했다. "네, 정확한 말씀입니다."

"세상을 구하는 건 나중에 하자고." 해리가 말했다. "지금 당장은 살인자의 명단에 오른 다음 사람을 구하는 데 관심을 둬야 하니까. 금요일 저녁이긴 하지만 아까 이 문제가 정말 중요한지 물어보셨는데……."

"이제 무슨 일인지 이해했습니다. 당신 기사를 신문에서 본 적이 있어요, 홀레. 바로 몇 군데 전화를 돌려서 알아보고 다시 연락드리죠."

그들은 통화를 마쳤다.

서로를 바라보았다.

"누구 배고픈 사람?" 에우네가 물었다.

네 사람 모두 고개를 저었다.

"다들 한참 아무것도 안 먹었잖아. 냄새 때문에 전부 식욕이 사라졌나?"

"무슨 냄새요?" 외위스테인이 물었다.

"내 장에서 나는 냄새. 그건 나도 어쩔 수가 없어."

"스톨레 박사님." 외위스테인이 이불에 올려놓은 에우네의 손등을 두드리며 말했다. "혹시 무슨 냄새가 난다면 제 몸에서 나는 거예요."

에우네는 웃었다. 그가 흘리는 눈물이 고통 때문인지 감동 때문인지는 알 수 없었다. 친구를 바라보는 해리의 머릿속에서 여러 생각이 뛰어다녔다. 아니, 그보다는 머릿속에서 뭔가 생각해내려고 그 자신이 뛰어다니는 것 같았다. 뭔가를 놓치고 있다는 걸 알았고 그걸 잡아내야만 했다. 그리고 그가 알고 의식하고 있는 것은 시간이 없다는 사실뿐이었다.

"지브란." 그가 느릿느릿 불렀다.

목소리가 뭔가 달랐는지 다른 사람들은 그가 뭔가 중요한 내용을 말하기라도 한 것처럼 그를 향해 고개를 돌렸다.

"장액 냄새가 어떻죠?"

"장액요? 모르겠습니다. 위산이 역류하는 사람들의 입김 냄새를 맡아보면 어쩌면 썩은 달걀 같지 않을까 싶어요."

"음. 그럼 머스크 향과는 다르겠네요?"

지브란은 고개를 흔들었다. "사람이라면 그렇지 않죠, 그건 압니다."

"사람이라면 안 그렇다니, 무슨 뜻이죠?"

"고양이의 장을 열어보면 확실히 머스크 향이 납니다. 항문샘에서 나는 거죠. 다양한 동물이 영역을 표시하거나 짝짓기 철에 파트너를 유혹하려고 머스크 향을 분비합니다. 고대 이슬람 문화에서는 머스크 향을 낙원의 향이라고도 불렀죠. 아니면 죽음의 향이라고 할 수도 있겠네요. 어떤 식으로 보느냐에 달렸지만."

해리는 그를 바라보았다. 하지만 머릿속에 들리는 목소리는 루실의 것이었다. '사람들은 작가가 글에 쓰인 순서대로 생각했다고 여기거든. 사실 놀랄 일도 아니죠. 어쨌거나 사람들은 어떤 사건이 벌어진 건 과거의 결과라고 믿으니까요. 그 반대가 아니라.'

물건을 빼돌린 다음 의심이 일자 누군가 마약에 뭔가 섞었다. 이것이 사람들이 자연스럽게 받아들이는 사건의 흐름이다. 하지만 누군가, 그러니까 작가가 순서를 거꾸로 뒤집었다. 해리는 이제야 그들이 줄곧 속았다는 걸 이해할 수 있었다. 그리고 어쩌면 그는— 문자 그대로— 작가의 냄새를 맡은 것일 수도 있었다.

"트룰스, 밖에서 잠깐 얘기 좀 할까?"

다른 세 사람은 해리와 트룰스가 병실 밖 복도로 나가는 모습을 지켜보았다.

해리가 트룰스를 향해 돌아섰다.

"트룰스, 코카인을 빼돌린 사람이 당신이 아니었다고 이미 말한 건 알아. 그리고 또 그 말이 얼마든지 거짓일 수도 있다는 것도 알지. 당신이 무슨 짓을 했든 난 전혀 신경 쓰지 않아. 그건 당신도 믿을 거야. 그래서 한 번 더 물으려는 거야. 당신이야, 아니면 당신이 아는 누구야? 대답하기 전에 5초 생각하고 말해."

트룰스는 험악한 불도그처럼 고개를 숙였다. 하지만 끄덕였다. 아무 말도 하지 않았다. 다섯 번 깊이 숨을 쉬었다. 입을 열었다. 뭔가를 생각하는 것처럼 다시 입을 다물었다. 그러더니 말했다.

"벨만이 왜 우리 그룹의 수사를 중단시키지 않았는지 알아?"

해리는 고개를 흔들었다.

"내가 그의 집으로 찾아가서 만일 그렇게 나오면 그가 알나브루의 폭주족 마약상을 죽였다는 사실을 폭로하겠다고 했기 때문이야. 시체는 내가 회옌할에 있는 그의 새집 테라스에 넣고 시멘트를 덮어 감췄어. 안 믿기면 파내서 확인해봐."

해리는 한참 동안 트룰스를 바라보았다. "이걸 왜 나한테 말하지?"

트룰스는 여전히 이마가 벌건 채 콧방귀를 뀌었다. "그래야 내가 당신을 믿는다는 걸 증명하잖아? 이제 당신은 날 감옥에 오래 처박을 수 있는 무기를 갖게 됐다고. 그걸 인정하면서 고작해야 2년 갇혀 있으면 될 정도의 코카인 빼돌리기를 왜 인정하지 않겠어?"

해리는 고개를 끄덕였다. "알았어."

"좋아."

해리는 뒷덜미를 문질렀다. "약을 압수했을 때 함께 있던 다른 두 사람은?"

"불가능해." 트룰스가 말했다. "공항 세관에서 자동차까지, 그리고 자동차에서 다시 증거물 보관소까지 내내 약을 옮긴 사람은 나였어."

"좋아." 해리가 말했다. "이미 말한 것처럼 나는 세관 직원이나 증거물 보관소의 누군가가 빼돌렸다고 봐. 어떻게 생각해?"

"모르겠어."

"아니, 어떻게 **생각**하느냐고?"

트룰스는 어깨를 으쓱했다. "내가 증거물 보관소에서 그걸 다룬 사람들을 아는데, 모두 그럴 리가 없어. 내 생각엔 그냥 무게를 잘못 잰 것 같은데."

"나도 당신 말이 맞는다고 봐. 왜냐하면 내가 바보같이 전혀 고려하지 않았던 세 번째 가능성이 있기 때문이야. 다시 안으로 들어가. 나도 곧 들어갈게."

해리는 카트리네에게 연락했지만 전화를 받지 않았다.

"뭔데?" 외위스테인은 해리가 다시 들어와 침대 옆에 앉자 말했다. "모두 함께 여기까지 왔는데 우리 세 사람은 들어서는 안 될 뭐가 있어?"

지브란이 웃었다.

"우리는 전후 관계에 속은 거야." 해리가 말했다.

"그게 무슨 말이야?"

"압수된 코카인이 과학수사과에 도착했을 때까지 아무도 빼돌리지 않았어. 트룰스가 말한 것처럼 무게를 조금 부정확하게 재서 약간의 차이가 생긴 거야. 빼돌리기는 그 뒤에 일어난 거야. 과학수사과에서 코카인을 분석한 사람이 범인이야."

모두가 믿을 수 없다는 듯 그를 보았다.

"생각해보자고." 해리가 말했다. "과학수사과에서 일하는 사람이 거의 순수할 정도의 코카인을 다량으로 받았어. 증거물 보관소에서 누군가 코카인에 뭔가를 섞고 그 차이만큼 빼돌렸다고 의심하기 때문이야. 그런데 검사해보니 이상 없이 순수한 코카인이고 아무도 뭔가 섞지 않았단 말이야. 그렇지만 증거물 보관소에서는 이미 누군가를 의심하고 있다는 점에서 기회가 생기지. 순수한 코카인을 약간 빼돌리고 레바미솔을 좀 섞고 과학수사과에 도착하기 전에 누군가 뭔가를 섞었다는 결론과 함께 돌려보내는 거지."

"아름답군!" 외위스테인은 빠른 비브라토로 노래했다. "만일 네 말이 맞는다면 그자는 정말이지 간교한 놈이잖아!"

"여자일 수도 있지." 에우네가 말했다.

"남자예요." 해리가 말했다.

"어떻게 알아?" 외위스테인이 말했다. "과학수사과에는 여자도 많지 않나?"

"있지. 하지만 젤러시 바에서 우리에게 접근하더니 경찰대학에 지원했지만 다른 공부를 해보고 싶어서 가지 않았다고 말한 사람 기억하지?"

"브라트 남친?"

"그래. 그때는 별생각 없었는데 그 사람이 선택한 분야가 어쩌면 수사와 관련된 일이 아닐까 싶더라고. 그리고 오늘 저녁 일찍 카트리네와 통화했는데 얼결에 남자친구랑 프롱네르세테렌에서 저녁식사를 하기로 했다고 말하더군. 왜 그리 늦게 만나느냐고 물으니 과학수사과에 일이 많다는 거야. 카트리네가 일이 많았다는 이야기가 아니야, 그 친구가 바빴던 거지. 감식 요원 가운데 아르네라는 사람 들어봤나, 트룰스?"

"지금은 새로 들어온 사람이 너무 많아. 그리고 내가 뭐, 막 돌아다니면서……." 그는 적당한 단어를 찾는 것처럼 머리를 흔들었다.

"……새 친구를 사귀지는 않는다고?" 외위스테인이 거들었다.

트룰스는 경고하듯 노려봤지만, 고개를 끄덕였다.

"과학수사과에 누군가 있을 수 있다는 건 알겠네." 에우네가 말했다. "하지만 왜 그렇게 확신하지? 왜 카트리네의 남자친구라는 거야? 켐퍼 사건을 생각하는 건가?"

"그것도 있어요."

"저기요?" 외위스테인이 끼어들었다. "지금 두 사람, 무슨 얘기를 하는 건가요?"

"에드먼드 켐퍼." 에우네가 말했다. "1970년대의 연쇄살인범인데, 경찰관들과 친밀하게 지내길 좋아했지. 그런 연쇄살인범이 꽤 많아. 그들은 살인 전후에 자신을 수사하게 될 것 같은 경찰을 찾곤 했어. 켐퍼도 경찰대학에 지원했었고."

"그런 유사점이 있어요." 해리가 말했다. "하지만 그중 최고는 날카로운 향기였어. 머스크 향. 젖었거나 열을 가한 가죽 냄새 같은. 헬레네 뢰드가 파티에서 그런 냄새를 맡았다고 했거든. 헬레네 뢰드가 시체 보관실에 있을 때도 그 냄새가 났지. 수산네 안데르센의 안구를 빼낼 때도 같은 냄새를 맡았어. 그리고 젤러시 바에서 아르네라는 놈을 만났던 밤에도 그 냄새가 났단 말이야."

"난 아무 냄새 못 맡았는데." 외위스테인이 말했다.

"났다니까." 해리가 말했다.

에우네는 눈썹을 추켜세웠다. "땀 흘리는 남자들 백 명 사이에서 그 냄새를 맡았다고?"

"그건 빌어먹을 정도로 특별한 냄새였어요." 해리가 말했다.

"어쩌면 너 톡소플라스마증에 걸렸나 봐." 외위스테인이 걱정하는 척 말했다. "막 하고 싶고 그러냐?"

트룰스가 꿀꿀대며 웃었다.

해리는 갑자기 고통스러운 기시감을 느꼈다. 비에른 홀름이 라켈을 살해한 흔적을 매우 신중하게 정리하는 모습. "그러면 왜 우리가 범죄 현장이나 시체에서 증거를 전혀 찾아내지 못했는지도 설명할 수 있어." 그가 말했다. "일을 저지르고 프로의 솜씨로 청소한 거야."

"그렇군!" 트룰스가 말했다. "우리가 만일 녀석의 DNA를 찾아낼 수 있다면……."

"살인 현장에서 일하거나 시체를 다루는 사람은 누구나 DNA 프로파일을 데이터베이스에 올려야 해." 해리가 덧붙였다. "그래야 혹시 흘린 머리카락을 발견하더라도 조심성 없는 과학수사관이라는 걸 알 수 있으니까."

"만일 범인이 아르네라면." 에우네가 말했다. "그가 오늘 밤 카트리네와 있다는 거네. 프롱네르세테렌에."

"그곳은 거의 숲이나 마찬가지인데." 외위스테인이 말했다.

"알아, 그래서 전화해보려고 했어." 해리가 말했다. "전화를 받지 않아. 얼마나 걱정해야 할까요, 스톨레?"

에우네는 어깨를 으쓱했다. "내가 알기로 그와 카트리네는 전부터 사귀고 있었어. 만일 죽일 생각이었다면 이미 그렇게 했겠지. 무슨 이유에서인지 마음을 바꿔 먹은 것이 분명해."

"이를테면?"

"진짜로 위험한 상황은 카트리네가 뭔가를 해서 그가 모욕감을 느끼는 거야. 예를 들면 그를 거절한다든지."

48

금요일, 숲

호브세테르의 아파트 단지, 탕은 3층 창가에 서서 아래를 내려다보고 있었다. 손에는 휴대전화를 들고 있었다. 9시 1분 전이었다. 현관문 바로 밖에 주차된 차를 보고 있었다. 차는 거의 5분 전부터 그곳에 서 있었다. 요나탄의 차였다. 전화기가 울려 그녀는 깜짝 놀랐다. 액정 화면의 시계가 9시임을 나타내고 있었다. 정확히.

그녀는 지난 한 시간 동안 궁리해낸 온갖 핑계를 떠올렸지만 그럴 수는 없었다. 통화 버튼을 눌렀다.

"네?"

"밖에 왔어요."

"네, 가요." 그녀는 대답하고 전화기를 핸드백에 넣었다.

"나 나가!" 그녀는 복도에서 큰 소리로 말했다.

"땀 비엣(잘 다녀오렴)!" 그녀의 어머니가 거실에서 대답했다.

탕은 문을 닫은 뒤 엘리베이터를 타고 내려갔다. 평소에 이용하는 계단을 사용할 수 없어서가 아니라 이론적으로는 혹시라도 엘리베이터가 고장 나 멈추면 소방서에 전화하게 되면서 다른 모든 계획이 취소될 가능성이 있기 때문이었다.

그러나 엘리베이터는 고장 나지 않았다. 그녀는 도로로 나왔다. 9월 늦은 날 밤인데도 이상하게 따뜻했고 특히 하늘에 구름 한 점 보이지 않았다.

요나탄은 조수석으로 몸을 기울여 차 문을 열어주었다. 그녀는 올라탔다. "안녕하세요."

"안녕, 탕."

차는 출발했다. 탕은 요나탄이 그녀의 이름을 불렀다는 사실에 놀랐다. 가게에서 일할 때는 한 번도 없던 일이다.

큰 도로로 접어든 그는 서쪽으로 방향을 잡았다.

"저한테 보여주고 싶다는 게 뭐예요?" 그녀가 물었다.

"뭔가 아름다운 거요. 당신만을 위한 것."

"저를 위한 거요?"

그는 웃었다. "그리고 날 위한 것이기도 하죠."

"뭔지 말해줄 수 없어요?"

그는 고개를 저었다. 그녀는 앉아서 시야의 한쪽 구석으로 그를 지켜보았다. 그는 평소와 매우 달랐다. 일단 그녀의 이름을 불렀다. 게다가 그가 '아름답다'라는 단어를 쓰는 일은 들어본 적이 없었고 뭔가 그녀를 위한 것이라는 말도 처음이었다. 탕은 차에 타기 전까지 초조했고 거의 겁에 질려 있었다. 하지만 뭔가, 어쩌면 그가 말하는 방식이 그녀를 차분하게 만들었다.

그리고 지금 그는 마치 그녀가 훔쳐보는 걸 알고 있다는 듯 웃었다. 어쩌면 일하지 않을 때는 이런 모습일 수도 있겠다는 생각이 들었다. 하지만 그 순간 그녀는 자신은 종업원이고 그는 사장이니 지금도 어찌 보면 일하는 중이라는 생각이 들었다. 아니, 혹시 아닌가?

호브세테르는 도시 서쪽에 있었고 몇 분 후 그들은 뢰아와 보그스타의 골프장을 지나 양쪽으로 울창한 가문비나무 숲이 있는 쇠르셰달렌 깊숙이 들어갔다.

"여기 근처에서 곰이 나온다는 얘기 들었어요?" 그가 말했다.

"곰이라고요?" 그녀는 놀라 말했다.

그는 그녀를 비웃지 않고 그냥 미소만 지었다. 요나탄이 그렇게 멋지게 웃는지 전에는 몰랐다. 아니, 알고 있었지만 마음에 담아두지 않았던 건지도 몰랐다. 어쨌거나 그가 가게에서 웃는 일은 워낙 드물었고, 봤다고 해도 다른 일을 하다 보면 금세 잊었을 것이다. 마치 뭔가 드러날까 염려된다는 듯 그녀에게 웃는 모습을 보여주고 싶어하지 않았다. 그러나 이제 그는 뭔가를 보여주고 싶어한다. 뭔가 '아름다운' 것을.

휴대전화가 울려 그녀는 다시 한번 깜짝 놀랐다.

그녀는 액정 화면을 들여다보고는 무시하고 휴대전화를 다시 가방에 넣었다.

"받고 싶으면 받아도 돼요." 그가 말했다.

"누군지 모르는 전화는 안 받아요." 탕이 말했다. 거짓말이었다. 그녀는 형사 성민의 전화번호를 알고 있었다. 그러나 물론 전화를 받고 요나탄이 다시 화내는 위험을 감수할 수는 없었다.

그는 깜빡이를 켜더니 속도를 늦췄다. 탕은 샛길이 있는지 전혀 몰랐는데 갑자기 옆에서 길이 나타났다. 좁은 자갈길 도로를 바퀴가 밟는 소리에 그녀의 심장이 점점 빨리 뛰었다. 검은 숲으로 된 벽에 빛이라고는 자동차 전조등뿐이었다.

"어디……." 그녀는 입을 열었지만 떨리는 자기 목소리가 들릴까 두려워 멈췄다.

"겁 내지 말아요, 탕. 난 그냥 당신을 행복하게 만들어주고 싶은 거니까."

겁내는 걸 들키고 말았다. 그냥 행복하게 만들어주고 싶다고? 그녀는 그가 그런 식으로 이상한 말을 하는 걸 좋아해야 할지 더는 알 수 없었다.

그는 차를 세운 뒤 시동과 헤드라이트를 껐고 그들은 갑자기 완벽한 어둠 속에 앉아 있었다.

"자, 여기서 내려요."

그는 깊게 숨을 들이마셨다. 차분함이 느껴지는 목소리는 거의 최면을 거는 것 같았다. 이제 그녀는 더는 두렵지 않고 그냥 흥분되기만 했다. **그녀에게만 보여주는. 뭔가 아름다운 것.** 이유는 알지 못했지만, 갑작스러운 이런 상황이 그리 이상할 게 없다는 생각이 들었다. 이건 그녀가 기다리고 기대했던 상황이었다. 온종일 느꼈던 극심한 긴장감은 분명히 신부가 결혼식 날에 느끼는 것과 같았을 터였다. 그녀는 조수석에서 내려 상쾌한 저녁 공기와 가문비나무의 향기를 들이마셨다. 그 순간 공포가 되살아났다. 워낙 그가 단호하게 아무에게도 말하지 말라고 했기에 바보처럼 아무에게도 말하지 않았다. 그녀가 여기 있다는 사실을 아는 사람은 한 명도 없다. 그녀는 침을 삼켰다. 어느 시점에서 그녀는 멈추라고, 집에 가고 싶다고 말하게 될까? 지금 그렇게 말하면 그건 그저 그를 매우 화나게 만들고 어쩌면…… 어쩌면, 뭐?

"가방은 두고 내려도 돼요." 요나탄이 운전석 쪽 뒷문을 열며 말했다.

"휴대전화는 가져가고 싶어요."

"좋을 대로 해요. 하지만 이걸 입고 주머니에 넣어두어야 해요.

추울 수도 있거든." 그는 패딩 재킷을 건넸다. 그녀는 재킷을 입었다. 냄새가 났다. 요나탄의 냄새일 것이다. 그리고 캠프파이어 냄새도. 적어도 최근에 모닥불 근처에 있었던 것 같았다.

요나탄은 머리에 헤드램프를 착용하고 그녀가 눈부시지 않도록 고개를 반대편으로 돌린 다음 스위치를 켰다. "따라와요."

그는 도로 옆 얕은 도랑을 건너 바로 숲으로 들어갔고 탕은 펄쩍 뛰어 그를 따라가는 것 말고는 달리 방법이 없었다. 그들은 숲으로 들어갔다. 오솔길이 있는지 모르겠지만 그녀의 눈에는 보이지 않았다. 지형이 오르막으로 변했고 그는 가끔 멈춰 나뭇가지를 잡고 옆으로 치워 그녀가 좀 더 쉽게 지나갈 수 있도록 해주었다.

두 사람은 달빛에 젖은 넓은 황무지로 들어섰고, 그녀는 휴대전화를 꺼내 확인해볼 기회를 잡았다. 가슴이 무너졌다. 신호가 약한 것이 아니라 아예 **잡히지도 않았다**.

고개를 다시 들고야 그녀는 휴대전화에서 뿜어내는 빛이 어둠 속에서 보는 능력을 떨어뜨렸음을 알아차렸다. 까만 어둠 말고는 아무것도 안 보였다. 그녀는 잠시 눈을 깜박이며 서 있었다.

"여기예요."

그녀는 목소리가 들리는 쪽으로 움직였다. 요나탄이 숲 가장자리에 서서 그녀에게 손을 내밀고 있는 모습이 보였다. 아무 생각 없이 그의 손을 잡았다. 따뜻하고 건조한 손이었다. 그는 그녀를 이끌고 더 깊이 들어갔다. 손을 뿌리치고 달아나야 할까? 어디로? 더 이상 어느 쪽이 도로이고 도시인지 알 수 없었고, 어차피 숲속에서는 도망친들 금세 따라잡힐 터였다. 만일 반항한다면 그건 그가 준비해둔 계획을 앞당길 뿐이리라. 목이 메는 것 같았지만 동시에 반항심도 생겼다. 그녀는 아무 대책 없는 순진하고 어린 소녀가 아니다. 그녀 머리의 일부는 이것이 문제없는 상황이라고 말하고 있었다. 그러니 편집증적인 생각으로 두려움을 키울 이유가 뭐란 말인가? 이제 곧 그녀는 그가 뭘 원하는지 알게 될 것이고, 악몽에서 깨어나 안전한 침대에서 자고 있었다는 걸 깨달았을 때처럼 안심하게 될 터였다. 그는 아름다운 뭔가를 보여주겠다고 했고 그게 전부일 것이다. 뿌리치는 대신 그녀는 그의 손을 조금 더 단단히 잡았다. 이 모든 상황 속에서도 그의 손은 이상할 정도로 안전한 느낌을 주었다.

그가 멈춰 서자 그녀는 깜짝 놀랐다.

"도착했어요." 그가 속삭였다. "우리, 여기에 앉아요."

그녀는 그의 헤드램프가 비추는 곳을 살펴보았다. 일종의 둥지 같은 곳으로, 솔잎 붙은 가지가 잔뜩 쌓여 있었다. 그녀가 망설이며 안전한지 확인하고 싶어하는 걸 눈치챘는지 그는 먼저 누워서 옆에 누우라고 손짓해 보였다. 그녀는 깊게 숨을 들이마셨다. 어떻게 거절의 의사를 보여야 할지 고민했다. 입술에 침을 발랐다. 그때 그가 검지를 자기 입술에 대며 행복하고 소년 같은 표정으로 그녀를 보았다. 하지 말라는 짓을 함께하면서 음모를 꾸미는 표정으로 유대감을 드러내던 남동생의 모습이 떠올랐다. 그것 때문인지 다른 이유였는지 알 수 없었지만, 그녀는 자신도 모르게 그의 옆에 누웠다. 두 사람 옆에 누가 작은 모닥불을 피웠던 흔적이 보였다. 누가 전에 여러 차례 찾아왔던 것처럼 보였다. 깊은 숲속 한가운데여서 캠핑을 할 만한 곳으로는 보이지 않았다. 두 사람이 누워 있는 곳에서 그녀는 우듬지 사이로 하늘과 달을 볼 수 있었다. 여기 뭐가 있기에 보여준다고 한 걸까?

그녀는 귓가에 다가오는 숨결을 느낄 수 있었다. "절대 아무 소리도 내지 말아야 해요, 탕. 배를 깔고 엎드릴 수 있겠어요?" 그의 목소리, 체취. 그렇다, 마치 그녀가 늘 알고 지내던 요나탄 속의 존재가 마침내 밝은 빛 속에 모습을 드러내는 것 같았다. 아니, 어둠 속에 나타난다고 해야 할 것이다.

그녀는 시키는 대로 했다. 겁나지 않았다. 그의 손이 얼굴 바로 앞에 나타났을 때 그녀는 그래, 이제 일이 벌어질 거야, 하는 생각밖에 들지 않았다.

성민은 크리스와 함께 술잔을 들었다. 해리의 전화를 받은 뒤 성민은 탕에게 전화를 걸어 개 산책을 예약하고 가게 사장에 대해 어떤 이야기라도 들을 수 있을지 확인하는 것으로 이번 주 근무를 마치려고 했다. 그녀는 전화를 받지 않았다. 문제가 될 것은 없었다. 요나탄이라는 남자를 아주 철저히 조사했지만 과거에도 현재도 범죄와 관련한 흔적은 전혀 찾아낼 수 없었다. 그제야 성민은 그에 대한 의심을 거두기로 했다. 어쨌거나 그는 늘 그런 방식을 고수하기로 맹세했던 터였다. 엄격하고 검증된 수사 원칙을 따르는 것. 지금쯤이면 그는 소위 직감이라는 방식에 지나치게 집중하는 건 너무 쉽고도 유혹적이라는 걸 알았어야 마땅했다. 그리고 강력계 형사로 살아남으려면 근무가 끝나면 사건을 잊어야 한다는 것쯤은 배웠다. 그러기 위해 다른 무언가에 집중해야 한다는 것도. 지금 그는 크리스에게 집중하고 있었다. 두 사람에게. 지금 먹는 식사와 그들이 함께 보낼 저녁 시간에도. 집에 도착했을 때는 두 사람 모두 여전히 조금 긴장하고 있었다. 그들이 다투었던 상황의 메아리가 남아 있었다. 하지만 분위기는 이미 좋아졌다. 멋진 저녁 식사가 될 테고 그 뒤에는 지금까지의 불편함을 보상하는 섹스가 이어질 터였다.

그래서 휴대전화가 진동했을 때, 전화를 건 사람이 또 해리라는 걸 봤을 때, 그리고 크리스가 보상을 위한 섹스가 위기에 처했다는 듯 그를 보며 한쪽 눈썹을 추켜세웠을 때 성민은 전화를 받지 않기로 했다. 분명히 나중에 통화해도 될 것이다. 혹시 아닐까? 성민은 오른손 검지에 끊기 버튼을 누르라고 명령했지만 손가락은 말을 듣지 않았다. 그는 무거운 한숨을 내쉬며 미안하다는 표정을 지어 보였다.

"안 받으면 밤새 걸려올 거야. 약속해. 20초면 끝나." 대답을 기다리지도 않고 그는 의자를 뒤로 밀치고 일어나 주방으로 뛰어갔다. 크리스에게 진짜 20초 안에 통화를 마칠 거라는 걸 보여주고 싶었기 때문이다.

"진짜 빨리 통화를 마쳐야 해요, 해리."

"좋아. 과학수사과에 혹시 아르네라는 사람이 근무하고 있나?"

"아르네라. 생각나지 않는데요? 성이 뭐죠?"

"몰라. 과학수사과에서 압수한 그런 코카인을 분석한 사람이 누군지 알 수 있어?"

"그럼요. 내일 알아봐드릴게요."

"지금은 안 될까?"

"이 밤에요?"

"15분 안에."

성민은 해리가 이런 금요일 밤에 그런 요구는 비합리적이라는 사실을 스스로 깨달을 수 있도록 잠시 말을 멈추고 기다렸다. 더구나 엄밀히 말하자면 상급자에게. 상대가 말을 바꾸거나 사과할 것 같지 않자 성민은 헛기침을 했다.

"해리, 저도 돕고 싶어요. 하지만 지금 제 앞에는 개인적인 문제가 좀 있고, 진실은 12시간이 지나도 사라지지 않을 겁니다. 제가 경찰대학에서 공부할 때 한 교수님께서 수사관님이 했던 말을 인용해 연쇄살인범 수사는 단거리 경주가 아니라 마라톤이라고 하셨어요. 그러니 페이스 조절을 해야 한다고요. 이제 제가 생각한 20초가 지났네요, 해리. 내일 일 시작하자마자 전화할게요."

"음."

성민은 귀에서 휴대전화를 떼고 싶었지만 이번에도 손은 명령에 따르기를 거부했다.

"카트리네가 지금 아르네라는 자와 함께 있어." 해리가 말했다.

크리스는 시간을 재고 있었다. 30초도 더 지난 뒤에 성민이 다시 맞은편 자리에 앉았을 때 그는 짜증이 났다. 그리고 그의 남자친구가 그의 눈을 똑바로 보지 않았을 때는 더 짜증스러웠다. 이미 이름이 뭔지 잊은 레드 와인을 한 모금 마시기 전까지는 그랬다. 성민이 차분해하지 못하는 걸 느낄 수 있었다. 그럴 때면 그는 늘 잘해봐야 그에게 두 번째인 것 같은 기분이 들었다.

"일할 거지?"

"아니, 아니야. 진정해. 오늘 밤 자기하고 나는 둘이서만 즐길 거야, 크리스. 와인을 한 잔 들고 소파로 가면 어때? 내가 가져온 브람스의 3번 교향곡을 틀 테니까."

크리스는 의심스럽게 성민을 바라보았지만, 그들은 함께 거실로 향했다. 그를 설득해 구식 턴테이블을 사게 한 사람은 성민이었다. 성민이 레코드를 거는 동안 그는 소파에 등을 대고 앉았다.

"눈 감아." 성민이 명령했다.

크리스는 시키는 대로 했고 잠시 후 실내에 음악이 흐르기 시작했다. 그는 남겨둔 옆자리에 성민이 앉는 기척이 느껴지기를 기다렸지만 그런 일은 벌어지지 않았다. 눈을 떴다.

"이봐! 성! 어디 있는 거야?"

대답은 주방에서 들려왔다. "얼른 전화 몇 통만 걸게. 특히 첼로 소리에 귀를 기울여보라고."

49
금요일, 반지

프롱네르세테렌 레스토랑은 오슬로의 높은 지역, 부유한 거주자들이 사는 빌라와 그곳 사람들이 하이킹을 즐기는 지역 사이에 자리 잡고 있다. 레스토랑에 오는 사람들은 슈트와 드레스를 차려입었다. 근처에 있는 카페로 가는 사람들은 등산 복장이었다. 지하철 종착역에서 걸어서 6분 만에 도착한 카트리네는 레스토랑 외부에 놓인 여러 개의 커다랗고 단단한 나무 테이블 가운데 하나에 앉은 아르네를 금세 찾았다. 납작한 모자를 쓴 그는 양팔을 벌리고 멋지고 슬픈 눈으로 웃으면서 일어섰다. 그녀는 살짝 내키지 않는 모습으로 고압적으로 느껴지는 포옹에 답했다.

"좀 추워지지 않을까요?" 그녀는 자리 잡고 앉으면서 말했다. "아직 파티오 난로를 꺼내지도 않았네. 안쪽에도 자리가 있을 것 같은데요."

"맞아요, 하지만 안에 앉으면 블러드문을 볼 수 없으니까."

"그러네요." 그녀는 몸을 떨며 말했다. 아래쪽 도심은 이상할 정도로 따뜻했지만 위로 올라오니 기온이 뚝 떨어졌다. 그녀는 하얀 달을 쳐다보았다. 보름달이었지만 그것 말고는 평상시와 다름없었다. “피는 언제 흐르기 시작하는 거죠?”

“피가 아니에요.” 아르네는 킬킬거리며 말했다.

그녀는 평소에도 마치 그녀가 어린아이라도 되는 양 하는 말을 곧이곧대로 받아들이는 그의 태도가 짜증스러웠다. 하지만 오늘 밤은 머릿속에 온갖 생각들이 스트레스에 싸인 채 소용돌이치는 중이었고, 일하고 있어야 했나 하는 불안감 때문에 조금 더 짜증스러운 기분이 드는지도 몰랐다. 왜냐하면 **시간이** 흐르고 있었고, 그들에게 불리하게 작용하고 있었기 때문이다.

“월식은 지구가 태양과 달 사이에 자리를 잡기 때문에 생기는 거예요. 그러니까 아주 잠깐 달이 지구의 그림자에 가려지는 거죠. 그러므로 달은 검은색이 되어야 맞아요. 하지만 빛은 밀도가 다른 뭔가에 부딪히면 방향이 바뀌거든요. 학교 다닐 때 물리 시간에 배운 거 기억 안 나요, 카트리네?”

“내 선택 과목은 언어였어요.”

“아, 그렇군요. 태양 빛이 지구를 비추면 대기가 빛의 붉은 부분을 안쪽으로 휘게 만들고 그 빛이 달의 표면을 비추는 겁니다.”

“아하!” 카트리네는 일부러 과장된 목소리로 말했다. “그러니까 빛이지 피가 아니라는 거군요.”

아르네는 웃으며 고개를 끄덕였다. “인간은 태곳적부터 의문을 품고 하늘을 쳐다봤어요. 하지만 많은 대답을 알고 있는 지금도 우리는 계속 그렇게 하고 있죠. 내 생각에는 광대한 우주를 보면서 일종의 편안함을 느끼는 것 같아요. 그러면 우리의 짧은 목숨이 너무 작고 하찮게 보이거든요. 그러므로 우리 문제들 역시 작게 보이겠죠. 한순간 여기 머물다 금세 사라지는 것처럼. 그러니 얼마 되지도 않는 시간을 왜 걱정하며 보내겠어요? 우린 최선을 다해 시간을 써야 해요. 그래서 내가 지금 당신에게 마음속 스위치를 끄고 휴대전화도 끄고 이 세계를 끄라고 요구하는 거예요. 왜냐하면 오늘 밤만큼은 당신과 내가 가장 큰 두 가지만 생각할 거거든요. 우주와……." 그는 그녀의 손에 손을 얹었다. "사랑."

그녀는 감동했다. 단순한 그녀였으니 당연했다. 동시에 그녀는 그 말을 다른 사람이 해주었다면 훨씬 깊이 감동했을지도 모른다는 사실을 알고 있었다. 그리고 또 휴대전화를 끄고도 마음이 편안할지 모르겠다는 생각도 들었다. 집에서는 다른 사람이 아기를 봐주고 있고 그녀는 불과 몇 시간 전만 해도 뻔했지만 이제 완전히 다른 결과가 나올 수도 있는 살인사건 수사를 지휘하고 있다.

하지만 그녀는 그가 말하는 대로 휴대전화를 껐다. 그게 한 시간 전이었다. 그때부터 그들은 먹고 마셨고 그녀 머릿속에는 오직 한 가지 생각뿐이었다. 화장실에 가서 몰래 휴대전화를 켜고 받지 못한 전화나 문자메시지가 있는지 확인하는 것. 물론 아르네의 행성들이 멈추지 않고 회전하듯 오슬로의 현실도 쉬지 않고 돌아가고 있다고, 있는 그대로 말할 수도 있었다. 그런 생각을 강조하듯 멀리 아래로 보이는 가마솥 같은 도심 쪽에서 소방차 사이렌이 낮게 노래하는 소리가 들렸다. 하지만 그녀는 아르네를 위해 오늘 밤을 망치고 싶지 않았다. 그는 오늘 밤이 그녀와의 마지막 밤이라는 사실을 알지 못했다. 그렇다. 그가 한 모든 말이 달콤하긴 했지만 너무 지나쳤다. 해리였다면 지나치게 파울로 코엘료 같다고 했을 것이다.

"이제 갈까요?" 돈을 낸 뒤 아르네가 말했다.

"가다뇨?"

"여기 위쪽으로 가면 빛이 더 적어서 블러드문을 훨씬 잘 볼 수 있는 곳이 있어요."

"위쪽 어디요?"

"트리반 근처. 몇 분만 걸으면 돼요. 얼른요, 월식이 이제……." 그는 시계를 확인했다. "18분 있으면 시작이에요."

"그래요, 그럼 가요." 그녀는 일어서며 말했다.

아르네는 작은 배낭을 멨다. 안에 뭐가 들었냐고 물었더니 그는 장난기 넘치게 윙크해 보이고는 손을 내밀었다. 두 사람은 트리반을 향해 출발했다. 호수 바로 위쪽 산꼭대기에는 라디오와 TV 송신탑이 하늘을 향해 100미터 넘게 뻗어 있었다. 신호 송신은 오래전에 멈췄고 지금은 그냥 오슬로로 향하는 출입구의 무장해제당한 경비원처럼 서 있었다. 이따금 자동차나 달리기하는 사람이 그들을 지나쳐 지나갔지만 호숫가 길로 접어든 뒤로 사람이라고는 보이지 않았다.

"저기 좋네요." 그는 통나무를 가리키며 말했다.

두 사람은 앉았다. 그들 앞에는 아스팔트처럼 까만 물이 펼쳐졌고 그 위로 달빛이 노란 중앙선처럼 길게 비쳤다. 그는 팔로 그녀의 어깨를 감쌌다. "해리에 관해 얘기해줘요."

"해리요?" 카트리네는 깜짝 놀라 대답했다. "왜요?"

"두 사람, 서로 사랑해요?"

그녀는 웃었다. 아니, 웃었는지 기침을 한 건지 자신도 확신할 수 없었다. "도대체 왜 그런 생각을 하는 건데요?"

"나도 눈이 있어요."

"그게 무슨 말이죠?"

"바에서 해리를 봤을 때 게르트와 너무 닮아서 놀랐어요. 아니, 게르트가 해리를 닮은 거겠지만." 아르네는 웃었다. "그렇게 놀랄 것 없어요, 카트리네. 당신 비밀은 안전하니까."

"당신이 게르트 얼굴을 어떻게 알아요?"

"사진 보여줬잖아요. 기억 안 나요?"

그녀는 대답하지 않고 도시에서 들려오는 사이렌 소리에 귀를 기울였다. 어딘가에서 불이 난 모양이었고, 이곳은 그녀가 있어야 할 곳이 아니었다. 간단한 일이지만 그에게 어떻게 설명해야 할까? '당신 문제가 아니라 내 문제예요' 같은 흔하고도 진부한 표현을 써야 할까? 어쨌든 그건 사실이었다. 그녀는 삶에서 게르트를 제외한 모든 좋은 것을 어렵사리 파괴했다. 옆에 앉은 남자가 그녀를 사랑하는 것은 분명했다. 그리고 그녀 역시 그를 사랑하고 싶었다. 사랑받기를 갈망해서만이 아니라, 누군가를 사랑하고픈 마음이 간절하기 때문이다. 지금 그녀를 끌어안으려는 남자뿐 아니라 슬픈 눈에 모르는 게 없는 남자를. 그녀는 어떻게 표현해야 할지 결정하지도 못한 채 입을 열었다. 어쨌든 말해야 했다. 하지만 그의 말이 더 빨랐다.

"당신과 해리가 어떤 관계였는지 알고 싶은지도 잘 모르겠어요. 내게 중요한 유일한 사실은 지금 당신과 내가 함께 있다는 거예요. 그리고 우리가 서로 사랑한다는 사실." 그는 그녀의 손을 잡아 그의 입술로 가져가 키스했다. "내 삶에 당신과 게르트를 품고도 충분히 남는 공간이 있다는 사실을 당신이 알아주기를 원해요. 하지만 해리 홀레는 두려워요. 그와 연락하지 말아달라고 부탁하는 건 무리일까요?"

그녀는 멍하니 그를 보았다.

그는 이제 그녀의 양손을 잡고 있었다. "어떻게 생각해요, 자기? 그래도 괜찮겠어요?"

카트리네는 천천히 고개를 끄덕였다. "그래요." 그녀가 말했다. 아르네가 활짝 웃으며 배낭을 여는 순간 그녀가 끝나지 않은 말을 덧붙였다. "……그건 너무 지나친 부탁이에요."

가장자리가 희미해지기는 했지만, 그는 웃는 모습을 유지하고 있었다.

비참하게 얻어맞은 개처럼 앉아 있는 그의 모습을 보고 그녀는 즉시 후회했다. 그리고 그가 막 배낭에서 꺼내려던 것은 몽라셰 와인병이었다. 그는 그것이 그녀가 좋아하는 화이트 와인이라고 생각한다. 그래, 어쩌면 이 사람은 그녀에게 맞지 않는지도 몰랐다. 하지만 적어도 하룻밤은 그녀의 남자일 수 있다. 그에게 그 정도는 허락할 수 있다. 그녀 스스로 그 정도는 허락할 수 있었다. 하룻밤. 그런 다음 아침에 잘 생각해볼 수 있다.

아르네는 다시 배낭 속에 손을 넣었다.

"그리고 이것도 같이 가져왔는데……."

"그레게르센입니다."

"크리포스의 성민 라르센이에요. 금요일 밤에 집으로 전화해서 미안합니다. 과학수사과에 이리저리 전화해도 안 받아서요."

"네, 우리도 주말에는 문을 닫으니까요. 하지만 괜찮습니다. 말씀하세요, 라르센."

"가르데르모엔에서 압수한 코카인에 관해 궁금한데요, 그거 빼돌렸다가 문제가 된 수사관들이 있었잖아요."

"무슨 말인지 압니다."

"그 코카인을 결국 누가 분석했는지 아시나요?"

"네, 알아요."

"누구죠?"

"아무도 분석하지 않았습니다."

"네?"

"분석 안 했다고요."

"그게 무슨 말이죠, 그레게르센? 마약을 분석한 적이 없다는 겁니까?"

프림은 그녀를 바라보았다. 자신이 선택한 '여자'를. 지금 제대로 들은 건가? 다이아몬드 반지를 원하지 않는다고?

처음에 그녀는 손으로 입을 막았고 그가 앞에 내민 작은 상자를 흘깃 보더니 탄성을 내며 말했다. "받을 수 없어요."

갑자기 그런 상황을 만났을 때, 그토록 무의식적이고 당황해 내놓는 대답은 물론 놀랍지 않다고 프림은 생각했다. 누군가 눈앞에 남은 인생 전체를 나타내는 상징이자 한 문장으로는 표현할 수 없을 정도로 커다란 뭔가를 표현하는 물체를 들이댄다면.

그래서 그는 반지를 바치면서 하기로 했던 말을 되풀이하기 전에 그녀에게 숨 돌릴 시간을 주기로 했다.

"이 반지를 받아줘요. 날 받아줘요. 우릴 받아줘요. 사랑해요."

하지만 이번에도 그녀는 고개를 흔들었다. "고마워요. 하지만 이건 적절하지 않은 것 같아요."

옳지 않다고? 어떤 것이 더 옳을 수 있는데? 프림은 그녀에게 그가 어떻게 돈을 아끼고 모으면서 이날을 기다려왔는지, 이것이 얼마나 **적절한** 일인지 설명했다. 아니, 그 이상으로 **완벽**했다. 저길 봐, 심지어 머리 위 새까만 벨벳 속 천체들조차 오늘이 특별한 상황이라고 말해주고 있는데.

"완벽한 반지예요." 그녀가 말했다. "하지만 나를 위한 건 아니에요."

그녀는 고개를 기울이고 슬픔에 잠긴 표정으로 그에게 지금이 얼마나 민망한 상황인지 알려주려 했다. 아니, 그녀가 **그에게** 얼마나 미안하게 여기는지를 보여주려 했다.

그렇다. 잘못 들은 것이 아니었다.

프림은 뭔가 달려오는 소리를 들었다. 그가 상상했던 것처럼 부드러운 바람이 우듬지 사이로 지나가는 소리가 아니라 더는 아무런 신호를 받지 못하는, 덩그러니 어떤 것과도 연결되지 않은 채 목적도 의미도 없는 TV에서 나는 소리. 소리는 점점 커졌고 머릿속 압력이 증가해 더는 참을 수가 없었다. 그는 사라져서 더는 존재하지 않아야 했다. 하지만 사라질 수 없고, 자신을 그냥 없던 것으로 할 수 없었다. 그러니 그녀가 사라져야 했다. 그녀가 존재하지 않아야 했다. 아니면—갑자기 그런 생각이 들었다— 다른 남자인 그자가 사라져야 했다. 원인. 그 남자가 그녀에게 독을 주입하고 눈을 멀게 하고 혼란스럽게 했다. 그 남자가 그녀로 하여금 더는 그, 프림의 진실한 사랑과 그 남자, 기생충의 속임수를 구분하지 못하도록 만들었다. 그 경찰관 남자가 그녀의 톡소플라스마였다.

"자, 이게 당신을 위한 것이 아니라면." 프림은 다이아몬드 반지 상자를 닫으며 말했다. "이건 맞겠지."

탐욕스러운 식인 동물처럼 밤이 달의 왼쪽 구석을 갉아먹으면서 월식이 시작되었다. 하지만 두 사람이 앉아 있는 곳에는 여전히 달빛이 충분히 내리비쳤고 그는 자신이 꺼낸 칼을 보고 동공이 커진 그녀를 잘 볼 수 있었다.

"잠깐……." 그녀가 말했다. 메마르게 들리는 목소리였다. 그리고 그녀는 침을 삼키더니 말을 이었다. "그…… 그건?"

"이게 뭐라고 생각해?"

그녀의 눈을 보니 무슨 생각을 하는지 알 것 같았다. 그녀의 입술이 달싹였지만 말은 나오지 않았다. 그래서 그가 대신 말해주었다.

"사람을 죽인 칼이야."

그녀는 뭔가 말하려고 하는 것 같았지만 그는 재빠르게 일어나 그녀 뒤에 섰다. 그녀의 머리를 뒤로 젖히고 칼을 목에 대고 눌렀다.

"수산네 안데르센과 헬레네 뢰드의 경동맥을 잘랐던 살인 무기라고. 그리고 이제 네 핏줄을 끊을 거야. 정확히 내가 시키는 대로 하지 않는다면."

그는 그녀의 눈을 볼 수 있을 때까지 여자의 머리를 최대한 뒤로 당겼다.

이제 두 사람은 서로를 거꾸로 보게 되었다. 그건 아마도 서로의 세상을 보는 방식과도 같을 터였다. 그렇다, 어쩌면 절대로 서로 섞일 수 없는 세상. 어쩌면 그는 이미 알고 있었는지도 몰랐다. 어쩌면 그래서 이런 상황에서도 그녀가 반지를 받지 않을 경우에 대비해 이런 대안을 계획해둔 것인지도 몰랐다. 그는 그녀가 믿을 수 없다는 표정으로 그를 바라보리라 생각했다. 하지만 그렇지 않았다. 그녀는 그가 말하는 모든 걸 믿는 것 같았다.

좋았어.

"뭐, 뭘 하면 되는데요?"

"네가 만나는 경찰이 도저히 거절할 수 없도록 이리로 불러."

50

금요일, 부재중 전화

수석 웨이터가 울리는 전화의 수화기를 들었다. "프롱네르세테렌 레스토랑입니다."

"해리 홀레라고 합니다. 오늘 밤 그곳에서 식사하고 있는 카트리네 브라트 수사관과 연락하려고 합니다."

수석 웨이터는 깜짝 놀랐다. 전화기 스피커가 켜져 있기 때문이기도 했지만 상대방 이름이 왠지 익숙했기 때문이다. "제가 지금 예약 손님 목록을 찾고 있습니다, 홀레 씨. 그렇지만 그런 성함은 보이지 않는데요."

"아마도 같이 간 신사분 이름으로 예약했을 수 있겠네요. 아르네라고 합니다. 성은 모르겠습니다."

"아르네도 없습니다. 하지만 이름 없이 성으로만 예약하신 분이 몇 명 계십니다."

"좋아요. 금발이고 아마 납작한 모자를 썼을 겁니다. 여자는 검은 머리에 베르겐 악센트를 쓰고요."

"아하. 네, 두 분은 야외에서 식사하셨고 제가 담당했습니다."

"식사를 마쳤나요?"

"네, 레스토랑을 떠나셨는데요."

"음. 혹시 어디로 간다고 짐작할 만한 얘기를 조금이라도 듣지 못했나요?"

수석 웨이터는 머뭇거렸다. "제가 제대로 들었는지—."

"중요한 겁니다. 여자들 살인사건 수사와 관련된 거라서요."

수석 웨이터는 상대방의 이름을 어디서 들었는지 그제야 깨달았다.

"신사분께서 일찍 도착해서 와인 잔 두 개를 빌릴 수 있겠느냐고 물었습니다. 흐무아스네 샤샤뉴-몽라셰 와인 한 병을 준비했고, 저녁식사 후에 트리반에 올라가 여자분께 프러포즈할 작정이라고 하셨습니다. 그래서 와인 잔을 빌려드렸습니다. 2018년 빈티지 와인이었죠."

"감사합니다."

해리는 에우네가 덮은 이불 위에 놓인 휴대전화로 손을 뻗어 통화를 마쳤다.

"지금 당장 트리반에 올라가야 해. 트룰스, 긴급 통제 센터에 연락해서 순찰차를 보내라고 해주겠나? 긴급 상황이라고 알리고."

"해볼게." 트룰스가 자신의 휴대전화를 꺼내며 말했다.

"준비됐지, 외위스테인?"

"오, 메르세데스 신께서 함께하시길."

"행운을 비네." 에우네가 말했다.

세 사람이 병실 밖으로 나오던 중에 해리는 휴대전화를 꺼내 액정 화면을 보고 문턱 양쪽에 양발을 하나씩 둔 상태에서 멈췄다. 활짝 열렸던 문이 닫히다가 그의 손에 든 휴대전화를 쳐서 떨어뜨렸다. 그는 허리를 숙여 바닥에 떨어진 휴대전화를 집었다.

"무슨 일이야?" 외위스테인이 밖에서 물었다.

해리는 깊게 숨을 들이마셨다. "카트리네 번호로 전화가 왔어." 그는 자기도 모르게 그녀가 직접 건 전화가 아닐 수 있다고 지레짐작했다는 걸 깨달았다.

"안 받을 건가?" 에우네가 침대에서 물었다.

해리는 심란한 표정으로 에우네를 보았다. 고개를 끄덕였다. 통화 버튼을 누르고 전화기를 귀에 댔다.

"확실해?" 브리세이드 서장이 물었다.

나이 든 소방관이 고개를 끄덕였다.

브리세이드는 한숨을 내쉬며 불타는 빌라를 보았다. 동료들이 바쁘게 물을 뿜어대고 있었다. 달을 올려다보았다. 오늘 밤은 뭔가 제대로 들어맞지 않는 것처럼 이상하게 보였다. 다시 한숨을 내쉬고 머리에 쓴 소방관 헬멧을 슬쩍 뒤로 밀어 넘기고 외롭게 서 있는 순찰차로 다가갔다. 경찰 교통 및 해상 본부 소속 순찰차는 그들의 소방차가 현장에 도착하자마자 금방 나타났다. 20시 50분에 게우스타의 한 빌라에서 불이 났다는 신고가 소방서에 접수된 뒤 브리세이드와 동료들이 현장에 도착할 때까지 10분 35초가 걸렸다. 출동 시간이 몇 분 늦었다고 해도 상황이 심각해질 염려는 없었다. 집은 예전에 발생한 화재로 이미 손상된 상태였고, 사람이 살지 않은 지 오래되어 생명이 위험해질 일도 없었다. 불길이 주변으로 퍼져나갈 위험도 없었다. 불량 청소년들이 버려진 집에 불을 지르는 일은 흔했지만 방화인지 아닌지는 나중에 살펴봐도 될 일이었다. 지금 당장은 불을 끄는 일이 가장 중요했다. 그런 면에서 보자면 현장은 거의 소방 훈련에 가까웠다. 문제는 집이 링 3 고속도로 바로 옆이어서 짙고 검은 연기가 고속도로에 퍼지는 일이었고, 교통경찰이 출동한 것도 그래서였다. 일반적으로 꽉 막히는 금요일의 차량 행렬은 다행스럽게도 줄어들고 있었지만, 브리세이드가 언덕에 서서 내려다보니 자동차들의 전조등 불빛이—그나마 연기에 가려지지 않은 자동차들— 여전히 고속도로에서 꼼짝도 못하고 서 있었다. 교통경찰은 스메스타 교차로에서 울레볼까지 이어지는 도로 양쪽이 여전히 꽉 막혀 있다고 했다. 브리세이드는 여자 경찰관에게 불길을 잡고 그나마 연기가 가시려면 제법 시간이 걸릴 터라 통행이 원활해질 때까진 좀 기다려야 할 거라고 말해두었다. 어차피 진입로를 막아둔 상태여서 지금은 어떤 차량도 고속도로에 올라설 수 없었다.

브리세이드는 순찰차로 다가갔다. 여자 경관이 창문을 내렸다.

"어쩌면 동료들을 좀 불러야 할 수도 있겠어요." 그가 말했다.

"네?"

"저 사람 보이죠?" 브리세이드는 한 소방차 옆에 서 있는 나이 든 소방관을 가리켰다. "우린 저 친구를 개코라고 불러요. 뭔가 불타고 있을 때 그 냄새를 다른 냄새와 구분해서 맡을 수 있는 능력이 있기 때문이죠. 저 친구는 틀리는 법이 없어요."

"그 냄새요?"

"**그** 냄새 있잖아요."

"뭔데요?"

덜떨어진 친군가? 브리세이드는 헛기침을 했다. "바비큐 냄새 있잖아요. **살 타는** 냄새."

얼굴을 보니 이제야 알아들은 것 같았다. 그녀는 무전기로 손을 뻗었다.

"이번엔 또 뭐죠?"

"뭐냐고?" 전화기 너머에서 해리가 살짝 놀란 목소리로 말했다.

"그래요! 뭐예요? 지금 막 휴대전화를 켰는데 당신한테서 부재중 전화가 7통이나 와 있잖아요."

"어디서 뭘 하고 있어?"

"왜 물어요? 뭐 잘못됐어요?"

"그냥 대답해."

카트리네는 한숨을 내쉬었다. "프롱네르세테렌 역으로 가는 길이에요. 곧장 집으로 간 다음 센 술이나 두어 잔 마시려고요."

"아르네는? 지금 같이 있나?"

"아뇨." 카트리네는 두 사람이 함께 올라왔던 길을 거슬러 성큼성큼 내려가고 있었다. 하지만 지금은 훨씬 걸음이 빨랐다. 달은 하늘에서 천천히 잡아먹히고 있었다. 어쩌면 그 광경이 그녀가 느린 고문을 멈추고 곧바로 그의 가슴에 칼을 꽂도록 한 것인지도 몰랐다. "아뇨, 함께 있지 않아요."

"지금 있는 장소에 없다는 거지?"

"두 가지 뜻이 있어요."

"무슨 일이 있었어?"

"네, 무슨 일이었냐고요? 짧게 말하자면 아르네는 저랑 다른, 당연히 더 나은 세계에 살고 있어요. 우주의 모든 요소를 통달한, 세상이 장밋빛이며 모든 것이 실제 모습이 아니라 보고 싶은 모습으로 보이는 곳에. 저와 당신, 해리의 세상은 훨씬 흉한 곳이죠. 하지만 그게 현실이에요. 그런 관점에서 우린 모든 아르네들을 부러워

해야 마땅해요. 원래 오늘 밤은 참고 넘어가려고 했는데 저는 나쁜 사람이라서요. 그래서 그에게 실상을 말하고 더는 1초도 못 견디겠다고 쏘아붙였어요."

"두 사람…… 헤어졌나?"

"내가 그를 찼죠."

"그 친구, 지금 어디 있어?"

"내가 떠날 때는 눈물을 흘리며 몽라셰 와인 한 병에 와인 잔 두 개와 함께 트리반에 남아 있었어요. 하지만 그 사람 얘기는 그만하고, 왜 전화했어요?"

"내가 전화한 건, 코카인을 과학수사과 사람이 빼돌렸다고 생각했기 때문이야. 아르네라는 친구가 그걸 빼돌렸다고."

"아르네요?"

"그 친구를 체포하려고 순찰차를 보냈는데."

"정신 나갔어요, 해리? 아르네는 과학수사과에서 일하지 않아요."

해리는 잠시 아무 말도 하지 못했다.

"그럼 어디서……."

"아르네 세텐은 대학에서 물리학이랑 천문학을 가르치고 연구해요."

그녀는 해리가 작은 소리로 '빌어먹을'이라고 숨죽여 말하더니 외치는 소리를 들었다. "트룰스! 순찰차 취소해."

잠시 후 해리는 다시 돌아왔다. "미안해, 카트리네. 나도 이제 유통기한이 지났나 봐."

"그래요?"

"이 빌어먹을 사건에서 내가 100퍼센트 확신을 갖고 엉뚱한 표적을 겪는 게 벌써 세 번째라고. 나도 이제 고물이 된 거야."

그녀는 웃었다. "당신은 좀 과로한 거예요. 다른 우리처럼요, 해리. 뇌를 끄고 좀 쉬어요. 알렉산드라 스투르드자와 헬게 포르팡이랑 월식 보러 간다고 하지 않았어요? 아직 늦지 않았어요. 달이 이제 겨우 반쯤 가려졌는데."

"음. 알았어. 안녕."

해리는 전화를 끊고 의자에 앉은 채 몸을 앞으로 숙이고 머리를 양손에 묻었다. "젠장, 젠장."

"스스로 너무 괴로워하지 말게, 해리." 에우네가 말했다.

그는 아무 대답도 하지 않았다.

"해리?" 에우네가 조심스럽게 말했다.

해리는 머리를 들었다. "그냥 포기할 수는 없어요." 그는 쉰 목소리로 말했다. "내가 옳다는 걸 알아요. 그러니까, **거의** 옳다는 걸. 추론은 맞았어요. 그저 어딘가 작은 구멍이 하나 있을 뿐이에요. 그걸 찾아내야 해요."

끝났어. 탕은 그의 손이 얼굴 가까이 다가오자 생각했다.

정확히 '무엇'이 끝났는지 전부 깔끔하게 알지는 못했다. 그냥 뭔가 위험한 것 같았다. 스릴 넘치도록 위험했다. 뭔가 두려워해야 하는 것, 그동안 두려워했던 것이 더는 두렵지 않았다. 왜냐하면 진짜로 위험하지 않은 것이 분명했고, 그에 관한 모든 것이 그렇다고 말해주고 있었기 때문이다.

그의 손이 멈췄다. 허공에서 마치 얼어붙은 것처럼 총 모양을 한 채 가만히 있었다. 그 순간 그녀는 손이 그녀가 아니라 다른 뭔가를 가리키고 있다는 걸 깨달았다. 그의 손가락이 향하는 방향으로 고개를 돌렸다. 산등성이 너머를 보려면 팔꿈치로 몸을 지탱해야 했다. 자기도 모르게 깊게 숨을 들이쉬었다. 그리고 참았다.

그들 앞으로 멀리 보이는 언덕 아래, 달빛이 비치는 숲속 공터에 네 마리, 아니 **다섯 마리**의 여우가 보였다. 새끼 네 마리가 소리 내지 않고 놀고 있고, 성체 여우 한 마리가 지켜보고 있었다. 새끼들 가운데 한 마리가 살짝 더 컸다. 탕은 그 여우를 특히 자세히 살펴보았다.

"쟤는……?" 그녀는 속삭였다.

"그래요." 요나탄이 속삭였다. "니예요."

"니. 니라고 이름 붙인 걸 어떻게……?"

"당신을 봤어요. 놀아주고 밥을 줄 때 이름을 부르는 걸 들었죠. 나한테 말하는 것보다 더 많이 얘기했잖아요." 어둠 속에서도 그의 웃는 얼굴을 볼 수 있었다.

"하지만 어떻게…… 이렇게 된 거죠?" 그녀는 여우들을 향해 고갯짓했다.

요나탄은 한숨을 내쉬었다. "금지된 동물을 맡다니 내가 바보였어요. 카푸타르산 민달팽이를 두 마리 갖고 있다가 나한테 한 마리 맡긴 그 사람처럼 말이죠. 그 사람은 서로 다른 두 장소에서 먹이를 주고 돌보면 둘 중 한 마리가 살아남을 확률이 더 커진다고 생각했어요. 거절했어야 했는데. 만일 경찰관에게 발각되었다면 가게를 닫아야 했을 거예요. 민달팽이를 변기에 흘려보내고 잠도 제대로 못 잤어요. 하지만 적어도 니의 경우엔 생각할 시간이 좀 있었죠. 언제까지나 숨겨둔 채 살 수 없다는 걸 알았어요. 결국에는 환경 당국에 발각되어 죽게 되겠죠. 그래서 수의사에게 데려가 건강하다는 확인을 받고 여기 놓아준 거예요. 여기에 여우 가족이 산다는 걸 알고 있었거든. 물론 여우 가족이 정말로 너를 받아들일지는 확실하지 않았지만…… 당신이 재를 얼마나 좋아했는지 잘 알아요. 그래서 나 혼자 여기 몇 번 와서 일이 잘 풀렸는지 확인하기 전까지는 당신에게 아무 말도 하고 싶지 않았어요."

"내가 화낼까 봐 겁나서 아무 말도 하지 않았다는 거예요?"

그녀는 요나탄이 살짝 어색해하는 모습을 보았다. "당신이 괜히 희망을 품었다가 더 고통스러워질 수도 있다고 생각했어요. 그리고 만일 상황이 당신이 생각하고 꿈꿨던 대로 풀리지 않으면 훨씬 고통스러웠겠죠."

'당신이 그런 일을 많이 겪었으니 그런 생각을 할 수 있었겠죠.' 탕은 생각했다. 그가 어떤 일을 겪으며 살아온 사람인지 앞으로 그녀도 알게 될 터였다.

그러나 지금 당장은 어둠 때문인지, 취하게 만드는 기쁨과 안도 때문인지, 달 또는 그냥 피로 때문인지 그를 두 팔로 안고만 싶었다.

"너무 늦은 시간이라 몸이 좀 힘들겠네요." 그가 말했다. "괜찮으면 다음에 같이 또 오면 돼요."

"그래요." 그녀는 속삭였다. "꼭 그러고 싶어요."

돌아오는 길에 그녀는 서둘러 그를 따라가야 했다. 그가 빨리 움직여서가 아니라 지형을 잘 알고 숲에 익숙했기 때문이었다. 달빛 아래 두 사람이 황무지를 지날 때 그녀는 그의 등을 가만히 살폈다. 이곳에서는 그의 몸짓과 태도가 도시의 가게에 있을 때와 달랐다. 그는 일종의 만족감과 행복, 천부적인 뭔가를 뿜어냈다. 마치 이곳을 집처럼 느끼는 것 같았다. 어쩌면 그는 그녀를 행복하게 만들었다는 걸 알기에 행복해하는 것일지도 모른다고 그녀는 생각했다. 그는 숨기려 애썼지만 이제 그의 비밀은 밝혀졌고 불쾌해 보이는 그의 표정은 더는 그녀를 속일 수 없었다.

그녀는 거의 뛰다시피 발걸음을 재촉했다. 어쩌면 그는 숲에서 고작 한 시간을 보낸 그녀도 이곳을 집처럼 느낀다고 생각하는지도 몰랐다. 어쨌든 이제 손을 잡고 안내하지 않아도 된다고 느끼는 것이 분명했다.

그녀는 작게 비명을 지르며 비틀거리는 척했다. 갑자기 그가 멈췄고 그의 헤드램프 빛에 눈이 부셔서 앞이 보이지 않았다. "이런, 미안. 난…… 괜찮아요?"

"네, 괜찮아요." 그녀는 손을 내밀며 말했다.

그는 손을 잡았다.

그리고 둘은 함께 걸었다.

탕은 자신이 사랑에 빠졌는지 궁금했다. 만일 그렇다면 그런 지 얼마나 되었을까 생각했다. 그리고—진짜로 사랑에 빠졌다면— 그가 그걸 알아차리게 하는 게 얼마나 어려운 일이 될지도 궁금했다.

51

금요일, 프림

"훨씬 안심한 표정이어야 하잖아, 해리." 에우네가 말했다. "이번엔 또 뭔가?"

외위스테인과 트룰스는 그보다 앞서 618호 병실을 막 떠난 참이었다.

해리는 고개를 숙여 죽어가는 친구를 보았다. "로스앤젤레스에 늙은 여인이 있어요. 뭔가 문제에 휘말렸는데 제가 어떻게든…… 해결해보려고 했죠."

"그래서 돌아온 건가?"

"네."

"마르쿠스 뢰드를 위해 일하는 다른 이유가 있을 줄 알았는데."

"음. 이 얘기는 나중에 해드릴게요. 심리학자라면 아주 좋아할 얘기거든요."

에우네는 낄낄대며 웃더니 친구의 손을 잡았다. "다음에 듣자고, 해리."

해리는 갑자기 차오르는 눈물에 아무 준비도 되어 있지 않았다. 그는 스톨레의 손을 꼭 쥐었다. 목소리를 제대로 낼 수 없어서 아무 말도 하지 않았다. 재킷 단추를 채우고 재빨리 복도로 나왔다.

외위스테인과 트룰스는 복도에서 몇 미터 떨어진 엘리베이터 문 앞에 서 있다가 그를 향해 고개를 돌렸다.

해리의 휴대전화가 울렸다. 만일 로스앤젤레스 경찰이라면 뭐라고 말해야 할까? 휴대전화를 꺼내 화면을 확인했다. 알렉산드라였다. 물론 그녀에게도 월식을 보러 가지 못한다고 연락했어야 했다. 혹시 자신이 그리로 가고 싶어하는 건지 생각하느라 곧바로 통화 버튼을 누르지 못했다. 지금 당장은 혼자 시프 호텔 바에 가서 한 잔 또는 여섯 잔을 마시는 쪽에 훨씬 마음이 기울었다. 아니, 그건 아니지. 법의학연구소 옥상에서의 월식 구경. 그쪽이 나을 것이다. 통화 버튼을 누르려는데 화면에 막 도착한 문자메시지가 떠올랐다. 성민 라르센이 보낸 문자였다.

"안녕." 그는 문자를 읽으면서 대답했다.

"안녕, 해리."

"당신이야, 알렉산드라?"

"네."

"목소리가 좀 이상해서." 해리는 눈으로는 계속 문자를 읽어 내려가면서 말했다. "전혀 다르게 들리는데."

코카인은 과학수사과에서 분석하지 않았어요. 작업량이 넘쳐서 법의학연구소로 보냈대요. 그곳에서 헬게 포르팡이 맡아서 분석했고, 분석 보고서에 날짜와 서명이 있답니다.

심장이 멈추는 느낌이었다. 눈앞에서 반짝거리며 서로 들어맞지 않던 부서진 조각들이 놀랍게도 단 몇 초 만에 척척 들어맞고 있었다. 알렉산드라가 법의학연구소를 소개하면서 그에게 과학수사과에서 작업량이 넘치면 이곳으로 보낸다고 말했었다. 헬게는 분명 해리에게 톡소플라스마 곤디이 기생충이 자신이 연구하는 분야라고 말했었다. 알렉산드라는 아무나 데려와도 되는 뢰드의 루프톱 파티에 헬게를 초대했다고 말했었다. 부검 전문가라면 쉽게 DNA 물질을 수산네와 베르티네의 시신에 넣어 특정한 사람이 의심받도록 유도할 수 있다. 그는 시신이 발견된 뒤에 부검실에서 그런 행동을 했을 수도 있다. 하지만 다른 무엇보다 부검실에서 나던 머스크 향은 헬게가 들어오자마자 나기 시작했고 해리는 그것이 시신에서 나는 냄새라고 생각했다. 해리가 수산네 안데르센의 안구를 적출하는 헬게 쪽으로 몸을 숙였을 때도 같은 냄새가 났는데, 해리는 그걸—얼마나 바보 같았는지— 안구에서 나는 냄새라고 생각했다.

수많은 조각들. 그것들이 전부 모여 하나의 커다란 모자이크를 이루더니 커다랗지만 명확하고 확실한 사진을 보여주었다. 그리고 늘 그렇듯 모든 것이 제자리를 찾아 맞물리면 해리는 전에는 왜 그걸 보지 못했는지 의아해지곤 했다.

겁에 질려 알아들을 수도 없는 알렉산드라의 목소리가 다시 들렸다.

"이리로 좀 올 수 있겠어요, 해리?"

애원하는 목소리. 지나칠 정도다. 그가 아는 알렉산드라 스투르드자답지 않았다.

"어디 있는데?" 해리는 생각할 시간을 벌면서 물었다.

"알잖아요. 옥상—."

"법의학연구소지, 그래." 해리는 외위스테인과 트룰스에게 손짓해 다시 618호로 들어가도록 했다. "지금 혼자 있어?"

"비슷해요."

"비슷해?"

"말했잖아요. 헬게랑 둘이 있을 거라고."

"음." 해리는 깊게 숨을 들이마신 다음 속삭임에 가까울 정도로 목소리를 낮췄다. "알렉산드라?" 해리가 침대 옆 의자에 앉는 순간 트룰스와 외위스테인이 병실로 들어왔다.

"네, 해리?"

"지금부터 내 말 잘 들어. 눈도 깜짝하지 말고 그냥 예 아니오로만 대답해. 의심을 사지 않은 상태로 그곳에서 빠져나올 수 있어? 화장실에 가야 한다거나 뭘 가져와야 한다거나 둘러대면서?"

대답이 없었다. 해리는 귀에서 휴대전화를 살짝 뗐고 에우네 그룹의 다른 세 사람은 삼성 휴대전화에 고개를 박고 모여들었다.

"알렉산드라?" 해리가 속삭였다.

"네." 그녀는 단조로운 목소리로 말했다.

"헬게가 살인범이야. 달아나야 해. 건물에서 벗어나거나 우리가 갈 때까지 어딘가 들어가서 문을 잠가. 알았어?"

부스럭거리는 소음이 들렸다. 그러더니 다른 목소리, 남자 목소리가 들렸다.

"아니, 해리. 그럴 수 없어."

목소리는 익숙했지만 동시에 낯설었다. 마치 알던 사람 목소리의 다른 버전처럼 느껴졌다. 해리는 깊게 숨을 들이쉬었다. "헬게." 그가 말했다. "헬게 포르팡."

"그래." 목소리가 확인해주었다. 해리가 기억하는 것보다 그냥 낮은 목소리가 아니었다. 훨씬 느긋하고 자신감이 넘쳤다. 마치 이미 이긴 사람의 목소리처럼. "아니면 그냥 프림이라고 불러. 내가 증오하는 모두가 그렇게 부르지."

"원하는 대로 해주지, 프림. 일이 어떻게 돌아가는 거지?"

"더할 나위 없이 제대로 된 질문이로군, 해리. 지금 상황은 내가 여기서 알렉산드라의 목에 칼을 대고 앉아 우리 두 사람 미래가 어떻게 될지 궁금해하는 중이야. 당신도 이 상황의 일부이니 어쩌면 우리 세 사람의 미래라고 해야겠군, 안 그래? 내 정체가 탄로 났다는 걸 알아. 외통수에 걸렸다고들 하는 모양새야. 어떻게든 피해보려 견뎌내고 있었지만, 일이 이렇게 흘러갈 줄 미리 알았더라도 난 똑같이 했을 거야. 내가 이뤄낸 일이 아주 자랑스러워. 삼촌조차 내가 한 일을 신문에서 본다면 자랑스러워할 거야. 읽을 수 있다면, 기생충이 득실거리는 뇌가 죽지 않고 살아난다면 말이지만."

"프림……."

"아니, 해리. 내가 한 일에 대해 처벌을 피하려는 생각은 추호도 없어. 사실 난 모든 일이 끝나면 자살하려고 계획했는데 결국 이렇게 되었네. 상황이 나에게 살아갈 욕심을 주었어. 그래서 최대한 관대한 처벌을 받을 협상에 관심이 생긴 거야. 하지만 거래하려면 뭔가 거래할 대상이 있어야겠지. 내게는 살릴지 죽일지 선택할 수 있는 인질이 있어. 당신은 분명히 이해할 거야, 해리."

"더 관대한 처벌을 위한 가장 좋은 결정은 알렉산드라를 풀어주고 지금 당장 경찰에 자수하는 거야."

"당신에게 가장 좋은 결정이겠지. 내가 비켜줘야 쉽게 노릴 수 있을 테니까."

"뭘 쉽게 노릴 수 있다는 거지, 프림?"

"멍청한 척하지 마. 알렉산드라를 쉽게 노리는 거잖아. 당신은 그녀를 감염시켜 당신을 원하게 만들고, 당신이 뭔가 줄 거라고 믿게 만들었어. 이를테면 진정한 사랑 같은 거. 자, 그게 진심인지 보여줄 기회야. 교환하자면 어쩔 거야? 그녀와 자리를 바꾸겠나?"

"그러면 그녀를 풀어줄 건가?"

"당연하지. 우리 두 사람 모두 알렉산드라가 다치는 건 원하지 않잖아."

"좋아. 그럼 어떻게 하면 좋을지 내가 알아보겠어."

헬게의 웃음소리는 목소리보다 가벼웠다. "시도는 좋았어, 해리. 하지만 우리는 내 계획에 따라 움직일 거야."

"음. 계획이 뭔데?"

"당신이 한 사람을 더 데리고 차를 타고 이리로 오는 거야. 내가 두 사람을 볼 수 있도록 건물 앞에 차를 세워. 두 명만 와야 해. 차에서 내려 건물 쪽으로 걸어와. 내가 여기서 문을 열어주지. 당신은 차에서 내리자마자 등 뒤로 수갑 찬 두 손을 내게 보여야 해. 알았어?"

"그러지."

"두 사람이 함께 엘리베이터를 타고 올라와 옥상으로 통하는 문으로 다가온 다음 살짝 문을 열어서 왔다는 걸 내게 알려. 갑자기 뛰어 들어오면 알렉스의 목을 그을 거야. 그것도 알아들었지?"

해리는 침을 삼켰다. "알았다."

"자, 내가 지시하면 두 사람 모두 뒤로 걸어서 문을 지나 옥상으로 들어오는 거야."

"뒤로?"

"보안 최고 등급 교도소에서 하는 방식 있잖아."

"그래."

"그럼 알아듣겠군. 당신이 먼저 들어와. 여덟 걸음 뒷걸음질하는 거야. 그런 다음 멈춰 서서 무릎을 꿇어. 따라온 사람은 네 걸음 뒷걸음질한 다음 무릎을 꿇고. 만일 정확하게 시키는 대로 하지 않으면—."

"알았어. 여덟 걸음 그리고 네 걸음 뒤로 걷는다."

"좋아, 척척 알아듣는군. 내가 당신 목에 칼을 대고 있으면 알렉산드라는 옥상 출입문 쪽으로 갈 거야. 당신 동료가 그녀를 데리고 자동차로 데려가고, 두 사람은 떠나는 거지."

"그다음엔?"

"그러면 협상을 시작할 수 있지."

잠시 침묵이 흘렀다.

"무슨 생각 하는지 알아, 해리. 왜 좋은 인질을 나쁜 인질과 바꾸냐고? 대중에게 훨씬 강한 감정을 끌어낼 수 있다는 걸 경찰과 정치인들도 뻔히 알 젊고 죄 없는 여자를 포기하고 왜 늙은 남자 형사를 인질로 삼는 걸까?

"글쎄……."

"답은 단순하게도 내가 그녀를 사랑하기 때문이야, 해리. 그리고 내가 자유의 몸이 될 때까지 그녀가 기다릴 수 있도록 하기 위해서고. 나는 반드시 진정한 사랑을 보여줄 거야. 내 생각엔 판사도 이걸 형량 경감 사유로 봐줄 것 같아."

"당연히 그럴 거야." 해리가 말했다. "그럼 한 시간 정도 후에 만나는 걸로 할까?"

새된 웃음소리가 다시 한번 전화기 속에서 울렸다. "또 수작을 부리는군, 해리. 신속대응팀에 연락해 인질 교환 전에 전체 경찰의 절반을 소집할 만큼 시간을 충분히 주는 계획을 내가 세웠다고 생각하는 건 아니지?"

"좋아, 하지만 거리는 좀 떨어져 있잖아. 거기까지 가는 데 시간을 얼마나 줄 건가?"

"내 생각에 당신은 거짓말하고 있어, 해리. 당신은 그리 멀리 떨어져 있지 않은 것 같아. 지금 있는 곳에서 달이 보이나?"

외위스테인이 재빨리 창가로 걸어갔다. 고개를 끄덕였다.

"그래." 해리가 말했다.

"지금 월식이 진행 중인 게 보일 거야. 달이 완전히 덮이면 알렉산드라의 목을 자르겠다."

"하지만—."

"만일 천문학자들의 계산이 맞는다면, 당신은…… 어디 보자…… 22분이군. 한 가지 더. 나도 많은 장소에 눈과 귀를 두고 있어. 만일 당신이 도착하기 전에 경찰에 비상이 걸렸다는 소식을 보거나 듣는다면, 알렉산드라는 죽어. 좋아, 이제 서둘러."

"하지만—." 해리는 말을 멈추고 휴대전화를 들어 올려 다른 사람들에게 통화가 끝나버렸음을 알렸다.

그는 시각을 확인했다. 헬게 포르팡은 그들에게 충분한 시간을 주었다. 만일 링 3 고속도로를 이용한다면 국립병원에 있는 법의학연구소까지 5분에서 6분 정도 걸릴 터였다.

"전부 들으셨죠?" 그는 물었다.

"일부 들었네." 에우네가 말했다.

"그의 이름은 헬게 포르팡. 법의학연구소에서 일하고 옥상에서 동료를 인질로 잡고 있어요. 그녀 대신 저를 인질로 잡겠대요. 20분 남았어요. 경찰엔 연락할 수 없어요. 만일 연락하면 그가 알아챌 가능성이 높아요. 우린 지금 그리로 가야 합니다. 하지만 저와 추가로 한 명만 갈 수 있어요."

"그럼 내가 가지." 트룰스가 단호하게 말했다.

"아니야." 에우네도 마찬가지로 단호하게 말했다.

다른 사람들이 그를 바라보았다.

"그자 말 들었잖아, 해리. 놈은 자넬 죽일 거야. 그래서 자네더러 오라는 거야. 그자는 여자를 사랑해. 하지만 자네는 증오하지. 그자는 협상하려는 것이 아니야. 아마도 제대로 된 현실 감각도 없을 테지만, 그자는 인질을 잡아둔 채 협상으로 형량을 줄일 수 없다는 걸 나나 자네만큼 잘 알아."

"그럴 수도 있죠." 해리가 말했다. "하지만 박사님도 그자가 얼마나 미쳤는지 확신할 수 없으시잖아요. 놈은 **어쩌면** 협상할 수 있다고 믿을지도 몰라요."

"그럴 것 같지는 않아. 그런데도 자네 목숨을 걸겠다는 건가?"

해리는 어깨를 으쓱했다. "시간이 흐르고 있어요, 여러분. 그리고 맞습니다. 늙고 앞날 없는 살인사건 형사가 젊고 능력 있는 의학 연구원 대신 죽는다면 이득이죠. 간단한 계산인데요."

"그렇군!" 에우네가 말했다. "계산 한번 간단하군."

"좋아요, 우리 동의한 겁니다. 트룰스, 갈 준비 됐어?"

"문제가 있어." 외위스테인이 창가에서 말했다. 그는 휴대전화를 두드리고 있었다. "저기 아래 고속도로에 차들이 꼼짝도 하지 않아. 이렇게 밤늦은 시간에 이상하네. NRK 교통 웹사이트를 보니까 링 3 고속도로가 화재 연기로 폐쇄됐대. 그 말은 다른 좁은 도로들도 꽉 막혔다는 거야. 택시 운전사로서 하는 말인데 우린 국립병원까지 20분 안에 절대 못 가. 30분도 어림없어."

지브란을 포함해 병실에 있는 모두가 서로를 바라보았다.

"좋아." 해리가 말했다. 시계를 확인했다. "트룰스, 자네한테 있지도 않은 경찰권을 남용해보고 싶은 마음 있어?"

"그거 좋지." 트룰스가 말했다.

"좋아. 그럼 응급실로 내려가서 경광등과 사이렌을 갖춘 구급차를 징발하는 거야, 어때?"

"재밌겠군."

"그만둬!" 에우네가 소리치며 주먹으로 침대 옆 테이블을 내리쳤다. 플라스틱 컵이 엎어지고 바닥에 물이 쏟아졌다. "내가 하는 말은 듣지도 않을 건가?"

52

금요일, 사이렌

프림은 어두운 밤 속에서 커졌다 작아지는 사이렌 소리를 들었다. 이제 곧 달은 모두 먹힐 것이고 하늘은 오직 아래쪽 도시의 노란 불빛으로만 빛나게 될 터였다. 경찰 사이렌도 아니고 저녁 일찍 들었던 소방차 사이렌도 아니었다. 구급차였다. 물론 국립병원으로 가는 구급차일 수도 있지만, 그에게는 왠지 해리 홀레가 자신의 도착을 알리는 소리처럼 들렸다. 프림은 경찰 무전기가 든 가방을 열고 스위치를 켰다. 물론 해리가 무선망을 통하지 않고 동료들에게 상황을 알렸을 수도 있었다. 프림 말고도 경찰 무선망을 몰래 엿듣는 범죄자들은 많기 때문이다. 그러나 평화롭고 느긋한 무선통신 분위기는 무슨 일이 벌어지고 있는지 아는 경찰이 도시에 별로 많지 않다는 사실을 프림에게 말해주고 있었다. 오늘 저녁 가장 극적인 사건은 게우스타의 빌라 화재 현장에서 불에 탄 시신이 나온 일인 것 같았다.

프림은 자신이 앉은 의자를 알렉산드라 바로 뒤에 놓았다. 그래야 둘이 함께 경찰과 그의 친구가 들어올 철문을 볼 수 있었다. 해리 혼자 오라고 할까도 생각했지만, 필요한 경우 알렉산드라를 힘으로 현장에서 빼낼 다른 누군가가 필요할 수도 있었다. 겨우 500미터 정도밖에 떨어지지 않은 게우스타에서 바람에 실려오는 연기 냄새가 또다시 느껴졌다. 프림은 연기를 들이쉬고 싶지 않았다. 더는 마르쿠스 뢰드를 그의 몸에 들이고 싶지 않았다. 그의 증오는 끝났다. 이제 사랑만이 남았다. '그녀'의 첫 반응은 물론 거절이었다. 놀랄 것도 없었다. 아무렇지도 않게 모든 걸 털어놓는 방식은 당연히 그녀에게 충격이었으리라. 충격받은 사람의 무의식적인 반응은 달아나는 것이다. 그녀는 그와는 그저 친구 사이인 줄만 알고 있었다! 어쩌면 그가 게이라는 걸 진짜로 믿었는지도 몰랐다. 어쩌면 그녀는 그냥 서로 장난 같은 관계를 맺는다고 착각하고 그걸 핑계 삼아 함께 시내에서 어울리거나 별다른 이유 없이 파티에 초대하곤 했는지도 몰랐다. 그 역시 장단을 맞추면서 그녀에게 핑곗거리를 제공했는지도 몰랐다. 심지어 새아버지의 학대였다는 사실은 숨기고 남자와 성관계를 한 적이 있다고 말하기도 했다. 그와 알렉산드라는 아주 좋은 시간을 보냈다! 그녀를 사랑한다는 그의 생각은 무르익을 시간이 필요했고 다이아몬드 반지를 선물한 일은 분명 너무 성급했다. 그렇다. 사랑은 남았다. 하지만 그들의 사랑이 성장할 기회를 얻으려면 그들의 사랑을 그늘 속에 감추는 일은 그만둬야 했다.

프림은 주머니 속 주사기를 만져보았다. 해리와 통화한 뒤 프림은 주사기를 알렉산드라에게 보여주며 설명했다. 이상적인 관객이 되기에 미생물학에 대한 식견이 충분하지 않을 수는 있지만, 그녀의 의학 지식을 고려하면 일반적인 사람보다는 훨씬 더 자격이 있었다. 과거 느렸던 녀석들보다 열 배는 더 빨리 작용하도록 만들어진 기생충이 기생충학계의 혁신이라는 사실을 이해할 수 있을 정도로 자격이 있었다. 하지만 곤디이 기생충이 테리 보게의 뇌를 한 시간도 안 되는 시간에 뚫고 들어갔다고 설명할 때 그가 기대했던 것처럼 '우와' 하는 느낌의 감탄 섞인 반응을 얻어냈다고는 말할 수 없었다. 당연히 집중하기 어려울 정도로 겁에 질렸을 것이다. 그녀는 어쩌면 자신의 목숨이 위기에 처했다고 믿고 있을 것이다. 물론 해리 홀레가 그렇게 예측 가능한 사람이 아니었다면 그럴 수도 있었다. 그러나 홀레는 그, 프림이 지시한 그대로 움직일 것이다. 그는 구닥다리라서 여자와 아이를 우선시했다. 그리고 이곳에 시간 안에 도착할 것이다. 프림은 마침내 즐거움을 느끼고 있었다. 새아버지의 머리를 끓일 때조차 느껴보지 못했던 즐거움이었다. 물론 전투에서는 졌다. 알렉산드라는 반지를 거절했고 해리 홀레는 그의 정체를 알아냈다. 하지만 전쟁은 끝나지 않았고 그는 승리할 것이다. 가장 먼저 할 일은 라이벌을 영원히 제거하는 것이다. 그것이 동물의 세계가 돌아가는 방식이고, 인간은 결국 동물이다. 일이 끝나면 물론 그는 교도소로 가야 할 것이다. 그러나 그곳에서 그는 '그녀'가 그를 사랑하도록 가르칠 것이다. 해리가 패배한 이상, 그녀도 자신을 위한 수컷은 형사가 아닌 그라는 사실을 이해할 것이다. 그렇게 간단했다. 평범한 것이 아니라 간단한 것. 복잡하지 않은 것. 오직 시간이 문제였다.

그는 달을 쳐다보았다.

완전히 그림자에 가려지기 직전, 가느다란 한 조각만 남아 있었다. 하지만 사이렌 소리는 다가오는 중이었고 이제 가까웠다.

"그 사람이 당신을 구하려고 오는 소리 들려?" 프림은 손가락으로 알렉산드라의 재킷 뒤를 훑어내렸다. "그래서 행복해? 누군가 당신을 너무 사랑하고 대신 죽어줄 정도라서? 하지만 내가 당신을 더 사랑한다는 걸 반드시 알아야 해. 나는 원래 죽으려 했었지만 당신 때문에 살기로 한 거야. 그건 훨씬 큰 희생이라고 봐."

사이렌이 갑자기 멈췄다.

프림은 일어서서 옥상 끄트머리까지 두 걸음 걸어갔다. 노란 원뿔 모양 불빛 두 개가 아래쪽 텅 빈 주차장을 비췄다.

구급차였다.

두 사람이 차량에서 내렸다. 검은 슈트 차림의 홀레를 알아볼 수 있었다. 다른 사람은 연한 푸른색 환자복 같은 걸 입었다. 홀레가 간호사나 환자를 데려온 건가? 형사는 옥상에서 등을 볼 수 있도록 몸을 돌렸다. 수갑인지 확인할 수는 없었지만 가로등 불빛에 금속이 번쩍이는 모습이 보였다. 나란히 선 두 사람은 천천히 프림 바로 아래쪽에 있는 출입문으로 걸어왔다.

프림은 알렉산드라의 카멜 담뱃갑을 떨어뜨리고 그것이 건물 전면을 날아 두 사람 앞에 툭 떨어지는 걸 보았다. 두 사람은 깜짝 놀랐지만 위를 쳐다보지는 않았다. 담뱃갑에서 프림의 출입증과 메모를 꺼냈다. 메모에는 출입구 비밀번호와 엘리베이터를 타고 어느 층으로 와야 하는지, 계단을 올라가면 오른쪽에 옥상 출입문이 있다는 사실 등이 적혀 있었다.

프림은 다시 뒤로 돌아와 알렉산드라 뒤에 놓인 의자에 앉았고 두 사람 모두 10미터 떨어진 출입문을 보고 있었다.

프림은 깊이 생각했다. 지금부터 벌어질 상황이 두려운가? 아니다. 그는 이미 여자 세 명과 남자 세 명을 살해했다.

하지만 그는 긴장되었다. 기생충에 감염되어 예측 가능한 로봇처럼 변해버린 사람이 아니라 멀쩡한 누군가를 물리적으로 공격하는 일은 처음이기 때문이었다. 말하자면 지금까지는 모두가 속아서 스스로 감염되었다. 헬레네 뢰드와 테리 보게는 술에 섞은 기생충을 마셨고, 수산네와 베르티네는 파티에서 코로 흡입했다. 그리고 에른바네토르게의 마약상 녀석 역시 베르티네의 코담배 통을 통해 코로 흡입했다. 그가 이 아이디어를 떠올린 것은 압수한 그린 코카인 분석 의뢰를 받았을 때였다. 다시 말해 그는 아주 오래전부터 마르쿠스 뢰드가 코카인 없이는 못 산다는 소문을 들었고, 그 점을 이용해 기생충을 그의 몸에 넣을 방법에 골몰했었다. 하지만 압수한 코카인이 도착하고 그보다 며칠 앞서 알렉산드라가 뢰드의 집 루프톱에서 파티가 열린다고 얘기했을 때, 비로소 이것이 대단한 기회라는 걸 깨달았다. 역설적이게도 다른 세 명이 코카인을 흡입하는 바람에 목숨을 잃게 되었고, 그러고 나서야 마침내 새아버지를 톡소플라스마 곤디이 변종에 감염시킬 수 있게 되었지만. 그것도 가장 건강하고 가장 자연스러우며 인간의 생명 유지에 필수적인 요소에 섞어서 말이다. 물. 생각만 해도 웃지 않을 수 없었다. 크론에게 전화해 마르쿠스 뢰드가 법의학연구소에 와서 아내의 시신을 확인해야 한다고 알린 사람은 그였다. 그리고 물 한 잔을 준비해 뢰드를 기다렸다. 부검실에 들어가기 전에 뢰드에게 물을 권하며 했던 말을 그대로 기억하고 있다.

'이런 상황에서는 수분을 섭취하는 편이 좋다고 경험상 말씀드리는 겁니다.'

달은 거의 사라졌고 프림이 느린—아주 느렸다— 발소리를 계단에서 들을 때쯤에는 주위가 점점 더 어두워지고 있었다.

그는 주머니 속 주사기가 제대로 준비되었는지 다시 한번 확인했다.

철문 경첩이 삐걱 소리를 냈다. 문이 살짝 열렸다. 안쪽에서 쉰 목소리가 들렸다.

"우리 왔다."

해리 홀레의 목소리였다.

참고 있던 알렉산드라의 흐느낌이 터져 나왔다. 프림은 분노가 치밀었고 몸을 앞으로 숙여 그녀의 귀에 속삭였다.

"털끝 하나 움직이면 안 돼, 내 사랑. 당신이 살았으면 좋겠지만 내가 말하는 대로 하지 않으면 나도 어쩔 수 없이 당신을 죽일 수밖에 없어."

프림은 의자에서 일어섰다. 헛기침을 했다. "어떻게 해야 하는지 기억하겠지?" 그는 자기 목소리가 크고 명확하다는 사실에 만족감을 느꼈다.

"그래."

"그럼 나와. 천천히."

문이 열렸다.

슈트를 입은 사람이 높은 문턱을 뒷걸음질로 넘는 순간 프림은 월식이 최고조에 이르렀음을 알아차렸다. 그는 본능적으로 고개를 들어 옥상 출입문에서 수직으로 위에 있는 하늘의 달을 보았다. 달 표면은 검은색이 아니라 마술처럼 붉은 기운을 띠고 있었다. 달은 마치 기운이 모두 빠진 창백한 해파리가 세상 사람들을 비추지 못하고 간신히 자기 몸만 밝힐 수 있는 밝기를 유지하는 것처럼 보였다.

문가에 나타난 사람은 알렉산드라와 프림을 향해 뒤로, 마치 쇠고랑을 찬 것처럼 천천히 양쪽 발을 끌며 합의한 여덟 걸음 중 첫 번째 걸음을 내디뎠다. 마치 사형대에 오르는 사형수 같다고 프림은 생각했다. 어떻게든 시간을 끌어 처량한 목숨을 연장하고 싶은 것이다. 구부정한 모습에서 패배와 체념이 엿보였다. 그날 밤, 프림이 해리 홀레와 알렉산드라가 함께 외출해 저녁식사를 하고 함께 붙어서—연인처럼— 왕궁 정원을 걷는 모습을 훔쳐보았을 때 홀레는 크고 강인해 보였다. 그들이 젤러시 바에 있는 걸 몰래 봤을 때도 마찬가지였다. 하지만 지금 홀레는 슈트 속에서 원래의 덩치로 돌아간 것 같았다. 알렉산드라 역시 그와 같은 장면을 보고 있으리라 확신했다. 그녀가 생각했던 해리 홀레라는 남자를 위해 만들어진 맞춤 슈트가 더는 맞지 않는 모습을.

홀레로부터 네 걸음 앞에 다른 사람이 등을 돌리고 양손을 머리 위에 얹은 채 나타났다. 마지막 달빛이 희미하게 뭔가를 비추지 않았나? 환자복을 입은 남자가 손에 무기를 들었나? 아니, 아무것도 아니었다. 아마 손에 낀 반지일 것이다.

홀레가 멈췄다. 손을 뒤로 묶은 상태여서 무릎을 꿇다가 앞으로 엎어질 것처럼 보였다. 벌써 시체처럼 굴고 있군. 프림은 병원복을 입은 남자도 무릎을 꿇을 때까지 기다렸다.

그리고 홀레에게 다가가 주사기를 든 오른손을 들어 올렸다. 창백하다 못해 거의 흰색이고 축 늘어진 셔츠 칼라 위 목의 살을 겨냥했다.

1초면 끝날 것이다.

"안 돼!" 알렉산드라가 뒤에서 소리쳤다.

프림은 손을 휘둘렀다. 해리 홀레는 주사기 끝이 그의 목에 닿으면서 바늘이 뚫고 들어가기 전에 반응할 시간이 없었다. 몸을 움찔했지만 뒤를 돌아보지는 않았다. 프림은 엄지로 주사기 플런저를 눌렀고 상황이 끝났다는 걸, 기생충들이 이미 주입되고 있다는 걸, 그가 뇌로 가는 가장 짧은 경로를 골랐다는 걸, 그래서 이번에는 보게의 경우보다 더 빠를 수도 있다는 걸 알았다. 그는 어둠 속에서 환자복을 입은 다른 남자가 돌아서는 걸 보았다. 이번에도 뭔가 손에서 희미하게 반짝거렸고, 프림은 이제 그게 뭔지 알아보았다. 반지가 아니었다. 손가락이었다. 금속 손가락.

남자는 이제 완전히 돌아섰다. 그리고 일어섰다. 구급차에서 그들이 내렸을 때는 각도 때문에 이 남자가 슈트를 입은 사람보다 키가 더 크다는 걸 알기 어려웠다. 그리고 옥상에서 뒷걸음질할 때는 둘 다 몸을 수그리고 걸었다. 하지만 프림은 이제 그를 알아보았다. 환자복을 입은 남자가 해리 홀레였다. 그리고 이제 그는 얼굴도, 씩 웃는 입 위로 보이는 밝은 두 눈도 볼 수 있었다.

프림은 가능한 한 빠르게 반응했다. 그들이 어떤 식으로든 그를 속이려 들 거라 생각했고 그래서 준비하고 있었다. 그가 어렸을 때부터 사람들은 그러고 싶어했다. 그렇게 모든 일이 시작되었다. 그리고 끝도 그런 식일 터였다. 하지만 그는 뭔가를 가져가고 싶었다. 그 형사가 갖지 못할 뭔가를. '그녀'.

프림은 알렉산드라를 향해 돌아서면서 이미 칼을 뽑고 있었다. 그녀는 일어섰다. 그는 칼을 치켜들었다. 그녀와 눈을 마주치려 애썼다. 그녀에게 이제 죽는다고 말해주고 싶었다. 분노가 치밀었다. 그녀의 눈길이 그의 어깨 너머, 빌어먹을 형사 쪽을 향하고 있었기 때문이다. 수산네 안데르센도 루프톱 파티에서 그랬었다. 여자들은 늘 더 나은 사람을 찾고 있었다. 그래, 그렇다면 홀레는 그녀가, 빌어먹을 창녀가 죽는 걸 볼 수 있겠군.

해리의 시선은 알렉산드라에게 꽂혀 있었다. 물론 해리가 그녀를 구하기에 너무 멀리 떨어져 있다는 걸 두 사람 모두 알았다. 그가 간신히 할 수 있었던 것은 검지를 재빠르게 움직여 목 앞에 동그라미를 그려 보이고 그녀가 기억하고 있기를 바라는 것뿐이었다. 그녀 어깨가 뒤쪽으로 움직이는 모습이 보였다.

시간이 충분하지 않았을 터였다. 시간이 부족했다고 나중에 돌이켜 생각하게 될 터였다. 만일 기생충이 그들의 주 숙주의 반응속도를 느리게 만들지 않았더라면. 헬게의 몸이 주먹을 날리면서 시야를 가리는 바람에 해리는 그녀가 손가락을 제대로 끌처럼 만들어 가격했는지 확인하지 못했다.

하지만 그렇게 한 것이 분명했다.

그리고 정확히 가격한 것도 분명했다.

헬게 포르팡의 본능이 작동하기 시작한 것도 분명했다. 그의 본능은 그녀나 복수가 아닌 오직 공기만을 원했다. 헬게는 칼과 주사기를 떨어뜨리고 무릎을 꿇었다.

"뛰어!" 해리가 소리 질렀다. "달아나!"

알렉산드라는 아무 말도 없이 그를 지나쳐 철문을 당겨 열고 사라졌다.

해리는 걸어가서 슈트 차림으로 무릎을 꿇고 있는 남자 옆에 서서 양손으로 자신의 목을 움켜쥔 헬게 포르팡을 내려다보았다. 헬게는 마치 구멍 난 타이어처럼 쉭쉭 소리를 내고 있었다. 하지만 그 순간 갑자기 콘크리트 바닥에 몸을 굴려 등을 대고 누워 해리를 쳐다보더니 다시 주사기를 들고 바늘을 자신에게 겨누었다. 그는 입을 열고 뭐라고 말하려 했지만 입에서는 바람 새는 소리만 나올 뿐이었다.

헬게에게서 눈을 떼지 않으면서 해리는 고개를 떨어뜨리고 앉아 있는 슈트 차림 남자의 어깨에 손을 얹었다.

"기분이 어때요, 스톨레?"

"모르겠어." 에우네가 들릴락 말락 하게 속삭이듯 말했다. "여자는 괜찮아?"

"네, 괜찮아요."

"그럼 나도 괜찮아."

해리는 누워 있는 헬게의 눈에서 볼 수 있었다. 알 수 있었다. 해리가 그를 두고 떠났던 마지막 밤, 모두가 그를 떠났을 때 비에른의 눈에서 봤던 표정. 다음 날 아침 비에른은 자신의 차에서 스스로 머리를 날린 채 발견되었다. 해리는 그 뒤로 너무나 여러 번, 거울 속에서 그 표정을 보았다. 라켈과 비에른을 떠올릴 때마다 자신이 그렇게 스스로 가버릴 때의 장단점을 가늠해보곤 했다.

헬게가 손에 쥔 주사기는 이제 해리가 아니라 헬게 자신을 향하고 있었다. 해리는 주사기 바늘이 헬게의 얼굴 쪽으로 더 가까이 움직이는 걸 보았다. 바늘을 한쪽 눈에 대고 다른 눈으로는 해리를 바라보았다. 달의 가장자리 가장 바깥쪽이 다시 빛나기 시작했고 헬게는 주사기를 내려서 바늘 끝이 뇌 뒤쪽으로 가는 지름길인 안구를 찌르는 걸 해리가 볼 수 있도록 했다. 해리는 안구가 반숙 달걀처럼 밀려서 들어가다가 바늘 끝이 구멍을 내자 원래 모양을 되찾는 걸 보았다. 프림이 바늘 끝을 안으로 밀어 넣는 것을 보았다. 프림은 무표정했다. 해리는 안구나 그 안쪽에 얼마나 신경이 많은지 알지 못했다. 어쩌면 보기보다 고통스럽지 않을 수도 있다. 그렇게 어렵지는 않았다. 사실 쉬웠다. 스스로 프림이라고 부르는 남자에게는 쉬웠다. 희생자들의 가족들에게는, 알렉산드라에게는, 기소할 검사에게는, 늘 복수에 목말라 있는 대중에게는 쉬웠다. 그들 모두 원하는 바를 얻을 것이고, 심지어 사형 제도가 잔존하는 나라의 국민들이 사형 집행 후에 느낄 불편한 감정조차 없을 것이다.

그래, 쉬울 거야.

너무 쉽지.

해리는 헬게의 엄지가 플런저를 누르려 움직이는 순간 재빠르게 앞으로 나서서 무릎을 꿇고 주먹을 그의 손바닥 안으로 밀어 넣었다. 헬게는 손아귀를 쥐었지만 해리의 주먹이 플런저를 누르지 못하도록 막고 있었다. 프림의 엄지는 단단한 회색 티타늄 손가락에 막혔다.

"이거 놔." 프림이 신음했다.

"안 돼." 해리가 말했다. "우리랑 함께 있어야지."

"하지만 난 여기 있기 싫어!" 프림은 흐느껴 울었다.

"알아." 해리가 말했다. "그래서 그래."

그는 손에 힘을 주었다. 멀리 어디선가 익숙한 음악이 들리는 것 같았다. 경찰 사이렌이었다.

53

금요일, 바보

알렉산드라와 해리는 창문을 통해 부검실 안을 보고 있었다. 부검대에는 스톨레 에우네가 누워 있고 그 옆 의자에는 잉그리드 에우네가 앉아 있었다. 에우네의 집이 차로 5분 거리에 있어서 그녀는 즉시 도착했다.

경찰이 헬게 포르팡을 연행했고 현장감식반이 곧 도착할 예정이었다. 해리는 당직 경관에게 전화해 살인사건이 발생했다고 알렸지만 희생자가 아직 살아 있다는 말은 하지 않았다.

에우네가 갑자기 기침처럼 웃음을 토해내더니 밖에서 스피커를 통해 들릴 정도로 목소리를 높였다. "그럼, 그럼. 기억나지, 여보. 하지만 난 당신이 나 같은 놈한테는 관심이 없는 줄 알았거든. 이제 맞을 수 있을까?"

알렉산드라는 한 걸음 앞으로 나가더니 스피커 스위치를 껐다.

그들은 두 사람을 바라보았다. 해리가 부검실 안에 있을 때 잉그리드가 도착했다. 남편은 그녀에게 몸에 들어온 기생충이 아주 빨리 효과를 내는 것 같다고 설명했고, 경쟁에서 이기고 싶다고 말했다. 에우네는 해리가 대신 해주겠다고 제안했다고 말했지만 잉그리드는 단호하게 고개를 흔들었다. 그녀는 에우네의 목에 툭 불거진 핏줄을 가리키며 해리를 보았고, 해리는 고개를 끄덕이고 알렉산드라가 준 모르핀이 든 주사기를 그녀에게 건네고 방에서 나왔다.

두 사람은 이제 잉그리드가 눈가를 닦고 주사기를 들어 올리는 모습을 보았다.

해리와 알렉산드라는 주차장으로 걸어 나와 외위스테인과 함께 담배 한 개비를 나눠 피웠다.

두 시간 뒤—심문을 받고 경찰청 소속 긴급 심리상담사와 만나고 나서— 외위스테인과 해리는 알렉산드라를 집까지 차로 데려다 주었다.

"시프에서 지내다 파산할 생각이 아니라면 당분간 제 집에서 지내도 돼요." 그녀가 말했다.

"고마워." 해리가 말했다. "생각해볼게."

자정에 해리는 호텔 바에 앉아 있었다. 위스키 잔을 물끄러미 바라보고 있었다. 마지막 정산을 할 시간이었다. 그가 잃은 사람들과 그가 실망시킨 사람들이 모두 몇 명인지 헤아려봐야 했다. 그리고 그가 혹시—가정일 수밖에 없다— 구해냈을지도 모르는 얼굴 없는 사람들도. 그러나 아직 한 사람은 계산에 넣을 수 없었다.

그 생각에 대답이라도 하듯 휴대전화가 울렸다.

그는 전화번호를 들여다보았다. 벤이었다.

해리는 갑자기 답을 알아낼 수 있으리라는 확신이 들었다. 어쩌면 그래서 통화 버튼을 누르기가 망설여지는지도 몰랐다.

"벤?"

"안녕, 해리. 루실을 찾았어요."

"좋아요." 해리는 깊게 숨을 내쉬었다. 그러고는 남은 술을 단번에 넘겼다. "어디서요?"

"여기요."

"여기?"

"바로 지금 내 앞에 앉아 있어요."

"그렇다면…… 크리처스에?"

"네. 위스키 사워를 앞에 놓고요. 놈들이 휴대전화를 빼앗았대요. 그래서 당신과 연락이 안 되었던 거고요. 멕시코에서 빠져나와 다시 로럴 캐니언으로 왔대요. 자, 루실을 바꿔드리죠……."

해리는 소음과 웃음소리를 들었다. 그리고 루실의 목소리가 들렸다.

"해리?"

"루실." 그 말밖에 할 수가 없었다.

"나한테 잘해주지 말아요, 해리. 그동안 당신한테 뭐라고 말을 꺼내야 하나 생각했어요. 그러다 이 말을 생각해냈어요." 그는 그녀가 숨을 들이마셨다가 웃음과 눈물을 섞어, 위스키에 젖은 성대로 떨리며 말하는 소리를 들었다. "당신이 내 목숨을 구했어요, 이 바보."

54

목요일

스톨레 에우네의 장례식이 있던 날은 춥고 낮에도 바람이 심하게 불었다. 장례식에 참석한 사람들의 머리칼이 이리저리 휘날렸고 어느 순간에는 이상하게도 구름 한 점 없는 하늘에서 우박이 떨어지기도 했다. 해리는 아침에 일어나 면도를 했다. 거울 속에서 그를 마주 보는 수척한 얼굴은 더 행복했던 시절의 표정이었다. 어쩌면 조금 도움이 될 수도 있겠군. 아닐 수도 있지만.

잉그리드와 에우로라의 부탁으로 추모의 말을 하기 위해 설교단에 올랐을 때 그는 교회에 모인 사람들을 둘러보았다.

맨 앞 두 줄에는 가까운 가족이 앉았다. 그 뒤로는 가까운 친구들이 앉았는데 해리가 한 번도 본 적 없는 사람들이었다. 그 뒷줄에는 이번에도 미카엘 벨만이 앉아 있었다. 벨만은 사건이 해결되고 범인인 헬게 포르팡을 체포해 기쁜 것이 분명했다. 하지만 헬게 포르팡이 자신의 새아버지를 살해했다는 것처럼 경찰이 발표하는 새롭고 상세한 내용을 언론이 게걸스럽게 처리하는 일주일 내내 모습을 드러내지 않고 웅크리고 있었다. 모나 도와 〈VG〉는 마르쿠스 뢰드가 벌거벗은 채 자신의 의붓아들을 성적으로 학대했다는 사실을 인정하는 동영상은 내용을 참조하되 일반에 공개하지 않기로 하면서 좋은 본보기를 세웠다. 물론 원하는 사람은 누구나 인터넷에서 동영상을 구할 수 있었지만.

해리는 성민과 보딜 멜링 옆에 앉은 카트리네를 보았다. 그녀는 여전히 피곤했다. 처리할 후속 업무가 산더미였고 앞으로도 많이 남아 있었다. 하지만 당연히 살인범을 체포해 자백을 받아내서 안심하고 있었다. 헬게 포르팡은 심문받으면서 경찰이 알고 싶어했던 사항을 모두 털어놓았는데, 어떻게 살인이 벌어지게 되었는지에 대한 해리의 추측과 대부분 일치했다. 동기는—새아버지에 대한 복수— 명확했다.

해리는 외위스테인, 트룰스 그리고 핀마르크에서 먼 길을 온 올레그와 함께 외위스테인의 메르세데스를 타고 교회에 왔다. 트룰스는 이미 복귀해 경찰청에서 일하고 있었고, 더는 마약을 빼돌린 혐의를 받지 않았다. 그래서 장례식장에 입고 올 슈트를 사는 것으로 자축했는데, 옷은 수상할 정도로 해리의 것과 비슷했다. 외위스테인은 코카인 판매를 그만두었다고 주장하면서 운전으로 먹고살고 싶다고 했다. 구급차 운전사가 되는 것도 고려해봤다면서.

"있잖아, 사이렌을 켜고 차들이 빌어먹을 모세 앞 사해처럼 갈라지는 걸 한번 보면 되돌아갈 수가 없다니까. 아니, 사해가 아니라 갈릴리 바다였나? 어쨌든, 꼭 하겠다는 건 아니지만."

트룰스는 꿀꿀거리며 웃었다. "구급차 운전사가 되는 과정은 널렸어."

"꼭 그렇지는 않아." 외위스테인이 대답했다. "구급차에는 마약이 많잖아. 내가 무슨 키스 리처즈도 아니고. 그래서 홀름리아의 한 택시 회사에서 주간 근무로 일하기로 했어."

해리의 두 손이 떨려 손에 든 종이가 바스락 소리를 냈다. 오늘은 술에 취하지 않았고 오히려 병에 남은 짐빔을 호텔 방 세면대에 부어버렸다. 그는 이제 평생 술을 마시지 않고 살기로 했다. 계획은 그랬다. 계획은 늘 그랬다. 토요일에는 게르트와 함께 배를 타고 네소덴에 가기로 했다. 해리는 그 생각을 했다. 떨리던 손이 멈췄다. 그는 헛기침을 했다.

"스톨레 에우네." 그는 말했다. 그의 이름을 전부 부르는 것으로 추모사를 시작해야겠다고 마음먹었기 때문이다. "스톨레 에우네는 절대로 영웅이 되고 싶어하지 않았습니다. 하지만 그럴 만한 상황과 그의 용기가 인생의 마지막 순간, 그를 영웅으로 만들었습니다. 만일 그가 여기 있었다면 당연히 영웅이라 불리길 거부했을 겁니다. 하지만 그는 여기 없고 저는 그와 생각이 다릅니다. 어쨌든 그의 겸양은 받아들일 수 없습니다. 여러분 모두가 신문에서 읽었던 그 인질 사태를 해결해야 하는 상황에 맞닥뜨렸을 때, 왁자지껄한 소동을 멈추게 한 것은 그의 목소리였습니다. '내가 하는 말은 듣지도 않을 건가?' 그는 침대에서 외쳤습니다. '간단한 산수잖아.' 스톨레 에우네는 그것이 영웅주의가 아닌 순수한 논리라고 주장했습니다. 그가 제 옷을 입고 저 대신 잡혀서 제가 받을 죽음을 대신 받는 것 말입니다. 계획은 두 사람이 바뀌었다는 것이 발각되기 전에 제가 인질을 데리고 현장을 빠져나오거나, 만일 필요하다면 스톨레가 들켰을 경우 개입하는 것이었습니다. 제가 짠 계획이 아닙니다. 스톨레의 계획이었죠. 그는 우리에게 부탁을 들어달라고 했습니다. 자신의 마지막 고통의 날들을 의미 있는 퇴장과 바꾸게 해달라고 했습니다. 일리 있는 주장이었습니다. 하지만 그 계획의 가장 좋았던 점은 만일 포르팡이 그에게 집중한다면 인질을 구해낼 가능성이 매우 크다는 거였고, 만일 예측하지 못한 상황이 발생하더라도 제가 개입할 수 있다는 것이었습니다. 스톨레는 스스로 희생한 대부분의 영웅들처럼 죄책감을 느끼는 사람들을 뒤에 남겼습니다. 누구보다, 그룹의 리더였던 제가 그 첫 번째라고 할 수 있습니다. 독이 든 성배를 옥상에서 받았어야 했던 사람이니까요. 네, 저는 스톨레 에우네의 삶을 단축시킨 사실에 죄책감을 느낍니다. 후회하느냐고요? 아닙니다. 스톨레가 옳았기 때문입니다. 그것은 간단한 산수였습니다. 그리고 저는 그분이 행복한 사람으로 떠났다고 믿습니다. 스톨레는 이 세상을 조금 더 견딜 만한 곳으로 만드는 데 이바지하는 일에 가장 깊은 만족감을 느끼는 인류에 속했기 때문입니다."

장례식이 끝나고 스톨레의 바람대로 슈뢰데르에서 모임이 있었다. 샌드위치와 커피도 제공되었다. 사람이 너무 많아 그들이 도착했을 때는 앉을 자리가 없어 그냥 서 있어야 했다. 해리와 일행은 제일 안쪽 화장실 문가에 자리를 잡았다.

"포르팡은 복수를 위해 자신을 막는 모든 걸 파괴했군." 외위스테인이 말했다. "하지만 신문에서는 여전히 그가 연쇄살인범이라고 하는데 그건 아니지 않아, 해리?"

"음. 전통적인 의미에서는 아니지. 진짜 연쇄살인범은 극단적일 정도로 드물어." 해리는 커피를 한 모금 마셨다.

"얼마나 많이 만나보셨어요?" 올레그가 물었다.

"모르겠어."

"모른다고?" 트룰스가 꿀꿀거리는 소리를 냈다.

"내가 두 번째 연쇄살인범을 체포한 뒤부터 익명의 편지들이 오기 시작했어. 자기가 살인을 저질렀다면서 내게 도전하겠다는 거였지. 아니면 죽일 예정이라든가. 그리고 나는 그들을 잡을 수 없었어. 대부분은 그냥 편지를 쓰면서 재미를 느끼는 자들이었을 거야. 혹시 그들 가운데 누가 사람을 죽였는지는 나도 몰라. 우리가 발견하는 살인사건은 대부분 해결돼. 하지만 만일 솜씨가 좋다면 자연사나 사고로 위장할 수도 있겠지."

"그러니까 그들이 더 솜씨가 좋을 수도 있다고 말하는 거야?"

해리가 고개를 끄덕였다. "그렇지."

살짝 취한 것이 분명한 나이 많은 남자가 화장실에서 나왔다. "고인의 친구들이오, 환자들이오?" 남자가 물었다.

해리가 웃었다. "양쪽 다죠."

"그렇군." 남자는 말하고는 사람들이 북적이는 쪽으로 걸어갔다.

"게다가 내 목숨도 구해주신 분이죠." 해리는 나지막이 말했다. 그는 커피 컵을 들어 올렸다. "스톨레를 위해."

나머지 세 사람도 각자 잔을 들어 올렸다.

"뭐 좀 생각하고 있었어." 트룰스가 말했다. "당신이 했던 말 말이야, 해리. 누군가의 목숨을 구하면 그 여생도 책임져야 한다는……."

"그래." 해리가 말했다.

"확인해봤어. 그건 속담이 아니야. 그건 그냥 〈쿵푸〉에서 고대 중국 명언처럼 들리도록 만들어낸 말이야. 1970년대 TV 드라마 있잖아."

"데이비드 캐러딘이 나오는?" 외위스테인이 물었다.

"그래." 트룰스가 말했다. "끔찍한 드라마지."

"하지만 멋진 쪽으로 끔찍하잖아." 외위스테인이 말했다. "너 그거 꼭 봐야 해.” 그는 올레그를 쿡 찌르며 말했다.

“진짜요?”

“아니.” 해리가 말했다. “그건 아니야.”

“좋아.” 외위스테인이 말했다. “하지만 만일 데이비드 캐러딘이 생명을 구해준 사람들을 책임져야 한다고 말했다면 그건 정말 뭔가 뜻이 있을 거라고. 아니, 데이비드 캐러딘이잖아. 이러지 마, 이 친구들아!”

트룰스는 튀어나온 턱을 긁었다. “그래, 좋아.”

카트리네가 그들에게 다가왔다.

“늦어서 미안해요. 범죄 현장에 잠깐 다녀왔어요.” 그녀가 말했다. “모두 모인 것 같네요. 사제도 다녀갔고.”

“사제?” 해리가 눈썹을 추켜세우며 말했다.

“사제 아니었어요?” 카트리네가 말했다. “내가 들어올 때 성직칼라 차림의 남자가 떠나던데.”

“어떤 사건인데요?” 올레그가 물었다.

“프롱네르의 한 아파트야. 시체를 조각냈어. 이웃 사람들이 전동공구 소리를 들었대. 거실 벽지가 스프레이로 페인트를 칠한 것 같아. 저기, 해리? 잠깐 따로 얘기 좀 할 수 있어요?”

두 사람은 창가 테이블로 자리를 옮겼다. 한때 해리가 늘 앉던 자리였다.

“알렉산드라가 벌써 다시 일하고 있는 걸 보니 좋더군요.” 그녀가 말했다.

“다행히도 아주 씩씩한 여자야.” 해리가 말했다.

“같이 〈로미오와 줄리엣〉을 보자고 했다면서요?”

“그래. 헬레네 뢰드에게서 티켓 두 장을 받았거든. 좋은 연극인가 봐.”

“잘됐어요. 알렉산드라는 좋은 여자예요. 그녀에게 뭐 좀 확인해 달라고 부탁했어요.”

“그래?”

“수산네의 가슴에서 찾아낸 침의 DNA 프로파일을 전과자 데이터베이스와는 이미 비교했어요. 거기서는 일치하는 결과가 나오지 않았지만 마르쿠스 뢰드와 일치한다는 걸 우린 이미 알잖아요.”

“그렇지.”

“하지만 침을 미제사건 데이터베이스와 비교해보지는 않았어요. 마르쿠스 뢰드가 미성년자를 성적으로 학대했다는 사실을 인정한 동영상이 나온 뒤에 그쪽 데이터베이스와 마르쿠스 뢰드의 DNA를 비교해달라고 했죠. 그런데 뭐가 나왔는지 아세요?”

“음. 알 것 같군.”

“말해보세요.”

“화요일마다 클럽에서 있었던 14세 소년 강간 사건. 그 사건 이름이 뭐라고 했지?”

“나비 사건요.” 카트리네는 울화가 치미는 표정이었다. “그걸 어떻게……?”

“뢰드와 크론은 DNA 샘플을 경찰에 제공할 생각이 없었어. 그러면 의심할 여지가 있다는 걸 인정하는 거니까. 하지만 나는 뢰드에게 다른 이유가 있다고 추측했지. 그는 경찰이 강간 사건에서 정액의 형태로 DNA를 확보해두었다는 걸 알고 있었어.”

카트리네가 고개를 끄덕였다. “역시 훌륭해요, 해리.”

그는 고개를 저었다. “내가 훌륭했다면 벌써 오래전에 사건을 해결했겠지. 나는 모든 단계에서 헛짚었어.”

"본인은 그렇게 말하지만 다른 사람들은 당신을 높게 평가해요."

"그렇군."

"그리고 그 다른 사람들 얘기를 좀 해드리고 싶어서요. 강력반에 자리가 났어요. 우리 모두 당신이 그 자리에 와주었으면 해요."

"우리?"

"보딜 멜링이랑 저요."

"그건 모두라기보다는 '둘뿐'이잖아."

"미카엘 벨만도 괜찮은 생각이라고 언급했어요. 우리가 특별한 자리를 마련할 수도 있어요. 훨씬 자유로운 역할이죠. 이번 프롱네르 살인사건으로 시작할 수도 있죠."

"용의자가 있나?"

"희생자는 오빠와 오랜 상속 분쟁을 겪고 있었어요. 지금 오빠를 심문 중인데 알리바이가 있는 것 같아요."

그녀는 해리의 표정을 살폈다. 그녀를 바라보는 파란 눈동자, 한때 그녀가 키스했던 부드러운 입술, 날카로운 이목구비, 입꼬리부터 귀까지 이어지는 칼 모양의 흉터까지. 그녀는 그의 표정을, 표정의 변화를, 날아가려는 커다란 새처럼 어깨를 뒤로 으쓱하는 모양까지 해석하려 애썼다. 카트리네는 스스로 사람들을 읽는 데 익숙하다고 생각했다. 그리고 일부 남자들은—비에른처럼— 펼쳐진 책처럼 느껴졌다. 하지만 해리는 과거에도 지금도 여전히 미스터리 같았다. 자기 스스로도 그렇지 않을까, 그녀는 생각했다.

"인사 전해주고 고맙다고 말해줘." 그가 말했다. "하지만 거절하겠어."

"왜요?"

해리는 씁쓸하게 웃었다. "이번 사건을 겪으면서 난 내가 오직 한 가지만 잘한다는 걸 깨달았어. 바로 연쇄살인범을 잡는 거야. 진짜 연쇄살인범. 통계학적으로 사람은 평생 길에서 연쇄살인범을 일곱 번 만난다고 해. 그렇다면 나는 다 만났지. 더는 연쇄살인범이 나타날 리가 없어."

상점의 젊은 점원은 '앤드류'라고 적힌 이름표를 달고 있었고 앞에 있는 손님이 방금 그의 이름을 발음한 걸 들어보면 미국에서 살았던 사람 같았다.

"전기톱에 쓰실 새 체인요." 앤드류가 말했다. "네, 저희가 준비해드릴 수 있습니다."

"바로 부탁해요." 남자가 말했다. "그리고 덕트 테이프 두 개도요. 그리고 튼튼하고 가는 밧줄 몇 미터도. 쓰레기봉투도 주시고. 전부 준비해주겠어요, 앤드류?"

왠지 모르게 앤드류는 몸이 떨렸다. 어쩌면 색깔 없는 남자의 눈동자 때문인지도 몰랐다. 아니면 부드럽고 지나치게 환심을 사려는 듯한 쇠르란 악센트의 목소리 때문일 수도 있었다. 어쩌면 남자가 앤드류의 팔뚝에 손을 대고 있어서 그런지도 몰랐다. 아니면 그저 앤드류가 늘 사제들을—어떤 사람들이 광대를 무서워하듯이—두려워해서 그런 것일 수도 있었다.

BLODMÅNE

옮긴이 남명성

한양대학교를 졸업한 후 PD와 IT 기획자로 일했다. 현재 전문 번역가로 활동하고 있다. 옮긴 책으로 존 그리샴의 《자비의 시간》, 앤디 위어의 《아르테미스》, 필립 K. 딕의 《높은 성의 사내》, 욘 아이비데 린드크비스트의 《경계선》, 존 르 카레의 《우리들의 반역자》 외 《스노 크래시》《사일런트 페이션트》《본 슈프리머시》, 켄 폴릿의 20세기 3부작 등이 있다.

블러드문

1판 1쇄 인쇄 2025년 10월 17일 **1판 1쇄 발행** 2025년 10월 31일

지은이 요 네스뵈
옮긴이 남명성
펴낸이 박강휘
편집 박정선 **디자인** 윤석진
마케팅 박유진 **홍보** 박상연 이수빈

발행처 김영사
주소 경기도 파주시 문발로 197(문발동) 우편번호10881
등록 1979년 5월 17일(제406-2003-036호)
구입 문의 전화 031)955-3100 **팩스** 031)955-3111
편집부 전화 02)3668-3291 **팩스** 02)745-4827 **전자우편** literature@gimmyoung.com
비채 블로그 blog.naver.com/viche_books
인스타그램 @drviche @viche_editors **X(트위터)** @vichebook
ISBN 979-11-7332-361-4 03890 책값은 뒤표지에 있습니다.

비채는 김영사의 문학 브랜드입니다.